品味无限不循环的人生

紫禁城三十作

唐炜杰 著

重庆出版集团 重庆出版社

图书在版编目（CIP）数据

紫禁城三十作 / 唐炜杰著. — 重庆：重庆出版社，2024.5
　　ISBN 978-7-229-18508-4

Ⅰ.①紫… Ⅱ.①唐… Ⅲ.①长篇小说－中国－当代 Ⅳ.①I247.5

中国国家版本馆CIP数据核字（2024）第059012号

紫禁城三十作
ZIJINCHENG SANSHIZUO

唐炜杰　著

策　　划：	华章同人
出版监制：	徐宪江
策划编辑：	张铁成
责任编辑：	王昌凤
营销编辑：	刘晓艳
责任印制：	梁善池
责任校对：	彭圆琦
封面设计：	末末美书

重庆出版集团
重庆出版社　出版
（重庆市南岸区南滨路162号1幢）
北京毅峰迅捷印刷有限公司　印刷
重庆出版集团图书发行有限公司　发行
邮购电话：010-85869375
全国新华书店经销

开本：880mm×1230mm　1/32　印张：18.125　字数：418千
2024年5月第1版　　2024年5月第1次印刷
定价：59.80元

如有印装质量问题，请致电023-61520678

版权所有，侵权必究

目录

楔子 / 001

上部　五觉鬼探

第 一 章　做钟处密档：写字人钟 / 008

第 二 章　杂活作密档：不死牒宗 / 026

第 三 章　裱作密档：北斗七星 / 046

第 四 章　自鸣钟处密档：鬼父出山 / 063

第 五 章　花儿作密档：两重杀局 / 081

第 六 章　锭子药作密档：面粉炸弹 / 097

第 七 章　弓作密档：梅花袖箭 / 114

第 八 章　枪炮处密档：五觉鬼探 / 132

第 九 章　皮作密档：蟠龙古井 / 150

第 十 章　玉作密档：间术商行 / 167

第 十 一 章　刻字作密档：反切密码 / 185

第 十 二 章　鎞作密档：鸱鸮怪人 / 202

第 十 三 章　花炮局密档：十大骗术 / 219

第 十 四 章　累丝作密档：义肢为刀 / 236

第 十 五 章　雕銮作密档：供月大典 / 252

下部　游侦行者

第 十 六 章　镟作密档：肉身飞仙 / 272

第 十 七 章　眼镜作密档：八两羽葆 / 290

第 十 八 章　珐琅作密档：霞山四魔 / 307

第 十 九 章　画作密档：火枪魔王 / 324

第 二 十 章　木作密档：天降狻猊 / 341

第二十一章　大器作密档：车轮水铳 / 358

第二十二章　砚作密档：僵尸旱魃 / 375

第二十三章　匣作密档：鬼火冷光 / 392

第二十四章　镀金作密档：葫芦飞雷 / 409

第二十五章　镶嵌作密档：超感知觉 / 428

第二十六章　铜作密档：天下神嘴 / 447

第二十七章　牙作密档：十世好人 / 461

第二十八章　漆作密档：海底神兽 / 480

第二十九章　绣作密档：廿八星宿 / 501

第 三 十 章　舆图处密档：河清海晏 / 520

番　外　一　刑部·三大妙手 / 539

番　外　二　重逢·故人相见 / 544

番　外　三　离别·西天取经 / 549

后记 / 554

楔子

乾隆二十六年八月十四日，子夜。浑圆的月光烫化了夜空中的白云，一条被两面红色宫墙所夹的逼仄街道里，迎面走过来三人。

领头的是两名头戴红缨帽，身挎腰刀的衙役。他们分别抬着一个人的胳膊，大步疾行。那人四肢松垮，脑袋耷拉，两只脚掌拖地悬浮。

三人快速从雨神庙和雷神庙门口走过，踏进一座黑森森的院落。此刻，两盏花梨木宫灯时不时在黑漆桐木匾额上扫来扫去，显现出三个笔力苍劲的烫金大字——慎刑司。

这人被带到大堂后，两名衙卒用力把他抛到地上。过了良久，那人才从地上爬起来，眼神紧张地扫看四周。

两边站着手持刑杖的蓝衣衙役，他们身后的木栅栏里，杂沓摆开一张张刑桌、刑椅等，还有随意丢弃的各类刑具，诸如斩腰刀、脚枷、老虎凳、剔骨刀……

只听啪的一声，一位端坐在椅子上的中年朝官，用力敲了一下惊堂木，喝问道："林奎，你有何冤情，速速说来！"

叫林奎的人连忙跪好，前额砸得地板咣咣响："求大人做主，求大人做主……"

这声求饶,突然让人毛骨悚然。哪怕是不信鬼神的常启文,也不禁身躯大震,一点儿困意都没有了。按理说,林奎是个年过四十的老太监,声音应该尖细高亮,跟寻常男子不同。可刚才的声音奶声奶气,听上去是个十三四岁的孩童,绝不可能是太监啊!

"你……你这声音……怎么回事?"常启文不可思议地往前倾了倾身子。林奎两手一抹眼泪,就像个受了委屈的小孩:"小人不是林奎,小人是杜明,本是做钟处的索子匠,今年十三岁。"听到这名老太监只有十三岁,大家纷纷窃窃私语起来,无不感到惊奇和诧异。

杜明抽泣了两声,又道:"三日前,小人被领催林奎所杀,冤屈滔天,难入地府,孤魂游荡无处可去,不知不觉飘回了家里。哪知父母得知原因后伤心欲绝,就让我把魂魄附在凶手林奎的身上过来报案。大人,您一定要还小人一个公道啊!"说完,一通咣咣地磕头。

虽然这话听来有点儿荒唐,但是少有人不信。毕竟宫中经常闹出鬼魂索命的事件,哪怕是慎刑司的官员和衙卒们,也听过不下十余种版本。今日听杜明说自己被暗害,甚至附在凶手身上报案,竟无人觉得可疑。

常启文捋了捋下颌胡须,沉思半响,才又问道:"你说自己是被害者,如何证明啊?"杜明答道:"小人被抛尸在正阳门外的护城河里。大人若不信,可差人过去打捞。"说着朝身后一指。

听了此话,常启文那紧紧皱着的眉头缓缓舒展开,心想这倒是个好办法,只要打捞出尸体,也就能坐实整个事情的来龙去脉了。只不过案发蹊跷,还得详细审问原委才行。他收回心神,马上盘问起案发经过。那杜明也没有丝毫隐瞒,合盘交代起因果。

原来林奎在热河的时候,曾跟太仆寺卿李承佑来往密切。上年六月起,李承佑想在家里安置一架钟表,要求林奎带领做钟处的官匠们按照宫里的标准,每天都去上弦。

随着两人辅车相依,林奎也越来越放肆。只要李承佑家里的钟表出了事,他便会带领匠人们赴宅修理。李承佑不会亏待大家,每月给林奎三两钱粮银,算是帮贴。可这笔钱,匠人们只能从中分得十吊辛苦费,大头都让林奎抽走了。

本年六月三十日,李承佑想让林奎寄带一些钟表进京,其中座钟八件、挂钟二件、大小表十四件,全部送去他的他坦[1]。林奎见有些钟表不走针了,便私自拿到热河的做钟处修理,打算待修好后,再送还李承佑。

不巧七月初五日,造办处那边要他从热河押送宫内官钟回京。林奎一想,不如顺便把李承佑的那批钟表一同带回去。

于是七月初十到京那天,林奎便吩咐杜明,把李承佑的钟表暂时寄存做钟处,还千叮咛万嘱咐,一定不要被其他人发现。毕竟做钟处是皇家御用制钟机构,岂能给外人修理钟表。这要是让造办处员外郎知道了,那可是要受到严惩的。碍于林奎的权威,杜明没有办法,只好唯唯诺诺地替他保守秘密。

七月十三日,林奎被造办处郎中召回热河,直到二十九日才回来。这期间,他一直忙碌,没空出去寄还李承佑的钟表。

可纸包不住火,到了八月初三日,这件事还是被造办处首领太监王德贵发现了。王德贵带人硬闯进做钟处,宣称自己是奉堂谕,前来

---

[1] 他坦:满语,意思为住处。

捉拿把李承佑的钟表私藏在作里的匠人。

杜明赶忙把这件事告诉了林奎,奉劝他不如早点儿认罪,免得摊上大麻烦。可林奎却心存侥幸,始终坚持隐瞒。谁知后来,赃物还是被王德贵的人搜了出来。

这个时候,林奎知道再也隐瞒不下去了,只得栽赃东西是杜明私藏。可杜明哪里肯认呢?哪怕面对林奎多次凶恶眼神的威逼,也毅然决然把事情给兜了出来,真相最终大白。因为这件越轨的事情,林奎领受了三十笞,被打得三天下不来床,还被罚了两年俸禄。

半个月后,林奎的身体逐渐恢复得差不多了。刚巧这天,他接到任务,催长郭德金委派他和杜明去宫外采办货物。

两人在购置货物回来的路上,经过一个无人的胡同,又说起了那日的事。林奎气恼不过骂了杜明几句,而杜明也不吃气地回怼了过去。林奎急火攻心之下痛下辣手,竟用白玉钩黑带把杜明勒死,然后丢到了护城河里,再伪装成是他失足落水的样子。

听完整件案子的前后过程,常启文捋着下颌的山羊胡,长时间沉思起来。杜明则低下头,不再言语。常启文思虑良久,问道:"你被勒死以后,那林奎回到作里,是如何向他人交代你去向的?"杜明道:"他说我顽劣,见湖水很温和下去游耍,不幸被水草缠住脚踝给淹死了。"说起自己的死状,他又一次伤心地哇哇大哭起来。直待哭完后,他才又道:"这件事虽已上报给了造办处员外郎,可员外郎还没来得及叫人去打捞尸首,我便已附在这恶贼身上前来向大人告状了。"

经此提醒,常启文抖了个激灵,马上命人赶去护城河打捞尸身。一个时辰后,衙卒才把尸体带到了大堂,果然发现是杜明。

面对确凿的证据，常启文也只好决定如实断案。可这自己告"自己"的冤案，应该怎么评断呢？千古以来，都没有过先例啊！常启文拿捏不住，只得写好奏折，上呈乾隆帝定夺。乾隆看罢，啧啧称奇，亲批朱笔御令，要求他依律法办。

次日一早，常启文当堂宣布了把林奎斩立决的判词。听到这大快人心的结果，林奎连连叩头感谢青天大老爷洗冤之恩。这番自己求死的诡异画面，任谁看了都不免一阵胆寒。

就在衙役们准备把林奎收监之际，附在他身上的杜明忽然喊了一声："且慢！"大家心想，莫非他还有心愿未了不成？衙卒们放开手，他当即扑腾跪在地上，叹道："嗐！反正小的已死，什么都不怕了，那就把知道的一切，统统说给大人听吧！"

常启文忙问他出了什么事。杜明说，三十作里，上到官员，下到匠人，手脚全不干净。常启文倒吸一口凉气，便让他从实招来，吩咐旁边的书吏做好笔录。

杜明边想边道："这事情说来可就复杂了。珐琅作总管袁天喜曾向李承佑托情，委托林奎探听宫里风声，似乎想从中获知万岁爷的起居诸事，妄图攀附。还有玉作总管王福根、牙作太监张大双、眼镜作太监刘高兴等三十余人，皆与李承佑有往来。"

一引起头，杜明竟然喋喋不休地列举出三十作里数十名官员的名字和罪责，几乎每个都是筋骨人物。这要是全都犯下案子，岂不是要把三十作给重新洗牌？

鉴于事情的严重性，常启文不敢贸然评断，只得安排衙卒依照杜明所提供的线索去搜查。这不查不知道，一查，竟挖出了一张庞大的利益关系网。

李承佑知道袁天喜爱好家田，于是在西山为其买了五十六亩地送给他。王福根给李承佑送过吃食，李承佑就回给他十两银子，这叫变相贿赂。后来，王福根多次给李承佑送宫中的玉器，李承佑也给他非常丰厚的报酬。张大双、刘高兴等人，也用同样的办法收受过贿赂……

只不过是粗粗调查，常启文就剜出整个三十作里的涉案人员达百余人，而且大部分人的罪状，足以写成几摞厚厚的册子！

原以为，这只是普通的匠工杀人案，哪知竟意外牵出了一桩撼动三十作筋骨的贪腐大案。这事非同小可，常启文再次没了主意，连夜写好奏折连同证据，呈请圣览。

又过一日，常启文收到了乾隆的口谕，只有短短八个字：立地严办，绝不姑息。

倏然之间，一场席卷整个三十作的血雨腥风，就此拉开帷幕：

林奎被判斩首示众；袁天喜革去总管，杖一百，发往黑龙江给官兵为奴；王福根革去总管，发往打牲乌拉给官兵为奴；张大双、刘高兴发往吴甸铡草一年，期满释回，不再允许进京当差，送顺天府安插为民……三十作里的首领太监、催长、领催、笔帖式等官员纷纷受罚，上下牵连四十余人。此外还有韩运来、长福、华志、毛乐乐、辛安等百来名工匠，各杖八十，不许在京当差，即刻遣返原籍。

谁也没有料到，因为一个被鬼魂附身的索子匠杜明，言及了一些不可与外人道的线索，竟累及百余名匠人和官员受惩，就像一柄大刀血洗了三十作……

上部　五觉鬼探

第一章
做钟处密档：写字人钟

做钟处密档：乾隆三十六年五月二十七日辰初

做钟处突发写字人钟杀人案，八品首领太监赵进忠及两名匠人身亡，乾隆特遣金面判官叶昶稽查。一场诡案扑朔迷离，各作坊匠人诚惶诚恐。另有神秘蒙面人巧布奇局，驱使钟匠李章柯暗藏密事。一切疑云，且看金面判官运筹决胜。

乾隆三十六年，夏，紫禁城。瓦蓝瓦蓝的天空上挂起火球般的太阳，闷燥的气息就像炽焰笼络着殿宇错落的紫禁城，庄敬的氛围把这种死沉推向窒息。

做钟处耳房的红格子窗下，一个身穿匠人服饰的蒙面人猫着腰，右掌曲折在唇边，咕咕咕学了三声鹧鸪叫。过不多时，屋子里也回了他三声。蒙面人见寻到了伙伴，正想多问些消息，这时忽听院子外传来一阵仓促的脚步声。他只好躲到一处墙角，向外探了一眼。

垂花门里走进来一个胖太监，身穿葛布箭衣，斜执一杆麈尾，白玉钩黑带紧勒着下腹那鼓嘟嘟的赘肉。此人名叫赵进忠，现为做钟处八品首领，旁边还跟着两名十七八岁的小太监。由于英伦钟匠威廉森制作的写字人钟已押送做钟处，大家都在等他查核活计。

三人知道事务紧急，脚不沾地在庑廊里穿梭。蒙面人发现他们朝自己的方向过来，连忙跳上窗台，鱼跃进了旁边一间无人的熟水处，而此时三人刚好在他翻进去的刹那从旁边经过。

此刻，做钟处大堂里放着一张宽大的枣红八仙方桌，上面安置着一架七尺有余的自鸣钟。这座钟表，外形为铜镀金四层楼阁样式，遥遥望去散发着珠光宝气，实不负皇家至宝的神韵。

赵进忠站在钟表跟前，轻轻把麈尾一掸，高傲地问众人道："看得懂吗？"大家纷纷抓耳挠腮，显然是没有看懂。

这时，一个胖工匠走上前，嘿嘿笑问道："赵首领，我们听说，这小小的玩意儿竟然能写字，真有这么神奇吗？"

赵进忠不屑地哼了一声，说道："就知道你们没这眼力见儿，瞧好了！"说着他把麈尾丢给旁边的小太监，缓缓弯下腰，双手轻轻托住写字小人手里的毛笔，小心翼翼地取了下来。

大家停下了议论，看他如何操作。只见赵进忠在端砚上撇了撇墨汁，再次谨慎地把笔塞回原处。然后站直身板，拿足了架子，这才去拧小人后背的菊纹发条铜钥。

收手的刹那，写字小人忽然上下咯噔咯噔颠颤起来，就像个摇头晃脑的读书郎。这个小人是欧洲绅士打扮，身穿灰色西装，留着一头乌黑的卷发。现在是单膝跪地，一手扶案，一手握毛笔，机关启动后，一张竹青纸上很快被挥下"八方向化，九土来王"八个字。每个字都工整有神，笔力万钧，当世书法家也不过如此。大家吃了一惊，无不为小人的神技拍案叫绝。

小人刚提笔收尾完,一个匠人忽然惊声尖叫道:"小……小人……活了……"众人的目光本来全聚焦在笔尖上面,现在一块儿看向小人的脸蛋。

小人扭着僵硬的脖子抬起头,眼珠骨碌碌打转,唇角露出一抹邪魅的笑意。眼尖的匠人还发现,小人背后的发条钥匙在飞速旋转,似乎有股神秘力量不断为之上弦。

赵进忠揉了揉昏花的老眼,兀自向小人走去,本想看个清楚,哪知小人朝着他闪现一弯可怖的笑容,而嘴里的两排尖细獠牙,更是说不出地怪诞离奇。

赵进忠下意识地向后缓缓倒退。这时,小人忽然伸长弹簧脖子,竟冲着他张开血盆大口,一如毒蛇发动攻击。好在他避闪及时,没有被咬到,但是后背却撞到了茶几,因为受到反弹之力的推动,身子猛然前趴在地,一动不动。

一名小匠人跑过来扶他,只见赵进忠摇动了几下便死了,小匠人顿时面容大变,立即起身欲逃,可行了两三步,突觉身体刺痛,就地倒去。之后,又过来一个匠人查看情况,同样不明死去。

短短数息,三人离奇身亡。大家都以为是鬼神作祟,一股脑儿挤向门口逃命。这时房间里传来"桀桀桀桀"的笑声,那种空灵阴森的音调,听来叫人头皮发麻。

"表……快看……快看表……"有个大胆的匠人,回头看了一眼钟表,立马发出尖叫。余下匠人们出于好奇,纷纷受到感召转身去瞧。

钟表顶层的圆形亭子里,站着两个手举圆筒的铜铸娃娃。它们黝黯的眼珠一点点收缩,眼白却在不断扩张,直到变成全白。过不多时,两个娃娃的脸上开始鼓起皮壳,一只只白白胖胖的大蚂蚁钻了出来,就像出来觅食的大蜈蚣群。大白蚂蚁源源不断地聚集到钟表顶部,后来如决堤的江河往下蔓延。有的蚂蚁落在小人的卷发上面,顺着它光滑的脸弧爬进了嘴里。

与此同时,两个铜铸娃娃像个优雅的舞者,双手举着圆筒,跳起了僵硬的舞步。它们跳完,忽然旋开身子把圆筒展开,一条白横幅上,竟用鲜血书写着"阿鼻地狱"四个大字。

这事儿太过可怕,匠人们不再驻留,四面八方逃命去了。做钟处的话事者何宝贵,第一时间跑去慎刑司报案,慎刑司郎中常启文过来查看完案发现场,瞧不出端倪,只得把案子汇报到了刑部。刑部尚书侯孝杰连夜请示圣训。乾隆思虑再三,特派刑部左侍郎金面判官叶昶专司此案。

一位身穿黄马褂的侍卫扬鞭纵马出了正阳门,径直南行一骑绝尘而去。远在外城的兴隆街附近建有一座独辟的三进四合院落,虽是十五间房的二品官规格,但在内院的阔地上还建有一处特殊的场地。

这里四面罩着两三丈高的铁网,顶层也被铁网封死,唯独留着一扇半掩半开的铁门。一头金毛卷发的雄狮趴在一个人的腿上,很享受他的抚摸。那人背对着二进院的垂花门,身形峭拔肃穆。

侍卫快速在街门口下马,左手托着黄绢圣旨,大步流星地闯入二进院垂花门。可还没等他高声宣旨,忽然听到一阵响彻云霄的狮吼。

侍卫第一次到这里传旨,哪里会料想这个意外,双足不自觉定住,右手已下意识压在了刀柄。短短数息过后,侍卫先觉察到前方有异，这边刚想拔刀自卫，一头猛兽便把他扑倒了。

雄狮张开了大口，金色的竖瞳里溢出杀意，而那锋利的尖牙更是随时可以把他撕成碎肉。即便是皇帝的近身侍卫，一人能连挫十名高手，可面对这样的猛兽，也只有胆怯领死的份了。

就在侍卫以为必死无疑之际，但听狮子身后传来一个冷冽如千年冰潭的声音："狻猊，退开！"狮子缓缓松开擒住侍卫的四肢，悻悻地回身走到主人的旁边。

侍卫这才舒了一口气，平复良久才从地上爬起来。虽仍旧单手托着圣旨，可明眼人瞧得出来，他的手在不停地打战。其实何止是手，他的浑身都在不住地战栗。

"叶大人，接……接旨！"侍卫战战兢兢地把圣旨卷开。他的余光里瞥见，一个原本背对着自己的人，此刻竟迅速转过身，双膝跪地领旨。

"奉天承运皇帝，诏曰：做钟处突现钟表杀人案，手段奇诡，势力不明，特遣金面判官叶昶专司此案。限期一个月内侦破，不得有误。钦此！"侍卫念完圣旨，双手轻轻合上，弯下腰交给前面跪着的叶昶。

直到这一刻，侍卫才见到这位享誉京城的神探叶昶。只见他身着二品锦鸡补袍，腰间挂着一把罕见的掐丝珐琅雁翎刀。脸上戴着半张金面，露出了半张棱角分明的俊朗面容。

坊间传闻，叶昶是位貌比潘安的俊男子。自从他入职刑部后，一共侦破了一百五十九桩悬案，几乎每一件都是无比棘手的案中大案。可由于他实在相貌出众，经常在案发现场被闲来无事的女子围观，严重影响了破案进程。更有一些富家大户的女子为了接近叶昶，甚至不惜以制造悬案的方式来等待叶昶的营救，简直把查案视若儿戏。

也许是考虑到种种问题，叶昶才戴上了半张面具，以示自己不愿流于世俗的决心。乾隆听闻了这事，大为欣赏他的气节，于是封给他一个金面判官的称号，另赐金面、掐丝珐琅雁翎刀、判官笔、录罪簿等圣物。

自那而后，叶昶便成了一个虽身处刑部，却拥有独立破案权限的神探。如果慎刑司和刑部等侦破不了的案子，负责本案的属官们只要联名上奏请示乾隆，在得到圣上御批以后，案子就会移交给叶昶法办。显而易见，这些落入叶昶手中的案子相当怪诞离奇。

数年以来，叶昶已习惯去侦破诸如水鬼移家、碌碡作怪、泥象杀人等怪案。尤其三年前京师出现鬼新娘案，每隔一个月就会发生五名五行属性的新娘同时上吊自杀的悲剧。这些女子全都身穿新娘服饰，脸上涂抹着浓重的妆容。她们的死状极其相似，眼睛外突不说，舌头还伸长盖过了下巴。仵作验不出伤，案子一时被扣上厉鬼索命的帽子。

传说当年素有大清包青天之称的施公施世纶也侦查过此案，可迟迟没有结果，后来此案演变成京师第一大悬案。直到三年前，叶昶以一人之力打破了鬼新娘的魔咒，除了顺利侦破了尘封三十年的悬案之外，锋芒更是盖过了施公施世纶，一跃成为大清最无所不能的神探。

一想到这些过往，侍卫不禁对面前之人肃然起敬。他看着接到圣旨的叶昶站起了身，轻轻提醒道："叶大人，事不宜迟，烦劳您立马走一趟。我还有事，就此拜别。"说完这话，侍卫转身便离开了。

这时叶昶听到旁边的狻猊在冲他大吼，仿佛也想跟着去查案。叶昶缓缓俯下身子，轻轻抚摸着狻猊光滑的毛发，安慰道："此案奇诡，线索不明。你先在家待着，如遇急情，我再来唤你。"狻猊低低地呜呜叫，似乎有点儿不甘。叶昶拍了拍它的头，吩咐它去笼子里待着。自己则回到了正房，取了一些入宫需要的腰牌等凭证。

出来街门以后，叶昶骑上一匹黑马，面向西北方的刑部疾驰而去。行至刑部门前，他没有下马，而是冲着门内大声喊道："顾兄弟，上值了！"

这阵声音洪亮而极具穿透力，自门内以排山倒海之势卷进刑部大堂。刑部尚书侯孝杰正在跟官员商议国事，远远就听到了叶昶的叫喊。他心里很清楚，这家伙要去宫里侦破写字人钟案去了。因为推举叶昶破案的奏折，他也曾写过一份。

过不多时，刑部大门里面跑出来一位身着白衣的书生。只见他头戴白冠，身负竹编药箱，一路鹅行鸭步地来到叶昶的马前。

"叶大人，可是去查写字人钟案？"书生擦了擦额上的汗珠，显然是刚才收拾得太急，一下子忙出了汗。叶昶一点头："事不宜迟，我载你一程。"

书生尴尬地打量着那匹黑马，连忙摆了摆手："不不！我……我晕马，这你不是不知道。上次追查鬼新娘案，你载了我半里路。只这短短半里，我就吐了八次。几乎快把我的五脏六腑给吐光了，我可不敢再坐你的马。"

叶昶问道："那你想怎么去？"书生嘿嘿一笑："你看这样好不好，你找个后车厢，勉为其难当一次我的马夫？"

这话让叶昶略微一想，当即把目光伸向前方："那你还是骑驴吧，我先去了。"说完喊了一声驾，黑马就如箭矢冲向了前方。

望着那个远去的身影，书生兀自喃喃道："骑驴就骑驴。你那马是快,可我的驴也不赖。当年阮籍为太守,骑驴上东平。李白爱骑驴,斗酒诗三百。可见骑驴的都是大名人。"

虽说嘴里如此安慰自己,但想到现在有排面的人都是骑马。骑驴似乎很丢人,尤其一路骑到午门跟前,多少有点儿尴尬。可考虑到案情紧急,片刻不得耽误。书生只好去了马棚,牵了一头还算快的驴,摇摇晃晃地赶去了宫里。

午门高耸而威严,门口站着数列挎着腰刀的禁卫。叶昶在门外下了马,交给一名小吏去拴马。他则亮出腰牌大步入宫,先过了贞度门,随后左转拐进右翼门,只待穿过内务府院门,这才踏进造办处的前门。

刚走到冰窖附近,他的右耳忽然捕捉到熟水处的窗户上有动静,于是用余光瞥了一眼。熟水处明明关着门,还上了锁,不该有动静。莫非有人?叶昶立即避到一棵大槐树的旁侧,同时摸出胯间的手弩,瞄向了声音的位置。

片刻后,一名蒙面人悄悄从窗户里爬了出来。他先伸出头去看了看周围,发现没有人,这才矫健地翻上了铺满黄琉璃瓦的屋顶,轻轻在瓦面上猫着腰走动。

叶昶对准蒙面人的后背,随手就是一弩。蒙面人低头堪堪避过,这支箭钉入了横梁。也许是察觉到有人偷袭,蒙面人连忙躲到垂脊的后方,只把一个闪亮的镞头伸向外面。

"什么人?"叶昶大声喝问。

然而蒙面人并无回应,分明是不想暴露行踪。过不多时,蒙面人藏身的地方传来了瓦片落地的破碎声,似乎有逃走的迹象。不过为了探一探虚实,叶昶没有急着去追,而是摘下顶戴花翎,用雁翎刀挑着伸了出去。

只听嗖的一声,一道黑影在顶戴花翎上扎了两个眼,以肉眼难以捕捉的速度没入了草丛。趁着蒙面人调整的空当,叶昶连忙转身扣动悬刀,冷箭迅疾钉入蒙面人的左臂。

但听呃的一声呻吟,一个人影仰身倒栽进了里院。叶昶大踏步冲入里院,平端弩机四下一扫,竟不见人影,唯有地上流着一大摊血。顺着这片血迹七拐八转,可见前方是一条狭深的小巷子,而蒙面人正是在此处不见了。

眼看蒙面人的血迹中断,周边也没有更有效的线索,叶昶只好折返案发地。他在附近的草丛里翻了翻,发现一把射虎弩。

这把弩的弩壁上绘着三叶草,叶昶从未见过此物,顺手挂到腰间,心想待查完做钟处的案子,到时再让密档处的黯影去查便知了。

做钟处是位于造办处东隅的一座独辟院落。现在正值盛夏,院落里的五棵老槐树白色的槐花点缀在绿叶之中,散发着幽幽香气,茂密的枝冠也给大地留下一片舒爽的阴影。

院落的南边是规模很小的铜作,而西北面才是规模稍大的做钟处。做钟处面东而建,硬山式五斗拱瓦房,面阔九间,每间各开两扇雕花格扇门,方便各屋沟通交流。

叶昶大步踏入展物堂,十几个身穿灰色长袍的工匠原本还在喧嚣,在听到脚步声后,立即齐齐地看向门口。

大家先是看到一张反射日光的金面,然后是二品锦鸡补袍,以及一把罕见的雁翎刀。这三个细节已让大家意识到,那位号称罪犯勾魂使者的金面判官来了。起初大家还很惊怖，始终无法从不久前那场可怕的命案里走出来。谁知在看到叶昶以后，他们心里反倒踏实了很多，犹如常年囚禁在黑暗里的人终于见到了光。

叶昶把腰牌朝众人一晃，沉声道："刑部办案，谁是话事者，出来陈述案情。"话音刚落，一个身穿灰色短褂的人便走了过来。

此人的个头不高，国字脸，眼睛细而狭长，眸光尖锐，山根丰隆。写字人钟案正是他上报给的慎刑司，也是他代表众人向前来调查的官员复述的案情。

"大人，小的是做钟处匠人何宝贵，事情的经过是……"何宝贵又一次讲述起案发经过。叶昶听完不禁倒吸了一口凉气。他自认办过无数奇案怪案，可像这样钟表杀人的案子，生平还是头一次碰到。不过按照惯例，他先检查了那个会写字的钟表，因为没有瞧出端倪，于是俯下身子去验看尸体。

就在这时，门外传来呼哧呼哧大口喘气的声音。一名白衣男子站在门口前倾着身子，不停用袖子去擦拭额上的汗珠。

匠人们发现，此人是个年纪轻轻的少年公子。生着一双妖媚的眼睛，嘴唇清淡而扁薄，脸色出奇地苍白，自有一种病态的美。

有些爱去茶楼听戏的匠人马上认出来，此人正是夺命仵作顾宗万。坊间传说，刑部有三大利器：一是金面判官叶昶，二是不死牒宗秦跃龙，三是夺命仵作顾宗万。

金面判官断案如神，夺命仵作验尸如神，不死牒宗稽档如神。原本大家以为，顾宗万是个像叶昶一样的男子，看起来怎么着也得杀伐果断吧？可谁也没有想到，这家伙竟是个手无缚鸡之力的书生。

"叶大人，小弟来迟了一步，见谅，见谅。"顾宗万一边向屋子

017

里走,一边喘着粗气致歉。叶昶知道他是骑驴而来,这个速度赶到已是不易。可现场诡异,叶昶无暇跟顾宗万攀谈,让他赶紧去验看躺在枣红八仙桌下方的三具尸体。

顾宗万冲着叶昶一点头,当即放下药箱,从里面取出来镊子,然后蹲下身子,用镊子夹起赵进忠尸体上的一只大肥蚂蚁细瞧。

"这种蚂蚁肚子滚圆,个头很像蝗虫,体型过于庞大,一定是专人饲养的。由此可见,凶手也许擅长驯养百虫百蚁之术。"顾宗万自顾自说完,就把那只蚂蚁装进了檀木圆盒,打算回到仵作间再详细验看。此外他还在桌子旁边发现了一枚梅花袖箭,因为没有想明白用途,于是也放进了药箱里。随后按照常规程序去测量三具尸体,并诊断了死者的骨形。可尸体没有中毒迹象,骨形完好,同时也没有伤痕,真是奇怪。

就在顾宗万有点儿受挫之际,猛然发现赵进忠的额心竟有一处并不明显的红点。除了赵进忠,另外两名尸体的后脖颈、下颌等位置也都找到了相似的红点。

莫非这就是死因?顾宗万浑身一震,立即用指腹去摩挲赵进忠额心上的红点。由于经常验尸,他的指腹上已生出厚厚的老茧,既能捕捉尖锐之物,又不至于被扎破受伤。经过反复摩挲,顾宗万发觉伤口有点儿刺手,连忙用镊子沿着红点外围向下按压,直到看见针尾露头,这才用力给拔了出来。

这根针寸许长,尖亮如发,硬度极高。由此来看,死因似乎源自钢针。可伤口周围的血迹未变色,说明不是毒针。如果不是毒针,即便全部刺入死者头部,也无法引起死亡啊。这究竟是怎么回事?顾宗万实在想不明白,只好把针放入一个狭长的木盒里面。

"致命凶器是否是钢针？"叶昶看了他取针的整个过程，忍不住发问。顾宗万摇了摇头，难得一见地沉默寡言。随后他去检验了三尸的脑后、顶心、头发内，更是重点检查了眼睛、口、齿、舌、鼻、大小便二处等位置。

一处异样也没有发现，这可真是奇了。虽说收获甚微，但顾宗万还是从药箱里取出了一卷《刑部提定验尸格》，手法娴熟地用红毛笔逐一填注完勘验的细节。

现在他把所有希望，只得寄托在了温水洗尸的环节。这时慎刑司派来的衙卒刚好赶了过来，顾宗万当即要求他们用醋蘸了藤连纸，依次搭在三名死者的面上、两乳、脐腹、两胁间，再用衣服盖罨了浇上酒醋，最后用荐席罨上一个时辰。

一个时辰后，叶昶和顾宗万各自服下用苍术、白术和甘草配制的三神汤，这才来到了停放尸体的内院。这里是做钟处正门前用青石垒砌成的广场，四面没有树木遮阴，刺目的阳光照过来，尸体上各处器官一览无余。

三具尸体被平放到一卷长长的蒲草席上面，彼此间隔一尺。尸体周围放着铜盆，内部叠堆着已被点燃的干草，火焰不大，袅袅青烟所散发的烟味很奇怪。既馥郁醉人，又枯涩呛鼻。

这些干草大部分是稻草，上面撒了由麝香、川芎、细辛、甘松等辟邪物碾成的药面，燃烧以后可形成缕缕青烟，方便祛除尸体的腐烂邪气。

为了抵御尸气，两人口中含了苏合香丸，并用浸了麻油的纸团塞住鼻孔，方才走到了尸体的跟前。顾宗万依次掀开盖在死者身上的纸张，越看越是眉头紧皱。当掀完最后一张藤连纸时，他的脸上写满了

019

不可置信:"这……这究竟是怎么回事?"

原来在太阳的暴晒之下,每具尸体的督脉位置均浮现出了米粒大小的黑斑。这些黑斑说明了伤痕的存在,可尸身上根本查不出伤痕。

顾宗万百思之下不得要领,只好对叶昶道:"叶大人,看来我要把尸体和证物带回件作间,一番详细核检之后,只怕才有结果。"

"也好,你先去吧,这里交给我。"叶昶同意了顾宗万把尸体带走。数名衙卒把尸体装上了地排车,由顾宗万引领着出了做钟处。

案发现场只剩下一架残损的自鸣钟还有几个亲历的匠人可以调查了。叶昶也算深谙宫中掌故,他听说虽然做钟处创设于雍正时期,但是直到乾隆年间才到达鼎盛,作里的工匠由原来的十几人发展到如今的百人余。

这些工匠分为南匠、北匠和西洋匠三种,而西洋匠才是最核心的成员,其次是南匠,再其次是北匠。传闻做钟处从大吕宋国(西班牙)、法兰西、英吉利、意大利等招募来了几十个西洋工匠,可谓是三十作里西洋工匠最多的一个机构。

如果想厘清钟表杀人的秘密,首先得找个匠人去拆卸钟表。可找西洋师父还是本朝师父呢?按理说,西洋工匠是最好的选择。因为写字人钟是英伦钟匠威廉森所献,而这威廉森本身就是西洋人。只不过此刻威廉森的嫌疑还没有洗除,洋人们又互有往来,因此找西洋技师拆钟不太妥帖,还是找个手艺精湛的本朝师父不可。

"你可知道,本朝师父里,哪些工种可拆卸钟表吗?"叶昶面向何宝贵问道。

何宝贵小眼一眯,掰开手指列举道:"咱们做钟处的工种可就复杂咯。您瞧,这里有领催、钟匠、镞匠、锉匠、铜匠、索子匠、凿匠、画匠、油匠、木匠、镀金匠、焊活匠、刻字匠、炉匠等十余个工种。这还只是做钟的，要是再加上其他不常用的小工种，那要近百余种，不知道叶大人要找哪一个工种？"

这一席话反倒是把叶昶给问蒙了。他略作思考，就说想寻个综合技艺最强的匠人。何宝贵认真想了想表示，做钟处综合能力最强的匠人是李章柯。此人年轻时在军营里待过，还参与过制造军械，手艺过硬。只是他的脾气怪异，不太好请。

叶昶执意让何宝贵去请，何宝贵不得已只好吩咐一个瘦子工匠去请人了。趁着请人的空暇，叶昶重新梳理了案发时匠人们的站位。那时共有十五个匠人围成了三圈，何宝贵、孙驰、朱平平、吕寿、韩亮、吴泰六人围在最里圈。

由于吴泰和韩亮两人不幸殒命，现在只剩下何宝贵、朱平平、吕寿和孙驰四人。叶昶问他们赵进忠是否有仇家，大家一致表示，虽然赵进忠为人蛮横了一些，但是骨子里待人不错，从未听说过他跟谁结仇。

如果凶手的目的不是针对赵进忠，又会是谁呢？难道是已死的两名小匠人吗？这似乎不应该。毕竟杀死两名小匠人，实在犯不着用如此复杂的写字人钟。

一想到这些烦琐的问题，叶昶只觉有些摸不着头脑。为了挖掘出更细微的线索，他逐个问起匠人们在案发过程之中是否瞧出反常的举动。何宝贵、朱平平、吕寿均是摇头，唯独那个叫孙驰的十七岁少年，怯生生地说出了一个关键线索：赵进忠在死前曾向右侧了一下身子。

这个举动意味着什么呢？叶昶有点儿想不明白，但隐约觉得，赵进忠的死也许跟这个细节关系匪浅。就在此刻，那个瘦工匠急冲冲地跑了进来，迎面跪下来说没有请来李章柯。

"他可知是我约请？"叶昶直截了当地问。那瘦子工匠抬起头来回应道："小的说了，可李师父却让小的来回话：他一生只受人拜见，从不去拜会别人。"

果然难请。不过为了破案，前去拜访拜访他倒也无妨。叶昶这样想罢，当即吩咐匠人把残损的自鸣钟部件收拾好，他打算带着写字人钟去找李章柯。

此时院子外面响起了一阵信号花炸裂的声响。叶昶脸色微变，连忙冲出门外，遥遥看到信号花源自宫外。这些信号花是皇史宬的传信花，只有他和秦跃龙以及黯影知道。既然是在宫外炸响，难道是黯影出事了？

黯影是皇史宬的一把利剑，更是秦跃龙最得意的杰作。黯影就像人的影子，无处不在，谁也发现不了他们的踪迹。只要有黯影在，天下就没有皇史宬查不到的谱牒档案。

如此神鬼莫测的组织，实难想象遭遇了怎样的麻烦。叶昶定了定神，当即要求匠人看好案发现场，他决定出宫去一探究竟。

这个世上唯有两个人可以发现黯影的踪迹：一个是黯影创始人秦跃龙，一个就是叶昶。秦跃龙曾告诉过叶昶，黯影精通各种易容之术。诸如用大麦、针砂、没食子和蔓荆实等碾碎染发染须，用鲜鸡蛋清做面膜治疗面部瘢痕，此外还有唇裂修补术、人造酒窝、义眼术和鼻梁修复术等局部易容的本领。最让人称道的当属换脸术了，即用刀把猪皮背面脂肪去除，尽量在不破的情况下刮薄制造人皮，再在猪皮上用鱼鳔胶贴上眉毛、睫毛、胡子……

正是利用到各种易容，黯影才实现了千万种变化，今日一个样，明日一个样，甚至晌午和下午又是一个样。除此之外，黯影还精通窃听、通信、密码、代号、秘语、暗器、毒药、摩迹、密写、查验、伪造、判析、拆封、密藏等技艺，可谓是集众多间谍术于一身。

叶昶出了午门跨上马，一路从大清门往南疾驰。突然，一个用扁担挑着两筐凉粉坨的老人，恰好从南面一瘸一拐地冲撞过来。

叶昶不得已急忙勒马，马蹄高高扬起吓了老人一跳，整个人向右跌摔倒地，两筐凉粉坨全洒了出来。这些凉粉坨用大木桶盛着，大木桶放在扁担筐里。这么一甩出来，不仅洒了凉粉坨，还把木桶里的冰块、硝石等也倾了一地。

叶昶连忙跳下马把老人扶起，老人却骂骂咧咧把他推开，自己费力地站了起来。老人也不理会叶昶的致歉，甚至连他一身的官服也不瞧上一眼，兀自收拾好地上残破的物件，然后把扁担往肩上这么一抗，一瘸一拐地没入了北面的小巷子里。

叶昶看着那个远去的背影却是一怔。一个卖凉粉的百姓，就算不畏惧自己一身的官服，可至少该停一停致歉吧？这个人自顾自谩骂，自顾自收拾东西，又莫名其妙地离开，只怕别有原因。莫非此人是黯影？刚想到这里，叶昶下意识摸了摸袖口，发现多了一张纸。猛然想明白，这张纸是老人推他时塞进来的。他打开纸条，只见上面自右往左写了一串字，其中首行仅五个字：赵进忠密档。

如此来看，黯影知道他在调查钟表杀人案，于是过来协助他——这一定是秦跃龙的指示。看罢密档，叶昶才了然，赵进忠近来并无仇家。即便从前有过交恶的人，也几乎没有人跟做钟处有关联。

也许凶手针对的并非是赵进忠。而这场杀局，很可能另有隐情。但自己不知道，黯影是否查到了其他人的密档呢？

就在困惑之际,叶昶忽然想到,秦跃龙告诉过他,黯影出没都是有规律的。他们不会单人行动,往往是多人协同。这样一个人出了问题,另外的人也能把消息及时转知秦跃龙。刚才那个老汉卖的是凉粉坨,大木桶里又有冰,老汉去往的方向是北,而北方才为水。

照此推断,余下的黯影应该是:东方木、南方火、西方金、四季土。按照这个规律,叶昶在东方的木工房门口找到一个修理座椅的木匠,从木匠手里得到了一份吴泰的密档。南方的火炉房院门外,一个背炭翁给了韩亮的密档。西方的铸铁铺棚顶之下,一个打铁匠给了李章柯的密档。

吴泰和韩亮都是贫苦人家出身,生平没有经历过几件重大的事,也没有看到他们履历有什么异常的变化。由此来看,凶手也不是针对他们。

唯独这个李章柯身份有点儿奇怪。他的履历记载虽然过于详细,但有些细节却与何宝贵的描述有些冲突,叶昶看完心底生出一丝异色。幸得先来找黯影,而后再去拜访此人。否则若是早一步过去了,反倒错失不少警惕。

目前还有最后一个黯影没有寻到,叶昶打算见完这个黯影,立即折返宫中审问李章柯。谁知当来到四季砖瓦窑的时候,叶昶却没有等来最后一个黯影,只是看到一个个运砖工在窑厂洞内外穿梭,独轮车上或是满载烧好的红砖,或是把制作好的泥砖坯运进火炉里煅烧。

过不多时,一个运砖工推着独轮车在叶昶旁边擦身而过,轻轻说了三个字:"跟我来。"叶昶便跟上了他,一路走到制造泥砖坯的木棚子底下。

一卷垂挂下来的草席把叶昶和运转工隔开。草席的外面是那名通过往独轮车上装载砖块来掩藏自己身份的黯影。草席里面是一间小库房，盛满了制作砖坯的土料。叶昶把耳朵贴在草席上，听那名黯影跟自己悄悄说话。

"我家主人不在皇史宬，所以特命我五人过来协助叶大人查案。您要找的四人密档，我们都已找来。另外，我家主人让我再补充一则消息，您腰间垂挂的那架弩来自洪门。洪门独门弩机，正是在弩壁上绘制三叶草。所有线索，俱已呈明。叶大人如还有麻烦，我们会随时相助，告辞！"说完这些话，运砖工也装载完了红砖，随后推着独轮车吱吱呀呀地走远了。

叶昶从小库房走出来时，遥望着那个汇入运砖工大群的黯影，不由得呆呆失了会神。皇史宬的黯影果然名不虚传，他这边刚开始行动，秦跃龙便知道他需要什么消息。此人不愧是不死牒宗，倒也对得起此称号了。

如果那支暗算自己的弩来自洪门，案情似乎有了些眉目。洪门创设于明万历二十年，迄今已逾一百六十年。传闻洪门即是汉门，他们的目的只有一个，那便是反清复明。

康熙年间，一个叫陈近南的洪门军师创建了天地会，一时让这个特殊的组织甚嚣尘上。由于朝廷对天地会党羽严加查办，经常实施杀戮株连，致使他们集会多用口头传述，往往是暗地里秘密结社。此外他们对外称作"天地会"，只有对内才叫洪门。

一想到这些，叶昶心底的困惑有了眉目。既然弩机来自洪门，那说明凶手极可能是冲着乾隆皇帝来的。洪门的魔手却也大胆，竟伸进了紫禁城。如果这是一桩弑圣大案，问题可就严重了。不消再想，叶昶立即骑上快马折返紫禁城。

第二章
杂活作密档：不死牒宗

杂活作密档：乾隆三十六年五月二十七日申初

做钟处钟匠李章柯服毒自尽，身份不明。为抓洪门暗桩，金面判官携手不死牒宗设下两重迷局，只待收网抓人。熟料写字人钟突发爆炸，叶昶全力追凶之际，查核房侍监亦遭歹人迫死。危情陡增，刻不容缓。

造办处的东北隅有一处独辟作坊，前临灰瓦白墙的裱作，背靠造办处的垂花后门，处于造办处北、东两堵院墙的夹角之中。

这间作坊原本是杂活作的一间库房，后来杂活作移居别处，因而分给了做钟处。虽然房子的空间不大，但五脏六腑俱全。

屋子面阔两间，外间摆开五张枣红八仙桌，上面放着刨子、车床、擒纵器、扳手等工具，从零件散乱堆放的情况来看，屋子的主人应该很懒散，而里间则堆满了闪发着珠光宝气的各种型号的钟表。

叶昶大步走进屋子，简单地扫看了一眼，发现一位辫子花白的老者正背对着自己。这位老者头上戴着一顶瓜皮小帽，身着一件湖色熟罗长袍，却将袍角撩起掖在了灰色的腰带里面。

他的外面罩着铁线纱夹马褂，两脚上蹬着一双薄底快靴。叶昶注意到，此刻老者一手扶着桌上还未完工的钟表机芯，一手拿着螺丝刀在调试簧片。

"李先生，久仰大名！我今日前来，是想跟先生讨教几个问题。"叶昶在老者身后定住脚，开门见山地表达了想法。

老者微微转过身，叶昶注意到他的年纪很大，眉毛胡子苍白如雪，脸膛呈现紫红色，倒是有长寿老人独特的气质。

与此同时，李章柯也注意到了叶昶。只是看到那半张金面，他就大体猜到来人是谁。坊间传闻，天下歹徒，无论多么凶狠狡诈，一旦遇到金面判官，不出十日，就会全部沦为阶下之囚。也许是这位判官既有超强的侦探能力，同时又武艺高强。因此逢年过节，百姓们都会把他当作门神供奉起来，就像供奉秦琼和尉迟恭一样保佑阖家安全。

金面判官不轻易出山，今日来寻自己必然有要事。李章柯想到这里，心里不免有些顾忌。可他毕竟是个年过古稀之人，数十年的人世沉浮，早已锻炼了无论遇到何事都能处之泰然的秉性。

"原来是金面判官叶大人造访，失敬。"李章柯说完这句话，马上又调适钟表去了，仿佛从未把叶昶放在心上。

叶昶盯着他的背影，劈头便道："令尊是前朝户部侍郎洪文清，只因一场'青楼案'受累，最终被削职为民，郁郁而终。至于李先生，原名叫洪登攀，是也不是？"

谁也不曾想到，这个金面判官上来就直陈案情。哪怕是阅历颇丰的李章柯，也被这家伙的唐突之举给震惊到了。可他并未表现出太多的情绪波动,仍旧在专心地修理钟表。

"我办案向来喜欢简单直接。今日既然找上你,自然手里有充实的证据。"叶昶撂下这话,从怀里掏出一本黯影给他的谱牒档案甩到桌子上面,直震得螺钉和器件都飞了起来。

李章柯瞥了一眼那本书册,只字未言。叶昶却徐徐说道:"三十年前,你跟一个叫王博光的人发生纠纷,王博光把你告到县府,亲口指认你叫洪登攀。这些白字黑字全都登记在册,手印画押,你如何赖得掉?"

这个金面判官断案如神,背后又有皇史宬撑腰,如果想调查一个人的身份,倒也相当容易。李章柯拿起卷册看了几眼,只待确信叶昶并未欺瞒,这才板着脸冷哼道:"叶大人,好手段。老夫原名的确叫洪登攀。不过那都是前尘琐事了,就不劳大人如此费心查核了吧?"

"莫急,密档上还有一则记录。"叶昶风波不惊地说。李章柯却是浑身一震,因为自己处于被动之局,只好听他接着道:"令尊洪文清曾被人弹劾,指摘他暗中勾结洪门,意图谋反。这个节骨眼上,他不仅不急着跟洪门撇清关系,而且还涉嫌在青楼帮助洪门中人脱身,甚至不惜与官兵冲突,这就是我先前说起的'青楼案'。事后,令尊被关押入狱,只因没能找到与洪门勾结的证据,倒是赦免了死罪。不过也因他的嫌疑未除而被削职为民,从此逐出京城,永不叙用。"

一席话简短又直戳要害。李章柯这才意识到,此人自打踏进门的那一刻起,就在逼着他承认叫洪登攀,原来是在下套啊!只要承认了原名,也就算自认父亲是洪文清,那这顶与洪门勾结的高帽子,只怕是摘不掉了。

金面判官,果然名不虚传!

"这么说，叶大人是来抓老夫的了？"李章柯直接挑明了叶昶的目的。叶昶虽没有回答，但他的手压在了刀柄上，已然说明了一切。

就在这剑拔弩张之际，忽听一阵急促的脚步声传来。两人一齐看向门口，这时何宝贵走了进来，向叶昶行了个礼，说钟表已运过来，是否需要抬进来让李师傅拆卸。

叶昶盯着李章柯，依旧冷漠："今日不宜拆钟，你先抬回去，容后处置。"

这话让人甚是意外，虽说何宝贵不太理解叶昶的变化为何如此之大，但他想到叶昶既然号称金面判官，自然有他查案的方式，自己何必乱猜呢？于是悻悻然地转过身去，只得打算带领抬钟表的匠人们折返做钟处。

"且慢！"不待何宝贵走出房门，忽听李章柯叫住了他。何宝贵站住了脚，愣在原地听候指示。李章柯略作思考，转身走到叶昶的旁边："叶大人，可否容老夫说句心里话？"

叶昶点了一下头。李章柯深深叹了口气，兀自说道："老夫毕其一生，只想制造一架赶超洋人的钟表。五年前，我听闻英伦钟匠威廉森计划打造一架会写字的钟表，那时我也在暗中赶制，希望能跟他一较高下。殊不知，人家早已捷足先登，而我赶制的钟表却未见成效，此事一直是我心里的痛。而今我只想探明此钟机理，领悟出我与那洋人的差距。只要遂了愿，即便是当即赴死，我也心甘情愿了。"

一个优秀的钟匠毕其一生，大概都有制造出一架最满意钟表的理想，这就跟画家、书法家都想写画出最完美的杰作一样。李章柯是本朝师傅里最出色的钟匠，有此念头倒也正常。

只不过他身份特殊，又与洪门关系匪浅，如果他在拆卸钟表的过程中意图破坏证物,又该怎么办?当叶昶想到这里时,忽然犯起了难。

但这种困惑也只是持续了短短数息,片刻后他又猛然想到,洪门在钟表上安置的杀招,恐怕只有洪门中人才能找到。他想藏起来的部分零部件,可不就是最重要的线索吗?

一件棘手的事经过正反两个方面论证,叶昶马上有了决定。他同意了让李章柯拆卸钟表,而李章柯也表现得很兴奋。他亲自把钟表抱到工作台上面,取来螺丝刀、扳手等工具小心翼翼地拆卸。一切进行得都很顺利,只待拆到写字人钟的头颅时,李章柯忽然停下了手里的工作:"叶大人,此处极可能是暗器的所在位置,我不确定毒针会从什么位置发出,烦劳您离远一些。"

这话初听没有问题,但叶昶转念一想,这家伙让自己避开,莫不是想从中取走关键部件?既如此,那就不妨借坡下驴。

叶昶把手压在刀柄上,轻手轻脚向后退了几步。眼看叶昶离自己远了些距离,李章柯这才拆卸起写字小人的脸。他把那张遍布空洞的铁面摘了下来,放到了桌子上面。

过不多时,李章柯拿起了一个镊子,一丝不苟地夹住小人的左眼球,慢慢地向外抽拉,直到拉出尺来长的一根机簧。几乎是在下个瞬间,他又把右眼球里的机簧也取了出来。

"这是发射毒针的机关?"叶昶看着李章柯放在手心的两根机簧发问。李章柯莞尔笑道:"老夫也不知。嗯,不妨尝尝看。"他把两个机簧攥紧,企图闷入口中。

眼见此状,叶昶赶紧拔刀去拍李章柯的左拳。可这边刚拍下去,发现左拳空无一物,明显是使诈。就在叶昶失神的刹那,李章柯已把右手攥着的机簧塞进嘴里吞下去了。

此刻李章柯计划得逞,踉踉跄跄向后退了几步,仰起头来凄苦地吟起一首诗歌:"七十三岁尽可死,栖栖不死复何言?徐生许下愁方寸,庚子江关黯一天。蒲坐小团消客夜,烛深寒泪下残编。怕眠谁与闻鸡舞,恋著明月数十年。"

叶昶听得出来,这首诗是傅山的《甲申守岁》。当年明朝灭亡让三十八岁的傅山悲痛欲裂,于是写下了这首诗。不过李章柯把原句中的三十八岁改成了七十三岁,也就是他自己的年纪。他还把最后一句"恋著明月十七年"改成了"数十年",可想是他心心念念反清复明的基业近数十年了。由此来看,李章柯不仅是洪门安插在做钟处的暗桩,而且早就有了谋逆之心。

为了不让洪门的计划外露,他甘愿冒死吞下机簧。可他不会想到,即便是死了,叶昶也有办法取出证物。也许是机簧里藏有剧毒,李章柯服下后唇角立即流出一抹黑血。他的双目因为巨痛而不经意睁大,哇地喷出一口黏稠的血,缓缓倒了下去。叶昶连忙上前一探鼻息,发现已没了呼吸。

就在这时,门外忽然响起顾宗万的叫喊声:"叶大人!"虽说不知道顾宗万为何会来这里,可考虑到自己刚好需要人验尸,于是就让他过来查看李章柯的死因。

顾宗万看罢,难以置信地摇了摇头:"看他的症状,倒像是中毒而亡。可天底下哪有如此剧毒,刚吞下就死人?"

"你的意思,这家伙提前服用了毒丸?"叶昶顺着他的推断问道。

顾宗万一点头,随后去翻了李章柯的眼皮、嘴唇、耳蜗等地方。突然,他说了一句"找到了",竟从李章柯的后牙槽里夹出一枚黄豆大小的毒囊。

"此人一定是早在见你之前,心里想到了死,所以他提前咬破了毒囊。"顾宗万用镊子夹着那枚毒囊,反复看了看,又道,"简单来说,这一切都是他提前布好的局。可我想不明白,他为何这般做?"

"原因即目的。"叶昶的话简明而直接。他缓缓站起身,兀自分析道:"洪门一定是担心我们发现机簧的秘密。因此他们要求李章柯吞下机簧,以此毁了证物。"

顾宗万有点儿想不明白:"可洪门难道没想过,我可是会剖尸之术。就算这个李章柯把整个自鸣钟给吞了,我也能从他的胃里取出任何一枚微小的零件。"

叶昶一勾唇:"他们只怕早想到了。只要李章柯吞下证物,我们就得把尸体带回仵作间解剖。可你别忘了,此地是宫里,防备森严。而你那仵作间,周围横竖不过十来个衙卒守卫。"

"我明白了。"顾宗万紧紧皱了皱眉,"洪门知道不容易在做钟处毁了证物。于是想到了把李章柯的尸体当运载工具,到时他们再安排人手去仵作间盗取证物?"

叶昶点了点头。既然看穿了敌人的阴谋,接下来就得想好对敌的策略。尸体被顾宗万带回仵作间后,他决定亲自埋伏在周围擒凶。不过除此之外,叶昶还有一件事不明白。顾宗万为何到这里寻自己,他是如何知道自己在此?

听到叶昶询问自己到这里来的原因,顾宗万苦苦笑道:"三个原因。其一,那个叫威廉森的西洋匠人不久前来了刑部,他坦白了所有制钟的细节,以及所有接触过写字人钟的人员。其二,秦大人找过我,他给了我一份威廉森的密档,说是让我看完后转交给你。"说完这些话，顾宗万从怀里掏出一份密档，递给了叶昶。

经过简单浏览，叶昶大体明白，这个威廉森是乾隆亲自选入宫里的西洋匠师，两人曾有过数次单独会面的机会。如果他有弑圣之心，只怕早就动手了，压根不需要设计一架钟表再动手。毫无疑问，凶手另有其人。"第三个原因呢？"叶昶合上密档揣入了怀里。顾宗万略作思索，答道："我研究过了，那些白蚂蚁无毒，但却被喂食了许多甘草。另外，刺入三名死者身上的钢针也无毒，偏偏上面涂抹了甘遂的汁液。"不待顾宗万说完，叶昶已有了推断："你的意思，两种无毒的草药一旦融合，将会形成剧毒？"顾宗万无奈地一摇头："叶大人，你知道吗？有些时候，你实在太聪明了，反倒让人觉得很无趣。"

叶昶不想回答这个无聊的问题，只是板着一张漠然的面容。顾宗万也不废话，当即回应道："不错，凶手应该还没有来得及关闭机关。一旦开启机关，钢针就会刺入白蚂蚁的体内，到时可不就成了剧毒钢针？这玩意要是射进人的体内，三刻内必死无疑。"

听完顾宗万的测度，叶昶也有了一些推理。他一面仰头微想，一面暗想：如此说来，做钟处里必定暗藏一名负责启动机关的洪门暗桩。这个机关一定要在查核完活计以后再启动，否则让赵进忠瞧出端倪，他们的计划岂不是功亏一篑了？

只怕洪门原本想着，只待赵进忠查核完活计，一旦此物呈请圣览，那名暗桩再启动机关。可万万没有想到，查核活计的过程之中，赵进忠发现了问题。为了保住秘密，那名暗桩没有来得及启动机关，而是直接启动了射出飞针和放出白蚂蚁的杀招？

一想到这里，叶昶微微皱起了眉："莫非这个人就是李章柯？"

现在种种线索几乎都表明，李章柯就是洪门暗桩。可不知为何，叶昶简单想过以后，马上否定了自己："当时李章柯不在现场，绝不可能启动机关。"

顾宗万听到了叶昶低低的呢喃声，因为想到案情复杂，不易外宣。于是他凑近了一步小声追问道："叶大人，你是不是怀疑活下来的那四个匠人里面藏着洪门暗桩？"

叶昶瞄了一眼站在门外的何宝贵，轻轻向顾宗万点了点头。顾宗万马上道："那要不把他们全抓起来，到时挨个审问？"

叶昶轻轻抬了一下手："不急。我先去一趟皇史宬，也许秦大人那边有四人的密档。待我看完密档，到时再另行计划。"

这倒是个好主意。皇史宬掌天下密档，区区四个匠人的谱牒档案，查起来很容易。不过顾宗万眼下犯了难，实在不知道李章柯的尸体如何处理。

这时叶昶提醒他道："你让大内侍卫先带回慎刑司。那里守备严密，洪门暂时无处下手。等我从皇史宬回来，到时与你一道把尸体运回刑部仵作间。"

一听叶昶早把后续的事宜料理好了，顾宗万也不再费脑子，只得按照他的吩咐去办了。就在顾宗万离开后，叶昶脑海里忽然生出一个两全其美之计。

既然洪门暗桩藏在了那四个人之中，何不让何宝贵把钟表抬回做钟处呢？虽说钟表上已无重要线索，但只要自己放出一些烟瘴，由不得洪门不信。一旦他们信了，就会安排人手毁掉写字人钟。那时自己埋伏在周围，岂不是可擒了那名暗桩？

可与此同时，洪门也会安排人手去仵作间盗走证物，那里也需要一名高手坐镇。然而自己根本无暇分身，怎么办呢？当安排到这里的时候，叶昶没了主意。就在他低头暗忖之际，猛然又想到，他即将去皇史宬寻秦跃龙。只要秦跃龙肯相帮，设局擒几名洪门暗桩不在话下。一件繁琐而复杂的事情，就这么被他解决了。

"何宝贵！"叶昶收回了心神，大声把何宝贵叫到跟前。何宝贵毕恭毕敬地走过来，低着头听吩咐。叶昶道："这架钟表，你暂且带回做钟处。李章柯方才说，他拆卸写字小人眼睛的时候，不小心落在里面半截簧片。你派人给我把钟表看好了，一定给我看牢。没有我的命令，任何人不能碰它。写字人钟如若出现半点儿纰漏，我拿你是问。"说完这些，他缓了一口气，又补充了一句话："待我请了威廉森先生，到时让他亲自拆卸钟表，再来取出那半截簧片。所以，这个关键节点，你应该懂得这架写字人钟的重要性。"

听到叶昶的训话，何宝贵哪里敢说半个不字？只得懦懦地应下，随后叫上门外的匠人把残余的钟表给抬走了。叶昶略微定了定神，大步迈出李章柯的院落，径直奔去午门。他打算赶赴皇史宬，一方面询问秦跃龙是否还有别的消息，一方面与他商议布局擒洪门暗桩的计划。

远在紫禁城东方的皇史宬既是皇家禁地，也是贮藏皇家密档的所在。这里外围有重兵把守，闲人勿进，可谓是个仅次于紫禁城的神秘所在。在不少官员的眼中，皇史宬甚至比紫禁城还神秘。因为紫禁城每日上朝还能见到，可皇史宬是除皇帝之外少有人能去的神秘机构。

皇史宬始建于明嘉靖十三年七月，主殿坐北朝南，通体石屋，不仅台基和墙壁全由砖石砌成，而且门窗、梁坊、斗拱等也是石料垒

035

砌。这样利于防火和防潮,更好地保护档案文书。

皇史宬里有一处神秘的机构叫密档处。这里除了是主掌皇家圣训、实录、玉牒、各地档案目录、重要人员的简牒等重要密档的所在之外,还是个秘密的情报机构。

密档处的前身是雍正时期的粘杆处,在康熙朝时原是个粘蝉、捉蜻蜓、钓鱼等的服务机构。随着雍正做了皇帝,为了巩固统治,他就在这个机构里设置了情报网络,暗中探寻叛逆作乱的党羽,渐渐发展成为类似于明朝锦衣卫的特殊机构。

不过粘杆处在乾隆时已被废止,但它的秘密情报网络并未取缔。二十年前,一个既能从事情报刺探,又能从事档案稽查的组织悄然创设,那便是如今由刑部右侍郎秦跃龙所领掌的密档处。

密档处的办公地点非常隐蔽,不在地上,而是在皇史宬的地下密室。那里的所有职员几乎终日不见太阳,每天都同看不完的卷宗打交道。

这十年来,秦跃龙利用密档处的天然优势,顺利查获了贪官百余名,一一呈请圣览,大部分都受到了惩处。另外他还利用密档处帮助忠臣翻案,适时维护着国家的康健。

在清官们看来,秦跃龙是一把激浊扬清的正义之剑,备受推崇。可在贪官们看来,此人是悬在头顶的虎头铡,随时都能取了自己的性命。

为了不让发财路径受堵,数年来很多人都动过除掉秦跃龙的念头。明面的弹劾,乾隆根本置之不理。只能暗地里密谋刺杀,然而计划刚刚敲定,不出一个时辰,黯影就会把探听到的情报及时告知秦跃龙。几乎还没来得及行动,刑部衙卒就包围过来把他们给端了。面对这样一个敌人,任何贪官污吏只是恨得牙痒痒,始终拿他没有办法。

秦跃龙在大清是个很特殊的存在。他在官场没有朋友，在普通生活里也没有朋友。不过他倒是有一个很要好的搭档，那便是金面判官叶昶。

叶昶从皇史宬院门前下了马，不必跟守卫通报，只是依靠那张熟悉的金面，就能一路闯进位于正殿右侧的一间内室。

这间内室是秦跃龙的私人休息室，只有他的亲从、黯影和叶昶才能进来。叶昶站在一个靠墙的土炕旁边，一个打扮精致的男人正准备收拾收拾下炕。

只见他头戴宝蓝金小帽，身穿一件蛋青虞美人花式洋绢长衫，外加一件洋蓝夹马褂，纽扣上挂了一个绿翡翠龙圈剔牙杖。他把那双穿着扣绣满洲袜子的脚伸进地上放着的一双元缎靴里，缓缓站了起来。

"洪门这次在三十作里安插了不少暗桩，他们看来是想祭出一记大的杀招。"秦跃龙一边说，一边走到一架紫檀玉璧圆腿小条桌跟前坐了下来，仪式感很足地点着兽钮三足熏香炉里的甘松香，一股馥郁的香味顷刻间充满了整间屋子。

叶昶没有发话，又听他道："我知道，皇上限你一个月之内破案。可依我来看，哪怕是三个月，你也不定能除掉他们。"

"此话怎讲？"叶昶忍不住发问。

秦跃龙叹道："十年前的八月十四日，做钟处发生一起鬼魂附体案，你可知道？"

叶昶点了一下头。秦跃龙用镊子夹着福州产的脱胎漆茶具在热水缸里浸泡了一会儿，然后夹出两只茶盏放在靠近自己和叶昶的位置："这桩案子起初本是匠人谋杀案，最多再判个离奇的鬼魂附体案，也就算了。谁知那个附在林奎身上的鬼魂杜明，竟意外供出了百余名受贿的官员和匠人。万岁爷一怒之下把这些人全惩处了，可谓是一场洗牌三十作的大案。自那而后，三十作来了一次大换血。"

"你的意思，洪门的暗桩便是在那时混了进来？"叶昶问他。秦跃龙在朱泥狮钮壶里添了宋燕生饮猴茶，煮了一会儿，分别在两个茶盏里倒满，黄澄澄的茶汤看起来十分解渴。他伸手请叶昶品尝，自己也呷了一口，随后端着茶盏说道："黯影只是粗粗统计，发现三十作里来历不明之人达二十分之一。简单来算，一千人里有五十人。更何况，紫禁城三十作和圆明园三十作的工匠人数多达四五千人。这么个比例算下来，暗桩可能有二百余人。"

叶昶问道："黯影是否能查到他们的详细身份？"秦跃龙摇了摇头："正因为查不到，所以才不能轻举妄动。这些人里面，也许有些并非是暗桩，只是谱牒档案不详备而已。"

听到这里，叶昶大体有了概念。三十作里洪门暗桩众多，而且不易大肆抓捕，那样容易打草惊蛇，可能还会造成难以估算的损失。刚好他心下已布好了两个局，可以先擒了几个洪门暗桩小试牛刀，说不定还能从他们口中问出所有暗桩的名单。届时一网打击，岂不是精准高效？于是叶昶便把如何利用李章柯尸体和残损写字人钟抓捕暗桩的计划说给了秦跃龙听。

秦跃龙用来端茶盏的手一顿，目光里闪出狐疑："你是想让我帮你去仵作间抓捕洪门暗桩，而你自己则去做钟处守株待兔？"

叶昶端起秦跃龙为自己斟上的那盏茶，一饮而尽随后道："我知道，这件事，你会助我一臂之力。"他们之间无须太多的交流，而叶昶也知道，秦跃龙必会同意此事。至于秦跃龙如何实施抓捕，如何在自己的计划上布局，那就是秦跃龙自己的安排了。这位与自己名号旗鼓相当的年轻人,尤为擅长谋略布局,叶昶从来都没有为他表示过担心。

从皇史宬出来以后,叶昶骑马又折返了做钟处。半个时辰的功夫,那个洪门暗桩应该差不多该动手了。可令叶昶始料不及的是,他刚踏进门里,何宝贵就扑腾跪在了地上哭着说道:"叶大人,您让我看护的那架残损的钟表,两刻前被造办处查核房的人领走了。他们说要进行查核活计,我根本拦不住呐!"

造办处查核房查核活计,这是常规程序。可写字人钟是杀人凶器,刑部和慎刑司也已过来调查。此物属于证物,造办处查核房不会不知。既如此,他们为何还要领走查核呢?

莫非那人就是洪门暗桩?一想到这里,叶昶心里微微泛起了涟漪。他连忙喝问何宝贵道:"你可瞧清楚了,那人来自查核房?"

何宝贵浑身打着哆嗦回答:"小的瞧不错。那人亮了公凭,上有员外郎的官印,小的不敢多说什么。"

"那人来自哪间查核房?"造办处查核房可不止一间,如果去错了地方,相当浪费时间。

何宝贵想了想回道:"好像……好像是造办处东首的那间查核房。"听完何宝贵的描述,叶昶大步冲出做钟处,并从西面的一扇垂花门里出来,面北径直奔向造办处所属的院落。

自造办处东边垂花门进来,迎面便看到一幢金瓦翘檐的正殿,两翼是长屋配殿。正殿坐北朝南,两边植了青松。屋内是一间大厅,两大间耳房,一边一间。

叶昶掀开珠帘闯进大厅,目光一扫发现屋里满是人。除了郎中、员外郎和主事不在,委署主事、六品库掌、八品催长和笔帖式,甚至许多的柏唐阿和领催等人也都在。此刻大家在各自的桌案前整理文牍，无一人说话，放笔和翻动纸张的声音接连不断。

"刑部办案，查核房侍监是谁？出来回话！"叶昶立在门口一亮腰牌，大声喊了话。他口中声称的侍监是八品首领官衔，下设十五名太监，负责每个作坊的大小琐务，像查核各作坊活计这种事，一定要先经过他们之手。

也许是不想多管闲事，大家谁也没有冒头指说上司的去处，各自都在假装忙碌手里的活计。叶昶了然再问下去也没有效果，于是想随便抓个人问一问。

就在他迈前几步，刚要动手之际，忽听身后传来一阵尖声尖语的老太监声："哟，这位大人，您找谁？"

叶昶回身才发现，这是一位白净无须的老太监，脸上明显有了岁月的刻痕，近距离观察可见苍老干瘦。他似乎近视得很厉害，看人总要挤着眼才能看清。

"你是侍监？"打眼一扫这位太监的八品葛布箭衣，叶昶便有了判定。

老太监只是不动声色地笑了笑，随后弯着腰缓缓抬起头来仰看叶昶。直到看见绣锦鸡二品官补、珊瑚顶戴，以及非常显眼的半块金面，才脸色大变，用力抽了自己几个大嘴巴子道："哟，这不是大名鼎鼎的叶大人嘛，小人眼拙，小人该死！小人就是侍监李大旺！"

李大旺自幼便因夜里做活计不点灯而患了高度近视，因为这个毛病他没少得罪过造办处高官。至于象征性地掌嘴认错，早已是他经年来千锤百炼的结果了。

叶昶毫不费言地问："写字人钟被你们取走了？"老太监一皱

眉："是有这么回事。"叶昶连忙再问："得了谁的令？"

"这个……"

老太监浑浊的眼珠开始不停地闪动。叶昶怒目瞪着他，明显是不得知真相绝不罢手。就在这剑拔弩张之际，一个小太监忽然火急火燎地跑了过来，大声喊道："不……不好了……写字人钟……写字人钟出事了……"

叶昶马上看向那名小太监，厉声喝问："写字人钟在哪？"小太监缩着头，遥遥一指西面，怯怯地回答道："在……在临溪亭花园。"

虽说还不知道写字人钟出了何事，但叶昶已无暇多问。大步从造办处南门出来，穿过迎禧门，径直朝西南方向奔进揽胜门。

一进门便看到池塘前方的青砖阔地上面，平放着一架木板缚辇。这架缚辇的抬板实在太厚，约莫半尺，很像一口楸木官皮箱。

这不太符合常规。因为抬板都是实心薄木板，那是为了方便抬东西，绝不会有人把厚木箱做成抬板。

莫非内部有蹊跷？

叶昶如此想完，本欲上前去检查写字人钟，忽见写字小人的脸上不断爬出来蚂蚁。此刻所有机械部件都失灵了，仿佛是出了故障似的不规则运转。

为了探明真相，叶昶拔出雁翎刀，小心翼翼地走上前。他用刀尖抵住抬板的前板面，随着腕力斜抖，一道口子被划开，哪知内部竟是空的。

空的？难道抬板里面装有机关？按照这个猜想，叶昶没有急着去动写字人钟，而是又连续在抬板的其他三面切开三刀。

四块木板随着他的刀落而轰然倒地，赫然可见里面安置着一个奇怪的物体。叶昶弯下腰定睛去瞧，发现那个奇怪的东西周围包裹着无数细钢丝，就像是一个鸟巢。

叶昶用刀轻轻拨开茂密的钢丝丛，发现一块水晶方砖的中心嵌固着一枚五彩花纹的黑铁圆锥，一根火捻子正在水晶方砖里面慢速燃烧，似乎即将烧到圆锥内部了。

这是慢炮！

叶昶第一时间便瞧出了奇怪物体的来源，不禁骇然睁大了眼。慢炮是出现于明代嘉靖年间的军用武器，本是曾铣发明的定时火药。这玩意最长可控制在两个时辰之内爆炸，而今从这条火捻子的燃烧速度来看，大约只剩下一刻钟了。

此时剪除钢丝线再掏出来慢炮丢入安全地带已经来不及了，必须就地引燃。可在引爆之前还必须通知附近的人不能出来，以免引起不必要的伤亡。

数个呼吸之间，叶昶已把问题考虑得详细周到。他直起腰大步跑到庭院中央，面朝四面的高楼大声喊道："这里有火药即将爆炸！所有人关窗！闪避！"

一阵洪亮如钟的声音气势磅礴地飘荡开去，含清斋、宝相楼、慈荫楼、咸若馆、吉云楼、延寿堂和临溪亭等建筑里的人都已听到了。

大家或是站在门外，或是站在楼上的窗户口远眺，一见是个身穿朝服、戴着金面的人喊话，心里均在想，此人一定是金面判官叶昶。他不轻易出现，一旦出现必然遇到了大案。当联想到这里时，所有人立刻从阁楼里跑了出来，一股脑儿地挤向唯一的出口揽胜门。

如若是靠各个楼层的上司分别疏散，哪怕是告诉大家此地很危险，只怕也需要半个时辰差不多才能完成。可叶昶只是喊了一嗓子，那些人便如惊弓之鸟散开，不消半刻人去楼空。

眼看着周围没有了闲散人员，叶昶才敢靠近那架写字人钟。这个东西是证物，如果就这样被炸毁，显然是一大损失。

可叶昶也不敢直接抱走，因为担心钟表与抬板底部的机关相连。万一不小心触发机关，也不知会有怎样的后果。

叶昶把雁翎刀插回腰间的刀鞘，双手轻轻抓住钟表外围的两根赤金柱子缓缓去抬，直到把整个钟表给举了起来。这期间始终没有出现底部连接机关的情况，他不禁舒了口气。

可就在他打算把钟表抱走之际，一块白面表盘忽然从钟表上滚落，坠地后发出叮叮当当的声响。叶昶的目光很快从地上的白面表盘，猛地转向这块钟表的内部，登时便呆住了。

钟表内部的齿轮组中央镶嵌着亮晶晶的怪东西，谁也想不到竟又是一枚水晶慢炮！而且相比抬板里的那枚水晶慢炮，这枚慢炮的速度似乎要快十个响指。

火捻子即将引燃火药！这短短数息之间，可谓顷刻便见生死。叶昶不得已扔掉钟表，转身向后方猛扑了过去。

一阵刺亮的光芒霎时爆闪，随即是移山拔海的轰隆巨响。强大的力量震得土石冲天而起，宛如一条火龙自地下钻出来，火龙周围环绕飞升着滚滚浓烟和碎石。良久过后，叶昶才从被土堆和碎石掩盖的废墟里跟跟跄跄站了起来。

他摇了摇头上的灰土，轻轻环视狼藉的现场。刚才的爆炸让大地裂开了一口大圆坑，犹如天神夯出一击重拳。圆坑的四周散落着一团团的焦土，袅袅的黑烟从焦土上面节节攀升。

这枚慢炮是军中秘器，洪门只怕制造不出。此外洪门暗桩就算手眼通天，也断难实现以查核房的身份调走写字人钟。难道凶手并非只有洪门，还有朝中某位高官襄助不成？

可究竟是怎样的高官，竟能把手伸进三十作？叶昶想到这里，脑海里立地锁定了一个人物：李大旺。此人一定知道那位高官以及调走写字人钟的洪门暗桩。

一念及此，叶昶赶紧折返造办处查核房。刚跑到门口，眼见一个小匠人出来，他大手便把人薅住，大声喝问李大旺的值房在哪里。小匠人见他满身土灰，狼狈不堪，却仍旧杀伐未减，心里不免生出惧意，只得颤颤地指了指西南边的一间小屋，但始终没有说话。

叶昶马上会意，大步冲进了屋子。此刻屋子里飘荡起悲惨的哭声，叶昶循声看去，发现一个小太监正伏在李大旺的大腿上哇哇大哭。叶昶走上前仔细去瞧，李大旺坐在一把扶手椅上，四肢下垂，头歪歪斜靠在肩上，面容黑白相间扭成铁灰，仿佛是中了某种毒。

桌上放着一个茶盏，叶昶取出一根银针插了进去，银针登时变黑，说明茶水有毒。可老太监身上没有溅洒茶汤，唇角也无茶渍，倒不像是被人灌服。

那应该是自己服食。

一想到这些细节，叶昶赶紧掰开了李大旺的嘴，发现舌面浅黄，这是喝茶的痕迹，印证了是他饮下。那么问题来了，桌子上的茶是谁送进来的？

叶昶厉声喝问那个大哭的小匠人："这究竟怎么回事？"

小匠人泣道："我是李侍监的随从太监。李侍监说中午要休息，让我到了点叫他。谁知我刚刚进来，他就……"一提到李大旺的不幸离世，小匠人没命地号啕大哭起来。

叶昶逼视着他问:"李侍监几时几刻进的屋子,你又是几时几刻进来的?"小匠人眼珠骨碌一转:"半个时辰前。那时李侍监进来值房休息,说是半个时辰后让我叫醒他。我如约来叫他起床,哪知竟逢了难。"说着又是一阵呜呜咽咽好哭。

听到这个回答,叶昶的眼睛却是微微一眯。这就奇了。两刻前,李大旺明明还跟自己见过面,怎会半个时辰前来值房休息呢?

莫非这个小匠人在撒谎,而茶水就是他端过来逼李大旺服下的?只待亲眼看到李大旺死去以后,此人原本的打算是立即逃离,谁知自己追了过来。无可奈何之下,不得已伪装成李大旺的随从太监,使出这一计瞒天过海。

一想到这些关节,叶昶立刻有了抓人的念头。他伸手缓缓去摸腰间的雁翎刀,小太监的余光瞥见了他的举动,豁然站了起来,先从怀里抓了一把石灰粉撒向叶昶,然后脚不沾地冲了出去。

第三章
裱作密档：北斗七星

裱作密档：乾隆三十六年五月二十七日申正

叶昶在造办处查核房审讯小太监，意外查获是洪门暗桩，由此连带出种种不堪命运；秦跃龙和顾宗万在仵作间设局挫败北斗七星阵，虽未擒到凶手，但却捡到刑部布防图；刑部三大妙手聚首查案，线索直指独臂书圣岳海楼。

一个仓皇的身影在人来人往的大堂里急奔，虽说叶昶被石灰粉遮住了视线，但并未受到太大的影响，只轻轻拍了两下眼前的白雾，立即冲到了大堂。眼看小太监即将跑向门外，叶昶顺手抄起桌上的一块砚台，向着小太监的后心砸去。

这一下犹如被武术高手捶了一拳，小太监四肢大开扑到了地上。叶昶拨开几个碍事的匠人，一步并数步冲到门外，一只脚抬起踩在了小太监的后背，直让他刚刚爬起来的身子再一次扑倒，鼻子因为磕在硬砖上面，登时冒出两股殷红的鲜血。

"你究竟受何人指使？"叶昶俯视着他厉声断喝。小太监颤抖着声音："没有……没有人。"叶昶把脚用力往下一踩："你应该听过我的名号，也恐怕比谁都清楚，我审问犯人有一百八十种方法，每种方法都足以让人生不如死。其中醢、脯、焚、剖心、刳剔、炮烙、镬烹、虿盆等酷刑，更是留给那些宁死不说的犯人。他们如果真有骨气，那可得挨过七七四十九天的折磨才能死去。你知道世上最可怕的死法是什么吗？"

多年的刑侦生涯让叶昶一眼就辨得出来，眼前的这个小太监并不是个难对付的角色，只要吓一吓他，多半能套出线索。于是他把右臂压在踩小太监后背的腿上，轻轻弯下腰一字字地道："世上最可怕的死法是生不如死，而生不如死之中最可怕的是被各种最难挨的感官折磨，比如疼、痒、麻、酸、肿、胀等等。你小小年纪，只怕挨不过其中一种，就会哭着喊着要我杀了你，可……"

"我说，我说……"还不等叶昶继续往下描述，小太监便已觉浑身起了鸡皮疙瘩。只是听一听便有这种效果，更何况是真的去承受呢？

就在叶昶擒住了小太监之际，秦跃龙和顾宗万也已在刑部的仵作间布下层层大网，静静等待着洪门暗桩前来盗取证物。仵作间位于刑部大牢的西南隅，北面开的一扇窗遥遥相望死牢的第一间牢舍。顾宗万去过这间牢舍，迎面可见一块大青石。此石长宽各一尺，高两尺，重达二百多斤。青石的一端有一个小穿孔，而石头上面还刻着三个字："匪类墩"。

毫无疑问，这样的一块石头是用来锁禁剽悍盗匪等重大案犯的专用器具。顾宗万还记得，去年一个盗匪，后来被叶昶抓获。为了防止这家伙逃脱，叶昶命人把他拴绑在此石上，还规定除了自己以外，谁也不可靠近此徒。因为这家伙戾气很重，只是靠近半丈，浑身就会莫名被一种无形的戾气威慑，而自制力差的人说不准会被这家伙给利用。

顾宗万虽验过无数尸体，各种恐怖的情况都见过，从不信鬼神，从来不怕死人，唯独害怕那些恶徒在临死之前所散发的戾气。一些穷凶极恶的人身上所散发的戾气，甚至会让顾宗万七日七夜睡不了安稳觉。他知道这是自己的恐惧心理在作祟，但鉴于这些戾气严重影响到自己验尸，更何况他也担心戾气侵入仵作间，从而对尸首造成不该有的污染。

于是他请叶昶设法向乾隆提议，让裱作的匠工打造一些震慑恶鬼的神仙图，就像窗花一样嵌固进每扇玻璃窗里面。待午时的太阳射进窗户，就会在仵作间印出各路神仙的剪影，或许就可起到威慑恶鬼和祛除戾气的效果。

裱作的匠人手艺十分高超，他们依据顾宗万的设想，真的就把三清和五老君的彩绘画像嵌固进了每扇透明玻璃里面。更为让人惊叹的是，那些玻璃的透明度竟与五彩人物画像巧妙融合，一丝毫看不出违和，这足可见裱作匠人的手艺之高超。

"秦大人，你瞧，这些窗花还不错吧？"顾宗万引领秦跃龙走进了仵作间，并不着急介绍各种验尸器具，反而骄傲地介绍起他最中意的玻璃窗花。

仵作间在八个方位开了八扇窗户，外面的阳光照在八大神仙的剪影身上，从而投射在了屋子里面。

由于现在是申正时刻,太阳已然西斜。天空的颜色就像被画家的彩笔信手涂鸦逐渐加深起来。原先还是粉红、桔黄和淡黄等浅色调,刹那变成了淡紫、深紫和深蓝等不同的浓色调。

这些偏暗的色泽穿过玻璃窗投射进仵作间,无形制造出一种怪诞的氛围感。尤其八大神仙的剪影混迹在这样略带阴森森的光影里,再配合仵作间一具具蒙着白布的尸体,更让人不寒而栗。

"这些窗花是不错,不知道的人还以为这里是一间画室。"秦跃龙略带打趣地说道。顾宗万撇了撇嘴:"绘画是一门艺术,验尸也是一门艺术。画家用画笔,我用柳叶刀。画笔下去的每一笔都极为考究,而我的柳叶刀下去的每一刀也全是学问。"

一说起验尸,顾宗万似乎就有源源不断的话头。但秦跃龙知道,现在不是探讨验尸手法的时机。如今李章柯的尸体停放在仵作间的中央,顾宗万已把从他胃里剜出来的证物放在一个铁盒里面。而这个铁盒,此刻放在李章柯头颅右侧的一架高脚方桌上面。

"那些证物,你可都验看完了?"秦跃龙望着高脚方桌上的证物问道。顾宗万轻轻拍了拍胸脯:"夺命仵作的口号可不是白叫的,这个自然。我已把证物上验看的细节告诉了叶大人,要不要也说你一遍?"

秦跃龙轻轻一抬手:"不急。"他刚说完,目光忽然捕捉到投射到地上的元始天尊的剪影有晃动。剪影晃动,说明窗口有人。看来,这些洪门暗桩要出现了。

秦跃龙抬起头,面向元始天尊画像所在的窗户看了一眼,随后转向顾宗万道:"他们要来了,你我速速隐蔽。"

一听有人来偷东西,顾宗万暗想自己不会武功,肯定是无法动手襄助，不如寻个安全的地方，暂时留给秦大人更多的施展机会。只要自己不拖累他，就已谢天谢地了。

他对仵作间的构造极为熟稔，偷偷跑到一个贮藏尸体骨架的柜子里，轻轻把柜门从里面关闭。虽说柜子里堆满了从婴儿到八旬老人等不同形态的骨骼，普通人看到必然胆战心惊；但对于顾宗万来说，这些都是稀松平常之物，早已见怪不怪。

秦跃龙见顾宗万已躲藏好，自己终于能放开手脚擒人了。他迅速躲在一个验尸床的下面，伸手拉下床上垂下来的白布用于遮挡自己的行藏。随后取下身后背着的一把火枪，而刻有"特等第一"四个字的枪口，早已瞄准了放置证物的高脚桌。只要敌人浮现，一枪便可命中目标。

秦跃龙之所以有此信心，一方面源于他精湛的射击之术，一方面也因为他手中的枪乃是特等第一的奇准神枪。原来这把枪制造于乾隆八年十一月，本是根据昂里哑国[1]进贡的先进火枪样式制作而成。

此枪为燧发枪，一次性可贮二十发弹丸。这种枪跟火绳枪不同的地方在于，此枪是利用燧石撞击火镰引燃火药发射。通过转动扳手，可让下一粒弹丸进入枪膛。反复操作，就能依次把二十枚弹丸射击出去。

宫中御制枪支主要分为三个等级：一是特等枪；二是头等枪；三是御用枪。枪支一旦被誉为特等，那便是最厉害的器物了。

迄今为止，炮枪处也只打造出一把特等枪，那便是他手里的这一把。当年乾隆本打算把此枪供奉在护法神兼帝国战神大威德金刚前作

---

1 昂里哑国：今英格兰

为一种护国礼器。

可考虑这把枪威力绝伦，如果就此浪费倒也可惜。刚巧五年前秦跃龙利用密档处破获了重大贪腐案，因为亲自出战，不幸身负重伤。为了表彰这位臣子的忠心与英勇，也为了让这位臣子有把趁手的兵器傍身，于是乾隆便把此枪赐给了秦跃龙。

随着八扇窗户逐一轻轻摇晃，投射在地上的八位神仙的剪影分别闪动了起来。秦跃龙暗自估算，至少会有八名敌手出现。为了尽数把人抓获，他没有急着行动，而是等待八人全都落地后，在偷盗证物的那一刻再下手。

谁知八人落地后，竟按照北斗七星的阵法排好队列，而那一位不在阵中的则负责去偷证物。这样一旦遇到突发情况，他们八人便能适时应对，最终确保证物能安然无恙地被盗走。

眼见这一幕，让秦跃龙心头微微泛起了涟漪。难怪洪门在各地频繁犯案，偏偏当地县衙无法擒到贼徒。原来他们暗中训练阵法，心思缜密手段高明，一般衙卒实难跟他们相抗。

就在秦跃龙暗忖之际，一名黑衣人自瑶光的位置出发，一路从被列为北斗七星阵的七人缝隙里穿过，径直来到天枢位置的前端。

他四下里观察了观察，确保周围没有人埋伏，然后手举一根木棍，轻手轻脚地走到高脚方桌跟前，小心翼翼地去撬铁盒。

面对这个过程，所有人都敛气屏息，为他捏了一把汗。因为如果铁盒里没有证物，或者里面暗藏机关，只怕免不了一场恶战。好在一切顺利，证物就在铁盒里，也没有发现机关。

这名黑衣人才放心地给右手戴上一只黑色的网眼铁手套，准备去拿证物。可他刚把手伸进铁盒里，忽听砰的一声，右手上登时爆闪强光,一片血雾猛然溅了他一身。

原来铁弹虽没有把他的铁手套射穿,但却被手套上的网眼分割成无数细碎的弹片,仿佛变成了散弹击中了他的右手。这股强大的力量比整个弹丸击中还要厉害,黑衣人的右手登时喷溅血雾,整个人侧摔倒地,那只手算是废了。

余下七名同伴眼见周围有埋伏,纷纷提高了警惕。一名身处天枢位的黑衣人,速即弯腰抱起那名受伤的黑衣人,竟把同伴当成一面肉盾。他训练有素地也戴上了一只网眼铁手套,趁着秦跃龙连开数枪,每一枪都打在肉盾黑衣人身上的刹那,寻了个时机拿走证物。

此人没有把证物放在自己身上,而是抬手抛给身后天璇位的黑衣人,天璇再抛给天玑,天玑又抛给天权……

一个小小的证物就这样从北斗七星阵的勺子头端挪移到了勺子尾端,也就是身处瑶光位的黑衣人手里。这人把证物揣入怀里,便要抓住一根从窗户上垂下来的绳子遁逃。

此刻秦跃龙赶忙从床下钻了出来,连翻数个跟头,躲到椅子后方作掩护,而枪口早已瞄准了沿墙攀爬的黑衣人。

随着火枪发出惊天爆响,弹丸逮住目标勇猛直冲。就在这关键的一刻,谁知开阳位黑衣人竟在同一时间张开双臂斜飞而起。他的胸口猛然被炸出一股血浆,而强大的力量则迅疾把人震到一丈开外。这家伙的后背撞到墙上,落地后摇动了几下,嘴里呕出两口污血便死了。

眼看没有命中目标,秦跃龙懊恼地调整好枪支,打算再开一枪。他刚站起身,哪知余下五人分别甩出五把黝黑的飞刀。为避险情,秦跃龙不得已把面前的椅子推倒,飞刀接二连三插到了椅子上面。

如果晚半个呼吸,只怕自己就被插成刺猬了。秦跃龙暗暗庆幸,刚举起枪准备射击拿走证物的黑衣人，岂知那家伙已经翻窗逃走。仵作间外围的草丛里埋伏着二十几名火枪队衙卒，那名黑衣人就算有通天彻地之能，也绝难逃过刑部编织的天网。

一想到这里，秦跃龙接下来的任务就很明确了。他站起身一面开枪，一面调整火药再预备发射。余下五名洪门黑衣人，三人被击中从正在攀爬的墙上落下，另外两名翻窗逃了出去。

过不多时，外面响起了噼里啪啦的枪声，大概是火枪队衙卒们发现了敌人，于是连续不断地回击目标。秦跃龙向屋外的方向瞥了一眼，略作思考，当即上前去验看受伤的黑衣人，除了挡枪和充当肉盾的两名黑衣人亡故外，方才被击中的三人还活着。

顾宗万听到枪声息止，料到是战斗结束了，赶忙从柜子里走了出来。他听了秦跃龙的安排把那些黑衣人的面罩全拉了下来，认清每个人的脸。这时三名衙卒冲了进来，一人上前回禀道："秦大人，跑了一人，打死两人，那两名已死的凶犯就在院外。"

秦跃龙点了一下头。虽说自己要求他们留下活口，但乱枪之下实难保证中枪者存活，倒也罢了。眼下只要审问清楚仵作间的这三名活下来的凶犯，同样能问到自己想要的线索。至于那件证物，顾宗万都已调查清楚原理。即便被洪门的人盗走，也没有太大的意义了。

"你们是洪门的巡山？"秦跃龙扒开四名黑衣人的右臂，看到每人的臂膀外侧都文着一座山峰，因此有了推断。

一名黑衣人道："不死牒宗果然是位了不起的高手，花冠告诉我等，如果你和那个金面判官在此，东西就不好拿了，于是安排我们八位同时出动。原本我等还以为这是小题大做，心想哪怕你和那个金面判官同时出现，也未必敌得了我们八人的北斗阵。可没想到，只你一人，便破了我们的阵。"说完发出一阵充满惋惜的叹息。

巡山是花冠的助手，负责洪门内外的防守。花冠又被称为巡风，负责严查奸细。秦跃龙早就听闻洪门有八大巡山，他们擅长用北斗阵盗取物件，同时还能以巧妙的阵法掩护队友撤离。数年来，洪门制造的许多大案，皆因有八大巡山的参与，从而实现了安全撤离。

今日自己重挫八大巡山，虽让一人给逃了，但打死三人，擒了四人，也算一大收获了。秦跃龙暗自想完，又问那人道："你们洪门有何计划？这次写字人钟案是不是你们所为？"

那名黑衣人仰头哈哈大笑了一会儿，看似松弛的面容瞬间变得狰狞："你调查洪门许久，应该知道我们的个性。但凡入洪门者，如若泄露本门机密，当五雷诛灭。我们八位兄弟，皆发过三十六誓，岂能听你蛊惑而变节？"

这名黑衣人刚说完话，就要去咬藏在后牙槽的毒囊。秦跃龙连忙伸手把他打晕，可没有来得及阻止余下三人，竟全咬破毒囊中毒而亡了。秦跃龙摇头叹了口气，只得吩咐人去搜每具尸体的全身，希望能寻到线索。过不多时，一名衙卒上前粗着嗓门道："报，这里有张图。"

秦跃龙连忙从那名衙卒手里接过图，只是看了一眼，当即皱起了眉头。这图是刑部的布防图。难怪有一名黑衣人不见了，有此图就能利用地理优势逃出升天。

原本这张图无甚用处，因为秦跃龙手里有比此图还细致的布防标注。然而他看着看着，眼中突然闪过一丝异色。虽然图上没有线索，但是那上面标注的字却大有文章。

"顾兄弟，你可识得这图上的字？"秦跃龙把图交给顾宗万去看。顾宗万拿在手里认真辨认了辨认，眼睛陡然睁大："莫非是独臂书圣？"

叶昶俯视着那名被自己踩在脚下的小太监，但听他说道："李大旺和我都是洪门安插在查核房的暗桩，但我们并未参与入门仪式，因而算不得正式的洪门成员。其实啊，像我们这样的暗桩有很多，大家都非正式成员，全是被洪门接济过的平民百姓罢了。"

听到这里，叶昶微微歪了一下头。怪不得秦跃龙寻不到三十作里洪门暗桩的消息，原来那些暗桩都是平民身份。这些人的谱牒来历真实可信，同时也没有其他不安分的线索。即便把三十作里所有匠人的谱牒调看一个遍，恐怕也筛不出来任何一个暗桩。

这边叶昶想得正出神，那小太监也许是回忆起一些痛苦的往事，声音忽然变得低沉了许多："你今日抓了我，算你幸运。因为我年纪轻，害怕死，可以告诉你些许事。可你如果找到的是年长一些的人，他们就算不是正式的洪门成员，也绝对不会告诉你半点儿消息。他们在乎什么狗屁的忠心道义，可我不一样，我没读过什么书，也不知道那么多弯弯绕绕的道理。在这个复杂的人世间，我就只有一个念头，那便是活下去。如果我的命受到了威胁，一切只能以保命为要了。"

一席话尽管说得极为坦诚，可叶昶压根不会完全相信。因为在他看来，任何罪犯突如其来的坦白，大多都会夹杂预演好的阴谋。为了查到真相背后的真相，所有线索只有悉数映照无误才可确信。

"那么你和李大旺究竟是什么来历？"叶昶试探性地问道。毫无疑问，验证这个小太监是不是坦诚，可通过引导他说更多的话，再把每句话互相比对，就能筛出真假。

小太监不知道叶昶的这些盘算，还道是正常的审讯流程，于是轻轻叹道："李大旺比我大很多。乾隆八年春，蓟州、三河、天津等三十二州县大旱大热，终年滴水未降，小麦等庄稼颗粒无收。到了五月，旱魃肆虐，土地皴裂，秋播更是无望，由此引发了一场大饥荒。我听他说，那会子他和自己的家人多以草实水萍充饥，情况惨不忍睹。一个原本自给自足的家庭，突然沦落为沿街乞讨的乞丐，谁人不绝望呢？一路乞讨的途中，李大旺的家人，饿死的饿死，病死的病死，活着已成为一种奢侈。就在万般无望之际，洪门给了他们吃食，还答应给他们寻觅一些可赚取生计的工作。从此而后啊，李大旺便在洪门的介绍之下，十二岁就净身入了宫。他不知道未来等待自己的将是怎样的命运，他只是想在这里好好地活下去。"说到这里的时候，小太监脸上不免浮现起一丝愧色，"他是个常怀感恩的人。留在宫里虽然让他吃喝不愁，但总是觉得自己亏欠洪门的太多。于是为了报恩，他自愿当洪门的暗桩。"

　　这个小太监起初刚进来时，并不知道李大旺也是洪门暗桩。后来两人接到洪门的通知，互相在暗中打了照面，从此成为造办处查核房里的好玩伴。

　　由于两人经常共事，闲来无事的时候都会聊起彼此的往事。李大旺知道小太监的过往，而小太监自然也对李大旺的旧事如数家珍。

　　然而说到自己的时候，小太监有些无奈地嗤笑了一声："也不怕你笑话，我没啥好说的，就是一个地痞流氓。我叫马狗剩，今年十七岁，名字还是个待我不错的乞丐起的。我自幼无父无母，也没有名字，从小在育婴堂长大。到了六岁，因为顽劣被育婴堂的堂董赶了出来。于是，我便在街上流浪，认识了一个老乞丐，也就是给我起名字那人。这个老家伙被饿死以后,我再也没了依靠,终日跟着街上的混混以打架斗狠为乐。这流浪的第二年,我因打架打输了,结果被一群伙计浸了猪笼。洪门的一个人救了我,并把我送进了宫里当太监。自那而后,我便给洪门做事了。从七岁一直做到现在,已经十年啦。"

这个细节很重要,洪门的人终于浮现了。叶昶立即讶然问道:"那个洪门的人是谁?"小太监努力回想了一番,最后还是摇了一下头:"我不认识那人,就连相貌也没瞧见,因为他自始至终都戴着面具。"

看来洪门的人很善于隐藏身份。任何一名被他们挑选入宫的暗桩,其实都是一枚活死棋。用的时候便是活,不用的时候旁人也查不出半点儿讯息。这种挑选暗桩的方式,真是闻所未闻。即便是见多识广的叶昶,此刻也对洪门的手腕有几分叹服。

"那你们如何传信?"叶昶又问。小太监叹道:"说实话,通常都是别的暗桩联系李大旺,再由李大旺传给我。可说也奇怪,今早李大旺突然跟我说,赶紧给他沏一杯毒茶。我当时还蒙了,这家伙莫非是疯了吗?好端端的为何寻死?可这家伙竟跟我动了怒,甚至打了我三巴掌。我见这个老不死的真疯了,于是就给他沏了毒茶。他喝下毒茶刚死了不久,你就出现了。我为了脱身,所以编了那些谎话。"

这些话听来颇有逻辑性,但叶昶仍对此存有疑虑。看来要验证这个小太监说得对还是不对,只能去寻觅新线索了。不过在此之前,他最后问了一句,小太监手里是否还有别的线索。小太监眉毛一挑,从怀里摸出一张纸条。叶昶拿起来一看,只见短短的两个字:"自尽。"

"我给李大旺喂下毒茶以后,本想着离开,结果看到他怀里揣着

057

这张纸条。不知怎的，我竟鬼使神差地觉得这张纸条兴许留着有用，于是就给藏了起来。"小太监自说自话地解释。

叶昶缓缓放下了踩在小太监后背上的脚，允许他站起身。可叶昶的情绪，并未从沉思的状态里转变过来。他盯着那张纸条呆呆了良久，整个人形如雕塑。

就在这时，两支暗箭忽然嗖嗖激射而出，一支被叶昶灵敏地避开，另外一支击中了小太监的胸口。那小太监望着正前方的院墙露出来痛苦的神色，随即软绵绵倒地死了。事发突然，叶昶无暇去看小太监的伤势，而是把目光凌厉地扫向小太监临终前看向的位置。

原来在两人正前方三十步之外的红砖院墙上面，开了一个用普通砖砌成的透空窗格，而弩机就是从隐蔽性极好的窗格里伸出来射向他们的。当叶昶捕捉到这个细节的时候，一个神秘人已经收起弩机，转身大步跑远了。

虽然叶昶以风驰电掣之势紧紧追了过去，可当他穿过垂花门来到院墙里面时，终究因为慢了三十步而让对方钻了空子。不过这人竟能利用三十步的差距逃出生天，足以说明非常熟知附近的地理形势。这侧面也能断定，那人极可能是洪门的另外一个暗桩。

放走了那个神秘人的确有点儿遗憾，不过叶昶并非一无所获。他觉得小太监提供给自己的纸条兴许有用，请密档处的书吏核验一下笔迹，也许能寻到一些线索。

叶昶折返回去的时候，勘验了一下小太监的尸体，发现箭淬剧毒，而这支剧毒箭矢跟洪门上次用三叶草弩机发射的一模一样。毫无疑问，杀害小太监的就是洪门中人了。

随着写字人钟的爆炸，线索再一次中断了。不过好在意外发现了这张纸条，倒也可以顺着纸条继续查下去。

一想到这里，叶昶当即从宫里出来，依旧骑着快马赶去了皇史宬。一路上他都在迅疾的策马，到了皇史宬门口飞身下马，然后快步冲进正殿。

这边前脚刚踏进秦跃龙的寝室，迎面便见青石方桌两侧分别坐着秦跃龙和顾宗万。两人在各怀心事地喝茶，桌面上放着一张绘有地图的纸条，仔细瞧看是刑部的布防图。

"这就是你们的收获？"叶昶走到两人面前，目光盯着桌面上的布防图问道。秦跃龙放下黑釉茶盏，看向叶昶反问："你呢，可有所获？"

叶昶从怀里掏出那张纸条，轻轻拍在了桌子上面："我抓到一个暗桩，只可惜被神秘人射死了。那个神秘人应该也是暗桩，但我没能抓到。不过这张纸条，兴许藏有线索。"

秦跃龙拿起纸条看了一眼，除了"自尽"两个字以外，再也瞧不出别的东西。顾宗万也反复看了那张纸条，摇头叹道："我说叶大人，这字迹普普通通，这纸张也普普通通，至于用到的墨汁更是普普通通。如此普通的东西能有什么线索？你多虑了。"说到这里的时候，顾宗万也不忘拿起他们寻到的布防图，伸手指着上面的标注字道："你瞧这个字迹，龙蚪腾霄，雄强而不失于清雅。只要懂点儿书法的人都能瞧得出，赫然出自独臂书圣岳海楼之手。"

独臂书圣之名，叶昶有所耳闻。传闻此人相当自负，他曾说："王羲之、张旭之流擅草书，行云流水，挥洒自若，世人皆谓之好。岳某人也擅草书，行云可比王羲之，流水可比张旭。只可惜，他们四只手，终究抵不过敝人的一只手。"

数年来，独臂书圣的作品在坊间竞相拍卖，如今已抬到每字一百两银子的高价，比那声名远播的郑板桥的字有过之而无不及。叶昶虽不善书法，但也见过岳海楼的字。他认真看了一下那张布防图，确然看出了岳海楼字迹的味道。

"这个岳海楼，你可熟悉？"叶昶开门见山地问秦跃龙。秦跃龙伸手请他落座旁边，亲自过来斟上一盏茶，徐徐说道："此人住在西直门外南郊的一幢独辟四合院。大概是三年前，他突然火遍了京城。谁也不知道他是怎么火的，谁也说不清楚他的字是如何被炒成了现在的价格。总之，这个人名播京畿，神秘而又富有才情。你来之前，我去密档处查过了。他的谱牒档案十分简单，基本上就是刚刚我说的这些了。同你一样，我也在想，他是个怎样的人。可惜啊，不光是我们，哪怕是坊间的任何边边角角，几乎都没流传下来有关岳海楼样貌的只言片语。市面上只流传他的字，可关于这个人的信息竟无半点儿风声。"

听到秦跃龙如此说起，叶昶大体有了数。一个连密档处都寻不到的人，多半身具藏踪隐迹的本领。看来要查清楚岳海楼是不是洪门中人，只有亲自去寻他一趟了。不过在寻他之前，叶昶还是希望秦跃龙能给自己提供关于"自尽"这两个字的线索。

顾宗万见叶昶执拗于一个无效线索，忍不住调侃道："我说叶大人，你哪都好，唯独有一个小缺点，那就是一根筋。你是知道的，我在京城也算半个颜真卿。不瞒你说，天下名帖我皆能辨出来历。哪怕是不太入流的书法家，我亦能瞧出是谁的字迹。但是此人的字迹，说实在的太过于普通，依我看就是个不入流之人所书。换句话说，指不定是某个小匠人写的呢。虽说秦大人的黯影号称无所不知的幽灵，但面对这样无用的线索,恐怕也使不上劲,你就别空费心力了。"

这些话听来虽有点儿不入耳,但秦跃龙和叶昶都知道是事实。只不过叶昶向来是把线索查到实在没有办法了,才会选择放手。只要秦跃龙不说没办法,那就是还有一线生机。

过了良久,只待秦跃龙把茶盏里的茶汤一口一口抿完,他才悠悠地叹道:"也罢。还有一个人,兴许能瞧出端倪。"

一听到还有一个人,叶昶眼中闪过一抹亮色:"你是说鬼父?"顾宗万从未听过什么"鬼父",急忙追问这人是谁,可叶昶和秦跃龙始终不置一词。这个人就像只活在他们的世界里,就连对话也从不跟顾宗万有半点儿牵扯,仿佛把他当成了一个外人。

"我认识你已十年,从未听过鬼父之名。直到三年前,我侦破鬼新娘案时,无意间发现了一根死了近三十年的新娘指骨。要不是你让鬼父迅速查到她的身份,恐怕我还破不了那桩案子。如果有机会,我还真想见一见他。"叶昶忍不住感叹道。

秦跃龙摇了摇头:"你见不了他。不只是你,我也从未见过。"一听这话,叶昶风波不惊的脸上罕见地露出了诧然:"你也没见过?"

秦跃龙一点头:"他既然名叫鬼父,自然是比鬼还神秘。他住在深不见底的地下,所住之处终年阴暗,十几年未见过光。除了我之外,只有一个送饭的老伙计去见他。这个老伙计是他的仆从,传闻从他幽居地底开始就在送饭,一直送到现在。"

这些事迹倒是十足新奇,但顾宗万并没有感到震惊。毕竟在京师这些年,他听说过太多奇人异士的传说。有的冒险者在海上航行半辈子而安然无恙,有的武林高手深居于枯井底修炼神功而闻名遐迩,还有的人住在孔明灯悬吊的木房子里终日在天上生活鲜少落地。相比这些人，鬼父即便幽居于地底一辈子，也没有什么可以惊讶的地方吧？

"秦大人，你掌管密档处和黯影，本就比常人更为熟知奇闻轶事。哪怕鬼父幽居地底，你没有见过，也算不得罕见吧？"顾宗万抛出了自己的困惑。

谁知秦跃龙听罢，只是笑了笑："世上确有数不尽的奇闻轶事，一些听来便知是传说，一些即便不是传说，也只能说那些人只是行止怪诞而已，算不得什么。"

顾宗万对此猛然有了兴趣："那鬼父有何特殊之处？"关于鬼父的秘密，秦跃龙其实不太想跟别人分享，可考虑到自己跟叶昶和顾宗万共事多年，彼此秉性都很熟悉，更何况洪门的魔手已伸向了三十作，这可是长久而又艰难的斗争，日后查案途中恐怕免不了去请教鬼父，早晚会向两人说起鬼父的事迹。既如此，那倒不如趁现在的时机提前告知。

第四章
自鸣钟处密档：鬼父出山

自鸣钟处密档：乾隆三十六年五月二十七日酉时

密档处掌舵者另有其人，鬼父竟是超乎常人的异能者；秦跃龙向叶昶和顾宗万述说起密档处旧事，两人均被诡异过往震颤；鬼父施展异能揪出岳海楼和徐卫东，刑部三妙手开始分工协作，直击凶顽。

大家的沉默显得屋子更加空寂。顾宗万和叶昶谁也没有说话，两人都在静静地听秦跃龙描述起那传奇的一幕："世人知道我掌皇史宬、密档处和黯影，天下诡异莫测的事皆难逃我手。世人都称我为不死牒宗，那是因为无论那人是生、是死、是伤、是残，甚至如何杳无谱牒，我都能利用各种办法揪出他的生平形迹。密档处的密档加上无孔不入的黯影，从而长出了遍布天下的眼睛。这些眼睛可以让任何人无所遁形，可唯独看不到一个人半点儿的毫毛。"说到这里的时候，秦跃龙扫向顾宗万和叶昶的眼睛里充满了诡异："这个人，便是鬼父。"

"此人既然幽居于密档处的地底，你如果想见他，直接去见不就好了，岂不轻而易举？"顾宗万实在不明白。这个鬼父究竟是什么来历，为何连秦跃龙说起了，言语中都弥漫着敬畏。毕竟秦跃龙是密档处和皇史宬的一把手，难道这个鬼父的地位比他还高吗？

困惑就像阴云一层层笼罩着顾宗万，哪怕是叶昶也不可避免地对鬼父多了些好奇。秦跃龙轻轻扫了两位好友一眼，缓缓说道："天下黯影皆听命于鬼父，我不过是代为管理。"

只此一句话，顾宗万和叶昶瞬间明白，秦跃龙为何对此人满是敬畏了。因为皇史宬的核心是密档处，而密档处的核心是黯影。简言之，谁掌握了黯影，谁就掌握了密档处和皇史宬。难怪秦跃龙对鬼父如此敬重，熟料背后竟藏着这些秘密。

可接下来的话，大家对鬼父又有了全新的认识。但听秦跃龙道："我对鬼父的了解并不多。我只知道三则消息。其一，他是个瞎子；其二，他除了眼睛看不见之外，听觉、味觉、嗅觉和触觉都异于常人，尤其嗅觉最为出众。其三，他创办的黯影。"

一听到这三则消息，叶昶和顾宗万均在想，难怪此人幽居于地底十数年从来不掌灯，原来是个盲人。可天下盲人千千万万，大多数因为失去了视觉，从而渐渐强化了其他的感官刺激，这本没有特别之处。

唯独有个意外的是，此人竟是黯影的创办者。因为在此之前，无论坊间还是顾宗万和叶昶，大家都以为黯影是秦跃龙创办的，哪里会知道，中间竟还横亘着一个鬼父。既然鬼父能创办黯影，大概具备异于常人的本领吧？

这些合理的揣测，秦跃龙都替他们想到了。他沉忖了一会儿才道:"《笑林广记》中有个笑话,声称一个瞎子可以用鼻子分辨书籍。一个秀才不信,拿给他《西厢记》。瞎子闻了闻说是《西厢记》。秀才问他如何知道,瞎子说上面有脂粉味。随后秀才又拿了一本《三国志》,瞎子说是《三国志》。秀才吃了一惊,又问他如何知道,瞎子说上面有兵器味。秀才不信邪,于是把自己写的书奉上。瞎子闻过之后,突然发问:'这是您的大作吧?'秀才大喜:'你怎么知道?'那瞎子把书丢给那秀才,伸手在鼻子前扇了扇:'一股屁味。'"

听到这里的时候,顾宗万已笑得前仰后合:"秦大人,原来你也会讲笑话。"秦跃龙苦苦一笑,从容的脸色没有维持多久,瞬间竟变得肃穆起来:"你道这是笑话,那是因为你太不了解一个天赋异禀的盲人有多可怕。"

再往下听,顾宗万俨然没了笑意,取而代之的是恐怖。秦跃龙皱起眉说道:"我曾有幸目睹过一次黯影的训练,可说与你们听。大概是十年前,鬼父让我参加黯影的秘训。他说既然我要接管密档处和黯影,必然要知道黯影的训练方法。万一哪天他不在了,我也能应付。"

可就在说起这件事时,叶昶和顾宗万明显感觉到秦跃龙的身子战栗了一下,就像一个人受了惊吓,突然之间不受控制地抖动。

"鬼父让我从乱葬岗挖了十七具死因不明、谱牒不明、死亡时间不明的尸体,命我带到密档处的训练场地。那个场地相当黑暗,周围没有一丁点儿光。鬼父要求选进来的十名黯影,各自寻一个尸体去闻。一要闻出死因,二要闻出来历,三要闻出死亡时间。你们可知道,这些尸体据我估算,死亡时间最短的也有半个月。他们浑身长满尸斑不说,还散发着极为难闻的气味,甚至一些毛发和指甲悉数脱落，早已白骨化。"

说起那段可怕的经历，秦跃龙的眼中闪烁着从未见过的惊怖。叶昶和顾宗万都露出了吃惊之色，尤其是顾宗万，他也算是大清数一数二的仵作，各种尸体都勘验过，可从来没听说仅仅通过闻气味就能查出所有线索。哪怕是顾宗万自己，遇到一些腐烂严重的尸体也从不敢去嗅尸臭，因为那样会让自己七天七夜缓不过来。

"当年新选十七人，每个都有常人不及的天赋，尤其是五觉十分灵敏。由于是初来学习，三人闻出了死因和来历，三人闻出了死亡时间，还有四人闻出了来历和死亡时间。可他们说得对不对呢，根本没有人知道。后来，鬼父让黯影从每具尸体上割下一块肉，丢进他所在的地洞里面。经过去嗅每一块腐肉，鬼父不仅闻出来死因、来历和死亡时间，还把这些人死前跟什么样的人有过肌肤之亲，死后被什么样的虫蚁鼠蛇啃食过，身体的什么部位在什么年龄得过什么病等，竟能像模像样地描述出来。"

哪怕只是回忆，秦跃龙都已感觉到浑身阴冷彻骨。叶昶和顾宗万神色复杂地对望一眼，呆呆无言。秦跃龙低下头停顿了良久，而后又道："十七名黯影顺利出师后，第一个任务就是去调查这十七具尸体。经过翻阅各种密档，以及安排大清最精干的数十名仵作去勘验尸体，耗时长达两年，终于查清了所有线索。谁也没想到，每一条线索都跟鬼父说出的分毫不差。天下有奇人奇事就算了，可奇到这种程度，实在难以想象。"

如果不是听秦跃龙亲口说出，顾宗万和叶昶绝不会相信世间会有这种人。由此也不难理解，为何一根留存近三十年的新娘指骨，曾让天下仵作无从查起，可偏偏交给鬼父去勘验，不出半日就能提供线索了。超乎常人的奇人异士，必有超乎常人的天赋和技能。

"所以这张纸上的线索，并不难断。"秦跃龙晃了晃那张写有"自尽"的纸张，脸上微微挤出一丝笑意。顾宗万这时已收起从前对叶昶一根筋的调侃，目光中带着崇敬地望向秦跃龙："秦大人，这位鬼父先生，我可真想见一见。如果能学到他这种凭气味断线索的本领，我岂不省了力气，何须一具一具尸体去解剖？"

秦跃龙无奈一勾唇："凭借气味追踪线索，只是鬼父冰山一角的技能。此外他的听觉、触觉和味觉也是天下无双，每一种感官的体验都超乎常人。待哪日有空了，我再说给你们听。"

他说完，站起了身，径直朝屋子的东北方偏角走去。那里有一扇雕刻着二龙戏珠的石门，只要轻轻拧动旁边的开关，石门就会打开，据说往下走可通往皇史宬最神秘的机构密档处。

至于石门里面是怎样的构造，莫说叶昶和顾宗万了。这个世上除了乾隆皇帝、秦跃龙和黯影之外，旁人都没有进去的资格。

秦跃龙转动机括进去以后，两页石门立即轰隆隆便合上了。叶昶和顾宗万知道他去问鬼父消息了，所以留在外面静候线索。一条逼仄狭深的青石阶梯伸向幽暗深邃的地底，直到走完九十九级台阶，方才到达密档处的石制门牌楼跟前。

门牌楼作雄伟壮阔的庑殿顶，翘角勾勒出精致的琉璃冰盘檐，额上悬着三个烫金大字：密档室。门楼两侧各站着四位守门的衙卒，每人都是腰挎长刀。幽幽烛光从他们身上浮过，仿佛是八位地狱罗刹在看守鬼门。

眼看秦跃龙走过来，八人恭敬地叫了一声"秦大人"。秦跃龙只是点了一下头，径直再往前行。他的左右两边依次划过十七清吏司的密档房,每处清吏司占据一间,一共有十七间。

屋内的书架全由大理石打制,用于防火。

过了十七清吏司的密档房后,紧跟着是存放皇家密档的大型石室群。第一间是文书室,这里是贮存诏令文书的密室,内含制、诏、敕、谕、旨等文册。随后是言政室,即存放记录皇帝言行和政务的档案,包括起居注、实录、圣训、本纪、方略等文册。再往前是记录皇族秘事的皇册室、存放十七衙门来往文书的互文室、记录外交文书的照会室等。至于舆图室、史书室、清册室、档册室等都是比较小型的石室,零零散散在各大石室中间点缀分布。

一路行至石室群的尽头,那里是一间神秘的石屋,只有一名送饭的老仆和秦跃龙有钥匙。每当黯影执行完一次任务,秦跃龙都会来这里向鬼父汇报情况。不过今日比较特殊,黯影没有执行任务,他也不是来汇报工作,仅仅是想请教鬼父一些问题。

这间石屋的正中央还有一条通向地下的入口,沿着这条倾斜向下的青石阶梯再行九十九级台阶,那里才是鬼父居住的地方。

这里的青石阶梯经过特殊设计,每级台阶的高和宽都比普通台阶长了三寸,而且每级台阶的正当顶上分别悬吊着一枚编钟大小的铃铛,自然也有九十九之数。

虽说铃铛都是由黄铜打造,但铜舌和铃铛壁的厚薄度却各有不同。只要有人踩到台阶上面,台阶上的铃铛就会发出清脆的响声。

一个人从第一级台阶下到第九十九级台阶,就会产生九十九种铃铛的声响。鬼父正是通过分辨铃铛的声音判断来人靠近自己的距离,甚至来人的健康、目的、身份等信息。

这样特殊的铃铛全是由自鸣钟处的高级匠人历时五年打造,再经过地宫营造师的配合，从而实现了脚踏台阶响铃铛的效果。

秦跃龙走下第九十九级台阶，迎面是伸手不见五指的漆黑密室。虽说无法用肉眼分辨密室的空间大小，但是其腹心有一口深井，鬼父就住在深井之下。

每天老仆都会按时按点给鬼父送饭，就像用辘轳打水一样把饭菜放进木桶里，经过转动徐徐放到井底。可井底之下是怎样的情况，这个世上无人清楚。秦跃龙只是知道，他自打接管密档处以来，鬼父就把自己封在了井底。

"黯影有消息了？"井底传出一阵令人脊骨透寒的声音，说话者正是鬼父。秦跃龙答道："目前那名失踪的黯影，迄今仍无消息。"

鬼父震怒道："十年了。我给了你十年的时间，怎么还是没有消息？"秦跃龙连忙致歉道："是我无能。"过了良久，鬼父才叹道："也罢，这不怪你。此人是我亲自挑选，又是我允许他加入的黯影。十年前他布局叛逃，这是我万万没能预料的。你应该知道，我无数次跟你说过，他是我至今见过的最有天赋的人才。他的五觉感受能力天下无二，哪怕是我也比他逊色几分。如果他从此销声匿迹，走了正途，倒还罢了。可如果他为祸天下，麻烦就大了。"

一个让鬼父都感觉棘手的人，确然存在巨大的隐患。可此人精通各种密档术和黯影术，但凡黯影懂的技能，他几乎都烂熟于心。即便黯影还未臻于熟习的技能，这家伙也是信手拈来。

鬼父曾告诉过秦跃龙，此人不仅学会了他的全部能力，而且凭借出色的天赋会在不久的将来远远超越他。这样的一个人，就算调用所有黯影和密档处书吏去查，只怕也难收成效。一想到这样的困境，秦跃龙无时无刻不感受到压力。

"我听到了你紊乱的心跳和局促的呼吸。这说明,你倒没有把我的话当耳旁风。这些年里,我也知道,让你维持偌大的皇史宬、密档处和黯影,的确是太过操劳了。"鬼父的声音虽然依旧森森阴冷,但秦跃龙却从中听到了一些宽慰,"你放心,只要我还活着,一定会助你找到那人。他是密档处和黯影组织最大的敌人,只要他一天不除掉,我们随时会遭逢大劫。"

秦跃龙回了一声是,不再多言。鬼父这时想到,如果秦跃龙不是来汇报那名黯影的消息,那么一定是来求自己了,于是问他想请教什么问题。秦跃龙便把他和叶昶去调查写字人钟案和洪门的事说了,并把那张写有"自尽"的纸条放进了木桶里,轻轻摇转辘轳送到了井底。鬼父拿起纸张先是闻了闻,随后又搓了搓纸张和墨迹。

约莫过了半刻钟,他笃定地道:"纸上有旱烟味,还有一些治疗痨瘵的草药味。他的大拇指有顽疾,因此下笔不稳。此人年纪应该在六十三岁左右,因为纸上可以闻到一股加龄臭。"

如果说旱烟味和草药味可以闻出来,而通过触摸墨迹可以断定书写者有无手疾还不算神奇的话;那通过气味来识别年龄,似乎有点儿过于神话了。

但秦跃龙转念一想,当年鬼父曾告诉过自己,五十岁以上的中老年人身上会散发一种特殊的体味,男人往往比女人更明显。经过鬼父多年的研究,以及去适应不同年纪人的体味,早已练就了可凭借每种体味来推算年纪的本领。

"等等,墨迹还有问题。"鬼父突然又说了一个新线索。他把纸张放在鼻尖闻了又闻,大约停顿了半刻,这才愕然说道:"此人竟跟皇家有关。"

"您是如何得知？"秦跃龙连忙追问。鬼父颇为自得地笑了一声："普通人用的墨，主要提取的是不完全燃烧的松枝或油脂所形成的松烟或油烟，当然还有一些源自于石墨。味道闻起来比较单一，制作工序也不复杂。一开始，我闻到的便是普通的松烟墨。可刚刚我又仔细闻了闻，这些墨汁里似乎还夹杂着极为少量的龙脑香、麝香等味道。如果我所猜不错，墨汁里应该混合了皇家御用的龙香御墨。"

一经鬼父提醒，秦跃龙马上有了自己的推断："您的意思，此人平常使用龙香御墨写字，所以毛笔上沾着这种墨香。可为了不让人瞧出端倪，于是'自尽'两个字是蘸了普通墨汁书写。因而最开始闻到的是体量大的普通墨汁，但经您仔细辨别才又嗅出了那体量混杂极少的龙香御墨的味道？"

鬼父仰头长笑了片刻，随即冷下语调道："好了，这些线索足够让你查出此人是谁了。我要休息了，你出去吧。"每天到了这个时候，鬼父总要睡两个时辰。秦跃龙知道不便再打扰，只得应了声是，转身拾级而上。

依据鬼父提供的线索，秦跃龙让密档处快速筛查符合这些特征的人员。过不多时，一名书吏递过来一本谱牒档案。秦跃龙简单翻了翻，眉毛一皱，当即拿着那本密档离开了密档处。

叶昶和顾宗万见到秦跃龙时，发现他整个人的身上阴郁着一股复杂的气息。叶昶连忙问是否查出了纸条的来历。秦跃龙把那本密档递给叶昶，就在他快速翻阅的同时，自己则简单陈述道："写这张纸条的人很可能是徐卫东。此人早年是十五皇子永琰的恩师，曾经教授今体诗与五经等课程。后来工部侍郎上书弹劾他为闽浙总督所撰写的碑文言语失当，这让万岁爷勃然大怒。不过念在徐卫东教授十五皇子永琰有功的分上,并未严厉惩处他,只是把他削职为民,旨称永不叙用。临别之际,永琰十分不舍得这位老师,甚至再三叩首,洒泪作别,一时传为坊间谈资。永琰知道徐卫东喜欢龙香御墨,每隔一段时间就送他几块,所以那张纸条上混杂着这种墨香。除此之外,徐卫东今年六十有三,喜欢抽旱烟,同时患有肺痨,右手大拇指有旧伤,这些线索也都跟写纸条的人吻合。"

当线索梳理到这里的时候,秦跃龙和叶昶已然有了清晰的查案方向。一头追查岳海楼,一头追查徐卫东。这两人既在京师赫赫有名,同时各自的身份也不可捉摸。尤其徐卫东曾是永琰的恩师,如果追查的尺度拿捏不好,兴许会招来祸端。

"秦大人,看来你我又得分工协作了。"叶昶站起身来表明主意。秦跃龙一点头,近前一步追问:"你觉得,咱们怎样分工才好?"

叶昶略作思索,先转头扫了一眼旁边的顾宗万,最后目光落在秦跃龙身上:"这样,你和顾兄弟去查岳海楼,我去查徐卫东。"

听到这话,顾宗万连忙插了一句嘴:"就咱们仨吗?要不要带点儿衙卒?你们也知道,我不会武,跟着可能会添乱。"

"有秦大人在,会保你无虞。"叶昶淡然一笑,"至于要不要带衙卒。我以为,你们可以带人,但我不能。"

这个决定让秦跃龙忽然紧紧皱起眉头,不过片刻后他点头道:"不错,徐卫东身份复杂,如果没有确凿无误的证据,不可带人唐突上门。可只你一人去,实在危险。"

然而面对好友的担忧,叶昶只是一勾唇,然后胸有成竹地转过身去:"我不是单独作战,我还有一位老伙计。"说完这句话的时候,他已大步迈开,独自一人向皇史宬外走去。

此话听来甚是突兀,秦跃龙望着叶昶远去的背影,实在没想明白这个老伙计是谁。顾宗万捏着下巴颏想了想,分外安心地笑道:"原来叶大人是要带狻猊去查徐卫东。怪不得他如此胜券在握,有狻猊在,千军万马也不必怕啊。"

经此提醒秦跃龙才恍然,原来叶昶要带他养的那头狮子去查案。尽管自己与叶昶共事多年,可秦跃龙并不像顾宗万那般热衷交际,也没有频繁与叶昶相处,只有碰到大案才会跟他合作,因而不如顾宗万了解他。不过秦跃龙却知道,叶昶不会轻易出动狻猊。一来大部分案子,叶昶一个人就能应付;二来狻猊戾气太重,弄不好会出人命。

可考虑到徐卫东那边的势力盘根错节,如果不带一兵一卒去查案,必然会遭遇重创。哪怕是战力卓越的叶昶,也会在双拳难敌四手的困境里陷入被动。

但如果带上了狻猊,情况就完全不一样了。传闻狻猊能以一当十,京师称之为人间灵兽。一个是所向无敌的猛将,一只是攻无不克的灵兽。强强联手之下,倒也不必多虑。

一想到这些关节,秦跃龙反倒不再为叶昶担心。不过当他的视线扫向顾宗万时,心头却是泛起了些许的忧虑:"按理说,我们去抓凶犯,不该带你去。但我想,叶大人之所以让你跟我一块儿,恐怕是想到,万一岳海楼遇了难,你可第一时间帮忙验尸,适时提供帮助。不过,顾兄弟请放心,无论遇到怎样的情况,我都会护好你。"

一听这话,顾宗万苦苦一笑,心想你也太小瞧我了吧?平时我之所以躲避打杀,那是因为觉得你们可以应付。既然能应付,也就无须我出手。如果哪天我真的出了手,凶犯不定会遭什么罪呢。这样暗自忖度完,他弯腰捡起地上的药箱,两根黑皮带一左一右勒紧两肩,轻轻拍了拍胸脯："秦大人，你放心，我不会拖你后腿。如果真的遇到危险，我有法子脱身。"

虽说顾宗万的话听起来有几分不服气，但秦跃龙已在心里筹划好，他会尽最大可能保证这位兄弟的安全。不过眼下岳海楼那边的情况还吃不透，只怕还得多带一点儿人过去才牢靠。

两人先一起回了刑部，秦跃龙亲自点了二十名身手不错的刑部衙卒，他自己则背上那把燧发枪。分配装备期间，秦跃龙问过顾宗万要不要带点儿武器。哪知顾宗万一扬手表示，火枪、手铳等火器他不会用，刀枪剑戟他也没练过，就这么去吧。秦跃龙料到会是这个结果，也没再强求。众人整点好作战的装备，浩浩荡荡地直扑位于西直门外南郊的岳海楼宅院。

一路上，秦跃龙和顾宗万同乘一匹马。为了赶时间，秦跃龙快速抽打马屁股前冲，由于担心摔下来，顾宗万只得闭上眼抱紧他的腰，并把脸贴到他的后背上。余下二十名衙卒腰间挎着大刀，脚步井然地紧跟在后。大街小巷震荡着身体摩擦兵器与整齐划一的脚步声响，不知道的还以为开过来一列列军队。

大队人马上了一座视野开阔的青石横桥，随后从西直门出来横贯一条喧闹的街市。无论是行人还是肩舆全都纷纷避开，生怕被呈狂风巨浪之势的队伍冲撞。

道路两旁的行商平摆因为快马和衙卒的急奔从而掀起阵阵大风，竟把幡布和旗帘幌子搅得呼呼炸响。随着众人的快步行进，一片开阔的原野地带随之跳跃眼前。

这里四面环绕着波光粼粼的水带，远方低矮的山峦上面的草木青翠欲滴。一棵棵白杨树从眼前迅速划过，就像看见一道道影子在一个接一个地快闪。

过不多时,一匹高头大马在一幢坐北朝南的三进四合院落的门口停了下来,大队人马随即驻足以待。秦跃龙先翻身下马,顾宗万则笨拙地跳了下来。如果不是经秦跃龙扶了一把,恐怕就跌倒在地了。

顾宗万向来讨厌乘马,要不是事出紧急,他一定会选择骑驴。无奈案情错综复杂,只得强忍不适挨到终点了。结果下来马,干呕了一大会儿才稍稍舒服。

秦跃龙见状,连忙上前询问他的身体情况,发现只是一般的晕马症状,也就没再留心。秦跃龙转过身,面朝院落正门,大手一挥,示意衙卒包围庭院,并表示他和顾宗万先进去探一探情况。

可秦跃龙走过来准备敲门时,猛然发现门竟是虚掩着的。这可不太寻常。因为传闻岳海楼的门常年紧闭,怎会虚掩呢?更何况连个门子都没有,实在古怪。秦跃龙顿觉情况有异,于是取下肩上挎着的燧发枪,手法娴熟地装好弹丸,两手端平枪托的同时,一脚蹬开门便冲了进去。由于顾宗万没有武器,只得弯着腰跟在秦跃龙的身后。

院子里面一个人也没有,甚至连个用人也瞧不见,两人去偏房和正房搜查仍是一无所获。这就怪了,莫非岳海楼算到衙门来查他,因而提前逃走了?面对这个推测,秦跃龙也没有更好的解决办法,只得硬着头皮去搜查书房。

两人刚踏进门,迎面便见梨花木桌面上平铺一张雪白的宣纸。不过纸上的字还未写完,只留下两道潦草的起笔。秦跃龙尤为注意到,这支毛笔落在了纸上,笔头晕开了一圈圈浓郁的墨痕。他的剑眉微微皱起来,心想一个书法家绝不会任毛笔污染纸张,除非遇到紧急的事。

难道有人要杀他，不得已才丢笔跑路？可他能往哪里逃呢？一想到这里，秦跃龙立即紧张地四下环顾，猛然发现书桌后面是一扇格栅窗。

这扇窗户靠着书桌，按理说开窗是为了纳凉。可现在正值炎夏，开窗只会让热流涌进来，一点儿也不凉快，所以这应该不是纳凉。

莫非是开窗遁逃？

这个推断刚刚闪过，秦跃龙立即把枪挎在后背，双手扒住窗户台面，用力一跃翻了出去。顾宗万大叫着"秦大人等等我"，可当他跑到窗户前时，尝试了七八次，全因台面太高，自己臂力不足，始终翻不过去。无奈之下，他唯有冲出了屋子，希望寻个近道去找秦跃龙。

秦跃龙从格栅窗跳下来，发现前面是一条南北向的狭窄小道。一棵粗壮遒劲的老槐树长在北面的路中央，庞大的树身遮住了几乎大半的路径。

如果岳海楼向北逃走，衙卒们应该能立即察觉。因为那边视野开阔，不太利于藏身。一想到这里，秦跃龙连忙端起长枪向南急行。

南面尽头有一扇小偏门，外面可见复杂的山势。一旦对方躲进群山峻岭之中，只怕就难搜寻了。秦跃龙边想边疾走，当来到这扇偏门跟前时，本想冲出去端着长枪扫视目标。可这时他的右耳忽然耸动，似乎听到了一些声响。为了不打草惊蛇，只得定住脚向外看了一眼。

小偏门外是一条东西向的小道，旁侧紧紧挨着断崖似的坡地。这条小道的西边五丈开外，面对面站着两个人，周围葱茏的树影为他们遮住了毒辣辣的太阳。

面东而站的是个独臂少年，远远看去长相清秀，一对明亮的目光里闪烁着睿智，试想笑起来也很爽朗。秦跃龙特意注意到，独臂少年的左手蘸了墨,应该是逃跑太急不小心抹上的。

莫非此人是岳海楼?秦跃龙不敢相信自己的推断。因为眼前这个小少年,横竖不过十五岁,难以跟名动京畿的书法大家岳海楼挂钩。少年的对面是个平民打扮的人,上身是漂白绸机小褂,下身是元色缣丝裤,头上还戴着一顶竹编蓑笠。

虽是相隔五丈的距离,但秦跃龙凭借多年的刑侦经验,已然捕捉到两人身上散发着的杀气。可由于自己跟凶犯存在一个距离差,直接跑过去擒人显然不妥。

于是他悄悄举起长枪,打算先把凶犯打伤,再过去擒人。可就在瞄准那个平民的刹那,谁知这家伙竟迅速从怀里掏出一把匕首刺向岳海楼。

看来这个人是来杀岳海楼的刺客。秦跃龙不做思索,立即就要开枪。不待扣动扳机,耳边忽然响起一连串的脚踏瓦片的声响。

不好,墙头上有人设伏。秦跃龙机敏地下了判断,连忙收起长枪,并躲到了旁边一页门的后方。短短数息之间,十几枚箭矢凌厉地射了过来。木门因为激烈的撞击发生有节奏的颤动,砰砰砰之声不绝于耳。

三轮箭阵攻击过后,敌人停了手。此刻那扇木门已被射成刺猬,密匝匝钉满了笔直的箭矢。眼看秦跃龙躲在了门后,弩机压根攻击不到,一名站在墙头上的蒙面人自身后的背篓里取出一枚圆球炮弹,点燃长长的引线以后,用力抛向了秦跃龙躲藏的地方。

这枚炮弹冒着浓烟落地,秦跃龙捕捉到危险的刹那,连忙翻滚着闪去炮弹的反方向。墙头上的蒙面人察觉目标出现,一齐推拉连发弩,密集的箭矢在秦跃龙身后擦过,叮叮当当打在了墙上面,像大雨落地。

好在秦跃龙停下滚动时，前方出现了一个盛放垃圾的栅栏桶。随之而来的箭雨全部钉在了桶壁上，倒是没有伤到他分毫。

可这瞬息之间，旁边被丢下的炮弹突发爆炸。强光在浓烟里闪烁，炮弹所在的青砖地面被无形的力量锤出半丈深坑。而那冲天而起的烟雾和尘土里，更是能看到碎裂的砖石雨。

面对如此猛烈的爆破，不仅两页木门被炸得粉碎，就连左面的青砖墙也被震塌三分之一。直到浓烟渐渐被风吹散，才见爆炸处仿佛是地震过后的废墟。

听到这边有爆炸声，附近的衙卒开始从两个方向聚拢而来。不过在衙卒到达之前，蒙面人决定先杀了那个躲在栅栏桶背后的人。

那面倒塌了三分之一的墙上跑过来一列手端高匣连发弩的蒙面人，刚好处于秦跃龙的身后。如果两面墙上的蒙面人对他实施前后夹击，还不等衙卒过来支援，他就会被射成筛子。

这该怎么办？就在暗想办法之际，秦跃龙余光瞥见身后放着十几个栅栏桶。这些桶是用来盛放烂衣服、废弃画纸、纸灯笼、风筝等物的污秽桶，由于岳海楼喜好书法，因此废弃的字画很多都囤积在了这里。

看来要避开杀招，只能采取移动战了。随着两面高墙上一起向他发起最后的疾射，秦跃龙连忙把面前的栅栏桶推倒，漫天的箭雨全钉在了横着滚动的桶壁上面。他自己则躲到另外一个栅栏桶的后面，趁着敌人还未扫过来第二波箭阵的机会，全力把这个桶再推倒。

经过采取翻滚、躲避和推倒栅栏桶的作战方式，整个狭窄的巷道里已形成了十几个栅栏桶快速滚动的场面，仿佛雪崩发生时从山顶滚落的十几个雪球。

秦跃龙犹如幽灵般在这些移动的栅栏桶之间反复穿梭，只要看到对方分神就举枪射击。他的枪法很好，当年专门练习过以不断翻滚的姿势在斜坡上射击麻雀的科目。二十发弹丸可击中十九只麻雀，命中率可算得上很高了。

不过可惜的是，当凶手发现对方枪法如神时却不再恋战，而是在付出了三人被击落巷子里、两人摔向墙外的代价后，选择了跳墙逃走。

秦跃龙端着长枪，大踏步瞄准倒地的三人跑过来，厉喝道："双手抱头，不动不杀！"

那些倒地的中枪者知道他枪法如神，每个人都是肩部中弹，显然是留他们性命。三人只是缓缓坐了起来，双手抱头以示投降。

这时七八名衙卒已把另外两个摔落墙外的凶手给押了过来，他们同样是肩部中弹，好在都留下了性命。

"我等护卫来迟，请大人惩处！"一个领头的衙卒面朝秦跃龙单膝跪地，余下衙卒纷纷学着他参差不齐地跪了下去。秦跃龙收起长枪，面无表情地道："行了，都起来吧。"

衙卒闻令站了起来，秦跃龙连忙问他们，周边是否发现凶手的踪迹。那名领头衙卒代为回禀："余下人员去追逃走的凶犯了，现在还不知结果。"秦跃龙点了一下头，这时剑眉轻轻一皱，心想也不知岳海楼如何了。他连忙跑出了巷子，远远看到地上趴着一个身穿雪青纺绸单长衫，后背披着一件宝蓝茜纱夹马褂的尸体。

毫无疑问，此人就是岳海楼。真没想到，岳海楼还是遭遇了刺杀。秦跃龙有点儿失望地走了过来，刚刚蹲下来准备验明身份。这时他猛然发现，尸体趴地的方向似乎不对。

当时岳海楼面东，杀手面西。如果杀手刺中岳海楼，应该是向西逃走，同时尸体要么向西仰倒，要么向东趴地。可现在的尸体竟是向西趴地。莫非……莫非尸体不是岳海楼？

第五章
花儿作密档：两重杀局

花儿作密档：乾隆三十六年五月二十八日戌时

独臂书圣岳海楼行藏神秘，背后的推手是谁，仍旧扑朔迷离，秦跃龙陷入僵局；徐宅里杀机四伏，叶昶智斗七名杀手，似乎偶遇曾经故人，一段往事无意勾起。

随着秦跃龙掀开盖在尸体上的宝蓝茜纱夹马褂，发现身形竟是那名杀手。这家伙的胸口插着一把很普通的楠木柄攮子，从杀人手法看是一下刺中心脏毙命。

这时顾宗万背着药箱气喘吁吁地跑了过来，秦跃龙赶忙让他验尸。顾宗万蹲到尸体跟前，一边勘验一边兀自分析道："此人是被迎面而来的攮子刺中了左侧胸腔，利刃穿透了心脏，心肌受损，立即死亡。这把攮子应该是死者的，不过就在他将要行凶时，岳海楼趁机夺走攮子，所以死者抓攮子的右手明显有一道因打斗而被利刃划破的伤痕。"

一段简单的分析，既说明了死因，也说明了两人搏斗的过程。由此来看，这个年纪轻轻的岳海楼倒也有点儿本领。

可杀手是否来自洪门？如果来自洪门，他们为何要杀岳海楼？莫非这个岳海楼并非是洪门成员，不过是洪门利用他绘制了一张刑部的布防图而已？

看来要弄明白这些事，还得去审问那几个被活捉的杀手才行。秦跃龙让顾宗万继续验尸，自己折返了巷子里。他捡起掉落地上的一架高匣弩机，发现弩臂印着三叶草，赫然说明这些人来自洪门。

"天下人都知道你们洪门喜欢把三叶草当标识。我很不明白，这么明显的线索，你们为何非要暴露出来？"秦跃龙拿着那架弩机走到五人跟前发问。

五人互相对望了一眼，最后四人全看向一个身形肥胖的黑汉子。黑汉子明显是这些人的头儿，他扭过头去冷哼道："我们洪门做事一向光明磊落。既然是我们干的，那自然不会不认。一个小小的弩机上印个三叶草，有何稀奇之处？"

秦跃龙微微一笑："如果你们光明磊落，那为何全蒙着面？"随着他一扬手，旁边的衙卒把五人脸上的遮面全扯了下来。

由于暴露了面容，五个人显得格外紧张和惶恐。这种担惊受怕的表现，反倒说明了他们并无骨气。既然没有骨气，那问起来也就方便多了。

"你们洪门究竟有什么计划，我会让黯影查清楚。只要你们人在这里，就算是诸鬼诸魔，我的黯影也能让你们现出原形。"秦跃龙俯视着他们，每个字都充满了力量。

五人自然听过黯影的传说，那是一些比毒蝙蝠还可怕的夜行者。

一旦被黯影盯上,世上几乎无人可藏得住身份。

"你们想清楚,一些话究竟是现在告诉我,还是等黯影查到以后,再让黯影审讯你们。"秦跃龙抛出了艰难的选择。

黯影不仅是神出鬼没的夜行者,他们还有一套极为残忍的审讯方式。坊间传闻,他们会把犯人的十根手指用刀刃割开,沾了蜂蜜以后,伸到一个食肉的蚂蚁盆里。如果犯人不说,蚂蚁就会把两只手掌吃光,短短半刻即成了露出白骨的糜烂血肉。犯人熬到这一步仍是不说,同样的方式还会去折磨他们的脚掌。只要人不死,痛苦就不会断。

只是这样一种手腕,大部分的犯人都挺不过去,更别提其他比这还残忍的审讯花招了。一想到此节,五人只觉浑身疼痛酸麻,一种如临地府的恐惧顷刻爬上脑皮。

大家简单交流完眼神后,那名黑汉子颤着声道:"秦大人饶命,我们招。"秦跃龙盯着他静候坦白,那黑汉子道:"我们是外八堂刑副大爷的手下。我们刑副大爷姓什么叫什么,甚至长什么样子,我们都没见过。洪门有个规矩,任何计划和消息,只有各个堂口的大爷知道。这些大爷们聚在一起拟订方案,分给我们的只有最简单直接的任务。比如这一次,他们让我们刺杀岳海楼,顺便埋伏在岳宅,伺机连你也除掉。"

听到这里,秦跃龙眉头一颤:"给你们分派任务的是谁?"黑汉子道:"四姐金凤,这次刺杀任务就是由她带队。"

"这人长什么样子,你们可见过?"

"见过。"黑汉子低头想了片刻,复又抬起头,"是个风韵犹存的老娘们了。兄弟们都不敢看她,因为她生得异常妖娆,只是看一眼,就会被勾去了魂儿。至于样貌嘛,右眼下长了一颗美人痣,身形凹凸有致，脸蛋谈不上滑嫩，但自有一种说不出的风月。"

一说起四姐金凤，黑汉子脸上泛起了少见的垂涎之态。秦跃龙向他投去一个鄙夷的目光，仿佛很不喜欢这样下流的形容。不过，这些消息交给黯影去查，足以挖出洪门的一些线索了。沿着这个话题，秦跃龙又问起了洪门的其他消息。

可黑汉子却说，他也不知道了。因为那些机密的事，只有四姐金凤才清楚。秦跃龙点了点头，又问："你们为什么要杀岳海楼？此人跟你们洪门，究竟是怎样的关系？"

当问题进行到这里的时候，黑汉子脸上露出了罕见的惧意。秦跃龙察觉到了他的异样，仔细听他说道："岳海楼是个极为可怕的人。我听兄弟们传言，这家伙对洪门的组成了如指掌，每个堂口的人员编制及谱牒来历，他都能张口说出。他的记忆超级好，可以只看一遍文册，就能把内容背下来。我也不知道他从哪里查到的我们，更不知道他什么来历，我只是见到，一个不过十五岁的小少年，竟敢只身擅闯我们总坛。内外八堂近二十位大爷，全拿他没辙。据那位兄弟说，当时内外八堂的大爷都想当场把他给杀了。可听完他口若悬河的论述，内外八堂的大爷们，甚至是山主和副山主，居然全都听了他的安排。洪门自创立以来，从来没有一个外人可以独身擅闯总坛，也从来没有一个人，仅仅凭借一张嘴，就能把洪门上下说得服服帖帖。更从来没有一个人，竟以外人的身份参与策划一次洪门的行动。"

"那你们为何要杀岳海楼？"秦跃龙盘问。黑汉子道："具体情况我也不知道。不过今早敲定任务时，偶然听四姐说起，好像是上次盗取证物的计划折损七名巡山，这跟岳海楼保证的毫发无伤大相径庭。山主因此震怒，于是派我等过来杀了他。如果碰到你们逮捕他，那一并也把你们扫除。"

听完黑汉子的描述,秦跃龙陷入了沉思。哪怕只是听这家伙轻描淡写地说起,已然感受到岳海楼的不一般。其实自从拿到那张刑部布防图开始,秦跃龙就莫名感受到一种压迫感。

因为那张布防图竟把他半个时辰前部署好的兵力悉数算计进去,犹如一双天眼在窥视着他们的行动。即便是密档处的黯影,也无法实现在半个时辰之内查清敌方的所有布防。如果不是秦跃龙用燧发枪打乱了北斗七星阵的阵法,只怕这群人就能安然遁逃了。

由此来看,岳海楼具备了黯影的某些实力。如果这个黑汉子说的全是真的,那岳海楼的这种超强记忆力和过人口才,简直要比黯影还要厉害。

而今再联想到,一个远播京畿的书法家,坊间早已闻名遐迩,可偏偏黯影查不到一丁点儿的消息,就连秦跃龙知道他是个十五岁左右的少年,也是在今日撞见他被刺杀才发现。

这个小小少年,一来能躲过黯影的追查,二来能在各路人马的眼皮子底下灵活变身,三来能实现谱牒档案的隐匿。如果不通晓黯影术,绝难办到。

莫非岳海楼就是鬼父要找的那名变节黯影?可鬼父明明说,那个黯影跟自己一样身形,另外四肢完好。岳海楼既个子矮小,同时也断了一只手臂,怎么看都不像那名变节的黯影啊。

这一切究竟是怎么回事?一想到那些未解决的疑团,秦跃龙就觉得头痛不已。不过当下也算是查到了那名黯影的消息。回去问一下鬼父,也许能获得一定的指引。

秦跃龙打定主意后,又审问了洪门凶犯部分问题。然而五人说出的内容差不多都是已知的消息，看来新线索是问不出来了。

这时前去追凶的衙卒回来声称，那伙逃走的洪门成员集体跳下一条小河，上岸后一头扎进茂密的灌木丛。大家全力搜捕，仍旧没有发现他们的踪迹。

虽说结果不无遗憾，但多少查到了岳海楼和四姐金凤等消息，也不算一无所获。秦跃龙简单梳理了调查结果，决定折返密档处，一方面询问黯影是否追查到别的线索，一方面打算把关于岳海楼的消息汇报给鬼父。

五月二十八日戌时，今晚没有星辰和月光，夜变得更加黑暗起来。一道闪电刺破无情的夜空，瞬间擦亮了万物生灵。无垠的青筒瓦房顶上如错落的鱼鳞绵延铺展，大有瓦海之势。

七个黑衣人在瓦上腾起跳跃，就像七只燕子轻盈飘然，只有闪亮的电花映照才会看到他们的行踪。一旦没入黑夜，宛如幽魂无形无迹。

这里是京城郊外的八里庄，方圆住着二百户人家，放眼望去瓦房林立，纤陌纵横，处处流露着烟火气息。就在庄西头的主路南端，一座三进四合院，正是徐卫东的府邸。

徐卫东虽早已不是朝中显贵，但因他做过十五皇子永琰的先生，所以在庄里颇有威望，前来巴结逢迎的乡绅不在少数。除此之外，还在崇文门外的花市开了不少从事扎制绢花生意的铺子，有花庄、花局和花作等。

为了保证技艺的纯粹和独一无二，徐卫东甚至动用皇城的关系，请到了十年前被花儿作开除的匠人师傅坐镇，从而保证了绢花扎制的质量。

　　自从康熙三十二年设立花儿作以来，最高超的承造各色绫、绸、绢、通草等材质的供宴花、瓶花等技艺，几乎只存在于宫廷之中，民间鲜少见到。

　　随着徐卫东把花儿作的技艺引向民间，各街市花庄及住家营花业者逐渐红火起来。徐卫东因此大赚了一笔，四合院也建造得十分奢华气派，颇有几分大户人家之姿。

　　七个黑影跳上倒座的瓦顶，一路小跑到抄手游廊的瓦顶，然后伏低身子观察下面的动静。这里是正院，地上铺着整齐的青砖路。四面莳花置石，植草种树，非常清幽闲适。

　　就在这片漆黑漆黑的环境里，一队左手提灯笼、右手持棍棒的家丁，时不时在院落里巡视走过，明亮的灯光仿佛轻风吹过院子里的边边角角。

　　待到所有家丁们走远以后，只见一名身姿健敏的人带着六个蒙面黑衣人猫着腰跳了下来。只见此人头戴黑纱斗笠，身着黑衣。黑色的服饰和面纱，遮住了这个神秘的人，谁也瞧不出他的面容。可那若隐若现于寂夜里的曼妙身形，似乎又能让人感受到，她必是一位冰肌玉骨的女子。

　　七人来到正房的槅扇门前时，眼见四下无人，于是迅速推开门，脚步轻盈地闯入花厅，而最后进来的两人则悄无声息地掩上了门。

　　这间屋子里只点着一盏油灯，清冷的光照亮了枣红八仙桌，可见桌上摆着一碟花生米、一盘酱牛肉、一个青花酒壶，还有两个酒盅。

　　不过最让来人感兴趣的，还是坐在桌子前自酌自饮的那个老头儿。

　　这个老头儿背对着七人，虽然看不到面容，但从那佝偻的身子，以及一头灰白夹杂的银发,可以简单断定,这个老家伙已有六十岁上下的年纪。

来人还特别注意到,此人的上半身穿着二蓝洋布长衫,下身则是湖色熟罗套裤,足下还趿着一双京式镶鞋。经过比对手下传来的消息,似乎跟自己要找的人很吻合。

"徐先生,好雅兴。"来人盯着老头儿的背影冷冷笑道。

良久过后,老人始终没有答话。只待他三杯酒下肚,这才轻捻着瓷壁微微笑道:"等了这么久,总算来了?"

一听到这话,来人斗笠上垂下来的黑纱轻轻抖动,余下六名手下也都露出了诧然之色。因为他们听得出来,说话者声音清亮,根本不是老者。更何况,来人随后发现,这个人的手指素白修长,不似老人那般干瘦。

莫非此人不是徐卫东?来人立即拔出腰间的两把匕首,指着他厉喝道:"你究竟是谁?"面对威迫,那人显得格外松弛,仿佛一点儿也没放在心上。他又喝了三盅酒,两指捏着空空如也的酒盅看了一会儿,发出一阵欢乐的笑声。

须臾过后,这个人放下酒盅,背对着七人扯掉假辫子,行止懒散地脱下长衫,又从后背揪出了一个用来伪装驼背的枕头。待到他挺直了腰板,明显可见是个昂藏七尺的年轻人。

只是看到这一幕,来人等人就已露出了疑云满布之色。随着此人转过身,大家发现他身穿石青缎地长袍,腰间别着一把金色的摺迭扇。

也许是环境灰暗,幽暗的光芒照在那人脸上,突出一张丑陋苍老的面容,而这种奇怪的模样与英武挺拔的身形显得那么格格不入。

来人冷着声音问:"既然都已挑明了身份,何须戴着假面?"那人取下腰间的摺迭扇,轻轻撑开笑道:"姑娘戴着黑斗笠,遮着黑面纱,不也瞧不见模样吗?"

"我们今日过来,只为找徐卫东。不相干的人,我们可以选择放过。只要你说出徐卫东所在,我便放了你。"来人表明了态度。

谁知那人竟是哈哈笑道:"实在不好意思。你们要找的人与我关系匪浅,如果告诉了你们,岂不是太不忠不孝了?"

"你究竟是何人?"来人再一次重复了之前的问题。那人把折扇一收,端着肃杀反问:"你们又是何人?"

眼看这个人不配合,来人不再跟他废话。两把匕首从她的手里一前一后甩出,就像旋转的飞刀自那人脸庞的两边擦了过去。短短数息而已,匕首又折返回了来人的手里。

那人先是感觉脸庞扫过两阵劲风,随后发现贴在脸上的那张猪皮假面开始不自觉地脱落,顷刻化作肉皮碎片落在了地上。

"小生贺千川,拜过姑娘!"眼看露出了真容,那人只好笑嘻嘻地抱扇向来人打招呼。

此刻来人才发现,这个叫贺千川的年轻人,生得脸廓方正,鼻梁高挺,双瞳里散发着正气凌然,可算得上英武帅气了。

"我最后一次问你,徐卫东在哪里?"来人显然已没有了耐心。

贺千川直起身笑道:"姑娘别急嘛!姑娘声音这般好听,试想定然生得美丽妖艳。小生至今还未娶亲,咱们不妨……"他说着走上前,欲要用扇子撩开来人的面纱。

可就在此刻,来人突然身法诡异地冲了过来,两把匕首像剪刀一样卡住贺千川的脖子,一直把他逼退到墙角:"徐卫东在哪里?我的忍耐是有限度的。"

不待贺千川说话，屋子外面响起了嘈杂的人声。一个蒙面黑衣人走上前："外面来人了。"来人回头扫了一眼窗外，发现每一扇方格纸窗上面都跳动着豆粒大的火头。

"我给你最后一次机会！再不说，这把匕首直接切断你的气管！"两把匕首同时发力，贺千川的脖子上登时渗出两道血痕。

"东厢房！在东厢房！"面对敌方的咄咄逼人，贺千川终于做出了让步。来人微微晃动了一下斗笠。虽然自己跟这小子只说了短短几句话，但觉得此人诡诈多变，一些话未必可信。一想到这里，她收起匕首威胁道："你若敢骗我，千里万里，我也来取你性命！"

几乎是话音落下的同时，七人从一扇通往后院的窗户里跳了下去。望着那个消失于灯影里的姑娘，贺千川唇角挂起了一抹笑容。可当摸到脖子上的伤口时，不禁疼得倒吸一口冷气。

"果然是越漂亮的女人就越狠毒啊！"看着手上殷红的血水，贺千川摇头苦苦一笑。就在这时，房门突然被一股强大的力量推开。

不待他反应过来，一个戴着半张金面的男子大踏步冲了进来。这个男人就像一头猛虎落地，瞬间让昏沉的屋子里充斥着令人胆战心惊的气息。

"刚才是不是有人来过？"叶昶环视完周围，最后锁定到贺千川的身上。谁知贺千川也在打量着叶昶，而且用一种满是敬畏的声音问道："您是……您难道是金面判官叶大人？"

这样无聊的问题，叶昶向来不做理会。他按照职业习惯先简单地梳理了现场，发现地上随意丢弃着枕头、假辫子、老人服饰和猪皮面具等物，而桌上面还摆放着没有任何杂乱迹象的酒具和菜品。

"这是你的？"叶昶从地上捡起一块猪皮碎片，拿到贺千川的脸上比了比。此时他的脸上还粘着一小块未被撕下来的面皮，刚好可以形成互证。

"你扮成徐卫东的样子，故意引来杀手。不料来人身手敏捷，识破了你的身份。随后那些人威逼你说出徐卫东的所在，可你不愿相告。他们就用利刃割破了你的脖颈，希望靠武力胁迫。"叶昶用余光扫去贺千川身上的每处细节，思索了片刻，冷冷地道，"刚好此时护院们赶来。你为了保全性命，于是说了一个位置。他们不确定你说的地方有没有徐卫东，因而没有杀你。"

这些是叶昶结合现场的线索推断出的案发过程。贺千川脸上有猪皮、辫子上有假发痕迹，而地上更是散落着徐卫东经常穿的服饰。这说明，贺千川是在假冒徐卫东。

周围没有打斗痕迹，可贺千川的脖子上明明出现了伤痕，这说明对方身手敏捷，几乎能让贺千川毫无机会还手。

可即便出现敌我势力悬殊的情况，对方也没有杀了他，那说明贺千川应该给杀手提供了一个不确定的消息。一旦消息有诈，他们还会回来寻他，故而留下了性命。

听完这些推断的时候，贺千川脸上露出了钦佩不已的神色："叶大人果然是神探啊！小弟贺千川，见过叶大人。以往小弟我在茶馆听人说书，全在说叶大人怎样断案如神。那时我还觉得，也许是把您给神话了。今日一见，果然名不虚传呐！"

面对旁人的夸赞和欣赏，叶昶从不听在耳中。他微微蹙了蹙眉，鼻尖里嗅到一股奇怪的味道。因为不确定这种味道是否来自杀手，他连忙回身喊了一声："狻猊！"

须臾之间,屋外的房顶上跳下一只通体黝黑的怪物。门外是漆黑无边的夜色,屋子里的人在黑暗里看不到怪物整体的样貌。大家只是看到,一双鸡蛋大小的绿眼睛里散发着凶恶的目光。那种震慑天下的气势,绝非是来自人间的怪兽可比。

随着怪物慢慢走进亮光地带,大家终于发现,那是一头通体棕黄的大型狮子。个头半丈高,身长一丈有余。它的头部巨大如宫里的半个铜缸,鼻骨较长,鼻头是黑色的。

尤其它看似慵懒的张嘴舔一舔舌头,竟会让人产生被当作美餐下肚的错觉。叶昶周围的护院全都吓得腿脚哆嗦,哪怕是贺千川也呆在原地不知如何是好。

叶昶没有去管众人的反应,而是伸手指向前面的格栅窗。狻猊跳上窗台闻了闻,忽然朝窗外西南边大吼了一声。

这种声震九霄的狮吼,犹如原始深林里的兽王发起了象征进攻的长啸。叶昶马上明白,杀手应该逃去了西南边。于是他一声令下,狻猊径直朝西南方而去,他也不落下风地追出去。

当狻猊跑到一座龟纹石垒砌的观景山入口跟前时,突然舒缓了步子。叶昶跟着它减速,伸手一指入口:"他们在里面?"狻猊低鸣了一声,仿佛不想惊走里面的凶犯。

"是你们自己出来,还是我逼你们出来!"叶昶走到狻猊前面,冲着观景山入口大声喊道。原本这种雷霆万钧的声音,足可以震慑住世间大部分的凶犯。可良久过后,那些躲在里面的人似乎并没有要出来的意思。

既然对方不识趣,叶昶也决心不再等待,于是回身朝狻猊使了个眼色。狻猊四肢用力抓地,随后如一阵劲风冲进了观景山的里面。过不多时，巨大的兽口里便叼着一人奔了出来。

此刻贺千川带领一众护院，刚好急追而至。眼看狻猊口中叼着的正是那个划破自己脖颈的女子，脸上立地浮现出既怖又喜的复杂神色。

叶昶走到狻猊跟前，盯着那个横在兽口中的黑衣女子，冷冷地道："你是谁？"

虽说自己被狻猊衔在口内，心里不怕是不可能，但女子想到面前这个人是自己寻了二十年的男子，原本的恐惧早已被一抹欣喜和感动取代。

"原来，你现在长成这个样子了。"女子不会想到，二十年后，她再见到这个男人，开口便是这句稀松平常的话。

叶昶眉宇微蹙："你从前见过我？"女子淡淡笑道："何止见过，我还抱过你呢。"这句明显带点儿暧昧气息的话，瞬间让叶昶感受到一丝不适，不过这让他更好奇此人的身份了。

"你想知道我是谁，就得先让这头狮子放我下来。"女子泰然自若地谈起条件。

尽管女子气焰逼人，但叶昶心想，就算此人再狡诈，也决计逃不出狻猊之手。于是他朝狻猊一点头，女子当即从兽口里掉落。

一地火把反射的光亮映着这位全身漆黑如墨的女子，可见她杨柳细腰，哪怕没有露出面容，依然能让人产生一种神秘而又妩媚的美感。

女子面朝叶昶缓缓向后退了两步，仿佛是想跟狻猊拉开一段距离。这时躲在山洞里的其他六名黑衣人全走了出来，大家双手高举着斩马刀，一起站在了女子的身后。

叶昶冰着声音:"现在可以说你究竟是谁了?"女子莞尔一笑:"叶大人,如果我告诉你,我只能回答你两个问题。一个是我是谁,一个是我来干什么。那么请问你,如果二选一的话,你最想听哪个?"谁也没有料到,女子会抛出这样一个问题。旁边的贺千川看到金面判官一噎,不禁用扇子遮住嘴咯咯笑了起来。

叶昶冷哼道:"不过是一群洪门贼徒,岂能瞒我?"女子见他严肃认真的样子,再一次笑出了声:"那好吧。既然你都知道了答案,我就没什么好说咯。"

"徐卫东明明是十五皇子的恩师,身负皇恩,绝不可能跟你们洪门勾结。那么他所写的那张字条,又是怎么回事?"叶昶看这个女子油嘴滑舌,因此直接了当地问出自己的困惑。

女子笑了一声道:"如果他身负皇恩,那就不会被削职为民,还落得个凄凄惨惨的下场咯。人呐,无论受了谁的气,总有想报复回去的冲动。"

一听这话,叶昶低眉思虑了瞬间,暗想莫非徐卫东跟洪门勾结刺杀圣上,主要是为了报被削职为民之仇?因为自己查到了关于徐卫东的线索,所以洪门才想到了杀他灭口?这些虽是粗粗的推断,但想来也有点儿道理。

"你们是乖乖跟我回去,还是打算跟我动完手再回去?"叶昶扫了一眼七人。虽说这些人也许武艺不凡,但他觉得自己还能应付。

女子俏皮地笑道:"叶大人,你看这样好不好?咱们不妨打一个赌。半刻之内,你如果能抓到我,我就跟你回去。如果你抓不到我,那就必须答应我三件事。"

一听又是游嬉之言,叶昶起初很排斥,甚至想直接把七人擒了省却麻烦。可考虑到洪门中人大多宁死不屈,自己动强不一定能收到好效果。

简短想完,说道:"也罢,只擒你一人,倒也容易。"

眼看叶昶答应了自己,女子仿佛很满足地笑了起来。这时她抬头看了一眼天空,发现团团黑云正在慢慢吞噬阴沉的夜幕。

过不多时,一阵劲风忽然吹了过来。大风好似一只手掀开垂挂在她面前的黑纱,露出了一个莹洁光滑的下颌。天色实在太暗,原本无人注意到这一点。

可随着天空劈过一道闪电,众人才在陡然明亮的环境里,看到一抹不点而赤的樱桃小唇,一黑一红一白的三种神秘色调,勾画出女子倾城的轮廓。

也许世间最动人的容貌,并非是一眼便惊艳了天地的脸蛋,恰恰是这种含而不露。

一个人的脸蛋再美,看多了也会腻。可偏偏无人瞧见她完整的样子,反而给了不同审美的人以不同的幻想。

前来支援的护院,本想着帮叶昶擒凶。哪里会想到,就在看到女子露出下颌的刹那,纷纷呆呆睁大了眼睛,仿佛见到了九天仙女下凡。

即便是不近女色的叶昶,也在见到这一幕的瞬间,脑海里闪过些许茫然。正是短暂的失神,竟给了女子绝好的出手之机。只见她从怀里掏出了一枚五彩石榴炮[1],用力摇了摇丢向叶昶。叶昶神色一凛,当即挺刀竖劈了过去。

1　石榴炮:又被称为"击贼神机石榴炮",出自《明史·兵志四》。

忽听当的声响，石榴炮被锋刃击中弹到了草丛里。由于炮内没有放置火药，不过是一些产生烟雾的材料。一时间浓烟自草丛里喷升向天，眨眼之间形成了干云蔽日的大雾。

这些烟雾里还混杂着各种香料，狻猊的鼻子被香味干扰，从而无法凭借气味去追凶。再加上周围视线模糊，更是连凶手的身影也看不到。

就在那茫茫白雾之中，一个好听的女子声音飘了过来："姓叶的，你输了。金面判官盛名天下，可要说话算话！无论天涯海角，你勿要忘记咱们的赌约！你欠我三件事！"女子的声音越来越远，直到再也听不清了。

叶昶呆呆立在原地。

也不知出于何种原因，他本想尝试着去追那女子，可双足就像被钉在地上，竟是挪不开半分。待到他缓过神时，已失去了最佳的追凶时机。

这个人究竟是谁？莫非是一位故人？叶昶回想着女子之前说过的话，尤其开口第一句"原来，你现在长成这个样子了"，任谁听来不是故人之言吗？

一切的困惑全在女子离开后变得扑朔迷离。不过叶昶向来久经沙场，他没有因为女子的出现，从而忘记自己到此的目的。

徐卫东至今还未出现，也不知怎样了。叶昶皱了皱眉，暗暗思索起接下来的安排。就在这时，一阵低沉沙哑的咳嗽声忽然从他身后传了过来。

第六章
锭子药作密档：面粉炸弹

锭子药作密档：乾隆三十六年五月二十八日亥时

鬼父发现叛变黯影的踪迹，沉积十年的谜团，终于揪到了线头；叶昶独身夜会徐卫东，虽然查到宫廷的立储之谜，但却遭遇歹人暗算，险些命丧徐宅。

幽暗深邃的石屋里依旧神秘莫测。秦跃龙回到密档处后，第一件事就是向鬼父回禀自己查到的消息。听完关于岳海楼的种种事迹，鬼父苦苦笑道："没错，这个岳海楼应该是旱魃培养出来的人。我们找了十年，整整十年，总算有点儿眉目了。"

"您觉得，那黯影想做什么？"秦跃龙想了想，还是问出了自己解答不了的困惑。鬼父冷冷笑道："我原以为，那黯影逃出去是想过一段正常人的生活。只要他安安分分，我们找不到也就算了。可他现在的动作，分明是透露了一个讯息。"

秦跃龙忍不住问："什么讯息？"鬼父哼了一声："他既然培植

了自己的黯影，你说能有什么目的？"一听到这话，秦跃龙眉头紧紧皱起来，脸上阴郁着苦苦思索的神色。过了良久，他才极其不愿地递出一个分析："莫非，他要取代我们？"

"不错！"鬼父罕见地发出了一阵沉重的咳声，"自打我选中他开始就已知道，这个人是把双刃剑。若为我们所用，必然所向披靡。可如果站在我们的对立面，只怕是最强劲的敌手。"

"此人真有这么可怕吗？"秦跃龙不敢置信地瞪大眼。鬼父犹豫了片刻，才深不可测地道："这人不只是可怕，而且会颠覆你的想象。这一天，我不是没有设想过。可我总是隐隐觉得，他或许会走到良善的一面。谁也不曾想到，他终究是坠入了魔道。"

鬼父口中的这名黯影是他曾经极为看重的菁英，甚至想过培养菁英为自己的接班人。如果此人不叛变，秦跃龙的位置就由他来坐了，可世间万事没有如果。

一想到是这样的结局，鬼父便很不是滋味，声音里除了惋惜之外，还有一份坚定捍卫密档处的决心："当然，如果他真的要对密档处下辣手，我到时会再想办法。现在最重要的事情，就是确认他是否培植了一个与黯影针锋相对的异端组织，以及他如今依附于哪方势力，将来实施怎样的计划。以我对他的了解，菁英只怕不仅仅是想取代黯影，兴许还有更大的阴谋。"

这一席话倒是提醒了秦跃龙。洪门是他们正在追查的一个组织，可从岳海楼对洪门的态度来看，似乎菁英并没有把洪门放在眼里。

既如此，洪门自然不是那黯影依附的势力。可如果不是洪门，还会有怎样的组织能引起菁英的兴趣呢？

这时秦跃龙猛然想到，叶昶曾告诉过自己，洪门似乎跟朝中的某位要员有勾连,否则写字人钟不可能被查核房的人调走。

莫非菁英依附于朝中的某位要员吗?如果真是这样,岳海楼帮助洪门似乎就有了理由。可这位要员是谁,竟敢跟逆贼合谋弑圣?

秦跃龙紧紧抓了抓衣角,剑眉上跳跃着各种复杂的思绪。看来要梳理清楚这些问题,还得让黯影把岳海楼、洪门和朝中某位要员等信息调查清楚才会有结果。

手持火把的护院们全都转过身去,围在一位佝偻的老者四周。强烈的火光照射之下,只见此人里面穿着一件库绸缺衿长衫,外面套天青荷雨缎马褂。也许是身患顽疾,他的左手挂着一根檀木拐杖,右手则握成拳头放在唇边抑制咳声。

经过观察所有人的反应,大致可以推测,老者多半就是徐卫东了。叶昶眼神极好,除了认出徐卫东之外,还特意留心了他身边站着的四个特殊人员。

这些人全都面露凶光,身形高大伟岸,手里各持非同一般的兵器。任谁见了都能看得出他们应该是武术高手。莫非这四人是徐卫东的保镖?叶昶心里揣测着眼前的局势。

这时贺千川大步跑了过去,一把拨开挡在徐卫东身前的护院,兴奋地喊道:"舅舅!我总算见到您了!"

一看是自己数日未见的小外甥,徐卫东的浑浊的眼球微微发酸,晶莹的泪珠夺眶而出。他强忍痛苦和蔼地笑起来:"自打你来,我就想见你了。只是我这身老骨头,实在病得糟糕,所以冷落了你三日。"

听到徐卫东说,因为病重,故而三日没见来家访亲的外甥,叶昶微微皱起了眉,显然是产生了怀疑。毕竟病重到下不来床,如果想见也有机会，怎就无法相见呢？此外贺千川假冒徐卫东引开刺客，料想应该知道了有人来刺杀娘舅。那么，这个贺千川又是什么身份，怎会提前预料到此劫？莫非是徐卫东告知？

面对如此复杂的关系，叶昶逐渐提高了警惕。他默不作声地听舅甥俩的谈话，希望可以挖出一些有效线索。尤其当听到贺千川问起徐卫东身边的四人来历时，叶昶重点去观察了徐卫东的神情变化。他发现，徐卫东先是极不自然地扫了四人一眼，随后才朗朗笑道："你问这四位兄弟呀，那说来可就话长了。大概是三年前的春分，当时福建漳、泉二州民俗强悍，好勇斗狠，我在高溪观音庙上完香，下山时险些被闯棍所害，幸得这四位大侠所救，我才幸免于难。他们都是云游天下的侠者，也都习得拳棒之术，个个武艺高强。自此而后，我们五人便结为金兰兄弟。四位兄弟原本是浪迹天涯的侠者，四海为家。我想着不如邀请他们到家中做客，大家一块儿生活几年。不承想，这一晃三年便过去了。"

也许是想到贺千川跟四人还不熟络，于是逐个介绍给他认识。叶昶趁机了解到，那位瘦得如一根劲竹的叫郑冲，满脸络腮胡的糙汉子叫叶兵，脖颈纤长如长颈鹿的叫李鹤，肤色如黑脸包拯的叫牛傲天。

不过叶昶还发现，当贺千川听到四人跟徐卫东相识的时间节点时，眉宇之间闪过些许狐疑，甚至还带有一点儿敌意。这种神情根本不是待客，莫非那个时间节点有问题？

一切还未瞧出端倪，忽见徐卫东抬起头，面朝叶昶问道："金面判官叶大人造访寒舍，可有赐教？"叶昶面无表情地反问道："有几件事，我想请教徐先生，不知可否单独一叙？"

眼前四人来历不明，当面说一些事未必能取得想要的结果，所以叶昶才提出要跟徐卫东单独见面，以期拨开层层迷雾。

哪知这个提议让徐卫东犯了难，竟愣在原地许久，余光时不时瞥向旁边四人。此种反应让叶昶起了疑心，暗想四人是不是把徐卫东挟持了？如果真是这样，他已做好了动手的准备。

也许是担心叶昶瞧出破绽，郑冲连忙轻微不见地向徐卫东一点头。徐卫东像是获得了授权，向花厅一伸手道："叶大人请。"

可来到花厅门口时，四人也打算跟着徐卫东走进去。叶昶这时冷眼扫过他们："我和徐先生聊一些私事，尔等不必跟来。"

四人见叶昶语调强硬，似乎很不喜欢，纷纷充满敌意地望着他。可叶昶却极为不屑地面向前方，丝毫不把他们放在眼中："官家查案，岂容尔等旁听？"郑冲哼道："官家诬陷好人，那也有一些手腕。"

这话刚说完，还不待叶昶回答，牛傲天立即接过话来笑道："我说叶大人，您也别怪兄弟们事儿多。当年徐大哥在朝中得罪过不少官僚，前几日还受到过一些人的滋扰。咱们既然跟徐大哥拜了把子，自然要保护他的安全嘛。见谅，请见谅！"说着抱拳向叶昶拱了拱手。

"那你们是觉得，我今日过来是为了向徐先生挟私报复？"叶昶直接向他们挑明话头。

李鹤弯下腰，仿佛一只长颈鹿低下了头："叶大人言重了。我等素闻叶大人为官公正廉明，不敢妄揣。可我们兄弟四人曾发过誓，只要在徐大哥这里住一天，那就得片刻不离开他身边。"叶兵也紧跟着补充一句："叶大人把我们当空气便是，无须担心我等扰了大人查案。"

"我下定的决心，从不为任何人变更。"叶昶撂下这句话，伸手

101

推开门请徐卫东往里去。眼看双方剑拔弩张，徐卫东竟一时犯了难，进也不是，不进也不是。

这时叶昶抬起头，冲着趴在屋顶上的狻猊喊道："如果有人不听话，你下来替我过过招。"一听到主人的命令，狻猊豁然站起了身，张大口俯视着四人发出一阵狮吼。雷鸣电闪的夜空因为有了这响彻云霄的咆哮，竟显得无比狰狞可怖起来。

哪怕四人不惧怕叶昶，可面临如此凶恶残暴的怪兽，不由得脸色大变。叶昶冷冷一勾唇，了然四人构不成威胁，于是再一次向徐卫东发出了邀请。徐卫东纠结了须臾，径直走了进去。

两人步入花厅以后，由叶昶带好了门，分左右首坐了下来。叶昶先是朝门外看了一眼，心中略微沉忖，随后从怀里摸出那张写有"自尽"的字条拍到桌面上："造办处下设查核房的侍监李大旺，你可认识？"

看到那张字条的时候，徐卫东心里便已有了答案。他不动声色地向叶昶一点头，然后端着倨傲的声音反问道："造办处乃是承制皇家御用品的专属部门，老朽怎会认识里面的人？"

虽是说着话，但他的右手食指已蘸了茶盏里的水，匆匆在桌面上写起字。叶昶知道他有些话不能明说，不得已采用这种方式相告，于是先抬眼瞟了一眼门外，随后把目光锁定到桌面上的六个水字：洪门逼我所书。

"下官只是听说，您当年除了是十五皇子的恩师之外，还曾在锭子药作兼任过领催，主要负责把药物碾成细粉，再添加适当的黏合剂制成规定的形状？"叶昶似是而非地跟徐卫东聊了起来。因为他知道，两人表面上的谈话还得维持，不然容易让门外的四人听出破绽。

刚好叶昶调查到，徐卫东在三十作中的锭子药作兼任过领催，便以此话题延续下面的对话。

徐卫东为叶昶的灵活应变而感到欣慰。他苦苦笑了笑，仍是心口不一地道："叶大人查得果然仔细。老朽当年的确在锭子药作担任过领催，还曾教给匠人们制作雕鹤纹金锭佩、点翠金锭串、紫金锭朝珠和紫金锭佩等物。不过这些都已是陈年旧事，莫非叶大人想跟老朽讨教一些锭子药技艺吗？"

叶昶虽用余光警觉着四周的环境，但眼睛却一直跟着手指走动。只见徐卫东落笔飞快地写下："洪门弑君，以表为刃。门外四人，皆源洪门。"

如此看来，徐卫东是被洪门掌控了。可叶昶想不明白，为何洪门会逼迫他写下一张带有"自尽"的字条呢？

"徐先生误会了。三十作里发生了自鸣钟杀人的诡案，万岁爷尤为重视，特派下官稽查。可下官问遍了三十作里的匠人和官员，大家说出的消息都差不多。为了进一步调查此人，下官便想到过来问一问您。"叶昶的声音虽听来跟往常差不多，但右手食指却也蘸了茶水，飞速在桌面上写下一行字："朝中是否有人跟洪门勾结？"

这个问题也是徐卫东想告诉他的关键信息。可两人的谈话不能中断，徐卫东只得随口答道："恐怕要让叶大人失望了。老朽本就性情孤傲，莫说现在不愿与人交际，就是从前在三十作里任职时也习惯独来独往。且不说我从未听说过什么李大旺，就算听过也不会关心他的事迹。你今日过来问我，只怕是白跑一趟了。"

一连串的话听来天衣无缝，可谁也不会想到，徐卫东在说这些话时，手指却挥写下另外一行字："立储在即，群龙乱出。天下苍生，系

103

于大人。"最后一笔，他是颤颤地收的尾。

这十六个字无疑给叶昶指明了查案的方向：那名与洪门勾结的朝中显贵，也许来自某位皇子。他为了争得储君之位，因而与洪门串通布下杀局？

眼看事情已问清楚，叶昶连忙写下最后一行字："门外四人先生有何打算。"徐卫东扫了一眼桌上的字，沉思良久后写道："老朽愿做蛇饵，伺机引蛇出洞。"

直到这一刻，叶昶才明白徐卫东的本意。原来他没有当场揭穿四人身份，竟是想引出那位与洪门勾结的皇子。叶昶站起身，诚挚地向徐卫东抱拳行了个礼。徐卫东也挂着拐杖站了起来，回敬了叶昶一个礼。

随后他背过身去，面朝门外说道："不早了，叶大人请回吧。"说完这话，徐卫东就像个奔赴疆场的战士，一个人挂着拐杖走到门口，刚伸手拉开了门，贺千川连忙上前搀扶，舅甥两人朝东厢房走去。站在门外的郑冲、叶兵、李鹤和牛傲天并未跟着他们离开，而是互相对望了一眼，竟把门关闭上了锁。

叶昶预感到不妙，大踏步冲至前方，用力推了推门，发现根本打不开。他轻轻向后退了两步，四下里扫看了扫看，心想寻个窗户跳出去。就在这时，四扇窗户竟被外面的黑衣人接二连三地闭合。仔细听那声音，似乎是在外面上了锁。

奇怪了，窗户在外面根本无法上锁，这是怎么回事？叶昶快步奔至窗户前，全力拉了拉，果然是上了锁，自己并未听错。

也许敌人提前改装了窗户，只为今天把他困在屋子里。可他们为何这么做呢？叶昶暗暗琢磨着这突如其来的局面，始终没有想到原因和对策。

不久前窗户和门外投射进来的光，照在各种家具上面勾画出模糊的轮廓剪影。可现在连剪影也看不到了，四周就像坠入了如黑暗地狱的极夜。

叶昶缓缓抽出雁翎刀，知道直接出去是没有希望了，索性就用刀把门劈开。突然，外面响起哗啦啦铁链的晃动声，也不知出了什么事。他特意把眼睛贴在门缝上向外面望去，发现一条条手臂粗细的铁链竟把房子给捆了起来。

每条链子之间只露出小拇指粗细的缝隙，为了加固链条还特地上了铜锁。现在就算把门劈开，只怕也出不去了，因为这间屋子已被铁链捆扎成了一座铁牢。

不待叶昶瞧明白怎么回事，四扇窗户上响起了斧砍刀劈的声音。外面的光亮透过毫无规则的斧痕照射进来，瞬间让漆黑一团的屋子有了斑驳的光影。此时外面的风大了起来，大风吹进每扇门窗的斧痕，经过一条条细缝的过滤从而发出绵长而刺亮的啸音，宛如有无数的人在吹口哨。

过不多时，斧痕里刮进来一团团的白烟，登时让漆黑的屋子里起了弥天大雾。起初叶昶以为这是敌人释放的毒烟，下意识用袖子去遮住烟气。可当他闻到一股天然的小麦香味时才猛然惊觉：这些东西不是毒烟而是面粉。

敌人为何在这个时候投放面粉呢？一个匪夷所思的念头爬上了他的眉梢。下一个刹那，东面的一扇窗户里，忽然被人扔进来一根翻滚如风火轮的火折子。

此刻的叶昶才明白敌人的用意：面粉鼓入封闭的空间里，如果跟空气充足混合达到适当的比例,一旦遭遇明火就会产生堪比火药的爆炸威力。

敌人明显是想通过这种方式杀了他,用心可谓歹毒!可纵然瞧出了敌人的阴谋,他在短时间内竟也无法完成自救。

世上没有人能阻止弹壳内的火药触发石破天惊的爆炸,正如他无法阻止恰似漫天飞雪的面粉颗粒被火折子引燃。他现在就像被塞入火药弹壳里的苍蝇,只有静静等待着强大的爆炸焰团把他碾成齑粉。

突然,屋子里噼里啪啦惊现火花四溅的炸响,无穷无尽的能量仿佛无数双手在撕扯着叶昶身上的每寸肌肤。他感觉渐渐丧失了呼吸的能力,千斤巨石般重的脑袋被两肩费力地抬举,身子更是因为力不能支而软绵绵倒地。

千钧一发之际,西面的白墙被一记重锤给砸塌了,露出来一人高的破壁圆洞,周边嵌固着参差不齐的碎砖块。屋子里的火焰因为有了宣泄口,就像是囚禁在地狱里的恶魔突然被邪神释放了出去,以惊涛骇浪之势冲腾入云。

贺千川放下大铁锤,全身贴地卧倒,任火浪在后脊刮过。一霎后,他艰难地爬了起来,捡起一把大铜钳子把碍事的铁链绞断,两手握紧铁链上下张到最大,撑开与半个自己等高的空隙,赶紧转过头去向身后大喊道:"快去救你主人!"

一听到命令,狻猊吐掉嘴里叼着的一根血胳膊,纵身一跃从空隙里跳了进去。原来当发现叶昶被锁在屋子里以后,狻猊立地从屋顶上俯跃而下。它浑身处处散发着万兽之王的雄姿,只在短短数息之间就把李鹤、叶兵、牛傲天和郑冲四人咬死。

江湖上赫赫有名的四大高手,即便合力围攻,竟也伤不到狻猊分毫，足可见神兽摧枯拉朽的杀伤力。四人做梦也不会想到，自己没死在高手的剑下，反而被一头猛兽咬得血肉模糊。

狻猊奔至主人跟前，四肢卧趴在地，不停用自己的大头去撞击叶昶的头。直到把他从昏迷中叫醒，然后帮他费劲地爬到自己身上。待到主人趴好以后，狻猊四肢用力刨地，径直冲出了屋子。在狻猊面前，贺千川的速度再快也明显落了下风。

由于狻猊不熟悉这里的地形，因此刻意放慢了步子，就是希望贺千川能在前面带路。他们刚离开徐宅，随着此起彼伏的爆炸声时弱时强地响起，无数火焰宛如决堤的江河，一片连一片地烧了起来。整个八里庄变成了人间炼狱，无数哭喊和呼救声充斥着无边无垠的黑夜。贺千川不敢也不忍回头，只是大步急奔，可眼角的泪水到底是抑制不住地往外流。叶昶虽伏在狻猊的身上，但也隐约看到了他在抹泪。

"出了何事？"叶昶回转过头看着他。贺千川吸了吸鼻子，分外沉痛地道："舅舅死了。"这件事实在出乎叶昶的预料，但当想到自己差点儿死于面粉爆炸时，又觉得并不意外。

叶昶问起事情经过，贺千川告诉他早在第一次见到徐卫东的时候，贺千川就怀疑过四人的身份。因为四年前冬至到三年前的夏至，舅舅明明跟自己在一起，怎么会去高溪呢？那一刻，贺千川才知道，舅舅之所以提及高溪，正是想提醒他，自己被人挟持了。

"这么说，徐先生是被那四人所杀？"叶昶虚弱地问道。贺千川摇了摇头："那四人把你关起来后，还不等有接下来的行动，全被你的坐骑给撕烂了。"

听了这话，叶昶才猛然闻到狻猊浑身散发着浓郁的血腥味，原来是为救自己把那四人给咬死了，从而不小心让鲜血喷溅到了身上。

叶昶充满感激地轻轻拍了拍狻猊的脑袋，目光转向贺千川。此刻贺千川握紧了拳头，一面大步急奔一面说道："半个时辰前，那四人把你关在了花厅，我和舅舅则回到了东厢房。原本以为，我们舅甥俩终于能好好聊一聊了。谁知一群身穿夜行衣的人把我们困住了，也不知是什么来历。其中一个人，我印象非常深刻。他的身形魁梧健硕，穿着墨黑色的一口钟。直到那人转过来身，我才看到是个戴着傩面具的鬼面人。鬼面人杀了舅舅后，又准备杀我。可惜我打他不过，只好想到来救你，心想金面判官出手，定能帮我手刃了仇人。后面的事你都知道了，我找来铁锤和大铜钳救出了你。"

如果不是听贺千川说起，叶昶难以想象，竟还有人连徐卫东也杀了。乌云遍布的天空开始下起瓢泼大雨，两人一兽来到广阔的平地，径直奔向郊外的一片密林。

叶昶调整了一下呼吸，面向贺千川问："杀害徐先生的人，谋害我的人，最开始出现的七名杀手，以及那四位徐先生的兄弟，他们是否是一伙人？"

贺千川微微想过后答道："我怀疑那四名挟持舅舅的人，一定是接受了某位皇子的委派，前来嫁祸舅舅与洪门勾结。至于余下的三拨人，我感觉应该源于同一个组织，可又与那四人并非一路。否则那四人在看到黑衣人把房子用铁链子捆扎以后，不该是愕然呆立的模样，甚至互相之间还在问他们是谁。"

"此话何意？"叶昶万万没有料到，贺千川会提供给自己这样一条线索。尤其联想到徐卫东临终前说过，为了争夺立储之权，某位皇子跟洪门勾结弑圣，不禁有了豁然开朗之感。

他轻轻侧转过头，避开迎面直击的大雨，听贺千川叹道："不久前，我跟舅舅回了东厢房，就在回去的路上舅舅偷偷告诉我，他怀疑这四人是永琨或永璇的手下。而今立储人选主要落在三位皇子头上，一是十一皇子永琨，二是八皇子永璇，三是十五皇子永琰。这三位皇子中就属永琰年纪最小，心机也最少，但却深得圣上喜欢。为了除掉这个劲敌，余下两位皇子便设下一局：先诬陷永琰跟洪门勾结弑圣，再借此废了他的立储之权。"

这一席话像是一盏孤灯，无形之间照亮了叶昶心底的幽暗。如果一切真如贺千川所言，那徐卫东在四人的胁迫之下给李大旺写了"自尽"两个字，也就不难理解了。

不知为何，叶昶在这一刻忽然联想到了玄武门之变。他从来没有想到，一场小小的写字人钟谋杀案竟会牵扯出如此复杂的明争暗斗。

叶昶向来不喜欢涉足皇家的权力斗争，他之所以入朝为官，也只是为了四个字：公正法典。从前在县衙为官时，他觉得为民请命，平息一切冤假错案便是此生的崇奉。

可他后来逐渐发现，查明真相和还百姓一个真相是两码事。就算他有时候查明了案情的真相，一旦轮到最后的判决阶段，由于自己权势低微，到头来依旧无法还百姓一个公道。

为了冲破权力的高压，他通过努力一步一步变成了人人敬畏的金面判官。虽说手中的刀有了惩处大部分罪恶的权柄，但自己也因此沦为拱卫皇权的工具。

如果一切案子不涉及皇权，他的确做到了公正法典四个字。可如果案情涉及皇权，公正法典就没有那么容易了。

这是叶昶自己的精神围城，也是他迟迟参悟不透的人生困境。一想到这么多复杂的症结，叶昶只觉胸口难以呼吸，最后心神恍惚地趴在狻猊背上昏睡过去了。

两人一兽闯进郁郁葱葱的松柏林，空气中弥漫着雨腥和松针柏叶的清苦味道。一道闪电劈亮天空，可见前方是一座造型古旧的西洋墓园，四面环围着爬满青藤的透花砖墙。

雨势太大了，贺千川指挥着狻猊奔向墓园里暂时避一避雨。他大步冲上前飞起一脚，生生把紧闭着的铁花棂门给踹开了。沿着青石方台一步一步往上攀登，迎面是汉白玉石碑。

这块石碑的碑额上刻有雕花龙纹，腹心还镌刻着天主教会的十字徽记，上书：耶稣会士利公之墓。毫无疑问，这里是南天主教堂的坟地，而这块碑的主人正是大名鼎鼎的利玛窦。

现在是逃命，也不顾得这里是谁的坟茔，以及有无冒犯了。贺千川的目光从碑上的字缓缓抬起来看向天空。

此时下起了瓢泼大雨，豆粒大小的雨滴敲打着地面，发出噼里啪啦的声响。这块墓碑被建在一座四面漏风的木亭子里，暂时可以挡住大雨。可亭子因为常年无人修葺，顶上破了一个大洞，不少雨水穿过大洞落了下来，淋了大家一身。

贺千川让狻猊把叶昶先放下来，自己则抱起他背靠石碑坐着歇息。由于担心杀手随时追过来，贺千川打算歇一会儿后就把叶昶送回刑部衙门，这样他也算完成任务了。

就在这时，一个神秘的黑衣人从木亭子上一跃而下。狻猊虽早已瞧见了她，但并未从这个人身上捕捉到丝毫的杀意，反而察觉到了她对主人的关切，因此一声不吭地趴在地上休息。

如果不是一道闪亮的电花照亮夜空，贺千川根本也不会发现旁边竟然多了一个人。当他看清楚来人是之前的女子后，立即握紧拳头冲她厉喝道:"是你们杀了我舅舅!"说着就要挥拳招呼。哪知女子举起手里的长刀,唰一下落在叶昶的脖子上,冷冷地问:"你是不是想救他?"

这个突如其来的举动让贺千川一愣。他的手臂僵在半空,虽一时不知该如何是好,但眼中的愤怒丝毫未减。女子面无表情地道:"我知道,你亲眼看到圣主杀了你舅舅,因此把我也当成了仇人。如果你真想找我报仇,我随时奉陪,但不是现在。"

"你什么意思?"贺千川怒声问道。女子低头看了一眼叶昶:"他还不能死。他欠我三件事没做,就这么死了,岂不是太便宜了?"

贺千川红着眼道:"你跟他的事与我何干?我舅舅的仇,非要找你报了不可!"说着举起了拳头,就要全力打过来。

这时女子把刀指向贺千川:"你不是我对手,这你很清楚。你现在跟我动手,不仅会白白丢了性命,甚至还报不了仇。你好好想想,如果我救了你们。日后你借金面判官之手复仇,岂不是有很大的机会?"

"你……你为何这么做?"听完女子的话,贺千川的怒意渐渐收了起来。虽说女子之前解释过了原因,但贺千川似乎已然忘却,竟又问了一遍。

女子看得出来,这个年轻人虽是在问,但并不一定非要跟他再说一遍答案。因为他相信了自己,而刚才的盘问只是为了给接受寻找一个借口罢了。

女子缓缓蹲下身子,心疼地看着叶昶身上遍布的烧伤。一件崭新的官服而今被烧得褴褛不堪,每个破洞上都能看到皮开肉突的血包。

有那么一瞬间,她的眼睛一酸,竟是扭头不忍再看。好在黑斗笠遮住了她的面容,谁也瞧不见她那复杂的表情。过不多时,女子收回了心神，伸手轻轻摘下叶昶左脸上的那半张金面。

这张脸格外英俊，五官如雕刻般棱角分明，微微蹙起的剑眉之下，合闭着一双深邃刚毅的眼睛。哪怕是身负重伤，这个男人身上依然散发着睥睨天下的英雄气。

就是这样的英雄气，最让女子难以自拔。她温柔地抚摸着叶昶近乎完美的轮廓，一直触摸到左颊上一寸长的闪电疤痕，她才既在意料之中又觉得很诧然地抖动了一下黑纱斗笠，就像是受到了极大的震颤。

因为想到当年叶昶救自己时，曾不幸被坠落的火球砸到后脊、左腰和前胸。她又立即去检查这些地方，不出意外地看到了已呈现出暗黑色的旧伤。

这些疤痕，可不就是二十年前为救自己而受的伤吗？女子眼睛瞪到最大，两颗泪珠没来由地滚下。她寻了叶昶二十年，迟迟没有结果。如果不是阿兄告诉她，那位名冠京师的金面判官，也许就是当年救自己的人，只怕仍旧是遥遥无期的追查。

后来经过天阳的追踪，再加上翻阅了无数谱牒档案，她终于确定，这位金面判官就是二十年前救过自己的大哥哥。为了进一步了解恩人的身份，她参加了刺杀徐卫东的计划，并打算趁机见一见叶昶。

可她没有想到，阿兄明明知道自己那么在乎叶大哥，竟仍旧选择下狠手杀了他。兄妹之情在欲望和权力面前，原来如此不堪一击。

女子噙着泪偷偷啜泣了片刻，纷乱的思绪把她带回了二十年前。如果说在没有与叶昶重逢之前，她只是想见一见这个恩人。那么现在，他们终于见到了。不知怎的，她心里竟又生出五味杂陈的情愫。当年的她，也许对英雄大哥哥仅仅是崇敬之情，别无深意。可此刻他们重逢了,为何只是看了一眼,便忽觉心跳神乱呢?莫非她对他生出了另外一种感情吗?可笑的是,这个世上最难说清楚的偏偏是感情。如今的她,实在不明白这究竟是怎么一回事。

第七章
弓作密档：梅花袖箭

弓作密档：乾隆三十六年六月六日辰初

神秘女子永敏竟与叶昶幼年相识，一段青梅竹马的故事被缓缓勾起；秦跃龙查到重要物证梅花袖箭，经过叶昶抽茧剥丝，终于锁定幕后真凶。

一切的故事，起源于二十年前的那个夜晚。

乾隆十六年，弘晳因为"心怀异志"之罪被朝廷通缉，只好带着家眷逃亡到了一个叫叶谷坨的山村。当时弘晳的小女儿永敏只有六岁。

叶谷坨有一猎户名叫叶金，一家四口，妻子卢氏，还有十一岁的儿子叶昶和七岁的女儿叶千茉。弘晳想带家人在叶家暂住一夜。可叶金见他们打扮虽然朴素，但身上却散发着贵气，行为举止很是谨慎和恐慌不安。而且他们每个人不仅带了兵器，行李中似乎还藏着甲胄。

俗语说得好，"一甲顶三弩，三甲进地府"。这伙人私藏的甲胄何止三件？叶金知道他们身份不简单，担心给家里招来祸端，所以直接拒绝了一行人,理由是家中不喜叨扰。

无论永敏的父亲出多少钱,叶金愣是不收。父亲只好带领大家另择别处,可就在离开的时候,弘晳的大儿子——永敏的兄长注意到叶金似乎用异样的眼光打量大家。不过当时永敏的兄长没有放在心上,以为那是猎户固有的神色。

直到大家在这个村子里暂住了十日,忽然有一天,一大批官兵包围了村子,声称要对他们围剿抓捕。永敏的兄长想起了叶金那日露出的诡异眼神,遂怀疑是他出卖了大家,当即提出了屠村放火的想法。与此同时,永敏的兄长还带领六名高手杀去了叶家。叶金死于乱刀之下,卢氏趁乱把女儿叶千茉装进了木桶里,顺着河流漂走了。

为了保住这个儿子,卢氏让叶昶躲在床底下不要出来,自己则被乱刀砍死。随后一场大火把家里付之一炬,整个村子全被汪洋火海给吞噬了,此起彼落的呼救声响彻云霄。那伙人正是在这场大火的掩护之下,才突破了官兵的层层封锁,最终逃出生天。

可偏偏这时小永敏走丢了,一浪高过一浪的火墙把她困在了木制房子里,四周全是凶恶狰狞的火焰。她那小小的身躯压根冲不出去,只能瑟缩在墙角大声哭喊,希望兄长和父亲能听到自己的声音。

然而她没有等来父亲和兄长,却在良久之后等来一个浑身披着湿漉漉长袍的叶昶。原来卢氏趁着叶金跟外面的杀手对战,连忙给叶昶披了淋湿的衣服让他躲在床底,并嘱咐他,一定要等杀手离开后才能出来。

母亲和父亲惨死以后,叶昶心底便只有两个念头:一是为父母报仇,二是找到妹妹。可想到母亲倒在血泊里时,仍旧歪过头来轻声对床底的自己说:"昶儿,不要急着为我们报仇!活下去,先活下去,一定要找到……找到茉儿……"

叶昶知道自己根本打不过那伙人，另外妹妹也不知下落，他只得咬咬牙打算先撤离，待寻到妹妹再去报仇。可在准备离开叶谷坨的时候，忽然听到一间屋子里响起了女孩的呼救声。叶昶第一时间想到了自己的妹妹叶千茉，于是不做犹豫地冲了进去。

初次见到小永敏，他发现是个两眼瞪得很大的可爱姑娘，并不是自己的妹妹，心里多少有点儿失望。但片刻后，他的心里又被一团暖意塞满。他想把这个小姑娘救出去，无论外面火势如何汹涌。就这样，叶昶把身上的长袍披给了小永敏，还牵起她的手，用那好似昆仑铜柱的身躯为她挡住四周狂暴喷射的焰团。

两人刚冲出屋子不久，眼前的一切就被巨大的火势吞没。面对险情，叶昶温柔地把她抱在怀里，轻轻抚摸着她的头说："别怕！有我在，你会没事的。来，跟我走！"他宽慰着小永敏，仿佛是个无所不能的天神赐予她一切的安全感。

这时火墙外响起了父亲和兄长的声音，小永敏本想冲外面大喊，希望父亲和兄长过来救援。可叶昶之前没有见过她，也不知道她的身份，误以为她错把敌人当成了好人。毕竟外面那伙人是放火屠村的真凶，一个小姑娘哪里懂得分辨？叶昶暗暗想罢，只得伸手捂住了她的嘴巴。两个小人儿躲在火海里，犹如两株随时可能被引燃的枯草。

小永敏身上披着湿衣服，同时还被小叶昶保护在身下，并无半分的危险。可当她抬起头去看身后那个躯体时，竟发现叶昶在经受着烈火焚身的痛苦。

一连片被风吹动的焰苗时不时从他的脸上刮过，直到烧出一个闪电疤痕。哪怕只是用肉眼去看就已感觉到剧痛抓心，可这个大哥哥竟能不发一言，永远咬着牙，强吞下所有痛楚。

直待兄长和父亲带人走远以后，叶昶才松开了捂小永敏嘴巴的大手。刚才的火势让这个男孩脸上和身上到处都是烧伤，额间更是滚动着豆粒大的汗珠，仿佛是因为过于疼痛而冒出来的冷汗。可不论多么痛苦，那个阳光俊朗的男孩总是笑着对她说："没事了，我们安全了。"

那一刻，那一个眼神，那样温暖的笑容。小小的永敏，一记挂便是二十年。虽是初次遇到大哥哥，但她竟感觉像认识了许久。只要跟大哥哥在一块儿，她就能体会到无限的安全感。

可谁也不曾想到，命运却跟他们开了天大的玩笑。当兄长和父亲带人找到小永敏时，发现她跟叶昶手牵着手站在一起，所有人全都呆立住了。

他们的脸上或是惊慌，或是意外，或是杀意，或是忐忑，可竟无一人面露喜色。为了救出小永敏，兄长先一步从叶昶手里把她抢过来，随后大家维持一个安全距离。

兄长对父亲说："我们杀了他全家，如果不斩草除根，将来必遭报复。"父亲捋着下颌的胡子，一会儿望着小叶昶，一会儿又看看小永敏。

最后父亲低头叹了口气："那就动手吧。"旁边的大高个儿擎起长刀，就要当场杀了小叶昶。可小永敏怎肯依呢？她当即跑过去，哭着拉住父亲的袍角，恳求放她的大哥哥一条生路。

经过无数次嘶声力竭地哭求，父亲终于妥协了。他不想让女儿难过，他那么疼爱这个姑娘。于是念在叶昶救过自己女儿的分上，尤其是征得了儿子的同意，他到底还是放了叶昶。

小永敏欣慰地笑了，她天真地望向小叶昶，以为会看到一张笑

117

脸,哪知这个大哥哥的眼睛里竟满是怨毒。刚刚那个温柔善良的大哥哥不见了,小永敏看到的只有无穷无尽的恨与杀意。

六岁的孩子还不太能理解,人与人之间关系即便是坏又能坏到何种程度。当年她调皮的时候,阿兄也恨她,还说再也不要理她。可不过三日,兄妹不也和好如初了吗?

未经世事的年纪,小永敏总是把人际关系想得那么单纯。哪怕深仇大恨,在她的世界里,仍旧能够靠时间抚平。她期待着跟大哥哥重逢,她始终觉得父亲和兄长做错的事与自己无关。大哥哥那么通情达理,一定会谅解她。

可直到后来,她碰到了跟大哥哥同样的境遇,那时才猛然警觉,大哥哥当年的眼神里不仅装着彼此关系的破裂与老死不相往来,甚至还塞满了下次见面不是你死就是我亡的决绝。

永敏终于长大了,也终于明白一个道理:人与人之间的伤害,也许一辈子也无法化解。毕竟兄长和父亲是放火屠村的元凶,就连大哥哥的父母亲人也是被他们所杀。

这笔血海深仇注定是横亘在两人之间永远也翻越不过去的沟壑。永敏不止一次想过重逢,可千疮百孔的过往一次又一次狠狠地从她心底撕出了血。

她没有想好以怎样的方式跟叶昶见面,所以戴着一顶遮住面容的黑纱斗笠,希望二十年后的这次相逢,自己不会因为情绪失控而让对方察觉到任何的破绽。

然而该来的还是会来。如果有一天叶昶认出了自己的身份,那又该如何面对呢?经过深思熟虑,永敏想到了以打赌的方式向叶昶索要三件事。

这一切都是为了提防那天毫无征兆地降临。万一大哥哥跟兄长生死相向，自己只好借此赌约来纾解两人之间的恩怨。虽然这个办法极为自私和狡黠，但永敏却顾虑不了那么多了。

一幕幕的风云往事，短促而深刻地在永敏的脑海里闪过。她轻轻摇了摇头，努力让自己从昔时的状态里回过神来。随后她缓缓直起身，从怀里掏出一瓶地榆绿豆膏丢给贺千川，冷冷地道："你来！"

地榆绿豆膏是治疗烫伤和烧伤的药膏。贺千川打开药瓶闻了闻味道，确认是此药，于是轻轻为叶昶涂抹起伤口。也许是药物刺激性太大，叶昶不时因为疼痛而皱起眉头。

此时墓园的铁门外传来数阵脚踏水洼的声音，狻猊警觉地爬起了身，一张凶恶的狮面上爆发着吞噬日月的杀意。永敏面朝铁门望了一眼，因为担心狻猊突然的袭击会暴露行藏，立即走到它的旁边，弯下腰用手轻轻抚摸着它的鬃毛。

"我去引开他们，你们好自为之。"永敏既像是对狻猊说又仿佛是对贺千川说。也许狻猊感受到了永敏对主人的深情，故而听从了她的安排，狰狞的面容渐渐被温驯取代。

贺千川向永敏一点头，顺手把叶昶背了起来，侧过脸去对狻猊道："你主人身上涂了药，不宜大幅度活动。我来背他，你保护好我们。"狻猊似乎听得懂贺千川的话，竟无异议地低低唔了一声，一人一兽就这样扎进了后方漆漆黑夜里面。

眼见他们已离开，永敏才从石碑后面绕了过来，径直走向青石方台中央，俏立在风雨之中静静不动。过不多时，门外冲进来一群杀手，大家全身披着被雨淋透的蓑衣，倾盆大雨落在斗笠上面溅起激射的雨花。大家单手拄斩马刀，参差不齐地跪到永敏的身前。

"那两人找到了吗？"永敏英气十足地发问。杀手首领把头一低："属下看到他们逃进了墓园，这才追赶过来。"永敏点了下头："我看过了，这里没有人，你们前往古塔寺瞧一瞧。"

一听古塔寺，所有人全露出了讶然之色。古塔寺在八里庄西面，与此地背道而驰。按照常规经验推断，他们不应该往那边逃啊。这是怎么回事？

杀手首领抬起头来试探着问："属下明明看到他们逃来这个方向……"可还不等他再往下说，永敏立即拔高了嗓门，厉声打断了他的话："这不过是一招调虎离山之计，你们竟也信了？难道你们就没有想过，到这个方向来的人是假扮，而真身早已奔去古塔寺吗？"

经此提醒，大家方才明白怎么回事。杀手首领起身向永敏一抱拳，招呼众手下面西奔去。永敏目送杀手走远，呆呆想了片刻，回头望了一眼石碑后方，随即朝着大铁门外出去。

乾隆三十六年六月六日辰初，旭日刚刚从东方的云海里伸出头，灰蒙蒙的世界因为有了阳光的照耀现出了生命的本色。

徐宅一役让叶昶受伤颇重，那日贺千川把他放在刑部衙门的门口，转身便离开了。好在门子发现了他，及时把他送回了家里。养病期间，叶昶不宜外出查案，只得在家里听取秦跃龙和顾宗万通报案情。

今日一早，两人又来到了叶昶的家里。顾宗万特意在街上买了烧鸡喂给狻猊，这几日只要他来叶宅，总免不了跟狻猊套套近乎。秦跃龙则先一步进了花厅，叶昶引他坐定，吩咐下人看了茶。

"怎么样，伤势好得差不多了吧？"秦跃龙端起茶盏呷了一口热汤,温和地问起叶昶的伤情。叶昶微微一笑:"多谢秦大人关照,已好得差不多了。"

秦跃龙一点头,放下手里的茶盏。他略微思索,从怀里掏出一支袖箭晾在眼前:"我和顾兄弟分析了数日,现在基本能复原一些写字人钟案的面貌了。今日过来,刚好与你说一说。"

一听到案子有了眉目,叶昶的面容瞬间转为肃穆。他盯着那支袖箭问:"此物可是在做钟处发现的那支梅花袖箭?"

秦跃龙轻轻点了点头,叶昶却紧紧皱起了眉毛。当时他一早就发现了这支梅花袖箭,后来顾宗万拾起装进了药箱,说是拿到件作间去勘验,自己也就没再理会这件事了。

不过叶昶常年在江湖上走动,对于各种暗器格外熟稔。据他所知,梅花袖箭是明人刘綖发明的暗器。一般是将箭筒缚于小臂处,一次可装入六支小箭,正中一箭,周围五箭,排列成梅花状,可连续发射。

然而这支袖箭略有不同,显然是经过了改良。它的头部有个针孔,筒臂还安装了滑道,上面扣合着一个可以上下移动的推拉按钮。

只有压住按钮往下推到最底端,待到松手的一霎,暗器才能发射出去。另外暗器也不再是铁箭,而是换成了钢针。叶昶按照江湖经验向秦跃龙说起了梅花袖箭的使用特点。

秦跃龙捏着那枚袖箭晃了晃:"不错,这枚袖箭正是如此使用。我去弓作问过那里的匠人,他们的回答跟你说的情况一模一样。"

清朝初期,弓箭行的能工巧匠们随着清军入关,后来归内务府造办处统一管辖,于是成立了弓作,专为宫内和贵族制作弓箭,位置在西华门附近。

为了查明袖箭的设计原理，秦跃龙亲自跑去询问了弓作的匠人，这才了解了大概。可他没想到，叶昶竟也能看出其中的端倪。

"可你应该想象不到，此物是杀死赵进忠和李章柯的凶器。"不过秦跃龙接下来说出的这段话，突然让叶昶蓦然一惊。赵进忠是中了钢针而死，倒可以理解为被暗器所杀。可李章柯明明是咬破毒囊中毒而死，怎么可能死于暗器呢？

瞧出了叶昶的困惑，秦跃龙低下头来解释道："是啊，李章柯吞了机簧，后牙槽也藏有毒囊，他是中毒而死。可你是否记得，赵进忠及其他两名匠人，虽然中了钢针，但只有钢针刺入白蚂蚁体内才会成为毒针。可这一步，并未实现。简单来说，他们都没有中毒。既然不是中毒而死，那真正死因是什么呢？"

这个疑问的确是写字人钟案的终极谜团。数日来叶昶一直在养病，因疏于对案情的稽查和分析，故而失了查案先机，只得静静等候伙伴说出真相。

可不等秦跃龙开口，顾宗万已从门外走了进来，嘴角扬起自信的笑容，道："正如秦大人所言，真正的致命凶器是这支袖箭。至于致命部位呢，则是在督脉！凶手利用袖箭射出的钢针击中了死者的督脉，从而引起呼吸停止，血脉紊乱，心力衰竭。李章柯、赵进忠以及另外两名匠人无一例外，全丧命于死穴督脉。"

"我记得顾兄弟以往查案的时候曾经说过，如果温度极高的钢针刺入体内，导致血流不出，从而不会产生伤痕。"叶昶缓缓站起身，面朝顾宗万抛出了一个问题。

顾宗万点了点头，叶昶走到秦跃龙身边，拿过那枚袖箭看了看："这枚袖箭经过了改良，里面的钢针在发射之前，跟筒壁发生了剧烈摩擦,从而产生高温。因此在射进人体的刹那,不仅没有伤痕,甚至感受不到疼痛,只是隐约有点儿酸麻之感?"

虽说秦跃龙和顾宗万早已推理出这个结论,但考虑到叶昶在这么短的时间里瞧出端倪,还是觉得很不可思议。两人很默契地相视一笑,不再说话,颇带讨教似的听他分析起案情。

"我们先来说赵进忠之死。当时在做钟处的案发现场,一共有六人站在赵进忠旁边,分别是何宝贵、孙驰、朱平平、吕寿、韩亮和吴泰,而赵进忠临死之前就站在何宝贵和吴泰的中间。如果赵进忠去看写字人钟,势必会做一个转身仰望的姿势,身子明显是向右侧偏。这个举动,刚好对上孙驰的供词——赵进忠死前向右侧了一下身子。"当推理进行到这里的时候,为了便于形象地说明案情,叶昶让顾宗万和秦跃龙分别扮演何宝贵和吴泰,自己则饰演赵进忠。他走到两人中间,模拟去看写字人钟,的确是向右侧了一下身子。

顾宗万因为扮演的是何宝贵,又是仵作出身,对于人体的组织格外敏感,伸手指着叶昶右后方道:"没错,你的督脉正好对着我。"

叶昶转过身面向两人:"这就对了。何宝贵用袖箭射中了赵进忠的督脉,随后相继把两名工匠射死。如此一来势必会造成恐慌,从而让大家迅速撤离现场。一个钟表弑圣的阴谋,可不就能定性为鬼神作祟了吗?"

如此复杂的案子经过叶昶四两拨千斤的阐述,反而听来简单清晰了不少。顺着这些线索,叶昶又往下推理道:"李章柯死的时候,刚好何宝贵也在现场。你们既然分析出了李章柯之死与何宝贵有关,那想必早已知道,何宝贵是用同样手法行的凶。"

顾宗万很认同地接过叶昶的话,分析说何宝贵是用袖箭射出钢针刺中李章柯督脉而将其杀死。可当时何宝贵应该不知道，李章柯已咬破了后牙槽里的毒囊。所以出现了明明口含剧毒，但又非死于中毒的假象。

"可你是否知道何宝贵的杀人动机呢？"秦跃龙抬起眉头，眼神中闪过一道锋芒。这个问题，一下子点中了案情的关键。

"赵进忠在检查钟表的时候，瞧出了表内的机关。何宝贵担心他泄露洪门大计，一不做二不休杀人灭口。"叶昶说完这些话，略作深思，"至于为何多杀了两名工匠，我刚刚说过了，应该是为了制造恐慌，从而把杀人案引向鬼神作祟。"

秦跃龙站起身把右手放在后背，远眺着门外的蓝天白云："那么，写字人钟案到现在，也算告一段落了。洪门原本是想利用写字人钟弑圣，为了躲过查核房的筛查，于是想到了把无毒钢针与蚂蚁结合从而产生剧毒的弑圣策略。如果我所猜不错，这个何宝贵应该是启动汇合机关的那名暗桩。可偏偏不巧，赵进忠在查核活计之际，意外发现了钟表的机密。迫不得已之下，何宝贵只得动了杀机。为了不让旁人瞧出端倪，他又杀了两名工匠，企图以制造恐慌的方式疏散人群。这样一来，案子不仅可以加重鬼神作祟的由头，而且还能待人群离开后，他再折返毁掉证物。"

这一切虽然都是秦跃龙依据线索推理出来的杀人细节，但叶昶的分析竟跟自己难能可贵不谋而合，实在有趣。两人不经意地交换了一下眼神，互相都露出了欣慰的笑意。

这时叶昶接过他的话来说道："何宝贵应该想不到，写字人钟案发生后，大内侍卫立即包围了现场。他无从下手，只得去慎刑司报案，试图在两拨人马周旋的时候钻个空子。可谁也没想到，慎刑司郎中常启文带人过来后，不仅没有跟大内侍卫发生冲突，甚至更加严密地安排人手看押钟表，而他摧毁罪证的计划只能暂时搁浅。"

说到这里的时候，叶昶转过了身，面向两人各看一眼，又道："可巧，我当时需要钟匠来拆卸钟表，于是洪门将计就计启用了另外一名暗桩李章柯。只要设法取走关键证物，就不会被定性为弑圣。只要不是弑圣，案子处理起来便会相对温和，哪怕失败了也有机会重启。一开始，洪门应该不太想启用李章柯，毕竟此人来历复杂。"

李章柯的身份信息由秦跃龙提供，一听到这个人物，他微微扬起的头不自禁往下低了低。叶昶看了老友一眼，又道："可考虑到担任钟匠的暗桩只他一人，别无选择，洪门只好大胆赌一把。他们除了让李章柯做了赴死的准备之外，还告诉他务必吞下机簧。待到他死后，尸体被运去仵作间，洪门兄弟再去盗走机簧。因为相比大内，刑部的仵作间更容易动手。如此一来，一桩因刺杀失败而展开的连环毁证案，也就悄无声息地拉开了。"

听完叶昶的推理，顾宗万和秦跃龙全都露出了钦佩之色。尽管他们想到了写字人钟案的凶手是何宝贵，可他们哪里会预料，洪门背后竟会有如此复杂的设计。

然而惊到他们的推理远远没有结束。叶昶紧紧皱起了眉："这三十作里不知道潜伏着多少洪门暗桩，我们更不知道还有哪些器物存在同等杀机。现在最重要的线索便只有一个，那便是何宝贵。也罢，我去查一查他！"

"可是，你的伤？"秦跃龙充满关心地问他。叶昶淡然一笑："无碍。这一点儿小伤，还不至于拖垮了我。"

这时顾宗万走过来，笑嘻嘻地上前说道："秦大人，这您就多虑了。您应该听说过北宋有位名将叫狄青，他可是天下独一无二的面具将军。传说他每次作战必戴面具，勇猛杀敌，所向披靡。且不说正面跟他对敌了，就是听到狄青的名号，那也能吓跑十万大军。"

此处"吓跑十万大军云云"，明显是顾宗万为了烘托气氛而妄自吹嘘的措辞，不过他很享受这种自我陶醉的谈吐，紧跟着又道："狄青之所以佩戴面具，并非为了耍帅装酷，而是他年少时进过监狱，受过黥面之刑。由于脸上刺了字，自觉见不得人，所以才有此难言之隐。但咱们叶大人可就不一样了。传闻，嘿嘿，我也只是听传闻。"

也许是担心自己描述的不准确从而遭到叶昶的指摘，于是小心翼翼地说道："咱们叶大人号称是大清狄将军，因为出战之前必戴半张面具，又被坊间称之为面涅将军。十几年前，我还是个整天只知道闯祸的顽皮小子，但人家叶大人之名，早已响彻京城。"

叶昶跟顾宗万相识多年，也知道他喜欢吹嘘的毛病。只因自己一直在梳理案情，所以没去管他说的话。毕竟秦跃龙掌天下密档，哪些话真哪些话假，他可比顾宗万门清。

"那一年，他亲自率军在库车、叶尔羌、和阗等地与大小和卓交战，以犁庭扫穴之势把敌军打得仓皇西逃，最终把敌军从葱岭一直赶到巴达克山。经此一役，叶大人声名大噪。"

一说起叶昶的光辉事迹，顾宗万就仿佛变成了一位说书人。他抬起下巴，眯着眼睛，两手做推云赶雾之姿："万岁爷本想封他为定北将军，可咱们叶大人硬是不受。他说什么余生要做个公正法典的判官，还说要为天下冤屈之人平反昭雪，令一村一寨一屋一舍皆无冤情。天下固然要有人坚守，但天下藏污纳垢之地也必然要有人去扫除。他不想让宵小之辈危害生民安全，更愿意做一把为民请命的利剑！"说到这里时，顾宗万用力握了握拳头，浑身充满了力量。可秦跃龙却是侧目看了一眼叶昶，发现他总是愁眉不展，应该是在盘算案情。

顾宗万不知道两人的心思，还以为他们不发表意见，那就是在认真听自己侃侃而谈。于是他更加欢脱地说道："自此而后，面涅将军不复存在，金面判官横空出世。男的夸他以一当百，神勇盖世。女的夸他英隽无双，遂遮美颜。尤其京师内外的女子，全都在说叶大人是个无人出其右的美男子。因为他生得实在英俊帅气，令不少女子苦害相思。所以佩戴半张假面，那是为了甩掉一朵朵烂桃花呀！啧，真是苦了咱们叶大人了。"

虽说顾宗万与叶昶相识多年，但从未见过他摘下金面的样子。所以外面怎么传言，他也就怎么认为。自打进入刑部以来，能让顾宗万瞧得上的人，一个手掌都数得过来。除了秦跃龙之外，便只有叶昶。尤其叶昶的传说和人格魅力，简直比秦跃龙还要光芒闪耀。

不过，这两位刑部魁首显然只是把他当作小弟弟照顾。他们会很认真教给他做人做事的道理，可也只限于平时，一旦涉及重大的案情分析，那就得分情况与他探讨了。

如果涉及的是件作方面的内容，两人会虚心向他请教。但若是碰到其他方面的查案细则，一般都是叶昶和秦跃龙主导。他俩你一言我一语，看上去神神秘秘，顾宗万就是想参与讨论，可脑袋转不过他们，反倒感觉听起来累人，索性就不去理会了。

就拿刚才来说，顾宗万还沉浸在叶昶的光辉事迹里没有出来，那两人却兀自思索起查案的部署。尤其当他们同时豁然睁开眼的刹那，多半是想到了好的解决办法。

"秦大人，你还记得三年前那桩鬼新娘案吗？当时我主外查案追凶,你主内筛选密档,顾兄弟负责验尸断因。咱们三人联手,哪怕一桩尘封数十年的迷案,不也给侦破了吗?"叶昶忽然发话。

听到这突兀的话头,秦跃龙不仅没有感到意外,而且竟颇为认可地一点头:"我明白你的意思。这一次洪门来势汹汹,弑圣阴谋又不可捉摸。面对如此凶顽,我们亟须得联手破案。只是不知道,叶大人有何打算?"

"我现在就去做钟处寻何宝贵。"叶昶说着走到大堂的左边,顺手取下墙上挂着的一把弩机、一柄雁翎刀,另外从桌上拿起顶戴花翎扣到头顶,"烦劳秦大人搜罗一切跟洪门相关的密档,至于顾兄弟,暂且在咱们俩之间来回帮衬吧。"

秦跃龙略微思索,立即颔首同意,随后他也向叶昶说明了自己的安排:"除此之外,密档处叛逃的一名黯影露出了蛛丝马迹。这人跟岳海楼关系匪浅,恐怕我还得多费些精力查一查此人。从动机上来看,岳海楼曾给洪门提供了件作间的布防图,但他们又并非是唯一的合作关系。所以我猜想,那名叛逃的黯影和洪门,都与立储之事关系密切。"

这个猜想虽然有点儿大胆,却一下子揪住了叶昶的心。他迈出门外的步子收了回来,转过身看向秦跃龙:"你的意思,洪门和那名叛逃的黯影都被意欲立储的皇子收买了。由于这两个组织效忠于不同的皇子,因此才出现了这种微妙的合作关系?"

秦跃龙走上前一步说道:"正是!所以我们现在的敌人,不只是洪门和那名叛逃的黯影,还牵涉到更为复杂的皇族派系之争。驱除凶顽固然重要,但厘清背后复杂的派系之争,那也是极为重要的事。治病,当治根呐!"

这一席话,叶昶焉能听不明白?可他心中还有更为复杂的计较。如果这场弑圣阴谋涉及立储,那未来面对的将不仅仅是逞凶除害,还要做好庙堂之争的准备。逞凶除害是他的本职所在,无可厚非。但庙堂之争,那就不是他能应付得了的了。

一想到事情越来越棘手,叶昶忽然感觉有口气郁在胸口不吐不快。他倒不是在为自己的性命顾虑,而是想到接下来的每一个举动,不仅会影响到朝局的变化,甚至最后还有可能影响到百姓们的安居乐业。

查案原本是非黑即白的事,有时竟也变得不黑不白了。这是叶昶心底复杂的思索,不过他没有跟秦跃龙细说,而是坚定不移地表态道:"我的初心仍是不改。只要我一天是金面判官,便一天奉行公正法典四个字。无论对方是什么身份,我都已做好了随时赴死的准备。"说完这些话后,叶昶径直出了屋门,秦跃龙和顾宗万随后跟他离开。

夏日的紫禁城烈阳高照,哪怕金砖碧瓦的上空也冒着腾腾热气。造办处里的匠人们全在紧张地忙碌活计,一刻也不得闲。尤其供月大典在即,每个作坊都委派了活计任务。因而谁也不敢消极对待,以免受到怠工的惩罚。

叶昶大步流星地闯入做钟处东门,院子里来来回回穿梭的匠人们,似乎没太注意这位身穿官服的武人。可当大家注意到他时,叶昶已迈进了做钟处的大堂。

"何宝贵在哪里?"叶昶环视周围大声喝问。上次写字人钟案,大家都见过叶昶,了然是来查案。一见他追风逐电地进来扬声找人,大部分工匠均在心里想是不是遇到了紧急的事。可本着多一事不如少一事的心态，无人理会他的问话。

叶昶只好伸手一指旁边收拾制钟器件的朱平平，问他何宝贵去了哪里。朱平平迫于强权压力，只得懦懦地道："叶大人，您来得不巧，他刚刚肚子疼，现在回他坦休息去了。"

他坦是宫内匠人的寝室，一般有加急活计时，匠人们无法出宫回家，只得在他坦暂息。叶昶想了想，又问做钟处他坦在何处。朱平平摇手一指西面："就在慈溪花园的西首。"

捕捉到这个消息，叶昶几乎想也没想地从做钟处西门出来，自永康右门向南转入做钟处他坦。这里分布着两列黄琉璃瓦覆顶的低矮房屋，一般是各作匠人们紧急赶工时所住的值房和休息室。

叶昶脚不沾地奔至写有做钟处他坦木牌的房门前，先是砰砰两声砸了砸门，因见无人回应，飞脚把关着的门踹开，门闩被巨大的力量折断掉在了地上。

"做钟处话事者何宝贵在哪？"一阵洪亮的声音激荡在屋子里的边边角角。两三个正在午睡的匠人被这阵踢门加喊话的声音给吓到了，纷纷从土炕上爬了起来。他们原以为是上司要让大家紧急出工，哪里会想到闯进来一个遮着半张金面的凶煞。

一个人眼尖认出来此人是大名鼎鼎的金面判官叶昶，连忙扑腾跪在地上叩头道："叶大人，您……您怎么大驾光临了？小的们……小的们实在受宠若惊了。"

叶昶也不废话，开门见山地问："何宝贵是否住在此屋？"那小匠人回道："是的。原本他闹肚子，说是回来休息。我们几个轮流给他打了饭，还给他烧了一壶热水泡澡。哪里会想到，半个时辰前，枪炮处的笔帖式赵庆儿来寻他，好像是说他负责打制的虎神枪上配备的白珐琅表盘出了问题。现在虎神枪测试马上就要开始了，为了方便起见，希望他去盯着测试。"

叶昶进一步追问："虎神枪现在何处测试？"小匠人怯怯地回道："好像在……在十八棵槐树南边的断虹桥附近。"

听闻此言，叶昶肃然的眉宇间袭上了沉思。十八棵槐树毗邻内务府院落和武英殿建筑群，周围倒也开阔。传闻这十八棵老槐树植于大明时期，历经几百年的风风雨雨，仍旧长得古朴典雅，颇有吉祥昌瑞之貌。每当帝后和大臣们从西华门进宫，几乎都要从此地路过。

枪炮处在内务府院落的西首，那里还有一间很大的枪炮库。当年叶昶追随万岁爷去秋闱狩猎时，曾去那边取过枪支。

十八棵老槐树在枪炮处的东南方向，出了内务府门向南走一段路就到了，的确是非常好的试枪场所。事不宜迟，容不得半点儿耽搁。叶昶从做钟处他坦出来，一路穿过永康右门和永康左门，径直向南奔向十八棵老槐树。

第八章
枪炮处密档：五觉鬼探

枪炮处密档：乾隆三十六年六月六日巳正

叶昶追凶至虎神枪测试现场，谁知枪管突发爆炸，凶手何宝贵被炸身亡，而线索却另外指向皮作匠人；鬼父向秦跃龙说起早魃来历，五觉鬼探、游侦门派、间谍秘术等逐一浮出水面，而四觉谷与密档处的恩怨首次揭秘。

十八棵槐树南面是横跨于内金水河之上的断虹桥，整体为单拱石券设计，桥面铺砌汉白玉巨石。西面是始建于明代永乐年间的武英殿院落，康熙年间本来是掌管刊印装潢书籍的机构，可到了乾隆二十年左右，随着刊印书目越来越少，仅存其名罢了。东面是弘义阁和衣库高耸的红砖院墙，北面则是通往内务府和造办处的大道。

不过在这炎炎夏季，一定不会有人错过十八棵槐树的阴凉地带。这些槐树都像是成仙成精了一般，有的像沙场驰骋的战马，有的像对镜贴花黄的女子，还有的仿佛是教书育人的夫子。一棵棵槐树伸出巨大的手掌，遮住了头顶上毒辣辣的太阳。

员外郎苏赫和郎中佛保作为检看官，正坐在靶场外的看席上休息。佛保是个肥头大耳的官员，忍受不了炎热，不停用白色的巾帕擦着额头上的大汗珠子。苏赫身形瘦高，为人也颇为持重，因此只是坐着品茶，平和的心态为他引来了阵阵凉风。

靶场设置在树林里面，每两棵树之间系上麻绳，绳上再拴好西瓜。试枪者在数丈开外向西瓜射击，以用来检验枪支的精准度和射程。

一名中年试枪师在佛保的吩咐下到靶台试枪。此人试过无数杆枪，枪法极精，十发子弹可连破十个西瓜，均中腹心。

枪师很娴熟地倒药、装药、压实火药、塞入弹丸、装上门药、插入火绳，每个步骤都很专业，并无问题。一切准备就绪后，这位枪师单膝跪地，挺直腰板，掀开了火门盖，瞄准三丈开外的西瓜。

就在这时，苏赫对旁边站着的何宝贵道："你也过去瞧瞧。今早儿我们试了两三次，虎神枪上的白珐琅表盘，一经枪响的震荡就不走针了。你可得检查仔细了，哪里出了问题赶紧去调整。如果迟迟解决不了，我也保不了你！"

造办处有着严格的匠人管理制度，器物调试三次而不达标就属于怠工。针对怠工的处理办法不尽相同，一般是依据情节的轻重定论，分别要领受笞三十、四十和五十不等，罚俸三年和五年不等。

何宝贵经常在做钟处和造办处之间来回跑动，格外清楚这里面的弯弯绕绕。他自然不敢小觑苏赫的话，点头哈腰地申明了自己的态度，随后跟着一名年轻工匠走到枪师的旁边。

这名年轻工匠负责引燃火绳，何宝贵则在旁边观察虎神枪上的表盘走动情况。佛保和苏赫命人取来两副软耳塞，各自塞进了耳朵里，彼此调整了一个舒服的坐姿。佛保先向苏赫看了一眼，苏赫一点头，他立即高声喊道："试枪！"

枪师旁边的那名年轻工匠听到命令，从桌上取下一个火折子，拔掉帽头吹亮火焰。因为担心周围的风把焰头吹灭，他还用一只手小心保护着火苗。

就在年轻工匠弯下腰去引燃火绳之际，正北方忽然传来一个男人粗狂的叫喊声："住手！"不过这阵声音距离实在太远，即便他拼尽力气去喊，也难以让所有人听清，更别提三名严阵以待的试枪者了。

于是出现在叶昶因大步急奔而上下跳动的视线里的是一幅诡异的画卷：试枪者单膝跪地，双手托枪瞄准了目标。试枪者左边是何宝贵，只见他尽全力弯下腰，左手托着一沓笺草，右手持一杆毛笔，认真盯着枪柄上的白珐琅表盘，随时做好测试记录。试枪者右边是那位负责引燃火绳的年轻工匠，他没有听到叶昶的呼喊声，仍旧尽职尽责地把火苗移向火绳。

直到叶昶奔至靶场的时候，大家才听到两个清晰的字："卧倒！"而这两个字传来的同时，火绳已在快速燃烧。苏赫和佛保见擅闯者是金面判官，马上想到这里有危情。

因为不久前万岁爷下达谕旨，金面判官叶昶可在三十作内自由出入查案，任何官员不得干预，违令者以不遵皇命论处。所以他喊出的这声"卧倒"犹如掷下圣旨，四面八方的人全都错落不齐地扑倒了。

叶昶本想上前夺过虎神枪扔离人群，可他距离试枪地点太远了，根本阻止不了这次爆炸，只得寻个安全区扑倒。随着火绳飞速钻进枪管，只短短三个呼吸，一抹刺眼的亮光就以枪支为中心朝着四面发散开去，与此同时还爆发了雷神击锤般的轰隆巨响。

三名试枪者的躯体被莫名的力量一块块撕碎,血浆和残肢裹挟在滚滚升腾的蘑菇云里急速坠落。众人全被激起的尘土所掩埋,待到叶昶从废墟里爬起来时,试枪点已变成一口径长两丈的圆土坑。边缘散落的焦土上冒起一缕缕黑烟,勾勒出一幅血肉狼藉的战场图景。

叶昶摇了摇头上的土渣,伸手抽出腰刀走了过去。他用刀尖拨开难以辨认的杂物,结果在土坑的周边发现了三个烧焦的头颅,分别是何宝贵、试枪师和那名年轻匠人。

为了找出爆炸的原因,叶昶还特意从废墟里翻到了那支断成数截的虎神枪,可惜早已拼不完整了。只见精钢打制的枪膛里残存着火药爆炸后的痕迹,明显有人事先在枪膛里装满了劣质的火药,从而把虎神枪变成了威力巨大的炸弹。

这个人一定是杀害何宝贵的凶手。宫里人多眼杂,下手杀一个人极为不易。更何况,万一何宝贵发现了有人对自己行凶,说不定会出手抵挡。两人打斗之间,难免会生出变数。为了保证计划的安如泰山,于是洪门暗桩设计了这出虎神枪爆炸的意外?毕竟枪炮处每次试枪总有不测发生,这一年间就出现了五次炸膛事件,其中三次均炸死过人。

想到这里,叶昶从地上捡起断为两截的枪膛,大步走到苏赫和佛保的跟前:"两位大人,试枪之前,查核房的官员是否认真检查过枪支的安全?"

苏赫看了一眼佛保,无奈地低头叹道:"查核房分三次检查枪支,从外在的设计到内部的构造,几乎都会有专业匠人参与核查。这把虎神枪在进行试枪之前,我和佛保也进行过验收,并未瞧出端倪。不过火绳枪的炸膛事件,从来不会因为做好了查核就不出意外。"

"比如说三个月前，枪炮处打制了一把桦木鞘花交枪，查核房进行过不下五次查核，最后依然发生了炸膛事件。后来经过调查才知道，原来是试枪师一时疏忽装了双份的火药，因此出现了爆炸。最后鉴于试枪师被炸死，这件事也就不了了之了。"

"你的意思，这一次炸膛，也可能是试枪师装得火药过多，从而诱发了意外？"叶昶试探性地问苏赫。此刻佛保从袖子里掏出那块白巾帕，一边擦着额头上的大汗，一边不以为然地叹道："虽说炸膛难免让人惋惜，但要我说，也是试枪师怠工疏忽。如果他能控制好火药的用量，怎会白白丢了性命？"

听完佛保的抱怨，叶昶没有发话，而是走到了试枪点，从废墟里扒了扒，结果从土坑里挖出一个精钢打制的火药桶。整体呈椭圆柱状，腹部微鼓，器壁由二十块不等的木板拼接而成，内部则是精钢桶胆。为了预防炸膛引起连环爆破，枪炮处的工匠在火药桶内部设计了技艺精湛的防爆装置，从而没有让此物毁于大爆炸。

叶昶打开火药桶，蹲下身子检看起桶内的每一处细节。经过询问苏赫和佛保，他大致了解了火药桶里面装了多少火药、虎神枪测试时一次应该装的数量，以及现在的剩余。

直到梳理完全部的细节，叶昶才缓缓站起身，擎着手里的那把断枪兀自分析道："一个火药桶里大约能装十四斤的火药，而当时这个火药桶里，实际上只贮存了十二斤五两二钱三分的火药，也就是说并未完全装满。你们刚才也说过了，这把虎神枪的枪膛一次可装二钱二分的火药。那么减掉二钱二分，火药桶应该剩下十二斤五两一分。我们从桶壁的刻度来看，刚好是这个数值。这说明，不是试枪师因装了双份的火药而制造的意外。"

这番简单又直接的推断,顿时让佛保和苏赫嗅到了不安的气息。如果不是试枪师制造的意外,那就是人为的了。如果是人为,小到参与枪支制造的每一个工匠,大到负责监管的各作、各坊和各处等的官员,谁也逃不掉惩处。

一想到背后牵涉的复杂局面,苏赫和佛保登时脸色大变。可他们知道,叶昶一向铁面无私,如果求他睁一只眼闭一只眼,无异于引火自焚。一旦把握不好尺度,再被他参一本行贿,那就更得不偿失了。两人焦灼地呆立在原地,不停地擦汗,半个字也说不出来。

叶昶瞧出了他们的忧虑,冷冷瞥了他们一眼道:"这事是洪门所为,并非是怠工所致,因此也怪不得你们。只要两位好好配合我查案,我一定会向万岁爷申明实情。"

原本苏赫和佛保还在担心受处分的事,现在听到了叶昶的担保,自然是千恩万谢。两人不断行礼感谢,说尽了谄媚之言。叶昶却不太喜欢这种讨好的行径,轻轻一抬手打断道:"二位如果有心,现在就带我去查核房和枪炮处,我要亲自审问几名官员和匠人。"

苏赫和佛保听完,哪里敢有半分不愿,亲自在前面引路。一行人向北出了十八棵老槐树林,西转步入内务府大门。直行十丈余向南拐入一条死胡同,而在这条死胡同的尽头,再西转踏进一扇垂花门,那里便是内务部公署院落群了。

迎面可以看到偌大的青石广场,三面环绕着灰瓦白墙的一众建筑。正北面是内务部公署和修书处。西面是枪炮库,隔一堵院墙之外有五处他坦。

院落东面是对门而建的油木作和枪炮处,其中枪炮处位于院落的东北角,一棵枝繁叶茂的大槐树遮住了这座并不大的歇山顶建筑。

苏赫和佛保带人进来枪炮处以后,大声把所有参与制造虎神枪的工匠和官员都叫了出来。叶昶让大家按照工种的不同列队站好,还要求一个笔帖式在旁边的桌案前做好案情记录。

每当去问一个工匠,叶昶都会走到那人的身边,认真观察着受审者的一举一动。他从虎神枪的笺草绘制问起,一直问到每种枪械部件的制造情况,最后是火药的安全用量等问题。为了便于寻出破绽,他还运用到了对比供词和文件核查等手段,可仍旧没有发现任何的异样。

既然盘问相关人员没有收获,那火器加工车间会不会留下证据?一想到这里,叶昶马上让苏赫和佛保带自己去火器加工车间查看线索。

火器加工车间位于枪炮库的北面,远远望去是一座呈凹字形的青砖楼房。整栋屋子全是用青砖垒砌而成,正中央是两层,两翼为三层,楼顶还盖满了鳞次栉比的青瓦。

大家从一扇油满黑漆的大铁门进去,打眼一扫,每面墙壁上都挂着三盏遍布灰尘的马灯,地上则铺着很厚很宽的柏木地板。即便不刻意去耸鼻子,也能闻到一股很浓郁的机油味。

叶昶毫不犹豫地去了膛枪间、药弹间、铅弹间、火药炮间和小型机器间,每一杆枪械的制作过程他都亲自细问。可查了半个时辰,还是没有发现任何不符合标准的迹象。

这就奇怪了。无论是枪械的前期设计,还是后期的加工制造,几乎都看不出丝毫的破绽,莫非问题不是出在这里?通常来讲,试枪师没有问题,那就是枪械制造环节出了内鬼。可事实证明,这个环节也很正常。

那究竟是怎么回事?叶昶若有所思地走到堆放鸟枪的木架子跟前,顺手拿起一把随意观赏。就在此刻他忽然想到,这把枪在测试之前会不会有人给调包了？一念及此，他连忙问苏赫和佛保："虎神枪在测试之前，可曾有他人碰过？"

苏赫皱起眉，显然是没有想到。佛保用白巾帕擦着脸上的汗珠，费力想了一会儿，那张肥大的胖脸上瞬间抖了个激灵："我想起来了。我们在试枪之前，枪套上的绿松石不知怎么掉了。为了不耽误试枪进程，我就让皮作的一个匠人过来修补。"

叶昶连忙问："那匠人是怎么修补的绿松石？"佛保想了想，笃定地道："我记得，他好像带来一个两丈左右的工具箱。反正使用了扳手、锤子等工具，最后总算把绿松石给嵌固好了。"虽说虎神枪的制作比较复杂，但叶昶大致了解，除了枪械制造之外，枪皮套、枪盒和枪柄等的制造也大有学问。

尤其乾隆非常喜好精致的手工艺品，经常在皮套上镶嵌绿松石，在枪盒上镶嵌青白玉荔枝，甚至连枪柄都要用到雕紫檀木的款式。

原本枪套上的绿松石掉了，匠人过来修补，这是再寻常不过的工序。可叶昶猛然想到，皮作匠人带来了一个两丈左右的工具箱，似乎可以把虎神枪装进里面，这就值得怀疑了。

"莫非这个皮作匠人就是换枪的凶犯？"尽管这只是一个推测，但却给叶昶指明了调查方向。他面向佛保，皱着眉头问道："那名皮作匠人叫什么名字？"

佛保抬头想了好一大会儿，却是半点儿线索也捋不出来，于是喝问旁边的笔帖式道："那张记录打制虎神枪工匠和官员的花名册在何处？"

听到长官的吩咐，笔帖式连忙转身走到书册区，凭借记忆翻找了几个册子之后，双手捧着一卷蓝皮书册走了过来。

"大人您瞧，那人叫何志昌。"笔帖式伸手指着书册上的一排字，赫然看到"虎神枪枪套绿松石何志昌"的记录。佛保接过书册打眼一扫，确认无误后递给了叶昶。

看来这个何志昌存在最大的嫌疑了。叶昶合上书册，顺手丢给旁边的笔帖式，大步流星地朝门外走去。

此时，漆黑无边的石室里浸着诡异的氛围，哪怕秦跃龙不是第一次到这里来，依然感受到一种无法言说的忐忑。毫无疑问，如果不是碰到了棘手的事，他不会过来请教鬼父。可既然事情难办，自己的心境必定充斥着怅然若失。

不知为何，自从那名叛逃的黯影有了线索以后，密档处的黯影组织一下子陷入了瘫痪。无论派出去多少黯影跟踪岳海楼，最后都没有带来消息，甚至有人员莫名失踪。

这是黯影组织自创建以来，唯一一次遭遇到如此惨烈的重创。秦跃龙对此忧心不已，他现在把希望全压在了鬼父身上。因为除此之外，他实在想不到世间还有谁能解决这个难题。

为了勾勒出对手的行动细节，秦跃龙把近日来所有能查到的线索全都告诉了鬼父。听完还算有价值的描述，鬼父竟罕见地沉默起来。

不知道过了多久，他才苦苦笑道："好啊！真是好啊！这家伙，倒也没有辜负我对他的栽培。十年里，他的确训练出了比黯影还出色的夜行者。"

一说起叛逃的黯影，鬼父总有源源不断的话题。他似乎很喜欢那个人，甚至当着秦跃龙的面也毫无避忌地表示：如果那人不叛逃，密档处主事的位置，绝不会落入秦跃龙之手。

那究竟是个怎样的人,为何会让鬼父种下如此执念?十年来那个人对秦跃龙来说始终都是个谜,他怎么也不会想到,关于这个人的故事,鬼父居然会打算在今日全盘告诉他。

"他的代号叫旱魃。之所以给他起这个代号,颇有来历。二十年前,密档处还处于草创时期。为了选到合适的黯影,我不得不亲自到全国各地秘密走访,试图寻找天赋异禀的孩子。对了,那个时候,我眼睛还没有瞎,身体也好着呢。不像现在,不中用咯。"鬼父无奈地叹了口气,苦笑的声音里夹杂着对过去的缅怀。

过了好大一会儿,他才又道:"可不巧,这年夏天赶上了大旱灾。你应该知道,乾隆八年曾发生过一次大旱灾,当时几乎把整个国库都掏空了。而我那次遇到的大旱灾,比那一年有过之而无不及。"说到这里的时候,鬼父的声音听来满是沧桑,就仿佛是个年迈的老者跟年轻一辈诉说起自己的陈年往事。

鬼父告诉秦跃龙,那一年,他独自一人来到了阜康县。放眼望去全是烤焦的土石,大地裂开一寸长、两尺深的沟道,一片连着一片因干涸而裂纹的土地仿佛是地震裂缝。田野里的禾苗,早已成了一株株干巴巴的衰草。

鬼父手里拄着铁杖,步履艰难地走在这片不似人间的土地上面。行了半里路,他看到的不再是干涸的土地,而是横七竖八丢弃着的被热死的人。

经过询问附近的村民,鬼父才打听到,这里叫干极地。因为持久的高温天气夺走了不少村民的性命,导致尸体根本来不及掩埋,于是就丢在了这片地里。

随着恶劣的天气继续发酵,整个村子里的人只怕都要被晒死了。

这样的天灾犹如洪水猛兽，热死渴死的都是穷苦老百姓。就拿乾隆八年那一次大旱灾来说，一位来自法兰西的名叫哥比的传教士，曾经用一个老式的酒精溶液温度计测过七月十三日到二十五日的京城天气，结果得出的气温全在四十度上下。哥比当时还感叹，京城热死的人都是贫民，主要是一些胖人和苦力者，死亡人数在一万一千人以上。

达官显贵们虽然也受不得鬼天气，但他们有很多降温的手段。比如大家可以从冰窖里取冰块降温，还有专门的郎中调配冷饮、绿豆汤和酸梅汤等。乾隆皇帝降温避暑的方式就更多了，据说番邦得知全国高温的消息后，立即进献了象牙凉席。整个席子是用金丝线把上千块象牙编制而成，躺在上面犹如在清凉的泉水里泡澡。除此之外，宫女和太监们还轮番给他扇风降暑，实在忍不了直接去承德避暑山庄纳凉。

可百姓们，只能坐在宛如蒸笼的屋子里，随时被高温和缺水夺取性命。鬼父说，他曾用温度器测试过地表温度，那几日一直稳居在四十四度上下。如果说《西游记》里师徒四人翻越火焰山是虚构，那此时此地算得上是虚构落入现实了。

即便高温酷暑拦住了前程，但鬼父仍旧没有放弃。他喝了几碗凉水，又踏上了寻访黯影之路。这一次，他打算翻越干极地，一路向北而行。可就在途径干极地的时候，一个满嘴是血的小少年引起了他的注意。这家伙右腿生了顽疾，压根走不动路，只得把尸体垒成高墙纳凉。

鬼父见过太多奇人异事，倒是对少年的独特行径见怪不怪。他问少年怎么来了这里，少年说，昨日家里人以为他热死了，连夜把他丢到了干极地。

哪里知道，今早他竟醒转过来。由于右腿有伤，爬不出去，不得已把尸体垒成高墙纳凉，虽说不知道什么时候会死，但能坚持一刻便是一刻。

鬼父被这个少年的顽强活命的精神所打动了，于是把他救了下来。不过鬼父也只是可怜他，并未有收其当黯影的打算。

就在鬼父打算离开之际，少年忽然感慨道："物极则反，命曰环流。大旱灾实属天下极暑，而今持续了一百一十三日，再过七日便是第一百二十日。一百二十日一个轮回，所以七日后必下暴雨，甚至还会带来涝灾。"

这个说法实在非同一般，鬼父心想自己寻了两三年的黯影，至今没有大的收获，也不差七日了。为了验证少年的说法，他留在了阜康县七日。

哪知七日后，果真下起了大暴雨。起初百姓们还觉得这是上天怜悯，怎料雨越下越大最终酿成了洪灾。经过这件事后，鬼父对少年刮目相看。他觉得少年是不二人选，于是选为第一个黯影成员，取代号为旱魃。

旱魃极为聪明，只花了一个月，便学会了鬼父传授的所有黯影知识。鬼父自觉没有什么可以教给他了，但想到如此奇才，如果不学全游侦门的绝技，终究太过于遗憾了。

"说到这里，我不得不向你再透露一些其他的秘密。这些事我原本想早点儿告诉你的，但迟迟没想好什么时机跟你说。今日既然查到了旱魃，我们又要解决这样一个棘手的敌人，自然到了不得不告知你的地步了。"鬼父说完旱魃的故事以后，忽然长长叹了一口气。

秦跃龙没有料到，此刻他竟然话锋一转说起了别的事。但秦跃龙知道，鬼父所提及的另外的事，一定跟游侦门有关，于是听他继续往下说。

三十多年前，游侦门是江湖上第一大专事间术的门派，掌舵人是夜星子。传闻此门派的开山祖师是夏朝少康时期的女将军女艾，后来经伊挚、杞子、华元和太子建等间者的延续，最终在明末时期发扬光大。

游侦门第一次轰动整个江湖是在明末之际，当时张献忠派遣一名神秘间谍装扮成内江王朱至沂，试图混入明军为王。

这个神秘间谍起初住在深山老林里，盼咐手下放出风去，就说明皇室继承人内江王朱至沂在此。南明军得知消息，大将亲派人去探察，发现这位内江王容貌顾盼，英雄异常，简直比想象中还像内江王。军中因此大喜，共往迎王。

大家一致推举他做皇帝，但是内江王均以才疏学浅推而不就。后来在所有将领再三要求之下，他才勉为其难地登基为帝。

当上皇帝后，内江王开始大动土木修建行宫，而且选后妃、备宫女、募内侍、拔士卒以及充御宫等样样也不少，俨然有皇家风范，这让将领们对他的身份更是深信不疑。

可谁也没有想到，他们迎接来的皇帝竟是最大的间谍。这位内江王刚坐稳位子，急需一战奠定地位。张献忠便配合他，两人上演了一出闹剧，这让多次败北的南明军第一次尝到大胜的滋味。

自此而后，南明军在内江王的领导下节节败退，最后张献忠与这个间谍里应外合，斩杀明军十余万人。就在兵败之际，南明军才知道，真正的内江王早在张献忠攻打成都时就已被杀掉，这个内江王不过是个假冒者。

大顺三年，张献忠在西充凤凰山被和硕肃亲王豪格射死，而随着张献忠消失的还有那位扬名天下的"内江王"。他是一个神秘且没有留下任何痕迹的人，就像洒在大地上的阳光，只能看到光，却怎么也捕捉不到分毫。

不过江湖上偶有传闻，"内江王"退居山野，创建了江湖上第一个以间术为技艺的门派游侦门。直到雍正十年，一个叫夜星子的人在江湖上涌现，大家才知道"内江王"创办的游侦门一直存在，并非只是传言。据说夜星子是游侦门的第四代掌门，他手下共有五大弟子，也被江湖上称之为"五觉鬼探"。

"我师父是夜星子，我的祖师爷是内江王。而我师父手下的五觉鬼探，正是我们师兄弟五人。所谓五觉，便是视觉、听觉、触觉、嗅觉和味觉。一个人如果能把五觉修炼到极致，那是可以分析出常人所忽略的任何细节的。"听完鬼父的这番话，秦跃龙点了点头。当时叶昶带来一张写有"自尽"的字条，鬼父就是闻了闻便分辨出了写字者的身份，可见把嗅觉修炼到极致的人，的确可以做到常人做不到的事。

"原本师父想找一个可以习全五觉之术的天才，可惜他毕其一生，寻遍了成千上万的天赋异禀之人，也只选出了我们五人。可即便是我们五人，也只能精研一觉。后来我们技艺大成，每人都承袭了师父的一觉。他老人家仙逝后，五觉便分在了五人身上。随着我与其他四位师兄弟产生理念上的分歧，这项五觉合一的绝技，再难从一个人身上重现。"鬼父惋惜地苦笑了一下，虽仅仅只有一声，但却能让人感受到一位老者对风云往事无情变换的无可奈何。

"师父临终前曾告诉我们，一生万万不可侍奉庙堂。间术虽然源自于军中，但发展到我们这一辈儿，早已成为江湖上惯用的一种手段。商贾之事可用间，江湖之事可用间，哪怕是夫妻和家族之事也可用间。而今我们研习的间术，早已不适用于军中，反倒适用于民间。"

听到这里，秦跃龙暗暗低下了头。怪不得黯影的手法那么像军中的间谍术，原来有这番来历。只是不知道，鬼父如何创办的密档处。莫非鬼父与四位师兄弟内讧，跟他创办密档处有关？秦跃龙想到的这个问题，刚好也是鬼父接下来想告诉他的内容。

"自从师父死后，我与另外四名师兄弟产生了矛盾。我认为，间术只有借助庙堂方有用武之地。否则只是在江湖上流传，终究是牛鼎烹鸡。我的想法是，间术用于查案和惩治贪官，但绝不能成为任何公报私仇的利器。二十年前，乾隆招我入宫，希望我能创办密档处，类似于雍正时期的粘杆处。当时我明确提出要求，此机构如果为百姓和天下谋福，我便愿接手。如果是维护皇权的利剑，类似于东厂和锦衣卫的机构，那就恕难从命了。"

也许是当年的言论让现在的鬼父有些感慨，就在说完这些话后，他蓦然发出了意味深长的笑声。直待那笑声在封闭的石室里延续了很长时间，转而才是放平心态的声音："总之，乾隆答应了我。所以，早在二十年前，我就在筹办创建密档处了。我答应帮乾隆创办密档处的消息，很快让其他四位师兄弟知道了。他们说我是师门叛徒，要与我恩断义绝，再也没有半分瓜葛。我师父怎么也想不到，在他去世后不久，五觉便已分崩离析。可我不在乎，我觉得人各有志，何必勉强？不过在我心中，倒也有一个执念，那便是寻一个天下奇才，将五觉技艺汇于一身，重塑先师的辉煌。皇天不负有心人，我终于找到了那个人，便是旱魃。"

听完鬼父说起的这些陈年往事，秦跃龙仿佛跟随他经历了一段跨越百余年的间术流传史。他不仅第一次知道了内江王、夜星子、五觉鬼探等人物，还进一步知晓了旱魃。不过秦跃龙仍有一个最大的困惑：旱魃究竟学没学会五觉技艺？

鬼父见他问起，随后说道："他学到了。他是除了我师父之外，世上唯一一个掌握了五觉技艺的人。我们师兄弟五人如果不合体，任何一个人都对付不了他。"

"您方才说，旱魃是您选拔的第一个密档处的黯影。四位师叔要是知道了此事，又怎会把绝技传授给他呢？"这个问题，秦跃龙到现在还没有想明白。

鬼父摇头笑道："你还是太低估了旱魃。我本有让旱魃习得五觉技艺的打算，但还不放心他的人品，所以迟迟没有跟他说另外四觉的地址，更没有帮他与另外四觉取得联系。我只是告诉他，我与四觉分道扬镳以后，他们住在蟠龙古井之下，在那里开了一个贩卖四官的鬼市而已。我开玩笑说，如果他能用黯影术蒙骗了四人，并让他们甘心传授四觉。未来，他将是天下唯一一个掌握五觉术的人才。这些都是我随口所言，心想等对他完成了考验，再全盘告知他。谁又能想到，他竟……竟然找到了四觉，甚至设法学会了四觉技艺。"

单单是听鬼父说起，秦跃龙就已体会到旱魃的非同一般了。不过他有件事不太明白，京城郊外存在各种贩卖违禁物的鬼市，可从来没有听过有贩卖四官的鬼市，也不知这是怎样的一处所在，于是便问起"贩卖四官"是什么意思。

鬼父解释道："如今的鬼市分为三种：一是各国商人在某个地点进行夜间贸易的集市，也被称为夜市；二是京城外德胜门附近开的黑市，丑时左右开市，主要贩卖坑、蒙、拐、骗、偷和抢来的非法物品；三是我那四位师兄开办的鬼市。他们贩卖的不是东西，而是四觉技艺。"

直待听到这里，秦跃龙才算有了点儿眉目："也就是说，任何人遇到任何事，只要解决不了，都可以过去找他们。四觉通过施展各自的技艺，总能发现事件背后潜藏的玄机。"

鬼父叹道："是啊！人有五觉，我独掌嗅觉，他们各掌其他四觉。我创办了密档处以后，他们合力创办了四觉谷。不过我们几无交集，多年来倒也井水不犯河水。"

当说到这里的时候，鬼父突然话锋立转："可他们应该不会想到，自己的得意门生，竟与我关系匪浅。我至今都不知道，旱魃究竟用了什么办法，只花了半年时间，就把其他四觉的技艺全学会了。如果不是他叛逃那日施展五觉技法，我到现在还觉得不可思议。你能想象吗？一个你教出来的徒弟，不仅学会了你的绝技，就连你四位师兄弟的绝技也都学会了。偏偏你们五人竟都以为，这人是你们各自调教出来的最独一无二的弟子。简单来说，你们五人全被他骗了！他究竟用了什么法子，一人竟可分身五处？直到现在，我都没想明白。"

也许旱魃的叛逃对鬼父影响太大了，尤其他融会贯通了五觉技艺后不仅不去造福百姓，反而去祸害苍生，这让鬼父极为懊恼和惋惜。因而说着说着，他的情绪不禁变得激动起来。秦跃龙也不知该如何去宽慰鬼父，只好用沉默来纾解他的复杂心境。

良久过后，鬼父再一次开了口："如果想揪出旱魃，就得依靠四觉。这一招，我本不想用。可考虑到旱魃已创办了自己的黯影组织，不日后就会对密档处下手，我也顾虑不了这么多了。如果想让师兄弟们帮助，以我的身份去求他们显然不妥。所以，我有了另外一个主意。现在你代我去一趟四觉谷，相信会有收获。"

"可是，这个四觉谷在什么地方？"秦跃龙毫不拖泥带水地询问。鬼父沉默了一会儿，随后说出一个地点："左安门东北角的苇塘之下。那里有一个蟠龙古井入口，你到了就知道了。"

第九章
皮作密档：蟠龙古井

皮作密档：乾隆三十六年六月六日未初

叶昶在皮作邂逅调皮可爱的姑娘苏颖，两人彼此欣赏，一起查案追凶。怎料叶昶遭遇兄弟惨死，回溯起一段风云往事；秦跃龙与顾宗万计划深入蟠龙古井，追寻五觉鬼探的来历。

造办处东南方向有一座独辟院落。这里西面是做钟处，北面是铜作，而南面坐落于曲尺围墙里的小作坊则是皮作。

皮作隶属内务府广储司，掌管皮张制作，也参与制作镫、宝盖、璎珞等物。广储司设司匠和领催六人，现役工匠一百七十七人。

一棵粗壮的大槐树伸开繁盛葱茏的枝盖，仿佛玲珑宝塔为皮作的布瓦正房和两间板房挡住了炎炎酷暑。闲来无事的人坐在树下，确实能体会到阵阵凉意。

叶昶大步迈进正房，迎面便见四面白墙上嵌固着多层的木制货格架子，就像来到了架阁库。每个货格架子上分类精细，巾格、衣格、帽格、宝盖格和璎珞格等无所不包。叶昶简单扫过货架，眼睛很快落在屋中央的长条工桌上面。

这张工桌四面围坐着一群十七八岁的女匠人，全穿着清一色的灰色长裙，头上的长发用灰布包扎挽起，并在后脑勺系个结。虽然她们的打扮极为简单朴素，但看得出来，每个人的皮肤都显得白皙干净，身形又曼妙婀娜，算得上各有各的姿色。

兴许是太过于认真忙碌，女匠们没有察觉有人进来。不过叶昶却注意到，她们全在低头做工，有的缝毛女敞衣，有的绣红猩猩毡，还有的做青缎褥……

叶昶收起观察的目光，挺身钉在门口，面朝屋子里大声喊道："刑部办案，皮作司匠是谁，过来回话。"

这一阵浑厚响亮的男声，登时让屋子里的女子们吓了一跳。皮作可是女胜男衰的作坊，几乎少有男人到访。哪怕听见高喊，那也是尖声尖语的太监音，何曾出现过如此豪迈的声调？

一群亭亭玉立的姑娘们因为受了惊吓，参差不齐地放下手里的活计望向门口。逆着外面刺眼的阳光，她们看到一位遮着半张金面的英俊男子，酷似睥睨世间万物的天神。

也不知出于何种缘故，一张棱角分明的英俊轮廓，因为遮上了半张金面，反而大大增加了女子对男子的幻想，竟让那颗被深宫囚禁的心脏躁动不安地泛起了滚烫的春潮。大家的脸上全都烫开了一圈圈的腮红，不禁面对面抚唇窃窃私语起来。

"司匠不在，领催、柏唐阿、苏拉等署吏也可过来回话。"叶昶再一次申明了要求。

良久的时间里都是听见女人们交头接耳的柔声细语，反而不见有

151

人站出来。叶昶心想也许这里没有署吏,正想问一问有没有话事者。

不待他开口,只听叽叽喳喳的议论声里传来了一阵甘冽的妙音:"我是皮作的苏拉。"说话的这位是靠近工桌东北角的一名年轻女子。

远远望去,这个女子二十五岁上下,乌黑的圆满发髻上插着花钗,一张雪白圣洁的鹅蛋脸上点缀着两道宛如秋月的蛾眉。

尤其那一双杏眼之下,勾勒出两片不点而赤的樱桃薄唇,任谁看了都不免产生青涩温柔的纯美之感。她就这样缓缓站了起来,一只葱白的玉手高高举起。

叶昶扫了她一眼:"出来说话。"随后转身大步走了出去。女子从胭脂堆里挤出来,尽可能追上叶昶,直到站在了他的身后。叶昶没有回头,而是背对着她问道:"你叫什么名字?"

一听是这个突兀的问题,女子愕然呆了须臾,不自禁轻轻发出了"啊"的一声。因为她想到了叶昶会询问皮作司匠去了哪里,唯独没有想到会问自己的名字。

女子啜嚅了一会儿,最后才磕磕巴巴地答道:"苏……苏颖。"

"苏姑娘,你可知皮作司匠去了何处?"叶昶转过了身,盯着她问道。这样近距离的打量,忽然让苏颖感觉到了不适。她把头缓缓压低,白皙的脸蛋上不知何时染上一片赤霞。

可这些微妙的表情全在瞬息之间,下一个刹那,苏颖抬起了头故作镇定地回道:"回大人的话,总理工程事务的三和大人,要求司匠和领催去量准衮衣的尺寸。所以呢,他一大早带领催去钦安殿量真武龛的烫样去了。"

"他们何时回来?"叶昶又问。苏颖这时眨了眨眼睛,看样子像是经过了深度思考:"这就不好说啦。兴许是一两个时辰,又兴许是三四个时辰。大人不急的话，可以在偏房等一等。"

叶昶连忙道："我有要事，岂能耽搁？"苏颖笑道："您有要事的话，这就不好办咯。现在啊，这个皮作里就我的官儿最大。您要是不嫌弃，倒可以问一问下官。"

苏颖刚刚还是忸怩之态，哪曾想到彼此聊上了几句话后，竟也变得灵动活泛了起来。不过叶昶没心情去揣测女儿家的心思，只得轻轻一点头道："也好，你随我来。"

由于此地人多眼杂，叶昶担心被洪门暗桩瞧了去，于是提出换一个地方谈一谈。两人从迎禧门出来转入揽胜门，径直来到临溪花园。

上次写字人钟爆炸案便发生于此，原先炸出了一个土坑，而今爆炸场地早已被修复，仿佛从未发生过那场意外。叶昶带领苏颖走到靠近临溪亭的一棵松树之下，眼看四周没有人走动，这才定住了脚。

"你可认识何志昌？"叶昶开门见山地问她，一双剑眉微微蹙着，似乎这件事万分紧急。苏颖微微一怔，不明所以地点了点头："他是皮作的大锯匠，上次打制虎神枪上的绿松石，我还找他帮过忙呢。"

"那你现在带我去找他！"叶昶的话犹如在下命令，这让苏颖有点儿不能接受，心想咱们刚刚认识，你就拿我当你属下了？

简单想罢，她抬起头触及叶昶那焦灼的目光，随后马上低下头去莞尔笑道："金面判官太抬举我了吧？我不过是一个小小的苏拉，只是个打杂的小官儿，哪有资格给您带路呢？"

起初叶昶有点儿好奇，这个姑娘是如何认出了自己的身份。直到他想起，现在整个三十作里只怕都知道自己过来查案，兴许是她听人说起？毕竟戴着半张金面的人极为好认。

"你既已听别人说过我来查案的事，那就请姑娘多多宽谅，助我一臂之力。"叶昶抱拳向苏颖行了一个礼。

听他如此说,苏颖不忙着回答,而是一手背在身后,另一手却抬起来,端着倨傲打断他道:"叶大人,您虽驰名在外,但也别太自负。小女子我呢,从未听过您来查案的事,只是见你遮半张金面,而那模样……而那模样倒也棱角俊美,所以才猜到了您是叶昶叶大人。"

两人谈了这么久,叶昶见她始终不肯表态,满口都是少女的风言俏语,还道跟其他纠缠自己查案的女子一样,于是单刀直入地说道:"事出紧急,我无暇与姑娘多言。你若不愿随我同往,那就请说一下何志昌所在的地址吧?"

三十作里的建筑群结构复杂,叶昶缺一个向导,本想让这位姑娘引路。而今却突然发现,这位姑娘性情古怪,似乎不太好相处。既如此,那多一事不如少一事,还是自己追凶来得方便。

眼见叶昶一脸严肃,似乎是开不起玩笑的样子,苏颖只好连连说了两句"好吧",然后充满无奈和妥协地叹道:"果然是不知其情,无以降之。敌强不可言强,避其强也。罢了罢了,小女子甘拜下风。"她头轻轻一歪,学着叶昶的样子也行了一个抱拳礼。

不知怎的,见到这个姑娘可爱的模样,叶昶一颗铁汉子的心,瞬间被融化了。纵然是查案迫在眉睫,纵然刚刚因为心急差一点儿抑制不住恼火,此刻的他依旧忍不住笑出了声。

不过短促地笑过之后,叶昶猛然皱紧了眉头。刚才苏颖说出的那几句话,好像是出自于唐代李义府所著的《度心术》。

这部《度心术》乃是勘透人心的一等一神书。坊间传闻,谁如果读懂了此书,谁就能看穿每个人的心思,犹如开了天眼。

一个皮作的小女工,如何会度心术呢?叶昶盯着她问道:"你怎会度心术?"苏颖见他语气不太好,自然也不给他好脾气,连忙撇了撇嘴娇哼道:"我怎会为何要告诉你呢?家传之密不便与外人道,这个理由可以吗?"说着双手抱臂,侧过半张脸去。

"可你也不姓李吧?"叶昶随口反问。按理说,家传之密是指家传绝学,莫非她想说自己是李义府的后人?可这位姑娘明明姓苏不姓李啊。

苏颖微扬起头侧转半张脸,眼皮跟着上下翻了翻,嘴角一抽说道:"人人都说金面判官雷厉风行,怎么现在做起事来如此婆婆妈妈?查案就查案,怎么问起人家的私事了?你难道不知闺阁中事,不便与男人道也吗?"

这话听来真让人好气,分明是她说话绕来绕去,结果反而埋怨自己?叶昶虽说有点儿受堵,但心想好男不跟女斗,也就任她胡说。

哪知此刻的苏颖忽然耸了耸肩,仿佛胸怀宽广地又道:"念在你这么虚心求教的分上,告诉你也无妨。我呢,是苏轼的后代,苏轼听过吧?就是那个大文豪。苏轼他爹,也就是苏洵,曾写过一部书叫《权书》,这本书里有篇文章叫《心术》。书中有云:'为将之道,当先治心。泰山崩于前而色不变,麋鹿行于左而目不瞬,然后可以制利害,可以待敌。'这话对我影响非常之大,我从小也愿意跟我爹学习家传绝学。后来呢,我学会了家传的《权书》,更通晓了心术,自然读起李义府的《度心术》,那就是小菜一碟咯。"说完她正过脸来盯着叶昶,一抬下巴,"我说叶大人,这个答案您满意否?如若不满意,我要不要跟您背一遍《权书》,但愿您有时间听我背完。"

人世间最无奈的事,大概就是如此吧。任凭你在外人面前如何狼顾虎盼,一旦遇到了那个让你轻易破防的人,再焦灼的局面也会被她搅得既无奈又莫名欣喜。

听苏颖说得天真无邪,叶昶不自禁又笑出了声,他也不知道自己被这个姑娘逗笑几次了,而大多时候都是不由自主。

苏颖妩媚中透着清纯,恬静里又带点儿欢脱,时而灵如玉兔,时而深情温柔,寻常男子若是见了,难免会动心。

但眼下迫在眉睫的是案子,至于其他心绪,只得抛之脑后。他很快回转过神,暗想苏颖会度心术,可以助自己查案。试想刑部抓到了凶犯,对方宁死也不肯吐露半点儿线索。如果一人会度心术,只需简单套问几个回合,岂不轻松破案?如果这个姑娘愿意帮忙查案,那真是再好不过的事了。

可转念又想到,此人言语俏皮,态度欢脱,只怕不太好掌控,看来须得下一剂猛药。叶昶决定不再跟她耍贫嘴,而是背过身去用充满命令的口吻说道:"我来此查案,正好缺个帮手。你有此神通,可过来助我查案。请放心,我会告知皮作司匠,你的工钱半厘也不会差。"

"那我不愿呢?"苏颖叉起了腰,摆出一副不愿受人胁迫的姿态。哪知叶昶忽然转过半张脸,不容置喙地道:"如果你不愿陪我查案,那我就让皮作司匠治你一个怠工之罪。"说完这句话他大步朝揽胜门而去,此时苏颖却像个跟屁虫追随在他身后。

三十作里的匠人管理条例赏罚分明。怠工虽不是很严重的罪罚,但对于普通匠人们来说,罚俸一年到两年,还要挨二三十笞,实在不划算。

"喂,我说叶大人,第一,我为何要听你的?第二,你也太强横了吧?第三,刑部高手如云,你怎么不去找他们?啊对,还有第四,你我男女有别,如此不清不楚的关系,怎能一起去查案呢?至于第五嘛……"也许叶昶的步子习惯性地迈得太大,苏颖只能用小跑的方式追赶,说话难免因为呼吸急促而出现又快又喘的现象。

两人从南天门出来一路向西走,再往前就是匠人所住的他坦了。由于叶昶不知道何志昌住在何处,因此忽然停下了步子,仰头遥望那一排排黑瓦覆顶的屋子。

苏颖只管低着头追他,哪里会料到他会停步,登时撞向了那宽大的后背,直撞得她额头生疼,犹如磕在一块石头上面。

为了舒缓痛意,苏颖用手揉搓着额头,急也不是气也不是地嘟着嘴抱怨。这时叶昶转过了身,既认真又态度诚恳地回答了她刚才没有说完的一句话:"第五,他们不是你。"

一听到"他们不是你"这五个字,苏颖那颗烦闷的心猛然跳了一下,随后是从未有过的小鹿乱撞。她似乎忘记了痛感,双眼里发着灿烂的光,盯着叶昶久久不动不移。

也许是担心被人瞧出小小心事,片刻后她又立即低下了头,故意岔开话题道:"这事就算我答应你,可我们那个脾气火爆的司匠,人家不一定答应呢。我这么跟你跑出来,连个通报都没有,真就是背负了怠工之责啊。到时候,我要因你挨个二三十答,叶大人可心安吗?"

原本这是苏颖为了避免尴尬脱口而出的话,谁知叶昶却当了真。他紧紧皱起了眉,正义果敢的面容上浸满了杀伐和威严:"他敢打你一下,我还他十下。他若敢打二三十下,那我就还他二三百下。只要他不想要命,尽管试试。"

一个男子笃定而偏袒的模样,最容易让女子沦陷。这一刻,苏颖产生了莫名的感动。她可怜巴巴地望着叶昶,明眼人都瞧得出来,这种满是可怜的神情不是因为受了委屈,更像是常年受人欺负的自己寻到了靠山的感动。一想到未来有人依傍，再也不怕被坏人欺负，她开心地擦去两眼的泪花，又像是哭又像是笑地道："那以后，我可以叫你叶大哥吗？"

这个姑娘瞬息而变的神情再一次逗笑了叶昶。他无奈地摇了摇头，道："好！那么，咱们可以走了吗？"苏颖的头立地点成了叩头虫："走走走，我现在就带你去找他！"

现在是未初，刚好是最炎热的时候。秦跃龙和顾宗万从皇史宬出来时，全都换上了轻便单薄的普通商人服饰。尤其两人走到街市里面，丝毫瞧不出身份来历。现在他们沿着一路向南的宽阔大街，正在往天坛的方向走去，因为就在天坛的东南角便是左安门。

安全起见，早在皇史宬的时候，秦跃龙就希望顾宗万携带一些火器。毕竟四觉谷里情况复杂，谁也不知道会遇到怎样的危险。可顾宗万并不会使用火器，莫说投掷类的神火混元球了，即便是鸟枪也从未摸过。

秦跃龙倒不勉强他，只好自己在左腿上绑了一把一尺来长的法兰西产的燧发手枪和一小壶火药弹，右腿则捆上十几枚小型的神火混元球，最后穿上一件防水的紧身长裤，不至于让火器在运动过程中发出摩擦和碰撞声。

看到秦跃龙在火器房选来选去，约莫过去一两个时辰才选了这点儿东西，顾宗万不禁略带揶揄地说道："秦大人，您带的这些东西，恐怕不太实用。"

秦跃龙苦笑着摇了摇头："有些东西防身，总归是好的。你什么也不带，遇到危险，我可无法分身救你。"

面对秦跃龙的蔑视，顾宗万也不介意，反而自傲地撇了撇嘴："你那火器用起来太麻烦，压根不靠谱。我手里有秘密武器，到时候真遇到险情，说不定是我救你呢！"说完朝着秦跃龙挤了挤眼睛。虽说秦跃龙并不知道顾宗万口中的秘密武器是什么东西，但想到时间迫在眉睫，一切还是以查案为要，也就不去跟他废话了。

两人就这样出了皇史宬，因为担心被人瞧出端倪，所以没有骑马，而是步行前往左安门。一路上两人边走边聊，不知不觉来到位于外城南城墙东侧的左安门。

左安门又被称为"江擦门"，兴建于明嘉靖三十年，随后的数十年里，万历、崇祯乃至于清乾隆都曾做过修缮。

这座城楼的瓮城建于嘉靖四十二年，到了乾隆十五年时又进行过重建。整体是青砖垒砌的半圆形建筑，城楼为单层单檐歇山式结构，清一色用灰筒瓦覆顶，北侧面正中央开一扇木制方门。远远望去，每一个偏角都透着威严肃穆的历史沧桑感。

"秦大人，您对四觉知道得多不多？实话告诉您，如果不是您告诉我，我还真没听说江湖上有这群人，甚至住在那样的地方。我原以为，鬼父已算是世间最神秘的人了，真没想到，他的师兄弟比他还能折腾。"顾宗万一边往前走，一边小声在秦跃龙耳边嘀咕。

他们虽然已来到左安门底下，但没有径直穿过，而是向东朝着苇塘方向走去。这片苇塘被一片广袤的玉米田包围，尤其在这样炎热的季节里，只感觉一股股热浪从身上刮过。

秦跃龙向来爱干净，已经多年没有下过田了，更是对满地里无形飞舞的虫蚁过敏。他有些厌恶地挠着浑身瘙痒的部位，放低声音说道："鬼父的师父叫夜星子，我之前跟你说过了。夜星子手下有五位弟子，也被江湖上称之为'五觉鬼探'。他们每个人的花名都有来历，现在是该告诉你了。"

两人依据鬼父的指引，弯下腰钻进了一片与人等高的玉米地里面。秦跃龙靠近顾宗万道："这'五觉鬼探'每个人的花名来历，主要跟五官、五行和五色的组合有关。比如眼属木，木颜色属青，老大叫青鬼；鼻属金，金颜色属白，老二叫白鬼，也就是鬼父；耳属水，水颜色属黑，老三叫黑鬼；嘴属土，土颜色属黄，老四是黄鬼；舌属火，火颜色属赤，老五叫赤鬼。五行、五色、五官与五觉之间相互联系，构成了他们独特的间谍秘术。"

虽说这些内容听来不太好理解，但顾宗万大致清楚了五觉的花名和各自擅长的技艺。两人顶着酷暑和玉米地里的瘙痒难耐，径直走到一口古井的旁边。

古井的直径大约五丈，四面围砌着半人高的青石，东南方开了一个可以拾级而下的入口。

两人小心翼翼地走到井口，俯身便见一架沿着井壁修建的石梯，延伸进了一颗雕刻得栩栩如生的巨大石龙头的嘴巴里。这条石龙盘着井壁螺旋往下延伸，一直到深不可测的井底。

井底太深太黑，肉眼根本捕捉不到更清楚的细节。如果是傍晚来到这个地方，还以为看到了巨龙盘旋着井壁呼啸而出的壮阔场面。然而现在是晴天白日，两人都知道这是一条巨龙石梯，也就没有那么惊怖了。

"秦大人，咱们不会要钻巨龙的肚子吧？"顾宗万俯瞰着那架延伸进巨龙嘴巴里的石梯，心里有点儿发怵。秦跃龙"嗯"了一声，道："鬼父说过，如果想去四觉谷，须得找到蟠龙古井，此外还要历经四个阶段，分别是：贯龙腹，穿水衣，睡龙棺，入龙宫。我想这口井便是蟠龙古井了，下一步，我们要钻入龙头里面，然后沿着龙腹内的石梯往下走，一直到达最底部。"

"我说秦大人，您觉得这个鬼地方靠谱吗？"顾宗万从来没有来过这样神秘的地方，对此还是有些担心。哪知秦跃龙已迈开步子踏上了那架通往井底的石梯。他的右手摸着左腿上捆绑的燧发手枪，随时做好了防备："你跟在我身后，如果遇到险情，我会掩护你离开。"

一入巨龙不可望穿的腹内，就像是钻进了一条黝黑曲折的隧道。两人一前一后沿着石梯往下走，不久前的炎热逐渐被寒风砭骨取代，同时还伴随着无穷无尽的黑暗所带来的压迫感。

一路上有惊无险，在下了一百零八个台阶后，终于见到了浮在井底的地下水。这些水面上咕嘟咕嘟冒起水泡，仿佛是一口温度极高的沸腾油锅。

但二人并没有在井水边缘感受到热流，于是脱下鞋子用脚试了一下水温，发现既不烫人，也不像是地下喷泉，实难琢磨出原理。

不过他们并不是徐霞客和郦道元那样热衷于地经图志的专家，更无须穷究异象背后的秘密。只要能保证井水没有安全隐患，这样就能想办法潜入水下了。

"刚刚咱们是贯龙腹，现在就是穿水衣、睡龙棺和入龙宫了。"秦跃龙自顾自说完，仰起头来环顾周围。过不多时，忽听他颇为兴奋地喊道："你瞧，那就是龙棺！"

顺着秦跃龙手指去的方向，顾宗万看到正对面的石壁上悬着两口龙形的木制棺椁。这些棺椁的底部被两根碗口粗细的铁棒支撑，而铁棒的一端均插进了石壁里面。

秦跃龙特别注意到，每个龙棺的头部都系着一根麻绳，另外一端则缠在了地面的木桩上。只要解开麻绳把龙棺拉过来，两人就能躺进去潜入水下，从而到达四觉谷了。

可这两口龙棺实在太重了，即便合力把它们拉下来也废了不少气力。秦跃龙率先掀开一口龙棺，发现里面放着一件造型奇特的水衣。

金属头盔上露出两个眼型的玻璃镜框，下面是一个戴着阀门的嘴巴。头盔顶上连接着两根呼吸管，一根进气伸向外面，一根出气插进阀门嘴巴，像极了孙悟空头戴的两根雉鸡翎。而头盔下面则是全封闭的防水连体衣，但凡是需要穿戴的开口部分全用特殊绳线密封好了。

"这应该是法兰西一位叫皮埃尔·雷米·德博夫[1]的骑士在布雷斯特担任海军后卫时发明的水衣。"秦跃龙拿起棺木里的那件水衣，反复看了看，更加笃定道，"我早年在宋应星的《天工开物》里看过关于水衣的记载，一直很好奇如何潜入水下像鱼一样探险。直到黯影帮我查到消息，早在五十六年前，法兰西的某位骑士就发明了新型水衣，也就是眼前这个东西了。"

就在秦跃龙介绍的时候，顾宗万打开了另外一口龙棺。他也在棺木里找到了水衣，只是不知道如何穿戴。好在秦跃龙在一旁帮忙，两人总算是把水衣穿好了。他们手脚笨拙地躺进了龙棺里，各自把身体上面的木盖合闭。

良久过后，忽听墙壁上跃下来数人。可还不及去看来者是谁，就听到锤子敲击木钉的声音，龙棺的边边角角全被封死了，只余一根导

---

[1] 上述提到的水衣，于1715年由法兰西骑士Pierre Rémy de Beauve（皮埃尔·雷米·德博夫）在布雷斯特担任海军后卫时所发明。

气管伸向了外面。

随后两人感觉龙棺被神秘力量往下拉拽，犹如一艘龙舟缓缓潜入了水底。可惜无孔不入的水流还是渗进了龙棺，不消片刻龙棺里满是积水。

幸好他们穿上了水衣，这才不至于被淹死。龙棺在水底穿行的速度极快，大约过了两刻才停下来。直到外面的人把龙棺上的木钉逐一取出来，两人才推开盖在身上的棺材木盖。

他们分别把水衣脱了下来，大口大口呼吸了几下新鲜空气，不约而同地转身往后一瞧，只见一座雄伟壮阔的石门上写着三个赤血大字：四觉谷。

皮作匠人的他坦位于枪炮库的西侧，那是一座专为他坦设置的独辟院落。院落的最北面是内殿他坦，最南面是四执库他坦，中间夹着乾清宫他坦和各作匠人他坦。所有房屋座落有致，每一栋都紧密排列，绝不浪费空间。

苏颖介绍说，何志昌的他坦安置在内殿西侧。由于大锯匠承接各个作坊的活计，不需要在固定地方做工，因此他们的住所就是工坊，通常一个匠人可以分得一间窄小的屋子。

两人走近这间屋子，发现门窗很老旧，黑瓦和白墙也不曾修缮，早已是斑斑破烂之貌。叶昶站在门口喊了数声没人回应，只好推了推门，结果里面上了锁，不得已飞脚破门而入。

狭窄的屋子里摆设简单，一张大木床、一张长条工桌、一个存放工具的顶竖柜和几把凳子填满了整个空间。四面的墙角还堆放着数把型号不一样的大长锯，从地上散落的碎木屑可以推断，何志昌经常在此做工。

"何志昌！你的身份已暴露，乖乖束手就擒！"叶昶把苏颖保护在身后，右手已压在了刀柄上面。然而狭窄的屋子里一点儿动静也没有，唯一称得上神秘的地方只有那个顶竖柜了。

叶昶把目光转向了位于墙西角的柜子。这个柜子的顶部放着一个小方柜，下面是竖长的挂衣柜。此刻两个柜子都被打开了，柜门似乎还有微微的晃动。

莫非何志昌藏在了柜子里？叶昶这样想完，轻轻抽出雁翎刀，蹑手蹑脚地走到柜子前面。他本想用刀先拨开挂衣柜，因为那里面最容易藏人。可不待他把刀伸向柜子，忽觉头顶上的小方柜里有双眼睛在盯着自己。

难道小柜子里藏着玄机？叶昶暂时收了刀，从腰间摸出一根火折子拔亮，小心翼翼地伸向小方柜的缝隙里。这不看还好，只看了一眼，登时吓了一跳。

小方柜里果然有双眼睛在盯着自己。苏颖早已被这一幕吓得退避旁侧，双手捂着眼不去看。叶昶却用刀一左一右把柜门拨开，随着火折子的光束照进里面，发现一颗头颅被悬吊在了柜子中央。这个人他不陌生，竟是自己的结拜兄弟吴宇。

"三弟！"叶昶回转刀柄切断了悬挂头颅的绳子，同时收刀回鞘，双手颤颤地把那颗血淋淋的头颅从柜子里抱了出来。

"谁干的！"叶昶脸上变换着或愤怒或悲痛的表情。苏颖没有料到，这位平时不苟言笑的金面判官，竟也会有大悲大痛的一面。

过了良久，她见叶昶一直在歇斯底里地哭泣，仿佛因悲伤过度而僵住了身子，于是低低地问道："叶大哥，这位三弟是谁？"

苏颖的软语叫醒了他，叶昶呆滞的目光渐渐有了暖色。他深深吸了一口气，徐徐吐出，说道："十六年前，我在山东清吏司任班头的时候，有幸结识了四位兄弟，后来我们五人拜了把子，一起在衙门查案。由于我们五人查案效率高，衙门从未出现过一例冤假错案。百姓们对我们评价很好，还给我们起了一个外号，叫五虎将，这位三弟便是五虎将之一的吴宇。"

虽说这些事已过去十几个年头，但苏颖今日听来仿佛感觉是昨天的经历。她希望了解叶大哥的过往，就像是参与了他生命里的故事一样。

"十五年前我从了军，十年前调任刑部担任左侍郎。从军的五年里，我跟四位兄弟断了联系。不过等到我来京任官以后，方才知道兄弟们各自有了家庭。遥想年轻那会儿，大家跟着我一起查案，天天打了鸡血似的高喊'公正法典'四个字。年纪大了，除了我之外，他们无一不回归了生活。只有回归了生活，才感觉到'公正法典'是多么荒唐幼稚的梦想。"说起那些往事，苏颖发现叶昶变得温柔了很多。这位天不怕地不怕的男人，原来也有自己见所未见的另外一面。她就像个乖巧的小猫，仰望着叶昶，听他又说起了那些旧事。

"兄弟们成了家，我自然欢喜。大约是在十年前，刚好是我调任刑部的时候，三弟吴宇找到了我。他说五弟林子群在三十作里找了一份工作，还介绍给了其他兄弟。现在四位兄弟都在三十作里任职，以后我们五人可以天天在京城谋面，再也不分开了。"说到最后一句话，叶昶悲痛地哭出了声。

苏颖见他实在伤心，趁机找了个话题，转移他的悲痛问："可是，你虽然从了军，但他们当时在衙门做得好好的，干吗要来京城呢？"

叶昶看她一眼,苦苦笑了笑:"我从军后,兄弟们在衙门干得并不愉快。尤其受到贪官污吏的使唤,逼着他们去做有违'公正法典'的事。大家想到,我在的时候,尚能维持法令清洁。我不在了,法令也蒙了尘。于是,大家纷纷致事,回了老家过起了农耕生活。他们果真是我的好兄弟啊,一点儿也没有忘记初心。"

当说起初心的时候,叶昶的眼睛里泛起了一丝无奈。坚守初心固然是好,可到头来三弟没有过上好日子,也没有实现理想,最后反而白白枉送了性命,也不知道是对还是错呢?可现在纠结对错已然没有意义,因为所有结局都已写好。兄弟们余生只想过普通人的生活,再也不去坚守什么"公正法典"的执念。现在这个世上唯一还在坚守到底的人,只剩下叶昶了。

第十章
玉作密档：间术商行

玉作密档：乾隆三十六年六月六日申正

三位结义兄弟的惨死让叶昶深陷苦痛，而凶手居然指向另外一位好兄弟。苏颖陪伴在侧，不离不弃，开启硬汉心扉；秦跃龙和顾宗万潜入蟠龙古井，初次到达四觉谷，意外发现该地竟是售卖间术的商行，大为震撼。

听到这里的时候，苏颖大致明白了。叶大哥的兄弟们因为跟着他，所以才有了一个坚定的人生信念。随着叶大哥从了军，他们的信念也就崩塌了，因此回归了普通人的生活。

就在苏颖想得出神之际，叶昶又道："十年前，兄弟们听说我调任京师为官，十分高兴。于是在五弟林子群的介绍下，大家全来了三十作做事。一来，大家觉得做事只是为了糊口，在老家和在京城无甚区别。二来，大家想念我这个大哥，无论千里万里也愿追随我一辈子。为了实现在京城常居，他们甚至把家人都接过来了。自那而后，我们白天各忙各的,一旦到了晚上就推杯换盏,忘却尘世间一切的烦恼。"

男人的世界苏颖就不懂了,但是她小时候听说书人提及水浒里的一百零八将。大家个个都把兄弟义气看得比自己的命还重要,那想来跟叶大哥与兄弟们的感情一致吧?也许叶昶太过于悲痛了,双眼中遍布着血丝,一颗颗晶莹的泪珠不时掉落。

看到叶昶难过,苏颖也情不自禁地热泪上涌。男人跟女人最大的不同便是,女人在喜欢的人面前最容易感同身受。那个人的点滴悲痛和欢喜,都会被自己无限放大,于是像个傻子似的跟着他或笑或哭。

"叶大哥,我知道你心里很痛苦。可现在凶顽还在逍遥法外,你可不能一蹶不振啊!"一个人当碰到了大悲的事情时,强烈的伤痛会搅乱人的理智。哪怕像叶昶这样的人,千军万马里可以杀出一条血路,身中数箭也不会眨眼,可唯独他忍受不了兄弟惨死这个事实。

三弟吴宇的死让他忘却了来此的目的,甚至连追踪何志昌的动机也抛之脑后了。经过苏颖的提醒,叶昶那双凝滞的眼睛里缓缓亮起了血红。他把三弟的头颅轻轻放在地上,随后起身走到大衣柜旁边,用刀拨开柜门,发现里面悬吊着一个无头尸,可不就是三弟的尸身吗?

叶昶把尸体与头颅拼接好,再一次走到了衣柜的里面。他蹲下身子,认真检查了柜子底部,竟发现下面是一扇木门。

怪不得是在屋子里面上了锁,而何志昌却凭空消失无踪,原来这家伙从密道里逃走了。叶昶打开那扇木门,盯着黑漆漆的地下洞穴看了须臾,转过头来对苏颖道:"苏姑娘,我下去瞧一瞧,你留在这里。"

"不!"苏颖上前一步,语气坚定地道,"叶大哥,你不要丢下我。"眼看这个姑娘楚楚可怜的模样,叶昶也没得办法,只好叹道:"那你跟紧我。"说完这句话,他便跳了下去。苏颖也毫不犹豫,纵身一跃落在了洞底。

下方是一条逼仄低矮的密道,需要弯下腰才能在里面行走。叶昶大步向前急奔,苏颖也尽可能紧跟。密道的尽头是死路,顶上也被木板给封住了。

叶昶回头望了一眼,发现苏颖正在朝这边跑过来,于是对她道:"我先上去瞧一瞧。"说着用雁翎刀顶开木板,双手利索地扒住洞口边缘跳了上去。

外面是一片绿油油的草坪,不时可以看到几株野花点缀其中。由于宫女不久前给草坪浇过了水,泥土还很松软湿润,几个脚掌清晰可见地印在了草丛里。

叶昶认真搜索着草丛里的脚印,一直追到草坪旁侧的青石路上面。一串沾了泥土的脚印向北而去,转入一条丈来宽的东西巷道。

距离凶手越来越近了。叶昶握紧了刀柄,大踏步向东急走。行至钱粮库与广储司院墙背靠背相对的位置时,叶昶忽然眼前一亮。

前方有个匠人耷拉着脑袋,鬼鬼祟祟地向北踏进了造办处前门。他的脚底似乎沾着些许泥土,看来就是那凶手了。

叶昶大喊了一声:"站住!"飞步向那人奔去。听到身后有人高喊,那人先是愣了一下,随后一路沿着向北的巷道急行。这条巷道的尽头是房屋林立的造办处院落,而院墙的左右两边分别是画作、金玉作、铜作、玉作、做钟处和查核房等机构。

眼看叶昶追得很急,自己压根甩不掉。那人灵机一动,就在拐入一条曲尺巷道的时候,发现前面有一扇面东而开的垂花门,立即闯了进去。

这里是一座建筑密集的院落，各作工坊前后相邻，鳞次栉比。如果是第一次来这里，定然会被既安排得错落有致、每间屋子又都大同小异的场景所震撼，一不小心就迷了路。

那日在徐宅受伤居家养病期间，叶昶给秦跃龙要了造办处三十作的地图，几乎每条巷道、每间屋子和每棵树都被他记在了脑子里。只不过初次来这种地方，哪怕前期做了许多功课，可把现实跟记忆联系起来还得费些功夫。

好在那人从草坪里出来，脚下踩了泥，寻着这线索去查倒也有方向。叶昶站在垂花门门口向四周望了望，这里迎门种植了五六棵大槐树，巨冠遮住了南北两座歇山顶房子，北面是查核房，南面是档房。

由于整个院落的建筑主要集中在北面，所以档房已是南面建筑的边缘了。想到这里，叶昶转身向北望去，目光穿过一扇小门，忽然看到一个黑影闪进了画作和玉作所在的房屋附近。

玉作是一座黑瓦白墙的歇山顶建筑，坐北朝南，面阔三间，负责做玉器、珠宝等物。由于乾隆非常喜欢玉器饰物，因此这个作坊的匠人数量最多。

叶昶看过文册，玉作里设虚衔顶戴副司匠一人，领催、玉匠、苏拉和笔帖式等近二百来人。如果凶手躲进了玉作，再混迹于二百多人的匠人里面，趁着自己分神之际逃走，确然是个好办法。可追凶查案是叶昶的强项，莫说在二百人里寻出一人，就是在千人之中他也自有办法找出凶手。

"副司匠何在！"叶昶踏进玉作正房的那一刻，立即扯开嗓门喊了一声。过不多时，一个佝偻着腰的中年匠人跑了过来，恭恭敬敬地行了个礼。叶昶乜斜着他道:"吩咐下去,任何人不得出院门。从现在开始,所有人放下手里的活计,一个也不许动。"

那名副司匠怎敢违拗金面判官的命令,当即尽可能地挺直身板,大声吩咐匠人和官员们按照叶昶的吩咐去办。稳住了杂乱的人群,寻找起来也就容易多了。

叶昶缓步走进工坊,扫看着坐在工桌上雕刻玉器的匠人们。多年的追凶经验已让叶昶练就了绝好的眼力,只需看上两次,大概就能断定坐着的人是不是凶手。他来来去去拐着弯道看完了三排工匠,就在去视察第四排时,无形间发现一个人的后背似乎粘了灰土。

匠人们的袖子和胸前有灰土还有情可原,那说明是在雕刻玉器的时候粘上的飞屑。可这个匠人的后背上也有灰土,而且仔细看似乎是泥土,这只能说明是在钻密道的时候剐蹭的。

叶昶盯着那个匠人一步一步靠近,直到完全站在了他的身后,大手蘸住他衣领的同时,一路拖到门口,就像丢沙包似的抛向青砖阔地。

如果不是来到四觉谷,秦跃龙绝难想到,世间竟还有这样的集市。传统的集市售卖的都是货品,以货币购买产品,从而完成交易。再不济,还能以物易物。

可四觉谷的交易却是另外一种方式,这里不售卖产品,而是售卖情报。

简言之,此处是开在地下的情报市场。情报是军中术语,寻常百姓几乎接触不到。按理说,四觉谷应该是地下间谍网。

然而顾宗万和秦跃龙刚来到谷口的时候,迎面便见一副对联:开谈不言时政国事，闭口默书江湖恩怨。这说明四觉谷里售卖的情报跟时政国事没有关系，大多是江湖上的帮派恩怨。

夜星子临终前曾告诉过五觉鬼探，他们今生不要涉足庙堂，如果有能力就去为百姓们多做点儿事。四觉听从了师父的遗言，于是开了这么一个地下情报市场。

以上这些消息，二人都是从石门外守着的四名神秘人口里获知的。早在从龙棺里出来的时候，神秘人就让他们换上了黑色连体衣，头戴黑面罩，只露出两只眼睛。神秘人还要求在洞外登记，并把造访的目的也写在记事簿上面，方才允许进入石门。

为了区别造访者的身份，所有衣服的后面分别用醒目的白字绣上了一百零八个代号，分别是三十六天罡和七十二地煞。秦跃龙是地贼星，顾宗万是地狗星。由此可见他们是第一百零七和一百零八名造访者了。

这些线索在秦跃龙的脑海里织成了一张网，他暗暗心想，四觉谷一次应该只允许一百零八人造访。怪不得蟠龙古井的石壁上只挂着两副龙棺，原来是最后两副了。

"秦大人，咱们只能看到背后的字，一个人脸也看不到啊。"顾宗万靠近秦跃龙，轻轻贴在他的耳边说道。由于头套让他很不舒服，两手夹住想摘下来。

秦跃龙环顾着四周说道："走一步看一步吧。我想，这就是四觉的高明之处了。入洞之前，他们先让登记，随后分发衣服。简单来说，四觉能根据背后的字认出每个人的身份，而我们谁也不认识。一旦出了事，四觉的人可以迅速把闹事者除掉。"

就在他们交头接耳之际，旁边负责监管的神秘人，手持铁棒各敲了两人的肩膀一下，厉声喝问："四觉谷的规矩，你们难道不懂吗？尤其你，两手放在哪儿了？"说着瞪向了顾宗万。

两人都是第一次造访，哪里知道这里的规矩？一想到此节，顾宗万连忙放下了摘头套的手，笑着打哈哈道："这位大哥，我俩是第二次来，还不熟络。这规矩嘛，您不妨再费心说上几句？"神秘人见他说话还算好听，冷冷哼道："念你们来得不多，倒也可以提醒几句，省得到时丢了命，还不知道咋丢的。"

顾宗万马上点头说是是是，神秘人接着道："过了前面的第二道石门，任何人都不许说话、不许摘下面罩、不许贿赂卖主、不许擅闯禁地，以及不许带走任何交易之外的东西。谁如果违反了其中的任何一条，届时小命呜呼，可就怪不得谁咯。"

这些稀奇古怪的要求，两人怎会知道呢？更何况，他们现在还不清楚情报用什么购买，莫非是钱？世间的任何交易，几乎都跟钱有关。除了钱，两人实在想不到其他的东西了。

一路上两人边走边想，不太明白的地方，顾宗万就询问几句。不知不觉间，他们行到了第二道石门前，旁边的神秘人停下了步子，遥指着一块石匾道："你们瞧，间市到了。"

两人先后抬起了头，发现前面是一扇石头打制的虎头门。老虎张开了大口，入门者须得穿过虎口。秦跃龙注意到，老虎的额上挂着一块石匾，上书"间市"两个赤色大字。

"原来这叫间市。有趣，实在是有趣。"顾宗万笑着点了点头，兀自说道，"这世上果然有把'间'当作商品的。我说秦大人，您也是头一次听说吧？"

秦跃龙仰望着那块石匾，道："为了经营好黯影，我曾读过许多间书。夏商之际出现过'伊尹间夏''吕牙间商''姬发使间探朝歌'等故事，这些事迹全被写进了《孙子兵法·用间篇》。正如《孙子兵法》所言：'非圣智不能用间，非仁义不能使间。'间作为最高规格的情报，确然有它独到的价值。而这种价值，只怕连城之价也难买到。可据我所知，间作为军事情报才有大用。如果只是江湖绿林上的情报，实在没有太大用处吧？"

顾宗万摇了摇头："你觉得没用，人家可能觉得有用呢？比如吞并地盘、抢夺资源、巴结权贵、追求姑娘等等，那可是都需要情报啊。"

如果这些也算得上是情报的话，那的确还有点儿价值。秦跃龙朝顾宗万望了一眼，无奈地笑道："咱们进去以后可就不能说话了。你还有什么话，不妨现在全告诉我。"

顾宗万耸了耸肩："只有进去以后，我才知道说什么。可惜进去了，啥也不能说。"秦跃龙拍了拍他的肩膀，然后向前一甩头，道："走吧。"

两人没有进来间市之前，实在想象不出里面是怎样的构造。直到进来半刻，他们才摸清了间市的布局。间市共有十五个山洞组成，每个山洞的洞顶都挂着一盏红灯笼，灯笼上写着山洞的名字，就像街市上的旗帘幌子。

由此来看，每个山洞类似于一家商行。这十五个山洞的名字分别是：窃听行、通信行、密码行、代号行、秘语行、暗器行、毒药行、摹迹行、密写行、化装行、查验行、伪造行、判析行、拆封行和密藏行。

秦跃龙一边打量着每个山洞的名字，一边在心里暗暗想道："工欲善其事，必先利其器。间术是技，也是一门学问。可这几千年来重仁轻诈和重智轻技的倾向，致使间术被历朝历代轻视。绝好的间术是将军手里的宝剑，只要使用得当，便可起到横扫千军的作用。可时至今日，间术却受到压抑，委实可惜。如今独步天下的间术或藏之石室，或秘之深山，而见诸史书的记载犹如沧海一粟。也许这跟间谍活动本身见不得光，让许多间术成为秘中之秘、谜中之谜，从而难以被世人所熟知有关吧。"

间术是一门延续了五六千年的技艺，早在夏商时期便已出现。可惜这些技艺最后只能在地下传播，不由得让人唏嘘。秦跃龙感叹完间术学问，轻轻拍了拍旁边的顾宗万，示意他别老是东看西瞧，免得引起神秘人的误会，并指引他往前面瞧一瞧。

玉作的青砖阔地上面，跪着一个浑身打战的匠人。他耷拉着脑袋，因为惧怕叶昶的气焰，只得闭嘴一言不发。可叶昶不会容许一个凶犯沉默，他走到那人跟前，厉声喊道："抬头！"

一听这沉如洪钟的声音，那人先是不受控制地打了个寒战，随后缓缓抬起了头。此人生得眉清目秀，吹弹可破的肌肤似乎预示着他年纪不大。最让人印象深刻的是他那高挺的鼻梁上有一颗黑痣，就像吃饭的时候不小心粘上了一粒黑芝麻。

叶昶盯着他问："你叫什么名字？"那人头一缩，不太自然地回答："我叫阿庆，木作的匠人。"叶昶近前一步逼问："木作匠人，怎会出现在玉作？"

那人很为难地挤了挤眉："一块上好的和阗白玉错金嵌宝石碗需要做个木盒，我得了木作领催的令来这里丈量尺寸。"

这些话听来颇有些道理。不过木作与玉作有些距离，如果想确认他身份的真假，还得去询问几个木作的官员。然而在这反复核查的过程之中，难保这家伙不会溜之大吉。

可依着多年的办案经验，叶昶总是感觉此人极可能是何志昌。只是碍于手里没有确切证据，眼前的人也不招认，一时让他犯了难。

就在这时，苏颖气喘吁吁地跑了过来，并在那人旁边站住了脚。她弯下腰打量了打量，随后直起身来笃定地指认道："这人就是何志昌。"

"你胡说！我不认识你，我也不是什么何志昌！"即便被人瞧出了身份，何志昌仍是不认。苏颖本想亲自跟他对质几句，也好逼他就范。

哪知叶昶突然冲上前飞起一脚，竟把人踹出两丈开外。也许这一脚用力过猛，何志昌趴在地上良久才爬起身，胃里一阵翻江倒海吐出一口鲜血。

"这位苏姑娘是皮作的苏拉，任何皮作匠人的钱粮银都要从她这儿领！你是皮作的大锯匠，焉能不识得她？"叶昶大踏步冲到何志昌跟前，怒吼之音震颤天地。何志昌被这似虎啸狼嚎的声音吓了一跳，无论怎样伪饰都掩盖不住内心的胆怯。

直到这一刻，叶昶也不再纠结他的身份。因为他是何志昌，已是板上钉钉的事。于是叶昶换了一个话题，怒喝道："我再问你，吴宇是不是被你所杀？"

"原来是这件事。叶大人可是大清第一神探，既然发生了命案，不该您去查吗，怎么反问起我来了？"何志昌很嚣张地哈哈大笑起来。

可他这笑只持续了短短数个呼吸，忽觉后脑勺沉重如山，那张白净的脸蛋被一股强大的力量推着撞向地面。他的鼻子因为触及了青砖，登时涌出了两股殷红的鲜血。

叶昶用右脚踩着何志昌的后脑勺，缓缓压低了身子："你怎知我跟吴宇的关系？"何志昌用鼻尖撑着脸，狂妄不羁地道："洪门无所不知，无所不晓！区区一个吴宇，有何难查之处？我们不仅认识他，还识得你其他三位兄弟。实话告诉你，如果去晚了，他们兴许也没命了！"

听了这话叶昶微微一怔，原来洪门早就摸清了自己的底细，他们想用杀害四位兄弟的方式来阻碍自己查案。这群凶顽，实在可恶！

就在此刻，叶昶的余光发现何志昌的后牙槽痉挛，当即抬起一脚踢向他的左脸，竟把后牙槽里暗藏的毒囊给踢了出来，顺带着飞出两颗白牙。

这一脚力道威猛，也把人给踹昏了。刚好此刻玉作的副司匠带着七八名匠人过来应援，叶昶便吩咐道："你们把他捆了，嘴里塞上木棒，设法送去刑部。"那副司匠不假思索地点头道："您就放心吧，一定办到。"

交代完后续事宜，叶昶脚步飞快地向门外走去。苏颖追在他的身后问道："叶大哥，你要去哪儿？"叶昶边走边说："洪门已获知我四位兄弟的下落。为了击垮我，必定会对他们下辣手。如今吴宇已遭不测，我得尽快寻到其他人才行！"

"那咱们走！"苏颖不作他想，毅然决然跟紧这个男子。他们出了玉作的垂花门，步入位于造办处西北隅的镀金作。叶昶告诉苏颖，他的二弟陈典就是这里的匠人。

镀金作是一间比玉作小三分之一的作坊，整体是绵长的硬山顶砖石瓦房，屋顶上覆盖了鳞次栉比的青筒瓦，面阔六间。

两人刚踏进镀金作大堂，一个满脸堆笑的中年人就拨开人丛挤了过来。此人正是镀金作司匠，通过金面和雁翎刀他马上猜到来者是金面判官叶昶，于是过来行了礼。

叶昶开口便问陈典在何处，司匠想了想说，现在这个时间应该在西夹道门东南侧的宫内他坦处休息。苏颖和叶昶听完，径直赶赴宫内他坦。

两人才穿过一扇垂花门，迎面便看到南北走向的巷道里平趴着一个人，背部中了一支箭。叶昶大步跑了过去，蹲下身子把那人翻转，发现竟是陈典。

看到叶昶的时候，陈典先是露出了欣慰的笑容，随后笑容逐渐变僵，嘴角咕嘟着血水挤出一句话："快！快去看四弟！"他的手伸向了东侧一扇小门。

叶昶只得让苏颖暂时照看陈典，自己则拔出雁翎刀，飞也似的冲了过去。刚行至门口，一支箭迅疾射了过来。叶昶横刀一挡，但听当的一声，箭镞便被利刃斜劈斩断。

下一个瞬间，叶昶已冲进了东侧小门里面，抬头便见一个黑影翻过高墙跳了下去。叶昶本想去追，哪知前面不远处躺着一个人，正是四弟杜京。

杜京胸口中了一支箭，箭矢入骨，剧毒遍体，早已无药可医。四位兄弟已死了三人，这让叶昶剧痛难当。

呆呆了良久，他把杜京抱在怀里问："你可看清，那凶手是谁？"杜京的右手攥着一块腰牌，颤颤地递给他："是五弟，那人是五弟！我从来没想到，最后杀我的人竟是我的好兄弟。"

五弟林子群？叶昶不可思议地瞪大了眼。兄弟们都是经他介绍进的三十作，平日里也属他最忠义老实。

虽说其他兄弟全成了家，唯独林子群至今独身一人，但大家考虑到他自幼便是孤儿，鲜少有人关心，因此如遇重大节日，兄弟们都是轮流请他到家里过节。他对待兄弟们也是极好，手里遇到好的差事，往往第一时间想到照顾他的哥哥们。

这样一位兄弟，怎会是凶手呢？叶昶接过腰牌还不及看，但听杜京说道："大哥，五弟变心绝非一朝一夕，我怀疑……我怀疑他介绍我们入三十作任职，便是一场局啊。"杜京担任捕快多年，虽说许久没有缉凶了，但对嫌疑人始终保持着敏感。

就在听杜京说话的时候，叶昶扫了一眼那块腰牌，发现上面写着"南三所十一阿哥邸"的字样。这串字的右下角刻着一个名字"林子群"，旁边的样貌描述是这样的："瘦条面，杏仁目，招风耳，身形纤弱，略微佝偻"，这不就是五弟的样貌？除此之外，腰牌的背面刻有一行记述职业的字迹："鋄作特行腰牌，十一皇子专用匠人"。一系列的线索均已表明，这块腰牌的主人就是林子群，而林子群又是十一皇子的人。

叶昶和秦跃龙一直怀疑，洪门跟某位皇子有勾连，而这位皇子又是立储人选。十一皇子是永琧，刚好符合这条线索。如果林子群一早就效命于永琧，并在永琧的帮助下介绍兄弟们入宫当差，这似乎说得过去。

如果林子群是永琧派去跟洪门合作的属下，那洪门的首领是谁？永琧的目的又是什么？一时之间，叶昶陷入了思索。不过想了许久后,他有了答案:写字人钟案的目的是弑圣,这没有什么值得反复推敲的地方。然而徐卫东案就很值得玩味了。如果背后操纵之人是永瑆,他的目的很好解释。永瑆嫁祸徐卫东勾结洪门,再以此连坐,诬陷十五阿哥永琰也跟洪门勾结。如此一来,岂不除掉一个立储的强敌?至于八皇子永璇,天生有脚疾不说,也不如他有才华,倒不是多么大的竞争目标。所以现在的案情已变得十分清楚:永瑆勾结洪门弑圣夺权。

正在叶昶想得出神之际,忽听杜京说道:"半个月前,我们四位兄弟在造办处查核房偶遇,顺道多说了几句话。林子群告诉我们,他不久前刚从灯作调到花炮局,目前从事灯彩和火戏的研制任务。起初我并未多虑,心想也许是正常调动。可后来林子群却告诉我们,两个多月后是中秋节。以往的时候,万岁爷都是在承德避暑山庄过中秋。今年比较特别,万岁爷身体不适,不太适合长途跋涉,于是打算在乾清宫外举行供月大典。这件事对于外人来说不痛不痒,但对于三十作来说可是天大的事。因为供月大典上的每一件器物,都需要三十作里的匠人连轴转打制。尤其是最重要的火戏和灯彩等百戏表演,这里面需要的东西就更多了。"

考虑到自己命不久矣,杜京想尽可能把知道的事情告诉叶昶。由于他说话的语速过快,嗓子有点儿吃不消,轻轻连咳了几声,呕出了几口血。叶昶让他歇一会儿再说,杜京却是摇了摇头:"时间不多了,你听我把话说完,也许对你查案有益。"

说完这句话,杜京又徐徐说道:"我清楚记得,那段时间五弟很不正常。不仅偷偷造访十一阿哥的住所,而且还鬼鬼祟祟跟一些匠人密谈。起初我以为,五弟是不是在给他的首领办事,碍于首领的要求,所以才这么神神秘秘。可当我旁敲侧击向他问起这些事时,五弟都是避而不答,甚至扬言说是我看花了眼。从那以后,我才知道五弟不简单。"说到这里的时候,杜京抬了抬眼皮,看向叶昶道:"对了大哥,你上次不是说,你在追查写字人钟杀人案吗?我担心五弟跟这件事有关,于是悄悄跟在他的旁边。有一天晚上,我看到他揭开缠在左臂的绷带,意外发现他的左臂受了箭伤。"

这个细节跟之前那个埋伏在熟水处附近的蒙面人对应上了。当时叶昶接到做钟处发生了写字人钟谋杀案的消息,立即从家里奔赴做钟处,结果在熟水处意外撞上一个蒙面人。

两人经过一番激烈的对弩大战,叶昶射中了蒙面人的左臂,还捡到了他的凶器——那是一把在弩臂上绘制着三叶草的弩机。就是通过这把弩机,叶昶才推测出凶手极可能来自洪门。

可让人想不明白的是,林子群为何要用洪门的弩机?莫非他是想把祸水东引?可洪门既然跟永瑾合作,两方便是一体。暴露一方,另外一方岂不也处于危险境地?这究竟是怎么回事?当叶昶把这些问题抛给杜京时,他也极不理解地摇了摇头,叹道:"一切的谜团,只有你找到他,亲自问一问才有结果。"

事情发展到这一步,似乎也只有这个办法了。叶昶低头叹了口气,杜京这时满脸青筋暴突地坐直身子,侧过脸去呕了口血。待到他重躺回叶昶的怀里时,说话的力气似乎更加虚弱。

即便力不能支,他也打算坚持把后续的话说完:"就在昨晚,我跟踪他去了内管领值房的屋后。当时他跟一个中年男人见了面,还称呼那人叫隋先生。由于当时光线太暗,我没瞧见隋先生的样貌。不过我隐约听到,他们似乎想在供月大典上动手。可具体怎样动手,采用何种手段，这就没听清了。此外我在他们离开的时候，顺手偷走了林子群的腰牌。就是……就是我刚刚给你的那一块。我本想着今日单独约他问一问，这一切究竟为了什么。可我还是低估了林子群。他昨晚接到我的邀请时，大概想到了跟踪他的那人是我。为了一不做二不休，他便联合洪门想到了杀死三位哥哥的毒计！这虽只是我的推测，但我想与真相八九不离十！"

叶昶用力攥紧了拳头，如果事实真如杜京推断，他必定要亲手结果了这个叛徒。杜京感受到了叶昶的浓浓杀意，他非常明白，这位义薄云天的大哥向来憎恶变节之人。

只不过杜京心里还有一个心结没有解开，他双手紧紧抓住叶昶的胳膊，两眼缓缓地睁大，似乎是拼尽最后一口力气歇斯底里地说道："大哥，待你见了他。一定要……一定要替我问一问，他为何背叛大家？我们十几年的兄弟，一路出生入死，怎会说变就变了呢？"

也许杜京始终解不开这个疙瘩，悲痛不已地重复了几遍最后一句话，两眼里的光渐渐暗淡，直到不见一点儿生机，就连那双抓紧叶昶胳膊的手也缓缓松开了。

叶昶抱着这位兄弟号啕大哭起来，这是他自父母被杀以后少见的大哭。如果说年少时还不懂悲痛的复杂内涵，只是把生老病死看在眼里的话。那现在的悲痛，则是人生和履历教给他的沉重体验。良久良久的痛哭，已让叶昶渐渐忘记了时间。

直到一个人走到他身边缓缓蹲下来，静静地看着他默不作声，递过来一块白色的巾帕。叶昶才意识到，原来苏颖陪在旁边。他没有接巾帕，而是泪眼蒙眬地问苏颖，陈典的情况如何了。苏颖眼中也闪烁着泪花，轻轻侧过去脸颊道："叶大哥，人死不能复生，请节哀。"

虽说早已料到陈典也难逃一死，但现在亲口听苏颖说出，叶昶到底是感到心口又一阵刺痛。

这一刻，苏颖见他意志消沉，心想这么下去不仅累垮了身子，而且还会让案情陷入停滞阶段。万岁爷许给叶大哥一个月的破案期限，而今马上就要到了。如果一个月后破不了案，叶大哥岂不是性命堪忧？

一想到这些关节，苏颖只觉焦灼难耐。叶大哥是个重情重义的英雄，兄弟惨死的悲剧算得上是他最难过的一关了，自己究竟该怎么做才能让叶大哥振作起来呢？一番苦苦地思索过后，苏颖眼前豁然一亮。阿兄曾说过，他尤为欣赏叶大哥。如果能让阿兄代为劝说几句，是否可行呢？不管怎么说，这总归是个法子。

"叶大哥，我听闻宫外有一座双塔庆寿寺，寺中有位得道高僧叫释牟。此人虽然年纪轻轻，但是佛法高深，经常帮京城的王公贝勒家超度亡灵，可使至亲永登极乐。这三位大哥遭此不幸，是该请法师为他们洗一洗怨愤，也好来世免受业障折磨。"苏颖轻轻说道。

原本叶昶沉浸在痛苦里无法自拔，而今听到苏颖说起为兄弟们超度亡灵的事，掏空的身体突然之间萌生了一丝力量。三位兄弟被最好的兄弟害死，本就是一件仇怨极深的事，是该找法师为他们洗涤一下怨气。除此之外，叶昶也听说过那位叫释牟的高僧，佛法成就确然远播京畿。

"谢谢你，苏姑娘。"叶昶颓然的情绪渐渐散去，充满感激地盯着苏颖。那种真诚的眼神让苏颖轻轻对上如受电击，立刻不自然地低下头挽了挽发丝："我们赶快走吧。"

一经提醒，叶昶当即点了下头，随后吩咐宫里的匠人把陈典和杜京的尸体放到一辆独木车上，并由叶昶推着出了宫。两人先去了刑部把吴宇的尸体接上来,这期间叶昶悄悄找到一名在刑部做事的黯影,希望他去调查一下有关隋先生、洪门、永琧和林子群等的消息。一切安排妥当,叶昶才带着苏颖沿着西长安街去了双塔庆寿寺。

第十一章
刻字作密档：反切密码

刻字作密档：乾隆三十六年六月六日酉初

秦跃龙在四觉谷与神秘人比斗间术，引出四觉谷的其中一位谷主黑鬼老三。两人分别代表密档处和四觉谷，描述起两大门派之间的恩恩怨怨；叶昶在双塔庆寿寺初识释年禅师，经过佛学点拨重整旗鼓。

四觉谷里的间术技艺，不仅种类齐全，而且多数都是当世最顶尖的水准。秦跃龙犹豫了很久，一直没有想好先去哪一行瞧一瞧。这时见顾宗万走去了密码行，于是跟着他走了进去。

这间山洞从布置到货柜陈设全跟密码技术有关，凹凸不平的洞壁上挂满了五颜六色的阴符、阴书、暗号、路符和字验等的长条绢布绘图，经洞顶垂挂的数不清的赤红纱灯的旋转照射，犹如看到片片血迹泼洒到了上面，构成森森可怖的修罗世界。

秦跃龙和顾宗万没有想到，外面平平无奇的洞口里竟会藏着如此诡异的景象。然而更让他们吃惊的还是山洞里的货柜布置。

两人先走到东面的青龙位，这里的货柜是用梨木打制的四爪抓地的青龙，龙背是一张平滑的长条方桌，上面摆满了各种记载阴符和阴书的秘术册子。

阴符是刻画特殊符号或制成不规则牙状边缘的信物凭证，古时候主将通过给每个阴符规定不同的尺寸，从而代表一种"语言情报"。

比如阴符长一尺是大胜克敌，那长九寸就是破军擒将。阴书比阴符更为复杂。主将先把情报写在三枚竹简上面，分别交给三人，要求他们分别出发。只有三人全部到达目的地，并把三枚竹简合而为一才能读懂情报。

虽说这种情报方法看起来很新鲜，但秦跃龙知道，这些都是先秦时期的情报技术了，哪怕现在还有人用，也实在算不上先进。顾宗万看着货柜上的秘术册子很好玩，本想上前拿一本翻看瞧一瞧，哪知被秦跃龙一把给拉走了。

尽管两人没有购买货柜上的情报册子，但是他们观察了许久，大体了解到顾客和卖主之间独特的交易方式——似乎跟朝阳门外大柳树附近的鬼市交易差不多。

如果顾客相中了货柜上记载密码技术的册子，就把手伸到桌子下方的黢黑圆洞里面，圆洞底下大概藏着人，可以在顾客手心写字注明价格。顾客不满意，伸出手指提出自己的价格。

暗藏货柜里的人琢磨完，仍旧在顾客的掌心写字，直到双方探讨出合适的价位。如果谈判顺利，顾客就把银子投进圆洞，顺利拿走买到的册子。

由于两人首次来这种售卖间术秘密的集市，觉得很别致。刚好密码行一共只有四个货柜，他们想全逛个遍。至于买不买，那是另外一回事，至少先了解清楚这里都卖些个什么东西。

西面白虎位的货柜是用枣木打制的白虎，虎背上是一张平滑的长条方桌，上面摆着各种关于暗号的密码册子。上到三国时期的"鸡肋"暗号，下到明代的"军号"，几乎无所不备。

秦跃龙对于这些年代久远的暗号并不感兴趣，因为他很早之前就研习过了。唯一让他停下来多看了几眼的是茶阵、路符、身语和物音这四种暗号。

茶阵是用饮茶传递情报，比如四个茶盅排成一字型表示身赴险地。如有一人喝了第一杯，意味着替人去死。路符是在必经之路上画图，从而让接头人根据图案读懂情报。身语是用手势、身势和表情等传递情报。物音是以图画的谐音来代表文字，比如画枣和龟隐意是"早归"。

这些密码技术看看也就行了，实在提不起秦跃龙的兴趣。两人来到南方的朱雀位，只见楠木打制的朱雀背上，同样是一张平滑的长条方桌。

不过这个货柜上售卖的东西比较单一，仅有一种密码技能叫"字验"。相比前面的阴书、阴符与暗号，字验明显复杂太多。

秦跃龙记得，宋代曾公亮写过一本书叫《武经总要》，上面就介绍过字验。简单来说，密码的底本是一首平平无奇的四十字五言律诗，每个字对应一个特殊的记号，每个记号代表一种事先编好的军情。这样通过查看诗歌下面的记号，大致就能知道情报了。比如某个字的下面是个三角号，而这个三角号事先编好的内容是"请退军"，这个情报便是"请退军"。

虽说识别字验比较费事，但如果手里有子本和母本，其实解读起

187

来不算难事。因此，秦跃龙在这个货柜上也没有停留太久。现在，他的所有期待全在最后一个货柜那里。

最后一个货柜位于北方的玄武位，售卖一种叫反切码的密码秘术。除了售卖此术之外，这里还卖另外两种东西：一是当世独一无二的消息，二是不便流传民间的最神秘的间术。

当世独一无二的消息根据等级的不同，各有标价，对此秦跃龙和顾宗万都不太清楚，只是在进来之前听那个看押他们的神秘人提过一嘴。

不便流传于民间的最神秘的间术极为复杂，寻常江湖人士大多都没有上过私塾，哪里看得明白？至于有过从军经验的人，倒可以来这里卖此术。但可惜四觉谷有个规矩，任何有关军政的事概不买卖，所以购买这种间术的人几乎没有。

因此相比其他三个货柜，这里的货柜前面一个顾客也没有，看上去无比冷清。两人走到货柜跟前时，发现榆木打制的龟蛇背上是一张长条方桌，这跟前三个货柜的设计本无不同。

秦跃龙打眼扫去，长条方桌上摆满了关于反切码的册子。顾宗万拿起翻了几下，怎奈看不懂，索性不去看了。

这也难怪，普通人从未听过什么反切码，理解起来自然费劲。只有具备军事经验，抑或从事过谍战工作的人才不会陌生。再说了，普通大众即便听说过什么是反切码也学不会，所以来这里购置东西的人几乎没有。

反切码实际上是明代戚继光发明的一种密码术，也就是用反切的注音方法来编制情报，通俗一点儿理解就是用两个字给一个字注音，即取反切上字的声母和反切下字的韵母及声调，切出所需要注释的字音。

秦跃龙对反切码很感兴趣，曾有过一段时间专门钻研此术。听说当年戚继光为了培养一批杰出的情报人员，还编写过一本叫《八音字义便览》的内部书进行教学。

只可惜随着明朝的覆灭，这么好的一部间术书从此消失了。为了把反切码融会贯通，秦跃龙耗费大量精力去搜寻该书，怎奈均是毫无所获。

哪里会想到，这个货柜上第一本书便是《八音字义便览》。秦跃龙拿起这本书翻了翻，越看越觉得欢喜，如获至宝。他刚想把手伸入桌上的圆洞进行交易，谁知黑暗里伸出一根金色的手杖，杖头是个握拳伸食指动作的金手。随着金手啪一下拍过来，他手背因受了疼，放下书册。金手突如其来，未有预料，却不知是谁举起的手杖？

秦跃龙努力往手杖的方向看去，怎知前方黑暗幽邃，什么也瞧不见。原来这个货柜的前方是深不可测的小口山洞，卖主大概窝藏在里面，并通过用手杖指挥交易。

秦跃龙不得已，只好看向金手，发现那根食指指向了旁边的一面墙壁，墙壁上空垂挂一盏赤红的纱灯，灯壁上写着三个黑字"传声筒"。经过红光的照耀，灯笼穗儿下晕开方圆一尺的光圈，而在那光圈的腹心，露出一个碗口粗细的竹筒。

看到这一幕，秦跃龙登时明白过来，原来卖主是想让他去传声筒那边交易。这个传声筒的下方围建起一个半丈见方的竹栅栏，一个人进去刚刚好。秦跃龙走过去的时候，顾宗万本想也跟上前，哪知道被长长的金手杖给拦住了去路。

秦跃龙把耳朵贴在竹筒上面，只听那边的人说道："你来四觉谷不是为了买间术吧?"一听那边的人在试探自己的来意,秦跃龙略微一想,嘴巴贴在竹筒上轻轻说道:"我到这儿来主要是想拜见四觉谷的四位谷主。"

那人听罢哈哈大笑道:"世间多少人想见谷主的真面目,可到头来有几人见得?一个人若没有两把刷子,谷主谁也不见。"

这个回答让秦跃龙有点儿意外。他赶忙问,那究竟怎样才算有两把刷子。那人回应说,四觉谷以间术闻名天下,如果来者能回答上来相关的间术问题,那就算有资格跟四觉谷主见面。

这话听来虽然突兀,但仔细一想倒也有理。毕竟四觉谷主是间术大家,可以跟他们见面的人,必定通晓高深的间术才行。

"那么,你们想问什么间术问题?"秦跃龙开口道。那人想了想:"'已潜入'三个字,如何用反切码加密?"

反切码是当今最神秘的一种密码术,这人上来便考此术,看来是想试试自己的水准。可如果想施展反切码,手里必须有声韵本才行。秦跃龙表示,自己没有声韵本,难以演示。那人说好办,货柜上有本《八音字义便览》,他可以看完后再给自己答案。秦跃龙应了声好,便取来那本书参阅。过不多时,他合上书,胸有成竹地道:"答案,我知道了。"

那人让他说,秦跃龙翻开《八音字义便览》这本书,先指着一首歌词道:"柳边求气低,波他争日时。莺蒙语出喜,打掌与君知。这二十个字,看似不着边际,实则代表了二十个声母,简单来说,一个字代表一个声母。"说到这里,秦跃龙又指向下面的一首歌词道:"春花香,秋山开,嘉宾欢歌须金杯,孤灯光辉烧银缸。之东郊,过西桥,鸡声催初天,奇梅歪遮沟。这是三十六个字,原本代表三十六个韵母。跟上述情况一样，也是一个字对应一个韵母。只可惜，金与宾、梅与杯、遮与奇的韵母相同，所以啊，这首歌词只能代表三十三个不同的韵母。不过即便如此，也足够用来加密了。"

那人听秦跃龙说得头头是道，时不时发出了表示赞许的嗯声。秦跃龙略微停顿了一会儿，又道："我们再来看'已潜入'这则情报。'已'字的声母跟'莺'相同，编码为'拾壹'；韵母与'西'相同，编码为'贰拾五'；声调是上声，编码为'叁'。由此可见，'已'字的反切密码就是：拾壹·贰拾五·叁。无论是书写出来这串数字，还是通过拍掌次数传达，其实都可以表示这个字。同样的道理，'潜'和'入'两个字也可以用这种方式加密。于是，'已潜入'三个字的反切密码便是：拾壹·贰拾五·叁——叁·叁拾壹·贰——玖·拾肆·肆。"

那人见秦跃龙在这么短的时间里道出了反切码的奥秘，不由得称赞了两句。四觉谷自创办以来，可以回答上来这个问题的人，一个手掌也数得过来。

不过秦跃龙随后又补充道："声母、韵母以及声调，不同的方言会有不同的效果。如果用方言进行对情报加密，倒也不是吹嘘，恐怕世上没几个人能破解得了。"

那人哈哈笑道："不错，看来你的确有些本领。"秦跃龙问道："那不知道，我现在可以见四觉谷的谷主了吗？"那人回道："还不能，因为还差一个问题。"

秦跃龙忙问什么问题，那人敲了敲两人用来对话的竹筒道："你可知道，这东西的原理？"秦跃龙道："你们称之为传声筒，自然叫此名字了。不过我想，此物制作起来倒也不复杂。一个竹筒切成两枚，每个竹筒的一端用皮纸罩住，再用胶水封闭。取一根数丈长的细线穿过皮纸，并让两个竹筒绷紧。这两个竹筒，分别固定在一个支架上面。这样，你我之间互相对话，便都能听清楚了。你我之外的旁人，谁也听不见。"

"那你可知道，为何声音能沿着细线传播？"那人好奇发问。这让秦跃龙认真思索了片刻，最后还是给出了一个答案："气体充塞于两个竹筒之间，声音从线缝里面穿出，逼之甚急，因此附着绳线狂奔，速度若电光火石。这条线之外，没有别的气，因为声音急切而无法散开，所以别人听不见。但是，如果绳线打结，或者被手指捏住，那就无法通过了。此外，绳线太长，声音就会散。竹筒过大，声音有可能倒奔，最后从口角腮间溢出来，也不能传达。[1]"

传声筒是四觉谷最得意的杰作，除了制作者之外，还从未听人给出过合理解释。秦跃龙这一番说辞，确然让那人吃了一惊。

不过随后那人又问："那你可知道，传声筒是根据什么设计出来的？"

秦跃龙答道："这是个好问题。唐代李筌在《神机制敌太白阴经》里面提到过地听，简单来说就是把一个叫罂的陶器用薄皮裹住口，就像一个鼓。随后在需要安置地听的地方挖一个两丈深的井，再把罂放进去。探听者坐在井中，耳朵放在似鼓的罂口上面，就能听到五百步之外有没有挖地道的声音。除此之外，用野猪皮制作的葫芦和沈括在《梦溪笔谈》中提到的箭囊听枕，大多都是利用了一种共振现象来窃听情报。所以我猜测，贵谷的传声筒，应该是从以上窃听术里

---

[1] 徐珂：《清稗类钞5》，北京：商务印书馆，1966年，第217页。

受到的启发,从而发明出了这种可用于对话和窃听的神器。"

那人听完秦跃龙的解释,忽然发出了更为响亮的笑声。不过待他笑完以后,声音骤然变得阴冷起来:"我听说二师兄成为朝廷鹰犬后创办了密档处,他训练了一批黯影,而这批黯影里有一位杰出的人才叫旱魃。当年他刚收旱魃为徒时,还曾向我四人发来情报炫耀。我们那时只是听他吹嘘,并不相信世间除了师父他老人家之外,竟还有精于五觉的人才。真没想到,今日一见,果然名不虚传。"

这个人虽没有透露名姓,但是秦跃龙已然揣测到,四觉里面最擅长听觉的是老三黑鬼。此人既然称鬼父是二师兄,想必就是黑鬼无疑了。而黑鬼怀疑他是旱魃,侧面反能说明,四觉还不知道旱魃化身别名背叛他们的事。

如果想打听清楚旱魃的消息,首先需要说明真相。秦跃龙调整了一下情绪,刚要开口说话,忽听旁边传来了顾宗万的声音:"放开我,你们要把我带到哪里去?"

双塔庆寿寺距离紫禁城很近,因为地处皇城附近,因此不少高僧都在此地修行。这座寺庙始建于金章宗年间,西靠西单牌楼,南临成公府,地处紫禁城西侧。

一入黄墙红瓦的山门,便见额心石匾上书着"双塔庆寿寺"五个大字。此字铁画银钩,颜筋柳骨。山门西北隅是两座直可参天的砖塔,遥遥望去玲珑秀丽,颇有几分巍峨壮观之姿。

土地殿中央供奉着紫砂泥塑成的土地爷神像,左首站着手执印玺的金童,右首站着手执印盒的玉女。神像前方停放着三具黑漆木棺,周围燃着一根根等距排开的白烛,幽幽冷光里透着说不出的苍黯诡异。

　　一个身穿月白僧袍的年轻和尚双膝盘坐于蒲团，形容庄穆，背影瘦削，口中喃喃着经文。苏颖和叶昶则跪在年轻和尚的旁边，面朝木棺双手合十，态度极为庄严虔诚。

　　释牟诵完经，看向叶昶宣了句佛号："施主心盛大苦，不可不解。倘若能看透虚空，也许可解眼前困局。"

　　叶昶缓缓睁开了眼，只是面朝释牟行了一个佛礼，但没有说话。因为在他看来，兄弟的背叛与惨死是世间两大悲苦。纵然一切业障并非源于自己，但他作为三位兄弟的大哥，到底要肩负一些责任。

　　释牟奉劝道："叶施主，人生有八苦，世间无人幸免。一味消沉，只会让业障更深。你肩负公正法典的重任，应该比谁都明白这个道理。三位兄弟之死，也许让你心如刀绞。可想到万丈红尘之外还有奸凶未除，芸芸众生里面仍有陈冤未伸。且不说别人心中作何感想，就说你自己，是否全放得下呢？"

　　虽说早在来双塔庆寿寺之前，叶昶就听苏颖说起过，释牟是位年纪轻轻的得道高僧。相比那些超然尘外的年长僧人，释牟似乎是介于红尘与佛海之间的修行者。

　　他既通晓红尘之内的恩怨情仇，也非常熟稔红尘之外的佛法修行。别的高僧也许只知道用佛法渡人，但释牟却可以做到，红尘中人用红尘方法，皈依之人用皈依方法。

　　刚才听释牟说出的那几句劝慰自己的话，叶昶心里颇为舒服受用，暗想他既然并非是个传统的僧人，那自己也不必婆婆妈妈视之。

　　略微静默了须臾，叶昶苦苦一笑道："大师见我可还有救？"释牟淡淡笑了笑："你这么问，便是有救。"叶昶当即道："那好，我如果想让大师陪我大醉一场,不知算不算无礼呢?"

僧人不可饮酒,这是妇孺皆知的事。叶昶开口便触及了僧人的底线,即便大家都是修行者,并不会耍狠动粗,但至少也会推托拒绝。可释牟低眉思虑了少顷,忽而抬起头来道:"那好,我不妨陪叶施主一醉方休。"说着面朝屋外喊道,"不空师弟,请取我的松苓酒过来。"

过不多时,门外走进来一个小沙弥,约莫二十岁上下,看上去白白净净,淡定从容,一看就是个深修佛法之人。

这位叫不空的小沙弥走到释牟的跟前,并未去取酒具,而是弯腰行了个礼道:"你的酒只与经法饮、与书法饮、与智者饮、与贤达饮、与妙义饮、与胸怀磊落之人饮、与普济天下之人饮,唯独没有跟戾气极盛之人饮过。这位叶施主心生杀伐,胸郁仇恨,不宜饮吧?"

叶昶原以为,不空走到释牟面前不去取酒具,那是想劝他不可饮酒。叶昶甚至都想到,如果看到释牟有一丁点儿的抵触,自己立即终止这次相约饮酒的想法。

可他哪里会料到,不空口里的释牟不仅是个热衷饮酒的花和尚,甚至每次饮酒都有严格的要求。一个人能看清别人,唯独难看清自己。别人眼中的叶昶,也许能形容得面面俱到。可叶昶不知道该如何评价自己,更不知道自己够不够格跟不空口里的释牟饮酒。

这边叶昶还没想明白,释牟已回头对不空说道:"你方才提及的那些特征,除了没有书法之外,这位叶施主身上全有。他不仅值得同饮,甚至值得饮上三日三夜!"说到"三天三夜"的时候,叶昶明显听得出来这个和尚是发自内心。

他们不过是第一次谋面,此人为何会对自己这么感兴趣?叶昶想不明白，但他现在急需跟一个人喝酒。正如释牟那般，世上配跟自己喝酒的人不多。如果有幸在最痛苦的时候，遇到一个聊得来的人，并与之把酒夜谈，那将会是此生的荣耀。毫无疑问，释牟在叶昶心中，也是个值得同饮的伙伴。

不空应了释牟的要求，走到南面墙角的花梨木供桌跟前，弯下腰从桌子底下拉出一个白蜡木黑漆货箱。他挥手掸去上面的灰尘，打开箱子，自里面取出一对贴着"松苓酒"红纸条的黄釉酒坛和两个酒碗，放到一个木托盘上端过来，打算留下来为他们斟酒。

苏颖马上走过来接住托盘，轻声对不空道："不空大师，您出去吧，这里交给我。"不空先是怔了一下，可当发现释牟温和地朝自己点了点头时，他才恭敬地给释牟行了一个礼，退出屋子，并且带好了门。

释牟和叶昶面对面席地而坐，苏颖则坐在旁边的蒲团上为两人斟酒。释牟先端起酒碗一饮而尽，然后用袖子擦了擦唇上的酒渍，仰头哈哈大笑道："痛快！"叶昶也随即一饮而尽，但由于胸口抑郁着兄弟惨死与背叛的愁绪，只是苦笑着摇了摇头。

两人各自干了三大碗后，叶昶见释牟行为举止，既无一般僧人拘谨的模样，同时身上还有高贵圣洁的气质，于是禁不住问道："听闻释牟大师是得道高僧，怎也会饮酒？莫非大师并非是佛门中人？"

释牟笑道："小僧确然是佛门中人，只不过并非是叶施主认为的那种佛门中人。小僧心中敬重的高僧有二，这第一人是东晋西域拜凉国国师鸠摩罗什，此人半岁会说话，三岁可识字，五岁博览群书，七岁随母访遍天竺诸国。不仅深究妙义，也通晓梵语和汉文，至于博观大乘小乘，妙解经藏、律藏与论藏三藏云云，那更是家常便饭。因此他被誉为四大译经家之首,佛学造诣旷古烁今。可谁也不会想到,他竟是个酒徒。这第二人是大唐醉僧怀素,此人经禅之暇喜好书法,犹善草书,曾与张旭齐名,故有'颠张醉素'之谓。他虽是僧人,却说'饮酒以养性,草书以畅志'。由此可见,佛学造诣与清规戒律并无直接关系。你可能听过一句俗语叫'酒肉穿肠过,佛祖心中留',小僧以为,此乃大造化也。"

起初听完释牟的话,叶昶猛然意识到,佛门中的清规戒律,岂不是尘俗里的强权威慑吗?

每每想起公平正义被强权剥夺,叶昶心里便有说不出的抑郁纠结。他希望释牟给自己一个答案,而释牟确然也想说出自己的见解。

叶昶略微一低眉想了想,随即抬起头来问道:"那若违了清规戒律,是否也能渡人呢?"

"违了清规戒律救人,那是再寻常不过的事了。明末夔东十三家之一的李立阳嗜杀成性,破山禅师得知后便去渡他。李立阳说:'你只要吃肉,我便不再杀人。'破山禅师微微一笑,旋即与他订约,不惜大开酒肉之戒,挽救了许多人的性命。"说到这里的时候,释牟的眼睛里闪烁着渊博深邃的光芒。

叶昶没有打断他,因为这些话让他有了沉思。静默了片刻后,又听释牟淡淡地道:"哦,对了,明朝还有一位高僧。当时山贼追杀逃去寺庙里的难民,高僧遇到后请求山贼手下留情。这伙山贼也不说话,而是走进破庙里支锅炖肉,还斟了一大碗酒放在桌子上面。山贼头目指着酒肉道:'你若吃酒喝肉,我便放了这些难民。'高僧气定神闲地端起酒碗,笑道:'那好,我先以酒代茶。'随即一饮而尽,并无丝毫不适。放下酒碗,高僧又拿起肉来说道:'那么接下来,我再以肉作菜。'一口一口吃完肉，仍是面不改色。山贼见了此貌，纷纷为之一惊，只好依言放了所有人。"

一说起僧人与清规戒律的关系，释牟侃侃而谈起来。叶昶知道，释牟是在劝慰自己，心中如果装着谁也撼动不了的信仰，哪怕做一些有违世俗条框的事，只要从未动摇过心底的信仰，那就无畏任何的谴责和自责。

正如自己遭遇到了强权的威胁，明显感觉公平正义受到了挑衅。可只要站在能解救黎民的大格局视角来审视问题，即便强权挑衅了公平正义又如何呢？因为百姓们获救才是自己的终极诉求啊！

不知为何，叶昶那双深邃幽暗的眼睛，恰似在悟出释牟的佛理后而被点亮。他双手合十，虔诚地向释牟行了一个佛礼。人的灵魂在得到解脱的那一刻，就像污浊的身躯得到了世间极为干净的泉水洗涤。多年以来，叶昶从未像现在这般豁然开朗过。

可这种豁然开朗也只持续了须臾，随即叶昶的情绪渐渐转为沉痛，仿佛一个人由大喜转为大悲。苏颖瞧得出来，叶大哥虽然化解了心底多年未解的疙瘩，但兄弟之死的悲剧还是让他坠入了无穷无尽的痛苦之中。纵然苏颖很想劝慰他，但自己压根插不上话。因为在苏颖看来，自己的话远远不及释牟的顶用，索性只为两人做好斟酒的事宜吧。

释牟虽然发现了叶昶的情绪转变，但他没有急着发话，而是端起一碗酒大饮而尽。放下空酒碗的刹那，他苦笑着低下了头。就是这一个动作，忽然让叶昶有了认真打量他的念想。

映着屋子里的烛光和外面的月华，叶昶不经意扫了他一眼，一时竟呆住了。此人生得面如冠玉，目似浅月，朱唇皓齿，姣好如姝子。

而风神之从容，谈笑之阔远，思虑之深邃，又绝非世间任何一个女子可比。

这样的俊美阔达之人，偏偏落于空门佛家，今生无望红尘俗念，着实有点儿可惜。不过，这似乎更能说明，此人来历不凡。叶昶还是第一次遇见这样的僧人，今日能与此人对酒望月，聊聊心事，倒也畅快。

"大师，你是否走出这片寺院看一看外面的世界？"叶昶打算暂时放下兄弟之死的悲痛，远望着门外的一轮圆月，试图向释牟述说心底的坚守，"你如果看过，也许就能够明白，世间苦痛皆在于两个字：公道。"

虽说叶昶起的这句话有点突兀，但释牟明显体会到了一种赤诚以待。他喜欢赤诚以待的朋友，更喜欢朋友向自己谈起心底的秘密。

"你是否知道，江西沐溪村有个士人叫王锡侯。他为了追求功名夜以继日地在祠堂里苦读，一日三餐由家人从地槛下的小洞里投送。后来做了官，他花十七年心血写就一部《字贯》，本以为能为后世留下一卷书册。哪知仇人反诬告他借书讽刺朝廷，还谎称他有四十里花园，十里鱼塘，最后朝廷听信了谗言，将他地家抄了，可仅抄得七十多两银子。虽说没有找到他贪污受贿的证据，但是王锡侯还是被监送京城问斩，子孙七人全被判斩，余下人员被发配黑龙江与披甲人为奴。"叶昶慢慢说着，唇角挂上一丝凄苦。

直到这一刻，释牟才猛然警觉。原来叶昶之所以痛苦，并非仅仅局限于已故的兄弟和左右为难的信仰。他还设想到了其他千千万万个如自家兄弟们一般枉死的人，这样的格局果然才配得上金面判官之名。

一念及此，释牟双手合十虔诚地说了句"阿弥陀佛"。叶昶看了他一眼，又道："云南有对父女，父亲吕德成，女儿吕芳。父女俩原本经营着一个豆腐摊，日子过得倒也幸福美满。可后来，一个恶少看上了吕芳，不仅强行把姑娘给奸污了，甚至还把她扒光了衣服丢到大街上。这种耻辱让吕芳无脸苟活于世，年仅十七岁就撞墙而死了。"说着说着，叶昶渐渐红了眼眶。他摇摇头叹了口气，举起酒碗大闷了一口，似乎在为这个不幸的遭遇而难过。

释牟虽与他涌上来同样的惆怅，但却只是闷声不语地端起酒碗大口饮下。叶昶苦苦一抽唇，又道："江苏有个优秀学子叫彭贺，东林书院山长断言，此子必定名列榜首。可是等到科考完那日，彭贺居然落榜了。读书人都知道，乡试名列前茅的文章照例会结集刊刻出版，随后散发于民间以供大家学习。某日，彭贺拿到了一本文集，发现第一名傅咸的文章，竟是自己在考场上所写的原文！个中曲折，相信不言自明了吧？"

这一席话可谓切中肯綮，哪怕是智慧博学的释牟，此刻也只能深深叹道："叶施主，人这一生皆有定数。你执念于此，又是何必？"

然而面对释牟的提问，叶昶并未作出回应，仿佛是没有听到，他仰起头来兀自说道："除此之外，强占民宅、强娶强买、栽赃嫁祸……世间不公之事，汗牛充栋。我之所以要在刑部为官，就是希望能肃清一桩冤案便是一桩，多救一些无辜之人就多救一些。我是个比较实际的人，我没有你们佛家普度众生的宏愿。我只有一个念想，只要看到有人跌进悬崖，就拼了命地把他拉上来。一个人也好，一群人也罢，我会毫不犹豫地去救他们。我要为之效力的是这样一群人，而我之所以忧悒难平的也是这样一些事。"

听完叶昶的肺腑之言，释牟点了点头，然后把目光伸向远方："叶施主，小僧未出家之前，也与你有同样的感悟。我们事别境同，真是缘分啊。今日，小僧愿与你不醉不归。"说着又喝了一碗苏颖斟上的酒。

叶昶回敬了他一碗之后，摇摇晃晃站起来道："不了。他日有空，我再来与大师畅聊崇奉，一醉方休。只可惜，今日我俗事缠身，不可再耽搁了。"

一想到今日抓了何志昌，也许他知道杀害兄弟的幕后凶手，叶昶胸间猛然升上一股怒意，打算折返刑部好好审一审这个犯人。可此刻他的心里还有顾虑，不禁侧转过身望了一眼停放大堂中央的三具棺木："我三位兄弟的尸骨，还要麻烦大师费心超度。"

说完这话，叶昶低头叹了口气："待我处理完一切事宜，到时会请刻字作的匠人为他们设计碑文。我打算把大家葬在密云山之上，逢年过节前往拜祭。"

刻字作隶属三十作，专司双钩、顶朱、镌刻和填写等事宜。作内设库掌一人，柏唐阿、委署司匠一人，领催两人，负责作事管理。此外还有刻字匠十三人，学手刻字匠十四人，承办各种刻字事务。当年乾隆曾恩许过叶昶，可让三十作里的匠人为其打制所需的应用器物。至于请刻字匠为兄弟们刻一刻碑文，倒也不算难事。

释牟缓缓站起身，恭敬地朝叶昶行了一个礼。今日两人对酒畅谈，他早已把叶昶当作做最要好的朋友，自然乐意帮忙。叶昶见释牟如此重情义，充满感激地向他道了声谢，径直朝门外走去。苏颖略微思索，神色复杂地看了一眼释牟，随后脚不连沾追赶上叶昶。

第十二章
鍉作密档：鸱鸮怪人

鍉作密档：乾隆三十六年六月六日戌正

秦跃龙与黑鬼老三互相坦承身份，旱魃骗取四觉技艺的往事水落石出。此外，黑鬼告知秦跃龙供月大典危机，密档处和四觉谷的关系暂时缓和；叶昶审讯匠人何志昌，查出洪门领袖隋先生，弑圣计划初露眉目。

如果不是秦跃龙上前搭救，顾宗万恐怕早已被四觉谷的看守投入火井。四觉谷向来规矩森严，任何人不得违拗半点儿的条例。

顾宗万初来乍到，压根不知道谷里的法则。就在秦跃龙去传声筒打听消息的时候，顾宗万碰到一个背后绣着天暗星字样的买主。

此人拉着他去了一个偏角，偷偷贴在顾宗万的耳边，说自己手里有一套绝版的《洗冤集录》，书中收录了许多市面上未曾曝光过的验尸技艺，不知他是否感兴趣。

顾宗万是仵作出身，突然听到这则消息，自然眼冒金光，急切地敦促他拿过来瞧瞧。两人你一言我一语说了一会儿,不小心被四觉谷的看守发现了。

可巧那人眼尖,兴许是经常来四觉谷,因此一察觉任何的风吹草动,立即转身逃了出去,独留下顾宗万僵在原地。两名看守不由分说,上去就把顾宗万给擒住了,声称他擅闯四觉谷禁地。顾宗万也不知道,一个小山洞,几乎连个摆件都没有,怎就成了禁地?

然而世间最不讲道理的道理便是,一旦去了人家的地盘,主人说什么便是什么。那两名看守打算以擅闯禁地之罪,试图将顾宗万投入火井之中给焚了。

这时秦跃龙听到了好友的呼救,大步追上前来询问缘由。当得知顾宗万是被一名背后绣着天暗星字样的买主给带去禁地的始末以后,立即请求看守找出此人当面对质。谁也不曾想到,两名看守根本不听秦跃龙的意见,硬是要把顾宗万推向火井。

秦跃龙别无办法,只好走到传声筒前,轻轻说了一句话。过不多时,传声筒的西侧突然轰隆隆打开一扇石门,一阵沉闷洪亮的声音自里面飘了出来:"慢着!"

两位看守在四觉谷任事五年,几乎从未见传声筒旁边的石门打开过。今日石门大开,心想一定是谷主要出山了,登时吓得浑身战栗,大脑还没来得及下命令便已定住了脚。

秦跃龙侧转过身,发现山洞里走出来一位高大如山的老者。虽然洞里晦暗不明,但凭借微弱的灯光,他还是捕捉到了老者的一些样貌特征。

老者比普通男子要高出一头,哪怕秦跃龙这样挺拔的高个子,在他的面前依旧显得矮出了半头。可最为出乎预料的是他的长相。头大而宽形似谷仓，两颗眼睛又大又圆，嘴巴短而尖长，活脱脱像一只鸱鸮的脑袋安在了人身。

秦跃龙尤为注意到，此人长了一对三角形的猫耳，耳朵周围还生了毛发。两只耳朵还不对称，左耳位于脑袋偏后、比眼睛稍高的位置；右耳位于脑袋偏前、比眼睛稍低的位置。

初次见到他，任谁都会错以为是鸱鸮幻化而成的妖怪。好在秦跃龙见过大千世界纷繁多样的面相，并不以为奇。

"去把那个天暗星买主叫来！"老者面向两个看守说道。

那两人连忙回了声是，疾步冲出了密码行。过不多时，两人便把那个背后绣着天暗星的人给架了过来，两边按住他的肩膀给压跪在了老者面前。

"你方才说，只要我公平处理这件事，你便告知我那徒儿的下落？"忖虑了良久，老者转过身来盯着秦跃龙，暗暗在心里过了一遍刚才两人的对话。

秦跃龙点了一下头："不错。我想这件事对于听觉黑鬼来说，应该极为在乎。"

一听秦跃龙猜到了自己的身份，黑鬼先是蓦然怔了一下。不过片刻后，他那紧绷的情绪瞬间浮上来豁然的笑意："那白鬼告诉了你我们四觉的形容特征？"

秦跃龙摇了摇头："非也。您称呼鬼父，也就是白鬼为二师兄，想必是老三、老四和老五之一了。这三人之中，最擅长听觉的人，可不就是您老三黑鬼了吗？"

黑鬼原以为是白鬼泄密，谁又能想到，不久前自己暴露的一些线索，竟让这个年轻人瞧出了破绽。不过黑鬼并未打算隐瞒身份，即便被旁人瞧了出来，也没有显得多么诧异。

"你原本可以用我那徒儿的消息来换这小子一命。可你偏偏却说要我公正处理此事，如果这小子真的坏了规矩，那可就一命呜呼了。"黑鬼伸手指着顾宗万，一张酷似鸱鸮的脸上勾起了一抹狞笑。

秦跃龙望向顾宗万，胸有成竹地道："自家兄弟，我信得过。再说，如果他真坏了规矩，本该由你们处置。四觉谷和密档处虽非一个组织却也同宗，毕竟我们都源出夜星子。"

这一番话让黑鬼对面前的年轻人有了新的认识。他侧过脸扫了秦跃龙一眼，凛冽的目光旋即落在天暗星买主的身上："究竟是你擅闯禁地，还是那小子带你去的？"

天暗星买主连忙叩头回答道："请谷主详查，全是那小子所为。小的……小的实在不清楚这里竟还有禁地。"

这话刚落下，顾宗万登时气呼呼地踏前半步，伸手指着他骂道："你胡说！明明是你带我去的，还说要卖给我绝版的《洗冤集录》。我第一次来这里，如何识得此处有禁地？"

虽然两人吵得热火朝天，但黑鬼只是平静地分别扫了他们一眼，脸上看不到丝毫的情绪转动。秦跃龙瞧得出来，黑鬼心里明明已有了答案，但现在还不便说破。

只见他转向两名看守，冷冷地问道："除了洞里的守卫，外人绝不可能知晓禁地所在。你们可知散播四觉谷地形机密的人是谁？"

毫无疑问，这句话分明是敲山震虎。傻子也听得出来，黑鬼怀疑两个看守勾结外面的买主，从而泄露了禁地所在，致使不少买主在禁地偷买偷卖。

两名看守吓得胆战魂飞，齐齐跪倒求饶道："请三谷主做主，小的们绝无二心。"

"起来吧。"黑鬼的声音没有任何温度,因此当听到这句话的时候,两名守卫也不知道是该起来还是该跪着。

黑鬼抽唇笑了笑,缓缓背过身去道:"你们四人站好,我自有法子分辨谁在撒谎。"四个人只得听了吩咐,彼此间隔一尺站好。

此刻黑鬼一直在闭目聆听,尤其在听到四人站定不动时,突然转过身去双手大张,犹如大鹏展开双翅。秦跃龙还没看清楚黑袍里面究竟藏着什么东西,四根宛如头发粗细的钢丝绳便飞了出来,就像捆仙索分别扎住了四个人的手腕。

黑鬼一手拉住四根钢丝,右耳轻轻贴在上面,另外一手则像弹琵琶般压住丝线。旁观者第一次看到这个景象,还以为是《西游记》里的悬丝诊脉之术。

然而秦跃龙并不如此认为。

黑鬼应该是用钢丝扎住了四个人的脉,通过听取他们的心跳频率来判断是谁在撒谎。因为四人中有三人暗中勾结,只要听到三种相似的心跳,大致便能断定哪三人是同伙。

"我知道答案了。"黑鬼缓缓站直身子,轻轻一抬右手,四根钢丝立即收了回去。四个人不知黑鬼如何了断,全都吓得浑身哆嗦,仿佛在等待阎王的最终判决。

良久过后,沉寂如死的氛围被黑鬼的厉喝声打断:"你们三人好大胆子!难道不知道,四觉谷既是神仙窝,也是恶鬼冢?"说完这句话的时候,黑鬼伸手指向了两名看守和那名天暗星买主。三人见黑鬼瞧出了端倪,已然知道隐瞒不下去了,纷纷跪下来叩头求饶命。

可黑鬼并不为所动,依旧冰着脸道:"来人,立即把他们仨投入火井！"话音刚落，黑暗里闪出六个浑身黑衣且只露出两只眼睛的神秘人。

黑鬼扫了他们一眼，又补充道："对了，我的鸥鹞饿了。你们把他们投入火井之前，最好每人割五斤肉喂给鸥鹞。一定要记住，每个人割头、身、手、腿和脚各一斤。不多不少，刚好五斤足矣。"

听到这里，秦跃龙才猛然意识到，黑鬼之所以听觉超群，一定是圈养了许多鸥鹞。这个世上听觉最敏锐的动物，便是鸥鹞无疑。如果一个人可以拜鸥鹞为师，只需把动物的本领转化为人所能掌握的技巧，岂不是有了超越常人的特异功能？

然而退一步来看。这个黑鬼虽然技艺出众，但为人却心狠手辣。顾宗万不清楚火井是何物，可秦跃龙十分明白。

火井是一种从地底冒出来的天然气体，遇到零星的火星就会变成呼啦啦的火焰，腾高数丈，民间称之为"神火"。这种火井早在汉代便已出现，当地百姓大多是用此物煮盐。

如果把人投入火井之中，一旦烧起大火顷刻便会化作骨灰。更何况罪人在被投入火井之前，还要从身上割下五斤肉喂给鸥鹞。那种割肉与火烧的钻心刺骨之痛，绝非常人所能忍耐。

"三谷主，原本我该叫你一声三师叔。只不过，贵谷与密档处还有些恩怨未了，所以生分一些并非坏事。"秦跃龙把看向三名罪人的目光转向了黑鬼。这话既明显划清了界限，也对黑鬼狠辣阴毒的手腕表示着不满。

哪知黑鬼先是哈哈大笑了一声，可由喜到狠却只在瞬息之间："我四觉谷与密档处势不两立。之所以多年来并未起争端，全念在恩师的面子。所以，我并非是你三师叔，你与我生分一些，倒也有理。"

两人坦白了各自的心思，那后续的交流也就不必顾念师门之谊了。黑鬼直言道："现在你可以说我那徒儿在何处了吧？"

秦跃龙叹了口气："你那徒儿就是旱魃。他在哪里，我并不知道。但我知道，此人狡黠诡诈，不仅骗过了鬼父，还骗过了你们四觉。"

一听自己的徒儿就是旱魃，黑鬼哪里肯信？原本从容的声调陡然抬高斥责秦跃龙道："你胡说！无凭无据，你可别蒙我！这个世上谁如果欺骗了我，下场可不好受。"三名叛徒被扔进了火井的画面还历历在目，黑鬼明显是警告秦跃龙一定要实话实说。

秦跃龙了然他不会信，于是伸出了右手，希望他用悬丝之法来断自己的言行有无欺诈。这一招，果然击中了黑鬼的内心。因为在黑鬼看来，世上的证据不可信，亲眼所见不可信，亲耳所闻也不可信。只有自己悬丝测谎的结果，那才是准确无误。

一根钢丝宛如绣花针线缠在了秦跃龙的右手脉上。他仰起头盯着黑鬼，面容毫无波动地道："旱魃是一个可怕的人物，就连鬼父也不是他的对手。他早年拜于鬼父的门下，可在习得鬼父的全部绝学以后，也不知从哪儿打听到四觉谷的消息，于是偷偷潜入谷中跟四位研习绝技。此人天资聪明，擅察人心，可听音辨貌揣测出每个人心里的想法。"

这一番措辞脱口而出，每一个字都无半分情绪波动。黑鬼没有听出欺瞒之处，又继续往下听秦跃龙道："不光如此，这人不知道用了什么手法，竟然可以在你们五觉的身边任意穿梭，甚至幻化出各种身份来骗取你们五人的信任，好叫你们彼此都误以为收到了一位绝顶聪明的弟子。此外，旱魃早已猜到四位谷主的性情。一旦收到了资质最佳的弟子，你们四人必定打死也不会泄露半分。不仅你们不会彼此透露,甚至还会叮嘱弟子不要向外张扬。"

听完这个分析,黑鬼暗暗揣摩着没有插言,但心里知道如此评断在理。秦跃龙停顿了片刻,也算留给黑鬼足够的思索时间,然后又道:"旱魃更清楚地算到,也许鬼父会把收到好徒弟的消息告知你们。可由于四觉谷与密档处势不两立,你们如果知道了旱魃是鬼父的弟子,哪怕他亲自过来求四位拜师,你们也绝对不会教给他零星半点儿的技能。正因为旱魃混迹在你们中间游刃有余,所以才能以五个身份成功习得五觉之术。晚辈不是夸大其词,旱魃是千年难遇的奇才。鬼父曾说过,他的悟性不在师祖夜星子之下。一旦此人步入魔道,后果不堪设想。"

这个世上除了夜星子之外,从来没听说还有别人可集五觉于一身。如果有人五觉傍身,那可真是盖世无双的奇才了。

黑鬼忽然联想到,自己所收的那个徒儿聪明绝伦,虽然只教给了他八成本领,但此子悟性异于常人,不出个把月便能破解余下两成。这个徒儿若是旱魃,就算他没有学全余下四位师兄弟的绝技。可只要不假时日,一样能吃透五觉技艺的本根,从而把五觉术融会贯通。简言之,秦跃龙并非危言耸听。

就在黑鬼收回细钢丝的那一刹,他已然相信了上述的言辞。可信任的代价十分沉重,因为黑鬼意识到一个严重的问题——旱魃如若不能为己所用,将来必成祸端。轻则叛离师道,重则欺师灭祖。

不知为何,黑鬼心中隐隐升腾起一种不祥的预感。这家伙将来恐怕不仅要对密档处下狠手,甚至还会有覆灭四觉谷之心。因为灭了这两处天眼,世间再也不会有人知道他的身份,更不会有五位师父寻他麻烦。一个绝顶聪明的奇才,行事若再心狠手辣,实在是天下无敌了。

"莫非你是密档处掌舵人秦跃龙？"黑鬼原本揣测秦跃龙是旱魃。可听完他的侃侃而谈以后，方才知道他并非是旱魃，于是有了这个推测。

眼见对方识破了自己的身份，秦跃龙随即点了一下头："让前辈见笑了。"黑鬼冷抽一下唇，实事求是地道："你这资质虽比旱魃差了些许，无缘修炼五觉术。不过你智谋卓绝，推理布局不在旱魃之下，倒也是个人才。怪不得二师兄放心把密档处交你管理，今日我算是明白了。"秦跃龙微微一笑："前辈过奖了。"黑鬼瞥了他一眼，当目光收回的时候，脸上浮现出复杂的表情。须臾之间的思索过后，但听他又道："可惜啊，你今日来晚了。我那三位师兄弟刚出谷，只怕中秋以后才会归来。"

"中秋那日将会举行供月大典。若是迟了，不仅圣上性命堪忧，黎民受苦，天下大乱，届时密档处也会有被旱魃趁乱摧毁之虞。密档处一旦遭遇不测，四觉谷岂不也是唇亡齿寒了吗？"虽说事情还没有发生，但秦跃龙已把危急情况悉数分析给了黑鬼。

这件事情非同小可。尽管密档处和四觉谷多年来暗中不合，但并没有发生过冲突。两者势不两立，也不代表彼此不能合谋。一旦遭遇共同的敌人，大家还是需要通力合作。

比如旱魃便是两者最大的敌人。为了除掉此逆徒，五觉合一才有可能打败他。而旱魃正因为忌惮五觉合一，所以迟迟没有动手。可问题是，旱魃已消失数年，为何之前从未有动手的迹象，偏偏会选在今年中秋这天呢？

黑鬼这些内心的想法，秦跃龙早就与鬼父思虑过了。为了告知黑鬼真相，秦跃龙沉沉叹了口气道："不瞒前辈，密档处追踪旱魃十年。这十年里，他一直杳无音讯。最近先是冒出一个岳海楼，而后又出现一个叫天阳的组织。旱魃之心，早已昭然若揭。"

黑鬼认真听他说着，右手抚摸着藏在怀里的鸸鹋，一个字也没说。秦跃龙思索片刻后又道："鬼父认为，旱魃花了十年隐藏形迹，应该是为了培养可以跟黯影对抗的天阳。现在天阳组织大成，他们又已展开行动，可不就是为了寻个时机覆灭密档处和四觉谷吗？"

听到最后一句话时，黑鬼眼前闪过锋利的芒光。秦跃龙继续说道："两个月后便是供月大典，万岁爷已给我下达命令，征调一半的黯影去乾清宫外维护会场安全。一大半黯影抽离密档处，也就意味着皇史宬陷入危地，正是旱魃动手的好时机。"

下面的话秦跃龙不必说，黑鬼也猜到了。如果密档处被灭，鬼父必定赴死，五觉将无法合一，旱魃岂不是天下无敌了？到时除掉四觉谷，简直易如反掌。

一切分析到这里的时候，黑鬼的脸色已变得十分难看。他停下来抚摸鸸鹋的手，目光缓缓伸向前方的黑暗之处，神情变得异常复杂。

半个时辰前，叶昶收到了黯影传来的消息。他简单看罢，拎着一坛上好的沧州酒和苏颖一起踏入刑部监牢的虎头大门。

门两边有八字墙向外延伸，墙上塑有传说中的神兽狴犴。大门外侧是仪门：东边供常人出入，中间用于接待过往官员，西面则是一扇只有犯人被判斩刑才会经过的鬼门。

监狱内最独特的建筑是狱神庙，面阔三间，坐北朝南，硬山单檐，庙门两边挂有一副对联：上联是"尔违条犯律罪有应得"；下联是"吾发奸伏擿歧途指返"。

庙内供奉着监狱创始人舜时代的皋陶塑像,而塑像周围已点燃了一根根手臂粗细的白蜡,照亮了因阴风吹动而波浪翻涌的白幡带。

白幡带从何志昌那青紫浮肿的面容上划过,早已辨不出本来模样,看来这段时间没少挨打。他被锁在一块名叫匪类墩的大青石上,一滴滴鲜血顺着裤管流到地面,洇出一大片殷红。如果不是听到凹凸不平的青石地面上传来橐橐的脚步声,何志昌不会抬起头来看。

因为他此刻实在又累又疼,哪里还有力气去瞧来人是谁?可考虑到也许是过来刑惩自己的官差,心头间猛然袭上来一丝惧意。不过令人意外的是,远去过来的不是官差,而是拎着一坛酒的叶昶,旁边还跟着一位妙龄女子。

轻轻摇晃的烛光映着那半张金面,无端折射出狰狞凶狠的形容,仿佛是地狱来的勾魂使者。何志昌被金面上的反光刺了一下眼睛,很不适地眯着眼歪过半个头去。

叶昶把拎着的酒放在石桌上面,走到何志昌的耳边低声道:"我们又见面了。"何志昌满面瘀青的脸上强挤出了一丝笑容,仿佛在说:你不必问了,我已选择赴死,绝不吐露半个字。

"穷凶极恶的罪犯我追查过不少,你们洪门是最有种的一批人,倒也是个好对手。"叶昶坐到石桌旁边,若无其事地掀开了酒盖,"你们原本想用写字人钟弑圣,谁知道中途被赵进忠发现了端倪,只好把他杀了。为了善后,你们把李章柯、岳海楼和徐卫东等人逐一灭口,这期间还设法用钟表爆炸和面粉爆炸等方式除掉我,你们以为我会在徐宅被炸死了。"

这些事情虽然早已发生,但究竟是不是上峰所为,何志昌也不太清楚。不过他心想，弑圣和除掉这位金面判官，确然是上峰下过的令，也就默认叶昶调查的结果是事实了。

"不瞒你说，我的主人，其实是十五皇子永琰。"叶昶说出这个消息的时候，不只是何志昌，就连苏颖也瞪大了眼睛。堂堂金面判官，万岁爷御封的神探，怎么会参与立储之争呢？

眼看何志昌的心绪已被自己搅乱，叶昶了然用信息不对等的方式诈一诈犯人的手法起到了效果。于是他低下头默不作声地斟了一碗酒，轻轻叹道："你们洪门或许知道，现在储君人选有三位，而真正有可能继承皇位者，只有十五皇子永琰和十一皇子永瑆。你们那位首领应该投奔了永瑆，并利用永瑆在宫里的人脉，这才能完成游刃有余的刺杀。可不巧的是，就在一个时辰前，这位储君人选已定，正是我家主人，十五皇子永琰。"

这个消息实在令人意外，何志昌不敢置信地摇着头。叶昶端起酒碗一饮而尽，随后又道："我奉主人之命，端了勾栏胡同的巨室废第。这一次抓捕，倒也收获颇丰。不仅抓到了永瑆和永璇，还抓到了你们洪门的一位元老。正是此举让万岁爷瞧到了永瑆和永璇的真面目，这才当着满朝文武的面立我家主人为太子。"

前面的话听来真实，听了后面这些苏颖才知道叶昶是在胡编乱造。毕竟他们一直在一起，哪里去端过勾栏胡同里的居室废第？苏颖难以想象，一丝不苟的叶大哥，竟也会骗人？不过因为知道叶大哥是在查案，自己不便插嘴，只好待在原地不说话。

"哦，对了。你们那位洪门元老，高五尺，身材中等，一头花白辫子，年龄在五十岁上下，右手小拇指有些僵硬难以屈展。你，可知道是谁吗？"叶昶侧过半张脸，冷冷地问他。

早在杜京临终前提到林子群跟一个叫隋先生的人打过照面的消息后,叶昶就悄悄让黯影去调查隋先生,终于查到了此人的形容特征,正是方才所描述的那些。不过鉴于隋先生的身份来历复杂,不可盲目行动,所以叶昶先过来审问何志昌,待到对此人有所了解再去拿人。

"你想过没有?洪门一心只为反清复明,为了这份崇奉,哪怕牺牲一切也在所不惜。大家的目的非常一致,就是推翻朝廷。既如此,怎可能跟想做皇帝的永瑾合作呢?"叶昶四两拨千斤地掷出几句话。

这些话听来简单,可何志昌明白,每一个字都极具分量。洪门是为了反清复明,那跟永瑾合作,岂不是违背了初衷?他们当初一心只想着杀了乾隆,谁知竟忽略了这么大的问题。

叶昶盯着那双虽活犹死的眼睛,道:"这只能说明,这位隋先生嘴上喊着反清复明,实际上却是拿你们的命去换大好前程。如果将来辅佐永瑾登了基,他可是要被封藩王的。而你们呢,都会被他除掉!那时,他再洗白自己,摇身一变成为一人之下万人之上的重臣。这,就是你们誓死效忠的首领!这,就是你们誓死效忠的洪门!这,就是你们誓死捍卫的崇奉!"

最后三句话成排山倒海之势,一字一句压得人喘不过气呼吸来。苏颖这时才知道,叶大哥的度心术丝毫不比自己差。区区几个回合连消带打,竟把对方拿捏得死死的。

然而何志昌的表情很意味深长。起初他双目大睁,浑身发颤,犹如感觉天塌了下来。可片刻后,他那惊惧万状的脸上骤然变为狞笑:"你骗我!如果你们抓到了隋先生,他应该把所有消息都告诉你们了吧?又何必过来审问我?"

这的确是个大问题。叶昶被他猝不及防的询问弄得愣了一下,心里还没想好怎么回答。苏颖这时踏前数步，指着他的鼻子，撇嘴哼道："这个自然。你们那个狗屁首领，三下五除二就被我们叶大哥给制服了。刚才叶大哥说过了，这家伙为了荣华富贵出卖了洪门，从而暗中跟永瑆合作。你大可转一转脑袋壳想一想，这种人不必严刑拷打，一准儿全兜出来保命。"

就在叶昶被何志昌的问题给难住时，哪知苏颖替自己接住了局势。不待叶昶想得明白，苏颖又编出了一套说辞："实话告诉你。我们在审隋先生的时候，无意间说起你宁死不屈，一直闭口不言。这家伙逮住了契机，就说自己是洪门里很小的暗桩，因为接了上头的命令，不得已扮成洪门首领。这一切，都是为了给你何志昌打掩护。换言之，隋先生的意思是，你才是指挥这一切大案的始作俑者！"

哪怕是见惯了大风大浪的叶昶，蓦然听到苏颖编排的这些说辞，也不由得面露钦佩之色。隋先生招了一切，还诬陷何志昌。这双重打击，完全可以把人逼向死路。

果不其然，很长时间的沉默过后，何志昌猛然抬起头发出了悲痛欲绝的狼嚎。只待声音缓缓散去，他全身才像卸了所有重担一般，软绵绵垂下头道："我招！我全招了！"

这一刻，叶昶可是等太久了。他让苏颖解开捆在何志昌身上的铁索，自己则坐在原处，端起酒碗向前一敬："这是你老家产的沧州酒。你死之前喝上一口，也不枉来人间这一遭了。"

面对什么样的凶犯，就该用什么样的手段。何志昌这种人重情重义，心底也坚守着宁死不屈的崇奉。只要他的崇奉崩塌了，一定会只求一死。

因此告诉他死，远比诓骗他能活更容易换取信任。何志昌跟跟跄跄坐在叶昶的对面,双手颤颤地举起酒碗:"我从未想过,临终之前,还能跟金面判官对饮一番。这也是,大造化。"说完一口干了,淋了一身的酒水。

"隋先生是洪门副山主,也是本次计划的首领。我们跟上头接不上线,一切只能听隋先生调度。就连他跟永珵合作,我们也以为是上头的安排。"苏颖给何志昌斟上了酒,他端起来没有喝,先是说了这些话,随后大口喝完,放下酒碗又道:"我听说,隋先生早年遍游云贵、巴蜀、湖广、江浙等地,习得一手长拳,在江湖上也算是响当当的人物。后来他听闻总舵主陈近南反清复明的壮举,因此有了加入洪门的意愿。乾隆十七年,隋先生和林奎在罗祖教下听经,彼此都接受了罗思孚末劫更替的思想,遂有了起事改元的意向。两人暗中定下计划,林奎以匠人身份潜伏于造办处三十作,隋先生则在民间广纳人才,待到时机成熟,他们就大干一场。"

说到这里的时候,何志昌喝了一口酒润嗓子。叶昶接过来他的话道:"如果隋先生是陈近南之流,倒也算是个英雄。可他不仅在闽南假意出家,暗中蓄妻纳妾,还好食酒肉,大谈妄语,实在有辱出家人之名。"

黯影查到有关隋先生的消息后,第一时间交给了叶昶。他看完在心里默默记下,而今刚好放出一些消息,倒可让何志昌误以为是自己审讯隋先生时问出来的,从而大大加强了对方的信任感。

"为了培育势力,隋先生假借传授南拳之名广招徒众,个个都以兄弟相称,势力逐渐壮大。明面是成就大业,实际上不过是钻营趋利。"叶昶喝下一碗酒,愤愤不平地放下酒碗。

何志昌摇头轻轻一叹:"不瞒叶大人。早在十年前,隋先生就开始布局了。他联络林奎，就是十年前那个被斩头的做钟处官员，拟订了一个大计划。林奎暗中调查三十作高官的贪腐情况，再制造与杜明"灵魂互换"的诡案。实际上是林奎自己用口技的方法假扮杜明，又恰好选在深更半夜报官，大家因此中了他的灵魂附体诡计。"

这桩大案叶昶早有耳闻。听说那是一桩鬼魂附体的大案，谁承想到竟是别有曲折。何志昌呷了一口酒，又道："此计一举剪除造办处四十余名高官、一百余名工匠，然后趁着造办处广招人才，洪门偷偷把暗桩埋了进来，我就是这批暗桩之一。"

怪不得洪门能在三十作里安插这么多暗桩，原来是乘了"鬼魂附体"那桩案子的东风。困在叶昶脑海里的疑团渐渐风吹雾散，可何志昌的揭露并未中断。他把碗底的酒干光，哈了一口气道："去年年初，隋先生派人前往诏安、平和等地纠集人马。为了让天地会的造反看起来名正言顺，就奉明朝宗室朱振兴为'振兴大王'，另外暗中制造符节、势剑、铁券等物，只待刺杀了乾隆以后立马举事。可官府不知何时风闻了这桩秘事，当即纵兵掠捕，双方大打出手。天地会折损数百人，精英力量消灭殆尽。隋先生只能望风而逃，重回了洪门。虽然他在洪门里仍旧贵为副山主，但大家对他开办分舵、自立门户、专断独行之举看不惯，早已生出嫌隙。隋先生也觉得再待下去没有好愿景，于是向山主提出亲自潜伏三十作，并带领众兄弟们刺杀乾隆的计划。这番独闯虎穴之举，竟然让洪门众兄弟对他有了改观。大家纷纷表示，如果隋先生能完成大业，他们将再也不会对他有任何偏见，一生尊他为崇奉者。"

"这位隋先生可不是简单人物啊！"苏颖顺势接过来话，一边给何志昌斟酒，一边兀自分析道，"他看透了诡变的局势，了然再待在洪门,只怕连副山主之位也会被取缔,到时就一点儿好处也捞不到了。既如此,他何不打着刺圣的幌子择一个即将登基的新主人呢?而这个人选,正是永琏。一旦自己成功,日后便是朝中要臣,那可比在洪门风光得多。"

虽说苏颖的冒昧插言让何志昌极为反感,但这一切确然属实,他只好闷声不响地喝酒消愁,再不提一字。叶昶问他手里是否有洪门的暗桩名单,何志昌摇头说,这份名单在隋先生手中,一切暗桩调度也都是由隋先生安排。就算两个暗桩面对面相见,只要隋先生不点破,旁人也断难识别。

叶昶又问洪门是否打算在供月大典上动手?何志昌回应说,他只接到洪门的终极杀招安排在供月大典,具体如何行动,只有隋先生知道。不过,去年隋先生不知怎么就出现在了三十作,现今是鋄作的匠人。鋄作是承接宫内铜器制作的机构,圆明园的兽头和铜铸雕像等都是由鋄作完成。

当盘问进行到这里的时候,何志昌身上已无更有价值的线索。这时叶昶闷了碗酒,兀自心想,黯影查询到的那座巨室废第,兴许是隋先生与永琏的联络地。刚好黯影提供的消息声称,隋先生每晚亥正准时前往勾栏胡同,何不带人在那边设伏?到时不仅能抓到隋先生,还能挖出背后的主谋永琏,可谓是一箭双雕。就算巨室废第那边没有消息,再去鋄作抓隋先生也不迟。叶昶暗自敲定了想法,打算即刻实施计划。

第十三章
花炮局密档：十大骗术

花炮局密档：乾隆三十六年六月六日亥初

黑鬼向秦跃龙讲述起天阳组织的性质，经过改良游侦门所不齿的十大骗术，旱魃创立了克服五觉术的骗之术。四觉均被旱魃所骗，悉数传授给他无上绝技；叶昶率领刑部衙卒赶赴废第巨室，本想擒住凶顽，岂料竟遭遇好兄弟算计，终于查清三位兄弟被害真相。

不久前，四觉谷查到了有关天阳组织的消息。可他们怎么也联想不到，这个组织竟会跟旱魃有关。这倒不意外，旱魃是鬼父精心培养的弟子，余下四觉谷主，只是暗中教授过他几年的绝技，算不上对其知根知底。既然鬼父断定，天阳跟旱魃有关，那可能性就极大。

"天阳是个跟黯影反其道而行之的组织。比如黯影黑夜潜伏，他们就白昼出没；黯影易容改服，他们就谎话连篇；黯影用密写，他们就用反密写；黯影用暗号，他们就用明号……"

说起天阳组织的种种反常之举，黑鬼满脸遍布着久久消不散的阴云，仿佛那个组织是噩梦般的存在："我知道，你一定好奇。黯影所有的技术都是千百年来传承至今的隐伏术。简言之，黯影掌握了探秘中最重要的一个'藏'字。只要会藏，也就懂得暗中取信，密探天下隐晦之事。"

这些确实是黯影最关键的环节。秦跃龙低头想了想，困惑不解地看向黑鬼："黯影之术，确然如此。可那天阳，他们反其道而行之，又是怎样的术呢？"

黑鬼苦苦一笑："五觉术最基础的技艺便是藏，黯影来源于五觉术，自然把藏奉为核心。旱魃跟我们五觉研习了多年的藏之术，当然知晓一切与藏相关的技法。为了打败五觉术，他一定是悟出了克藏的秘术，那是祖师爷最不耻的一种邪术，名曰骗！"

"骗？"虽说秦跃龙对骗术并不陌生，但他心里暗想，可以克藏的骗术，一定不是一般的骗术，不禁既震惊又狐疑地睁大了眼。

黑鬼了然他还年轻，各种复杂的秘术兴许知之甚少。今日他们捋清了旱魃便是那个孽徒，虽说余下三觉还未归来，但黑鬼心底已有了答案。

不久之后，五觉必然汇聚，一起铲除逆徒，为游侦门清理门户，这是重中之重。既如此，密档处和四觉谷纵然再不和，现在也必须为了共同的敌人合谋。

而合谋就要互相分享最关键的消息，天阳的消息原是四觉谷的重大机密。可眼下大敌当前，黑鬼顾虑不了这么多了。

"江湖有十大骗术，名曰风、马、燕、雀、瓷、金、评、皮、彩、挂。风又被称之为蜂，像蜜蜂一样团伙作案；马是指单枪匹马假扮道人或僧人；燕是用美色做局行骗；雀也被称之为缺，主要是官场上有缺口，美少妇与师爷设局走马上任；瓷俗称碰瓷儿，简单理解是敲诈勒索；金是装扮成瞎子算命；评是街头巷尾的说评书艺人；皮是卖野药的坏郎中；彩是指变戏法；挂是街头卖艺。"黑鬼一口气把江湖十大骗术全罗列了出来。

秦跃龙虽然听过一些，但知道的并不完备。经过黑鬼的细心讲解，他大体熟知了每种骗术的设局与拆解之法。

"我刚才说的只是一般行骗之术。江湖上走一走，骗一骗普通老百姓，再寻常不过。可如果想骗黯影、密档处和四觉谷，那就得改良改良。"黑鬼低下头看了一眼怀里的鸱鸮，轻轻摸了几下，随后抬起头来道，"而今回想，我们四觉正是中了旱魃的骗术，所以才会彼此误以为，那人是自己发现的天下无二的奇才。奇才要藏，为己所用，这是游侦门的旨意。谁能想到，这种藏以自保的心态，终究让我们五觉全栽在了那小子的手里。"

一说到旱魃，黑鬼便有无穷无尽的怒意，犹如经受了世间最煎熬的复杂情绪。顾宗万站在旁边，一直在听他们讨论什么天阳、黯影、密档处和四觉谷等内容，可从未听说旱魃是怎样的人。他很好奇，一个人究竟可怕到什么程度才会令鬼父和四觉谷谷主都胆寒呢？

"这个旱魃究竟有什么能耐？你们五人是他的师父，我可头一次听说，师父居然还会怕了徒弟。"听到顾宗万的这句调侃，黑鬼马上杀去一个凶恶的眼神。顾宗万只好闭了嘴，怯怯地躲在了秦跃龙的身后。

"我那徒儿，也就是旱魃，他应该摸清了我们四觉的修炼时间，甚至查到了我们各自的道场，这种本领实在难得。说实话，我们四人相识数十年，谁也不知道各自的道场所在。偏偏这个人，竟全都掌握了。你们说，他可不可怕？"黑鬼的眼睛本就阴暗无光，而今双目被惊骇占据，更加透着一种怪诞可怖。

顾宗万伸出头来问道："你们四觉的修炼时间是怎样安排？"虽是听到询问，但黑鬼并没有理睬他，而是按照自己的节奏说道："为了不耽误四觉谷的生意，我们往往是三人守谷，一人出去修炼。每人每个月有七日的空暇时间修炼，如此轮番错开，大家一个月共计修炼二十八日。如果有的月份是三十一日，那空出来的三日，大家则集体留在四觉谷里商讨大计。"

这样看来，四觉分别错开到自己的道场修炼，而那个道场又很隐蔽，确然给了旱魃可乘之机。可秦跃龙和顾宗万还是想象不到，旱魃究竟用了什么手段，竟让四觉心甘情愿地收他为徒。黑鬼瞧出了两人的狐疑，徐徐说道："我们四人各擅独门绝技，除了老天赐给了彼此异于常人的感官之外，我们也比任何人都懂得自修。"

因为联想到旱魃早已知道自己的道场，如今再去那里修炼，显然不合时宜，须得另选修炼场地。故而就算把先前的道场告诉秦跃龙和顾宗万，倒也没有什么。

"比如为了训练独步天下的耳聪，我把无碑塔附近的松林竹地选为修炼之处。这片树林里被我养了三千只鸱鸮，没有我的命令，它们绝不会出现。另外相比那些打树洞为居的鸱鸮，我养的这些夜猫子，大多能自己打洞居住。它们还会收集动物的粪便放在巢穴周围，坐等蜣螂靠近，顺便抓起就餐。"说起自己养鸱鸮的履历，黑鬼就像一位经验颇丰的驯兽师。不过驯兽师主要是训练飞禽走兽的动作，从而实现一系列颇具观赏性的表演。

可黑鬼就不同了，他通过观察鸱鸮捕捉声音的方式来训练独步天下的耳聪。经过数十年的模仿和研究，黑鬼已练成无论在多么黑暗的环境里也能准确定位声源的本领。

此外黑鬼的长相也为他的听觉打下了良好的基础，因为他硕大的头使两耳的间距较大，增强了声音的分辨速度。如果身处黑暗之中，他听到声音的第一反应是转头。由于他的左右耳并不对称，形成了一个时间差。当时间差达到三个刹那以上，就能精准分辨声音的来源。

"我自以为，除了我之外，天下绝没有人能达到两种境界：一是具备如鸱鹛一样的听觉结构；二是精于模仿鸱鹛的捕声之术。可我怎么也不会想到，一个人彻底改变了我的看法。"

黑鬼抚摸鸱鹛的手顿了顿，微微抬起了头，眼中闪烁着不可思议："一天夜里，我在无碑塔附近照常训练鸱鹛。就在此时，三千名鸱鹛不知为何，竟然全都失去了控制。它们从洞里爬出来飞上了玉米地，仰起脖子凄厉地鸣叫。我生平以来，第一次见到所有鸱鹛齐齐悲鸣。过不多时，我那徒儿便出现了。他说自己懂得百虫百蚁之术，莫说是操控小小的鸱鹛，就是豺狼虎豹也不在话下。不止如此，我那徒儿还能清晰听得到，一共有几只鸱鹛、几只是雌、几只是雄、几只羽毛光泽较差、几只体型较瘦……只需闭上眼听它们的叫声，我那徒儿便能听出如此多的声音信息，实乃具备天下无敌的听觉经络。当然了，他虽有此等天赋，但还是缺乏技巧和磨砺，因而每种听觉信息多少有点儿偏差。不过即便如此，也已超出我与他同等年纪时的悟性。那时，我已逾六十岁，人们常说，一个甲子便是一个轮回。我估摸着该寻一个徒弟了，可寻遍天下三十年，我从未见过任何一个如他一样的天下奇才！你们说，碰到这样的人，我如何不动心？我不光动了心，还叮嘱他，我们师徒之谊不可外宣，一定要懂得保密。真没想到，就是这个保密，反而把我自己圈进了旱魃的局。"

如果没有黑鬼自己的阐述，秦跃龙和顾宗万无论如何也想不到，一个天赋异禀的人究竟会厉害到何种程度。旱魃要是真有这种能力，四觉心甘情愿收他为徒，甚至互相保密，确然也有他们的道理。毕竟谁都想收一个天下奇才为徒，同时也不想让旁人占了便宜。

"此人天赋如此之高，一旦习得了五觉大半的绝技，岂不是能自行悟出余下绝技？鬼父曾跟我说过，五觉之术贵在基础。只要掌握了入门的法则，不世之才可以无师自通。"秦跃龙回溯着鬼父以往说过的话，心底已有了可怕的揣测。

旱魃现在的能力，也许已超过五觉之中的任意一觉，甚至五觉联手也未必胜得了他。因为天阳的出现，意味着旱魃已参透了游侦门的全部秘术。否则如何能创办克制"藏之术"的"骗之术"呢？黑鬼没有回答秦跃龙的喃喃自语，因为方才的这一席话，也是他的顾虑所在。

"前辈，此人不除，天下难安。"秦跃龙抱拳向黑鬼行了一个礼，"我知道四觉谷与密档处有势不两立之仇，但这些仇恨在游侦门的荣辱面前，岂非小巫见大巫了？"说完话，又低了一下头，态度极为诚恳。

眼前这个年轻人，大概不晓得五觉之间的感情。大家怄气归怄气，但如果真碰上了师门大事，谁也不会袖手旁观。莫说这个年轻人不来劝说，只要四觉查到旱魃就是欺骗自己的逆徒，五觉一样会摒弃前嫌，联手对敌。

不过眼下其他三觉不在四觉谷。只他一人与鬼父联手，一点儿胜算也没有。更何况，四觉谷由大师兄青鬼独掌，余下三觉全听命于大师兄。没有他的命令，谁也不敢与鬼父暂时修好。

可黑鬼自幼跟着二师兄鬼父生活，每当师父夜星子惩罚自己时，也都是二师兄代为求情。如果抛弃一切门规杂念，二师兄真的待自己不薄。

"小老弟，你代为转告二师兄一句话。老三黑鬼，始终认他这个师兄。如今四觉谷和密档处危在旦夕，以往的执念之辨，又有何用？你让他放心，待到大师兄、四师弟和五师弟归来，我们四觉一定去密档处看他。"黑鬼难得一见地掷下豪气干云的话。他侧转半个身子，也许不想让秦跃龙和顾宗万看到自己柔软的一面，又道，"这两三个月里，师兄弟们不回来，四觉谷还要有人照看，我老三无法分身前往，请他勿怪。"

这些话说完以后，黑鬼又问起鬼父的生活起居，甚至表示，如果鬼父不嫌弃，也可以到四觉谷中叙一叙旧。哪知秦跃龙只是低头叹了口气："他来不了。前辈有所不知，自打旱魃叛逃以后，鬼父就把自己囚禁在了幽暗的地洞里面。谁也不知道洞有多深，谁也没有下去瞧过。即便是我，也只是在洞口外跟他交流。"

"这……这究竟是怎么回事？"黑鬼睁大了眼，实难想象五觉之中最出众的二师兄，竟落得这般下场。秦跃龙把头压得更低："鬼父他老人家说过：自己违反门规创办密档处，此乃一等错，要下地狱；收了旱魃这个逆徒，此乃二等错，也要下地狱。也许鬼父他老人家早就知道，违背师命，天理不容，所以他早早在密档处给自己选了一处地底监牢。只待密档处建成之后，他便把自己幽禁于此，终生不再出来。"

世间有太多事都难说清言明，每件事、每个人站在不同的角度，也都有彼此的道理。面对二师兄如此敢作敢当的气魄，黑鬼的心里莫名袭上来一股酸楚。他背过身去沉默了好大一会儿，仿佛是在为最好的二师兄而难过。

许久过后，黑鬼才吐出几句沉痛的话："你回去吧。八月十五日那天的供月大典是一劫。这一劫过后，密档处留得下，四觉谷便留得下。密档处留不住，四觉谷也要在世间消失。烦劳你代为告知二师兄，三位师兄弟去办一件紧急的事，关乎游侦门千百年大计，因此八月十五日那天无法及时赶来襄助。福兮祸兮，且看造化吧。"

虽说秦跃龙并不知道，天下究竟还有什么事比游侦门的生死存亡还要重要，但是他明白黑鬼的意思。保住密档处，保住黯影，保住鬼父性命，将来才会有五觉汇聚，合力消灭旱魃。

如果供月大典那日渡不过这一大劫，不仅游侦门会消亡，谁也无法预料这个魔头会做出怎样可怕的事。危机迫在眉睫，秦跃龙和顾宗万不敢有丝毫的怠慢。他们离开四觉谷后，马上脚不沾地赶去了密档处。

现在已是亥初，街道两旁的灯笼早已被点亮，五彩斑斓的柔光照亮了繁华的街市。叶昶带着十几名刑部高手和苏颖，身穿粗布麻衣，头戴斗笠，肩上挑着瓜果，卖力地在街上吆喝。

大家虽然装扮成了果农，看着像是在做生意，实际上每个人的目光都死死盯着不远处的一扇窄门。黯影告知叶昶，门内便是永瑆和永璇的窝点。

由于永璇天生患有足疾，明知自己无缘立储，不过是朝中放的烟雾弹。所以他很有自知之明，暗中与永瑆勾结。只待永瑆被立储登基以后，自己也能从中分些好处。

此外黯影还说，每当亥正左右，便会有洪门中人到里面接头。过不多时，一位身穿灰色长袍的中年男人，果然走进了门内。

班头韦楚挑着一筐苹果，很随意地走到修鞋匠夫妇的身前。这位修鞋匠正在为一双皮靴缝边，斗笠遮住了整个头颅，也遮住了那半张金面。昏黑的环境之下，无人注意到他的存在。修鞋匠的旁边是个老妪，收拾着鞋盒里的用具。

韦楚放下扁担，假装在旁边歇脚："叶大人，我已观察过了，附近没有暗哨。另外，这间废第前后有两扇门，但不知道屋子里还有没有其他逃生暗门。"

这时叶昶抬起了头，盯着前方的那扇窄门，道："隋先生已进了废第，半个时辰前，永琿和永璇也进去了。此刻，他们应该在密谈。我们无暇瞻前顾后，必须立即动手。这样，你带七人守住后门，我带两人从正门突袭，一定不要放隋先生离开。"

这项任务的安排本来没有问题，只不过韦楚心里还悬着一件事："大人，永琿和永璇就在里面。咱们这般突袭，不是在打两位阿哥的脸吗？他们盛怒之下上呈万岁，谁也吃不消呐。"

"酉时以后，两位皇子是否能出宫？"叶昶看着韦楚问道。韦楚倒吸一口凉气，心想宫中规定，皇子酉时后不得离宫。如果逗留宫外，已属违反宫规了。

眼看韦楚瞧出了端倪，叶昶又补充道："就算随意在外留宿不予追究。可在立储的关键时期，永琿和永璇竟在宫外与洪门中人密会。这要是告到万岁爷那里，你猜会怎样？"

韦楚是个粗人，不太了解朝廷的斗争，一直在抓头挠腮。叶昶也知道跟他说太多都是废话，索性直言道："你放心，出了事，我替你们担着。现在，你们只管依我的吩咐去做便是。"

在他们的心中，叶昶一言九鼎。既然头儿决定扛下一切后果，大家再也没了顾虑。韦楚吩咐所有人解开捆在扁担下面的大刀，依着先前的安排向后门奔去。

叶昶则从木箱子底下取出雁翎刀，向着旁边的两名衙卒一点头，就要一起奔去那扇窄门。这时苏颖跑了过来，一把拉住叶昶。

刚才她装成叶昶的老伴，身上虽是穿着老妇人的装束，长发也包了起来，远远瞧去花容苍老，但凑近了看，依稀可见冰肌玉骨。一张温柔似水的面容仰望着叶昶，苏颖纤长的玉手牢牢拉着叶昶的衣角："叶大哥，我也要跟你去！"

叶昶回转过身，轻轻摸了一下她的发包："你不会武，跟我去很危险。如果你实在觉得没事做，不如在这里盯着来往行人，说不定能帮我们找到关键线索。"

听到这样支开自己的话，苏颖哪里肯依？她的眼角已挤出晶莹的泪花："叶大哥，我是不是很没用？"

原本一次常规的行动，谁知在苏颖眼里竟成了生离死别。叶昶被她可爱娇憨的模样给逗乐了，伸手帮她擦掉脸上的泪痕，笑道："傻姑娘，若非是你，我如何能查到他们的老巢？谁若说你没用，岂不是在说我没用吗？"

这一句话反倒把苏颖给逗得哭笑不得。叶昶抬手敲了一下她的头顶，柔声宽慰道："好啦。你无需多想，待案子破了，我带你去看静宜园的红叶。那里号称红叶黄花自一川，每逢秋季，凭栏南眺，桑树和栾树上点缀着片片红叶，一草一木的静雅最适合安放落寞的灵魂。"

苏颖笃定地点了一下头:"好,叶大哥,我等你回来。我和你一起去看红叶,咱们说好了,金面判官言出如山,绝不反悔。"说完也不忘伸出右手小拇指。叶昶知道她是想跟自己拉勾,略微低头笑了笑,顺着她用大手小拇指拉了勾。

两人分别以后,苏颖守在修鞋摊位前,一是等待叶昶的到来,二是观察有无可疑人员。叶昶则带两名身穿便服的衙卒,大踏步冲到了窄门跟前,一名衙卒用力砸了砸门。门缝刚被拉开,伸出一个少年的脑袋,大刀便架在了他的脖子上。

"你们……你们是什么人?"守门的少年颤声问。叶昶毫不废话,径直踏进了门内:"让他带路,我们进去。"一名衙卒挟持着少年,三人在少年的指引下走进了里面。

如果单单从外面看,那扇窄门又小又破,料想里面一定是个方寸之地的库房。谁又能想到,这里面别有洞天。不仅可见乔木蔽月,假山古色古香,还能发现前方的堂庑加大,前俯有一片水池。此时荷花已盛开,皎皎月光照在红花绿叶上面,好似仙宫玉楼。

四人走了一段长路,一个人也没瞧见。叶昶突然嗅到一股危险的气息,大踏步冲到前方正屋的格栅门前,破门而入的同时,唰一下拔出雁翎刀。

这是一间幽室,焚香余味迎面扑来。室的东面设了卧榻,周围的陈设十足精雅,湘帘棐几,猊鼎羊灯,还有插菊数十种,仿佛身处一卷画作。

不待叶昶扫看完屋子里的情况,一名身形婀娜的歌姬便从侧间跑了过来。她原本以为来人是个不懂规矩的小厮,刚要呵斥几句,哪知面前是个持刀的半张脸怪人。

歌姬啊了一声,刚要转身逃走。叶昶两步并三步来到她的面前,歌姬发现这位怪人另外半张脸英俊帅气,先前的惊惧一扫而空。

"人呢?屋子里的人呢?"叶昶大声问道。歌姬怔怔地看着他,伸手朝后窗一指。那扇后窗虽然已经关闭,但是还有轻微的晃动,料想人刚逾窗出去不久。

叶昶快步冲上前跳出窗子,甫一落地,发现脚下松软,还伴着湿漉漉的触觉。低头一瞧,原来这里是一片浅水池子,里面种满了花草,红色的金鱼因为受到了惊吓,急速在水里游来逃去。叶昶眉头一皱,大步向前跳上护栏,沿着一条逼仄绵长的廊道向前走,远远看到前方有一个黑影。他冲着黑影大喊道:"站住!"

黑影回身望了他一眼,片刻的犹疑让他的步子慢了下来。叶昶只需再追赶几十步,便可将凶犯拿下。可黑影跑到廊道的尽头时,竟身形利索地翻过前方的一面青石砖墙,就这样消失不见了。

这面砖墙一人半高矮,叶昶纵身一跳扒住墙顶,三两下便如壁虎蹿了上去。然而等他落地时才发现,这里是一条两尺宽的小道,另外一边是又深又大的水坑。荒草和芦苇野蛮生长。

难道那人跳进了水坑藏身?叶昶还在想着,忽然听到正北方传来哒哒哒的马蹄声。他警觉地看去,发现黑影骑着一匹快马远去。

看来对方早就备好了后招。万一东窗事发,策马遁逃。既然有马,附近应该有马棚。叶昶这样想着,大步沿着狭窄的小道跑了十几丈。这时回头向右一瞧,果然看到一个不大的马棚。他不做犹豫拐进棚里,简单挑了一匹黑马,挥刀斩断拴马绳的同时跃上马背,用力一夹马腹,大喊了一声驾。

那黑马极为听话地冲出木棚，不落下风地追上了前面的目标。原本苏颖守在修鞋摊一动不动，突然看到对面巷子的尽头蹿过两个骑马的人，其中一位便是叶大哥。一见此状，苏颖哪里还坐得住？当即起身朝巷子里奔去。

西四牌楼东南角的"隆兴号"花炮局门口，叶昶急急勒住马跳了下来。神秘人骑的马就站在门口，看来人已去了里面。

这处花炮局又被称为内城花炮局。宫内的花炮局不宜制造大型烟花，唯恐引起火灾和爆炸，所以如果宫里用到大型烟花，都是由内城花炮局来承制。

隆兴号花炮局有门脸房三间，每间屋子的门口各竖一根旗帘幌子，分别写着花炮房、烟花房和火戏房。这三间屋子坐北朝南，遥遥望去仿佛是伫立在黑夜里的三座大山剪影。

叶昶踩着反射月光的青石板，径直奔入火戏房。刚迈进门，迎面看到一个半人高的柜台。木桌上放着一盏油灯，灯光洒过方寸之地，映出掌柜伏案翻阅账本的身影。

也许是没有听到门外的脚步声，掌柜全神贯注地拨弄算盘记账，谨慎核对一页页账目。直到脚步声逐渐逼近柜台，那掌柜才缓缓抬起头，颇为意外地盯着闯入者："阁下是？"

"刑部左侍郎，叶昶。"叶昶丝毫不啰唆，先是亮了腰牌，随后扫过屋子里堆满鞭炮的长货架子。因为没有瞧出端倪，他只好问掌柜道："刚才是否有人来过贵所？"

一听这话，掌柜搁下了笔。他仰起头，皱着眉努力想了想，仍旧是满脸的无果。叶昶没时间跟他废话，上前大手薅住他的衣领，逼近了问道："此处是否有通往后院的小门？"因为看到屋子里的各处门都上了锁，叶昶才问他小门。掌柜被这突如其来的袭击吓了一跳，连忙朝东北角一歪头。

那里有一扇小门，似乎半掩半开。叶昶放下掌柜，大步穿过那扇小门。门里面是一片宽阔的地带，西北方向有一座用柳木建造的单檐歇山四面厅，翻轩的造型美观又实用。四面厅地上铺着青石砖，各种半成品的烟火盒子随意堆放。十几个匠人半蹲在地上装点货品，无数双手上下翻飞的场面似乎预示着他们在赶工期。

四面厅的正北方是一座青石广场，数以千计的烟花筒摆在上面，匠人们忙着往里面捣实火药、插入火捻子。庭院后面是一座宽大的两层阁楼，卷棚顶上铺着一水黑的瓦片，朱红隔扇门看上去庄重又大方。这里是整个花炮局的办公大厅，不过现在是下班时间，明显上了锁。

叶昶小心翼翼地往前走，暗想这些人应该在为供月大典制造烟花。虽说还有两个月的期限，但供月大典上燃放的火戏，不仅要求呈现出绚烂壮观的效果，还必须安全可靠。匠人们需要经过无数次没日没夜的设计调整，最终才能让上头的满意。

一路向前走了几十步，刚来到东北复廊，忽见一个熟悉的身影闪过。叶昶冲那人大声叫喊道："站住！"

那人听到叫喊跑得更快，一溜烟扎进了匠人群里。两人在堆满烟花筒的阔地上追逐，就像在茂密的麦田里奔跑。烟花筒被他们踢倒了一大片，匠人们纷纷站起来呵斥他们滚开。

两人只管追和逃，片刻冲向北面的四架屋。及至一座假山跟前，那人忽然弯下腰抄起两枚烟花筒，手法精准地扔向叶昶的脑袋。叶昶迅速侧身避开，可待到再去搜索目标时，发现人不见了。

莫非那人藏在了假山里面？叶昶拔出雁翎刀，蹑手蹑脚地向前走，发现假山东面有一间半地下室形制的冰窖。这座冰窖是坐南朝北的硬山式建筑，四面为半丈高的白石墙体，青石方砖垒砌，屋子腹心开一丈见方的石洞，犹如怪兽张开的血盆大口，一条笔直而斜向下的石梯通向地下冰窖。

叶昶来到门口，眼看冰窖门轻微晃动，随即大步冲进冰窖，噔噔噔踩着石梯一路急奔。地底是一个洞穴，四壁挂着油灯。地下铺满大块条石，三面砌筑条砖墙，呈现拱券顶棚之貌，就像百姓自己搭建的蔬菜大棚。

再往深处走就是冰窖了，叶昶明显感觉到浑身阴冷。哪怕外面的热风让人汗流浃背，甚至有意识地提醒自己现在是酷暑；可一旦进了这里面，瞬间便体会到冬季的寒冷如刀。

原来四面墙壁前面垒砌着方冰，一块块形如切割平整的砖石，晶莹剔透之状宛如美玉。所有冰块上都冒着袅袅冷气，冰块之下的积水沿着低洼的地势汇入暗沟。这里的暗沟附近还有旱井，解决了排水问题。

叶昶穿过冰块区看到前方有一扇小木门，这里是放置果蔬的库房。兴许还有工人在忙碌，屋子里点着蜡烛，一片被门框和门切割出来的四边形亮光投在地面上。

叶昶走进了门内，打眼扫过，屋子里空间狭窄，只有一架石桌，桌上燃着一根白蜡烛。一个人的背影被烛光投在石壁上面，仿佛是一座黑影大山。

"大哥，别来无恙。"林子群转过身，叶昶才认出来，面前之人就是杀了几位兄弟的叛徒。叶昶愕然呆了须臾，两眼里立即射出凶芒：

"林子群，兄弟们哪里对你不起？我不明白，你为何要这么做？"

林子群苦涩地摇了摇头："我也是身不由己。大哥，你可知道，一人善恶，往往就在一瞬之间。"叶昶红着眼睛问："咱们五兄弟除我之外，就只你最执着于公正法典四个字。当年咱们义结金兰，不也是为了这四个字的崇奉吗？我至今都记得，你说当年为了给一名被诬陷的刁奸犯翻案，不惜得罪山东所有的士绅，宁肯背负血状冒死赴京，哪怕忍受滚钉板的酷刑，也要为那人翻案。最后那人无罪释放，众多参审官员也一并治罪。这番义举，旷古无二。"

"当年的我，确然如此。"林子群就像个陌生人在回顾自己的过去。他抽了一下唇，冷冷地道："可你或许不知道。最后那名被冤枉的刁奸犯死了，凶手是谁不得而知。我也遭受了歹人算计，右手被斩断不说，手筋脚筋还被挑断了。若不是经一名医术高超的老先生救治，只怕我现在还是一名废人。"林子群缓缓伸出右手，那是一个木制的义肢手臂。

这些过往叶昶早已知道。他原本以为，林子群看透了黑暗吏治，从此本本分分当一个为民请命的好捕快。只要多为民请一分命，便是一分命。毕竟那些事发生在叶昶认识林子群之前，当年的林子群是一个无名的秀才。为了帮助素未谋面的刁奸犯翻案，白白丢了大好前途。哪怕是叶昶，也不一定有此等义无返顾的气魄。

多年以来，林子群虽是兄弟中年纪最小的，但叶昶从未低看他，甚至觉得他的风骨远在自己之上。这样一位有理想、有抱负的好兄弟，怎会做出杀兄忘义的行径呢？时至今日，叶昶经历过全村被屠，也上过战场看到人命比纸还薄，更是在朝堂上看遍了尔虞我诈。可无论怎样残酷的现实，似乎都比不过林子群的善恶转变。

"大哥，你说人这一生活着究竟为了什么？"林子群举起义肢，另外一只手轻轻在上面反复抚摸，"这个问题我想了整整十六年。十六年前，我觉得人这一生活着就是为了中状元，光耀门楣。如果成为一个名垂青史的好官，那也算大造化了。可经历过那次冤案以后，突然一天夜里，我不知怎么就开了窍。"

一个人开窍往往只在一瞬之间。叶昶修过佛理，晓得那也是一个悟字。可他想不明白，林子群究竟开了什么窍。

"我好像明白了，蔡伦本是一个平民人家的聪明孩子，曾经那么正直善良，甚至发明过造纸术，后来怎么会变成构陷他人的奸佞？你也应该记得那个凿壁偷光的匡衡，年幼时多么刻苦勤奋，一旦官拜宰相，不也掉进了金银罗织的温床上了吗？"林子群放下义肢，脸上闪烁着阴晴不定的邪气，"我想为民请命，反而被人挑断手筋脚筋；我想活得普通简单，却是处处遭尽权贵蹂躏；哪怕回到家乡种田，依然少不了当个佃农被地主盘剥。如果遇上灾年荒年，那就只有等死的份了。呵，至于科考之路，我这辈子也甭想了。"

这些话确是现实。从前叶昶没有替他想过，今日听他说完，竟也感觉到心里填满了苦涩的感觉。可他就算对生活再不如意，那也不是残忍杀害兄弟，自私自利追求荣华富贵的理由。

第十四章
累丝作密档：义肢为刀

累丝作密档：乾隆三十六年六月七日子正

林子群向叶昶吐露立储大计，背后主使浮出水面。两兄弟爆发信仰之争，生死较量在所难免；隆兴号花炮局突发爆炸，叶昶被意外炸死；苏颖痛失所爱，决心孤身为叶昶复仇。

"你还可以和我一样，重新担任捕吏，为民请命。"虽说叶昶对他恨之入骨，但还是站在兄弟的角度，希望知道林子群内心真实的想法。

这句话刚说完，林子群便用义肢指向了他："大哥，别傻了。你那不叫为民请命，你那叫请上命。乾隆表面上重用你，可实际上还不是在刑部安个侯孝杰来镇着你？说白了，你就是乾隆手里的一把刀，用顺手了继续用，用不顺手随时把你给除了。你能依傍乾隆，我为何不能依傍十一阿哥永瑆？大家都是刀，有何分别？"

叶昶咬了咬牙，声音近乎是吼："你我不同。无论过去还是现在，哪怕深陷泥淖之中，我依然记得咱们结拜时说的那四个字'公正法典'。时至今日，我从做过一桩有违此誓之事！"

"可我累了！你能初心不变，我为何要跟你一样？"林子群用力放下了义肢，侧过半个身子，道，"人生匆匆，我只想换个活法。生命长短不重要，痛快才够劲！这就像喝酒，明知喝多了会吐，但也要尽兴！"

听完这些话，叶昶才完全明白，林子群所做的一切，并没有背负深仇大恨，仅仅是他想满足一己之私。兄弟情谊在他的面前，不过是阻挡荣华富贵的绊脚石。这样的人立地处决，毫无可怜之处。可有一些事没有弄清楚，动手之前，叶昶还想问个明白。

"那日在做钟处与我对弩的神秘人是不是你？"刚接手写字人钟杀人案时，叶昶赶去做钟处的途中遇到了一个神秘人。两人对过弩，那人射穿了他的顶戴花翎，而他也射中了那人的胳膊。叶昶还在案发现场捡到了一把洪门手弩，起初一度怀疑是洪门所为。后来经杜京提醒，才知道神秘人是林子群。今日见了这位昔日的兄弟，他想亲口问一问结果。

林子群笑着一点头："不错，是我。那日我见你来做钟处查案，心想不日就会查到洪门。既如此，何不丢个证据栽赃洪门，这样你就不会怀疑到十一皇子了。十一皇子说，你是他未来立储大计的祸害。上次写字人钟爆炸，本该除了你。谁知道，竟让你给逃过一劫。"

听到这里，叶昶才想明白，怪不得神秘人让李大旺自尽他就自尽，怪不得查核房的人能擅作主张把写字人钟调走。原来这一切都是十一皇子在暗中操作，原来他一直怀疑的那位宫中要人就是十一皇子。

"徐卫东身边那四个假冒洪门高手的人，只怕也是十一皇子安排的吧？他是想让我查到徐卫东勾结洪门，继而诬陷十五皇子也参与其中。如此一来，岂不轻轻松松除掉了一个立储劲敌？"叶昶说出了自己的推断。

林子群冷冷一笑："不错，我的确安排了那四人。不过后来有人把房子给捆了起来，甚至朝里面撒洒面粉，企图以引燃面粉的方式炸死你，这就不是我们所为了。"

叶昶低下头暗暗想到，莫非这宫里面还藏着其他势力？不待他想明白，林子群就吹了一声刺亮的口哨，房梁上突然跳下来三名手持阔刀的黑衣杀手，再加上林子群刚好四人。

"大哥，你从前说过，真正的高手没有招数。但凡讲规矩、讲招数的功法，全是花拳绣腿。你还告诉我，真正的功法是杀人技。只有把对方制服，那才算本事。"林子群回身一扫后面的三名帮手，冷冷笑道，"我还记得多年前，我们四兄弟合围你一人。交战几十个回合，你还是把我们打败了。后来你告诉我们，四人合围一人，除了要高度配合之外，还必须眼疾手快。眼要适时发现虚位，手要跟得上眼。四人用招数织成网，天下便没有制服不了的高手。这在功法里面就是，双拳难敌四手。"

当年他们五兄弟在山东清吏司任职时，叶昶闲来无事指导过四人练功。起初四人合围叶昶一人，始终没有讨到半分便宜。后来叶昶带着大家上山训练，刚好碰到四头饿狼围捕一头猛虎。这些狼群似乎经受过专业训练，每一头狼都很清楚如何跟同伴配合。时而两头进攻，两头防守。时而一头佯攻，三头偷袭。

总之战术之变化无常，实难令人预料。那只老虎就算再凶残可怖，最后也死于四头饿狼之口。经过钻研狼群战术，四兄弟成功钻研出一套克制叶昶刀法的群殴之术。

"如今三位哥哥虽已归天，但我又训练出了另外三名替补者。今日，我们四人倒想领教领教大哥的刀法。"林子群说完这话，左右两边一挑下巴，三个人便把叶昶给包围了起来。

叶昶把雁翎刀横在身前，杀气如虹地道："事情已交代明白，你我不再是兄弟。我今日杀你，只为给冤死的兄弟复仇。"

四人刚站定位置，还没有预备好作战，叶昶的大刀便杀了过来。谁也没有想到，他的大刀竟直取林子群，反而并不理会旁边的三名黑衣人。也许叶昶出手实在太快，再加上招式毫无章法，甚至连余下三人的进攻也不躲避。只短短数息之间，身上便挨了数刀。

可说也奇怪，常人挨过十刀，哪怕不是切中要害，至少也会削弱大半的战斗力吧？叶昶却是相反，竟能越战越勇。三人别无好法，只想合力偷袭他的致命部位，以求为头领解围。可就是这个破坏战术的举动，瞬间让叶昶发现了破敌之策。

刚猛的刀法本来打得林子群措手不及，下一个刹那刀锋竟是突然停顿，随后犹如闪电劈向旁边的一名黑衣人。那人始料不及，脖子上才见到一片血红，人已僵直地侧摔倒地。

余下两名黑衣人见同伴死了，心想四人阵法已乱，再战下去必死无疑啊。虽然手里的刀还在应敌，但是虚浮的双脚已有了逃跑之意。

"杀了他，有命活！谁若敢擅自逃走，我必宰了谁！"林子群单手持刀，厉声断喝。他熟悉叶昶的刀法路数，短时间内还能应付几下。若是战线拉长了，不出半刻定被叶昶斩于刀下。

现在的叶昶是一头杀红眼的猛狮。林子群哪里会想到，他让十一阿哥精心挑选出来的三名一流高手，几乎每人都能以一敌百，竟联手

239

也制服不了这个疯子。

五年前，林子群可是亲自去挑选的他们，当时民间举行巴图鲁大会，前三甲各赏金万两。全国各地的高手趋之若鹜，而有资格参与这场比试的人，必须先打赢一百名化身平民的禁军侍卫。这三人不仅打得过百名禁军，还能毫发无损地参与接下来的比试，可想武功之高。

可就是这样的高手，一名死于叶昶的刀下，两名见状只想撒腿便跑，哪还有取胜的先机？林子群在心里暗忖着面前的局势，手里的刀因为情绪紊乱险些没有抓稳。

高手对决，取胜只在呼吸之间。叶昶发现了他的破绽，挺刀便向他的头顶劈去。林子群错愕之余，连忙举起义肢抵挡。但听砰的一声，义肢与刀锋相撞，并没被劈成两截，反而把刀弹了回去。叶昶收刀后退了两步，四人暂时有了片刻的喘息。

"你……你这只手？"叶昶不可思议地看向林子群的义肢。此刻林子群露出了邪魅的笑意，左手一点一点把义肢上还未掉落的木制刀鞘掰开扔掉，露出一把铮亮的大刀，而这把刀的长度与他断手的长度一致。因为从前这把刀被义肢包裹，所以没有人瞧出破绽。

林子群很满意地抚摸着那把刀："自打手断了以后，我原本装上了义肢。可后来一想，义肢无用，装上也委实多余。既如此，倒不如做成一把刀。这种独特的双手刀法，我暗中练了十年，只为有一日跟大哥好好比试比试。我知道大哥武艺高强，天下无人出其右。为了免于被你所杀，我总得留个后招。"

从前叶昶总以为林子群是个胸怀抱负的人，相比其他兄弟的看淡和回归生活，他应该跟自己一样执念很深，终身为"公正法典"四个字而坚守到底；而今叶昶终于明白，世间最好的人一旦黑化，那便是彻彻底底地跟过去告别。他们精于算计，隐藏极深。尤其依靠过去的好人形象伪装，最是让人难以察觉。自打林子群练这套刀法开始对付自己那日起，他就已做好了兄弟反目的准备，甚至亲手杀了自家兄弟也绝无悔意。

"我原以为，你不过是误入歧途。而今看来，你是蓄谋已久！方才我的刀，兴许还有毫厘犹疑。但是现在，我不会给你任何喘息的机会！纳命来！"叶昶断喝一声，大刀如神兵利器全力劈砍过去。林子群举起双刀上下翻飞格挡，叮叮当当的金属碰撞声在狭窄的屋子里格外响亮。激战十几个回合后，林子群与另外两名杀手，竟无法击中叶昶要害！

实在邪门！要知道，就算已死了一名杀手，但现在林子群持双手刀，相当于填补了那名杀手的空缺。更何况，林子群的武艺丝毫不比那名杀手差，自己掌握双刀胜算更大才是。

这究竟是怎么回事？林子群越战越觉得匪夷所思。高手对决，最忌讳分神。一旦注意力失之毫厘，胜算也许就差之千里。

叶昶的雁翎刀迅猛而又有规律，刀锋主攻林子群，刀背用来格挡另外两名杀手的进攻。现在的局势是，另外两名杀手伤不到他分毫，林子群却不得已绞尽脑汁地避开刀刀杀招。

这时林子群忽然用刀风把屋子里的蜡烛扫灭，就在陷入黑暗的刹那，一刀用来压住叶昶的攻势，一刀临空朝他的脑门劈去。这一招叶昶毫无应对，大刀会像切西瓜一样把他的头切开。林子群手起刀落，刚要得手之际，忽听砰的一声，刀锋竟切在了金面上。愕然大惊的须臾之间，叶昶的雁翎刀顺势刺进了他的左腹。

"无论是阎罗还是玉帝，只要我想杀你，方寸之间，绝无活路！"叶昶用力把刀往林子群的腹内一送，随后又拧转了两下。林子群显然受到了重创，左手握着的一把刀哐当落地，右手那把嵌固在手臂上的刀勉强举起，只能使出三四分力砍向叶昶的胸口。叶昶不得已向后避开，林子群连忙用手捂住伤口。

"你们……你们替我拦住他，我去……我去叫帮手！"林子群摇摇晃晃跑向门口，叶昶本想去追，哪知两把大刀攻了过来。叶昶担心林子群诈逃，情急之下杀意更盛。

但听冰窖里响起愤怒的咆哮声，两名杀手完全无法招架这种攻势，浑身被锋利的快刀劈砍得血肉模糊。身子倒地后，两颗头颅骨碌碌滚到了远处。

林子群见过无数场比斗，生平第一次被一个杀疯了的人吓倒，立即仓皇逃出了冰窖。由于担心叶昶出来报复，双手颤颤地关上了门，并扣上了铜锁。

片刻后，屋子里面响起嘭嘭嘭的砸门声，随后是大刀劈砍铁门的声响。除了嗡嗡嗡的金属声久久回荡之外，那扇门就像仙家宝器般金刚不坏。

林子群舒了一口气，后背倚着铁门缓缓向下滑倒，直到一屁股蹲在了地上。鲜血虽是在他的腹部不停流淌，但他仍无比兴奋地笑道："这扇门是用精钢打制，凭你如何刀劈斧砍，亦无效果。因为这扇门，正是我为你准备的。"

原来林子群发现叶昶带刑部衙卒擅闯巨室废第以后，忽然跟隋先生想到一个主意。那就是先让隋先生引他来到花炮局，随后自己再把叶昶引进冰窖。

林子群信心满满地以为，自己的双刀再加上三名一流高手，一定能把叶昶给杀死。谁能想到，这位大清第一武士，绝非浪得虚名。即便折损了三名高手，依然无法把他杀死。哪怕林子群自己，也险些丧命于叶昶的雁翎刀之下。

如此强悍的人物，只靠武力比斗取胜，那是傻子行径。林子群这时又想到，万一自己失了算，四人联手还不能杀死叶昶。那他就把叶昶关进冰窖里，并用精钢打制的门困住他。

"这间冰窖屯着五十块冰。四十九块里面内置开花弹，一块藏着慢炮。再有半刻，这里就会爆炸。"林子群在外面说道。

这是逼不得已的一招，因为一旦引爆冰窖，整个花炮局也会跟着爆炸。到时，这将会是震惊京师的特大爆炸案。事情搅得越大，风险也就越大。

可而今三名高手已死，林子群也身负重伤。想要完成任务，已然不可能。为了除掉这个眼中钉，林子群只好出此下策了。只要叶昶一死，供月大典的计划再也没有人破坏了。

一想到这里，林子群发出了畅快淋漓的大笑声。这阵笑声渐渐远去，就像一位得意者功成名就后拂袖而去。

经过数次砸门而无法打开以后，叶昶只好走到层层垒砌的冰块前，希望用刀凿出那枚慢炮。可尝试了数次也只凿出两寸深的冰洞，再凿下去就算能把慢炮挖出来，恐怕也阻挡不了爆炸了。

叶昶颓然垂下头，已然放弃了挣扎。地面上躺着三具尸体，血水和冰水混杂在一起，顺着低洼的地势流向了西北角的一块大理石板，这块石板之下盖着一口干涸的水井。

过不多时，冰窖上空升起一条火龙，爆炸声随着火龙的腾空迅疾蔓延。冰窖所在的半地下室倒塌以后，流火溢了出来，引燃了花炮局里的火药。

惊天动地的爆炸以摧枯拉朽之势连续发生，不间歇的雷击啸动让寂静的夜晚充满了诡异和惊怖。花炮局方圆半里之内的地方，无论是高耸的楼宇还是低矮的民居，全部都在缓慢地倒塌，而那激起的尘土和瓦砾就像在京城刮起了特大沙尘暴。

早在叶昶骑马追击隋先生的时候，苏颖便一路快跑追来了花炮局。可她哪里会想到，自己刚到达门口，好不容易认出来那匹马就是叶昶骑过的。一阵强大的劲风便把她吹出数丈开外，毁天灭地的爆炸在她的旁边陆陆续续发生，只待一切结束以后，她才跟跟跄跄站了起来。

昔日巍峨山的建筑群，此刻就像被大力神夷为平地。前方是狼藉的现场，浓重的硝烟在一眼望不到头的废墟里节节攀升。

这个突如其来的局面让苏颖难以接受。巨大的悲剧在发生的一瞬间，竟让她丧失了难过的情绪表达。此刻她只是感觉脑袋一片空白，心脏仿佛被人狠狠抓了一下，疼得难以呼吸。

"叶大哥！叶大哥，你在哪儿？"苏颖就像一个找不到家的孩子，突然发现家被摧毁了，只能无助地寻找亲人的踪迹。可这茫茫废墟里只有断肢残骸，哪还有一个活生生的人呢？

"叶大哥，你曾说过，要带我去看静宜园的红叶。我满心欢喜地等待，满心欢喜地以为，我们不久便能舒舒服服地过几天安生日子。"说到安生日子，她忽然想到叶大哥一生都未有半刻安生，眼泪顿时情不自已地流了出来。

听到地动山摇的爆炸和看到冲天火光以后，五十名西城兵马司的士兵紧急集合。他们主要负责京城的治安、火禁和疏通沟渠等任务，分别携带着各种工具前来救援。京师事故频发，花炮局爆炸之前也发生过。可西城兵马司的人不会想到，他们来到案发地竟还是傻了眼。

堂堂稳坐京师的花炮局，也不知遭到了怎样的破坏，三间门脸房和后院全都成了一片黝黑的焦土。废墟之下没有活人，当士兵们提着灯笼走上废墟时，脚下处处能看到血肉模糊的残肢断骸。

西城兵马司的官员见根本处理不了这么大的灾难现场，立即去四城兵马司征调人手。过不多时，五百余人的队伍浩浩荡荡地赶了过来。虽说难以搜寻到活人，但大家仍尽最大可能把事故的后果减至最小。

花炮局隶属于宫外作坊，兵马司的高官不敢怠慢，还派人上报了都察院。都察院御史收到消息后亲自带人过来勘查现场。一位兵马司的书吏粗粗统计过，这场爆炸造成三十三人死亡，七十多人受伤，另有十五家左右的商铺受到连累。

滚滚大火肆无忌惮地向四面八方蔓延，如果不能有效遏制，只怕会把方圆三里的民居全部点燃，到时受灾范围只会更大。都察院御史只得亲自参与指挥救援，同时还叫人负责灭火，并派人把这里的情况写成密报上呈乾隆。

此刻灾区五丈开外支起帐篷，但凡伤员全都就近安置，郎中们听说这里发生了灾祸，谁也不计较利益得失，先后赶来义诊。士兵们把活着的人都救出来后，还把那些残缺不全的尸骸也拼凑完整。毕竟不少尸体是品级不小的官员，届时朝廷还得下令抚恤安葬。

乱糟糟的环境里，无人注意到形单影只的苏颖。她跪在废墟上面，一块砖石一块砖石地翻找。也不知道翻看了多少尸骸，一个像叶大哥的也没有。士兵们见她哭哭啼啼，心痛如死，以为在寻找自己的丈夫，谁也没有理睬她。

这个苦命的女人搜索了两个时辰，几乎把属于花炮局的范围都找遍了，仍旧没有发现叶大哥的踪迹。她实在太累了，双手磨破了皮，眼睛也哭肿了，声音沙哑，说不出话。

直到她在心里说服自己，叶大哥真的死了，那个被毅力支撑的坚强身躯猛然间泄了气。两眼一黑，昏倒在了废墟里。

也不知过了多久，苏颖才在一个人的怀里苏醒过来。这个男子抱着她一动不动，直到发觉她缓缓睁开了眼，男子唇角才露出了一抹久违的笑意。

原来，上次徐宅一役之后，苏颖从圣主那里获知，那位叫贺千川的徐卫东外甥，竟是圣主的一位得力干将。几日前，贺千川得了圣主之命，不仅设法寻到了苏颖，而且还坦白了自己的身份。所以再度见到贺千川，苏颖并无讶然。

"圣主让你跟着我是不是？"苏颖疲惫地询问。一见这个姑娘的脸上有了生机，贺千川苦笑着说道："我不是得了圣主的令，而是依着我的心。"

面对温情的话语，苏颖竟是漠然不睬，也没有丝毫回应。过了良久，她才心如死灰地摇了摇头，问道："我和他的事，你都知道。那么，你可告知了圣主？"

贺千川道："傻姑娘，我怎会告诉圣主？如果他知道了真相，你和叶昶还有命活？纵然你是他的亲妹妹，可一旦有碍他的计划，自然也要付出惨痛的代价。"

"谢谢你！"苏颖苦愁的脸上强挤出一丝微笑，轻声叹道，"你倒是很了解圣主。"

贺千川把看向她的面容缓缓抬起来，移向头顶上空的星辰月光："我俩从小一起长大，我怎会不识得他？"

就在听到这句话的刹那，苏颖不无震惊地看着他，苍白的脸蛋上尽显惊愕。因为如果贺千川从小跟阿兄一起长大，自己应该认识才对。

可面前的这个人很陌生，似乎一点儿印象也没有。贺千川低下头，盯着苏颖震惊的表情，轻轻为她抚去额上凌乱的发丝，笑道："我就是你的天哥哥啊。"

一听到天哥哥这个名字，苏颖使出浑身的力气，猛然从贺千川的怀里挺起了身，直到七扭八歪地站稳。

"那次……那次家中发生大案，你不是被官兵杀死了吗？"苏颖看着这个陌生又熟悉的男人问道。贺千川也顺势站了起来，冷冷笑道："我怎会那么容易死去？不过那次混战之中，我的确与你们走散了。后来你们逃到了叶谷坨，我便是在那时找到了你的兄长，只是你不知道罢了。为了复仇，也为了更大的伟业。你兄长让我与你们暂时分开闯荡，待到大家有了稳固的资源后再会合。即便是分开期间，我们还是会互通书信，一起谋划大局。后来啊，为了便于藏身，我让一位医术高明的郎中修了容，又学会了护肤养颜的本领。所以这才看起来既显得年轻顽劣，同时又与过去差距颇大。你一眼见我而不识，倒也正常。"

天哥哥的父亲是苏颖父亲的结义兄弟，两人曾经一起征战沙场，出生入死。后来苏颖的父亲犯了谋逆大案，天哥哥的父亲为救苏颖全家而战死，并把年轻的儿子托孤给苏颖的父亲。

可那次家族遇难，官兵又追杀太急，在他们逃亡的路上，天哥哥为了掩护大家撤退而意外中刀。苏颖以为他死了，怎知他竟还活着？

年幼的时候,天哥哥待自己极好。每当买到好东西,他都会第一时间拿给自己。但凡苏颖受到外人一丁点儿的欺负,天哥哥都会把那人一顿狠打。哪怕是兄长欺负了苏颖,天哥哥也会毫不客气地与他动手。相比兄长的利益至上,亲情不过是他手里的棋子,她甚至觉得天哥哥才更像自己的兄长。

无论时隔多少年,苏颖永远也忘不掉。那时全家其乐融融地吃饭,一起说说笑笑。大家都是各说各话,唯独天哥哥端着一碗米饭,手里的筷子像是在不停地扒米,但是眼睛一直盯着自己傻笑。每每这个时候,苏颖都会学着他吃饭,也露出了憨厚的傻笑。那是多么快乐的时光呢,可转眼二十几年过去了,一切都物是人非。

"天哥哥,你告诉我,他是不是死了?"苏颖缓缓回转过身,看向了前方茫无际涯的废墟。贺千川也看向了那个地方:"他是死了。人都会死,你也无须难过。"

苏颖低下头虚弱无力地摇了摇:"天哥哥,你终究还是不了解我。你无法体会,一个刻进你生命里的人,突然有一天离开了,那将会是怎样的痛楚。"

"别的不好说,但如果有一天你遇到意外,我也不会独活。"贺千川突然很坚定地望着她,就像小时候一样。苏颖虽明白他对自己的心意,但静默了片刻后,仍旧无可奈何地劝道:"你喜欢的只是过去的我,并非现在的我,而我也做不了白露霜。"

白露霜三个字,一下子戳中了贺千川的心。《蒹葭》中有云,"蒹葭苍苍,白露为霜",那是深秋时节,天刚蒙蒙亮,周围的温度还很低,芦苇叶上因此残留着夜间露水凝成的霜花。

那个追求真爱的诗人,悠悠来到河边追寻朝思暮想的初恋。可凄冷的秋风之下唯有茫茫芦苇丛，哪里有活在梦里的恋人影踪呢？贺千川这时心想："敏敏把自己形容成白露霜，大概也是告诉我，这么多年里，我喜欢的都是幻想中的她，并非真实的她。"

可贺千川想完以后，心里仍旧有不甘。因为敏敏喜欢的叶昶，不也是她幻想中的人儿吗？这个男人跟她只谋过一次面，虽之前救过她，但自己为她所做的一切，怎会比那男人少呢？那男人究竟给敏敏种下怎样的魔咒，竟会令她如此魂牵梦萦呢？

贺千川想不明白，只好问道："你喜欢的，不也是过去的那个人吗？"苏颖抬头看他一眼，随后低下了头："那不一样。"

经过这一夜的变故，苏颖似乎成长了很多。她漠然注视着袅袅攀升的烟雾，仿佛那里就有叶大哥的亡魂驻留："天哥哥，你知道吗？我听说有一种燕子，它们在三月里见了面，四月里就要分开。也许要经历很久很久的迁徙，互相都不知道何时才能相见。可不论风里雨里，严寒酷暑，哪怕是无数次的往返和找寻，都只为静候彼此的到来，就像候鸟在静候好的季节。"

贺千川品着这些话，默默地没有插言。苏颖顿了顿，徐徐面向他道："我和叶大哥就像那对燕子，谁也离不开谁，谁也都在等待谁。你我之间，纵然有你等我，可我的心并非如此啊。天哥哥，我真心希望，你也能遇到一个彼此互相愿意等待的人。"

"彼此互相愿意等待的人？"贺千川似哭若笑地喃喃自语。话说到这个份儿上，一切全都不言自明了。二十几年的欢喜和悸动，就在听完这三三两两的话后，竟让他有了迫不得已退出的冲动。可心底有个声音还是在叮嘱自己，无论他们最后的结局走向何处，他都会照顾好这个姑娘。至于照顾到什么时候呢，大概只有内心彻底忘记她的那一刻才会放手吧。

就在这失神的刹那，贺千川的余光忽然瞥见苏颖从怀里掏出匕首，似乎要自尽。他连忙抬手打掉匕首，又是怜惜又是愤怒地质问："为了一个男人自尽，你对得起你父亲和兄长吗？"

父亲因为贪欲和野心丢了性命，兄长为了执念仍旧重蹈父亲的覆辙，恣意滥杀无辜，利欲熏天。这样的父亲和兄长，自己哪还有对不起的地方呢？

一想到这里，苏颖的心绪更加失魂落魄起来。她戚戚然弯下腰捡起匕首，仍旧要自尽。贺千川知道劝不动一个想死的人，只好睥睨着她冷哼道："你就这么死了？难道不想为他复仇吗？"

复仇两个字，犹如一盏灯火照亮了漆黑的暗夜。苏颖一下子僵住了身子，那双将死的眼睛，蓦地闪动了几下。

"你知道是谁害死了叶大哥？"苏颖哑着嗓子问。

贺千川点了一下头："这原本是圣主的重大机密。除了他之外，就只有我知道。可为了保你的性命，我还是告诉你吧。"

因为有了为叶大哥复仇的希望，苏颖慢慢收起了寻死的心。贺千川略微一想，道："累丝作有我们派去的暗桩。那人传来消息，林子群和隋先生设下局，试图在花炮局除掉叶昶。此处是京外作坊，杀一个人比在宫里容易些。另外隋先生是洪门头目，林子群是叶昶多年的好兄弟。我可真没想到，鼎鼎大名的金面判官，最后没有死于圣主之手，反而被好兄弟所害。"

苏颖忙问："这个林子群和隋先生现在何处？"贺千川答道："我得去问一问累丝作的那名暗桩。"虽然苏颖在皮作待了没多久，但对累丝作倒也有所了解。

累丝是金工传统工艺之一，简单来说就是把金银拉成丝，然后编织成辫股或各种网状结构，再焊接到器物上面。累丝作属于造办处三十作之一，作内还分为化银、炼金、累丝和錾花等十大门类，专制金银首饰和器皿等物件。作里有司匠五人、委署司匠三人、领催两人和笔帖式一人，至于其他的匠人就不知道了，听说至少也得七八十人。贺千川所说的那名暗桩，大概就是累丝作里的一名匠人。

"也好，你给我那人的信息，我去累丝作寻他。"苏颖收拾好颓然的精神，就像方才的寻死之状从未发生。

第十五章
雕銮作密档：供月大典

雕銮作密档：乾隆三十六年八月十四日亥正

供月大典举办在即，恰逢刑部三大妙手之一的叶昶遇难，顾宗万和秦跃龙痛心疾首，两人追忆搭档往昔，纷纷为之扼腕；隋先生与金凤暗合心意，为实现大业，祭出最后的杀手锏。

隆兴号花炮局爆炸案在整个京师掀起了轩然大波，无论是朝野上下还是坊间内外全都议论纷纷。这场大案炸死了三十三名匠人，殃及左右十五家商铺，而累计受伤人数更是突破七十人，甚至连大名鼎鼎的刑部左侍郎叶昶也葬身其中。

原本乾隆限叶昶一个月内破获弑圣案，可哪里会想到，一个月期限还没到，这家伙就被炸死了，也不知道是不是命里定数。

虽然乾隆对叶昶和百姓们之死痛心不已，但更多的还是对此案的愤怒。凶手顶风作案，简直无法无天。除此之外，马上就要到中秋了，乾隆本想在乾清宫前举办普天同庆的供月大典，而花炮局承担着大部分的火戏制作。如今花炮局发生爆炸，工期停滞，只怕会影响到后面供月大典的举行。

为绝后患，乾隆特意下达了谕旨：其一，差都察院务必彻查兵马司衙门对花炮局督查不力的官员；其二，所有花炮局无论是官作还是私作，全部迁至外城，唯恐日后花炮局再爆炸波及紫禁城；其三，任何花炮局都要限量购买制作花炮所需的硝磺，违规者重惩。

圣令下达不久，五城兵马司集体行动起来，只花了三日便责令内城所有花炮局关张歇业，以迅雷不及掩耳之势把他们整体迁到外城。

秦跃龙一直觉得隆兴号花炮局爆炸案事出蹊跷，他不相信叶昶这么容易被炸死。就在案发的这天夜里，秦跃龙秘密调动密档处大部分黯影去追查此事。三日后，他拿到了一则全新的消息：爆炸的原始地点并非烟火仓库，而是冰窖。

冰窖里藏着的全是冰，怎么会有火种呢？就算有火种，也不会引起这么大的爆炸。看来事情只有一种可能，有人在冰窖里埋了炸药。凶手把叶昶骗进了冰窖，触发了一场大爆炸。这样既能把叶昶除掉，同时还能把爆炸归咎于烟花事故。

洪门这群歹人。为了实现自己的计划，竟如此滥杀无辜。如果不除掉这个凶顽组织，简直天理难容！秦跃龙当即把这则消息进宫汇报给了乾隆。

面对如山铁证，乾隆愤慨不已。可这桩案子悬疑诡谲，真要查起来困难重重。叶昶在世时，他还有能力去查一查，设法揪出幕后真凶。然而如今连大清第一神探金面判官都命丧歹人之手，哪还有人自诩比叶昶还厉害，又有谁敢去接这桩案子？

秦跃龙义无反顾地表示，他甘愿接下这桩案子。如果三个月内破不了案子，他宁肯提着项上人头来见乾隆。刑部里有三大高手：一个是金面判官叶昶，一个是不死牒宗秦跃龙，还有一个是夺命仵作顾宗万。

按理说，叶昶已故，真正有可能破获案子的只有秦跃龙和顾宗万了。可是乾隆的心里另有安排，那就是让秦跃龙和顾宗万担任供月大典的安保人员，至于花炮局爆炸案暂时交由刑部尚书侯孝杰去调查。

当然，如果调查过程之中，两方需要联手，秦跃龙也可以跟侯孝杰一起行动。不过爆炸案调查毕竟是漫长而细碎的任务，绝不能因此耽搁了供月大典的进程。

圣令已下，无人可驳。秦跃龙失魂落魄地折返皇史宬，顾宗万已在这里静候多时了。他见秦跃龙走了进来，当即从桌前蹭一下站了起来，迎上前追问道："怎么样？万岁爷有没有答应让我们联手破案？"

秦跃龙摘下顶戴花翎，无可奈何地摇了摇头："与我所料不差。万岁爷让我和你尽心做好供月大典的安保，查案这件事，已交由侯大人了。"

"那个老家伙，怎懂查案！"顾宗万气得用脚跺了一下地，只待缓过来几口气后，他才看向秦跃龙又道，"你我都很清楚，叶大人明显是被洪门暗害。这些凶手藏匿颇深，手段狠辣。这次除掉了叶大人，下次就能光明正大地在供月大典上搞事情了。他们早已算清楚，没了叶大人，宫里的护卫就是一群虾兵蟹将。"

当说完这句过瘾的话时，顾宗万忽然联想到，万岁爷让自己和秦跃龙一起担任供月大典的安保任务，登时意识到骂的人可不是自己吗？瞬间又止住了怒意。

"顾兄弟，我很理解你的心情。说实话，我和你一样，也为叶大人的死而难过。"秦跃龙走到椅子前缓缓坐了下来，并把顶戴花翎放在旁边的桌子上面，轻轻叹道，"外人只知道有刑部三杰，但顾兄弟应该比谁都清楚，咱们都是叶大人带出来的人。换句话说，刑部哪里有三杰，分明就是一杰。那一个人，非叶大人莫属。"

顾宗万立即点头道："不错。七八年前，我学了一身的仵作本领来报考刑部。如果没有叶大人，我恐怕早就被人轰了出去，哪还谈什么理想？"

原来，顾宗万在入职刑部之前，早已是江湖上小有名气的仵作神，不少疑难案子都是经他之手破获。久而久之，江湖上给他起了一个绰号叫"顾仵神"。

一般而言，官府里的仵作大多是贫苦人家出身，毕竟但凡有点儿能力的人，绝不会去做验尸的工作。鉴于仵作的地位低下，官府里的仵作都是聘请来的杂役，因此水平参差不齐。顾宗万出身于富商大户，父亲是山西一带小有名气的盐商。可他不喜欢经商，于是背离父亲云游四方，访遍了藏身在深山老林里的仵作前辈，也参与过不少案子的勘验。后来他认为学得差不多了，突发奇想做了一段时间的"铃仵"。"铃仵"类似于"铃医"，就是拿着一串铃，游走在江湖上的民间仵作。

哪里发生了命案，官府的仵作查不出端倪，他就以收取极低的费用去参与破案验尸。这样一段时间的"悬壶济世"虽然让顾宗万获得了"顾仵神"的美称，却也得罪了一帮仵作混子。不过顾宗万并不理会别人如何看待自己，仍旧是我行我素。累了枕大地，困了仰苍天。

忽有一日，他帮宋慈的后人沉冤昭雪。为了感激顾宗万的相救之情，宋家人赠他一本典藏的《洗冤录》。就是从那日起，顾宗万似乎又有了新的想法。"悬壶济世"到头来着实无趣，如果想做一番事业，就应该像宋慈那样，入职朝廷当个正儿八经的忤作。

刑部里有充足的资金，最好的忤作间，数不清的疑难杂案等着侦破，还有空暇时间读书写字。一想到这里，顾宗万有了主意。不如去刑部考个忤作，破案验尸之余还能读读书，并把自己的经验记述下来。日后如果刊刻一本《忤作经》问世，倒也算一大功绩。

可顾宗万到了京城才知道，那里面派系林立。就单说忤作圈子吧，粗粗分成三六九等。京城里的忤作最大，其次是十七清吏司的忤作代表。

这个圈子里还有一个老大，名字叫卢云星。此人培养了一众弟子，个个都在衙门当差。他见顾宗万来报考刑部，又获知顾宗万在云游地方期间抢了自己弟子的不少生意，心中暗暗对顾宗万起了衔恨。

刚好刑部忤作的考试由卢云星主持，他便联合十七清吏司的忤作盟友们，一致抵触顾宗万加入刑部。卢云星甚至公开叫板，顾宗万就是个野路子出来的忤作，压根不具备专业技术。

顾宗万倒也看得开，既然人家不欢迎自己，那就继续回到乡野去做"铃忤"呗。自古以来有多少怀才不遇的人被排挤，最后不也是回到深山里做学术吗？

那一天，顾宗万潇洒地收拾好行礼，本要准备离开京城。谁知一个戴半张金面的人叩响了他的门。叶昶进来屋子，双手恭敬地一抱拳，先叫了他一声顾兄弟，随后诚挚地道："你是有大才的人，如果就此离开刑部，那是大清的损失。我叶某人在此发誓，就算丢了头上的顶戴花翎，也一定留下你在此任职。"

顾宗万感激叶昶的帮衬之意。一来两人萍水相逢，顾宗万见惯了小人算计，还不知道这家伙什么目的。二来他看不惯仗势欺人的权贵们，早已不想在此久待。

一番简单的思量，顾宗万苦笑着推辞道："叶大人，您的好意在下心领了。我是一个嘴碎的跳脱之人，留在这儿，兴许是个祸端。"

听完这略带调侃的玩笑话，叶昶忽然哈哈大笑起来，道："顾兄弟是个性情中人，世间难得。不瞒你说，叶某最喜欢跟你这种人交朋友。"他一挥手叫店小二上来十大坛酒，竟和顾宗万喝了起来。顾宗万酒量不行，喝到第三大碗时已感觉头昏，于是提出了能不能三分之一碗酒兑三分之二的水。

叶昶听了又是一阵哈哈大笑，觉得生平第一次跟人如此喝酒，也就允了。叶昶独自喝了九大坛，顾宗万强撑着也只喝了一坛。

二人醉意熏熏之际，叶昶突然拍了一下顾宗万的肩膀，就像个大哥般郑重地劝说道："兄弟！我知道你是个有抱负之人。大丈夫在世，能屈能伸，能咽得下弥天委屈，也能撑得起天地正气。你生来随性洒脱，这是旁人不曾有的自然福气。可二十几岁洒脱也就算了，一旦到了四十五六岁，你若还洒脱，只怕会觉得此生有些空留遗憾。任何事是对还是错，只有走过的人才有资格评价。这群流氓忤作，仗势欺人，扼杀天才，实在可恶！我今日劝你入刑部，一来是不想看有才之人无处施展抱负，二来也希望得个左膀右臂行公正法典之崇奉。"

那晚两人喝了一夜的酒，顾宗万听完叶昶的一席话，猛然悟出一个道理：自卑退缩是懦夫行为，只有敢于迎击挑战那才是英雄。

自那而后，顾宗万坚定了入职刑部的信念。有了这个答复，叶昶欣慰一笑，连夜找到侯孝杰，提出上次忤作选拔不算，必须再举行一次。他把自己的顶戴花翎和雁翎刀压在了桌子上,并说如果侯孝杰不答应自己,他将立即入宫面圣,请万岁爷亲自选拔。

侯孝杰知道叶昶是从战场上刚下来的老兵,深得万岁爷的器重。为了少生事端,侯孝杰又让卢云星联合来自十七清吏司的仵作们一起考核顾宗万,最后的结果仍是未通过。叶昶先是把卢星宇及十七清吏司的仵作们狠狠揍了一顿,一个个全是头破血流,随后拿了顾宗万和那名入选仵作的考卷,写了密奏呈报乾隆。

了然叶昶之意后,乾隆命宫中仵作去核评两张考卷,发现顾宗万的确才智出众,就这样把顾宗万招揽进了刑部。如果没有叶昶从中引导和帮助,也就没有现在的顾宗万了。

每每想到这些往事,顾宗万都对叶昶流露出感激之情。而今叶大人惨遭横祸,他哪里肯善罢甘休?

"秦大人,供月大典在即,虽然需要你我协调帮衬。可叶大人之死,我们绝不能袖手旁观啊。"顾宗万用拳头砸了一下桌子说道。

秦跃龙扫了一眼顾宗万,随后点头道:"我知道你与叶大人之间的关系,也知道叶大人对你的知遇之恩。莫说是你,就是我也是叶大人一手提拔。只不过,眼下局势错综复杂,万岁爷所言也并非没有道理。"

整个刑部里面,除了叶昶之外,顾宗万唯一信得过的人只剩下秦跃龙。一听他说有点儿道理,自己便认真听了起来。

秦跃龙道:"我们负责安保任务,一来是防范各种不测,二来也是在排查各种隐患的同时搜集线索。简单来说,既是在做安保,也是在查案,更是伺机为叶大人报仇。刚才从宫里回来的路上,我简单勾画了一下咱们俩的分工。现在我不妨说给你听。"

秦跃龙走到屋子的正北面，拿起桌上的一根竹竿，指着垂挂在墙上的紫禁城布防图道："八月十五日，乾清宫将举行供月。届时会有妃嫔、文武廷臣、太监、宫女等人参加。此图，正是供月之时于乾清宫的布置。"

为了尽快让顾宗万熟悉乾清宫的布防与陈设安排，秦跃龙逐一给他细致讲解。好在顾宗万脑袋瓜还算灵透，记忆力也很好，熟悉了几次便记住了大概。秦跃龙见他差不多吃透了布防图，于是放下竹竿，请顾宗万到旁边坐下，简单地说起了供月大典的来历，以便他去宫里办事的时候，若是被旁人问起宫内供月的相关掌故之际，也好能自由应付。

祭祀月神是自古以来传承下来的盛典。大清各个时期的帝王凡是逢生肖为牛、龙、羊和狗的年份，必须亲自到阜城门外的月坛祭拜，余下的年份则遣大臣代祭即可。

今年是鸡年，不必赴月坛祭拜，但是在乾清宫殿前宴请群臣、观看百戏、普天同庆却是与以往的任何时候并无不同。然而越是人员密集的盛会，越是最容易出现鱼龙混杂的情况，各种行刺和意外事故等也最可能发生。

好在皇宫警卫人员数量庞大，只侍卫处就有内廷侍卫、大内侍卫和宗室侍卫三种。他们都是三旗中优中选优的精英，武功很是了得，大约有六百人左右。亲军营的卫兵是从三旗中精挑细选而出，大约有一千四百人。除此之外，前锋营、护军营、骁骑营、火器营和神机营等护卫人员也都是保护皇上的重要力量。

面对如此严苛的防卫，洪门暗桩绝难实现暗杀行刺。不过考虑到这些人潜伏在三十作里面，可以用到的手法自然不是传统的兵器行刺，只怕会在供月器物上下手。尤其联想到不久前发生的写字人钟案，更是给秦跃龙敲响了警钟。

然而供月大典在即，前往作里对每一个匠人进行排查，不仅会影响到供月大典器物的打制进度，还容易打草惊蛇。可如果不排查三十作，势必又会留给洪门可乘之机。

这该怎么办呢？秦跃龙思索了很久，只好安排顾宗万以匠人的身份打入三十作当暗桩，他则吩咐黯影暗中开展调查。这样一明一暗采取行动，兴许能寻到一些线索。

可摆在两人面前的问题很严峻，顾宗万究竟去哪个作坊为宜？思前想后，秦跃龙有了答案。他拿出三十作的地图，伸手指向位于裱作南端的雕銮作："雕銮作是雕刻窗户、窗花、造神塑像，以及制作和修缮御用品的机构。此作有司匠三人、委署司匠四人、领催五人、苏拉两人和笔帖式一人。除此之外，整个作坊里的匠人共计三十七人。作坊不算大，在三十作里算得上中等机构。不过，这个机构对我们来说至关重要。"

听到至关重要的字眼时，顾宗万提高了警惕。秦跃龙伸出食指，轻轻在雕銮作周围画了一个圈："你瞧，这里西面是造办处院落，东面是造办处库，北面是造办处前门，南面是一众错落有致的作坊。简单来说，任何作坊有动作都会到造办处汇报，而身处雕銮作的匠人，只需站在门口便能随时监管整个三十作里的动静，可谓是绝好的瞭望台。"

"秦大人，我实在不明白。既然造办处是最容易查到线索的地方，你为何不把我安插进造办处呢？"顾宗万把食指按在了造办处院落的位置。

秦跃龙摇了摇头："造办处里全是管理三十作的高级官员，他们很多跟皇子有染。如果把你安插进造办处，万一被永瑆的人瞧出端倪，再暗递消息给洪门，你将会有性命之忧。"

事情还没有做成先丢了命，太不划算。顾宗万这样想完，暗暗思考了片刻，忽然抬起头来咦了一声："你方才说永瑆与洪门勾结。这可是一条重要线索，你难道没有告知万岁爷吗？"

秦跃龙苦苦一笑："如今立储之事在朝中传得沸沸扬扬，每个臣子都在忙着为将来前程寻个靠山。万岁爷深谙朝中斗争，如何看不出臣子的花花心肠？我这个时候提出永瑆与洪门勾结，万岁爷会怎么想？只怕他会以为，我是永琰或永璇的人，目的是构陷永瑆，以求为他们两人除掉一个劲敌。朝野里的尔虞我诈，绝非你能想象。我手里只有掌握了十足的证据，才能呈请圣断。"

宫廷里的皇权争斗，顾宗万的确一点儿也不懂。如果硬要说有些了解，那一定是听茶馆里的鼓书艺人讲过玄武门事变的故事。然而小说家之言毕竟经过艺术加工，过度夸张渲染不说，也未必就是当时的实貌。百姓们听个乐呵，顾宗万也是当趣闻来听，哪里当过真。

而今听秦跃龙说起宫里的立储之争，他只觉有点儿头大，索性什么也不想去考虑了，挥了挥手道："秦大人，宫里的弯弯绕绕，我实在没脑子去想。你现在就直接告诉我，我应该去雕銮作关注哪些细节，以及怎么做才能为叶大人报仇。"眼看顾宗万无心了解朝中局势，秦跃龙也就不再废话，于是把希望去调查的内容告诉了他。

自从六月十日进入三十作以后，顾宗万第一次体会到做匠人有多么辛苦。早上天蒙蒙亮就开工，半夜三更才能回去休息。如果速度慢了，抑或加工的东西出了纰漏，他还会受到监工的毒打，日子简直没法过了。可想到要找出杀害叶昶的凶手，顾宗万强忍着痛苦折磨，心甘情愿地继续卧底。

转眼两个多月过去了，八月十四日悄然到来。此时的隋先生已不再是錽作的匠人，他通过打点好造办处上下的官员，已从錽作调任到了灯作，并且担任灯作领催。

今晚将会有一场火戏表演，为了敦促匠人们尽快把火戏骨架组装好，一大早他就过来监工了。灯作的办公区分散在两个地方：一个是与内奏他坦属处于同一院落的小作坊，灯作档房也在这里，主要从事小型灯具的制作；另一个位于南薰殿的东侧，除了具备大型灯具的扎制车间之外，还有一连栋用来存放彩灯的库房。

南薰殿东侧的廊檐之下站着两个人，一个是身穿长袖灰袍的隋先生，一个是身穿驼色长裙的四姐金凤。两人前方是宽阔的青砖广场，四面建造起青砖黑瓦的围房，让这片广场看起来更加四四方方。

"今晚一过，龙驭宾天。洪门大业，唾手可得。"隋先生背在身后的双手紧紧握成拳头，金凤紧紧挨着他，眼睛虽看向前方，但声音却有方向似的飘进了隋先生的耳朵里："三哥，咱们认识也有十五年了吧？"

隋先生没有料到她会说这样的话，轻轻侧过脸来端详她。纵是已过四十岁的年纪，金凤依旧生得风韵犹存，容颜和身形完全不输二十几岁的美妇。

两人相识了十五年，隋先生都长出了花白的头发，脸上的皱纹也深了，而这个女人，脸上却看不到丝毫的苍老。

世人都说，一个女人如果生得漂亮，脸上再长一颗美人痣，那便是倾国倾城了。金凤右眼之下的那颗美人痣，犹如夜空里耀眼夺目的星辰，吸引着每一个为她沉迷的男子。

"你怎么想起来问这个了？"隋先生不解地问她。金凤纹丝不动地眺望着前方："那是因为我突然在想，三哥如果做了有违山主的事，我该怎么办。"

只此一句话，忽然让隋先生紧张了起来："你究竟想说什么？"金凤淡淡笑了笑："三哥从前说，独身潜伏三十作，视死如归，只为完成反清复明的大业。山主信了你，洪门兄弟信了你，我也信了你。所以在这三十作里，你是最高的首领，我来尽心辅佐你，咱们手下还是数十名殒身不逊的精英。十年蛰伏，全有赖三哥的调教啊。"

虽是听金凤在回溯过往，但隋先生明显意识到，这个女人只怕生出了揣疑。为了听明白她的本意，隋先生静观其变地望着她。此处没有人员来往，两人刚好可以安安静静地交谈。

"十年前，三哥跟做钟处的领催林奎拜为兄弟，一起策划了那场震惊京师的灵魂互换大案。经此一案，造办处百余名官员、匠人等被惩处，你才有机会把兄弟们安插进来当暗桩。这件事你功不可没，也在洪门渐渐累积起了声名。你是洪门的副山主，一旦山主退位，整个洪门可就是你的了。"金凤说到这里的时候，眼睛里明显闪烁着光芒。

隋先生感觉得到，这个女人似乎一直在关心着自己的大业愿景。也不知道为何，金凤从未对自己说过任何一句温情暧昧的话。可冥冥之中，隋先生总能在严肃的对话里捕捉到一丝丝的情感波动。那种似有若无的感觉，最是让人着迷。

就在他错愕之际，金凤又道："可就在去年，你前往诏安、平和等地举事失败。一来遭到官府围剿,二来也在洪门失去了威望。我所猜不错,就是从那件事起,你的心发生了转变。"

声音落下的时候,金凤转头看向了隋先生。四目相对之际,隋先生蓦地被那一双柔媚的眼睛给电了一下,不由得心下微跳。金凤却是不动声色,俨然有股不为万事所扰的气场。

"你问我这些,怕不是你心里也早就有了答案。"隋先生躲开她的目光,尽可能恢复他的平和模样。金凤仍盯着他道:"你叛了洪门。你的心,早已背离反清复明的大业,而是想着如何追求荣华富贵。"

这个推断让隋先生不置可否。金凤接着道:"所以,你跟什么永瑆合作,压根不是为了洪门大业,而是想着帮他登基,日后当个朝廷要臣。说不准,哪日永瑆真当了皇帝,安排你去剿灭洪门,只怕你也做得出来。"

上述的话听着有点儿刺耳。隋先生紧紧皱起了眉,可也不知何种原因,他并没有反驳。金凤了然他在等自己的态度,于是转过身来面向广场道:"三哥,你是了解我的。洪门待我恩重如山,山主更是待我如亲生女儿。当年若不是山主所救,我早就是逃荒路上的遗婴了。他赏我一口饭吃,教我读书写字,育我长大成人,千恩万恩也难偿还。你若做了背叛他的事,就相当于背叛了我。"

"你究竟想怎样?"隋先生知道金凤聪明异常。既然她敢把事情兜出来,说明手里已掌握了充足的证据,甚至她有可能把宫里的情况汇报给了山主。

原本隋先生打算待到永瑆登了基,皇帝的位置焐热了,那时才是与洪门最好的翻脸机会。可现在大事未成,洪门如果趁机诛杀自己,情况可就糟糕了。

可没想到,金凤却是苦笑着摇了一下头:"我还能怎样?早在两个月前,我便已瞧出了你的野心。如果我想怎样,你焉能挨到现在?"

这个回答出乎了隋先生的预料。他不可思议地望着面前这位心思难断的女子,猝然不知该说些什么。金凤红着眼道:"我之所以到现在才告诉你,那是因为我想让你答应我三件事。将来无论你成就如何,请务必记得:一不泄露洪门的任何秘密,二不参与围剿洪门,三不诛杀任何一位洪门兄弟。只要你能做到这三点,我便愿助你成就大业。"

三个条件听起来似乎并无难处,但是隋先生太明白帝王之心了。即便永瑆答应这些条件,将来做了皇帝,还是会出尔反尔。原因很简单,只要洪门存在,便是对皇权最大的威胁。

可见金凤如此说,分明就是把刀架到他的脖子上面;如果不答应,定要与他鱼死网破。隋先生双拳暗暗握紧,有那么一刻,真想结果了这个女人。

可转念一想,大丈夫能屈能伸。韩信都能忍受胯下之辱,而今自己不过是受一个女人的威胁,又算得了什么?

"好,我答应你。"

隋先生像是经过了深思熟虑,紧紧绷着的脸上缓缓释放出了一些笑意。金凤知道他是在权衡利弊后才做下的决定,可为了预防他别有计较,又补充道:"你很清楚。一旦我知道你是在骗我,背后另有谋划。那我在得知真相之后,一定会先杀了你。"

这是金凤一贯的作风,隋先生知道她所言非虚。可如今箭在弦上,别无选择,只得暂时应下。不过眼前有个原因,隋先生迟迟想不

265

明白。金凤为何要帮自己，又为何心甘情愿冒这么大风险？莫非她别有所求？

"说吧，你有什么要求？只要我能做到，绝不会亏待了你。"隋先生坦然道。金凤微扬起头斜看向他，良久之后才道："我要你事成之后，娶了我。"

本以为这个女人会要一大笔钱，抑或索要一个地盘。可哪里会想到，她竟会提出这个条件？他们相识十五年，从来都是普通的兄弟情谊，一星半点儿的跨越男女情感之间的行为都没有过。以往在洪门的时候，太多兄弟追求过金凤。这个孤傲又风骚的女人，经常给别人若即若离的美感。近的时候若飘香幽兰，远的时候似海市蜃楼。

尽管隋先生也曾对金凤的美色动了心，但想到自己大业未成，女人多半是累赘，所以强忍住了心里的悸动。今日金凤突然说让自己娶她，焉能不心动呢？然而隋先生又是个谨慎的人，每当一些人的企图拿捏不准之时，他就不敢贸然下决定。

隋先生看向她问道："四妹，咱们这十五年里都是兄妹之谊，我实在不清楚，你怎会突生这种念想？"金凤凄然一笑："男人啊，终究还是不了解女人。"

隋先生的确不了解女人，因为在他的生命里，只有权力和地位才最重要。为了像越王勾践卧薪尝胆，努力拿到自己想要的一切，任何女人、金钱等的诱惑在他眼里，已然无法左右那份邪恶的初心。

一个人为了实现权力欲望，可以把其他欲望排挤得干干净净，本就不是一般人物。金凤见过无数有雄心壮志的男人，可那些男人一遇到美色，全把雄心壮志抛去脑后。唯独隋先生是个例外，这个男人敬她护她也尊她。因为没有对她动过任何邪念，反倒引起了她的注意。

一个女人对一个男人真正动了心，也许是一见钟情，也许是日久生情。可在金凤看来，世间也存在第三种情感：那就是在某一个瞬间、某一个特定场合里，因为某一个普通而平凡的举动，竟会让他们这种长久共事而未越出半分礼教的关系，突然之间萌生了特殊的情愫。

那一年洪门在云南举事成功，山主带领众兄弟在郊外大摆酒席。为了能跟洪门绝色金凤讨一杯酒，但凡有头有脸的人物全都排成了大长队。哪怕娶了老婆的老男人，也必须跟金凤喝一杯才自觉不枉来人世间走一遭。除了山主之外，唯一没有参与这次敬酒的人只有隋先生。

夜色阑珊，兄弟们都因酒意上头而呼呼大睡。可隋先生还没有睡，他独自一个人坐在山崖边，远眺着即将发亮的天际，闷闷地喝酒。金凤睡醒一觉，蒙眬之间望见遥远的崖边，一个与天地融为一体的男子剪影。剪影上空是星辰和月色，剪影周围是树影和山峦。

那个人一腿踩着地面，一腿伸向了悬崖之下。他手里的酒葫芦，一次一次送进嘴里，又一次一次落寞地垂下。如果说今晚他没有给自己敬酒，只是一个人在跟山主有说有笑，早已引起自己注意的话。那么现在，就是这一瞬间的画面，就是这一瞬间的落寞。金凤的心，竟被他给偷走了。这究竟是一个什么样的人？为何突然之间，她就身不由己了呢？后来金凤才知道，一个男人如果保持神秘感和分寸感，同时还有所向披靡的才能，最是让女人不能自拔。

就是在这样日复一日的相处里，隋先生总是把她当兄弟姊妹看待。敬重之余是关心，体贴之余是分寸。尤其见到他打了胜仗雄姿英发归来，举起酒杯与众兄弟对饮的样子，金凤心里更是有说不出的欣悦。也不知从何时起，金凤萌生了一个念想，今生非隋先生不嫁。

无论隐藏在心底多久的秘密，一旦说出来，便是最释然的时候。金凤低下头无奈地笑了笑："三哥，你是不是觉得那个人不像我？"

隋先生神色复杂地扫了金凤一眼，随后挤出一丝暖心的笑意："不，四妹，自打第一面见你起，我心里也是魂销骨化。我之所以不敢越出规矩半步，那是因为不想让你觉得我和其他兄弟们一样。我一直在想，一辈子就这样遥望着你，未尝不是一种幸福。"

听到隋先生这样动情的告白，金凤那副铁石心肠，蓦然之间全化了。她泪眼蒙眬地望着这个喜欢的男人，脸上满是感动和欢喜。

可这个男人很快便把她拉回了现实，冰着声音道："眼下大局为要，我们不可分心。待到事成那日，我必许你十里红妆。"金凤噙着泪水点了点头。

两个人把目光从彼此脸上移开，徐徐望向了青砖广场。无数的扎灯匠人分成十几个大组，每个大组又分成若干个小组，各自忙着各自的任务。

这是一个庞大的火戏架子，目前还瞧不出轮廓。不过匠人们的工序格外复杂，他们把竹篾浸水变软后，一根一根修剪成竹篾条子。那些长了三年的生桂竹，先剪成长条的竹筋，再用手工锯裁成适当的粗度来扎架子。如果需要把竹筋弯曲，或是折成想要的弯度，还得放于蜡烛上熏烤，只要冷却下来就能定型了。

从架子参与的人数和架子的体积来看，这是一个足足五十丈高、二十五丈宽的庞然大物，差不多与神武门外的景山一样高。

骨架的边边角角全是人，远远望去，仿佛一具动物尸体被黑压压的蚂蚁包围分食的场面。有的人用墨条在上面标注记号，有的人用刷子在规定的位置涂抹浆糊张贴彩纸，还有的人用剪刀精修细剪，以求每个工艺都尽善尽美。

"四妹,为了让这场火戏足够精彩,你还得帮我善一善后。"隋先生遥望着那座巨型的火戏架子幽幽地说道。金凤红唇一勾,冷哼道:"只要有我在,保证它顺利升天。"

下部　游侦行者

第十六章
镟作密档：肉身飞仙

镟作密档：乾隆三十六年八月十五日酉时

顾宗万追查线索至灯作，不料被隋先生囚困，幸得神秘人相救；供月大典拉开帷幕，隋先生暗中指挥四名手下，巧布迷局；钟梓文与林子群强强联手，合力设局擒黯影。

两个月以来，秦跃龙一直在训练防火班。紫禁城比不得他处，这里几乎全是用木头建造的殿宇，易燃易着。供月大典需要燃烛和表演火戏，因此火灾极可能发生。

康熙十八年，太和殿失火让康熙帝极为生气，当即掷下严令："凡有火之处，必着人看守，不许一时少人，总管等不时巡察。"雍正帝时依然重视宫内防火，初期曾下令造办处制作和维修激桶，雍正五年还成立了宫内防火班[1]。

---

[1] 刘宝健：《紫禁城内清代放火设施》，中国紫禁城学会论文集（第二辑），1997-11-01，中国会议。

到了乾隆朝时期，防火班的规模已发展到最大限度。为了做好防火救火的准备，秦跃龙把造办处治水救火的太监重新整编为二十队。每队安排头领一名，时刻向队员传达安全意识及惩处条例，要求思想上严于律己，从容应对火情。

如果真的发生火灾，只这些太监还不够用，于是秦跃龙又从履顺门护军、顺贞门护军、紫禁城三旗所属之值班马甲、各处值班执事服役人、仪卫值班校尉等处精心挑选了兵丁，并针对不同火灾的特点制定了不同的灭火办法。

一时之间，两千五百余人的灭火队伍便组建起来了，可辖紫禁城内太和殿、中和殿、体仁阁等四十余处场所。虽说一旦发生火灾也就意味着事故的降临，到时候轻则有人负伤，重则有人惨死，全不是最优的方案。不过秦跃龙一向喜欢未雨绸缪，只要自己受得住底牌，那么也就能尽全力收拾任何危险分子了。

八月十五日的清晨依时到来。秦跃龙简单地吃了点儿东西，一大早就把参与防火灭火的众人以及大内侍卫等叫到了乾清宫门口。他远眺着黑压压的人群，大声说出了最后的动令："今晚将在此举行供月典礼，届时万岁爷会宴请群臣。此乃天下盛会，不可不严谨慎重！尔等皆为大内麟角，既在其位，当谋其职；不在其位，不越其职。若发生意外，以乾清宫为腹心，东南失火著履顺护军兵丁往救；西南失火著顺贞门护军往救；东北失火著值班马甲兵丁救；西北失火著各处直班执事服役兵丁往救；若乾清宫失火，则著仪卫值班校尉兵丁往救。如此不致烦扰，必是有益。将此传知诸位，见某处失火，即报知其近该旗，不可有误！"

众人听完号令，纷纷退回了各自的守备区。秦跃龙本想去防火班检看一下器具问题，突然看到身穿匠人服饰的顾宗万站在不远处的角落里。两人略一对望，默契地寻了一个不易被外人察觉的位置。顾宗万刻意向墙角避了避，压低声音道："秦大人，我已按照你的吩咐，几乎把三十作里的各个作坊巡视了一个遍。说实话，并没有发现异样。"

洪门狡诈，短时间内寻不到线索，也很正常。秦跃龙抬起头来想了须臾，随后道："这样，你去一趟镟作，那里有我安插的黯影。这几日，我让他留心作里的情况，每隔一天便向我汇报一次消息。今日我在宫中张罗安保事宜，一来无暇管顾，二来因他身份特殊，也近不了我身。不过，今日午时三刻前，他说务必提供关于洪门的线索。你拿到后，设法交给我。"

镟作是用机器和刀具旋转削切材料的作坊，木头和金属材料都可以拿到这个作坊加工。现今作坊里有司匠三人，委署司匠四人，领催、苏拉、笔帖式和工匠近三十余人。

这个作坊不算偏门，顾宗万有所了解。他告别了秦跃龙，只身折返造办处，小心翼翼地去了镟作。按照秦跃龙给的暗号，他很快寻到了那黯影。那黯影也不多说，只是给了一封密信，上面写了简单的三个字：火药灯。

莫非贼人要在灯具里安置火药，企图引爆紫禁城？这条线索太过笼统，只怕给了秦跃龙也没有意义。看来有必要去造办处档房，寻一些关于供月大典所用灯具的花名册瞧一瞧。

拿着秦跃龙给的御赐令牌，顾宗万毫无阻拦地来到了档房，以皇史宬使者的身份，翻了数册记事簿，发现今晚用于装饰和表演的灯具、火戏近三百余种，只看名称还真没有线索。

正当一筹莫展之际，彩灯花名册末尾写的一串字引起了他的注意：彩灯大戏，压胄子。

压胄子就是压轴。这意味着彩灯大戏在场面设计和表演效果上，都将会是最隆重的一个节目。

直到这一刻，顾宗万暗淡的眼睛里，才终于露出了犀利的锋芒：如果我是那伙贼人，一定会选在此处动手。可是，那个彩灯大戏究竟是什么样子呢？

一番苦思过后，他的脑袋里登时蹦出两个字：灯作！那里是制作彩灯大戏的地方，也许有新线索。顾宗万急忙从档房出来，穿过造办处前门，向东出了内务府门，大步闯入十八棵槐所在的树林。上了断虹桥，一抬头，远远便见西南方的灯作广场，立起一座奇怪的东西。那玩意好像四川乐山大佛，雄伟如山的模样直插云霄，以傲然之姿俯视着天下万物。

顾宗万愕然呆了一下，用力揉了揉眼睛，可几乎快把眼睛揉烂了，怪物仍旧存在。此事非同小可，莫非这就是洪门杀招？

他心里咯噔一下，大步跑下断虹桥，向南行进半刻，拐入了灯作的垂花门。甫一入门，眼前是宽阔的青砖广场。四面围建着一幢幢围房，激桶处、灯库、木库、鞍鞯库、乾肉处[1]和灯作等分布在围房里面。

顾宗万站在门口，不可思议地扫看起周围的景象。太奇怪了，这里竟没有那个瑰丽壮阔的怪物，广场上反而全被蚂蚁窝一样来来往往的匠人塞满。

---

[1] 乾肉处：乾肉指肉干，乾肉处就是存肉干的地方。此机构来源，详见赵广超：《大紫禁城宫廷情调地图》，北京：紫禁城出版社，2009年。

一行人双手提着榉木漆桶,左摇右晃地跑进灯库,应该忙着裱糊灯架去了。另有一行人肩上挑着扁担,两个筐里摞满了快要溢出来的竹篾子,一点一颤地去了鞍毡库。

五六辆四轮木车霍霍地开去北面的激桶处门头,车厢里载着棚索、斧、锯、旗号、火笼、火背心等消防器械。激桶处里出来匠人迎接,大家合力把一件件器械搬进了屋子里。

这究竟是怎么回事?顾宗万低下头暗自忖度片刻,刚好一个匠人迎面走过来。他连忙上前拉住那人追问,这里刚刚是不是支起一个怪物。

那匠人莫名其妙地望他一眼,连连摇头说没有。眼看问不出个所以然,他只好放了人。可出于谨慎,仍是去询问了周围的其他匠人,谁知大家都说没见过那东西。

咦,这就奇了,莫非自己花眼了?顾宗万抬起头,困惑地四下张望,心想自己近段时间操劳过度,看花眼也不无可能。

当他的目光缓缓扫向灯作时,忽然眼前一亮。如果灯作也没有线索,可能真是自己眼花了。及至灯作门口,还没有进去,一个四十多岁的中年男子便迎了出来。

"这位兄弟,你们灯作最近有没有制造一盏巨灯,立起来足足二十余丈高?"顾宗万开门见山地问道,就像个常来对接工作的伙伴。

那人先是怔了一下,随后露出了笑意:"这位兄弟是哪个作的人?"顾宗万答道:"哦,小弟是查核房的笔帖式,方才在断虹桥上看到,咱们灯作这边立起一盏巨灯,所以过来问一问。实不相瞒,供月大典上的节目都是小弟誊录在册。小弟生怕誊写有遗漏,那就糟糕咯。"

几个时辰前,顾宗万去档房看过供月大典上的节目名单,于是编了一个查核房笔帖式的身份，料想眼前的匠人也辨不出真伪。

那人简单一打量他，笑道："这位兄弟，你恐怕是眼花了，这里没有巨灯。不过说到普通灯具嘛，倒有不少装饰用的彩灯。"

这不是废话吗？灯作里没有彩灯，哪里有？此理由，显然不能让顾宗万信服。他双手一拱，笑着说想去参观参观装饰用的彩灯，顺便核查一下有无遗漏。那人起初有点儿犹豫，可见来人态度坚决，理由也充分，只得让他进来了。

空间局促的屋子里，六个匠人正蹲在地上扎制方形灯笼架子，一个个摞起来就像归置整齐的砖坯。顾宗万走近了去瞧，发现每盏灯笼共有六个面，任意一个面都能实现相互之间的扣合。简单来说，这些玩意儿一旦组装起来，说不定是个庞然大物！

"哟，这些灯笼架子可真是不错。诸位师傅，真是好手艺呐！咦，我说，它们不会就是装饰用的彩灯吧？"顾宗万边走边说。

那人跟着介绍道："不错。这位兄弟，难道你要查核一下活计吗？"这段突如其来的话，瞬间让屋子里的匠人们停下了手，纷纷转过头来望着他。

凭借直觉，以及每个人脸上凝重的杀气，顾宗万已然断定，这群人身份有异。他愣在原地良久，最后摆摆手圆场道："不必，不必。彩灯很不错嘛，小弟没啥可查的。诸位继续忙，再过几个时辰可就是供月大典咯，小弟不能耽误了大事呀。告辞，告辞……"说着抱拳拱了拱手，转身就要走。前脚还没迈出门，一只大手薅住他的后衣领，竟把他给拽了进来，两个大汉迅速把门闭紧。

"你们……你们想干什么？"顾宗万环顾周围缓缓站起来的匠人们，隐约察觉到一丝不安。那人走近他，微微一笑道："你就是夺命

277

仵作顾宗万吧？"

"你认识我？"

"你不是一直在找我吗？咱们这不是见着了？"

顾宗万低头思索良久，猛然抬起头来："你是？"他已猜到对方来自洪门，可并不知道更准确的身份和名字。不过，他也没机会知道了。因为那人已吩咐下属往他嘴里塞了麻核，又找来绳子把他五花大绑。另外两人各钳住一只胳膊，用力把人按跪在地。

"放心，一刀结果了你，不会太痛苦。"那人拿着一把匕首在顾宗万面前晃了晃，压根不去理会他的惊恐和摇头，瞄准心脏就要下手。

这时，一阵嘭嘭嘭的敲门声响起。那人连忙收起匕首，转身吩咐旁边的一名匠人道："先把他藏起来，寻个机会杀了。"

匠人们把顾宗万装入一个麻袋，扔进堆放杂料的库房，上了把铜锁。那人蹑手蹑脚地走到门口，眼睛贴在门缝上望去，发现来者是林子群，当即把门拉开请人进来。

"隋先生，一切准备得可还顺利？"林子群带好门，四下里扫看环境。隋先生随手一指地上静待组装的彩灯架子："我一直在盯着，放心好了。"

林子群点了一下头，眉毛轻轻皱了皱："叶昶死了，一根毒刺也就没了。现在整个行动最大的麻烦，只剩秦跃龙和顾宗万了。"

"顾宗万我来解决，你全心对付秦跃龙便是。"隋先生回头看了眼库房，简单描述了擒住顾宗万的细节。林子群颇为讶然，亲自去验了验人，发现确然是大名鼎鼎的夺命仵作顾宗万。

"隋先生立下大功！现在刑部三大高手已除了俩。区区一个秦跃龙,不足为虑!"林子群放心地笑出了声。谁知隋先生倒没有他这么乐观:"秦跃龙最大的杀手锏是黶影,那些形如鬼魅的人最难对付,我劝林老弟还是不要太轻敌。"

"这个自然。"林子群扬起了头,胸有成竹地说道,"我现在就去一趟御前侍卫所属院落,那个领侍卫内大臣钟梓文是我们的人。此人早年在密档室待过,专门修习过黶影术。只要有他在,任何黶影皆逃不过我们的手掌心。"

为了保证今晚计划的万无一失,两人又合计了一遍各自的任务,只待觉得清楚无误了,这才离开了灯作。隋先生离开之前,特意叮嘱留下来组装灯彩架子的三人把顾宗万解决了。

大家送走隋先生,关上了门。刚走到关押顾宗万的库房门口,末尾那人就被黑暗里伸出的一把匕首迅速抹了脖子。另外两人没有瞧到凶手的身影,只好拔出匕首,背靠背彼此掩护。

"什么人?出来!"两人原地转圈扫视周围。这时他们的脚踝先后感到刺痛,竟不约而同地摔倒,脚筋被利刃挑断了。可碍于灯作里满是秘密,不敢大声呼救,只好咬牙强忍。

来人摸清了他们的盘算,从黑暗里慢慢爬了出来,就像毒蜘蛛寻到了猎物。只见他两手各持一把匕首伸到匠人的脖子下方,电光石火之间用力一拉,下个瞬间便没了呼吸,鲜血顺着伤口汩汩冒出。来人在尸体身上翻出钥匙,开锁放出了顾宗万,两人一同离开灯作。

过不多时,那名叫金凤的女人竟来到灯作。她本想找隋先生商量一些事宜,谁知迎面便见躺在地上的三具尸体。一开始,金凤怀疑是御前侍卫所为,还以为他们的计划已被识破。可灯作并未被御前侍卫清剿,三十作里也没有大的风吹草动,说明凶手不是来自宫里。

"莫非除了洪门,三十作里还隐伏其他势力?"金凤暗暗推理着来龙去脉,心情变得格外沉重。因为迟迟没有结果,又想到还有几个时辰便是供月大典了,开弓没有回头箭,一切只得按计划行事。一想到这里,金凤当机立断,先是让手下把现场清理干净,随后让大家接替已故匠人把彩灯架子归置好。

酉正三刻,虽然天还没有完全黑下来,但乾清宫殿前早已披红挂绿,一盏盏彩灯把金黄的殿宇衬托得奢华大气。太监和宫女们最是忙碌,急着摆放瓜果、调整布饰、挑挂灯笼、安放桌椅……

此时露台上已支起供桌,上面摆着月宫符象,中央还放着一块重十余斤、长十七寸的大圆月饼,印着"广寒宫"字样以及玉兔捣药的图案[1]。大月饼周围摆开约三斤重的小月饼,诸如自来红、自来白、翻毛月饼、提浆月饼等赫然在列。这些月饼的馅儿很丰富,甜的馅儿有豆沙、百果、莲蓉、枣泥、凤梨等,咸的馅儿有五仁、蛋黄、金钩火腿等。当然,酒水、茶点、鲜花和鲜果等也是必不可少的点缀。

为了讨得万岁爷欢心,昇平署安排了承应戏,优伶们特意排演了万岁爷最爱看的《太平胜集》《广寒法曲》《会蟾宫》《金山醉月》等神魔志怪戏曲剧目。

面对这样的盛会,宫禁宫规的要求自然严苛。内门除值日人员之外,不容许任何人混留。无论大臣还是侍卫等人,一律在大清门齐

---

[1] 周乾:《宫里的中秋节,有点不一样》,《科技日报》,2020年9月25日,第008版。

集。大清门内外不许互相背坐、御道坐等、打闹交谈[1]。任何人坏了规矩，皆依宫规交由慎刑司处置。

各路朝官、使臣等入宫也有严格规定。除了内大臣、护军统领、护军领侍卫之外，蒙古王爷、朝鲜使臣及公、侯、伯、大臣以下各部院衙门官员等人，全从午门进入。

另外，各级官员的护卫人数有着严格的等级限制。亲王带六员，世子、郡王等带五员，贝勒带四员，贝子带三员，公带二员，民公、侯、伯、都统、精奇尼哈番、护军统领、副都统、尚书、侍郎等各带一员，余下官员不许带护卫。

众人到达乾清宫后按照官衔地位的高低依次落座，由于宴会还没有开始，大家互相之间只是简单地小声寒暄道贺，看上去其乐融融。

过不多时，乾隆在太监李玉的搀扶下走了出来，缓缓落座于中央主位的龙椅上面。他穿着一件月白色正朝服，戴着绿松石朝珠，腰系龙纹白玉朝带，浑身散发着王者霸气。

君臣之间行完礼，各自落了座。乾隆举起酒杯，面朝众臣子说了节日的祝词，皇亲贵胄、蒙古王公、文武大臣等人纷纷向皇帝举杯祝福。

随后是御赐中秋宴、酒、月饼，看戏、对月赋诗等环节，因为有了彼此之间的互动参与，宴席上处处弥漫着轻松愉悦的氛围。

一轮杏黄色的满月悄悄从宫殿犄角里爬升，清澈如水的月华普照着大地，就像镀上了冰一样的银辉。乾清宫露台远处的青砖广场上

---

[1] 毛宪民：《清代紫禁城门禁腰牌管理与考察》，《沈阳故宫博物院院刊》，2009年第2期。

面,太监和工匠们正弯腰抱着一箱箱烟火盒子,按照地上标记好的位置逐一放好,每个盒子四面各相距一尺。

隋先生也在这个搬箱子的队伍里,他的身边还跟着四名心腹,分别是冯英、曹虎、张烈和费鸿。大家最开始并无机会交谈,只能闷声不响地忙碌。

只待陆续完成各项任务,匠人们才有了蹲下来组装火戏架子的机会。四人选了一个偏僻的角落,偶尔把头凑过来窃窃私语。不过从表面上看,他们手里在组装烟火盒子,而不时地交头接耳,反倒像是在交谈工作,并无异样。

冯英虽是个矮胖的中年大汉,但身手格外敏捷。他抱来一个烟花盒子,小心地跟隋先生搬来的扣合,一起用铁丝扎紧。

"不出半个时辰,这玩意儿就能组接完毕。"冯英裂开嘴笑了笑,仰起头凝注着夜空,"钦天监暗桩传来消息,亥初一刻起东南风,正好助此物升天。顺风而起,天赐良机!"

"是啊,天命如此!"隋先生跟着随口感叹了一句,心想此物放飞升天,整个计划也就完成了一大半。十几年的努力,便只为等待这一刻了!

这时曹虎也凑了过来,他浑身黝黑如铁,犹如涂了一层锅灰,兄弟们称呼他叫"黑牛"。曹虎平躺在地上,用后背摩挲前行,直到把头伸进镂空的烟花竹架子里,就像钻进了马车底修理出故障的车厢。

"一个时辰前,查核房的人带着火戏笺草,仔细检看过我设计的这些宝贝。结果当然是,一点儿问题也没有。哼,他们就算有上百只眼睛,上千颗脑袋,只怕也想不到,最大的危险往往隐伏在最安全之中。"曹虎双手飞快地排查着火药引线的连接顺序。这片刻的说话间，已把重要引线完成了全新组接。曹虎是一位火戏高手，整个压胄子的火戏表演便是经他创造。

听完这些话，隋先生的脸上露出了意味深长的笑意。曹虎忙完爬了出来，走到隋先生的旁边，笑道："查核房的人离开后，我把每个宝贝的火捻子连接顺序全改了。如果说之前的连接是烟花表演，那么现在，嘿嘿，可就是飞天炮弹了。"

"曹兄弟，辛苦你了！"隋先生慨叹万千地点了一下头，转身扫过旁边的三位兄弟，"几位都是与我义结金兰的好兄弟。我说过，这次行动只为反清复明。即便粉身碎骨，也要视死如归。现在大业将至，我们可不能马虎懈怠。"

四人互相对望一眼，坚定地点了点头。隋先生在洪门是出了名的德高望重的前辈，哪怕领导过几次失败的行动，可他给人的形象依然是恩义厚重，江湖上不少人是冲着他的人品才加入的洪门，四人也不例外。

当年他们是走投无路的匪寇，因为遇到隋先生才脱离打家劫舍的勾当。那时大家联合起誓，一定要为反清复明大业而赴汤蹈火，在所不惜。如果说洪门是他们的家，那隋先生便是他们的心灵宗师。

尤其隋先生告诉过他们：一个缺失崇奉的人，余生便只为欲望而活；只有人找到了崇奉，生死便有了着落。正是靠着这些话术的支撑，四人才坚定了宁肯战死也愿为大义献身的信念。

五人谈话间，灯作主事突然跑了过来。他把隋先生拉了起来，轻声轻语地道："我再最后叮嘱你一句，这场火戏一定要好好准备！这主意是你出的，要是出现意外，你很清楚后果！"

原来灯作主事一心想调往造办处，可自己的关系不到位，迟迟没有机会。为了搏一把前程,他只好答应了隋先生的提议——瞒着所有人制造一场火戏奇观。万岁爷看高兴了,必然会下令封赏。到时经李玉大总管美言几句,那工作调配的问题,岂不是如愿以偿了?

"为了这个节目,咱们该瞒的瞒,该违背原则的违背原则。除了造办处和灯作的几人,便只有李大总管知道这事儿。你说,咱们冒这么大风险为了啥?还不是希望让万岁爷图个乐呵?还有,为了不让人瞧出端倪。你每次组接起那怪物搞测试的时候,我可是动用了所有关系封锁灯作广场。任何一个与此事相关的匠人,绝对不敢说出去半个字。"虽说节目还没有开始,但灯作主事那充满紧张和恐慌的情绪早已提到了嗓子眼儿。他压低声音,道:"一切顺利的话,鸡犬升天。可如果发生意外,哪怕是一丁点儿,谁的脑袋都保不住!"

这是一场豪赌,作为混迹官场多年的老吏,灯作主事已然做好了最坏的结果。他很清楚,万一发生意外,李玉必定会装作不知情,并把罪责推向自己,到时灯作无一幸免都会受罚。上天堂还是下地狱,只在一瞬之间。因为自己拿捏不准结果,所以才来向隋先生施压。

"请放心,我不会拿自己的脑袋开玩笑。"隋先生满脸堆笑地说道。他那从容稳重的样子,任谁见了都能感受到深深的安全感。

这声担保也让灯作主事舒了一口气,只得摆了摆手道:"得得得!我相信你比我还希望不要出事,也许是我多虑了。"说完低头叹了一口气,忧心忡忡地走远了。

隋先生望着那个颓丧而去的背影,意味深长地勾了一下唇。这时金凤从他的身后了闪出来,道:"我方才去了灯作,三名兄弟已遭人毒手。"

"什么?"隋先生登时脸色大变,连忙追问是否发现顾宗万的尸首。金凤摇了摇头:"不过,我也没有发现御前侍卫到过的痕迹。现在一切演出正常,说明敌人并非出自宫里,而是暗中下手。虽说不知道来者身份,但可以断定,此人与洪门是敌非友。"

如果敌人来自宫里,此刻灯作的演出恐怕早已被封控,又岂会再留给他们表演的机会?可既然对方不来自宫里,又会是什么身份呢?苦苦思索之下,隋先生仍旧不得其解,只好快刀斩乱麻道:"现在管不了这么多了。那个东西马上就要升天,一切以大事为要。"

"三哥放心,你尽管按计划行动,余下诸事莫分心。"金凤环视了一下周围,满眼浸着杀意道:"至于火戏场外围的杂碎。来一人,我杀一人;来两人,我杀一双!"

虽说金凤是女流之辈,但她的武艺不俗,谋略胆识更是高人一等,洪门兄弟常常称呼她是女诸葛。火戏场外围由她把守,确然固若金汤。

"御前侍卫,我倒不放在眼里。"隋先生眯着眼睛扫看了一圈,心底略有忐忑,"唯一让我担心的是秦跃龙安插在附近的黯影,那些鬼东西来无影去无踪,手段狠辣又没有章法。虽说你智谋和武艺过人,但不一定是他们的对手。"

金凤莞尔一笑:"林子群带我见过了钟梓文,此人当年在密档处任职,见识过黯影术。我与他合谋,可在这会场周围布下天罗地网。黯影胆敢出现,必叫他们死无葬身之地。"

不久前,林子群告诉隋先生,他要去御前侍卫所属院落找钟梓文,希望设法除掉黯影。为了方便行动,隋先生特意安排金凤与之合作。可没想到,这么快就有了破解方法,真是个好消息。一念及此,隋先生难得一见地挤出了激动的笑容:"四妹,你真是我的福将啊！"

近光左门两侧站着两名手提宫灯的小太监，他们就是林子群和钟梓文。此时乾清宫露台正在上演着精彩纷呈的节目，大部分护卫都聚焦在那边，反而无人在意这个偏僻的角落。

刺耳的欢呼声、锣声、鼓声和吟唱声响彻云霄，绚烂的光束时不时从金黄色的琉璃瓦上扫过，死寂的巷道地砖上面，顷刻间闪过一片片的浮光掠影。

"你怎么知道黯影一定会在此处出现？"林子群放低声音询问旁边的钟梓文。他们在这里等待半个时辰了，至今没有收获，林子群担心挑错了目标地儿。

钟梓文却缓缓抬起头，小心谨慎地环视周边的屋顶："所谓黯影，即是在暗处潜伏的人。乾清宫外的广场上侍卫众多，不方便改装易服和更变黯影手法。因此，日精门和月华门两边空寂的巷道附近，最适合作为临时巢穴。我之前跟你说过，黯影术源于间谍术。换言之，他们需要像间谍一样，通过化装和潜伏侦查线索。比如他们先打扮成匠人的模样混迹在三十作的匠人队伍里，只待打探完那边的消息，再去临时巢穴更换侍卫或太监的服饰打探别处消息。由于他们训练有素，而且模仿和学习能力极强，旁人很难在短时间里辨出真假。"

林子群略有所思地想了一会儿，开口问道："这就是你之前说过的隐身术？"钟梓文看他一眼，点了下头："不错。这个世上本没有隐身法术，黯影之所以能隐而不显，主要是指他们会改貌易服、变换身份和演戏伪装等本领。"

如今正值日暮，晦暗不明的环境加上喧闹的宴会，最方便黯影潜伏。可林子群想不出这些人究竟会在哪里现身。莫非是近光左门附近？另外，既然要与黯影交手，为何不多派些侍卫协助呢？面对种种问题，林子群没了主意，只得问道："你打算如何对付黯影？"

钟梓文叹了口气："黯影就像蝙蝠，听觉感知能力极强，尤擅在黑夜里潜伏。如果周围埋伏着未经训练的侍卫，一旦被黯影发现异样，立即就会悄无声息地撤离。到时哪怕我们布局再巧妙，也照样连个影子都抓不住。"

此言非虚，林子群听说过黯影选拔的传说。每年正月初八，十七清吏司都会张贴招收能人异士的布告，赏银五十两。上一届的黯影会藏在看客群里，暗中指挥考官出测试题目。

五觉是他们的必备考题，只有达到眼睛赛蜻蜓、耳朵超鸥鹬、鼻子胜黑熊、舌头比青蝇和皮肤赶蜘蛛这五项考核，才能进入最后的决选。

此外，不管这一年参加的选手多么优秀，一个清吏司只能挑拣最优秀的一人进密档处。简言之，一年在全国只筛选十七名黯影。可想而知，这十七人该是怎样的天才！

更何况，这些人的平均年龄只有十岁，再经过十年的一对一培养，方能出去执行任务。试想能人异士的十年磨一剑，岂是常人所能比的？

一想完这些，林子群才叹道："我明白你的意思。如此高标准、严要求培养出来的人，绝对不能等闲视之。"钟梓文冷笑道："不过，也不是一点儿办法都没有。自打我跟了十一阿哥，整天都在琢磨破解黯影术的办法。这不，在三年前，终于琢磨出一点儿门道，待会让你见识见识。"

虽说钟梓文曾在密档处任过要职，可要对付行如鬼魅的黯影，那也绝非易事。毕竟江湖上传闻，密档处昔日逃出一个叫旱魃的黯影。此人以一己之力差一点儿灭了密档处，可想能力之强。一个暗影尚且如此，真要对付一群黯影，那简直不敢想象。

见他满脸无知的样子，钟梓文斜眼一扫，解释道："知己知彼，方能百战不殆。他们再天赋异禀，也终究有破不了的局。徒手打不过刀剑，刀剑够不着长枪，长枪斗不过火炮。世间万物，皆有克制之法。"

由于布置在附近的机关还没有响动，钟梓文自觉还有点儿时间跟林子群吐露一些黯影的秘密，兀自说道："黯影除了精于五觉、武术和间谍等技艺之外，还特别擅长百戏中的空中技和呈力技。在执行任务时，单个黯影首选藏和遁，多个黯影则以协调配合为主。你无法想象，他们每个人的体能都相当出彩，不仅练就了空中飞人的杂技，还能把这些杂技应用于实战，从而达到来无影去无踪的功效。"

一说起黯影，钟梓文就有源源不断的话题。可他担心林子群听不明白，索性向旁边靠了靠，拎出一个实例说道："这么跟你说吧，《北史》里记载的'肉飞仙'沈光，你应该听说过吧？"

这是一个名声响亮的民间传奇人物，听说他善于攀高和凌空而下，当时为天下之最，是位出色的杂技人员。让他一战成名的是在禅定寺的攀杆系绳。当时寺外有一杆十来丈高的幡杆，上面系幡旗的绳子因为风吹日晒而化断了。可幡杆比十一层的佛塔还高，一时无人能处理这件事。

刚巧沈光路过佛寺，于是给僧人要了一根长绳索衔在嘴里，双手搂住幡杆，蹭蹭蹭如壁虎爬上了杆顶，重新把幡旗系好。

就在众人都看得目瞪口呆之际，忽见他双手放空，两足夹着幡杆，宛如流星坠地。眼看马上撞向地面，沈光伸出双掌撑地，同时做了个鹞子翻身，只待倒退了十余步才站稳。围观的看客们欣赏沈光惊心动魄的好身手，因而给他起了一个"肉飞仙"的绰号。

"实不相瞒，每一个黯影都会肉飞仙绝技，这是他们安身保命的身手。而且你可能想象不到，黯影经过改良肉飞仙术，早已练就了在任何极端的场合都能利用道具遁逃的本领。为了抓住他们，我特意在附近布置了一张暗网。只要他们敢来，我就有法子把他们全擒了。"说完这些话时，钟梓文轻轻抬起头面向前方的巷道。

这时流光溢彩的地面上忽然闪过一道黑影，钟梓文登时脸色大变，立即去看头顶上的灯笼。原来灯笼的流苏上拴着八只小铜铃，每个铃锤上还系着一根有弹力的细线，一直延伸向最重要的八个方位。每根细线的另外一端，拴在可以触发共振效果的板上。只要有人从望板上覆盖的瓦片经过，无论疾走还是轻踩，都能通过捕捉铃铛声响来判断黯影的位置。

"他们来了！"钟梓文提高了警惕，右手缓缓背到身后，快速向近光左门里面埋伏的侍卫做了几个手势。待到他直起腰来时，眼睛里散发着诡异的气息，低声对旁边的林子群道："一会儿解决完这里的黯影，你赶紧去月华门那边支援那个叫金凤的娘们，我怕她撑不住。我忙完这边，就去帮隋先生，那老小子的麻烦也不少。"

第十七章
眼镜作密档：八两羽葆

眼镜作密档：乾隆三十六年八月十五日亥时

高竿入云的筒子风筝现出真面目，为了顺利放飞，钦天监使出八两羽葆评测风速；钟梓文在紫禁城殿宇楼顶，暗布独门秘器：九矢钻心神毒火雷炮和自犯钢轮火，黡影尽数被斩杀；秦跃龙察觉钟梓文野心，亲率兵力与之决战。

乾清宫内外响起喧天的锣鼓声，一股接着一股的烟火如喷泉冲天飞起，数声霹雳不间断响彻天际。天空之中炸裂的朵朵焰火形态各异，有的似珠帘焰塔，有的似宝塔楼阁，有的似葡萄蜂蝶，还有的似笼鸽喜鹊……种种形态，不一而足。

刺亮的烟火落幕以后，漆黑如墨的广场上面，缓缓闪烁起三千盏宫灯，仿佛夜空里垂挂着三千颗星辰。排山倒海似的灯光浮过金碧辉煌的殿宇，突显出雍容华丽的景象。

三千名宫女手里提着宫灯，列开精心排演的队伍，大声哼唱起整齐响亮的《太平歌》。每个人步调都循环进止,不错一步。合唱作罢,这边队伍才一旋转,七百五十人便排成一个"太"字,再转是"平"字,随后是"万"和"岁"两字,最后广场上可见"太平万岁"四个灯火大字。

　　灯舞过后是《庆隆舞》表演,三十二名头戴面具的舞者跳上露台,行云流水地舒展舞姿。随着管弦丝竹声阵阵响起,王公大臣们也不约而同地跟着跳了起来。

　　一个接一个的节目演完,乾隆有些乏了,不停打起哈欠,于是招了招手让李玉过来,吩咐他下令结束今晚的宴会。李玉弯下腰恭敬地道:"万岁爷勿急,还有一个小节目儿没表演呢!"乾隆挑了挑眉:"刚刚报幕说,节目不是已经演完了吗?"

　　李玉凑了过来,道:"灯作的几个小匠人弄了一个小玩意儿,说是要给万岁爷逗逗闷子。此外……"随即附在乾隆耳边小声嘀咕了一些话,乾隆听完笑眯眯地点了点头:"对了,你把朕的玳瑁水晶眼镜取来。"

　　李玉低头喊了一声"嚓",立即让旁边的小太监去取镜子。这个玳瑁水晶眼镜由眼镜作专门为乾隆量身定制。相比三十作里的其他作坊,眼镜作极为特殊。

　　因为宫里的眼镜一般都是靠西洋人或王公大臣、粤海官员的进献、进贡,内务府也会去京城的货行购买,只有乾隆特殊需求的眼镜才会交由眼镜作打造。

　　跟并不排斥戴眼镜的雍正皇帝相比,乾隆却一直坚持不戴眼镜。尤其他认为西洋的玻璃镜片对眼睛伤害极大,本土的水晶镜片倒还能用。

唯有到了非戴不可的地步，乾隆才会戴上自己最爱的玳瑁水晶眼镜。可即便再喜欢这个眼镜，也知道水晶对眼睛无害，他仍旧不会像父亲雍正那样过度依赖眼镜。

因为在乾隆看来，人一旦习惯了眼镜，岂不是人为物役？作为一代帝王，天下无人可役使自己，更何况是小小的眼镜？

小太监用托盘取来装眼镜的匣子，李玉打开取出眼镜，小心翼翼地帮乾隆戴好。眼见万岁爷瞧清了周边的物什，李玉才站直身子，斜持麈尾插入怀里，目光扫过一众臣子，道："诸位臣工皆是人中翘楚，经年以来为国为民，备尝辛苦。有鉴于此，万岁爷让灯作做了一尊'嫦娥追月'的火戏，特赐予群臣观赏。"

"嫦娥追月"的火戏制作耗资巨大，同时又是昙花一现的东西。如果直接说是给乾隆逗闷子的玩意儿，难免会遭人口舌。可如果说成赏赐群臣，大家就没话可说了。

众臣子站起身，参差不齐地跪倒在地，大声高呼："谢主隆恩！吾皇万岁万岁万万岁！"乾隆笑着请大家起身，随后让李玉下令开始表演。李玉转过身，拖长声调大喊道："开戏！"

早在最后一个节目表演完时，隋先生、冯英、曹虎、张烈和费鸿等人，就已把几百个烟火盒子拼接完成。现在广场上躺着一架十几丈高的大筒子风筝，上百名匠人合力把蒙面裱糊在风筝骨架上面，就像给一架巨型雕塑穿上衣服。

为了杜绝意外的发生，隋先生又让四人着重检查了脱壳线与明火线等交叉连接的地方，直到确认无误才让匠人们把大风筝竖起来。

这只大风筝十五丈高、五丈宽，六十余名匠人就像海滩上拉动巨舟的纤夫，每个人肩上都斜挂着一根勒绳，艰难朝前迈步跋涉的同时，嘴里呼喊着有字无声的号子："嗨，嗨哟哟，嗨嗨，拖啊，拖，拖拖拖……"

过不多时，一座黑乎乎的大山剪影拔地而起。任谁也不敢想象，紫禁城里还能竖起这样一架巨型彩灯风筝。毕竟宫里的建筑易燃易爆，多年来都明令禁止危险的火戏表演。

"这……这玩意可比乐山大佛了！如此巨物一旦着了，可要危及大内安全啊！小李子，你不会不知吧？"虽说没有瞧出"嫦娥奔月"的火戏原貌，但乾隆隐隐察觉到一丝不安。他前倾身子，轻推了推镜框，尽可能去看广场上的火戏架子。可碍于天黑路远，瞧不出任何异样。

李玉了然乾隆的虑处，连忙解释道："万岁爷勿怕，这大风筝被两个绞盘机固定。待到放飞以后，两个绞盘机就会与风筝形成了一个稳固的三角。简单来说，风筝不会乱飞。另外，风筝放飞前，暂不引燃上面的灯火。直待飞稳飞高以后，再点火，到时就能欣赏嫦娥奔月的奇观啦！还有呀，奴才知道您担心风筝的安全问题，也问过那灯作主事。那人亲口告知奴才，如果风筝意外着了火，马上剪断牵引绳索，放任风筝飞高飞远。这风筝的骨架是由特殊材料制成，因而在飞升的过程中会快速燃烧，不会掉落火球。所以，您放心吧，安全着呢！"

听完李玉谨慎详备的介绍，乾隆终于释然地点了点头，笑着让他去张罗后续事宜了。

此刻广场上已开始了测风的环节。一名钦天监的官员抬头望了望天，回头对身后的人道："快，架八两羽葆！"话音刚落，四名钦天监侍卫就把一根五丈长的竿子立了起来。

这根竿子的顶部挂着形如华盖的八两鸡毛，远远望去就像在竿子上站着一只毛羽茂盛的大公鸡。羽葆下面固定着防风灯，哪怕是在漆黑无光的夜里也能捕捉鸡毛的动向。

明眼人都瞧得出来，这是一个简易的测风仪器，名字叫八两羽葆。

实际上，羽葆有五两和八两之分，主要是指鸡毛的重量。风小用五两，风大用八两。行军打仗的时候，军人经常把羽葆立在军营前作为风向标识。

不过这并非是钦天监最精密的测风仪器，例如流行于唐宋时期的相风旗、张衡发明的相风鸟等至今还被钦天监沿用，不仅测风效果显著，而且还能测出风速。可鉴于以上仪器粗大笨重，不方便拿来测试，于是钦天监官员改用了简单好使的八两羽葆。

"亥初一刻，东南风，风速约十里。"钦天监官员遥望着头顶上的八两羽葆，预估着风速。按理说这么简单的羽葆装置难以瞧出风速，但钦天监官员多年来一直从事观测天象的工作，经常跟同样用于测量风向风速的仪器铜凤凰打交道，时日一久练就了哪怕通过观察风吹羽葆的摇动情况，也能立即判断风速的本领。

"怎么样？现在要不要放飞？"隋先生转身询问旁边的曹虎。毕竟整个风筝是由曹虎设计，他比任何人都明白风筝的放飞时机。

曹虎没有急着回答，而是回身一指风筝上的测风带，道："还不行，测风带没有完全飘起来。整个乾清宫广场大约十五亩，我们的大风筝平躺放倒足足占了一亩。这样一个庞然大物在如此狭窄的广场上面放飞，须得寻一个合适的风速。"

隋先生连忙问道："那怎样的风速才能起飞？"曹虎想了想道：

"至少要折小枝四百里[1]。"隋先生脱口又问："还要等多久？"

这时曹虎沉默了，他也算是一个风向高手，简单看罢八两羽葆上的测试效果，随后默默在心里预估了一个时间段，答道："照此风速来看，最起码还得等三刻钟。"

隋先生面向乾隆眯了眯眼："也好，那就再等三刻钟。"

端凝殿西北方向是露台和斜桥的夹角地带，四面的灯光照不过来，刚好形成了黑魆魆的阴影区域。秦跃龙面朝露台石墙的位置站定，此时走过来一名打扮成太监模样的黯影。

听到脚步声后，秦跃龙缓缓转过身："可有顾宗万的消息？"那黯影把头一低："顾大人，已断联四个多时辰了。"

这可不是好消息，秦跃龙的眉头紧紧皱了起来。早在昨晚，他们就商议出了一个方案。无论查没查到有效线索，顾宗万都要在戌正过来寻自己。

可现在已过了亥时二刻，他还没回来，莫非是出事了？眼下供月大典即将收尾，危机和安全只在瞬息之间。如此关键时刻，哪还有精力去寻人？

简单思忖过后，秦跃龙只得暂时把顾宗万的事放在一边，又问道："我一共安排了你们十三人出来执行任务，这段时间，可发现任何异动？"

"除我之外，余下十二人分作两组，六人监视月华门周边，六人监视日精门周边。"黯影停顿须臾，又道，"您也看到了，此前没有

---

[1] 折小枝四百里：古代测量风速风级，出自唐·李淳风《乙巳占》。

问题，如果说还存在隐患，只剩下那架'嫦娥奔月'的火戏了。"他的话还未说完，秦跃龙已转头看向广场中央立起来的那座雄伟的风筝塑像。

因为带着复杂的情绪，这架原本充满喜庆的火戏架子，隐约让秦跃龙嗅到一丝凶险。黯影顺着他的眼光看去，道："如果这架火戏也无异动，整个供月大典的安保将一切无恙。"秦跃龙点了一下头："这么说，他们扮成灯作匠人，前去探寻'嫦娥奔月'火戏的情况了？"

"是的。刚刚他们扮成昇平署的优伶，仔细勘察了所有戏场，现在两队人应该分别折返月华门和日精门的暂息所易容改服去了。不出两刻，他们就会带来消息。"

秦跃龙抓起脖子上挂着的珐琅怀表，盯着表盘估摸了一下时间："两刻后起风，正是风筝放飞的最佳时机。"他合上盖子把表揣入怀里，眼神复杂地移向日精门的房顶。

此刻日精门房顶上轻步急奔着六名黯影，他们即将跑向自鸣钟处的房顶，那里存放着黯影所需的简易包裹。

按照计划，日精门这边的六名黯影扮成灯作匠人混进广场，设法勘察控制风筝的核心地带的消息，月华门那边的六名黯影换成御前侍卫的服饰守在旁侧，两组人马打好配合。

可这六名黯影刚跑到自鸣钟处的房顶，本想取下挂在正脊上的包裹，这时一个黯影伸手指了指近光左门两边守卫的小太监，打了一个交叉的手势，表示这两个人很可疑。

原本这样的小太监，六人压根不放在眼里，因为常人打死也发现不了黯影的踪影。可眼前的小太监是个意外，他们虽然刻意保持着打哈欠的慵懒模样，但每个人的眼睛里都闪烁着小心谨慎，似乎看不到困乏和疲倦。

这样一个细节，忽然让六名黯影提高了警惕。大家缓缓蹲下身子，尽可能不制造出一丁点儿的声响，同时冷静地环顾周围的环境。

此刻钟梓文偶尔用余光去乜斜头顶上的铜铃，发现一个也没有响，心想黯影也许瞧出了端倪。这不是好事，因为敌人越安静情况也就越糟糕。以静制动，往往是最有效的破敌之法。

好在钟梓文早有准备，在御药房、端凝殿和御茶房的屋顶上都安排了人手。可现在黯影藏在何处，暂不可知，须得先探一探敌人的位置。

钟梓文偷偷打了一个手势，示意藏在门后面的手下立即发出探敌指令。刹那间，一阵尖亮但不刺耳的哨声响起。黯影刚意识到不妙，头顶便唰唰飞过几波箭阵。

眼尖的黯影先一步发现，攻击的方向来自日精门南侧的御药房屋顶。原来对方早就埋伏好了，只等他们上了屋顶，迅速展开攻击。精于武器制造的黯影更是察觉，对方用的不是一般武器，而是九矢钻心神毒火雷炮。

这是明前期明军使用的火器，也是一种发射箭矢的铜铳。使用的时候，要把铜铳尾部的铁柄安置在坚土架子上面，调整发射角度，可以实现旋转发射。

如若发现目标，点燃药室上的引火线，马子里装入的九根被蘸上虎药的毒矢，就会被膛内汹涌的气压挤出，化作九条恶龙射向敌人。

但凡中招者，无不是击心透骨，当场毙命。明军甚至扬言，用此铳一个，足抵精兵九人。

黯影不敢小觑，只得大踏步朝前跑，希望可以到端凝殿的房顶避一避。钟梓文和林子群连忙转身穿过近光左门,径直向北而去。此时箭矢不停歇地发射,一波刚落一波又起,已有两名黯影被击中,当场从屋顶上滚落,摔到了近光左门所在的南北巷道里。

"你发了五波箭阵,四十五枚毒矢,这才击中两人?"虽然看不到屋顶上黯影的踪迹,但他却听到了密集的脚步声。由于担心中间环节出差错,林子群颇为不安地看向钟梓文:"你比我清楚,黯影要么不除,要么屠杀殆尽。放走任何一人,那都是祸害啊!"

钟梓文不屑地瞥了这个外行人一眼:"我跟黯影打交道多年,难道还不清楚他们的行动?刚才的箭阵只是小试牛刀,大菜还在后头。"

原来钟梓文把擒黯影的重要战场放在了端凝殿所在的屋顶,只要把他们逼到这个区域,谁也别想逃离。

"你究竟搞的什么花招?"林子群有点儿摸不着头脑。钟梓文倒也不吝告知,遥望着端凝殿的房顶道:"听说过自犯钢轮火吗?"

这个反问让林子群一怔,不过大脑搜寻了片刻,马上就找到了知识储备。早年他听一位老兵说过,戚继光在五十三岁的时候,发明了一种火器叫自犯钢轮火。

此物沿着边台墙下面倭寇群集的地方,先掘开地把石炮埋在里面。那是一种机匣内安置传动机构的地雷,只要敌人踩到,匣内的坠石就会掉落,刚好带动钢轮旋转,从而让火石急速摩擦发火,自动触发爆炸。

"你……你为了抓几个暗影,难道要把整个端凝殿给炸了不成?"林子群不敢想象,这家伙居然生出如此大胆的主意。

钟梓文冷冷一笑:"我可是领侍卫内大臣。如果炸了端凝殿,此事与我有没有关,那可都是失职重罪。"

一听这家伙没有那么疯狂，林子群长长舒了一口气，转而又问道："那你打算怎么做？"钟梓文也不回答，而是神秘地摇手一指端凝殿房顶。

大难不死的四名黯影，纷纷从怀里掏出一捆麻绳。他们都研习过空中飞人的杂技，遇到危险的时候，两个人为一组，并用一根绳子拴住彼此的腰。

如果是在高处，一人往下跳，另一人抓紧绳子，轻轻把同伴放下。要是周边有树，就能实现依靠腰部和手上的力气把人甩出去，另外一人再把伙伴拉上来，可到达任意想要的落点。只要两人配合默契，行动便轻盈无声，来去无踪，这也是每个黯影都要研习杂技的原因。

端凝殿屋顶的东北方，一名黯影刚踩到屋檐边上的一块瓦片，忽觉脚下一沉，还不等他把伙伴送下去，所踩之处便升腾起团团白烟。

原来那些埋在砖瓦下面的自犯钢轮火里面装得并非火药，而是毒烟。两人鼻尖才吸了几口气，身子便摇摇晃晃起来，先后不约而同地摔倒，沿着倾斜的屋面翻滚落地。

另外两名黯影见同伴遭了暗算，只得向后折返。谁知刚一回头，九枚毒矢便射了过来。眼见避闪不及，前面的黯影只得双臂张开为同伴挡住箭矢，留着最后一口气割断彼此之间拴着的麻绳，独自摔落巷道。

"还有一人……那名黯影要逃走了！"林子群指着屋顶上一个快步奔跑的黑影大声说道。那人的速度极快，即便林子群在屋顶上，也没有把握追上他。

钟梓文把拇指和食指弯成圈，放在嘴里吹了一阵响亮的口哨。端凝殿屋顶四面隐伏的侍卫全站了起来，径直向最后一个黯影包抄。此刻所有屋顶上都撒了铁蒺藜，每一枚都淬有从见血封喉树上提纯的毒汁。如果人被此物扎破，数个呼吸之间必死无疑。

那名黯影想跳下屋顶逃走，可周围全落满了铁蒺藜，除非他有飞天遁地之能，否则只会任人宰割。面对将死的局面，黯影唯有一个念想，那便是通知秦跃龙这边的情况。他从怀里掏出一枚信号烟花竹筒，正准备用火折子点燃引线。

钟梓文瞧见了那吹亮的火折子，当即下令道："放箭！不可留活口！"几乎是话音落下的同时，密匝匝的箭矢一支不落地射向那名黯影。随着他倒地滚落，那枚信号花也落在了地上，径直向着巷道笔直发射，直到最后也没有完成升空传信的使命。

一切尘埃落定，钟梓文虚惊一场，轻轻吐了口气。他逐个检查完掉落巷道的四名黯影，发现他们均已死透，这才跟旁边的林子群笑道："幸好广场上锣鼓喧天，万千灯彩亮如白昼，屏蔽了我们这里的声响。否则，就咱们闹出的动静，还不得引起秦跃龙的注意？"

"您应该跟周围的侍卫打好招呼了吧？"林子群微微一笑，轻轻摇了摇头，"侍卫们看好门，谁也靠近不了这边，秦跃龙上哪儿去察觉咱们的计划？再说了，他还能不能活到明天，也未可知。"

钟梓文得意道："只要黯影死了，也就无人能查出'嫦娥奔月'的秘密。"林子群马上赔笑道："在下早有耳闻，黯影是黑夜里的妖魔，钟大人是伺机而动的捉妖神。无论黯影如何嚣张，全逃不过您的手掌。"

"林兄过奖了。"钟梓文没有被眼前的胜利冲昏头脑，而是把目光移向月华门，皱着眉头说道，"也不知那边如何了。我把最好的手下给了金凤那娘们，她如果失了手，麻烦就大了。"

林子群沉着脸道："现在情况有变,咱们须得换一换任务。您带人过去支援她,毕竟擒黯影,您比我拿手。至于隋先生那边,我且去助他一臂之力。"

虽说钟梓文不太喜欢听别人吩咐自己,但林子群的建议倒也有理,遂同意了这个决定。两人毫不拖沓,一起从日精门出来,正准备各自行动。

哪里会想到,月华门那边的批本处屋顶上空,升起一道亮白的信号花。钟梓文停住步子,惊呼道："不好,那娘们失了手!"林子群也跟着脸色大变,道："事不宜迟,我们赶紧行动。"

批本处房顶升起的信号花,虽是在刹那之间闪过,广场上的人根本没注意到,但秦跃龙很敏锐地捕捉到了。当下十二个黯影,竟无一人过来汇报消息,莫非他们出事了?

略微暗忖,秦跃龙火速带领二十余名侍卫奔赴月华门。一进门左右扫过南北巷道,可见在皎皎月光和石塔灯的照射之下,青砖地面上一览无余,但没有任何异样。

这不太正常。

因为近光右门附近明明发射了信号花,说明黯影在此出现过。可这半刻的工夫,黯影去了哪里呢?不对劲,事有蹊跷!

秦跃龙赶紧让侍卫们取下肩上的火枪,自己则掏出腰间别着的燧发手枪。他在前面引路,侍卫们在后面呈左右之势保护。

行至批本处所在的位置,余光瞥见东边的地面有点儿异物,秦跃龙马上走过去,蹲下身子一瞧,发现是摊深色的水渍,两指蘸了些许放在鼻尖闻了闻,登时脸色大变。

血！这是一摊血！

既然有血，说明这里应该有打斗。可黯影不知所踪，他们究竟去了哪里？秦跃龙豁然站起身，四下里看了看。

这是一条狭长瘦窄的巷道，打眼望去尽收眼底，既不容易藏人，也不容易藏尸。如果凶手杀了人，如此短的时间里，他们会把尸体藏于何处呢？

秦跃龙观察着周边的环境暗暗琢磨了琢磨，当眼睛无意间从月华门旁边闪过时，猛然瞥见一口盛水的鎏金大铜缸。

莫非玄机在此？

他大步奔向就近的一口大铜缸，俯身往里一探，竟看到三具黯影的尸体漂浮在里面。清澈的水，此刻被浓稠的血迹染遍，仿佛变成了一口染料缸。

月华门附近一共有六名黯影。这是三具，那另外三人呢？秦跃龙来不及难过，又往最近的一口大铜缸跑去，果然在里面寻到了另外三人。

黯影是密档处最神秘的杀手锏，也是秦跃龙安插在外的千里眼。月华门的黯影出了事，只怕日精门那边黯影的情况也不妙了。

"你们两人去日精门那边的太平缸瞧一瞧！"秦跃龙随手指了两名侍卫。他们挎好火枪，飞步出了月华门。

趁这个空当，秦跃龙检查了六名黯影身上的毒箭，发现来源于九矢钻心神毒火雷。这是前朝的军用武器，哪怕到了现在，也不太可能流传于民间。

既然不是民间之物，那多半来自军营了。难道凶手并非洪门，而是宫里出了叛徒？就在秦跃龙一筹莫展之际，两名派出去的侍卫跑了过来。一人回禀说，日精门附近的太平缸里确有六具尸体，而且跟月华门发现的人一样装束和死法。

另外一人则说，他从端凝殿的屋顶找到了埋在瓦片下方的自犯钢轮火。秦跃龙接过那个南瓜大小的铜铸器物，翻看完里面的器件，尤其检查了匣内的毒囊，猛然冒出一个猜想：自犯钢轮火和九矢钻心神毒火雷的组合，怎么看着如此眼熟？

五年前，自己曾跟一个密档处的书吏说过破解黯影术的密法。虽然没有明确提到自犯钢轮火和九矢钻心神毒火雷的组合，但大概是说过箭阵加地雷炮的布阵方式。后来这个书吏被乾隆调到了身边，而今成了领侍卫内大臣。

难道那个凶手是钟梓文？这可是万岁爷身边最亲近的人，如果他有了谋逆之心，后果将不堪设想！一念及此，秦跃龙额上登时浸出来冷汗，当即带人冲出月华门。

众人刚下了石阶，迎面便见硕大的风筝缓缓被匠人推倒。此时起了大风，只要风筝被放倒，席卷而来的强风，就会形成一个向上的升力，从而把风筝托举起来。

七八名匠人守在固定在地上的风筝轮盘旁边，双手同时握住转杆，轻缓地释放牵引绳。六十余名匠人则同时拉着一根牵引绳逆风而走，就像河岸上的纤夫拉着大船缓缓前进一样。

"黯影被杀，宫里的眼线已全部被拔除。如此关键时刻，升起这般庞然大物，只怕是洪门的奸计！再则，大风筝一旦被点着，恐怕就会变成毁天灭地的绝密武器。"秦跃龙站在月华门的门口，仰望着即将升起的怪兽，脸上暗生怖色。当他的目光从风筝转向乾清宫大殿时，猛然又想道："不好！这些人莫非是以风筝为武器弑圣？"

洪门是一群亡命之徒。无论是在风筝上涂毒，还是装备火药，都将会造成世所罕见的杀伤力。退一万步讲，哪怕这只是一架普通的火风筝，任何危险品也没有携带，就此凌空扑下来撞向乾清宫，同样也能把殿宇夷为平地。

"所有人，随我一起去绞盘，阻止风筝起飞。如若有人拦阻，当场击毙，无须请示。"秦跃龙望了一下身后的侍卫，眼看着大家全举起了长枪，这才大步向前奔去。行至绞盘外围，一群身穿黄马褂的侍卫抽出大刀拦住了去路。

秦跃龙不再硬闯，而是向后退了几步，轻轻一抬手，身后立即架起了十余杆长枪，同时瞄准了前面拦路的侍卫。

秦跃龙冷冷地道："这架风筝有异，我要过去检查一番。"领头侍卫仍旧挺着身子，丝毫不作出让步："钟大人有令，任何人不得靠近绞盘！"

"难道我也不行吗？"秦跃龙的眼睛就像利刀在拦路侍卫身上扫过。可领头侍卫不说行也不说不行，声调和语气丝毫没有改变："钟大人有令，任何人不得靠近绞盘！"

这个钟梓文，看来确有谋逆之心。秦跃龙仰起头，一架被施展了仙法的大风筝，好似巍峨泰山拔地而起。如果照此起航，不出半刻就会彻底飞离乾清宫广场。一旦到了通体被引燃的环节，无论是紫禁城还是周边的百姓，谁也逃不出这场弥天大祸。

"钟梓文谋逆，罪不容诛。尔等若执迷不悟，就地处决！"秦跃龙举起右手，身后的侍卫默契地给枪装入火药。片刻后，十余杆枪再度瞄准侍卫。这次扣动扳机，可就是生死对决了。

性命攸关之际，钟梓文的手下不仅不退让，甚至抽出了大刀。

秦跃龙只好下令开火，随着一阵阵噼里啪啦的枪声响起，七八名侍卫中枪倒地。可两拨人相距太近了，不等秦跃龙的手下往枪管里装入火药，钟梓文的人便杀了过来。近距离交战，火枪已没有优势。两队身穿黄马褂的侍卫，顷刻间扭打在了一起。

双方没有用武器的完全展开肉搏，一拳一脚，宛如铁锤金棒，只打得对方的受伤部位红肿瘀青，鲜血迸流。双方都抽出大刀的则采取互砍模式，彼此虽然能格挡几次敌手的进攻，但很快肩上、后背、胸前和腿上等部位就受了重创，鲜血顺着或深或浅的伤口不住流淌。

钟梓文带人正打算奔赴月华门，刚路过绞盘附近，就看到秦跃龙的人跟自己的手下发生了冲突。如此来看，这家伙应该知道了自己的秘密。现在大局已被搅乱，金凤那娘们也顾不上了，必须赶紧过去困住乾隆。

一念及此，钟梓文调转了方向，悄悄带领手下奔去了乾清宫大殿。也许是受到了那阵枪响的影响，乾清宫大殿此刻已乱作一团。乾隆原本在兴致勃勃地观看风筝飞升，哪里会想到绞盘附近竟发生冲突。他急忙摘下眼镜，厉声喝问李玉这是怎么回事。李玉表示不知道，但依据身形判断，好像是秦跃龙带人跟钟梓文的手下打了起来。

两个最亲信的人，突然爆发了冲突，这事让乾隆感到意外之余，也捕捉到了丝丝不寻常。他命人急唤钟梓文过来，一名侍卫领了命，刚跑出去没过多久，竟又匆匆折返了过来。

钟梓文带人拨开太监和宫女围成的人丛，大步流星地冲到乾隆跟前跪了下来："万岁爷，奴才来迟，请求责罚！"

乾隆俯视着他问："这究竟是怎么回事？你的人好端端的，怎么跟秦跃龙的人打起来了？"钟梓文把头埋得很低："启奏万岁爷，那秦跃龙非说奴才的手下是洪门暗桩。奴才说，这些人都是精挑细选出来的良将，岂有贼人冒充？奴才不允他的蛮横行止，他便带人动了手。"

乾隆冷哼一声，道："岂有此理！你派人把秦跃龙叫来，朕当面问一问他。"钟梓文抬起头来答道："回禀万岁，这广场之上确有洪门暗桩隐伏。秦大人虽是误判，但也是为了天子安危。就在刚刚过来之时，奴才已跟秦大人说明原委。而今，秦大人正带人与洪门贼子周旋，他让奴才过来护驾。"说完抬手往广场一指。

乾隆伸长脖子望去，果然发现如钟梓文所言，秦跃龙及下属与一群身穿匠服的人打了起来。钟梓文早已料到，一旦发生意外，自己以领侍卫内大臣的身份带头造反，显然是得不偿失之举。于是早在计划开启之前，他就偷偷组织了几十名先锋军，大家以召募匠的身份入宫，只为响应今日供月大典上的行动。

尤其当钟梓文发现秦跃龙已怀疑自己，并跟自己手下的侍卫发生冲突后，他一面赶来乾隆身边，一面吩咐人去通知侍卫，迅速撤离绞盘，另外让先锋军与秦跃龙缠斗。由于乾隆并不知道广场上面的情况，再加上他的人已包围整个乾清宫大殿，秦跃龙的人也无法过来通报消息。如此短的时间里，营造出一个信息茧房，刚好可以为最后的计划推波助澜。

"原来如此！"乾隆轻轻叹了口气，可还是有些不可思议地问道，"可紫禁城戒备森严，怎会有如此多的洪门贼子出没？"

"万岁爷，您或许忘记了。十年前，发生了一桩事。"钟梓文叹了口气，目光里尽是忠臣义士该有的真诚与坦然。

# 第十八章
珐琅作密档：霞山四魔

珐琅作密档：乾隆三十六年八月十五日亥时

隋先生假装大仁大义收服霞山四魔，表面上的精神信仰，不过是利欲熏心下的伪饰；钟梓文向乾隆说明洪门暗桩的来源，十年前的三十作特大贪腐案旧事重提；永琿和永璇本以为计划天衣无缝，怎料用千里镜发现敌手未死。

两架绞盘附近的杀手越积越多，而钟梓文的属下反而一个个退去，这种情况不太正常。更何况，这些杀手全是匠人打扮，一个个身手不凡，腾挪跳跃皆有章法，同时还都配备了短刀和匕首，明显不是正规匠人，只怕有着军人背景。

洪门的暗桩一来不会这么多，二来不定能随身携带兵器，三来身手不会如此有军营色彩。经过简单的推理，秦跃龙已能断定，这些杀手是钟梓文派来对付自己的。

为了尽快阻止风筝起飞，秦跃龙吩咐手下对抗外围的杀手，自己则一手持燧发枪，一手持匕首冲了进去。他的武艺干净利索，近处围攻上来的杀手，凌厉迅猛地用匕首对付。尽管打斗过程之中，免不了碰到双拳难敌四手的困境。

可秦跃龙就像是一架木人桩，斧砍刀削只是让他的肉身流血，整个人的精神却是越战越勇。四五名杀手以为划伤了他，下个瞬间便能取其首级。哪里会想到，掉以轻心的结果只有死路一条，他们每个人都被秦跃龙的匕首击中了死穴，绝无任何一个废招。

更何况，秦跃龙手里还有一把燧发枪。他已用此枪干掉了两名控制绞盘的洪门匠人，正打算结果了所有匠人时，怎料杀手围成人墙，他压根无法远距离瞄准。换句话说，只有把所有杀手都干掉，他才有机会靠近绞盘。

可这注定是个不能完成的任务！因为大风筝已然起飞，眼看着马上就要冲上乾清宫大殿的房顶了！秦跃龙解决掉两个碍事的杀手，仰起头看着那个大鹏鸟似的怪物升上了天。

这一刻，他感受到了一种前所未有的挫败感。不过，他并不认输。即便是失败就在眼前，只要没有结果，他也要争一争。

秦跃龙一咬牙，正准备杀过去，眼睛里忽然捕捉到风筝上的几个黑点。那些黑点在移动，就像桑叶上的蚂蚁在缓慢爬行。

那是人！大风筝上竟然有人！这可真是一群不要命的家伙。秦跃龙幽幽叹了口气，感慨洪门的人甘死如饴，心里不禁也在想，究竟是怎样的一种信仰，竟会让他们如此奋不顾身？就在他思虑未定之时，突然又看到，一个黑点正慢慢接近前方的一群黑点。

大风筝的起飞让隋先生舒了一口气，整个计划进行到这一步，基本上算是完成一大半了。如果下面实现引燃风筝的计划，这尊毁天灭地的魔刹，就能完成它最后的一击了。

眼下风筝顺利起飞升空，两个大型绞盘上的绳索刚好与之形成一个三角。主、副绞盘相距五丈，从外观上看没有本质区别，但功能却千差万别。

主绞盘控制整个风筝的起伏飞行，副绞盘只是起到固定和应急作用而已。这样风筝便不会乱飞，也不会引起周围的火灾，可以很好地控制在一个安全范围之内。

远远望去，主牵绳的头部拴着大风筝，末端仿佛大蛇卷入好似辘轳的绞盘里面，由七八名匠人并排握住旋转推杆，上下起伏地推转，借以调整风筝的收放速度。副牵绳的构造与主牵引绳一致，头部拴着风筝，末端绳索缠进辘轳绞盘，七八名匠人同时控制旋转推杆。

今日的风似乎被仙人特意关照过，燃放烟花和表演舞灯时，几乎不见风起。而今大风筝升天，风速竟有折小枝四百里的感觉。

六十名合力放风筝的匠人，只觉有股强大的力量在抽动牵引绳，麻绳不受控制地从掌心嗖嗖滑出，而那架大风筝也越飞越高，最终凌驾于几十丈高的夜空之中。此刻，主、副绞盘上的牵引绳完全绷紧，形成了一个边线笔直的三角形。

"怪兽既已离开了巢穴，那接下来可要吃人咯。"隋先生仰望着天上的风筝，轻轻发出了怡然自得地笑声。曹虎拍了拍手上的尘土，走到隋先生跟前道："这只怪兽威力可不小。一会儿把它唤醒，整个紫禁城只怕都会被吞掉。先生，您一句话的事儿，咱们立马引燃火龙。"

"风筝一着，大业即成。"隋先生仰着头喃喃地道，"不过，谁

309

又能明白,一将功成万骨枯呢。大风筝上还有咱们六位兄弟,他们明知去送死,却依然义无反顾。相比咱们谋篇布局之人,他们才是英雄啊。"

张烈是个有点儿驼背的糙汉子,他从小跟着地痞流氓混,没上过私塾,但骨子里却极为晓得为崇奉而死,死则死矣,甚至死得光荣。

"先生,俺没读过书,但常听您说,东汉有个什么将军叫马援,曾说过一句,宁肯让'马哥裹尸',也休要死在床上,临了还让儿女伺候',是不是有这句话?"张烈虽是一本正经地说,但隋先生却忍不住苦苦一笑。他是说过这话,也无数次跟他们四兄弟说过要为大业而献身。不过这个张烈虽没听懂自己的用典,反倒领会到了精神内核,那以往上的课,倒也有些作用。

"那不是'马哥裹尸',那是'马革裹尸'。"费鸿读过几年书,凭借声调的差距纠正着张烈的错误。可张烈听不出分别,非要认为"马哥"与"马革"是一个意思。

隋先生没工夫听他们的争吵,只得强硬打断,遥望着大风筝叹道:"马援又被称为伏波将军。他说,男儿要当死于边野,以马革裹尸还葬耳,何能卧床上在儿女手中邪!简单来说,男人要为了一项崇高的事业而献出自己的生命。这种死法,远远比老了卧病在床,要靠一双儿女送终有意义得多。"说到这里的时候,隋先生低下来头,缓缓扫过旁边的四人。

大家认真听他说,仿佛早已成了一种习惯。当年四人在霞山占山为王,绰号"霞山四魔",分别是老大冯英、老二曹虎、老三张烈和老四费鸿。他们还招了七十二名弟子,个个是杀人不眨眼的魔头。每个路过霞山的人都说：四魔在世，生人无命。

久而久之，江湖上更是传闻，霞山之下白骨遍地，凄惨之状难以入目。可不管别人如何说，四人在当匪寇的时候过得最纯粹。没有钱和女人了就去抢，日子过得无趣了，就下山寻欢作乐。他们从未想过，人这一生应该怎么过活。

正因为没有想过，大家才过得随心所欲起来。人总是这样，一旦什么都有了，反而感觉什么都没有了。毕竟短暂的刺激过了剩，心灵必定开始空虚。

他们也不知道哪里出了问题，总是觉得，抢劫和杀人放火已然成了生存方式，就像饿了要吃饭，但那不是快乐，甚至还感到厌恶。

哪怕下山寻欢作乐，也成了片刻的愉悦，待到折返山寨，大家依然觉得空虚难捱。那段日子，四人以为中了魔障，还请过无数得道高僧上山作法，可还是无法给大家指一条明路。

直到有一天，四人把隋先生及一众兄弟绑上了山。原本打算抢了东西，再把他们杀了，丢到山下喂野犬。可没有想到，正要动手之际，隋先生和一众兄弟竟无一人哭喊求饶。

他们个个闭目养神，微微扬起高傲的脖颈，仿佛是心甘情愿接受死亡的来临。四人杀过太多的人，再硬气的好汉，一旦得知命不久矣，哪个不是抱头痛哭，一个个跪地求饶？

偏偏隋先生及一众兄弟选择慷慨就义，谁也没有露出半分的怯懦，这很让四兄弟惊诧。冯英觉得奇怪，就问隋先生，他们为何不怕死。隋先生缓缓睁开了眼，匕斜着四人道："我等皆为大道而活，匪盗之徒，焉能明白大道为何物？"张烈听成了"大刀"，骂骂咧咧地问，一把破刀值得去卖命吗？隋先生嗤笑一声不再说话，随后闭上眼赴死。

这时费鸿说服冯英给大家松绑,并请隋先生上座。张烈心直口快地表示,他们四人当匪寇当腻歪了,不想杀人放火,也不想抢劫掠女了,可又不知道该干点儿什么,正郁闷难耐。

听完这些话,隋先生看向他们的目光,由鄙夷反而多了一些温暖,笑道:"原来如此,这么说,诸位也算是我们的朋友了。"

四人只觉匪夷所思,刚刚明明抢了隋先生及众兄弟的东西,还打算杀了他们。隋先生为何却说彼此之间是朋友呢?

眼看四人学识有限,隋先生也不觉得无可奈何,而是很耐心地给他们讲了嵇康、文天祥和郦道元等名士的故事。虽然四人不知道这些名士经历过哪些风霜雪雨,但却感受到一种大义凛然的快感,那是只有男人才能体会到的生命真谛。

张烈更是表示:"俺突然觉得,与其好吃好喝地活着,还倒不如拍拍胸腹赴死呢!奶奶的,这种喝酒抢劫的日子,老子过够了!我现在宁肯为了喜欢的'大刀'去死,也不想像个丧家之犬活着了。不过要说喜欢上一把'大刀',老子目前可没有兴趣。"

经过简单的交流,隋先生得知,四人正处于精神困顿的时期。他们厌恶了打家劫舍,可又不知余生该做点儿什么事,可不是最好的信徒吗?

于是,隋先生给他们讲了洪门的宗旨,还说要为天下苦寒的百姓寻一处庇佑之所。而今清廷昏聩,贫寒之家无衣无食,如遇灾荒,万里饿殍。

大家都是从苦日子过来的人,尤其隋先生的几位兄弟,哪个不是受了官兵欺压,害了灾荒之祸,逼不得已入了洪门。哪怕有一点儿活路,谁也不愿意与官家为敌,整天过着刀口舔血的日子。

这时冯英想起来,他们每次下山抢东西,如果闯入贫寒之家,翻来找去,别说银子了,甚至连件像样的衣服都找不到。四人也不是铁石心肠之人,每次遇见了过得食不果腹的百姓,总要分点儿钱给他们。

今日如果不是听隋先生一通分析,大家永远也联想不到之前见识过的种种生民之苦。不知为何,四人在这一刻突然顿悟了,也终于理解了为何那么多名士要为天下赴死,以及天下究竟是何物。

"隋先生,我明白了,所谓天下,其实就是如我们一样的老百姓。只要每一个老百姓都能过上好日子,天下才叫太平。"冯英恍然大悟地说道。

隋先生见他们开了窍,脸上顿时露出了欣慰的笑意:"于少保曾说:'但愿苍生俱饱暖,不辞辛苦出山林。'我们洪门,正是为了这样的崇奉,所以宁肯与清廷为敌,抱着必死的信念,直至看到曙光的那一刻。"

曹虎突然问:"那如果曙光,一直看不到呢?"隋先生低下了头,苦苦笑道:"如若看不到,那便看不到吧。"

不知为何,就是在那一瞬间,四人突然体会到了壮士断腕的悲壮。也正是那一瞬间,四人各自参悟透了自己心底对"但愿苍生俱饱暖,不辞辛苦出山林"的理解。

自那日起,四人誓死听命于隋先生。他们解散了霞山上的兄弟,并把抢来的钱财和东西分给贫苦百姓,孑然一身下了山。后来隋先生安排他们入了三十作,由此开始了一场精心布局的弑圣计划。

"先生,您应该知道,我们四兄弟之所以走到今天,全是为了那一句话'但愿苍生俱饱暖，不辞辛苦出山林'。我们做匪盗的时候，看到了太多食不果腹之人。可我们毕竟是匪盗，不是义侠，压根没想过为他们做点儿什么。直到遇见了您，我们才明白，原来活着有了崇奉，竟是那么光荣而幸福的事。"冯英凝视着大风筝，脸上是义无反顾和从容，"不瞒先生，如若不是为了最后的计划，我们四人也愿意爬上大风筝，做那个慷慨赴死之人。"这话刚落下，余下三人也都齐声附和。

现在四人充满了一腔热血，隋先生自然相信他们所言。任何一场战役，只要士气足了，胜利也在望了。隋先生不再废话，当即让冯英去引燃火捻子。冯英走到主牵引绳所在的绞盘跟前，吹亮一根火折子，轻轻把焰头伸向火捻子。

随着火绳被点燃，一条细长的火捻子，宛如出海蛟龙沿着主牵引绳攀升，顷刻把大风筝上的灯笼全点亮了。因为有了亮光的映照，风筝的模样才足够震撼而细致。

那是一架体壮如山的筒子风筝，由于扎制工艺高超，遥遥望去，在黑夜遮掩与灯光照耀之下，烘托出一位双手捧托圆月的嫦娥形象。

嫦娥的额角丰满，眉毛细长，肤色白润就像圣洁的白雪，长长的脖颈又似蜻蜓优美。她笑起来的时候，齿若瓠子齐整。哪怕明知是个虚假的风筝，也让人看罢心头微颤。

"再过三刻钟，风势将会暂缓。到时候，正是风筝下坠之机。"曹虎凭借在钦天监学到的观风向的本领，大致给出了合理的动手时间。

隋先生攥紧了迫不及待的拳头，长长吐了一口气："那好，咱们不妨再等一等。"就在这时，张烈忽然伸手指向风筝，骂骂咧咧地道："奶奶的，那家伙是谁？"

经他提醒，大家才认真去瞧风筝，果然看到六个黑点的身后，竟还跟着一个迅捷生猛的黑点。那黑点避躲如电，在大风筝上腾挪闪移，更是如履平地。

大家要不是依靠仰望的视角窥得全貌，恐怕所有人也会如那六个黑点一样，一点儿也没有察觉到危险的迫临。

十年前，三十作里发生了特大贪腐案。为了以儆效尤，乾隆便把有案底的匠人和官员流放的流放，判刑的判刑。百余人就这样从三十作里被驱赶出去，后来新招募进来的工匠和官员，很多成为洪门的暗桩。

"你是怎么知道的这些事？"听完钟梓文的描述，乾隆心里既惊讶又觉得不可思议。如果一切为真，那说明现在的危机竟是自己一手造成。

钟梓文轻声叹道："您难道忘记了，奴才在密档室待过。当年，秦大人可是奴才的上司，他查到这件消息后，就把档案封存在了密档室。我问他，为何不禀告万岁爷，他却说，不该管的事，你最好别问。"说到这里的时候，钟梓文的脸色突然变得很为难，声音也压低了不少，"怎么，这件事，秦大人没跟您说过吗？"

虽说秦跃龙查到了三十作里潜伏着洪门暗桩，但那是最近才有的事，怎会如钟梓文所言，多年前就已查到？他如此言说，一来是为自己的人假扮洪门暗桩而圆谎，二来为了把事情说得逼真顺便拉秦跃龙下水。

可乾隆并不知道这里面的弯弯绕绕，他一个字也没有说，甚至龙颜上不见丝毫波澜。多年的帝王生涯，早已让乾隆练就了喜怒不形于色的本领。

广场上依旧杀伐未息,秦跃龙带领的侍卫几乎全被洪门暗桩除掉了。晦暗不明的人海里,秦跃龙勇猛无畏地拼杀。但凡向他进攻的杀手,无一例外地倒在了血泊中。

更何况,为了接近绞盘,他生生杀出了一条血路。哪怕是遥遥远望,也能看到围攻这个男人的杀手早已吓破胆。

莫非,秦跃龙的心已不在朕的这边?如今立储在即,他是另有谋算了?乾隆盯着秦跃龙的身影,心思格外复杂。

过不多时,御前侍卫从广场的四面八方突然包围而至。正当以为局势有所扭转之际,谁知侍卫们竟全部停了手。乾隆双手抓紧龙椅,缓缓坐直了身子。为了看清前方的局势,甚至戴上了眼镜。可距离实在太远,他压根瞧不出端倪。

"怎么回事?为何停手了?区区几十名洪门贼子,难道还抓不到吗?"乾隆回身质问钟梓文,声音颇为冷冽。这时钟梓文踏前几步,弯着腰把头伸向广场:"万岁爷您瞧,那些洪门贼子,腰间全系着一捆捆的火药筒,手里还攥着火折子。如果咱们贸然进攻,他们一个不小心引燃了火药,到时将会酿成大祸啊!"

经此提醒,乾隆戴好眼镜,前倾着身子望去,果然看到十余名匠人身上捆着一圈圈的火药筒,就像在身上扎了一圈的巨型鞭炮。可这宫里戒备森严,任何火药都由专人查核,不应该出现这种情况啊!

"造办处查核房何在?怎会允许贼子带了火药筒入宫?"乾隆勃然大怒,旁边的人听他发火,一个个吓得胆战心惊。

自皇城建立以来,从未出现过这种公然藐视天威,集体入宫行刺的事件发生。不过,钟梓文对此倒无惧意,而是轻声解释道:"万岁爷，今晚不是燃放了烟花吗？那一根根烟花筒，只要经懂行的火戏匠人妙手调配，原本没有杀伤力的烟花，可就成了摧枯拉朽的炸药了。这些人一定是用烟花筒打掩护，偷偷把一捆捆的火药筒带到了广场。查核房的人就算去查，那也只能查到烟花筒，如何能知道那些烟花筒里实际上是火药呢？"

如果不是听钟梓文介绍，乾隆断难想象，小小的烟花表演里面，竟还藏着如此多的玄机。他叹了口气，遥望着天上被点燃的大风筝。

耀眼的彩灯衬出了嫦娥倾世容颜，尤其她背后是硕大的圆月和晶莹闪烁的星辰。黑色的夜幕为绚烂的灯彩浮光披上了一层神秘色彩，举头仰望的凡人以为这是天仙临世，无不为人造的艺术梦境而折服。

"这座大风筝是否也暗藏洪门诡计？"乾隆问旁边的钟梓文。这个时候，钟梓文直起了身，神秘莫测地说道："奴才也担心此事，所以调来所有御前侍卫，亲自保护圣驾。如果洪门贼子胆敢冒犯龙体，我等愿誓死相抗！"

生死关头听到这样的话，乾隆心里颇为温暖。不过乾清宫四面楚歌，几百年来从未发生过这等局面，要说没有担忧，那也是极不现实。他调整了一个尽可能舒服的坐姿，面色清冷地道："既然此地危险重重，朕觉得，有必要移驾钦安殿暂避。"

"万岁爷，万万不可啊！"钟梓文突然转过身，单膝跪地行礼道，"您乃万民之主，天下人的信仰。如果因为惧怕一架小小的火风筝而避往他处，到时坊间便会谣传，万岁爷是怕了洪门。届时洪门士气高涨，只怕于社稷不利。"

古往今来，帝王总要为万民树立好的榜样。此番逃亡行径，确实不妥。可也总不能明知危险迫临，自己就地等死吧？

317

"大胆钟梓文！你难道要把万岁爷置于险地吗？"乾隆心里没有说出来的话，李玉大声吼了出来。听到这样的指责，钟梓文反而把头压得更低："奴才万万不敢！只是奴才想到了天下社稷，想到了大清福祉，想到了先皇遗训，想到了千秋大业，所以不得不冒死劝谏！万岁爷应该知道，洪门之所以无法斩草除根，那是因为他们在百姓心中有了寄托，让那些顽固不化的臣民，还留存着不切实际的幻想。您如果此刻避而逃之，洪门贼子就算失了手，那也在威望上抢了先机。您比臣子目光高远，必然晓得水能载舟亦能覆舟的道理。"

虽说乾隆心有疑虑，但听到钟梓文如此掏心掏肺的劝说，心里倒也有了动摇。只不过，就此任人宰割，那也绝非上上之策。

就在乾隆游移不定之际，钟梓文抬起头来说道："万岁爷切勿担心。奴才已把所有御前侍卫都调了过来，他们全是一等一的精兵强将。有他们在，可保万岁爷无虞。"

一听这话，乾隆当即缓缓转过身，扫了一眼周边的护卫。每个人的身材都高大威猛，浑如铁刷的脸上突显出了因久经生死考验的魔鬼训练而刻上的岁月痕迹。这样的一群侍卫，确实让人体会到了满满的安全感。

可就算他们武艺高强，又如何能对抗得了天降火灾？如果大风筝上装有火药，只怕整个乾清宫都会被夷为平地。

"当然，万岁爷一定会担心，万一大风筝引起爆炸，咱们又该如何避险。"钟梓文点到了要害。这时乾隆侧过身子，似乎有认真请教之意。

钟梓文抬头瞥了一眼天上的风筝，因为知道时间紧迫，也容不得太多废话，直言道："万岁爷应该知道，咱们乾清宫的台阶下面，原本修了一条东西相连的地道。如果真遇到险情，您可以躲到那里去。"

一经提醒，乾隆才想起来。明朝末年，他的祖先率兵打入宫中，一群太监和宫女便躲进了地道。祖先发现之后，于是用战马堵在通道口，吩咐士兵用刀狠狠地劈砍战马的屁股。那些马儿受了疼，奋力冲进了地道，结果躲在里面的太监和宫女们全被战马给冲倒压死了。

正因为如此，这条地道反而被披上了一层神秘色彩。乾隆还记得，小的时候，他和兄弟们玩捉迷藏，无意间来到了这条通道口，结果听到里面传来了奇怪的声音。

那是马嘶人叫的哀嚎声，犹如里面进行着一场血腥的屠戮。乾隆及兄弟们很好奇，就问了一个年纪颇大的老太监。这个老太监号称是宫里的百事通，于是跟他们说了这件旧事。

而今情况危急，躲进地道避险倒也是个好办法。乾隆接受了钟梓文的建议，并让几位皇子都聚拢到自己这边来，如若遭遇险情，大家可以一起撤离。

谁知清点完皇子，唯独发现少了永璇和永瑆。乾隆便问钟梓文，他们二人去了何处。钟梓文摇手一指东南方道："两位阿哥去了箭亭。他们察觉洪门贼徒惊扰了圣驾，于是到那边挑选弓箭手去了。两位阿哥说，无论如何也要肃清凶顽！"

箭亭建在景运门外、奉先殿南，坐落于一片开阔的砖石平地上面。这些砖缝里虽然偶尔长出了杂草，但并不妨碍广场出奇的干净和平整。

此处是皇族子孙练习骑马和射箭的地方，乾隆不仅来这里射箭和操练武艺，还亲自训练皇子们的骑术和箭术。每当这个时候，亭前都会摆起箭靶。列队两边的武士们摇旗擂鼓，大声助威，场面极为雄浑壮阔。

此外，清初规定，特许在大内骑马的王公大臣们，凡是从东华门进来的人，一律在箭亭前下马，所以箭亭周围的空旷广场，也是拴歇马匹的地方。

永瑆站在箭亭门前，远远遥望着西北方天空上的大风筝，沉默不语。永璇也做出同一个动作，只不过神情比永瑆要轻松一些。

"两位阿哥，你们放心便是。大风筝已升天，再过三刻，整只风筝被引燃，到时这只庞然大物扑向乾清宫。别说万岁爷了，就算周围的花花草草也剩不下几株。"林子群站在两人身后笑着说道。

永瑆反复拧转着左手拇指上的玉扳指，面无表情地道："任何事在没有发生之前，皆不能作数。我要亲眼看着火风筝坠落，否则，难消我的顾虑。"

"我说十一弟，要我说，你就是太小心了。钟梓文把控内场，隋先生操控火风筝。他们俩密切配合，不会有什么闪失。到时候，外面将会传闻，皇阿玛死于洪门之手。你亲率御前侍卫救驾，肃清凶顽，为父报仇。此等功勋可昭日月，料想那些臣子也无话可说，那龙椅之位，岂不坐稳了。"永璇轻描淡写地说道。

永瑆回过半张严肃的脸："八哥，你常在宫中行走，难道还不知道意外意味着什么吗？弑君和夺位，无论哪一件都是死罪。若事情办不成，一旦泄露出去，我们绝无活路。"

这些话尽管是常理，但永璇刚才太过于放松，还真没有把后果放在心里。而今听到永瑆的点拨，原本轻佻的脸上霎时变得庄重起来。

他跛着脚走到永瑆跟前,沉着脸问道:"十一弟,你向来足智多谋,可否想到哪里会出问题?"

永瑆缓缓把目光移向天空中的大风筝:"我也不知道哪里会出问题,但就是隐约感觉到一丝不安。不瞒你说,相比肉眼可见的事实,我更相信直觉。"

有些时候,直觉往往能提前预判意外的发生。永瑆的话让永璇也提高了警惕,兄弟俩肩并肩站在一起,随时等待乾清宫那边的消息。

过不多时,一名御前侍卫匆匆跑了过来,先是说了乾隆把众皇子召到身边,唯独少了永璇和永瑆,不过钟梓文已找个理由给糊弄过去了。永瑆又问是否还有其他消息,那个侍卫努力想了想,最后仍是摇了摇头。

永瑆叹了一口气,挥了挥手打算让他离开。可就在转身之际,那个侍卫眉头一皱,忽然开口道:"对了,奴才过来的时候,听到旁边的人说,大风筝上好像有七个人。大家都很好奇,这些人不要命了吗,怎么敢爬到风筝上去?还有人说,当年万户就是坐风筝上天,最后摔下来不知所踪。"

风筝上有人,本来没有稀奇之处。因为隋先生曾跟永瑆说过,筒子风筝最后一击十分关键,必须选六个先锋军爬上风筝,再通过调整羽翼,从而实现往指定目标方向坠落。

简单来说,风筝升上天,只是第一步。如果六个人不能手动调节羽翼的方向,凭借良好的驾驶技术让风筝坠入目标地点,那这个计划也很容易失败。

无论是隋先生还是永瑆,大家都不想直接谋反。万一失败了,大家还有退路,所以风筝弑圣计划是关键,这个计划不成,才会考虑另外的杀招。

可永瑆明明记得，隋先生告诉自己，风筝上是六个人，怎么会突然之间多了一个人？那个人究竟是谁？

这一刻，永瑆猛然意识到，也许自己担心的意外就要发生了。他赶忙让永璇从怀里掏出最爱的那只铜镀金嵌珐琅千里镜，顺手抢过来，迅速拉开瞄向大风筝。

这只千里镜是永璇最心爱的宝贝，也是由珐琅作里中、西匠人合力打造的器物。珐琅作是以珐琅为材料装饰并制造器物的机构，最著名的珐琅工艺是掐丝珐琅、錾胎珐琅、画珐琅和透明珐琅等品种。

为了打造这只独一无二的千里镜，永璇几乎动用了所有能动用的人力，访遍天下才寻到了最好的石英、长石和硼砂等材料，历经半年打制而成。

此外，千里镜可抽拉出四节，筒的外壁还镌刻着细致的花卉纹和鸟羽纹，并且嵌固着椭圆形的珐琅彩饰，上面清晰可见栩栩如生的花、草、鸟、蝶等纹饰。

永瑆不像永璇那么爱惜这只千里镜，他只是把此物当作瞭望的器物而已，因此下手不免粗鲁了些。

透过千里镜可以看到，六个身穿匠人服饰的洪门先锋军，一个个逐渐浮现在他的眼睛里。可当他慢慢向西南方向移动时，突然，一个黑影扑向正在调节风筝羽翼的匠人。

黑影趴在了匠人的后背，一把锋利的匕首用力在匠人脖子上一抹，随后松开手，那个匠人便从风筝上落了下去。黑影却因为一只手抓着麻绳，轻飘飘地在半空中摇荡。

这个人的手法如此迅捷，究竟是谁呢？永瑆竭力捕捉那人的样貌,可千里镜只能看到那人身穿一件黑色的夜行衣,而且还用黑布蒙面,实在瞧不出别的线索。

正当他准备放弃时,那人脸上的反光,突然引起了永瑆的注意。这个人虽用黑布遮面,但是半张金面还是露了出来。一个人身手强悍,同时还戴着半张金面,毫无疑问,永瑆心里已有了答案。

"是他!他没有死!"永瑆的身子趔趄一晃,双手缓缓放下千里镜,整个人双目大睁,看上去仿佛丢了魂。永璇忙问那人是谁,永瑆呆呆了良久,这才用诡异的眼睛望着他:"是叶昶!他还活着!"

听到这个消息的时候,永璇只是吃了一惊,但林子群却露出了骇然之色。叶昶明明死于自己之手,他怎么可能没死?林子群不信,永瑆就把千里镜拿给他,让他自己去瞧。

比起永瑆,林子群只是看了身形一眼,便认出了这位昔日的大哥。他受惊程度比永瑆更甚,不可思议地摇头道:"他……他怎么可能还活着?奴才……奴才明明把他炸死了啊……"

第十九章
画作密档：火枪魔王

画作密档：乾隆三十六年八月十五日亥时

秦跃龙与火枪魔王费鸿对决，枪神之战一触即发；霞山三魔被毙，心中大义永生不灭；金面判官出乎预料复活，查出火风筝漏洞，机智剪除重大危机。

大风筝在夜空里稳稳地飘动，由于六名匠人还没有调试好羽翼，所以隋先生等人迟迟没有引燃另外一根火捻子。

此刻的嫦娥仙子，通体点亮着无数盏分布有序的彩灯，发髻、耳坠、义领、裙腰、裳、裙带和内裳等部位都挂着不同色泽的灯彩，勾画出了仿佛被五彩颜料涂抹绘制的仙人形象。

风筝上的神秘人正是叶昶，只见他此时单手抓着一根麻绳，刚好附着于仙子的裙带上面，恰如拴在裙带上的小小铜铃，不停地随着风吹而摇晃。天上的风实在大，吹得他有点儿睁不开眼，也把他的黑色遮面吹开了一块偏角，露出了反射着亮光的金面一隅。

现在身处生死险地，他根本腾不出手用黑布遮住金面，只得任其暴露。不久前的那一战太过于凶险，不过他很庆幸，下手足够快，否则那家伙突然翻个身，自己岂不是要掉下去了？

被一刀毙命的匠人可就惨了，重重地摔到了隋先生的旁边，鲜血和脑浆混搭在一起，就像被挤爆的西瓜汁喷溅了满地，四肢也因为强大的冲击力而被折断了。

面对突然发生的一幕，隋先生心头一紧，目光从地上的匠人迅速移向天空。只是通过那半张被灯光反射的金面便能判断，仙子裙带上面悬挂着的人，可不就是金面判官叶昶吗？

"他没有死！竟还活着！"隋先生咬了咬牙。他没有想到叶昶的命如此硬。曹虎这时也看清了风筝上的人，不过他倒无忧色，而是咧开嘴一笑道："我当是谁，原来是那个金面判官。这倒也没有什么，之前死不了，现在可就说不准了。"

"曹老弟，你是不是有了主意？"冯英知道曹虎谋略过人，连忙追问解决的办法。曹虎不慌不忙地从怀里取出一架千里镜，双手前后拉开，沿着仙子的关键部位扫看了几眼，冷哼道："发髻、耳坠、义领、襦、裙腰、裳和内裳等处的羽翼都已打开，虽说咱们折损了一名手下，但也无碍。只要尽快引燃大风筝，依靠火势把那个金面判官与咱们的手下阻隔开来。与此同时，我们剪断副牵引绳，倾所有力量把大风筝押向乾清宫大殿。届时，大业可成。"曹虎收起千里镜，脸上挂着自信的笑容。

听到这些话，众人那颗悬着的心才算是放了下来。张烈力大无穷，左手用力一拍胸脯，向前大步迈开，自荐道："奶奶的，俺带人去剪断副牵引绳！"说着朝身后一招手，四五名属下便跟他去往副绞盘。

四人之中费鸿的武艺最高,他见三哥已走远,自己也不能坐以待毙,于是向隋先生抱拳请示道:"我带人拦截秦跃龙。咱们这边一动手,这家伙必定号令御前侍卫一起行动。关键时刻,不容他搅乱!"隋先生点头应允后,费鸿毫不拖泥带水地率领八人奔向秦跃龙。

"点燃这个大家伙的活儿,由我来干吧!"曹虎摇手一指大风筝。他是整个计划的总火戏师,这项任务除他之外,别无第二人选。隋先生点了点头,他叫上三人直赴主绞盘。

短短半刻,大家都已投入到最后的战斗。不过相比其他三位兄弟,冯英没有擅自行动,而是站在隋先生旁边询问道:"我们接下来该做什么?"

隋先生略微想了想,扫过那些身负火药的死士:"时间紧迫,容不得半点儿差池。如果两刻之内,我们无法完成目标。届时大批的禁军侍卫都会冲杀过来,那可就前功尽弃了。所以,我们俩负责指挥这些死士,尽最大努力拦住势如破竹的禁军侍卫。"冯英点头说了声"好",从尸体旁边捡起两把大刀,一把丢给隋先生,一把拿在手里,两人大步冲向阵前。

绞盘的另外一个方向,秦跃龙观察着四处散开去执行任务的洪门成员。他没有料到,这些人竟会突然动起手。不过,既然敌人已然按捺不住,恰恰说明到最后关头了。

此外,还有一件事让他的心底泛起了巨大的涟漪。

早在大风筝上摔下来人的时候,他就已注意到,风筝上还附着一个熟悉的身影。那人虽用黑布蒙着面,但却露出了半张金面的偏角,可不是……可不是叶昶叶大人吗？

"叶大人还活着。"秦跃龙露出了一抹喜极而泣的笑容。这段时间里，他一人强撑着大局，几乎濒临崩溃。经过这次供月大典的洗礼，他终于明白一件事：虽说刑部有三大高手，但要论及核心力量，那一定是非叶昶莫属了。

从前的时候，秦跃龙总是觉得，自己的能力并不比叶昶逊色。毕竟，他的背后有皇史宬、黯影和鬼父等的协助。哪怕遇到了大危机，那也要比叶昶更容易应对。曾经有那么一段时间，他甚至暗暗跟叶昶较量，一股不服输的劲头，老是萦绕在这个年轻人的心间。

直到今日，面对如此重大的危机，秦跃龙才突然醒悟，其实刑部最锋利的一把刀，终究是叶昶。也是在得知叶昶还活着的刹那，过去压抑在心里的不快，逐渐被感动和释然取代。秦跃龙缓缓低下头，视线从大风筝移向了战场。这一刻，他的身上集聚了无穷的力量。

前方是硝烟与尘土垒积起来的烟瘴，九个黑影大步从里面冲了出来。他们双手端着一杆火枪，全身捆绑了一圈圈的火药筒，腰间还系着用来装火药的铜罐子。秦跃龙瞧得出来，这些人身上的装备，明显是从地上已故的火枪队成员身上扒下来的。

自从两拨人马交火以来，紫禁城内驻扎的五百名鸟枪护军便围攻了过来，分别由护军校、蓝翎长和队长等人率领。鉴于紫禁城内不易使用火炮，所以鸟枪队成员只能采取枪战的方式。

可洪门不讲这些规矩，随手丢过去几枚火药筒，一下子炸死炸伤了一大片。他们再把地上的火枪捡起来自己用，无形之间强化了队伍的装备。

"秦大人，听说你枪法如神，鄙人不才，特来领教。"费鸿右手拍了拍枪托，露出了一抹傲然笑意。余下八人分站在他的旁边，看得出来都是射击高手。

虽说敌人气势汹汹，但秦跃龙并不以为意。因为对方使用的是鸟枪，而自己用的却是更为先进的燧发枪。鸟枪的射击过程很繁琐，首先要把发射药和弹丸装入枪口，用搠杖捣实，再把火绳固定在龙头上面，引燃火绳，打开火门，同时扣动扳机。这样燃烧的火绳滚入枪膛，引燃发射药产生巨大的推力，从而把弹丸射出去。

通常来说，持枪者就算手法娴熟，一罗预[1]之内也只能发射五到七次弹丸。更何况，火绳、火镰和火种需要随身携带，不仅装药过程缓慢，而且夜间极易暴露枪手的行藏。如果突遇大风或下雨天，那火绳枪就失去了攻击性。

而秦跃龙手里的燧发枪没有这些顾虑。燧发枪的操作极为便捷，只需扣动扳机，借助弹簧的作用把燧石重重打在火门边上激发火星，引燃点火药，大大简化了射击过程，同时也提高了发火率和射击精度。

从这两种火枪的性能上来看，秦跃龙就已占据了巨大的优势。更何况，他是一位枪械爱好者，自打接管了皇史宬以来，他看遍了四海诸国的枪械制造工艺，自己在密档处还有一处枪械加工作坊，亲自改造并发明了些许枪支。

他手里的这把燧发枪，便是近段时间的杰作。此枪一次可装二十发弹丸，射击一次过后，只需转动扳手，接着可射出第二发。如果手法熟练，半个弹指之内，轻松完成两次射击。

一想完这些细节，秦跃龙挥了挥手，暗示旁边的鸟枪队支援别

---

1 一罗预：时间单位，合2.4分钟。

处，自己足以对付这九名凶顽。那些鸟枪队侍卫听说过秦跃龙枪法如神的美誉，至今队伍里还流传着"黯影之宗，弹无虚发"的传说。他们知道秦跃龙不需要外人协同作战，于是由队长带领着离开了。

"你可知我手里这把是什么枪？"秦跃龙晃了晃手里的燧发枪。费鸿几乎没有抬眼皮，冷笑道："燧发枪，一次可发射二十枚弹丸，半个弹指可交换一次射击。"

费鸿很是不以为意，同时对枪械描述得很精准，看来也是一位用枪高手。秦跃龙提高了警惕，问道："阁下是谁？"费鸿见他对自己有了敬重，笑着说道："鄙人当年在霞山做过山大王，人送外号'火枪魔王费鸿'。"

"火枪魔王费鸿？"秦跃龙忽然一皱眉，脑海里有了印象。江湖传闻，霞山有四魔，分别是火戏魔王曹虎、火枪魔王费鸿、火箭魔王张烈和火炮魔王冯英。

这四个人都是火器好手，虽然手艺制作粗糙，但威力不容小觑。他们正是靠着独一无二的火器，所以才能在霞山待了一十七年。

多年前，黯影传来过情报，说是全国各地的鬼市都流通着一种杀伤力巨大的火枪，但不知道制造者是谁。因为无论是宫廷还是西洋，几乎都没有见过这么高超的造枪工艺。

直到后来，黯影历经种种调查才知道，这种枪支是由"霞山四魔"制造。自那而后，秦跃龙对这四人有了不一样的认识。可他万万没有想到，今日会在乾清宫殿前与"火枪魔王费鸿"相遇！

"原来是费先生，失敬！早闻先生枪法如神，本官今日不妨领教领教！"秦跃龙始终保持举枪对峙的手势不变。

费鸿不屑一笑："我听隋先生说，朝廷有三大犬王。第一是金面判官叶昶，第二是不死牒宗秦跃龙，第三是夺命仵作顾宗万。因为有三大犬王看门，所以清廷才得以延续。鄙人手里这把刚好是猎枪，尤其擅长打杀恶犬！"

此人说话言辞如刀，秦跃龙始料未及，就在愣神的间隙，费鸿突然用火折子引燃了火绳，瞄准他便是一枪。好在秦跃龙反应敏捷，早在看到火绳燃烧的瞬间，登时收回了心神，并伏低了身子，子弹堪堪从发顶飞过。

凭借腾挪如飞的身手，秦跃龙快速在人海里穿梭，一旦发现费鸿的影子，迎面开出一枪。由于两人都处于绝对奔跑的状态，其实不容易瞄准，再加上费鸿是只老狐狸，战术极为老练。看到人群有空隙的时候，故意露出身形，让秦跃龙误以为有了可乘之机，举枪射击。可谁知下个瞬间，这家伙竟然迅速就地翻了个跟头，子弹刚好从他的旁边擦过。连续十几个回合，基本都是秦跃龙在开枪，对方反而频繁处于闪躲的状态。

一把燧发枪，只能连续发射二十次。全打完，就得重新装弹丸。刚才两人在运动过程之中，秦跃龙已打出了十九枪。第二十枪虽然至关重要，但当他发现击杀费鸿的绝好机会时，仍旧毫不犹豫地扣动了最后一枪。结果当然是没有命中，现在他的枪里已没有了弹丸。

费鸿咧嘴一笑，心想终于轮到自己反击了。他即刻号令八名手下，全力向秦跃龙开火。为了避险，秦跃龙不得已扑向旁边的尸体作为屏障，枪林弹雨在那具尸体上激荡爆破。

借着八名手下的掩护，费鸿填充完了火药和弹丸。虽说鸟枪装配弹药的过程很缓慢，但无论如何，都远胜过秦跃龙在火力重压之下没有机会组装弹丸。

这一次，秦跃龙死定了！费鸿信心满满地举起引燃火绳的鸟枪，刚要准备瞄向秦跃龙。哪知旁边竟登时响起"砰砰砰"数阵枪响，费鸿愣了一神，心想莫非有人支援秦跃龙不成？

可当他把目光聚焦到目标身上时，右肩突然开了一朵血莲。强大的力量把他震出一丈开外，红色的血水顺着伤口不间断地流淌。而那开出的一枪，竟意外地射向了天空。

此刻，费鸿一动不动地躺在地上，鸟枪早已脱了手，身子因为疼痛而不自觉地颤抖。他的旁边是八名掩护自己的手下，均是额心中枪，当场毙命。

费鸿不可思议地睁大了眼，心想这不可能。一把燧发枪明明只有二十次连发的机会，先前二十枚弹丸已打尽，怎么会有多余的弹丸射杀八名兄弟，甚至打伤自己呢？

二十年来，费鸿跟很多火器高手斗过枪。无论是比组枪的速度，还是比远程射击、运动射击、精度射击等环节，自己从来都没有输过。

莫非这个人设计出了新的燧发枪，一次可以连发三十枚弹丸？如果真有这种造枪术，自己输得倒也心服口服了。

数个刹那，费鸿脑海里闪过太多的考量。可等他意识到应该拾起枪来还击时，旁边走过来一个人。来人把一口黑漆漆的枪管对准了自己的额头，暗沉的眩光从远处照射过来打在那个人的身上，竟突显出了一丝神秘和冷峻。

"秦跃龙，你赢了！"费鸿难得一见认了输，不过他的语气和神色却透着些许不服气，"你的燧发枪，明明只能射出二十发弹丸，怎会凭空又多了数发？莫非你研制出了可发射三十枚弹丸的燧发枪，又或者，你练就了迅速换弹的本领？"

331

这是费鸿最大的困惑，远比生死还要重要。同是枪械痴迷者，秦跃龙了然他的夙愿。哪怕下一刻即见生死，也要知道自己输在了何处。

秦跃龙摇了摇头，另外一只手掀开了外袍，只见上面挂满了枪支和火器："每一次执行任务，我都会携带三把燧发枪。原因很简单，一旦碰到用枪高手，那换弹的空暇就是最致命的时间。为了避免这种情况的发生，我常常叮嘱自己，一定要在第二十枪之前命中目标。如果敌人十分强大，可允许在打完第三把枪的时候击杀对方。当然，如果三把枪都打完了，对方却毫发无损。我想也不必装弹了。因为这样的对手，也不会允许我有装弹的机会。"

"原来如此！原来如此！"听完这番解释，费鸿露出了戚戚然的苦笑。同为枪械师，直到这一刻，他才明白一个道理。原来他所关注的，只是枪械技术上的精进，而秦跃龙关注的才是驾驭枪械的高超境界。简单而言，自己是人被物役，而秦跃龙却是物为人役。从用枪的境界来看，自己差秦跃龙实在太多了。

"我有时候想，如果你肯为洪门效力，那将是不可多得的人才。大业初成那日，全天下的百姓都会感激于你。"费鸿不无遗憾地摇了摇头。他知道，这只是一个假设。

可面对这个假设，秦跃龙却很感兴趣："你明明是山大王，无恶不作，滥杀无辜，又怎会处处为百姓考量呢？说实话，你让我很费解。"

"这年头，但凡有吃有喝，家庭美满，谁愿意去做山大王呢？"费鸿的话满是无奈，"三十年前，我是个本分的铁匠，继承的家业。虽说生计困难，但至少可以养家糊口。那一年，我刚讨了老婆，生了四个大胖小子。老天待我不薄，我想着拼了命地干活，一定要让家人过上好日子。不瞒你说，那个时候，我还是个勤奋且积极的人。

"可是二十年前，乾隆第一次下江南，后宫、嫔妃、宫女、太监和护卫等几千人，动辄上千艘船、几百辆车和数不清的马匹，浩浩荡荡地从水路出发，阵仗实难想象。为了迎接乾隆的到来，各地官员修路、疏通河道、修建园林和宫殿等，近乎忙得癫狂。至于沿途招待乾隆的费用，那还不是得咱们老百姓平摊？各地官员为了筹钱，到处横征暴敛，所征之数是花销的数倍，最后再层层克扣，结余才用于迎驾。当年，我因为拿不出三十两银子，官府就派人把我家的祖传铁铺给征收了。后来，我家的祖宅也以要为乾隆修筑园林之名被官府霸占了。我们一家六口没有地方儿住，只得蜗居在破庙里。那个时候，孩子们没有吃的，整日饿得嗷嗷大哭。我不得办法，只好去街上偷包子。因为偷了六个肉包，我竟被判了整整十五年刑！

"我不明白，我天天喊冤，希望青天大老爷开眼！可是我喊哑了嗓子，竟无一人理会我。幸好，最无助的时候，我在狱中结识了几位兄弟，也就是后来的霞山三魔。我们四人遭际相同，都是因为犯了微不足道的律例而被判了重刑。大家都不甘心，更不愿意因为莫须有的罪名而搭上一生。于是某天夜里，我们一合计，各自施展能工巧技，偷偷越了狱。

"出狱以后，我才知道，妻子为了养活孩子们，只能把自己卖了。可到后来，孩子们还是全饿死了。妻子觉得对不起我，也于十九年前自杀而死。经历过这件事以后，我变了，我恨透了这个世界。既然规则是弱肉强食，那我就要成为最强的那一个人。我们组成了'霞山四魔'，从此决定用自己的拳头打出一个天下，谁也不去依靠！"费鸿握紧拳头，用力砸了一下地面。这些心里话，他已很久没有跟人说起了。

虽说这些旧事听来逼真，但秦跃龙想不明白，既然悲惨的遭遇让费鸿变坏了，那他怎么后来又加入了洪门，甚至改过自新，愿为天下苍生而牺牲呢？

这时费鸿解释说，他们四人在霞山住了一十七年，原本过着清闲自在的日子。可随着生活越发索然无味，四人逐渐被空虚的心魔侵蚀，只觉每天烦躁沉闷，又说不出个所以然。起初，他们以为是中了邪，还请得道高僧做过法，仍没有好转。

直到遇见了隋先生，他们才找到了消除魔障的信仰——原来为天下苍生谋求幸福，竟比让自己放纵在欲望的世界里，更能体察到活着的意义。

"我这一生作恶多端，本就该死。可如果在我死之前，所说出的每句话，至少能让你有些许动摇，那就是最大的意义了。"费鸿强挤出一丝苦笑。

之所以说这么多话，一来是他身负重伤，无力与秦跃龙相抗，只能用言辞拖延。二来他听江湖上的朋友说，秦跃龙利用密档处追踪觅牒的本领，曾帮助朝廷除掉过许多贪官污吏，也算是还朗朗乾坤一些干净了。

虽说多年来秦跃龙一直在为朝廷办事，但他所做的每件事都是清清白白，从未让人格蒙过灰。洪门山主说过，如果秦跃龙愿意加入洪门，副山主之位非他莫属。正因为如此，费鸿才希望在临终之前，游说他加入洪门。

大概上述的劝说奏效了。

因为费鸿看到，秦跃龙的眼睛里泛着红血丝，一颗颗硕大的泪珠，映着灯火显得那么明亮。看来这个人也有悲悯苍生之心，否则怎会如此痛楚难挨呢？原来在苦难面前，他们似乎都能从对方身上捕捉到一丝微妙的情感。

这时，副绞盘周围响起了噼噼啪啪的枪声。两人不约而同地向火网看去，漆黑的夜色之下，星星点点的枪火如同渔民撒向江河的一张大网，顷刻把副绞盘四周的洪门成员给罩住了。

为了帮助张烈完成绞断副绞盘牵引绳的任务，大家手臂挽着手臂，以血肉之躯把他围起来，充当一块块人肉盾牌。可肉体如何挡得住枪火？流弹好似海洋里结伴而行的鱼群，因为身体与水流的摩擦而形成了透明笔直的水道。

一旦目标被击中，每个洪门成员的身上都会盛开出一朵朵血莲花。直到失去知觉，一个个连续倒地。张烈不忍去看兄弟们死去的画面，他的两手死死攥着一把黝黑的大剪刀，上下起伏地绞起粗壮的绳索。原来早在大典开启之前，那把绞铁如泥的剪刀就被叶昶给偷走了，而这把剪刀偏小，绳索却粗壮结实，哪怕如他这般力大无穷的人，也在尝试了数次后才把绳子啃断了一半。

此刻，兄弟们全被射死了，人肉盾牌不见了。下个刹那，张烈身上爆开了接二连三的血雾。他的双手因为被弹丸击中，大剪刀哐当落了地。可他并不死心，竟用牙一口咬住还未断开的绳索，双脚蹬地离开基座，整个人上吊般悬在了半空。

凭借啮啃与身体重量的牵拉，那根没有断的绳索，也许被张烈的执着信念感动了，终于支撑不住似的绷断了。张烈因此重重摔在地上，一双虎目瞪到最大，可嘴里仍发出了最后的呐喊："奶奶的，老子终于明白了！赖活不如好死，痛快痛快！我一人死而天下人生，赴百姓之厄困，此乃大丈夫也！"

这一阵临终之前的豪言壮语，一下子在宫里激荡开去。当然，费鸿和秦跃龙也听到了这样的遗言。费鸿提足了一口气，大声冲张烈连喊了三句："三哥好走！"只待他喊完了，这才面向秦跃龙道："我三哥从前是个屠夫，以杀牛屠猪的生意过活。他如我一样，本来对生活充满了希望。如果不是遭遇了难以支撑下去的苦难，谁愿意离家舍业呢？"

生而为人，各有各的苦。遥望着前方血雨腥风的厮杀，不知为何，秦跃龙感觉双脚似乎被神秘的力量给定住了。他的手里虽拿着枪，但人竟无力去战斗。在泪眼模糊的视线里，他看到曹虎拿火折子的左手被侍卫的枪火给打穿了。

为了把缠绕在主牵引绳上的火捻子引燃，曹虎用左臂勒住一名侍卫的脖子，另外一只手捡起地上的火折子，一边喝退紧逼的侍卫，一边趁机点燃了火捻子。就在他打算挪移到一个安全的位置时，那名侍卫的身上突然爆起连串的血雾，强大的震动感让他有点儿站立不稳。

"嗨嗨！兄弟，拿你当肉盾，对不住咯！不过，咱们应该很快就能在地下见面啦！"曹虎在侍卫的耳边大声说完这句话，随后推开那名侍卫，大步冲向了前方的侍卫群。

那些侍卫惊讶地发现，这个人浑身捆扎着火药筒，引线也着了，看来是要用身体作为移动炸弹了。大家左右推搡着散开，可他们哪里跑得过强大的火药爆破？方圆两丈开外的侍卫，因为没有避开爆炸，一片又一片地倒在了血泊之中。

面对曹虎之死，费鸿心痛欲裂，大声冲着爆炸的方向喊道："二哥好走！"那气贯长虹的声音，确然有股凛然正气。

秦跃龙无暇理会刚才的爆炸，他的眼睛始终没有离开主牵引绳上的火捻子。这条火捻子应该是为了引燃大风筝一旦大风筝烧起来，触发上面囤积的火药，整个紫禁城都将会被吞噬。届时，宫廷告急，皇族覆灭，天下岂不大乱？一旦乱起来，各方势力互斗，谁又能保证百姓可以过上好日子呢？

梳理完这些念头，秦跃龙立即有了决定，阻止这场弥天危机！他举起燧发枪，大步冲向主绞盘，岂料双脚竟被费鸿给抱住了。

费鸿仰头望着他，嘴角挂着诡笑："秦大人，我的话，也不知道你听明白了没有。如果你没听明白，小人不妨再最后知会你一声。"说着他撩起了胸前的外袍，只见一条火线正在快速燃烧。

不出五个呼吸，费鸿浑身的火药筒就会爆炸。这短促的时间里，秦跃龙来不及思索，只得朝着费鸿抓自己的手臂开了一枪。随着他松开手的刹那，连忙朝前方快步扑倒。

轰隆一声巨响，强大的爆破把费鸿撕成了碎块。而趴在废墟里的秦跃龙，过了良久，直到脑袋稍有了清醒，方才跟跟跄跄站了起来。费鸿就这样死了，霞山四魔折损三人，洪门弟子死伤惨重，可这场战争远远没有结束。

金凤率领洪门最后的三十名信徒与鸟枪队成员展开了角逐。这些人，一部分是十年前因为三十作贪腐案而入宫的洪门暗桩，一部分是在供月大典召开前夕，隋先生请永瑾出手，动用了造办处各级关系，最后从宫外打着招募匠的名义临时选入宫里的匠人。按照宫规，供月大典结束后，他们就得离宫折返原籍。可谁也没有想到，这些招募匠竟也是洪门中人。

"这些洪门贼子，真是无处不在！"秦跃龙给三把燧发枪全装上了弹丸和火药，一把挂在腰间，两手各持一把冲向了主绞盘。

主绞盘周围显然成了最后的决战场地，鸟枪队、弓箭手、大刀兵等御前侍卫，分作不同圈层，以合围之势向主绞盘推进。虽说洪门的人数不占优势，但他们一个个骁勇无畏，哪怕中了枪倒地，下一刻也能强撑着站起来。

一些明知中枪而不可活的人，为了给伙伴争取最终的胜利，竟引燃身上的火药筒，甘做人体移动炸药冲向御前侍卫。这种打法让御前侍卫溃不成军，原本可以轻轻松松拿下的战略要地，结果出现了一次又一次退让的局面。

秦跃龙带领侍卫们正想办法突袭，这时忽然看到头顶上燃起了熊熊大火，刺眼的光芒把乾清宫广场照得亮如白昼。

这一瞬间，所有人都抬起了头。毫无疑问，曹虎临终前点着的火捻子引燃了大风筝，巨大的火焰如同天灯照亮了夜空。

为了把大风筝扑向乾清宫大殿，隋先生和冯英合力抓住主牵引绳，试图通过按压绳索的方式操控风筝坠落。

这是用几十根细钢丝拧成的麻花绳索，大火不能将其烧断，但是强大的热流却通过钢索的传导灼烤着两人的手掌。他们只好脱下衣服包住绳索，除了有缓释热流对肉体的冲击触感之外，还能尽最大力量往下压倒火风筝。

此刻，风筝的大部分位置都被点燃了，但还是有几个地方处于未着状态。叶昶仰起头扫看了过去，原来那些未着的位置上面捆绑着一包包火药，正是那六人爬上风筝后偷偷安置的。

"莫非，这些未着的地方，便是火风筝的终极杀招？待到火风筝扑向乾清宫，火药包在强大力量的撞击之下必定脱落。那时乾清宫已烧成一片汪洋，火药包也会被大火吞噬，进而触发连环爆破？"就在此刻，一种不祥的预感霎时爬上了叶昶的脑门。

他猛然意识到，现在必须拆除火药包，否则后果将不堪设想。可让他想不明白的是，火药包易燃，为何捆绑这些危险品的地方没有着火，甚至没有发生连环爆炸呢？

带着这些困惑，叶昶仔细观察着那些未着区域的布料。良久过后，他有了答案："我明白了！这……这是火浣布？"

早在古籍《山海经》中，就有对火浣布的记载。后来，《异物志》《神异经》等古籍中也都记载过这种防火的布料。

到了元朝，马可·波罗在《马可·波罗行纪》中描述，他的突厥旅伴苏儿非哈儿在开掘一座山时，发现了一种特殊的矿材。苏儿非哈儿把这种矿材碾碎，出现了如同毛线一样的细丝。

如果再把细丝暴晒使其干燥，放于铁臼之中用水除掉泥沙，就会得到如同天然羊毛一样的物质了。这种天然羊毛织成布，可不就是能防火的火浣布了？

起初叶昶也没有听说过这种布料的来历。可巧今早，他偷偷潜入三十作调查洪门线索，偶然到了画作，意外获知了火浣布的掌故。

画作位于造办处所属院落的西侧，北面是玉作，南面是查核房。作里有画师上百人，除了有擅画人物、花鸟、草木、山水等传统名物的中国画师，还有不少是来自远西诸国的西洋画师，尤其以郎世宁最为出名。

今早去画作调查线索的时候，叶昶遇到一件怪事。一名小太监在挪移郎世宁绘制的《十骏犬图》屏风的时候，不小心把画框给推倒了，结果砸翻了放在门口的火盆。

大火把地上废弃的画纸给引燃了，最后以风卷残云之势点着了数十架屏风。这些屏风上的画布都易燃烧，不消片刻便烧成了灰，可唯独郎世宁绘制的《十骏犬图》保存完好。

更为离奇的是，经过大火的洗礼，那画布的颜色竟比原来还要亮白，就像蒙了灰的青瓷瓶放进水盆里淘洗过一番，而昔日被灰土遮盖的瓶体，终于显露出清晰的原貌！

这件事太过于蹊跷，如非亲眼所见，简直不敢相信。后来郎世宁来了画作，先是呵斥了一遍那名小太监，随后说他的画布是用火浣布制作而成，颜料也是用了特殊材质加工，可起到防火功效。尤其火浣布被扔进火中烧炼，原先不白的画布底色也会变得洁白如雪。

为了弄明白火浣布究竟是何物，叶昶特意偷偷潜入藏书阁调查了此物的由来，所以才有了之前的分析。现在来看，大风筝上那一块未着的区域，大概是用到了火浣布。

这架大风筝设计极为巧妙，既要让该着的地方燃起熊熊大火，又要让不该着的地方完好无损，还要防止火药在高温的炙烤下突然发生爆破。

任何一个环节出了问题，洪门诡计都将不能如期推进！

第二十章
木作密档：天降狻猊

木作密档：乾隆三十六年八月十五日亥时

叶昶拆除火风筝上所有火药包，突遇匠人偷袭，挥刀连斩两人；洪门计划失败，隋先生为求自保，落荒而逃；苏颖与叶昶破镜重圆，同乘狻猊共话相思。

大火就像饥饿的桑蚕，以摧枯拉朽之势逐步侵吞着纸糊的架体。叶昶躲过火舌的舔舐，手脚并用爬到了一块火浣布的旁边，单手抓着一根固定风筝的铁架子。强大的热流通过铁器传导，烤得他的手掌刺痛难挨。他强忍着生理上的不适，伸手检查了头顶上的火药包。

每个火药包足足五十斤重，而整个大风筝上捆扎着十二三包。要是全部引燃，强大的爆炸便会以乾清宫为腹心，犹如沉寂千年的火山突然苏醒。不消片刻，冲天而起的火焰巨浪会迅速向着四面八方倾泻。到那个时候，整个紫禁城岂不毁于一旦了？一想到这些后果，叶昶心里泛起了忧虑，眼睛开始四处搜寻解决办法。

就在这个时候，他猛然想到，那些火药包要是被拆除落地，远离明火，不就能止息爆炸了？想到这里叶昶拔出腰间的匕首，向上连挥了几刀，头顶上空用来捆绑火药包的绳索被斩断，一个巨大的麻袋翻滚着掉了下去。

虽说拆除了一个火药包，但大风筝上还有十多个，这要怎么拆除呢？附近火浪腾涌，徒手爬过去不现实，万一被烧死烧伤，那就功亏一篑了。

叶昶眉头紧皱，连忙抬头扫了一眼架体，除了部分竹架因为火烧而化作飞灰之外，整个风筝的轮廓依然存在，飞行状态尽管不够稳定，但也不至于急速坠落。这一切，全靠嫦娥仙子双臂与双腿上的风筝骨架在支撑飞行。

这些仅存的钢架上面，垂挂着数根细长的铁索，大概是捆扎竹架用的。由于大量的竹架已被烧光，而今那些铁索，就像丛林里任意散落的藤条随风摇晃，时不时发出哗啦啦的声响。

如果抓着这些铁索进行腾挪闪跃，便如猴子在树海里穿梭，岂不是能到达想去的位置？思及此，叶昶用力一蹬足下的铁架，蹿升数丈，即将坠落之际，双手抓紧一根铁索，人在半空之中似钟摆在摇晃，险些落地摔成肉泥。

经过这一瞬间的生死之险，哪怕是叶昶这般英勇无畏的人，也不由得倒吸一口冷气。有些事看着简单，谁知做起来困难重重。

好在一切顺利，他调整完心绪，忍不住向下望了一眼。这一刻，灯火通明的宫殿，竟随着他的视线剧烈颤动。他早已分不清到底是自己在晃，还是宫殿在晃了。

一回生二回熟，凭借矫健的身手，叶昶灵活地穿梭到了就近的一块火浣布跟前。只要他两臂的力量足够强大，便能轻松荡到火浣布上面。

可当他尝试这么做时，由于受到风向的影响，汹涌的浪焰就像火焰刀从火药包上空扫过。如果一直持续下去，难保不会触发爆炸。他本来就距离火药包足够近，连环爆破更是会在数个呼吸后把他炸成齑粉。

这短促的犹疑间，不承想第二波火焰已把火药包上捆扎的引线点着了。只需三四个弹指，一场史无前例的爆炸就会发生。

叶昶来不及思索，伸手从怀里摸出一个水囊，用力掷向引线。随着水囊受热撑破，原本快要钻入火药包内部的引线，突然被强大的气波扑灭。

与此同时，四面八方激射出的水流覆盖在了整个火药包上面，无论周边的火焰如何凶猛，须臾之间也无法再次点燃引线。

叶昶舒了一口气，双臂用力把自己荡向火浣布。他的左手快速抓住固定布的铁架，右手同时掏出匕首，企图把捆扎火药包的绳索割断。现在他就像贴在墙上的壁虎，任何强风与摇晃都不能把他甩落。

就在匕首即将接近绳索的刹那，火浣布背面突然劈出一把大刀。叶昶连忙收手，可终究晚了一步，锋刃登时把手腕划开血口，随即匕首脱落，坠入茫茫人海。一个匠人自布缝里蹿了出来，腰间系着铁索，另外一端拴住铁架，刚好把他牢牢固定。

"不愧是金面判官叶大人，花炮局爆炸，竟没能把你炸死？"匠人双手握刀横在胸前，两足斜蹬着布面，呈三角之势把拴在腰上的铁索拉直。

由于来人只戴着露出眼睛和嘴巴的头套，所以外人瞧不见细微模样。为了缓解手上的痛感,叶昶缓缓用力握紧了拳头,冷哼道:"既然大家叫我金面判官,自然是只有我判别人生死的道理,又岂能被别人掌控性命?"

匠人哈哈大笑两声,大刀迎风挥了两下,道:"那好,我来领教一下叶大人高招!"谈话之间,大刀已劈向叶昶。叶昶的匕首刚脱落,身上并无兵器格挡,只好双手用力蹬上铁架,刀锋因此虚空劈向铁杆,花火电闪过后,便是金属的嗡嗡声作响。

"好身手!"匠人抬头看了一眼向上攀爬的叶昶,并没有急着去追,而是调了调连通铁索的腰间旋钮。这样就能实现身体在风筝骨架上任意滑动,就像固定在轨道上的列车,在车轨上自由穿梭而不会脱轨。

因为解放了双手双脚,匠人具备了多种攻击的可能。双手刀配合腿功,连连追击打得叶昶毫无还手的机会,只得不断地向上攀爬。刀刃偶尔劈向铁架,还会迸发火光电闪。一路穷追猛打持续了半刻,叶昶已爬到了嫦娥的肩头,再往上就没有去路了。

匠人发出了得意的笑声,双手抡起大刀砍向叶昶。这一刀下去,即便不能把他拦腰斩为两截,至少也可以开肠破肚。阔刀把嫦娥肩头上的竹架一根一根削断,宛如砍瓜切菜,不费吹灰之力。可待匠人收刀后才发现,叶昶竟不见了。

叶昶呢?匠人慌张地四下找寻,这时看到一双脚勾住了铁架,顺着脚往下看,叶昶正倒立吊挂在半空。匠人大吃了一惊,本想着如何还手,岂料叶昶先一步借双足之力起身,左手攥着一根刚刚掉落的竹竿,而竿头早已被大刀削砍得锋利尖锐。

不待匠人看到竹竿的去势,左腹便被扎了个对穿。胃里的秽物混杂着鲜血，顺着杆体流了出来。叶昶来不及甩掉沾上的液体，伸手连忙接过从匠人手里掉落的大刀，然后单手扒住铁架，调整了一个舒服的正立姿势，深深吸了几口气。此刻，匠人悬吊在半空，四肢自然下垂，左腹还插着一根竹竿，显然已经毙命。

大风筝上共计六人，已杀两人，还有四人需要解决。敌人在明，自己在暗，须得寻个法子隐身。叶昶简单思索完，转身望了一眼匠人，紧蹙的眉毛缓缓舒展开。

此时主绞盘上面，隋先生和冯英合力往下拉拽主牵引绳。虽然两人一开始无比吃力，但当风筝有了坠落趋势后，一个人足以控制风筝的落地。隋先生松开手，仰望着烧成火人的嫦娥轻缓缓降落，就像看到一座大山由远及近地逼向乾清宫。

"成败得失，在此一瞬。"隋先生感慨万千地说完这句话，忽然侧头看了一眼冯英，叮嘱道："冯兄弟，这里交给你了。眼下，四面皆是朝廷鹰犬，我且去助四妹一臂之力。"冯英想到，主绞盘只他一人掌握，一刻之内足够完成任务，于是点了下头。

隋先生使不惯鸟枪和大刀，一边往前冲一边捡起地上的弩机和箭矢，手法熟练地装箭、拉弦、扣动扳机，十几名突破洪门包围圈的御前侍卫，本以为能冲上主绞盘杀了冯英，哪里会想到附近飞射暗箭，一群人接连中箭倒地。

直到把所有突进包围圈的侍卫全部解决，隋先生才走到金凤旁边，环视着周围问道："怎么样，还能撑多久？"听到是隋先生的声音，金凤那张紧绷着杀意的脸上，突然绽放出一抹温柔的笑容："两刻以内还是没问题的。"

345

不必两刻，只需坚持一刻，大局便能尘埃落定。隋先生虽然满意地点了一下头，但目光还是凶狠地掠过欺近的侍卫："那个秦跃龙向来诡诈，我们不可掉以轻心。"

说完这一句，隋先生朝着左边一抬下巴。此刻，秦跃龙双手持燧发枪，先后连续发射。即便洪门弟子察觉到危险，可也没能避开精准定位的弹丸，额头、心脏和太阳穴等部位纷纷中枪，死亡不过在瞬息之间。那几名突破洪门包围圈的侍卫，正是靠着秦跃龙和一众鸟枪队成员的掩护才杀了进去。

"三哥，咱们联手宰了他！"金凤取下胯上的弩机，一枚一枚装好箭矢，高高举了起来。

坊间传闻，秦跃龙号称枪圣，弹无虚发，哪怕火枪魔王费鸿也死在了他的手里，可见其凶悍程度。不过隋先生却认为，秦跃龙胜在燧发枪技术先进，以及连续发射的时间短促。

相比鸟枪，弩机的威力尽管弱了一些，但是连发间隔较短，可与燧发枪打个平手。如果自己和金凤联手，倒是有可能杀了此人。另外，退一步来看，即便杀不了他，只要拖住秦跃龙，岂不同样也能赢得先机？

"四妹，咱们走！"

想到这，隋先生平端起弩机，大步朝秦跃龙奔去，金凤紧随其后。两人弓着腰在人海里急速穿梭，寻到一个合适的发射角度，搐手便是一弩。

暗袭之初，箭矢堪堪从秦跃龙的后肩和左臂蹭过，虽不是大伤，但也切开了表层的肉，露出了渗着血的块状肉组织。他踉跄朝后退了几步，只待发现了箭矢来的方向，先是低头避过另外两支箭的扫射，而后用背部在地上侧翻碾过，砰砰两枪立即射向箭矢来处。

两枪虽是盲射，但定位极准，两名洪门弟子登时喉管中枪，身子微微转动，软软倒地。要不是隋先生和金凤默契地低了下头，中枪的可能就是他们了。

经历过刚才的凶险对决，隋先生再也不敢冒进突袭。他给金凤打了一个手势，两人决定前后夹击。就在准备分开进攻之际，一个黑影突然从天上落下来，径直砸向两名御前侍卫，竟把他们的脖子给拗断了。

这一变故，让周围陷入了短暂的休战。哪怕刀剑相对的双方，此刻也停了下来，不由得转向旁边的不明落体。两名被砸死的御前侍卫胸前，横躺着一具被摔得血肉模糊的尸首。

那人外面的衣服被扒光了，只能看到身着内衣，而全身筋骨因为受到强烈的地面冲击，尽数成为断裂的松散之体。

隋先生惊骇地盯着那尸体，直到发现是自己安排在大风筝上的六人之一时，心头猛然巨跳。叶昶是个不要命的疯子，大好计划折于他手，可就功亏一篑了。为了瞧明手下的死因，隋先生本想靠近那具尸体看个清楚。这时金凤猛然扑了过来，一把将他推远。

"三哥，小心！"金凤远眺着缓缓站起身的隋先生，两眼之中闪烁着不舍而又心碎的泪珠，"若有来世，我再等你十里红妆！"

不久前，隋先生亲口表示，待到事成之后，他要许这个女人十里红妆。可眼看最爱的男人身处危局，金凤如何能避而不管呢？

她本以为，十五年的等待，终究会换来一个好结果。可老天，还是把他们生生拆离了。此刻，隋先生仰起了头，刚好看到天上落下一个火药包。

那火药包上捆扎的引线在寂寂夜色里快速燃烧,明亮如一道流星,不及落地就可能会触发爆破。金凤先看到这一变故,所以才使大力推开了隋先生。

可谁也没想到,隋先生瞧出危险时,眼中虽也有不舍和哀恸,但只持续了片刻,他的脸色竟登时大变,本能地转过了身,大张双臂扑向了地面。

真没想到,最后一眼看向所爱之人会是这个结果。金凤眼中的温暖,陡然间变为了凄冷。也许,人总是如此奇怪。从幸福无限到万念俱灰,只在转瞬之间。

孤零零要与这个世界临别了。

金凤缓缓闭上眼,黯然魂销地抬起头。此时此刻,火药包再也没有给她任何可选择的机会,顷刻间产生了吞天灭地的剧烈爆破。

汹涌激荡的祝融之焰犹如恶魔的双手,任何被它靠近的物体无一例外被撕尽。以金凤为中心的方圆两丈开外,无论是洪门弟子还是御前侍卫,尽数化作烈焰之下的幽幽亡灵。

从整个波及范围看,距离爆炸点最近的碾为齑粉,较远的能看到碎骨断肢,再远的是不完整的尸骸,而哪怕是最远的爆炸辐射区,也到处是呻吟的伤员和一命呜呼的尸首。

隋先生被几名洪门弟子扶了起来,大家都没有想到,即将成功之际,居然会遭遇这么大的变故。此时在乾清宫广场,分成了三个泾渭分明的人群。百余名御前侍卫和鸟枪队成员,以横扫千军之势突破洪门弟子的防卫圈;主绞盘上面,冯英仍在双手握主牵引绳,尽最大努力把火风筝压向乾清宫大殿;在更远靠北的地方,隋先生和十来名洪门弟子围在一起,平端弩机,虽是必败之局,但仍负隅顽抗。

"先生，我们现在怎么办？"一位洪门的大佬问道。

"我们还剩多少人？"隋先生轻咳了一声。刚才爆炸产生的尘土呛进了他的肺里，到现在还无法正常呼吸。

大佬环顾了一圈周围的兄弟，随后答道："不算您和冯兄弟，只有十七人了。"

十年以来，他们陆陆续续往三十作里安插暗桩，再加上供月大典召开前夕，又以招募匠的名义调进来数十名暗桩。所以行动开始之前，整个会场共计百余名洪门弟子。

谁又能想到，不过才几个时辰，局势扭转竟会如此迅速！

隋先生叹了口气，安抚旁边的兄弟们道："事已至此，无须嗟叹。清廷鹰犬众多，我等硬拼必死无疑，反而白白便宜了他们。大家听我号令，一起退守养心殿火道口。"

火道口原本是给养心殿供暖的地下火炉，由于现在还没有到冬季，火炉暂时没有投入使用，所以被洪门暗桩改成了偷偷集会的密室。

虽说大家都有拼死一搏的决心，但考虑到隋先生向来眼界高远，此番决议，大概是想留存洪门火种，于是果断应了命令。

十七人的队伍尽管不算多，但洪门个个是用弩高手。大家分成两股势力，一股负责发射，一股负责蓄力，随后是交替执行任务，生生杀出了清廷侍卫的包围圈。

鸟枪队蓝翎长见敌人来势凶猛，大步跑到秦跃龙跟前，伸手一指隋先生等人突围的方向，道："秦大人，那些洪门贼子要逃。"

此刻，秦跃龙刚刚带人消灭了洪门势力，二十余名鸟枪队成员甚至率先把主绞盘包围。只需一声令下，数杆火枪齐发，冯英必死无疑。只是由于长官还没有过来，大家只得暂时保持对峙状态不动。

"主绞盘已被我们控制,危机也算扫除了一大半。"秦跃龙向冯英一抬下巴,吩咐那位蓝翎长道,"你带人告诉那家伙一声,洪门大势已去,如若愿意降服,助我们让火风筝安全降落,可从轻发落。如若执迷不悟,格杀勿论!"

　　"可是……可是秦大人,那火风筝上也不知道承载着多少火药包。您之前也瞧见了,一个火药包足以把数十人炸死炸伤。如果此物在乾清宫广场上降落,后果不堪设想啊!以小的看……咱们不如剪断牵引绳,任火风筝升空爆炸才是妙策啊!"蓝翎长急切又慌张地说道。

　　这样的后果,秦跃龙如何不知呢?他红肿着眼睛,遥遥注视着那架被烧得只剩下骨架的筒子风筝。昔时秀美的嫦娥轮廓已然消失不见,徒剩下熊熊燃烧的火人照亮夜空。

　　"叶大人还在火风筝上面!他为了捣毁洪门诡计,已然把生死置之度外了。如果此刻剪断牵引绳,叶大人岂不没命了?"秦跃龙罕见地冲蓝翎长吼了一声。

　　蓝翎长虽是受了训,但骨子里仍不示弱:"我们都知道您与叶大人情同手足,可要是因小失大,万一伤了龙体,那可就……"

　　不待蓝翎长点完这一句话,秦跃龙马上意识到,乾清宫殿前的危机还没有解除。只怪刚才光想着如何歼灭主绞盘周围的洪门成员,反而忘记了最为关键的地方。

　　钟梓文有谋逆之心,他如果在万岁爷跟前,事情可就麻烦了。一想到这里,秦跃龙连忙给身上带着的所有燧发枪上了弹丸,面向蓝翎长,叮嘱道:"在没有确定叶大人是生是死之前,谁也不许下令切断牵引绳!一切后果,我来承担!"

　　眼看上峰下了死命令,蓝翎长不好再多言,迅疾带人冲向了主绞盘。而在此刻，秦跃龙目光移向乾清宫大殿，心想只要救下万岁爷，无论结果多么糟糕，都不算最坏。现在摆在秦跃龙眼前的唯有两件事：一是救下乾隆；二是设法保证火风筝安全降落，祈求叶昶再一次逢凶化吉。

只是叶昶那边，只能靠他自己了。秦跃龙想到这里，缓缓抬起头看向了夜空。那架大火弥漫的风筝之上，隐约可以看到穿梭的人影。秦跃龙知道，那些人影里，也许就有叶昶。

他当然知道，这个时候切断牵引绳，紫禁城可免除被爆炸摧毁的风险。可他不愿意因此害了叶昶的性命。为了赌一把叶昶能活下来，他自愿背负紫禁城可能被爆炸摧毁的后果。

"侍卫什长何在？"秦跃龙大声喊道。

"在！"

一阵刺耳的报到声由远及近，随后看到一位身穿黄马褂的年轻侍卫。单膝跪在秦跃龙的跟前。秦跃龙侧转过身，瞥了他一眼："你即刻通知所有侍卫，领侍卫内大臣钟梓文已叛变。任何调令没有我的允许，万不可随意听从！"

这个消息无异于晴天霹雳。领侍卫内大臣已叛变？这是自紫禁城建成以来，从未出现过的荒唐事。侍卫什长抬起了不敢置信的头，嘴里好些话欲言又止，双目不由得瞪到最大。秦跃龙没空跟他解释，厉声道："你只管传我的令，其他的无须知道太多。"

供月大典的安保由秦跃龙和钟梓文联合负责，简单来说，一半儿的侍卫由秦跃龙领导，一半儿由钟梓文掌控。眼前这个侍卫什长，正是归秦跃龙调配。

直到确定上峰没有下错命令，侍卫什长才低头回了声"是"。这

351

时秦跃龙把视线往皇宫各个角落转了转，又道："还有，你设法通知各处护军，务必保证宫里所有人躲到乾清宫方圆半里开外。"

如果这场弥天浩劫刹不住，整座紫禁城，也许会化为废墟。可这样的结果，秦跃龙暂时还不敢跟所有人吐露。随着那名侍卫什长转身去执行自己安排的任务，秦跃龙朝身后一挥手，数十名鸟枪队成员和弩手跟紧他，大踏步奔赴乾清宫大殿。

众人行进的过程之中，天上时不时掉落身着匠衣的神秘人。侍卫们核验后确定，一共四人。秦跃龙抬手示意大家停下来，连忙上前检看尸首，大致猜到，这些人应该是附着在大风筝上的洪门成员，因为被叶昶逐一斩杀，所以才会一个接一个坠落。

就在秦跃龙刚刚梳理清楚事件头绪，才要起身之际，身畔突然砰的一声落下一包袋子。远远看去好像是一包沙袋，可秦跃龙无意间嗅到了臭鸡蛋的味道，登时脸色大骇，心想莫非是叶昶拆解的火药包？

他大声吩咐手持火把的侍卫远离袋子，自己则大步跑了过去，蹲下身子，伸手捻了捻黑色的粉末，发现果然是火药，神色顿时凝重起来："来人，速速把这些袋子丢入太平缸。切记，万不可碰到一星半点儿的火。否则，所有人全无命活。"

侍卫们听了他的号令，谁也不敢怠慢。为了杜绝一切危险的发生，部分侍卫甚至熄了火把，大规模投入到找寻火药包，并将其丢进太平缸的任务之中。

秦跃龙双手各握一把燧发枪，独身冲向高台甬道。行至半程，忽觉头顶有股热流呼啸而过。此刻，耀眼的强光骤然乍现，天地好似从极夜变为极昼。

满地的汉白玉石砖上面，就像铺了一层闪烁着星星点点光泽的雪花。而隐没在黑暗里的乾清宫大殿,瞬间也突显出了黄琉璃瓦重檐庑殿顶。九大脊兽、七踩斗拱、五踩斗拱、金龙和玺彩画、三交六椀菱花隔扇门窗等物事,雍容华贵地暴露于眼前,仿佛看到海市蜃楼奇观。

这阵光亮越来越近,四面铺展的范围逐渐大了起来,就连露台上的铜龟、铜鹤、日晷、嘉量和四座鎏金香炉等物事也都清晰可见了。

秦跃龙预感到不妙,立即转过了头,微微斜向上仰望。一束亮如太阳的火球托着墨绸般的尾巴,犹如一条火龙笔直地射向乾清宫大殿。

如果仔细聚焦,还能看到嫦娥的发髻上面,站着一个迈开弓步固定身躯的人。那人穿着一水黑的衣服,就连头上也戴着只露出眼睛和嘴巴的遮罩。远远望去,好似御龙者乘风而来。

可是秦跃龙并没有感到一丝一毫的壮观,他的脑海里只有一个念头:一场滔天火灾在所难免,乾清宫恐怕也要被摧毁了。这种念想刚刚结束,下一个瞬间,火球径直朝着乾清宫激射而去。出于本能,秦跃龙放弃了沿着甬道前冲的步伐,而是下意识地前扑在地。

与此同时的另外一个瞬间,狻猊双足刨地,跃上太平缸,轻盈地落在汉白玉石护栏之上。它几乎没有停歇,再借此跳上日晷,一个箭冲斜向上腾飞,刚好把从火球上掉落的黑衣人接落于后背。此刻,狻猊的后背坐着一位酷爽打扮的女子,她帮助黑衣人卸掉了部分冲力。随后是,黑衣人抱紧了狻猊的脖颈,女子则温柔地抱紧了黑衣人的腰。

狻猊毕竟是一等一的神兽,弹跳和速度当世无二,凶悍和爆发力更是未逢敌手。哪怕是以豢养神兽出名的鸦鹘处、鹰鹞处、庆丰司、百兽房等宫中机构,即便把所有镇宅神兽全请出来与狻猊一较高下,也没有半分的胜算。

这倒也不是吹嘘。原来数年前,蒙古进献了两头猛兽,一头是苍猊,后来让郎世宁绘制在了《十骏犬图》之中。

传闻那是一头蒙古獒犬,体型巨大,性格凶勐,被豢养成了斗犬,宫里人常把它称之为犬中之王,因为它的样貌简直是一头深青色的狮子。犬中之王,已然可怕。如果猎犬很像狮子,足可见其凶悍程度;另外一头便是狻猊。狻猊不是犬,而是一头野性未除的狮子。

当年,乾隆好奇苍猊的战斗力,就让宫里最凶悍的五头猎犬与之搏斗。五犬联合出击,不过三刻,尽皆败下阵来。那五头犬败得惨烈,一个个残体断肢,竟无一完好。

宫里的神兽纷纷惧于苍猊的雄威,再也没有冒进者敢出战。这个时候,乾隆突发奇想,如果让苍猊与狻猊搏斗,又会是怎样呢?

谁也没有料到,苍猊见了狻猊,只是起初厉吼了两声。可在听到狻猊震撼天地的吼声时,一向天不怕地不怕的苍猊,竟然蔫了下来。

这一幕,所有人都没有预料到。

两大神兽没有开战,仅仅是拼了几声厉叫,弱者片刻便败下阵来。更让大家始料不及的是,狻猊在众目睽睽之下,一口啃住苍猊的脖颈,活生生给咬死了。整个过程只在眨眼之间,速度之快,突击之准,下手之狠,神鬼难测。

此外,狻猊不仅咬死了苍猊,还毫无禁忌地把对方的尸体撕烂,一溜溜把血肉吞进了肚子里。虐杀和凶残程度,至今是宫里人的阴影。据说当年的驯兽师看到这一幕,再也不敢参与驯服野性未除狮子的任务,宫里的野狮子也越来越少。

乾隆觉得此兽过于凶悍，本打算让御前侍卫下令击毙。这时候叶昶却站出来说，他想试一试是否能驯服此兽。于是在满朝文武的见证之下，叶昶独身进了铁笼。他只带了三件东西，一根铁棍，一根铁鞭，还有一把匕首。

当年武则天迫切需要得到李世民的青睐，于是自告奋勇帮助李世民驯服狮子骢。李世民问武则天要用什么工具，她自信地列出了以上三种器物。

乾隆读过《资治通鉴》，了然这段典故。可不一样的是，狮子骢是一匹顽劣的马，狻猊却是一头真狮子。纵然是号称天下奇事怪事无所不闻的乾隆皇帝，此刻也为叶昶捏了一把汗。

可大家都没有想到，叶昶凭借灵活的身手，就像《水浒传》里的武松打虎，不仅把狻猊制得服服帖帖，甚至甘愿当他的坐骑。

这一幕让乾隆大感意外，御手一挥，将狻猊赠与叶昶，还封了狻猊是护国神兽。紫禁城一向门禁甚严，哪怕是王孙贝勒没有征召，也不能随意进宫。可叶昶和狻猊却分别被赐了入宫免奏金牌，如遇重大危情不必通禀，可径直入宫救驾。狻猊正是得益于此，所以才能载着苏颖直赴宫里。

"苏颖，你怎么来了？"叶昶摘下头上的遮罩，刚好露出了那半张英俊的面容，以及半张映着火光的金面。

再一次听到叶大哥叫自己的名字，苏颖蓦地哭了出来，一把搂紧叶大哥的腰，头深深贴在了他的后背。这个向来坚强的姑娘，突然一瞬之间，竟呜呜咽咽像个小丫头哭了出来："叶大哥，我以为……我以为那日你在花炮局遇了难，再也见不到你了。你若死去，苏颖也不想独活了。"

也许是悲喜交加过于浓烈，苏颖罕见地哭得说不出完整话。此刻，叶昶抱紧狻猊的脖颈，后背感觉到一股滚烫的热流，那是苏颖的热泪和呼吸在灼烤着这个男人。

狻猊载着这对佳人，急速在乾清宫的黄琉璃瓦上狂奔。这应该是有史以来，唯一一对伴侣在皇家的宫殿上放肆而行，无所阻碍。

"可我后来知道，你是被奸人所害。苏颖那时便想，随叶大哥赴死是容易，可我死之后，谁又能为叶大哥复仇呢？"说完这一句，苏颖已是泣不成声。

须臾过后，她深吸了几口气，轻轻啜泣着说道："我查到是隋先生和林子群害了你。他们密谋在供月大典上行刺，我便和……也就是上次救过你的贺千川，一起打算入宫为你报仇。我二人自护城墙下的涵洞潜入金水桥，刚好看到顾宗万顾公子骑着狻猊疾冲而至。可那顾公子不懂得骑乘之术，摇摇晃晃险些摔下。我便跃上狻猊之背，并把顾公子放了下来，让他与贺大哥殿后。"一系列凶险的过程，经苏颖简短的陈述，大致让叶昶明白了来龙去脉。

自打狻猊救下叶昶的瞬间，乾清宫突然之间从呻吟叫嚷变为了沉寂。无论是大步冲下露台的王孙贵族、太监宫女、升平署的优伶戏子、参与供月祭祀的僧侣信徒，还是广场上的鸟枪队、弩箭队、洪门残余弟子等人，都在霎时之间扬起了头。

周身燃烧着熊熊火焰的嫦娥仙子，仿佛化作了上古神话里的共工，迎头撞向了乾清宫殿前竖立的四根通天灯柱。原来，大殿前有两个孤零零的汉白玉大石墩，分别放置于中心甬道两旁。石墩子中心是个圆坑，套着生锈的铜套筒，筒里插着一杆五六丈高的灯杆，顶上承托的是万寿灯。万寿灯两侧竖立的是天灯，灯座上面雕刻着围圈跳舞的小狮子。

万寿灯和天灯这四根粗壮的柱子,采用上好的金丝楠木打制而成。柱子上的雕彩花纹,耗费了木作匠人四五年的心血。木作是三十作里的八大作之一,号称"百艺之首",无论是基础的榫卯,还是锛、凿、锯、刨、锤、尺和墨斗等技艺,均可把器物诠释出方寸之合的美感。紫禁城所有的宏大宫殿,皆由木作匠人利用最小的榫卯之术搭建而成。因此打制出这样四根通天灯柱,倒也不算难事。

实际上,每当逢年过节,天灯和万寿灯都要燃起。尤其万寿灯的装饰最为瞩目,上面悬挂着绣金字的灯联,光晕洒在上面溢出了绚烂的金彩。由于今日是中秋节,乾清宫到乾清门两侧石栏和东西廊上都安了彩灯。所以此刻,尽是火树银花之景。然而,灾祸总是无法预料。这华美的人间景观,顷刻间就要被突如其来的火球给破坏了。

第二十一章
大器作密档：车轮水铳

大器作密档：乾隆三十六年八月十六日子时

火风筝扑向乾清宫大殿，激起熊熊大火。秦跃龙率领火班兵，采取各种方式奋力救火。此时乾隆失踪，秦跃龙不得已深入乾清宫大殿密道，意外发现旱魃机密；叶昶回溯弑圣案始末，勾画出盘根错节的皇族斗争，从前至高无上的信仰，忽然有了动摇。

大火球迎面撞向四根灯柱，就像共工终于要把头撞向不周山。四根灯柱犹如四把开天辟地的巨斧，面对突如其来的巨物撞击，仍能岿然不动地把嫦娥身躯斩为五截。

可由于火风筝的冲势太猛，待到巨物完全被切割殆尽之时，四根灯柱也支撑不住了，嘎吱两声脆断，先后砸向了乾清宫殿门。好在灯柱距离殿门较远，并未对大殿形成破坏。

五截燃烧着火焰的断体，就像五条被水闸分流的火河，奔腾不息地冲向了九间连廊房门。这是法海与白素贞的对决，白素贞念动咒语唤起惊涛巨浪冲向金山寺。法海擎起法杖与之相斗，最终使部分浪水冲进了寺门，但大部分建筑仍旧完好无损。

只不过，现在变化多端的不是浪水，而是一点就着、凶悍威猛的火水。虽然强烈的爆破已然止息，但是由爆破所引发的后续危情并未消减，甚至愈演愈烈。如果火河把大殿的廊柱、房门、窗户等引燃，不出一个时辰就会把乾清宫付之一炬。

"火班兵何在！"

秦跃龙从地上爬起来的瞬间，第一阵怒吼便是向四周喊出了这句话。听到长官呼叫，一名黄马褂侍卫带领几百名火班兵，浩浩荡荡地奔赴火灾现场。

他们隶属于防火班，多数人是从太监、步兵和护军等人中优选出来的。

防火班最早成立于雍正五年，那个时候的额定人数为一百。到了乾隆时期，防火班数额增加至一百八十二名，几乎翻了一倍。

其实除了防火班之外，宫中各处还有其他的灭火队伍，前前后后加起来足足千余人。这些灭火人员管辖着紫禁城内太和殿、中和殿、体仁阁、景运门、隆宗门、中左门、中右门等三十七处重点场所，哪里失火哪里就有人去救护。

由于这次火灾主要发生在乾清宫，所以三十七处防火队伍都朝这边赶了过来。有人提着木桶去太平缸里舀水，前往火势激烈处泼洒；有人使用岔子激桶，高高擎起来对准水桶泼洒不到的地方滋射；如果是岔子激桶也浇不到的地方，那就要用到西洋激桶了。这是一种出水量大、喷射高的消防用具。大水在琉璃瓦、伞顶和幡旗等高处倾泻，犹如下起了瓢泼大雨。

虽然乾清宫设有防火墙、风火檐等防火用的建筑，但秦跃龙仍觉得有隐患，于是又命人把火勾、木制抬龙、云梯等消防用具也投入到灭火中来。

随着殿门前的火势渐渐弱下来，乾清宫大殿里面浮现出了烟雾滚滚的景象，就像天上的厚云堆积在了屋顶。

秦跃龙叫来一名火班兵，让他帮自己在里面穿上火背心，外面披上用水淋透的蓑衣和斗笠，准备冲进去探查情况。谁知刚冲至门口，一面火墙突然拔地而起，生生把给他逼退回来。

"万岁爷还在里面吗？"

秦跃龙咳嗽了数声，转身去问旁边的一名小太监。那小太监原本是给乾隆端茶送水的随身侍从，由于李玉让他去御茶坊拿几包新进龙井泡茶，所以才躲过了一劫。

"在……在里面……"

小太监支支吾吾地说道，声音压到最低。他压根没有想到，自己刚拿茶包奔出御茶坊，火风筝就从天而降。如果不是被四根通天灯柱横加阻拦，恐怕整座乾清宫会被夷为平地，化作幽冥地府。

虽然御茶坊位于乾清宫大殿的东侧，但站在廊道里向西远眺，还是能看到露台上的种种场景。小太监清楚记得，钟梓文为了保护乾隆的安全，亲率御前侍卫撤进了乾清宫大殿。换言之，乾隆等人至今仍被困在大殿里没有出来。

"钟梓文已然叛变。他若跟万岁爷在一起，后果不堪设想。"考虑到这个细节，秦跃龙望向大殿里面的目光，突然变得森森复杂起来。

他自顾自又想到，更何况，殿外燃起熊熊大火，那些因为燃烧不允分而产生的浓烟，悉数卷进了大殿。即便钟梓文没有下辣手，不出一个时辰，大殿里的人也会被浓烟呛死。现在最重要的事便是，扑灭火墙，进殿救人。可究竟用什么样的器具，既能节省突围时间，又能大范围灭火呢？岔子激桶和西洋激桶虽然使用方便，但是储水量和喷射效果太弱，无法实现高强度的突击。

此时秦跃龙抬起了头，猛然想到，他让大器作联合木作、匣作和小器作等机构，合力制作过一种灭火设备叫水铳。

大器作是制作大型器物的作坊，比如修盖房子用到的器物、立木架、农田犁耙等物。作里有司匠六人，委署司匠七人，笔帖式三人，还有负责制造、绘笺草和购置材料等任务的工匠百余人。

虽然水铳的制作方式很新奇，但大器作的工匠都是从各地网罗来的高手，再复杂的器物只要有笺草在手，也能分毫不差地制作出来。

秦跃龙见大器作制作的水铳效果很好，于是就让他们制造了十余台，分散在宫里重要的防火位置。

经过秦跃龙改良的水铳，不仅能力突出，而且操作十分新奇。尤其遇到突发火灾，情况万分凶险，火势汹涌激烈而不可遏制，人也很难接近现场时使用水铳，只需五六个人，便能代替数百人起到的作用，同时还不浪费水源。不管火势多高多远都能立即到达，就像龙王在天空指挥降雨，没有淋不到的地方。此外，水铳不仅可以扑灭燃起来的火焰，还能预防和阻止可能燃起来的火苗。

"即刻推来车轮水铳！"秦跃龙回转过身，大声吩咐火班兵去推车。那接到命令的火班兵，丝毫不敢怠慢，脚不沾地的奔向库房。

其实水铳最早出现于明末之际，后来被瑞士传教士邓玉函记载于《远西奇器图说》一书。邓玉函不仅爱好格致之术，而且还是第一个把天文望远镜带入中国的西洋人。他跟伽利略是朋友，自然也掌握了不少西洋先进的器物制作之术。

水铳的内部结构形似人体的肺组织，两个储水用的铜筒类似于肺叶，而顶部连接铜筒的支架和小管类似于气管。三年前，黯影寻到了邓玉函设计水铳的笺草，秦跃龙便让大器作把消失于世间百余年的水铳给复原了出来。

车轮水铳是在水铳的底部加了四个轮子，有利于水铳的灵活调动。实际用的时候，可以根据火势的轻重缓急，适当调节角度和位置。

过不多时，七八名火班兵，分队推着三台车轮水铳跑了过来。秦跃龙指挥他们把车停在大殿门前口，又招呼其他侍卫、火班兵和护军等人过来帮忙。

于是，一台车轮水铳分别由八人操控。其中六人分成两组，每三人负责上下按压连接水泵的横杆，另外两人负责擎起喷水管，全力扫射火势汹涌之处。

半刻过后，乾清宫大殿前的火势终于弱了下来，辟开一条通向里面的小道，周围仍是顽强生长的火焰。秦跃龙让火班兵再次把自己身上的蓑衣和斗笠淋湿，手握两把燧发枪，大踏步冲了进去。十几名护军也学着他的搭配方式穿好火背心、蓑笠和斗笠，个个手操兵器，随后跟了过来。

乾清宫大殿里静悄悄的，四下扫看空无一人。透过袅袅烟雾可见，金扉雕刻的是二龙戏珠的图案，殿内外的沥粉贴金着双龙彩画，天花板上是蟠龙图案。

被下沉烟雾笼罩的地面用金砖铺墁，并在磨砖对缝间涂以桐油。沿着金砖地面向前，正中央是方形地平台。台上安置着金漆雕龙宝座和金漆雕龙屏风，宝座前还设有甪端、仙鹤和香筒等物。殿内正中央，高悬着顺治帝所书的"正大光明"匾额。

以往满朝文武在此上朝，秦跃龙就不止一次来过这座大殿。可他都是规规矩矩地站在大臣队伍里，极少眺望殿里的陈设。

而今看到，几案上摆着天文仪器、彝器、铜胎掐丝珐琅香炉等物，不觉间为之震颤，心想三十作的匠人们果然手艺精湛。大家合力打造的诸多器物，撑起了乾清宫大殿的富丽堂皇。

可奇怪的是，大殿里一个人也没有，秦跃龙只好安排护军一间一间搜查。过了差不多半刻，大家折返过来反馈，仍是没有发现人影。

这便出奇了，难道钟梓文并没有把万岁爷带到乾清宫殿内？秦跃龙思索着这种可能，正准备撤离大殿，出去瞧一瞧。突然，一名护军高声喊道："秦大人，这里有情况。"秦跃龙振作精神，立即奔到那名护军旁边。

叶昶和苏颖骑着狻猊在黄琉璃瓦顶急行，随着神兽一跃而下，刚好落在了批本处的门口。这里北面是懋勤殿，南面是月华门，方位在乾清宫大殿的西南。

远眺着大殿前救火的队伍，叶昶脑海里暗自勾画起洪门的整个阴谋。八皇子永璇有跛足顽疾，知道自己无望成为储君，于是全力支持十一皇子永瑆。

为了尽快实现雄图伟业，省却立储待命的处境，永瑆暗中招募大臣为自己的幕僚，吸纳林子群为副手，再利用隋先生等洪门势力意图弑圣。如果弑圣计划得逞，永璇便联合朝中大臣一起支持永瑆登基为君。

当然，为了让计划臻于完美，他们还会炮制一场好戏：永瑆带兵围剿洪门余孽，隋先生出卖洪门弟子，最终洪门弟子被永瑆的人杀死的杀死，抓获的抓获。

这样一来，既彰显了新君的勇武之姿，又有了为先父报仇的名分，还为天下人除了祸端。此等英明勇敢的新君，如何不受人尊崇呢？

叶昶想到这里的时候，凌厉的目光里浮上来一丝黯然。皇族内部的明争暗斗，紫禁城外的百姓恐怕分毫不知。历来的皇族斗争，大概都是如此吧？百姓们的要求极为简单，只要吃饱饭，兜里还有点儿闲钱，就不会对皇族有什么意见。哪怕听闻了风言风语，也只是当茶余饭后的谈资图个乐呵而已。

虽然洪门的计划厘清了，但接下来该怎么办呢？自己尽管是刑部左侍郎，掌天下刑名之权，但律令法规在皇族贵胄面前，似乎效力并不高。

可是，如果有害自己安全，就任由恶人为恶吗？叶昶紧紧皱起了眉，不知为何，这一刻，他的脑海里忽然闪过第一次当上捕快的情形。那一年，他十五岁，身穿捕快服，双膝跪在家人的坟茔前发誓：余生只为四个字而活——公正法典。

这四个字不是他悟出来的，而是得益于一位神秘师父的点拨。自从叶谷坨发生灭村惨案以后，叶昶便与妹妹叶千苿在逃亡的过程之中走散了。

叶昶无处可去，径直向南上了一座青峰山。走到半山腰，忽觉体力不支，两眼一黑，身体飘然摔倒了。待他醒来后，发现躺在一张草席上，而那草席之下是一块天然青石。从草席上坐起来，他看到旁边火架上排开一串串铁签子，而签子上似乎穿着一只只活蚱蜢。

看来有人在此烤蚱蜢吃。乡下的孩子们,最喜欢吃烤蚱蜢,那是田野里最解馋的美味。叶昶饿坏了,伸手抓起几根铁签子就把烤蚱蜢撸完了。

也许是太饿了,他没有吃出味儿的不同,只是觉得不太过瘾。过不多时,黑暗里传来一阵透着慵懒的沙哑、听不出男女的声音:"小子,蜻蜓肉,好吃吗?"

听到自己吃的不是蚱蜢而是蜻蜓,叶昶只觉胃里翻江倒海,一股脑儿把刚吃的东西全吐了出来。神秘人略带怒色,嗔怪道:"这么好的东西,你怎吐了?"

叶昶说,小时候他跟同伴打架,本来是一对一单挑,谁知遭遇一群人围殴,败下阵来。伙伴们便把捕捉到的活蜻蜓塞进他的嘴里,生生吞了三十多只,这让他一听到蜻蜓的名字,就有呕吐之感,更别提再吃了。

神秘人听完哈哈大笑,只说这小子遇到自己,也算是不幸中的大不幸了。因为这一生,神秘人都在跟蜻蜓打交道。叶昶很好奇,就问他为何那么喜欢蜻蜓。

神秘人说,蜻蜓的眼睛很大,是复眼。一只大眼,由许多小的单眼组成。这种复眼能为动物提供广阔的眼界,并快速计算出自身与所观察物体的方位和距离,从而利于它们快速做出应急反应和判断。

虽然复眼的空间分辨不及人眼,但时间分辨却比人眼高出十余倍。说到这里,神秘人叹道,他毕其一生都在研究蜻蜓,每天都在观察蜻蜓的反应动作练习眼力,甚至还跟蜻蜓吃一样的食物,诸如小鱼、蚊子、螺类等。

久而久之,神秘人也长出了一双类似蜻蜓的复眼。听到那人竟长出了复眼，叶昶不可思议地呆了一下。他向来胆大，无论是遇到妖魔邪祟，还是碰到腐尸怪体，他从来都没有怕过。

"前辈，我可以走近了看一看你吗？"叶昶小心地问。神秘人苦苦一笑，摇了摇头："只要你不怕，尽管来看。"

叶昶忐忑地走了过去，一步一步接近那个盘坐在青石上的老者。那人披头散发，脸庞消瘦如柴，身穿青色的宽袖大袍，整张脸出奇地青，就像是涂了一层青色颜料。

可他的眼睛，由于光线昏暗，瞧不真切。但叶昶隐约发现，老者的眼眶很大，仿佛有很严重的黑眼圈。

直到靠近老者，叶昶才看清楚，那不是黑眼圈，而是两颗畸形的眼珠。原来老者日复一日修炼蜻蜓眼，眼白已然褪去，整个眼眶里只剩下两颗又黑又亮的大眼珠。那眼珠里似乎有许多的瞳孔，可不就是复眼里的小单眼吗？

看到这一幕，哪怕是一向胆大的叶昶，也不由得一屁股蹲在了地上。老者嗔怪了他几句，大意是不让他过来瞧看自己，他非不听，结果反受了惊吓。

自此而后，叶昶便跟老者相识。由于老者需要训练蜻蜓眼，叶昶就去山间为他捉蜻蜓。就这样，一老一少相处了三年，每天虽过得枯燥，倒也有滋有味。后来，老者见叶昶膂力惊人，就传授给他武艺，还想把蜻蜓眼的绝技也教给他。

怎奈叶昶没有天赋，无论怎么学也学不会，但却把武艺磨炼得炉火纯青。三年后，老者修炼出关，临别之际问叶昶，将来有什么打算。叶昶说，叶谷坨被灭村，官兵却无救民之心，这让他深恶痛绝。将来他要做一个好官，严惩罪恶之徒。

老者发出阵阵大笑，待到笑完，一直夸叶昶是好志气。他欣慰地看着这个小少年，轻轻拍着他的肩膀道："你我虽无师徒之名，但也有一段师徒经历。我走之前，且送你四个字。现在，你也许不懂，但希望将来，你能有所顿悟。"

叶昶好奇地问是哪四个字，老者抬起头远眺前方，嘴里喃喃道："公正法典！"老者说着公正法典，就像在述说一段饱经风霜的人生哲思。随即甩开宽大的袍袖，头也不回地下山了。叶昶想问老者名姓，日后也好拜谢，老者却摆摆手说："有缘，我们兴许还能再会。"

拜别老者后，叶昶过了一段流浪在外的日子。他见识过各种各样的人，也遇到过坏人的盘剥，更加对惩恶扬善有了新的认识。到了十五岁那年，他报名参加官府的捕快竞选，一举拔得头筹，成为一名马快。后来，他断案如神，一步步做到捕头。

洗刷的冤情越多，叶昶越体会到公正法典的重要性。自那而后，公正法典四个字便成了他毕生的坚守，甚至比他的性命还重要。

"是啊，公正法典！"叶昶缓缓吐出一口气。虽说洪门犯下的大案涉及皇族争斗，因此即便查明真相，但自己也可能是立储斗争的牺牲品。

可为了"公正法典"四个字，这桩案子还得查下去。叶昶握紧了拳头，抬起头扫向慌乱奔走的人群。洪门计划虽然失败了，但隋先生还没有抓住。

这个老谋深算的家伙，也许就藏在混乱的人群里，以期借着拥挤的人海逃走。此刻，大部分御前侍卫都在救火，哪怕能调出一些人过来，也不一定认得出谁是隋先生。更何况，就算安排侍卫去查，可自己手里没有调令金牌,如何能调人?

看来只能赌一把了。叶昶这样想罢,转身向月华门的方向奔去,低声对苏颖道:"那洪门首领隋先生,兴许从月华门逃走。出了此门,可走偏巷入断虹桥。水下遁逃,不失为一个法子。"苏颖赞同叶昶的推断,于是两人一狮向月华门奔去。

谁知刚奔行五六丈,迎面遇到一位伛偻着腰的老太监。虽说叶昶只是轻轻与老太监擦肩而过,但那老太监仿佛受到了重力的撞击,侧着身子摔倒在地。

叶昶只好停下步子,上前把他搀扶起来,道了一声歉。就在他准备转身离开时,老太监拍打着葛布箭衣上的尘土,声调诡异地道:"叶大人,你这样追是追不到的。"

叶昶被他的话勾起了兴趣,扭过头看向那个老太监。与此同时,老太监也回过了头,刚才慈眉善目的样子没有了,转而是狼顾之相。

那种一切成竹在胸的样子,瞬间让叶昶意识到:此人不简单。

龙座前的一张四方桌上本来罩着一面金布,刚好垂到地面,远远看去好似一块放在龙座前的巨大金砖。平时上朝的时候,这张桌上放着文武百官的奏本,乾隆常常拿起来瞧看。

可现在四方桌上的金色罩布有点儿奇怪——向着大殿门口的一面被掀起了半块折角,刚好形成了类似三角形的缺口。秦跃龙仔细观察了方桌的位置,根据地面灰尘的落点情况推断,桌子似乎被人水平移动了四五寸。

御桌好端端的为何会被移动呢?秦跃龙带着困惑蹲了下来,他仔细检查了木质地板的结构,发现靠近里面的位置,一块地板四边的缝隙过大，似乎形成了三尺见宽的道口。

这时秦跃龙猛然皱了一下眉，脑海里闪过鬼父曾跟他说过的一段旧事。雍正十二年，一位冒充游侦门掌门的江湖术士联合洪门，成功潜入了紫禁城。

虽说此人并未精通五觉之术，但却颇懂得易容和口技，还会些花言巧语，再加上有朝内某位大臣的协助，竟凭空从乾清宫大殿里现身，险些杀了雍正帝。

危难关头，游侦门第四代掌门夜星子，也就是鬼父的师父，居然也凭空在乾清宫大殿门口现身。谁也不知道他从哪里来，谁也不知道他怎么就进入了紫禁城，甚至谁也说不清他究竟是人还是鬼。

他就这么一个人走上了大殿，一个人无视周围群臣和御前侍卫们的恐慌，傲视世间万物地走到了方形地平台跟前。

那时，刺客本打算用弩箭射杀雍正帝。可奇怪的是，那刺客见到夜星子的刹那，竟扣不动扳机了。他一咬牙扔掉弩机，顺手拔出腰间的匕首挟持了雍正。

"你想杀了他，还想活着离开？"夜星子瞧出了刺客的目的，微微一笑道，"可你想过没有，天下哪有这么好的事？"

刺客手里的匕首虽然在抖，但脸上仍强撑着淡定："我现在没得选了。既然无命可活，拉个皇帝垫背，倒也值了。"刺客知道自己无法活着离开了，于是准备用匕首划破雍正帝的喉管。可哪里会想到，匕首竟像是没有开刃，只是蹭破了一层皮。

雍正帝懂些武艺，屈肘捅了一下刺客的腹部，刚一低头，埋伏在大殿周围的御前侍卫，万箭齐发，登时把刺客射成了筛子。

夜星子见刺客已死，面朝文武百官说，他才是游侦门掌门夜星子，刚才那刺客不过是冒充作案。为了证明游侦门的清白，他才迫不得已到宫中除掉此贼。

雍正帝十分感谢夜星子的救命之恩，还说要封他为国师，希望可以常伴自己左右。夜星子笑笑说，自己是一介布衣，临了入土，还是一介布衣。

如果雍正帝真的感激这次缘分，那就从此立志做一个好皇帝。只要以后他能对得起天下子民，游侦门便不会有任何忤逆之心。如果天下黎民遭了苦，游侦门也不会袖手旁观。

雍正帝听说过游侦门与前朝的关系，他比较担心游侦门也是如洪门一样致力于反清复明的逆反组织。他嘴上答应着好，可待夜星子离开时，竟吩咐御前侍卫朝他放冷箭。任何一个威胁自己的人，无论是敌是友，都不该留在这个世上。

诡异的事情再一次发生。所有弩机竟然全部失灵了，就像有神人操控着一切。夜星子昂首阔步地走出了乾清宫大殿，行至门口时，他忽然侧过一张脸，除了警告雍正帝要一心为民之外，还告诉他御桌下藏着一个暗道。刺客躲在了下面，所以才能凭空出现。

这件事有损帝王形象，雍正帝嘱咐满朝文武，谁也不许说出半分。因此除了个别老臣，也只有密档处收录了关于此事的记载。

秦跃龙回转过神，吩咐护军把地板撬开。两名护军找来铁钩子，沿着缝隙掀开了板面，果然现出了黝黑的地道口。一名护军点了火把，另外两人跟在他身后，分别下了地道。

可行至洞底时，三人同时发出了奇怪的呻吟声，随后是不约而同摔倒的声音。秦跃龙脸色大变，赶忙俯身去瞧。三人离奇倒地，火把就躺在他们旁边。通过微弱的光亮可以看到，洞内升起一股浓稠的白烟,似乎像是着了火。

洞内好端端为何会着火呢？即便是着了火,也不该嗅到烟雾就当场毙命吧？秦跃龙不敢小觑这些毒烟,当即吩咐护军取来防毒面罩。

这是一张柳木面具,里面有数层棉纱,浸了醋浆后可用来防毒。此物并非秦跃龙原创,而是由明万历二十二年的提督李如松发明。

当年明军在平壤抵抗倭寇,敌人施放毒火箭,为了防止攻城士兵中毒,李如松便发明了这种防毒面罩。老式的防毒面罩不过是一块浸了醋浆的布,为了佩戴方便,秦跃龙便把防护层加厚了,同时用面具支架固定在脸上。

戴上防毒面罩后,秦跃龙手持火把下了密道。他迈过三具刚刚已故的护军的尸体,小心翼翼地向前走。行了数十步,忽见烟雾里冲出来一个火人。那人浑身都在燃烧,犹如是一个干燥的稻草人,哪里像是真人呢？

世上怎会有如此厉害的火油？竟会让人体焚烧成此番模样？秦跃龙连忙侧过身去,那火人迎面冲向了密道口。也许是密道口的通风效果显著,氧气更加充足。

火人突然站在洞口不动了,一阵凄厉的呻吟声久久响彻过后,火人前扑倒地,骨架砸到了石梯上面,登时碎成无数块黝黑黝黑的骨块。那骨块上黑色的附着物,正是烧焦的肉组织。有些地方连肉也被烧光了,可见斑白的骨头。

如果不是亲眼所见,秦跃龙断难想到,世间竟有此等恶毒之物！可为了救出乾隆,他不得不继续向前走。又行了十数步,钟梓文突然向秦跃龙走来。

这家伙早已叛变,秦跃龙提高了警惕。他拔出腰间的燧发枪,随时准备来一场恶战。可让人意外的是，钟梓文走过来后，发现对方是秦跃龙，恐怖的双眼里突然露出了喜色。他快步奔过来，嘴里大喊着："秦大人救我！"

这阵叫喊委实诡异。秦跃龙定了定神，心中闪过千万个思绪。就在这时，钟梓文的头发突然着了起来。过不多时，大火从他的头顶一点点向下蔓延，就像点着了一根活人蜡烛。按理说，人体不太可能自燃。因为体内大部分都是水，又怎会像蜡烛一样燃烧呢？

可眼前的种种局面骗不了人，那分明就是一根活人蜡烛！秦跃龙惊骇之余，只得闪开面朝自己奔来的钟梓文，眼睁睁看着他像蜡烛一样，肉身化为灰烬，骨架四分五裂地散落一地。

如果钟梓文也死了，那……那万岁爷岂不是也？秦跃龙不敢再往下想，脑海里已涌现出了各种可怕的结果。一路行进的途中，他又碰到了一个火人。情况如钟梓文一样，全身燃起大火，最后化作一副关节松动的白骨架。

越往前走，浓烟越重，火人的数量也就越多。秦跃龙已经无法分辨哪些人是御前侍卫，哪个人可能是乾隆帝了。他只能边走边呼喊："万岁爷……万岁爷……"

又行了十来步，一个鸟头人身的怪兽，突然从前方疾奔而来。那人身穿棕色的亚麻衣，好似鸟身上的羽毛。只不过，他没有翅膀，而是长出了人的双手，右手还拄着一根木棍。

秦跃龙举起燧发枪，瞄准了来人，厉声喝问道："你究竟是谁？"那人也不说话，硬着头皮往前冲。虽说没有从此人身上瞧出攻击性的动作，可考虑到这家伙服饰怪诞，行为让人捉摸不透，秦跃龙只好朝着那人旁边的空地射了一枪。

弹丸打在了青石地砖上面,大小不一的块状碎石向着四面八方激射。空阔的密道里,反复播放着一阵枪响,以及无数碎石落地的声音。那人被枪声吓了一跳,连忙定住了脚。

这次秦跃龙走到了怪物跟前,而枪口始终不离那怪物的脑袋。只要怪物胆敢再有异动,他必立即要了怪物的命。两人对峙数个弹指,同时越来越靠近对方,终于看清了彼此的形容。

待到反复打量完秦跃龙的官服,那怪物突然面露大喜,疾步迎上前喊道:"是,是秦爱卿吗?"这声叫喊让秦跃龙如梦初醒,禁不住讶然且激动地问道:"难道……难道是万岁爷?"

怪物回了句"是朕",一步并两步走到秦跃龙身旁。直到确认对方果然是乾隆,秦跃龙才把枪收起来,迅即上前搀扶着他向密道口走去。

两人爬出洞口,乾隆吃力地摘掉套在头上的鸟嘴面具,大口大口吸了几下新鲜空气。秦跃龙则赶紧吩咐护军把洞口封牢,防止任何毒气泄露。

"万岁爷,这究竟是怎么回事?"忙完后续事宜后,秦跃龙搀扶着乾隆在龙椅上坐定。他弯着腰候在旁侧,等待答复。乾隆瞥了他一眼,摇头叹道:"这……这朕也说不上来。说实话,朕从来没遇到过如此离奇的事。"

"怎生离奇法?"秦跃龙追问了一句。

乾隆缓缓抬起头,遥望着殿外渐渐熄灭的火势,黑亮的眼珠里闪烁着诡异的光芒:"朕随钟梓文退入密道,他说此处可避过险情。说实话,如果那火风筝落下,真要是烧了乾清宫,朕在里面,倒也能躲过一劫。可就在我们走到密道的一半儿时,迎面突然来了一位神秘人。"

说到神秘人时,乾隆忽然停下了讲述。秦跃龙好奇地抬了抬眉毛,但却不敢盯着乾隆看。此刻,乾隆平和的面容上逐渐充斥着惊怖:"那人是僵尸模样打扮,青面獠牙,脸若朽木,额上还贴着一张黄色道符。他浑身穿着黑色的长袍大褂,可那衣服像是经过许多年的风吹日晒,早已破旧不堪,至于袖口和裤口,几乎都是乌鸦尾翼般的杂沓造型。朕虽然不识得他是哪路妖怪,但却瞧得出来,那不是人,而是一具僵尸!"

"僵尸?"秦跃龙不由得倒吸一口凉气。万岁爷向来不信鬼神,怎么此时竟说起了妖魔鬼怪?可转念一想,那妖怪如果真是僵尸,必有来历。世上僵尸有八大种,究竟是哪一类呢?

"那僵尸说,自己叫旱魃。他说朕阳寿未尽,不可断送小人之手。"乾隆匪夷所思地描述着刚才的遭遇。听到这个名字的时候,秦跃龙蓦然一震。毫无疑问,他已经联想到了密档处的那个叛徒。

第二十二章
砚作密档：僵尸旱魃

砚作密档：乾隆三十六年八月十六日子时

乾隆讲述起偶遇僵尸旱魃的经过，还获得了前所未见的鸟头面具，秦跃龙吩咐黯影彻查来源；黑鬼老三前来支援，号令鸱鸮擒了隋先生；叶昶虽从隋先生口中套出弑圣案原委，但最后神秘人仍把他暗算致死。

可旱魃为何会出现在乾清宫密道，又为何会救下万岁爷呢？秦跃龙想不明白个中原因，只得耸了耸耳朵，又听乾隆说道："那个叫旱魃的僵尸，先给了朕一副奇怪的穿戴器物，正是你刚才看到的鸟头和亚麻衣。他还给了朕一根竹棒，说是用来赶走邪祟。朕听了他的话，穿戴好一切。过不多时，旱魃让朕躲到他的身后，朕便从了。此刻，钟梓文等人受了惊吓，早已瞪目结舌，屁滚尿流，哪还有人理会朕的死活？"

秦跃龙从乾隆的口内听到了对钟梓文等人的不满，不过他心头也在想，那样诡异莫测的环境里，纵是一代帝王，只怕也由不得不怕。现在说得风轻云淡，多半是事后逞强之言。

秦跃龙正想着，乾隆继续说道："旱魃突然回转过头，笑着对朕道：'万岁爷，您瞧好了，本神小施展仙法，烧死这些无耻小人。'还不等朕明白过来，钟梓文等人为何是无耻小人。旱魃已举起右手，中指和拇指相扣，做了一个弹射的动作。"

"只见一粒细微的火星从他的弹指里射出，就像一道流星打在了一名御前侍卫的额心。几乎是眨眼之间，那侍卫的额心竟然烧了起来，火势越来越大，竟把他的整张脸全烧着了，犹如一颗火焰骷髅头。那侍卫疼得凄烈惨叫，只得在洞内横冲直撞，一连引着了所有的侍卫。朕见过火烧枯草的壮阔景象，所有侍卫剧烈燃烧，丝毫不逊于烈火烧枯草。"

"朕看到这一幕，惊讶之余，更多的是好奇，世间难道真有神魔？朕不知道，那旱魃是神还是魔，所以有此揣测。可当朕准备问一问他时，旱魃已消失无踪了。为了离开此地，朕只得用竹棒驱赶着了火的侍卫，一路向出口急奔，这才见到了你。"

说完这些话的时候，乾隆垂下了头。虽说秦跃龙并不知道这位帝王的心思，但他却能感受到，这位老人应该在为不久前发生的诡异之景而心怀揣度。

不只是这位帝王，秦跃龙的心里也泛起了巨大的涟漪。旱魃许久没有出现了，今日以这种方式现身，也不知出于何种目的。

此外，旱魃留给万岁爷的究竟是何物，为何自己从来没有见过？还有那神秘的法术，又是怎么回事？突然之间，秦跃龙的脑袋里塞满了各种疑问。看来要查明旱魃的阴谋，须得从神秘妖术和古怪器物入手了。

思索完这些,秦跃龙行了一个跪拜礼,斗胆向乾隆讨要了那一套古怪器物,并说要拿回密档处详查。乾隆对鸟头面具、亚麻衣和竹棒并不感兴趣,也就应允了。

这个时候,一名黯影刚好从大殿外疾奔而来,行至秦跃龙跟前,单膝跪地,抱拳行礼。早在供月大典开启之前,乾隆就同意了秦跃龙的提议,额外恩许黯影入宫,负责稽查任务。

随着执行稽查任务的黯影全部遇难,秦跃龙只好传出消息,勒令密档处的黯影,再过来一人接洽消息。这位匆匆赶过来的黯影,正是他不久前召唤而来的。

秦跃龙抱着鸟头面具、亚麻衣和竹棒等古怪器物,随手丢到了黯影的跟前,吩咐他即刻折返密档处,动用全部书吏齐查所有资料,务必在半个时辰之内送来结果。那黯影回了声是,然后把所有器物包裹在一个黑色的包袱里,斜挎在肩上,领命而去。

一个年过半百的老太监,断不该有复杂多变的狼顾之相。此人究竟是谁?叶昶带着疑惑,走到了老太监跟前。此刻,老太监见他察觉到自己的异色,笑着一掸手里的拂尘道:"叶大人,大海捞针,你可听过?这么混乱的场地里,你要寻一个人,可不就是大海捞针吗?"

"你知道我要找人?"叶昶反问一句。老太监轻轻一勾唇:"我不仅知道你要找人,我还知道,你要找什么人。"

"那,我要找何人?"叶昶的好奇心更盛。老太监笑道:"你要找一个叫隋先生的人。你以为,那人定会从月华门遁逃,所以奔去此门寻人。"

不久前，叶昶的确跟苏颖说过这些消息。可他们是低声交谈，况且距离老太监很远，周围还有嘈杂的人声。这老家伙，怎会听清他们的谈话呢？

苏颖很玩味地打量起老太监，轻声哼笑道："你耳聪灵慧，恐怕是听到了我们谈话吧？"老太监笑而不答，缓缓抬起头扫看着阴霾的天空："黑云来啦，晴天没有啦，老头儿也该做事啦。"

说完这一句，只见他把两指放在嘴里，用力向着四面八方吹了一阵刺亮的哨声。过不多时，黑漆漆的天空中挤满了煽动翅膀的鸟。由于光线太暗，无法识别鸟的品种。

不过叶昶却瞧得出来，那是一种不常见的鸟，而且每一只都形似老鹰，肃杀之中透着诡异的气息。多年前，叶昶因为喜欢驯兽之术，常去鸦鹆处和鹰鹞处请教学习。他跟一位驯鸟师是好友，不时请教驯鸟经验。

驯鸟师告诉他，先把鸟关进棚里饿一天，处于饥饿状态的鸟容易驯服。第二日喂食前，吹下哨子再喂食。每次喂七分饱，重复一周，可让鸟与哨音形成条件反射。久而久之，哨音就能掌控鸟的习惯。如果遇到一些粗野暴躁的鸟，还要考虑鸟的生理特点和本身能力。总之，驯鸟要善于利用和发挥各种鸟的特长，予以施驯。

这名老太监明显是一位驯鸟老手，只吹了一阵强过一阵的哨声，附近四面八方的鸟便都聚拢过来了。它们散落在宫殿各处的黄琉璃瓦屋顶，在强烈灯光和火光地照射之下，可见殿宇各处是清一色的黑，就像黄琉璃瓦瞬间变成了黑瓦。

老太监收起吹口哨的手，神色诡异地看向叶昶："叶大人，我的老伙计们可以帮你寻到想找的人。"这话刚说完，老太监伸直右臂，两只鸟落在了上面。

"叶大人,你不妨把要找人的特征告诉这两位伙计,他们有千里眼顺风耳。只要人在这紫禁城之中,便没有它们寻不到的地儿。"老太监自信满满地说道。

听闻此言,叶昶微微皱起眉,将信将疑地看着他。现在也没有更好的办法,倒不如信这老小子一回。

"那人是洪门元老,高五尺,身材中等,一头花白辫子,年龄在五十岁上下,右手小拇指有些僵硬,难以屈展。"叶昶走到那两只鸟跟前,快速说完了这些线索。他猛然发现,那鸟不是别物,竟是一只鸱,民间又俗称猫头鹰。

不待叶昶收起好奇的目光,老太监已用力震动手臂,两只鸱鸮便煽动翅膀飞了起来。它们仿佛是所有鸱鸮的首领,嘴里发出咕咕喵的叫声,径直飞去了乾清宫广场的中央,犹如老鹰在半空中盘旋。

不消片刻,数以千万计的鸱鸮都听到了叫声,竟围着两只首领一起盘旋飞舞,形成了黑色的涡流。外人来看,好像是首领在给其他成员安排任务。

随后,成群结队的鸱鸮队伍散去各个方向,乾清宫被罩上了一张密不透风的监控网。约莫半刻,两只首领鸱鸮回旋而来,这次分别落在了老太监的两肩。

"我知道那人在何处了。"老太监环顾了一下两肩上的鸱鸮,似乎得到了确切的消息。叶昶连忙问老太监隋先生在何处。老太监抖了一下双肩,两只鸱鸮受到指派而起飞。

"跟上它们。"老太监说完,飞步急奔。虽然老者已年过半百,但步伐却轻盈迅捷,一点儿也不比年轻人差。

叶昶、苏颖和狻猊不落下风地跟上，众人出了月华门，奔去内右门，再拐入隆宗门，结果在向南而去的巷道里，发现一群太监、宫女和匠人们在慌张跑路。

他们是三十作里的供职人员，分别是匠人、笔帖式、苏拉和承办太监等。从大家去往的方向来看，应该是准备折返造办处。

"那人就在这里了。"老太监突然停下步子，目光锐利地扫过前方逃跑的人员，也许是没有瞧出端倪，于是抬头望了一眼盘旋在自己头顶的鸥鹈。

叶昶和苏颖一齐看向那两只鸥鹈，发现它们似乎领会到主人的意图，咕咕喵叫了两声，径直煽动翅膀飞向了目标人员。

两只鸥鹈张开双翼，分别落在了一个人的肩头，而锋利的爪子，早已把那人的双肩给抓破了，一股股鲜血就此渗了出来。与此同时，叶昶、苏颖、狻猊和老太监很快围堵而至。尤其狻猊堵在前方，不给他任何潜逃的机会。

"你就是隋先生？"虽然是初次见面，但叶昶已调查他许久，也算是熟人相见了。隋先生起初扭了扭肩膀，发现根本无力挣脱，只好放松躯体，淡淡笑道："金面判官叶大人，果然名不虚传。上次在花炮局，竟没有炸死你。这一次，你居然还能避过筒子风筝上的凶险，又捡回来一命，实在非同一般。今日栽在你的手上，老朽心服口服。"

隋先生以为计划失败，至少还能逃到火道口避一避风险，躲过一场浩劫。哪里会想到，半路竟会栽在这尊瘟神手里。此刻，叶昶有好多疑惑想问一问他，刚要近前一步说话，这时忽然听到身后响起一阵仓促的脚步声。

过不多时，顾宗万带着贺千川奔跑而至。现在宫里乱成一锅粥，无人注意到贺千川的存在，还以为他是哪位王孙贝勒的随从。

可叶昶与他相识已久，数月前在徐卫东宅邸，还是贺千川救了自己，他心里十分感激。只是叶昶没有想到，这个贺千川不仅入了宫，甚至还跟顾宗万混到了一起。

此人究竟是什么来路，又有何种目的？叶昶侧转过身，心里生出一丝狐疑。可还不等他开口问贺千川，顾宗万先走了过来，笑问道："叶大人，我赶来的是时候吧？"说到这里，他看了苏颖一眼，微微笑道："苏颖姑娘好身手啊。如果不是她，恐怕我还真误了先机。"说着挠了挠后脑勺，露出了一抹尴尬的笑容。

今早在灯作，隋先生把顾宗万给捆了，本意是要杀了他。谁知林子群突然找过来有事洽谈，事情紧急隋先生先行离开，只得吩咐手下把顾宗万给解决掉。

危急关头，隐伏在灯作里的叶昶突然杀出，解决了两名洪门成员，救下了顾宗万。为了计划的顺利推行，叶昶还让顾宗万把狻猊叫来襄助。

现在的局面，几乎都在叶昶的掌控之中。可唯独贺千川的突然出现，至今仍是他最大的困惑。叶昶那充满审视的目光，牢牢盯紧贺千川问道："贺兄，你怎么来了宫里？"

这个问题，似乎早被贺千川预料到了。他走前几步拱了拱手，道："自打徐宅一别，我一直在找寻杀我舅舅的凶手。可巧那日，我在花炮局遇到了苏姑娘。苏姑娘以为你死了，就要拔出匕首为你殉情……"

"贺……贺千川！"苏颖连忙叫住他，示意他不要再说。自己对叶大哥的情谊，只要彼此知道就好，无需他人从旁点拨。

看到苏颖焦灼的妙目，贺千川停顿了须臾，到底还是摇头叹了口气，道："总之，我劝苏姑娘不要犯傻。就算是殉情，也应该先找到杀害你的凶手，为你报了仇吧？我好说歹说，苏姑娘才决定活下来。"

如果不是贺千川说起，叶昶难以想象，这个傻丫头竟会为了自己甘心舍了性命。他自幼便是个孤儿，除了那位失踪多年的妹妹，再也没有任何亲人了。

世间唯有亲人是真心待自己好，亲人作古后，待自己最好的便是在山洞里一起生活了三年的神秘人。随着神秘人离开，叶昶又遇到了几位肝胆相照的兄弟。

原本以为，今生与兄弟们相依为命便是幸福，可哪里会想到，大家竟会被林子群所害。自那而后，叶昶的世界里就再也没有待自己好的人了。

叶昶脸上的肌肉因为疼怜而抽动了几下，直到转化为一抹真诚的笑容："阿颖，此番恩情，我真不知该如何报答。"听了这话，苏颖连忙抬起头，轻轻摇了摇，好像是说，无须客气这一切，她都是心甘情愿。

叶昶扫了她一眼，略作思索，随即转身看向了贺千川："所以，你们两人结了伴。一个要进宫为我报仇，一个要找寻杀害自己舅舅的仇人？"

见他终于理解了自己的意思，贺千川当即耸了耸肩膀道："叶大人就是叶大人，无须多说什么话，就能猜到七七八八了。"

这边聊得正在兴头，顾宗万忽然走到了那位老太监的旁边，围着他一番仔细地打量。片刻后，顾宗万捏着下巴颏，微微仰起头，乜斜着老太监问道："咱们是不是在哪里见过？"

老太监没有理会他，只是伸手抚摸着从怀里蹿出的一只鸱鸮幼崽咧嘴冷笑。不明就里的人也许认为，他是宫里的某位驯鸟师。可顾宗万一看再看之下，猛然想起来一人，忍不住惊呼道："莫非，莫非您是黑鬼老三？"

那日，顾宗万和秦跃龙去了四觉谷，曾经见到过黑鬼。虽然当时黑鬼戴着面罩，但是顾宗万记住了他的体态和骨架。对于一名仵作而言，记住人体的体态和骨架，本是职业习惯。

经过回忆黑鬼的身形，再比对眼前的老太监，顾宗万已有了初步判断。尤其看到对方手里抚摸着鸱鸮幼崽，而另外两只抓住隋先生双肩的鸱鸮还听从他的指挥，这让顾宗万已能确定，对方就是黑鬼——因为黑鬼养了很多鸱鸮，并跟着它们修练耳聪，迄今已练就了顺风耳的本领。

这个世上除了黑鬼，谁还能召唤出如此多的鸱鸮？顾宗万想到这里，右手用力一拍大腿，立即指向老太监道："你就是黑鬼老三！上次您跟我们说，四觉谷其他三位谷主无法过来襄助。真没想到，他们不来，您却来了！哎呀，还是您老够意思啊！"

黑鬼见他认出了自己，倒也没有再隐瞒，冷笑道："顾小兄弟，好眼力。"顾宗万也不谦虚，笑道："在下整日跟尸体打交道，练就了一项本领。只要看到一副骨架，不必瞧见容貌，就能分辨出对方的身份。"

对于夺命仵作顾宗万之名，黑鬼早有耳闻，因此对他所言的这项本领，并无怀疑。可叶昶在听完他们的谈话后，兀自惊了一下。他听秦跃龙说过四觉谷，尤其知道谷主各个是身负绝技的高人。他怎么也没想到，四觉谷中的黑鬼老三会来襄助。

今晚在乾清宫里，真是发生了太多不可思议的事。叶昶这样想完，简单跟黑鬼致了谢，最终关注的焦点，还是移向了隋先生。

这个制造弑圣阴谋的凶手，身上背负着太多的秘密。此刻，也该揭晓一切了。叶昶踏前一步，注视着隋先生问道："十年前，那场震惊三十作的大案，是你一手策划的吧？"

面对叶昶的审讯，隋先生没有否认。因为只弑圣一罪，就足以让他死上千万次了。而这段发生于十年前的旧案，又何必隐瞒呢？

叶昶见他认罪，于是先从这桩案子分析，指出林奎用口技模仿杜明的声音，并配合精湛的表演，骗过了慎刑司的所有官员，以至于让大家误以为，那是一场灵魂互换的诡案。

一件小小的"灵魂互换诡案"，就像一个杠杆撬动了一块巨石，以摧枯拉朽之势剪除了三十作里大部分的工匠和官员的筋骨。

这场战役告捷后，洪门以此为契机，安插暗桩进了三十作。前后花了十年，只为实现弑圣阴谋。说到底，写字人钟杀人案，不过是他们小试牛刀的伎俩。今日的供月大典，那才是毕十年功于一役的大谋划。

"单单只有你们洪门，绝对无法完成这么大的布局。说实话，背后那名援手，是不是十一……"叶昶刚要说出"十一阿哥永瑆"的名字，突然一把匕首从隋先生的胸口穿出。众人愕然之余，齐刷刷看向站在隋先生背后的人。

只见此人露出了一抹狞笑，缓缓侧出半个躯体。他是仅剩的十余名洪门弟子中的一员，从这人身着的服饰与手上日积月累的墨痕看，应该是砚作的一位匠人。

砚作是制作砚台的机构，一方小小的砚台，要经过选料、制坯、设计、雕刻、打磨、上蜡和亮光等数道工序。每道工序都要进行千锤百炼，因此匠人手上必然会生出厚茧。

叶昶发现，这人手上的老茧里面全是渗进去的墨汁，从而形成了又黑又厚的粗糙手掌，当即断定他是砚作匠人无疑。

隋先生大概不会想到，自己信赖的暗桩，最后竟会被永瑆策反。这一生，他把洪门暗桩运用得炉火纯青，几乎占据了小半个三十作。可到头来却是，成也暗桩，败也暗桩。

这时叶昶疾步上前，伸手薅住那人的领口，用力拉到自己面前。那人也不反抗，早已有了必死之心。他轻轻勾开唇微笑，嘴角露出了鲜血，似乎是不久前服下了剧毒。

"快说，你是不是永瑆的人！"叶昶冲着他大声怒吼道。那人虚弱无力地抬了一下眼皮，冷冷笑道："叶大人，天下没有公正的法典，也没有绝对的公平。你若再查下去，就算查出了真相，最终也是自找死路。"说完这些话，那人突然痛苦地干呕了一声，随后双目大睁，浑身关节松垮，出人意料地断了气。

隋先生死了，指认永瑆和永璇的唯一证人也没有了。虽说整个弑圣大案可定性为洪门的阴谋，但案子的始作俑者是永瑆和永璇。如果想揪出他们两人，恐怕还得费些精力。

想到这里，叶昶的眉宇之间掠过一丝遗憾。不过，他很快又想到，林子群还没有抓获。只要擒了林子群，案子照样可以翻盘。

叶昶放下揪住那人的手，因为没有了力量支撑，那人软软地后仰倒地。余下十几名洪门暗桩，都是隋先生精挑细选出来的人才。

大家见首领已死，纷纷想咬破后牙槽的毒囊自尽。好在叶昶及时瞧出问题，立即吩咐旁边的侍卫把凶犯打晕。其中两三名凶犯没来得

385

及阻止，即便打昏后，还是中毒身亡了，但大部分凶犯的自杀意图都得到了有效遏制。

只要凶犯还活着，就能审出一些问题。叶昶让侍卫们把凶犯全捆了，到时移交刑部，不日听候发落。随着大批大批的队伍散去，狭窄的巷道里终于宽松了一些。

这时不远处传来一名男子急切的呼喊声，众人纷纷回头，看到秦跃龙带着一队护军匆匆奔了过来。哪怕是相隔数丈之遥，秦跃龙的声音仍能清晰入耳："叶大人！叶大人！"

顾宗万认识秦跃龙多年，知道此人一向稳重干练，无论遇到是喜是怒的事，几乎都是从容应对，不会失半点儿仪态。

可现在，他竟失了分寸，就像个获知天大喜事的孩童，毫无拘束地奔跑了过来。近到叶昶跟前，秦跃龙定住了脚，满心激动地上下打量着他，嘴里不断地说道："好啊！好啊！叶大人劫后余生，将来必有福报。"他发自内心述说着种种愉悦，每个字都能感受到他的真诚。

此刻，叶昶什么也没说，只是伸出右手，坚定的目光里镌刻着侠气。秦跃龙了然他的意思，也伸了出来。两人用力握了握，彼此不必再言说什么，都知道各自的情谊。

"花炮局那次爆炸，方圆数里被夷为平地。如此危情之下，你是怎么逃出来的？"每当提起那段悲伤的经历，秦跃龙都心有余悸。

不久前，外面都在盛传叶昶死于花炮局。可谁也没想到，他竟好端端地活着，这太让秦跃龙意外了。面对好友的困惑，叶昶没有隐瞒。他解释说，自己当时被困在花炮局的一间冰窖里，本来没有活路。可巧这座冰窖的西北角原先有口水井。为了疏导冰窖积水，设计者把水井周围地势垫高，并把井口设计为最凹的地带，还在井口上铺了一层大理石板，上面钻了数个拳头大小的孔洞。

这样，周围融化的水流就能汇入井下，从而方便排水。爆炸前夕，叶昶砸开了井口，跳了进去，然后沿着地下暗河游到了三丈开外的另外一口水井里，由此爬了上来。

洪门本意是要炸死叶昶，除掉一个劲敌。可叶昶在逃出生天后突然在想，自己何不将计就计诈死，暗中去调查线索呢？这个计划虽然好，但也有一个大难题——他的脸上有旧疤，实在太明显。

这时，叶昶看到花炮局废墟里满地都是死伤者，于是灵机一动，想到换上已故匠人的衣服，再用灰土、血污涂遍全身，另外着重涂抹脸部，这样就能隐藏自己的面容了。然后，他再以花炮局伤员的名义等待救援，真就骗过了那些施救护军。

后来，造办处员外郎为了尽快赶制供月大典所用灯具，就把那些受伤不重的匠人调转到了宫内的灯作帮忙，叶昶因此以匠人的名义潜伏在灯作多日，期间还救下了顾宗万。

经过几日的暗中调查，叶昶慢慢获知，洪门要制作一架火风筝弑圣。为了彻底摧毁洪门阴谋，叶昶继续以灯作匠人的名义，偷偷混入了乾清宫会场，甚至以不惧牺牲的精神爬上了大风筝。既拆除了火药包，又挽救了一场大祸。

"这个世上，能让小弟称之为英雄的人，不多。叶大人，可算是一位。"秦跃龙罕见地朝着叶昶一抱拳。

略微思索片刻，秦跃龙忽然摇了摇头，几分汗颜地叹道："不瞒叶大人。你我虽相识多年，但小弟骨子里，一直不服你，老想着跟你争一争。你也知道，刑部号称有三大妙手，可小弟总是在想，凭什么金面判官要排在第一位？时至今日，小弟才终于明白，如果没有金面判官，也就不会有刑部三大妙手了。"

顾宗万是仵作，没有官衔，之所以挂上他的名号，不过是出于对他验尸本领的敬重。就综合能力而言，顾宗万仍处于三人之中的末流，这是不争的事实。

其实，刑部真正不分伯仲的只有两人：一是金面判官叶昶，一是不死牒宗秦跃龙。作为刑部的左、右侍郎，他们各有本领，各有成就。所以，百姓们常常议论，两人是面上相合，而实际上却谁也不服谁。

就在今日，秦跃龙打破了这个谣言。如果说过去自己的确有过不服叶昶的心态，那么在经历洪门弑杀案以后，他完全释怀了。

因为相比叶昶，他终究知道自己差了很多。这一番话，他是发自肺腑的。面对秦跃龙的突然坦白，叶昶笑着走上前，轻轻拍了一下他的肩膀，道："古有廉颇和蔺相如，今有你我。因为将相和，天下可安享太平。而你我之间扫除芥蒂，又岂非一大幸事呢？"

听到叶昶的直率表态，秦跃龙欣慰地笑了笑。顾宗万见他们婆婆妈妈个没完，忍不住插言道："我说两位大人，你们还有啥恩恩怨怨，别搁这儿说，回去再唠嗑。现在案情还没结呢，我们可没工夫听你们絮叨。"

"洪门弑圣的案子，我已向万岁爷呈明了。现在，无论是整个案子的定性，还是涉事官员、匠人和宫女等的赏罚，俱已成文，不日昭告。"秦跃龙扫了众人一眼，简单扼要地说明了现在的情况。众人都很好奇，这桩案子究竟如何定论。

秦跃龙解释说，根据黯影查到的消息，洪门一共制订了两个计划，分别定为甲和乙。甲计划是慢性计划，即在每种器物上布置杀招，意图行刺。

写字人钟案就是甲计划的一部分，但随着叶昶剥茧抽丝，瓦解了洪门的阴谋，甲计划随之废掉。隋先生不甘失败，于是启动了乙计划，即在供月大典上放飞火风筝，企图炸了整座紫禁城。

隋先生是个两面三刀的人，表面效忠于洪门，实则不过是为了钻营趋利。他弑圣的目的，并非为了什么反清复明，而是想协助某一位储君登上皇位，坐拥财富和权力。

洪门的所有弟子，不过是他成功路上的垫脚石。冯英在得知隋先生的诡计以后，死活也不信，最后竟引燃火药自尽。像霞山四魔这种被诓骗的人，比比皆是。

可惜的是，洪门兄弟都以为他是拥有崇高信仰的人。然而谁也不会想到，隋先生那崇高的信仰，不过是用来武装欲望的假面罢了。

"这人谋局之深，伪装之强，世所罕见。"叶昶叹道。一个伪崇高的人，竟能蛊惑手下们拥有崇高的理想，甚至甘愿为了他卖命，确然是个不简单的人物。

秦跃龙点了一下头："是啊。这样的一位人物，万岁爷也很好奇，曾想着亲自审一审他。不过既然他已经死了，那说再多也没有意义了。"事已至此，洪门弑圣的案子总算捋清了。

随后，秦跃龙又把乾隆在乾清宫大殿密道里遭遇的事也说了，不过没有描述细节，只是说钟梓文等人身上被撒了一种特殊的燃料，最后全被烧死了。听黯影说，当时林子群跟钟梓文在一起。所以那个时候，只怕林子群也被烧死了。

这位作恶多端的兄弟，到底是死了，可叶昶的心里却五味杂陈。

他本想为兄弟们亲手复仇,哪知这家伙竟死于横祸,委实遗憾。

不知过了多久,也许直到呼吸慢慢顺畅了,叶昶才接受了已然的事实。然而此刻,他没有归家休息的意思,因为他的心里还装着另外一个问题——万岁爷打算如何处置永瑆和永璇。

这个话题被提出的时候,周围的氛围突然变得凝重起来。过不多时,一名太监匆匆向两人跑了过来,附在秦跃龙耳边说了很长的一段话。只见秦跃龙脸色一变再变,直到全部听完,这才摆摆手让那名太监走远。

此人是在密档处供职的一名笔帖式,不久之前刚按照秦跃龙的指示,向乾隆提交了关于调查到的永瑆与永璇的谋逆证据。

一般而言,如果突遇紧急且重大的事情,黯影最快可在事件结束后的半个时辰之内把所有案发细节梳理好,然后形成奏折呈请圣览。此外,乾隆也有过规定,宫中发生任何重大事情,务必在一个时辰之内向自己传达所有情况。

有鉴于此,秦跃龙从向密档处下达卷宗撰写任务,到把奏折递到乾隆手里,只花了短短半个时辰,远远超出了乾隆的要求。

眼见叶昶很困惑,秦跃龙缓缓地解释道:"我让密档处誊写好卷宗,以最快的速度呈请御览。万岁爷看罢,起初怒火中烧,非要治了永瑆和永璇的罪不可。但谁也没想到,两人刚步入大殿,结果发生了一件奇怪的事。"

众人纷纷愕然,连忙问是怎样奇怪的事。秦跃龙说,永瑆跪着跪着,突然整个人像中了邪术,面容不自然地扭曲,站起身来吹鼻瞪眼,一会儿似笑非笑,一会儿似怒非怒。

乾隆看到这个样子,原先的愤怒渐渐被疼惜所取代,再到后来竟吩咐太医去给他看病，连带着免了永璇和永瑆的谋逆大罪，只是让他们闭门反省半年，不得出府门一步。

毫无疑问，永瑆和永璇虽被赦免了大罪，但他们的立储之权也被剥夺了。自那而后，大家心里都很明白，永琰只怕是未来的储君。

不过这事不宜张扬，更不能流散坊间。因此，乾隆让秦跃龙给洪门弑圣案定了性——这是一次洪门谋划的彻头彻尾的谋逆大案。官府当尽全力围剿洪门，还天下一个安宁。

"原来如此。"叶昶苦苦一笑，"坊间传闻，永瑆患有疯病，原来是真的。"听到大家说起永瑆的私事，顾宗万来了兴致。他非常乐于分享自己打探到的消息，笑道："这事啊，我熟。"

第二十三章
匣作密档：鬼火冷光

匣作密档：乾隆三十六年八月十六丑正

秦跃龙带领黑鬼老三及叶昶等人赶赴皇史宬，惊悉天阳组织利用冷光血洗密档处，而冷光来源竟是鬼火；为了一探究竟，大家戴上秦跃龙命人仿制的鸟头面具，深入密室追寻线索。

宫里的太监告诉过顾宗万，六年前，永瑆娶了大学士傅恒的女儿，也就是孝贤纯皇后的侄女，而今是嫡福晋富察氏。

听宫里人说，这个福晋富察氏生了一种怪病，每次发作必定胸闷气短、浑身燥热，还伴随着妄言、哭笑等症状，仿佛得了失心疯。

一开始，大家以为富察氏是鬼上身，还请了僧道作法。谁知不顶用，富察氏的疯魔病越来越重。后来大家才知道，富察氏哪里是中了邪，分明是被永瑆给逼的！

这位十一皇子，表面上才华横溢，聪明机智，实际上却吝啬尖酸，是个彻头彻尾的疯子。富察氏嫁给他以后，原本带来了丰厚的妆衾。可刚一过门，所有东西都被永瑆霸占了。

古往今来，嫁妆都是女子的私产，稍微体面的人家都不会动用妻子的嫁妆，更何况是管教严苛的皇族。

这事让富察氏一直挂在心上，久而久之成了心病。然而，永瑆的暴戾并未终止。他不给富察氏所需的钱粮，为了生活，富察氏只能每日吃稀粥度日，过得还不如普通老百姓。时间久了，富察氏也患了疯魔症，这对夫妻也算是不疯魔不成活了。

后来，太医给永瑆诊断，确定患了一种叫狂痫的疾病。每次发病都是或歌或泣，如醉如痴，语言狂妄不详，筋脉瘦疭，口角流涎，有时还会发出怪异的叫声。

听完了顾宗万的描述，秦跃龙接过话来说道："万岁爷很早就知道永瑆患有恶疾，也知道他性格怪癖、刻薄、吝啬和狂痫。每次永瑆闯祸，他都想好好教训一下这个儿子。可当看到他病情发作的样子，又于心不忍。作为一名父亲，万岁爷有许多的迫不得已。就像这次洪门策划弑圣大案，万岁爷认为是永瑆鬼迷了心窍，因此在病情发作之时，听信了洪门的鬼话，所以才犯下大错。看在永瑆疾病缠身的分上，再给他最后一次机会。"

这样的结局，既在意料之中，又在意料之外。意料之中的是，法典在皇家之手，如何厘定，全凭皇家定夺；意料之外的是，古往今来出现弑君大罪，即便是亲生儿子，也绝不会手下留情。乾隆如此处理，确然尽到了父亲的责任。

只可惜对于叶昶而言，公正法典四个字却成了泡影。看来，一切真如那个杀死隋先生的暗桩所言。如果真要穷究公正下去，到头来即便丢了性命，只怕也无法遂愿了。

"秦大人，你说在皇权面前，真的没有公平正义可言吗？"叶昶犹豫了很久，还是问出了他多年以来最耿耿于怀的事。秦跃龙知道，以往的案子，叶昶都能还不公者公平。可现在这桩案子，从来都不存在公正与不公正。所有评判标度，逃不过四个字：皇族利益。

面对没有答案的提问，秦跃龙无法回应。他只是充满感慨地拍了拍叶昶的肩膀，随后走到了黑鬼的跟前，恭恭敬敬地行了一个礼，道："感谢三师叔前来援手，刚刚鬼父传来消息，他想见一见您。"

"二哥，二哥要见我？"黑鬼不敢置信地瞪大了眼睛。许多年了，他一直想见一见这位昔日的师兄。可是碍于四觉谷与密档处之间的恩怨，黑鬼只是空自想念，无法实现愿景。

这一次，鬼父主动提出相见，他实该过去一趟。好在此刻案子也已告一段落，秦跃龙和叶昶便把收尾工作吩咐给管事的侍卫长，又叮嘱了防火班救火事宜，然后带领众人往皇史宬而去。

皇史宬位于紫禁城的东南方向，分作南北两院，占地十三亩。为了尽快赶往皇史宬，秦跃龙拿着调令，命人从御马监挑了几匹马。众人骑上马，自午门疾驰而出。

行了三刻，大家才在宬门口下了马。虽然已是丑正时分，皇史宬周围的护军仍旧打起了十二分的精神。每个人都在认真地巡逻，丝毫没有倦怠之意。

黑鬼耳朵最灵，他从下马的那一刻起，就听到了附近有轻微的瓦片声、树叶声和脚步声等。那是黯影闪过的声响，一般人根本听不到，只有近乎如鸱鸮一样耳聪，方才能捕捉到那种细微的差异。

只要黯影守护在皇史宬周围，外人就绝难闯入这座禁宅。怪不得四觉谷多年来一直想查到密档处的些许消息，结果都没有太多进展。

谁又能想到，黯影已在皇史宬周围支起了防护大网呢。黑鬼啧啧了两声，闷声不响地跟着秦跃龙入了宬门。

大家沿着青石铺成的小道一路直行，两边分别是东、西配殿，再往前便是正殿了。皇史宬的正殿是砖石结构，建在半丈高的石台基上面，周围环护着汉白玉护栏。

正殿一共有九间屋子，黄琉璃筒瓦庑殿顶，远远看去气派又庄严。这是一座巨型石屋，额枋、斗拱、门、窗都是由汉白玉雕刻而成，门额上还用满汉两种文字书写"皇史宬"三个大字。行至正殿门口，可见五个殿门洞，均为两重。山墙上设有对开窗，以便通风防潮。

大家从中间的殿门洞里进去，又见殿内是一丈高的汉白玉石须弥座，上面放着近二百个雕龙云纹镀金铜皮樟木柜子。每个柜子旁边都守着一位士兵，看来要接近并打开柜子，不是一件容易的事。

实际上，这些柜子里装的都是前朝的秘史档案，并不是皇史宬最宝贵的东西。那些宝贵的当朝密档，全都封存在地下的密档处。

密档处是皇史宬最重要的核心机构，只有秦跃龙、乾隆和黯影等能自由出入。除此之外，哪怕是叶昶也不能前往。这一次，鬼父竟然邀请了黑鬼下密档处，还说可以让叶昶和顾宗万等一同前来皇史宬，真是破天荒的事。

虽然不明白鬼父的安排，但是秦跃龙知道，鬼父向来神机妙算，即便身居幽暗的地底，也比外面任何人高瞻远瞩。他愿意破格请外人过来，一定有他的谋划。

不过，秦跃龙十分注重密档处的保密工作。鬼父只是说能让大家来皇史宬，可没说谁都能下密档处。既然鬼父点名要见黑鬼，那就先带黑鬼下去好了。

"诸位朋友，你们不妨先在正殿歇息，我和三师叔要去一趟密档处。"秦跃龙向众人拱了拱手。大家知道皇史宬规矩甚多，彼此都没有意见，于是拣了个可以休息的地方坐好。

秦跃龙吩咐下人看了茶，眼见款待得差不多了，方才带着黑鬼前往了通向密档处的密室。顾宗万呷了几口茶，神采飞扬地说道："诸位，你们也许不知道，皇史宬这个地方，那可是比紫禁城难进来得多。我说苏姑娘和贺兄弟啊，你们用各种工具破坏紫禁城围墙下面的涵洞，偷偷游到金水河，自那儿进了宫，那算你们有本事。可你们要想这么进皇史宬，咱也不说空话，只要二位敢从水里冒头，几百支暗箭就唰唰唰招呼过去。远的不说，单说几年前，小弟我亲眼看到，黯影把那些想擅闯皇史宬的人射成刺猬。那中箭的地方也不是别处，正是油光锃亮的脑袋瓜子。"

大清要求剃头，所以乱箭射在头顶，可不就是射在了油光锃亮的脑袋瓜子上面？苏颖和贺千川听他如此说，竟没有丝毫的反应，不当一回事儿地兀自品茶。

这让爱逗趣的顾宗万有点儿受挫，毕竟他每次跟别人吹嘘自己进过皇史宬，都会获得好多人的追问，仿佛把他捧成了热门优伶。

偏偏这两个人不爱听，真是热脸贴冷屁股。他索性不再自找没趣，顺手端起一盏温凉的茶水，直起身来，缓步走到趴在叶昶旁边的狻猊跟前。他把茶水放在狻猊的嘴边，那狻猊真就伸出大舌头，用舌尖呱嗒呱嗒舔喝了起来。

"狻猊老兄，来，喝口茶。"顾宗万双手抱膝，眼睛虽看着狻猊，但口气却别有深意，"如果你会说话啊，我想，你听我说了这么多，绝不会一个字儿不回应吧？那句话怎么说来着，就算不喜欢别人谈话的内容，也总要回应一声，以示尊重嘛。"

这话刚说完，苏颖和贺千川马上明白过来，这家伙，分明是在抱怨刚才没有理他的话茬。一想到是因为这么小的事而起怨愤，两人都不约而同地摇头笑了起来。

过不多时，狻猊突然四蹄蹬地起身，仰头冲着密室的方向呜呜地喊叫。叶昶意识到不妙，连忙放下茶盏，警觉地瞄向密室。他没有瞧出异样，侧低下头扫了一眼狻猊。

此刻狻猊因为暴怒而不断地龇牙咧嘴，可碍于主人没有下令行动，只好原地待命。叶昶作为刑部左侍郎的嗅觉相当灵敏，只是通过狻猊的表情和神态反馈，马上就猜想到密室可能出事了。他站起身走向屋角西北隅，伸手取下挂在墙上的一把佩剑。

这把剑是秦跃龙的宝剑，又被称为掐丝珐琅龙泉剑，刚好与叶昶的掐丝珐琅雁翎刀是一对。当年乾隆命宫中最好的铸剑师父打造了一刀一剑，刀给了叶昶，剑则给了秦跃龙。

叶昶雷厉风行，适宜用刀。而稳重儒雅的秦跃龙，则方便用剑。一刀一剑，也寓意着是乾隆的左膀右臂，不分高下，并希望他们全力为自己效命。

这一刀一剑锋利无比，吹毛断发，削铁如泥。叶昶持剑在前面带路，苏颖、贺千川和顾宗万等人也瞧出了异样，分别取下各自的武器跟在身后。

行至东北角的一扇石门，叶昶刚想去推转，岂料这个时候突然听到轰隆隆的响声，紧跟着便见石门缓缓转开，秦跃龙和黑鬼先后冲了出来。他们脸上蒙着浸了水的布块，仿佛是在隔绝某种气体。

这究竟是怎么回事？叶昶下意识停住步子，谨慎地向石门瞧了一眼，大量白烟从里面涌了出来，好似柴火不充分燃烧而形成的浓烟。为了防止烟雾渗出来，秦跃龙自密室出来的第一件事，就是把石门牢牢关闭，同时吩咐下属向门缝的各个角落泼水。

"秦大人，你们这是？"叶昶刚问出口，秦跃龙已缓缓放下捂在嘴巴上的湿布块。如果不是亲眼所见，任谁也不敢相信，一向面对危局处之泰然的秦跃龙，此刻竟双目呆呆失神，身体斜靠着石墙，缓缓地滑落，直到瘫坐在了地上。

"密档处……密档处没有了……"这句话脱口而出的时候，大家脸上全都浮现出了或惊讶或茫然或匪夷所思的神情。

过了良久，秦跃龙才又喃喃地说道："我和三师叔进了密室，还没有到达密档处门口，忽然看到一股白烟自地底蹿了出来。上次在乾清宫大殿的时候，我见识过那种神奇的烟雾，片刻就能要人命。实在没有想到，旱魃所缔造的天阳组织，已把魔手伸向了密档处！"

虽说大家并不知道天阳是个怎样的组织，但此刻关注的焦点，显然不是敌人组织，而是那股可以致命的毒烟。顾宗万左思右想，才提出了烟雾由妖怪释放的说法，可众人并不买账。

眼见大家都很困扰，秦跃龙扫了一圈，最后苦笑着摇头叹道："那不是妖怪作祟，而是旱魃使用了一种新型的武器。半个时辰前，黯影给我带来了消息。他们经过核验乾清宫大殿密道里面的毒烟，最终得出结论，那似乎是一种源自西洋的可怕燃料'冷光'。"

百余年前，欧罗巴洲盛行炼金术。那些炼金术士们声称，只要寻到一种叫哲人石的颖慧石头，就能把普通的铅和铁变成贵重的黄金。为了找到这块传说中的石头，无数炼金术士们尝试了各种方法，诸如对盛放稀奇古怪石头的器皿念咒语，再投入到炉火里淬炼，最后放进大缸里搅来搅去，试图改变石头的结构。可无一例外，所有人都失败了。

直到七十三年前，德意志汉堡一个叫布朗特·汉宁的商人收集了五十木桶溲水。也许是好奇心作祟，他突然有了一个离谱的想法，就是把溲水与沙子等物质混合在一起高温加热。因为溲水呈现黄色，沙子里面又能淘出黄金。如果二者结合，说不定能炼出黄金呢。

实验进行了无数次，很遗憾的是，这位商人没有炼出黄金。不过他却炼出了另外一种物质，那是像白蜡一样的奇怪东西，散发着神奇的蓝绿色光芒。这位商人非常兴奋，于是把该物质命名为"冷光"。

"关于冷光，诸位应该见过。"在叶昶的搀扶之下，秦跃龙缓缓站了起来说道。此刻他的心里虽然五味杂陈，但仍旧强打着精神描述起冷光的来历。因为他知道，只有大家明白了冷光是何物，接下来才能帮密档处渡过难关。

"夏夜之际，诸位在坟地上空应该会经常看到蓝绿色的火焰吧？"秦跃龙刻意把目光转向了顾宗万。两人就像经过了默契的精神交流，顾宗万连忙举手插言道："我乃仵作，去过的坟地应该比诸位多。不瞒大家，那种东西叫鬼火，一般有三种颜色，分别是绿、蓝、红。我这个人验过无数尸体，可到现在为止还没弄清楚这种火是何种来历。"说到知识盲区的时候，顾宗万不免有点儿惭愧地叹了口气。

秦跃龙接过他的话道："我让黯影查过密档了。大体情况是这样的，人的骨头里面含有冷光这种成分。随着尸体腐烂的程度不同，引起各种蜕变后的冷光状态也会不同。也不知道经过怎样的转化，总之最后生成的冷光燃点很低，可以自燃。由于夏夜温度较高，因此冷光会自发燃烧，于是形成了鬼火。"

"就算你说得对啊。"顾宗万皱起了眉，忍不住好奇地问道，"那鬼火会跟着你跑啊。你去哪儿，它就去哪儿。这怎么解释？如果不是鬼神作祟，一团小小的火怎么会有灵性呢？"

秦跃龙瞥了他一眼："如果不是黯影追踪索迹，我也回答不了你这个问题。好在黯影经过调查许多的中西密档，这才有了点儿消息。大概是顺治五年，西洋一个叫帕斯卡的人做过一个实验。他在密闭的桶里灌满水，并把一根细长的管子插入桶盖。随后，他从楼房的阳台向细管子里灌水，结果只灌了一杯水，那桶就被压裂了，而桶里的水也从裂缝里流了出来。这被西洋称之为帕斯卡桶裂实验。康熙元年，帕斯卡病逝。后世为了纪念这位方术家，于是以他的名字命名了一个单位叫压强。"说到这里，秦跃龙转过身看向顾宗万，"人体在移动的时候，会让空气的稀薄度发生变化，从而导致压强也不同。鬼火正是钻了这个空子，所以才会跟着人跑。"

虽然没有听明白秦跃龙的解释，但顾宗万大概了解到，鬼火跟鬼神没有任何关系。只要与鬼神无关，他的心里就踏实了很多。因为仵作天天和尸体打交道，难免会担心人死后的鬼魂找自己算账。而秦跃龙的分析，算是帮解开了一个心结。

不过叶昶的关注点却与顾宗万不同。他的危险嗅觉一向发达，直截了当地问道："秦大人，这种东西可有骇人之处？"刚才的知识普及，主要是为了帮大家了解冷光的来历和存在形态，并没有谈到冷光的杀伤力。直到现在，秦跃龙才听到了关键性的提问。他的眉毛紧巴巴挤成了疙瘩，微微仰起头来说道："不错。冷光很可怕，简直是世上最可怕的燃料。"

黑鬼也算见多识广，对于各种燃料都有所了解。可他并不清楚，世上最可怕的燃料,究竟有多可怕,便问原因。秦跃龙略作思索,答道:"鬼火中虽然也含有冷光,但是浓度很低,所以对人体没有害处。可用溲水和沙子等物质提炼出来的高浓度冷光会凝结成白蜡,也就是我刚才提到的布朗特·汉宁所炼化之物。这种物质,只要达到热病以上的温度就会自燃。如果人的身上不小心涂抹了冷光,万一燃烧起来,压根无法扑灭。"

这个结论大大出乎众人的意料。贺千川提了一嘴,难道水不能将其扑灭吗?秦跃龙摇头表示,燃烧的冷光遇到水会更加亢奋,越烧越旺。大概,冷光是世上唯一不怕水的燃烧物。延续着这个话题,秦跃龙甚至告诉大家,冷光在水里也能燃烧。

这一刻,所有人都震惊了!世上竟还有能在水里燃烧的物质,简直不可思议。可面对众人的讶然,秦跃龙根本不想多做解释,而是说起了冷光的另外一种特性:"我亲眼所见,钟梓文及其手下,也许是被人在身上撒了冷光,所以才会一个接一个烧了起来。你们可能无法想象,冷光形成的大火,直到把人烧成白骨才会罢休。我掌密档处多年,何曾见过这种奇物?哎呀,人哪里还是人,实在是干燥的棉花,转瞬之间肉身成灰,只剩下一节节的白骨。"

其实,人体并不容易燃烧,即便是用大火烧成白骨,也需要大量的燃料加持。可这种冷光,只要泼洒到人身上就能将人烧成白骨,无论如何都难以置信。大家进行了短暂的眼神交流,彼此的脸上除了惊怖,已经说不出话。叶昶上过战场,心想这种可怕的燃料如果被应用到军事上,杀伤力实在不容小觑。

"如果冷光真的这么可怕,那它形成的烟雾有毒,也就不难理解了。"苏颖喃喃说起。大家都听到了她的声音,忽然理解了,为何黑鬼与秦跃龙逃出密室后,秦跃龙要让手下往石门缝里泼水,原来是为了阻止毒烟渗出来!

这种情况一旦属实,也就意味着另外一种可能的发生:毒烟不仅在地底全部散布开,甚至已经攀升到了地上。而现在,除了黑鬼和秦跃龙,一个人也没有出来。换言之,整个密档处的人全部覆灭,概莫能外。

此时此刻,当叶昶想到秦跃龙不久前说的那句"密档处没有了"时,竟产生了莫名的慨叹。一个掌天下秘密情报网的组织,不过是被敌人投放了冷光,居然给轻而易举地覆灭了。荒诞之中,透着难以改变的事实。

作为皇家的一把利剑,密档处起到了震慑八方的效果。因为有了密档处的存在,乾隆才能掌控四方舆情,从而利于天下的长治久安。

而今这一组织覆灭了,龙颜必定震怒,后果不堪设想。叶昶似乎预感到了山雨欲来风满楼的危机,大步走上前说道:"密档处覆灭,万岁爷震怒,只怕秦大人性命堪忧啊。"

听闻此言,秦跃龙只是苦笑,反而瞧不出半分畏死之貌。叶昶不太明白,暗想在秦跃龙的心里,莫非还有比生死更紧要的事吗?

"我知道,叶大人困惑重重,可现在不是我坦白身世的时候。下次如果空暇,我可说与叶大人听。"秦跃龙收敛起复杂的脸色,就像强忍住病痛的患者,一字一句地对叶昶道,"生死于我而言,早已无关紧要。我之所以还活着,倒不是为了延续肉身的长度,而是希望可以拓宽精神的宽度。"

最后一句话有点儿深奥。别人能理解肉身的长度,可唯独无法理解精神的宽度。当然,秦跃龙点到这里,并不愿意多加解释,也没时间解释。他望着屋外失了会儿神,恰恰是这样片刻的宁静,治愈了他五味杂陈的心绪。

"供月大典与密档处同时出事,我怀疑这不是巧合。"秦跃龙说出了自己的推断。经此提醒,大家纷纷点头,觉得有理。

可叶昶还有一件事不明白,问道:"你刚才提到了一个叫天阳的组织,还说此组织是由旱魃缔造。我不太明白,旱魃所率领的天阳,为何要灭了密档处?"

"恶魔吃人,需要理由吗?"秦跃龙几乎想都没想,随后回答了这样一句话。叶昶蓦地一怔,因为没有想到会等来如此的回答。

此刻的秦跃龙,向东配殿瞥了一眼,发现那边屋子里的属下还没有过来寻自己,心想还要等上一等,于是就让黑鬼给大家讲起了旱魃、密档处和四觉谷等之间的关联。尤其把旱魃已掌握四觉本领,现在的能力甚至不输夜星子一事也说了。

"这个旱魃,莫非是集四觉谷谷主和鬼父等人本领于一身的魔鬼?"苏颖用不敢置信的口吻问到。贺千川见苏颖发话了,自己也不落下风地道:"那他覆灭密档处,也有了一个合理的理由,即为了证明天阳比黯影厉害?"

这一男一女虽不知是何种来历,但却道出了自己的部分困惑。秦跃龙点了点头,随即又轻轻摇了摇:"二位只说对了三分之一。旱魃除了有好胜心之外,也许还有另外一个目的。他要覆灭游侦门,另开宗立派。"

"仅仅如此吗?这家伙会不会也有弑圣之心?"供月大典一案让顾宗万养成了一个推理习惯:只要案子跟皇城有关,八九不离十有弑圣嫌疑。而今,天阳已捅瞎了紫禁城的眼睛密档处,那下一步炸了紫禁城也都有可能。

这个问题，秦跃龙之前想过，因此很快就给否定了。也许密档处被覆灭一事让他太痛苦了，自身反应能力下降了不少。他深深叹了口气，本想告诉顾宗万自己的想法。

这时叶昶已替他说道："没有这种可能。如果旱魃想弑圣，早在乾清宫大殿之下的密道里，就可以完成任务了。可他并没有伤万岁爷一根毫毛，甚至还把绑架万岁爷的逆臣钟梓文等人虐杀殆尽。这说明一个问题，旱魃的目标不在万岁爷及紫禁城这边，恐怕另有图谋。"

整个分析跟自己完全相同。秦跃龙很欣慰地看向叶昶，点头道："叶大人说得不错，我也如此认为。"

"现在的答案，也许全藏在了密档处。"叶昶点到这里，转身面向秦跃龙问道，"要知道旱魃的目的，只能闯一闯密档处了。"

"那里面……那里面全是毒烟，就算有一百条命，也不够咱们造啊！"顾宗万讶然变色地说道。冷光燃烧所散发的毒烟，能让嗅者即死，无药可医。没有任何防护措施的情况下硬闯密档处，就像不会游泳的人下海，自寻死路。

作为向来有远见的秦跃龙，不会考虑不到这一点。叶昶希望他能尽快说出办法，可秦跃龙并没有回答这个问题，而是与大家商讨起其他事宜。

过了大约两个时辰，一名护军急匆匆跑了进来，单膝跪在秦跃龙的跟前，回禀道："秦大人，东西已打造完毕，一共十套。"

秦跃龙舒了一口气，即刻带众人赶去东配殿。大家没有想到，这间屋子里没有存放谱牒档案，竟是一处小型的加工作坊。叶昶看着眼熟，喃喃问道："莫非是匪作？"

匣作是制造囊匣的机构，而囊匣的种类极为丰富，有内囊类别、器物类别和品式类别等之别。此外，这门手艺相当复杂，常常要用到剪裁、粘接、尺寸切割等十几道工序。由于三十作里的每种活计叶昶都很熟悉，所以只通过桌子上的工具，他大概就猜到了这是匣作。

"不错，这里的确是匣作。"秦跃龙走到一个工作台前，打眼扫了一遍刨子、剪刀和凿子等工具，"这里是制造盛放密档囊匣的工坊。鉴于密档的保存方式很特殊，所以这里的每一位匣作匠人都是一等一的高手。他们制作出来的密档囊匣，一分不多，一分也不少。"

"这些囊匣跟闯密档处有关吗？"苏颖对这项工艺不太感兴趣，颇有些失望地问道。面对质疑，秦跃龙没有急着解释，而是引着大家继续往里走。

再往前有一间石屋，沿着石屋地面中央的方形入口向下去，渐渐踏入幽暗深邃的地道。众人到达地底时才发现，这是一处空阔的地下世界。

无数匠人在不同功能的工作台上打制器物，每个工作台都放着一盏油灯。昏暗的光芒，只能照亮方寸之间，可见匠人们粗糙的手指上反复交换着一枚枚闪亮的器件，但唯独看不到他们的样子。此外，因为地底周围密封，所以撞击、打磨、拉锯等各种声响此起彼伏，听多了会让人产生烦闷之感。

众人不知这是何地，纷纷四下张望。秦跃龙摇手一指，轻叹一声，解答起大家的困惑道："本来呢，这里是密档处的机密所在。除了万岁爷、我和匠人们，谁也不能擅自闯入。可今日，密档处已覆灭，此地也不再神秘。"他感慨万千地又叹了一口气，仿佛历经了无尽的沧桑，又仿佛经过了许久的思考。只待他缓过心神，仍旧带领大家继续往前走。

行到西北隅的一处工作台前时，秦跃龙停住了脚，回身对众人说道："不瞒诸位。为了寻到那伙贼人，我需要大家的协助。当然，我手下还有三十多名黯影，可他们不便随我去执行任务，须得随时监管皇史宬的安危。"说完这些，秦跃龙低了低头，宛如在思忖一些事。

众人不知他有何打算，全在洗耳恭听。未几，秦跃龙才抬起头来说道："我知道，前往密档处凶险万端，如果哪位朋友不想去，可自行离开皇史宬，这里的黯影和护军绝不会为难任何人。"听到这里，大家才知道这家伙的顾虑。原来他是想请人帮忙，可又不想逼迫为难，所以才如此言说。

叶昶第一个表示道："密档处有难，我岂能袖手旁观？秦大人尽管盼咐便是，刀山火海，叶某人都已闯过，何惧区区毒烟？"

听到叶昶说了去的想法，苏颖立即走到他的旁边，侧抬起头，仰望着他道："叶大哥去，我必也跟随的。"贺千川无可奈何，只得表示也去。

看到大家回应得如此干脆，顾宗万突然心底有点儿发毛。他可是听秦跃龙说过乾清宫大殿之下的密道里发生过诡异事，尤其记得钟梓文及其侍卫等人惨死的画面，至今犹如梦魇纠缠在他的脑海里。

眼见顾宗万犹豫不决，秦跃龙走上前微微笑道："顾兄弟，你就别去了。我另有安排给你，咱们这些人中，也唯有你适合去办。"顾宗万愣了一下，连忙问是什么事。秦跃龙也不作答，而是走到旁边的一架书桌前。他拿起毛笔，在纸上写了几行字，待到墨迹干了，顺手折了几下，装入信封递给顾宗万。

"你把这封信交给万岁爷，他看过自然明白。"秦跃龙说完，右手摘下腰间佩挂的一块腰牌,一并交给了顾宗万,"拿着这块腰牌,你能顺利见到万岁爷。"

虽然不知道秦跃龙葫芦里到底卖的什么药,但顾宗万转念一想,也许密档处覆灭,他是想让自己给万岁爷报个信吧?指不定,还需要调兵过来支援。这件事干系重大,自己万不可马虎。

"秦大人请放心,我一定办到。"顾宗万把腰牌和信揣入怀里,面向众人拱了拱手,也不多说废话,立即转身走了出去。

目送顾宗万走远后,秦跃龙才带领大家来到就近的一架工作台前。他信手指向工作台旁边的一丛木衣架,上面挂着一件件刚刚打制出来的奇装异服:"我这个小小的工作台,人手有限,只够打造十套防护服。"

所谓防护服,实际上就是旱魃让乾隆穿在身上的奇装异服。不久前,秦跃龙向乾隆讨来了此物,立即交给黯影去调查。结果不出半个时辰,黯影便带来了消息。原来那件奇装异服是防毒面罩,怪不得乾隆没有死于毒烟。

说起这件防毒面罩的来历,倒也有一段故事。三百年前,欧罗巴洲爆发黑死病,传染性非常强,死亡人数也很多。为了防止疾病传播,医师们发明了一种奇怪的隔离服。他们身穿浸过蜡的亚麻衣,戴上鸟嘴面具,手持木棍,一个接一个地去掀挑病患的衣物。

后来一位法兰西医生改进了这种防毒面罩。他在银制面具外裹上皮革,眼部挖空,并用玻璃或水晶保护。鸟嘴部分塞入大量的棉花和药草,用来过滤有毒的空气。

秦跃龙让匠人们打造的便是这种特殊服饰。相比宫里的三十作,他在皇史宬东配殿地下建造的作坊,功能更加优良。

虽说地下空间不大,但作坊里的匠人都是一等一的中西好手。他们精通百工之术,可以根据笺草设计,任意打造各种器物。秦跃龙和黯影使用的武器,几乎全都出自于这里。

大家按照秦跃龙的指示,分别穿戴好防护服。鉴于地下情况凶险,谁也不知道会遭遇怎样的情况,秦跃龙便让大家选几把趁手的兵器。

苏颖和贺千川各选了一把好使的弩机,因为光线昏暗的地方不易用火枪。叶昶什么也没选,他更喜欢用秦跃龙的那把掐丝珐琅龙泉剑。

第二十四章
镀金作密档：葫芦飞雷

镀金作密档：乾隆三十六年八月十六日辰正

顾宗万帮助秦跃龙入宫传信，谁知竟在殿外长跪遇冷。李玉说起祈福法会，背后原因令人堪忧；叶昶和秦跃龙通力合作，查出天阳覆灭密档处之谜；黯影全部遇害，鬼父不知所踪。

养心殿是一组红墙围护的独立院落，南北长三十余丈，东西宽二十七丈，占地近十二亩。院落腹心是养心殿，周围依次是工字廊、后殿、梅坞等十八座建筑。顾宗万步入养心门，迎面看到一块木照壁。他绕过照壁，径直来到养心殿大门口。

约莫候了三刻，李玉才从里面走出来，睥睨着他道："万岁爷在跟释牟禅师讨论佛法，没空儿见你。有什么事，你不妨直言，咱家代你回话儿。"

密档处遭遇大难，危在旦夕，片刻也耽搁不得。顾宗万心想再拖下去，也不知道何时才能面圣，于是只好把秦跃龙给自己的信交给李玉,并叮嘱道:"烦劳李总管禀告万岁,密档处遭歹人暗算,全军覆没,厝火积薪。这是秦大人所托密信,还望总管大人能速呈圣览。"

听到密档处被灭,李玉浑身一阵战栗,连忙拿着密信快步冲了进去。可他刚迈进内屋,还没有来得及通禀,乾隆那不耐烦的声音便飘了出来:"你难道忘记了,朕现在什么也不想听。大难初定,朕要请释牟禅师除一除恶浊。天塌下来,也要等禅师念完《阿弥陀经》再说。"

这时李玉才想起来,万岁爷历经了火风筝大案和密道焚尸案,心里惊吓未平。虽说万岁爷从不信鬼神一说,可由此连带出来的精神紧张、情绪低迷、食欲不振、失眠多梦等烦琐的副作用,却一直在困扰着这位至高无上的皇帝。

为了安抚心理创伤,乾隆便把佛法造诣颇高的释牟禅师,请进宫中为自己诵经疗养,没想到竟真有了一点儿起色。如果这个时候告诉万岁爷密档处覆灭的消息,只怕比火风筝大案和密档焚尸案加一块儿的震慑效果都大。

李玉明白这里面的轻重缓急,他思索再三,终究一咬牙退了出来,满脸沮丧丧地走到顾宗万身前,俯视着他,叹道:"你回去吧,咱家尽力了。"

"李大总管,这……这是何意?"顾宗万仰望着站在自己面前的李玉,就像在仰望一座救苦救难的神佛。可李玉却是把拂尘往肩头一掸:"你说密档处发生这种大事,咱家不心急吗?可有什么办法,这事儿早不来晚不来,偏偏这个时候来,你让咱家也没有法子呀!"

听到这里的时候,顾宗万已越来越糊涂了。明明是汇报一下密档处覆灭的消息,另外送上一封密信,怎就没法子了?李玉见他愁眉紧锁，了然是不知晓来龙去脉。刚好他自己的心里也很憋屈，索性就把事情的经过，原原本本和盘托出了。

诸如乾隆受了火风筝和密道焚尸的惊吓，迄今仍不寒而栗，眼下正在让双塔庆寿寺的禅师释牟诵经祛邪。碍于皇帝惶恐未除，如果此刻告知密档处覆灭一事，只会给皇帝带来更大的刺激。至于何时上报，只能等释牟禅师诵完经后了。

既然情况如此，那再等一下倒也无妨。顾宗万问李玉，自己能不能站起来候着。李玉扫了他一眼，说站起来吧。顾宗万才歪歪扭扭直起身，虽然他的年纪不大，可跪了这么久，只觉头昏脑涨，险些步刘于义的后尘。

十三年前，七十三岁的刘于义来养心殿奏事。按照皇宫的礼仪，大臣向皇帝奏事，必须全程跪地，不能起身，更没有椅子坐。结果刘于义因为跪得太久，起身的时候，脚掌不小心踩到了衣袂，身子摔倒撞向了坚硬的地砖，立即不省人事，与世长辞。

这桩跪死的旧事，一度让满朝文武哭笑不得。自那而后，乾隆每次问话都变得简洁凝练，免得闹出刘于义的悲剧。至于在殿外候着的人员，可站着静候。

"李大总管，那些洪门贼子，万岁爷有没有想好如何惩处？"顾宗万是刑部的仵作，出于职业习惯，他很好奇朝廷的判决。当然，按照预期，这些人很可能会被判明年秋后问斩。如果真是这样，到时候他还要去核准死刑，只怕有的忙了。

李玉想了想，缓缓道："不好说。如果搁以往，必然判个明年秋后问斩。可咱家听说，万岁爷打算举办一场祈福法会，还要让释牟禅师主持。这场法会要是真的召开，只怕洪门贼子会被拉去法会敬献

411

神灵。"

"敬献神灵？"顾宗万忽然听不明白了。祈福法会跟拿洪门贼子敬献神灵，难道有必然的关系吗？面对顾宗万的追问，李玉无奈地摇了摇头，叹道："这件事，要从几个时辰前的密道焚尸说起。"

原来旱魃救下乾隆，并非没有目的，而是希望他答应一个条件：即在大年初一这天召开祈福法会。本次法会在什刹海举办，届时允许百姓入内城参会祈福。

由于这是普天同庆的盛会，因此不必拘泥于任何地位和身份差距，下至贩夫走卒，上至帝王将相，均可自由参加。可大清子民都知道，内城与外城有着截然不同的管控方式。自从顺治六年左右，内城的民人全部搬去外城，而今内城只腾给了旗人居住。

可旗人多数是当官或当兵，所以内城的各种挑水、运煤到行铺、差旅等营生，几乎全是民人从事。久而久之，民人渐渐也在内城居住开了，于是出现了旗民混住的现象。不过朝廷并不明令提倡，因此成了偷偷摸摸的行为。

这次祈福法会既然要求普天同庆，自然允许民人进内城参会。乾隆还特许，法会召开的前后五日，民人能在内城过夜，官兵不得横加干预。

"小的仍不明白，这一切跟洪门贼子有何关系？"顾宗万忍不住又问了一句。李玉白了他一眼，冷冷地道："这里面的学问可就大了，你若明白，早已入朝听政，又岂会像现在一样，只是刑部一名小小的仵作？"

这话明显有暗讽之意，可顾宗万不仅没有生气，甚至连连点头说道："李大总管博学杂识，常伴万岁爷身边，自然眼界开阔，小的不过是想讨点儿见识。"

眼见这小子如此通脱,李玉不再为难于他,微微笑道:"念你小子一片忠心,告诉你也无妨。"他说着把拂尘交到另外一只手上,向左迈步前行,顾宗万紧紧跟在他的身后。

"这第一呢,旱魃对万岁爷有救命之恩,既然他提出了举办祈福法会的想法,自然要遵从。这第二呢,乾清宫发生火风筝弑圣案和密道焚尸案,说实话不利于宫中起居,本该去一去邪祟。这第三呢,近二十多年来,天下灾祸不断,霜杀、大雨雹、大雷电、蝗虫、瘟疫、大水、大火、淫雨及大风雨、旱灾、昼晦、地震和饥饿等等层出不穷,受苦受难的百姓不计其数。万岁爷乃万民之主,是该为天下祈一祈福,希望天佑我大清子民。"李玉慢条斯理地说着,不知不觉走到了正殿西侧的一处偏角。

顾宗万琢磨了琢磨他的话,又问道:"您的意思,那些十恶不赦的洪门贼子,极可能会被拉去参加祈福法会,甚至作为敬献神灵的祭品?"

"咱家也不知道咯,只是一个揣测。"李玉摇了摇头道,"自打康熙十二年,朝廷就明令禁止人殉,更禁止活人祭祀。可那些洪门贼子是万恶不赦的死刑犯,所以万岁爷会不会拿他们去祭祀,就不得而知了。"

听到这里,顾宗万轻微不见地低下了头。活人祭祀由来已久,不说远的商朝,单说前朝时期的西南一带,如果家乡遭遇了损失惨重的水灾,为了平息祸端,各个村寨的族长就会物色八字合适的小孩,并把他们放在祠堂里养大。

这些孩子一旦被选中,就永远被束缚在了阴森诡异的祠堂,只待成年之时当作祭品献给河神。顾宗万听说过太多这样的故事，甚至还听说，虽然朝廷明令禁止活人祭，但是在偏僻的小村小寨，还有人在采取这种愚昧的手段，完成对神明崇高的信仰。

顾宗万暗暗叹了口气，心想即便朝廷不使用好人祭祀，哪怕使用罪该万死之人，说到底还是残忍了些。毕竟罪犯就算该千刀万剐，那也得用律法裁夺吧，而不是任由人随意处决。

"李大总管，您应该比谁都清楚，活人祭祀一旦开了先例，日后天下可就乱了。如果万岁爷用洪门贼子献祭，理由是他们罪该万死。那是不是也意味着，日后所有的死刑犯，全都不必以律法裁夺生死，而是改成敬献神灵了呢？"顾宗万抛出了一个隐患重重的问题。

这个时候李玉的脸色微微变了变，怫然不悦地说道："咱家只是说有这种可能，可没说万岁爷一定么做。以咱家对万岁的了解，他不会答应此事。"

"这么说，有人向万岁提议过活人祭？"顾宗万瞪大了眼，他不敢想象，一个早已消亡的愚昧残忍的祭祀行为，竟在此时又被唤醒了。

李玉缓缓抬起头，遥望着远处的琉璃影壁道："不久前，咱家在里面伺候万岁，无意间听到，释牟禅师告诉万岁，过去的祈福法会有两种办法：一是选十恶不赦的凶顽殉教，交由佛祖度化赐福……"说到这里，李玉低下了头，看向顾宗万道："可咱家只听到了这第一种法子，所以才有了适才的揣度。至于第二种法子，咱家本想听一听，可万岁却觉得有碍自己与释牟禅师探讨佛理，于是就让我在门外候着听命。所以啊，我也没有听到那是怎生法门。"

如此来说，这场祈福法会的承办形式还没有定下来？顾宗万兀自想到，脑海里飞出了数个可能性。就在这时，李玉表示应该到里面瞧瞧了，说不定万岁爷有吩咐。果不其然，他刚进去不久，立即出来召顾宗万回话。

皇史宬地下密道里充满了白色的烟雾，一团团好似棉絮层层叠叠，伸手之间不可见五指。叶昶、秦跃龙、贺千川、苏颖和黑鬼全换上了防护服，每个人看上去都像鸟头人身的怪物。由于狻猊无法穿戴防护服，而且也不像人那样懂得躲避毒烟，所以叶昶留它坐镇皇史宬正殿。

此刻，五人手里各持武器，沿着石阶缓缓走向地底。他们身后还跟着五名护军，身穿同款防护服，平端弩机，随时应对四周可能存在的危险。

虽说密道里满是忽隐忽现的雾障，但秦跃龙经常到密档处办公，所以比大家更为熟悉路径。只见他双手各持一把燧发枪，小心翼翼地在前面带领。蒙眬的视线耽搁了大家的行进速度，原本半刻就能到达的距离，生生走了三刻才抵达密档处门口。

以往的时候，两名护军会在门口把守，而门罩之下，还挑着两盏红色的灯笼，方便照明。今日门口不仅没有护军，就连门罩下的两盏红灯笼也熄灭了。

叶昶俯下身子，特意在大门两边搜寻了一个遍，结果发现两具尸体。都是胸口中箭，死因相同。可让人惊骇的是，两人中的不是一般箭矢，竟是一种腐蚀性极强的毒箭。

箭镞深深扎进了死者的心脏，以镞头为圆心形成了径长三寸的伤口，就像有人一拳打进了死者的胸腔。更加诡异的是，如果用剑轻轻拨开覆在伤口上的血污，可见一根根白色肋骨。

简单来说，箭矢上携带的东西不仅可以杀人，甚至能够引燃并腐蚀肉身。要不是那东西的分量少，只怕死者就会像钟梓文那般被活活烧成累累白骨了。

"凶手把镞头掏空，里面装满了冷光。"叶昶拔下刺入死者胸口的箭矢，轻轻把镞头放在眼前，仔细看了又看，脑海里忽然有了初步的猜想，"箭矢发射后在空气中飞射，本就容易因为摩擦而产生高温。尤其箭矢刺入体内后，强大的力量再次让摩擦生成高温，就会触发镞头里面的冷光自燃。冷光在体内燃烧，犹如绿矾油浇到了身上，顷刻就会烧烂中箭部位周边的肉体，最终形成了可见白骨的严重创伤。"

大家被这个分析吓坏了，谁也无法想象，一根弩箭会造成这么大的杀伤力。毕竟普通箭矢射中人，要么是流血过多而死，要么是感染剧毒而死。可像这种，中箭部位形成拳头大小的血窟窿，着实罕见。

"凶手闯入密档处后，先用冷光箭射杀了两名守卫，随后突击进了里面。"叶昶把箭矢丢到地上，目光转向了石门深处。大家随他一块儿看去，似乎越往里走烟雾就越浓，而危险也就更盛几分。秦跃龙紧紧皱着眉，叹道："天阳如此狠辣，怪不得黯影尽数折于他们之手。"

"冷光箭只是小试牛刀，如果我所猜不错，密档处里面还有更可怕的东西。"叶昶缉凶多年，对于各种犯罪现场的杀人手法，可谓了如指掌。无论是箭杀、刀杀和毒杀等，还是火杀、溺水和爆炸等，他都能按图索骥发现凶杀的类别。可这一次，叶昶一点儿预感也没有，他只是隐约觉得，天阳可能使用了恐怖的武器。至于是怎样恐怖的武器，已然超出了他的想象。

"叶大哥，你吩咐便是。不管怎么样，我们都听你的安排。"苏颖走到了叶昶的旁边，似乎在给他慰勉。历经了种种生死之险，叶昶心里早已清楚，这个身份特殊的姑娘，无论隐藏着多少秘密，可她待自己却是真心实意的。

对于推心置腹的朋友，叶昶向来不愿意违朋友之愿，寻问让人为难的问题。他始终觉得，一个人想告诉自己秘密的时候自然会说，而对方选择隐藏，很可能是有难言之隐。别人不愿意说，他不会追问。他觉得，那是对朋友的不尊重。

可不问归不问，叶昶的困惑永远存在。比如，上次苏颖骑着狻猊过来救自己。这个来自皮作的苏拉怎会武艺？狻猊又为何会让她骑乘？要知道，如果不是信任的人，狻猊绝不会让其靠近半步，更别提骑乘了，可她怎么会是个例外呢？

当想到这里的时候，叶昶那百思不得其解的脸色，忽然生出来一个答案：也许这位姑娘跟自己颇有渊源，甚至是自己的一位故人。可真实身份为何，他还真猜不出来。

"阿颖，我期待有朝一日，你能与我坦诚。"叶昶温柔地看着这个姑娘，无论她是怎样的身份，自己都做好了准备。此刻，苏颖仰头盯着他分毫未动："好，叶大哥，待我们从这里出去，我便把所有事都告诉你。"

叶昶微微一笑，冲她点了点头，然后拔出龙泉剑，朝门内一指："我在前面引路，你们分作两排，跟紧我！"大家知道叶昶谨慎，并且作战经验丰富，于是甘愿分作两排跟紧他。如果遭遇埋伏，两边也能及时应援。

迎着一个连一个缓慢翻滚的雾浪,就像在放慢数倍的海浪里快速穿梭。大约行进了几十步,前方引路的叶昶突然定住身,众人不明所以,只好跟着停了下来。

贺千川连忙上前问道:"叶大人,出什么事了?"叶昶抬起手,示意他先不要说话,随后缓缓蹲下身子,伸手在浓烟密布的青石地砖上面摸了摸,结果拿起来一个短颈葫芦。

这个短颈葫芦像西瓜大小,中央贯穿一根火引线,内部虽然暂时还不知道装了什么东西,但大家已猜到是火药,所以这应该是一种投掷类的炮弹。

叶昶双手捧着短颈葫芦,仔细观察着表面的构造。过不多时,他忽然开口说道:"这应该是云南哀牢山彝族创制的兜抛葫芦飞雷。早些年,我从过军,看到将士们使用一种改进的抛掷类火炮。他们借助一个网兜,先点燃葫芦飞雷上的引线,然后赶紧放进网兜里,用力朝目标投去。当葫芦飞雷到达目标上空后,就会触发爆炸。而葫芦里面填充的铁块、铅丸、石头等坚硬之物也会随即撑破葫芦,从而产生巨大的杀伤力。"

这些消息都是他从军时,或是听人说,或是亲眼所见。据说葫芦飞雷最早是彝族人民用来捕猎的,随着推广进了军中,便有了更多的用途。

可叶昶转念一想,天阳来无影去无踪,杀人手法又狠辣而不可捉摸,他们大概不会使用一般的葫芦飞雷,只怕经过了特殊的改造。

也许所有秘密,全藏在葫芦里面了。叶昶想到这里,取下腰间的一把匕首,用力扎进了葫芦,同时拧转了一圈。待到他拔出匕首,白色或浅黄色的半透明状固体颗粒便哗啦啦流了出来。为了弄明白这种物质的来历,叶昶用匕首接住了少许,拿到大家的眼前转了转。

"也许,这就是冷光了。"虽说是第一次见到冷光,但叶昶觉得这种物质跟火药颗粒有相似之处。他在军营里也算半个火器专家,因此对炮弹里面的火药颗粒并不陌生,自然对替代该物的冷光颗粒也能类推。

然而认定一个事实,不能只靠猜,还得有充足的证据才行。这时秦跃龙想到,附近有一间石屋,里面盛放着自古以来所有从事方技研究的文献成果。

大约在唐代至德年间,一位名叫马和的堪舆家,写了一本叫《平龙认》的书。此书中记载,空气之中存在"阴阳二气",用火硝和青石等物质加热可得"阴气"。虽然阴气不能燃烧,但是能够起到辅助可燃物燃烧的效果。

秦跃龙看过《平龙认》这本书,于是按照书中的记载,再结合自己的发明创新,他有了一个大胆的想法,那就是先把这种特殊物质放进青瓷罐,而罐底用蜡烛烧烤,然后再往特殊物质上面喷射阴气。如果这种物质燃烧,说明就是冷光无疑了。

可阴气应该如何制备呢?秦跃龙微想过后,立即带领大家去了一间名为坤舆格致的石屋。这间屋子里摆满了瓶瓶罐罐,似乎是进行某种方技研究的屋子。

秦跃龙利用屋子里现有的设备,通过加热硝石和青石等的混杂之物,顺利分离出来阴气,贮存在了动物的膀胱里面。他在膀胱上插了一根竹管,导入进了盛放特殊物质的青瓷罐里。经过罐底蜡烛的加热,特殊物质竟然剧烈燃烧起来,就像在水底点燃了火药颗粒。

这种情况太不可思议了!无论是秦跃龙还是叶昶,纷纷露出了骇然之色。叶昶指着放在桌上的葫芦飞雷，分析道："天阳组织应该携带了大量的冷光弹，他们引燃后投进了密档处，从而造成了巨大的杀伤力。我们进来的时候，看到了满屋子棉絮状的烟雾，正是冷光弹爆炸后产生的。我们到现在还没有瞧见尸首，但若再往里去，可就不好说了。"

不管结果怎样，秦跃龙都做好了最坏的打算。这次他带领大家出了石屋，慎之又慎地往密档处腹心走去。这时黑鬼耸了耸耳朵，似乎捕捉到奇怪的声响。他赶忙叫住秦跃龙，示意他不忙走，自己则闭上眼听了又听，谁知那种奇怪的声音竟消失不见了。

"秦侄儿，你仍旧在前面带路，我跟在你身后。方圆一里开外，凡是密道里的声音，我都能捕捉到。"黑鬼警觉地扫过周围，咧嘴冷笑道，"天阳那伙兔崽子们，只怕还没走干净。"

"他们知道我们会来密档处查看，所以藏在了暗处，打算来一次偷袭？"秦跃龙分析着这种可能性，可黑鬼没有回答，而是先点了点头，随后一甩下巴让他继续带路。

冷光弹是一种非常可怕的火药，只要暴露在空气中就会燃烧，进而产生高温和白烟。冷光的烧伤极为恐怖，不仅会让身体出现深度灼伤，而且一旦皮肤沾染了冷光，就会发生不间断燃烧，直到烧穿肌肉触及骨骼。

大家越往前走越能看到横七竖八的尸体，几乎每个死者都被烧成了骨架。情况好一点儿的还能看到肉身，而情况严重的简直是一副白骨。

这些人跟着秦跃龙共事多年，他们对密档处忠心耿耿，有的老吏甚至待在地下十年没有出去过，心想等五十岁致事了再跟家人重聚。

密档处开出的薪酬极高，而签署的契约年限越长薪酬就越高。那些打算在此待够十五年的老吏，都是想着攒一笔巨款再出去享福，谁能想到最后竟死于一场横祸。

秦跃龙越往前走越不忍心，尽管无法分辨每具尸体姓甚名谁，但他很清楚，这些人都是他的同僚，都曾与他有过一段美好而温暖的交往。

又行了几十步，秦跃龙在一扇石门的后方，寻找到五具保存完好的尸体。他缓缓蹲在旁边，逐一辨认了死者身份，发现是五年前从镀金作调来的工匠。

这些人都是镀金好手，除了精通火法镀金术之外，还极为擅长西洋的镀金之法。因为密档处需要给存放档案的木柜以及制造的其他器物镀金，秦跃龙便奏请乾隆，把他们调了过来。五人在密档处勤勤恳恳工作，每项任务都仔细完成，深得秦跃龙的赏识。

曾几何时，秦跃龙还想着，如果他们在这里待够了，那自己就设法还大家自由。一次偶然的机会，他说出了这个想法，哪知五人纷纷跪下来说，密档处给了他们精研镀金术的机会，而今大家把密档处当成了家，哪里也不想去，只想在此研习更先进的镀金术到老。

从往事中回过神，秦跃龙不禁泪流满面。五人虽躲过了冷光弹的爆破，身上没有遭受严重的灼伤。可由于吸入了毒烟，引发了急性冷光中毒，终究是没能逃出去。密档处虽给了他们家，但也成了他们的葬身之地，实在令人惋惜！

"天阳恶贼，我一定要让他们血债血偿！"秦跃龙缓缓站了起来，浑身散发着凛冽的杀气。只是密档处里死伤惨重，也不知道鬼父怎样了。黑鬼猛然意识到不妙，四下里望了望，连忙问秦跃龙道：

"二师兄在哪里？速速带我去！"

经此提醒，秦跃龙才想起来，如果密档处只有一个人活着，也许就是鬼父！他虽然心痛如麻，但还是强打起精神，大踏步冲出了石屋。

沿着密档处的主干道前行，并在快要到达尽头的时候右拐，便是鬼父所幽居的密室了。那间密室的石门被上了六道铜锁，唯独秦跃龙和送饭伙夫佩带了开锁的钥匙，旁人无法闯入。现在，秦跃龙只有一个念想，那就是天阳组织没有打开石门，而幽居地底的鬼父还活着。

众人跟着秦跃龙飞步快行，五十步后右拐，果然看到一条狭窄的死胡同，而胡同的尽头便是鬼父的石室。

这条路不知来过多少回了，风风雨雨十年里，每次过来都带着各种自己解答不了的困惑。这一次，秦跃龙不是来让鬼父解惑，而是担心这样一位几无谋面的老者的安危。

也许是太匆忙了，秦跃龙没有注意到，脚下的重重迷雾里隐伏着一根根游线。他用力蹚了过去，刚好把一根游线给崩断了。

人碰到东西后在肢体上的反应，往往比听觉慢很多倍。就在秦跃龙刚刚定住步子的刹那，黑鬼缓缓闭上眼，耳朵就是他的双目。

除了捕捉到游线的崩断声之外，他还听到了铁圈与铁销发生摩擦的声音。如果再仔细分辨，铁圈好像是被刚才巨大的力量上提，从而与铁销脱离。

与此同时，一阵木板降落的哐当声响起，随后是重石砸在木板上的声响。一根根缠在长方木榀上的钢丝绳，因为重石砸的坠落而被牵动，从而让复杂的钢轮运转起来，发出咔咔咔的奇怪音调。

这是配备钢轮发火装置的地雷？黑鬼睁开眼的瞬间，立即拉上秦跃龙往拐角处跑。叶昶、苏颖和贺千川都是一等一的好手,大家紧跟上黑鬼和秦跃龙,一起朝着地面扑倒。

轰隆一阵巨响,白烟弥漫的雾障里突然激射出数不尽的火头,就像千万颗流星从天而降。每个火头后面都托着长长的光束尾巴,集中起来看,宛如释放了一整箱烟火盒子。

五人幸好扑倒得及时,身体趴在了拐角处的墙根边,因此阻隔了凶险的火头。可有两位护军就惨了,因为没有意识到危险降临,千万颗流星般的火头便打在了身上,顷刻间爆燃起火焰,犹如点燃了干燥的稻草人。

一阵阵凄厉的惨叫声此起彼伏地响起,尤其在这样沉寂如死的密道里,那种痛苦到极限的呻吟声被无限拉长,直到爆发出让人毛骨悚然的悲壮感。

五人缓缓站了起来,于心不忍地看向两名护军。他们的身体被大火塑成了痛苦挣扎的泥人模样,呆呆直立在原地片刻,随后向重心不稳的方向扑倒。

此刻,两个火人平趴在地上。可大火没有终止的意思,仍旧在不消不灭地烧着,也许直到把肉身化为灰烬方才罢休吧。

"若非亲眼所见,断难想象,冷光竟有如此威力!"叶昶第一次看到冷光弹爆破,哪怕是像他这样上过战场的老兵,也从未见识过这般杀伤力巨大的武器。

秦跃龙走上前检查了两名护军的尸体,发现已烧得只剩白骨,心头略微酸楚地说道:"总之,接下来,大家一定要小心。"经过了这次的冷光弹爆炸事件,秦跃龙不再冒进前行,而是轻步走到石门跟前。门上的六道锁具均已被别坏,两扇门没有闭紧,看来是有人闯进去过。

因为担心天阳组织安置机关，秦跃龙只好缓缓把门推开，众人随之往里看去。屋内仿佛洗砚池里的墨水，任何物象都看不到。

"二哥……二哥在何处？"既然门锁已被别坏，看来天阳组织也发现了鬼父的幽居地。一种不祥的预感涌上黑鬼的心头。

秦跃龙没有回答，而是从袖筒里取出一根火折子，轻轻一甩，直到烧起火焰，然后走到石室的各个角落，点燃了许久不用的灯盏。

鬼父害怕光，所以秦跃龙从未点过这些灯盏。不过他一直保存着这些设计，便是想着万一哪天遇到险情，也能及时看清周遭的情况。

随着灯光缓缓亮了起来，石室里的环境慢慢一览无余。幸好石门关得还算严实，屋子里因此没有渗进来太多浓郁的毒烟，只能看到薄如蝉翼的烟雾被拉成了丝在空中浮动。

石室里没有任何一件家具，干干净净的如同一间空房子。要说最独特的地方，当是屋子中央的一口竖井，上面架起辘轳起降机，方便伙夫及时为鬼父送饭。

"三师叔，鬼父就幽居于此。"秦跃龙走到竖井跟前，伸手往下面一指。他虽然执掌密档处多年，但从来没有下去瞧过。除了鬼父不许之外，这口竖井很窄，比圆桄宽一些，因此只能往下送饭，人身根本无法下去。

黑鬼趴在竖井口往下望了望，因为看不到地底的情况，只能大声冲下面喊道："二哥！我来了！二十年不见，你老兄可还安好？"

他的声音浑厚响亮，哪怕下面是一处宽阔的巢穴，也能听到这样底气十足的呐喊。可黑鬼重复了几遍，井下始终没有人回应。

这就奇怪了。既然竖井周围没有被破坏，而人身又难以下去，按理说鬼父应该无恙。莫非……莫非天阳组织往竖井里投掷了冷光弹？如果真是这样，鬼父就算聪明绝伦，只怕也难逃厄运了。当想到这里的时候，秦跃龙突然意识到，鬼父也许被害了。

然而活要见人死要见尸，井底之下，无论如何都要下去一探究竟。可怎样下去呢？这个问题，难到了秦跃龙。就算他是密档处的掌舵人，也无法解决这么棘手的问题。

"前辈，你耳聪极好，是否能听得到，附近地面有没有空腔？"叶昶走到黑鬼身边，忽然提出了一个方案。听到这个思路，秦跃龙和黑鬼互相对望一眼，马上就明白了他的意思：如果附近地面有空腔，也就意味着可以打通，人便能下到地底。

黑鬼立即平趴在地，耳朵贴着地砖，认真听了听竖井周围的地面。经过反复考察与确认，黑鬼断定，整间石室是个空腔。因为他听到了下面有潺潺的流水声，换言之，下面有条地下暗河。只要在石室里放上火药并引爆，就能在地上与地下之间打开一条通道。

之前，秦跃龙让大家在东配殿地下的工坊里选择武器，贺千川选了一袋火药，背在了身后。此时叶昶提议把石室的地面给炸掉，刚好可以用到这些火药。他果断地卸下背包，从里面取出四捆扎好的火药筒，分别放在了石室的四个角落。

为了让四捆火药同时引爆，他还特意接了四条引线，当把引线牵拉到门外的时候，贺千川又把它们并在一起，就像搓麻花一样拧成一股绳。大家躲到石门五丈开外的地方卧倒，贺千川见众人都做好了防范，这才用火折子点燃引线。

粗壮的火线飞速冲进石门，短短数个呼吸过后，石室内刺亮的光源与巨响先后而起，即便相隔五丈开外，也能看到石室里冒起了滚滚硝烟和尘土。

强大的爆破力把石门震塌了,随着两扇宏伟的石门向前扑倒,地面就像被天神锤了一拳。大家感觉身体不受控制地被弹起,耳膜里也发出了嗡嗡的噪声。

过不多时,叶昶第一个爬了起来。他缓缓走向硝烟与毒烟混杂的混沌地带,双手握着龙泉剑,近乎上古战神盘古。众人跟在他身后,步伐轻缓地走到石室门口。

四捆火药的威力不弱,整个石室的地面都被炸塌了,四周露出了参差不齐的断痕。叶昶用力挥了挥手,驱散了眼前的硝烟,发现地下虽然因为黑暗而不可望穿,但是一股清凉的风却迎面扑来。如果把耳朵靠近地下,还能听到流水冲击青石的声响。

"下面有暗河。"叶昶回过身对众人说道,"只是目前不知道,地上到地下多高的距离。"黑鬼自荐道:"我来听一听。"他平趴在地上,拧转过脑袋,把右耳伸进刚刚被炸开的空腔。片刻后,他又换了一只耳朵,仔细听了听。

"秦侄儿,你去取十丈麻绳,足矣。"黑鬼站起身后,大致给出了绳索的长度。普通人的耳朵可以听到声音的远近,但是极难分辨声音的距离。黑鬼在训练鸱鸮的时候意外发现,鸱鸮能听到雪地二十丈以下的声音,所以就算再机敏的老鼠也绝难逃过捕食。后来黑鬼跟着鸱鸮一起去捕食,反复观察它们听声辨声的习性,再经过特殊的训练,俨然有了超乎常人的听力。

秦跃龙按照黑鬼的指示取来绳索,大家把绳索一端拴在墙壁的石门环上,另外一端扔到了地下。叶昶用力拉了拉绳索,发现承受力足够,于是对众人说道:"我先下去瞧一瞧,若是没有问题,诸位再下来。"众人都嘱咐他小心，苏颖特意拉了一下他的衣角，充满关切地仰望着他。叶昶微微一笑，轻轻拍了拍苏颖的肩头，然后转身顺着绳索滑了下去。

洞内的光线逐渐变得幽暗，尤其到达地下后，竟如来到了另外的世界。叶昶早年看过徐霞客写的《浙游日记》，记得文中提到了一种特殊的河流叫地下暗河。河流上空是挂满垂石的洞顶，经过水面光线的反射映出了五彩斑斓的炫光，仿佛目睹了海市蜃楼。

第二十五章
镶嵌作密档：超感知觉

镶嵌作密档：乾隆三十六年八月十六日午时

众人推理出鬼父被旱魃掳走，背后原由不得而知；黑鬼老三说起旱魃往事，初次吐露超感觉知觉的秘密；皇史宬里重兵把守，李玉传旨问斩秦跃龙；刑部三大妙手在法场义结金兰，叶昶为救秦跃龙而潇洒致事。

这里的地下暗河与徐霞客描述的并无二致，只不过叶昶十分好奇，那投射到暗河里的光是从哪里来的？由于时间紧迫，一些地舆上的问题，暂时还没时间细究。

叶昶从纷乱的思绪里收回心神，简单搜索遍了地下环境，发现没有什么危险，这才仰起头喊大家下来。苏颖第一个滑绳而下，随后是秦跃龙、黑鬼、贺千川和三名护军。

"秦大人，现在是什么时辰？"叶昶没有带怀表，只得转头问秦跃龙。这时秦跃龙把挂在脖颈上的怀表拉了出来，打开一瞧，道：

"巳初一刻。"

"怪不得呢，巳初一刻，太阳高照，所以有光。"叶昶点了点头，伸手指向前方波光粼粼的水面，"你们看，这里虽然处于地底，但是有阳光投射进来。"

众人循着他的手指方向看去，一条自北向南流淌的河水上面，果然投射下来一缕缕光束。光源应该被洞顶上的乱石遮住了，所以只能看见反射到洞顶的粼粼波纹。

适应了黑暗以后，大家就像开了夜视眼，周围的环境一览无余。原来这里并没有想象中那么狭窄，河西面靠近密档处井口的位置较为宽阔，摆置着一架石桌和一对石凳，桌上面凌乱堆着碗筷。秦跃龙分析，伙夫应该是把圆楔下坠到了石桌上面，鬼父每天就是在这里进食。

苏颖与贺千川上了一座跨过暗河的石桥，那边有一间石屋。两人搜寻完后回来说，屋子里安置着石床和石桌，应该是鬼父睡觉的地方。除此之外，河道两岸还有一些生活器具，大多是纯手工制作，虽然粗糙了一些，但可见鬼父超强的动手能力。

众人分头去搜查了边边角角，既没有发现打斗的痕迹，也没有寻找到尸首和冷光。叶昶暗想，石室里的井口极为狭窄，普通人根本钻不进去，自然也来不到这里。从目前搜查的情况来看，似乎也没有人来过。难道鬼父听到了密档处的风吹草动，自己先一步离开了？

这个想法较为合情合理，可当叶昶问及秦跃龙时，他却连连摇头道："这次执行任务的是天阳，而天阳的主人是旱魃。既然天阳打开了六把铜锁，说明他们很可能知道鬼父就在井下。依着旱魃的个性，这次来复仇，除了要覆灭密档处之外，只怕目标也在鬼父身上。鬼父曾经跟我说过,他把一生奉献给了密档处。密档处生,他则生;密档处亡,他也不会独活。可奇怪的是,密档处已被覆灭,鬼父竟然不见了,这很不正常。"

"你的意思,鬼父很可能是被天阳掳走了?"叶昶忽然生出一个猜测。秦跃龙看向他,沉声道:"不错。旱魃一直有个心愿,那就是证明给鬼父看,他能创造出一个组织,既能在游侦术上超越黯影,又能在人体极限上超越五觉。"

"这个逆徒,虽然心狠手辣,无恶不作,但确实是天下难寻的奇才!"黑鬼曾经教过旱魃耳觉术,自然比大家更清楚他的能力。

苏颖讶然问道:"老先生,这个世上真的有人能超越人体极限吗?"黑鬼瞥了她一眼,风波不惊地道:"你见识过老夫的耳聪,难道还不信吗?如果老夫是个异类,那你可知道,四百年前有个人叫陈俊,本是永泰县梧桐乡汤埕村人,生于唐朝僖宗中和辛丑年,卒于元朝泰定甲子年,享年四百四十三岁。他的生辰与卒年被记载于《永泰县志》之中,难道不是千古奇人吗?"

一个人能活到百来岁,已算洪福齐天了。可如果有人能活到四百多岁,简直不敢相信。叶昶甚至觉得,这里面会不会是编录县志的人记错或混淆了?

"这个旱魃,究竟在研习什么样的本领?"叶昶向黑鬼请教道。黑鬼呆了须臾,心神仿佛飞到了可怕的地狱。待到他回转过来时,整个人身上散发着诡异的气息。

"我记得他曾经说过,毕其一生要钻研四种本领。他还给这四种本领起了一个名字,叫超感官知觉。"黑鬼倒吸一口冷气,脸色变得极为难看。

如果旱魃创立的天阳，真的习得这项本领，那犹如道士成了仙，已非凡人。起初黑鬼还蔑视旱魃，认为他入了魔道，过于高估自己的身体极限。而今看到天阳覆灭了密档处，甚至没有伤及一兵一卒，黑鬼不禁暗暗在想，这个逆徒，难道真修炼成了超感官知觉不成？

　　众人都没有听说过什么叫超感官知觉，因此没有打断黑鬼的叙述，认真听他又说道："普通人的感官知觉来自五觉，例如眼、耳、鼻、舌和肌肤。我们师兄弟五人，算得上是当今世上研习五觉术最精湛的了。而我们的师父夜星子，可以说是唯一一个拥有五觉本领的人。"说到这里的时候，黑鬼脑海里似乎想到了什么，原本笃定的面容，浮起了不敢置信的神色。

　　他摇了摇头，连忙否定自己道："不对，旱魃比师父夜星子还是个天才。他身体构造异于常人，学习本领又极快，同时脑袋极为聪明。别人要学十年半载，他短短几日便能领悟。我们师父夜星子去世以后，五觉之术分散到我们五人身上。曾几何时，我们想选一位可以冠绝五觉的奇才，日复一日地找寻，终究成了泡影。唉，莫说是冠绝五觉，只要能选出一个学得了耳觉术的人，那也是万里挑一。"

　　黑鬼所言非虚。当年鬼父想让秦跃龙研习自己的鼻觉术，怎奈秦跃龙学了五年，竟一点道儿也不上。无可奈何之下，鬼父才断了让他继承自己本领的念想。

　　"五觉再难，只要身体构造奇特，再加上勤奋研习，天赐悟性，还是可以想象的技能。"黑鬼苦笑一声，轻轻摇了摇头，"可那超感官知觉，便是你们无法想象的神技了。旱魃告诉我，他要研习的超感官知觉，分别是思维传递、特异知觉、预先感知和心灵致动。"

　　四组词十六个字，秦跃龙和叶昶都没有听说过，纷纷露出了差异的神色。唯独苏颖和贺千川反应有点儿奇怪,仿佛是听故事的看客。起初叶昶有点儿疑虑,但后来想,也许他们只当黑鬼在讲故事,无心在意结果吧。

"所谓思维传递,就是通过眼睛把自己的思想传递给与自己对视的人,甚至在对视的过程中能把对方催眠。特异知觉就是遥视,可以看到正常视力范围之外的事物,还能透视密封或者被遮挡住的物体。特异知觉还有一种能力,那就是用听觉器官看东西,用皮肤感知颜色等。"黑鬼说到这里笑了起来,那笑声里似乎带着些许自嘲。当年他听到这些想法的时候,认为旱魃是异想天开。这已不是人力能及,近乎是神仙法术。

旱魃却觉得黑鬼目光狭隘,因为早在司马迁的《史记》里,就记载过一个故事。当年扁鹊遇到一位叫长桑君的神医,这位神医刚好在找能传自己衣钵的弟子,于是发掘了扁鹊。

长桑君告诉扁鹊,自己有祖传神药,喝了便能透视物体。扁鹊依言喝了一个月,果然生出了一双可以看透人体的眼睛,甚至能窥探人体内五脏六腑的病症。黑鬼驳斥旱魃说,那是后人神化的产物,不过是为了突出扁鹊医术高明而已。

这时旱魃也没有动怒,而是又举了另外一个例子:"如果扁鹊是假,那我问您,当朝有个大才子叫纪晓岚,他四五岁的时候便能在极暗的夜幕里看清东西,而且眼睛似乎还会发光。您精通各路消息,应该查得到,此言非虚吧?"

此言确实不假,黑鬼曾经搜索了各种证据,只为验明纪晓岚是否真有夜视眼,最后的结论自然是有。尽管事实摆在眼前,但黑鬼还是不相信,世间竟有人能突破凡胎肉体,实现超越五觉之外的感知能力。

当然，尽管黑鬼不信，但旱魃言及的另外两种超感觉知觉，他还是认为有必要告诉大家："第三种叫心灵致动，也就是度心术。只要通过观察人体的各种细微动作和表情，就能猜出对方在想什么。如果修炼到最高的境界，甚至还能利用心灵的力量来影响和控制物体。第四种叫预先感知，即是对未来事物的变化规律有一个清晰的预判。这种预判来源于研习者对事物先前发生规律的高度概括，并能从概括里提炼出未来事物的发展轨迹。如果大脑里没有容纳四方的知识储备，断然无法练成这项技能。"

如果不是黑鬼向大家解说，只怕终其一生也无法想象，人体还能达到这些能力。不过，此刻叶昶的脑海里只存在一个念想：旱魃及天阳组织，是否已经修炼出了这四种神技。

这个问题，黑鬼从前无法答复，但是现在他却动摇了。他仰起头望着被炸出圆洞的石室，兀自喃喃道："我想起来一件事。当时咱们在石室，你们都说井口太小，人体绝不可能钻进去。可你们是否知道，有一种戏法叫柔身术。柔身术不是仙法，而是研习者先把自己的关节脱臼，这样身体便拥有巨大的柔韧性。既能塞入狭小的空间，也能钻入比原来身体窄的洞口。"

众人齐齐露出了不可思议的面容，顿时议论纷纷起来。黑鬼环视了大家一圈，苦笑着摇了摇头道："天阳从井口钻入这件事，你们觉得不可思议，我看着却再正常不过。而我觉得不可思议的事，那旱魃会不会看着也很正常呢？自己的认知比旁人高，便能看到旁人看不见的乾坤；而自己的认知比旁人低，自然也理解不了高人的世界。我这样说，你们能明白吗？"

433

知识和见识的多寡，造就了一个人的认知水准。叶昶慢慢意识到，如果说过去的黑鬼对旱魃抱有偏见，那现在的黑鬼已然把他当成了一个可怕的敌人。

叶昶近前一步说道："地下暗河多由地下水汇集而成，往往有出口而无入口。此外，京城的地势是西北高而东南低，这条河正好是由西北流向东南。所以我怀疑，出口可能在东南方。我们沿着暗河的流向走，虽说不一定能寻到鬼父的踪迹，但也许会发现天阳留下的线索。"

众人都觉得这个提议好，目前来看，似乎也只有如此才能有所收获了。一行人打点好精神，不再停留，快步跟紧叶昶沿河急行。大约走了几百步，前方的河岸渐渐变窄，直到收束成只有河水才能穿过的空腔。好在入口处前方长出了三根石柱，中间一根上还拴着一只渔船。

叶昶先跳下水，游到了那只船上，然后所有人都学他一起上了船。三位护军负责划船，叶昶站在船头观察前方的情况。小船在迂回的地下河道里行了半个时辰，这才看到前方隐约投射进来斑斑点点的阳光。叶昶向前一指，回身对众人说道："那里便是出口了。"

经历半个时辰的黑暗，终于看到了光，哪怕是微弱而零星的光斑，照样刺得人眼睛生疼。小船又行了三四丈，缓缓靠近洞口，大家才发现洞口外长满了灌木丛，犹如一卷天然的门帘。阳光穿过了灌木丛，细细碎碎地洒在了河面上，所以才构成了冲破黑暗的光华。

小船冲出洞口后，刺眼的光芒照得人直流泪。约莫过了半刻，大家才勉强可以睁开眼看外面的世界。此时，小船停在了一条东西向的金水河上面，而这里就是地下暗河的汇流地了。如果天阳带走了鬼父,多半也是从这条河流上逃走的。

叶昶摘下面罩,脱下防护服。现在,他终于能舒舒服服喘口气了。众人也都学着他脱掉笨重的装备,大口大口呼吸起来。

"前辈,你现在还能听到异声吗?"叶昶面向黑鬼问道。黑鬼知道,他是想让自己听一听附近有没有天阳的动静,于是闭上眼睛听了起来。过不多时,他缓缓睁开了眼,眉毛紧皱地摇了摇头。叶昶叹道:"如此说来,他们已经彻底逃远了。"黑鬼不无遗憾地叹了口气,看样子也是没有办法了。

这时叶昶缓缓转身搜寻线索,无意间发现遮蔽出口的灌木丛上长满了荆棘。如果仔细看还能注意到,其中一根荆棘条上挂着一块白布。大家穿的都是防护服,压根不可能留下白布。也就是说,这块布要么来自天阳,要么来自鬼父。

一想到这里,叶昶连忙吩咐护军朝白布的方向划去。行至洞口,船停了下来,叶昶伸手摘下挂在荆棘上的白布,反复检看过后没有瞧出异样,于是拿给秦跃龙。可秦跃龙也不识得由来,又递给其他人,大家都说没见过。

就在这时,黑鬼突然伸手抢过白布,轻轻揉搓了几下,瞪大眼说道:"这是……这是二师兄衣服上的布料。"

听到这个消息,叶昶如受电击,连忙追问,怎就知道是鬼父身上的布料。黑鬼说,当年他们五人拜师时,夜星子给大家各准备了一件衣服:老大青鬼是青衣;老二白鬼是白衣,也就是鬼父;老三黑鬼是黑衣;老四黄鬼是黄衣;老五赤鬼是红衣。

夜星子还告诉大家,这五件衣服都是由贻贝丝织成,天下罕见。经过捻搓这种布料,黑鬼断定是鬼父身上的那件白衣布料无疑。

如果布料来自鬼父，间接也能说明他还活着，只不过是被天阳组织带走了。叶昶心底大概有了推测，立即吩咐护军把船划去岸边，大家逐一上了岸。

"秦侄儿，诸位小友。我二师兄至今生死未卜，我得赶紧回四觉谷跟其他师兄弟们商议救他的法子，咱们就此别过。"黑鬼向人群拱了拱手，大家分别跟他道了别，目送他远走。苏颖这时问叶昶，现在有何打算。叶昶道："我跟秦大人回一趟皇史宬，那里也不知怎样了。"

"我……"苏颖刚想说"我也去"，可后两个字在对上贺千川的目光后，立地收住了。须臾后，她恋恋不舍地望着叶昶道："叶大哥，我要回一趟皮作。离开这么久，只怕主事寻不到我，又得一顿臭骂。唉，幸好我身负采办事宜，刚好前几日申请了自由出宫采办的请求，否则还真不好回去。这样吧，你忙完后，咱们还是在皮作见？"

叶昶微微一笑，点了点头。苏颖马上笑逐颜开，伸出右手小拇指，微抬起下巴道："那咱们拉钩。"眼看她少女般天性，叶昶也不好拂其好意，于是轻轻跟她勾了勾手。苏颖欢喜极了，一面向紫禁城的方向走，一面不时回头反复叮嘱："叶大哥，咱们说好咯，你大丈夫一言九鼎，不许反悔。"叶昶仍旧在笑，直到把她送走。

最后一个跟大家道别的是贺千川，叶昶很关心他的去向。贺千川却摇头叹道："还能去哪里呢？余生，只为给舅舅复仇而活。至于凶手在哪儿，我也不知道，但我会一直寻下去。"

面对如此有执念的人，叶昶和秦跃龙都很佩服，齐齐向他抱拳致礼。叶昶先道："贺兄，后会有期。"秦跃龙随后又道："贺兄与苏姑娘同来襄助，在下感激不尽，他日如若有缘，我们再会。"贺千川也抱拳向两位行了礼，然后转身向东大步远去。

谁也没有想到，皇史宬竟会被一群腰挎大刀的护军给团团包围。叶昶和秦跃龙迈进大门的那一刻，就像闯进了一处陌生的宅院，外面的护军立即把大门关闭，看来是候了他们多时了。

此刻，李玉站在正殿前的台阶之上，手里托着一卷圣旨。凭借多年的为官经验，叶昶和秦跃龙都意识到了危险。

见到众人，李玉直接命皇史宬所有人下跪，随后大声宣读起圣旨。原来乾隆对火风筝弑圣案做出了判决，李玉审查不详，错信了灯作主事的一面之词，险些酿成大祸。不过念在他多年忠心为主的分上，又是被歹人算计，暂不追究大过，只是罚了三年俸禄。

钟梓文等人已故，而且没有出现侵犯龙体的行为，不再追究他们的罪责。至于领侍卫内大臣一职，改由直义公费英东玄孙哈达哈接任。另外，造办处所有参与火风筝制作的官员和匠人，视情节轻重，依据相关律例而定罪。

听到宣判完其他人员，秦跃龙知道要轮到自己了。他耸了耸耳朵，尽可能把头压到最低。李玉注意到了秦跃龙这个动作，但他没有停止宣读圣旨，一字一句地道："秦跃龙护卫供月大典有功，全力遏制洪门阴谋，救朕于水火之中，实该厚赏。但据御前侍卫禀告，秦跃龙无视朝廷安危，命人不许剪断牵引绳，酿成火风筝焚烧乾清宫之大祸，难保未有弑圣之心，罪乃一等；密档处掌天下机密要闻，孕育黯影无数，因秦跃龙疏于防范，玩忽职守，竟遭敌人覆灭，罪乃二等；供月大典之功与无视朝廷之过抵消，但密档处被覆灭之罪不可不罚。经百官奏请，朕决议，革去秦跃龙密档处主事、刑部右侍郎等职位，即刻押赴菜市口问斩，钦此！"

听到"问斩"二字时，秦跃龙和叶昶全抬起了头，眼神中流露出难以置信的神色。虽然性命堪忧在两人的意料之中，但叶昶没有想到，乾隆竟会如此迫不及待，连为密档处复仇的机会都不留给秦跃龙。

这时叶昶忽然想到，紫禁城内发生弑圣大案，如无权臣参与，断不可信。为了保住两位皇子，乾隆不得不把责任推向秦跃龙，这是其一；密档处被攻灭，惩处核心也在秦跃龙，实该重罚，这是其二；朝廷内派系斗争频仍，不少臣子有恃宠而骄之嫌。此刻斩杀秦跃龙，可以儆效尤，这是其三。

无论自己猜想得是否正确，叶昶都已预感到，秦跃龙完全是众多危机里面的牺牲品。突然之间，他很想站起来反一反。可下一刻，秦跃龙却拉住了他的手，轻轻摇了摇头。他附在叶昶耳边道："叶大人，这个世上，总要有人负重前行，也总该有人为了崇奉赴死。密档处覆灭了，黯影消亡了，我的心也死了。一个虽活犹死的人，听到了杀无赦，那也是一种解脱。毕竟，密档处覆灭，我本该负全责。只此一罪，死不足惜。"

叶昶本想再说些什么，可在听完秦跃龙的话后，竟猛然间沉默了。凡是心有所系的人，必有崇奉立于胸间。文王拘而演《周易》；仲尼厄而作《春秋》；屈原放逐，乃赋《离骚》；左丘失明，厥有《国语》。天下无数能人志士，都是为了心中的崇奉而活。为了这比生命还贵重的崇奉，宁肯舍身成仁，死不足惜。

密档处的覆灭，意味着秦跃龙的崇奉之死。他不愿独活，尚可理解。而自己呢？一生奉行公正法典，那是不是也该为了这四个字而争一争呢？

"秦大人，你我相交一场，虽谈不上志同道合，但也算是另类知音。你可以为崇奉而死，我自然也能为崇奉献身。也许尘寰事，往往便是如此。世人常说一个词叫置之死地而后生，其实若能生，也便就会有柳暗花明了吧？"叶昶看向秦跃龙，伸出了宽大的右手。此刻，秦跃龙泪光隐隐地看向这个遮盖半张金面的男人，终于也伸出了右手。因为有了崇奉的力量，两只手紧紧相握，彼此之间，竟有了面对一切困难阻遏的勇气。

这时李玉向前探了探身，扫了他们各一眼，道："二位大人，时辰已到，咱家要回去交差了。"说完直起身，吩咐护军动手。

两名五大三粗的护军，即刻给秦跃龙戴上枷锁，一人则给他的脖子上加固锁链。他们手法干脆利落，一看就处置过不少此类事宜。只可惜，叶昶与秦跃龙还没有来得及好好道别，护军便把人连拖带拉地带离了皇史宬。

眼看事情已办妥，李玉缓缓走下台阶，准备回去复命。这时叶昶站起身，大声叫住他道："李总管勿急，下官随你一道入宫。"

一辆载着犯人的囚车在街市上缓缓行进，赶赴位于骡马市大街和菜市口大街交叉之地的菜市口。前朝的时候，这里是京城最大的蔬菜市场。

放远望去，沿街全是菜摊和菜店。因为大家都喜欢来这里买菜，久而久之便有了菜市街的名字，而到了清时正式改为菜市口。

现在的菜市口街道两旁热闹非凡，简直比吉祥戏院唱戏的还红火。也许是好奇心作祟，每次看到处决犯人的囚车路过，俗称出红差，百姓们都跟赶大集似的来看斩首酷刑。

大家不必道听途说,只需留意出红差之前官府张贴的布告,大概就对本次斩首的犯人有所了解。等到了真正出红差那日,临街铺店都要在门口放一张条案,上面摆开三碗白酒,还有的会放上酒壶,壶嘴朝外,寓意着送行。至于大而讲究的铺店,常常会摆上几碗蒸菜。只要有人在这家门口喝酒吃菜,那就是积德有报。所以为了讨到便宜,不少叫花子甚至会来此打秋风,闹出过许多戏谑事。

囚车在一片空旷的广场上停驻,两名兵勇把秦跃龙拉下车,推搡着走到了广场中央。这里什么也没有,连棵杂草也看不到,只能看到凹凸不平的泥坑。如果再仔细点儿看,似乎还能看到红色的土壤。也许,那些土壤是被犯人的鲜血给浸红的吧?

此刻,一名威风凛凛的监斩官戎装挎刀,骑着高头大马,耸立于法场正北面。他的右手握着一支朱笔,左手拿着处斩令签,眼睛时不时瞥一眼旁边的日晷。

只要到了斩首时辰,片刻不会耽误,立即便会行刑。监斩官的身后是两排押解官兵,他们全都手握刀柄,背后还挎着强弓,万一突遇劫法场的危机,顷刻便能弹压。

过不多时,报时官扯破嗓门,大声高喊道:"午时三刻已到,斩立决!"监斩官立刻在处斩令签上画了个叉,用力投掷到秦跃龙的面前。

此刻,法场上站着一位五大三粗的刽子手,斜擎双手宽剑,而秦跃龙就跪在剑下。旁边的兵勇抽掉他身后的犯由牌,静静等待刽子手行动。

可那刽子手并不着急,而是先让助手端上红托盘,盘中摆着三个大白瓷盅:一盅水,一盅茶,一盅酒。他含了一盅清水漱口,吐了以后，再干那盅酒，也是含在嘴里不喝，噗的一声喷到剑刃上面，意思是让剑饮酒。最后他饮下那盅茶，这才到了斩首的环节。

刽子手本以为跟往常一样，一剑下去，人头落地。可他手里的宽剑刚刚砍下，兵勇队伍里突然爆发一声厉吼："住手！"只可惜这阵声音还是晚了一点儿，因为那把剑已劈砍了下去。

刽子手还没有来得及反应，一把雪亮的雁翎刀径直弹射了出来，"铛"的一声击中剑身。一来刽子手没有预料到会被人偷袭，二来他因为没有抵抗住如此大的力量，刀背不偏不倚砸向了自己的面门，鼻子登时被砸得鲜血迸流，整个人向后倒去。

事情发生得突然，兵勇们全都提高了警惕，远的拉弓上箭，近的抽出大刀，大有迎接一场恶战的准备。随着马蹄声哒哒哒地靠近，兵勇队伍里冲出一匹黑马。

大家虽不识得那马，但是早已猜出了马背上的人是谁。那人戴着半张金面，手握掐丝珐琅雁翎刀刀鞘，可不就是金面判官叶昶吗？

普通百姓如此认为，可那些上过战场的监斩官却看出了另外一个身份：此人十六岁从军，初登战场便斩杀了一名敌军小将，名声大噪。后来，他独身从二百人的敌军队伍里突围，依旧安然无恙，犹如赵子龙在世。

正因为有了叶昶的参战，将士们才能数战数捷，力克敌军。由于他经常戴着半张面具，形如北宋的名将狄青，于是大家给他起了一个外号叫"面涅将军"。

如果说"金面判官"是坊间对他的尊称，那"面涅将军"则是军中对他的敬意。一个人既能俘获坊间百姓们的心，又能深得将士们的爱戴，也只有叶昶了。

监斩官没有想到，这样一位举世瞩目的英雄，怎会来劫法场？可不等他多想，又见叶昶身后跟来一队穿着赤红无袖布面甲的士兵。他们背着通角弓，腰间别着步叉，每个步叉里装着二十支月牙鈚箭。这些是护军营里的护军，而护军营又是八旗兵中规模较大的精锐部队，由满洲、蒙古固山中选拔，一共八营，主要负责守卫紫禁城，乃是皇帝的亲属部队。

监斩官本来还想着要不要跟这个劫法场的金面判官硬碰硬，如今看到了护军，哪里还有其他心思？他忙不迭地滚下台，大踏步奔至叶昶跟前，单膝下跪行礼。叶昶紧紧勒住缰绳，两只马蹄险些踢到了监斩官的面门。

待到黑马站稳，叶昶才取出揣在怀里的圣旨，大声念完了旨意。原来，虽然秦跃龙大罪难赎，但经查明，密档处被攻灭一案，乃是天阳组织所为。举凡天下，深谙天阳习性者，唯有秦跃龙。乾隆再三思索，决定让秦跃龙戴罪立功，半年之内务必铲除天阳组织，不得有误。为此，乾隆继续任命他为皇史宬主事，另外要求他重建密档处，重新培育黯影，五年内彻底恢复黯影系统。

念完圣旨，叶昶立即跳下马来，大步走到秦跃龙的跟前，挥刀斩断捆束的麻绳，双手把他扶起。秦跃龙无力地摇了摇头，问道："叶大人，我心已死，你又何必为了一个将死之人奔波？"叶昶一抬手打断他的话，说道："休要再说此话。只要心底的崇奉还在，你便不能死。"

这时秦跃龙猛然想到，如果自己能活下来，实该为了崇奉再搏一把。毕竟死很容易，可为了崇奉苟且而活，那就不是易事了。而古往今来的能人志士，谁不是这么过来的呢？

想到这些，秦跃龙才有了生机，又问道："你是怎么说服万岁爷回心转意的？"这时苏颖从叶昶身后走了过来，笑着说道："他呀，决定致事咯。用自己的仕途，换了你的小命和仕途。"

这话让秦跃龙听得不太明白，眉头紧紧皱着，在等叶昶给个解释。叶昶低了一下头，从怀里掏出一块护心镜，拿给秦跃龙看："当年我从大小金川战役中凯旋，万岁爷龙心大悦，亲自去点将台相迎。可那日洪门暗布杀局，竟在山上立起了一架帕克炮。"

听到这里，秦跃龙暗暗惊了一下。四五年前，他整理中西火器营造密档，看到过一件卷宗，上面提到，帕克炮是康熙五十六年由英吉利人詹姆斯·帕克发明。

外观是半人高的转轮火枪，用三脚架支撑，采用火绳点火，没有安装燧发机。听说半刻之内可连续发射六十三次，威力惊人。

"面对敌人汹涌的火力，那些御前侍卫个个呆立原地，无人敢上前救驾。危急关头，我挡在了万岁爷的身前，炮弹打穿了我的护心镜，好在只是受了点儿皮肉伤，并不碍事。"说起那些往事，叶昶苦苦笑了笑，"万岁爷念我护驾有功，于是命镶嵌作匠人把铠甲上的护心镜取下，并在上面嵌固了一枚弹丸，以示纪念。"镶嵌作以挫、锼、捶、闷等技法，把金属片做成托，再镶上宝石和珍珠，像这样在护心镜上镶嵌弹丸的情况，实属少例。由此可见，乾隆的确感念叶昶的救命之恩。

"万岁爷说，只要我拿着护心镜来寻他，无论遭遇怎样难赦免的重罪，他都会与我通融。"叶昶摸着那块护心镜，秦跃龙注意到，护心镜上的弹丸已被取下。

如此来看，叶昶是用护心镜换了秦跃龙一命。那上面的弹丸已被取下,反能说明,乾隆表示他们两不相欠,再无瓜葛。一想到这些,秦跃龙禁不住叹道:"叶大人如此待我,秦某人感激不尽!"说着就要向叶昶行礼。

这一生,除了皇帝、父母和鬼父之外,秦跃龙从未跪过任何人。可面对叶昶,他竟除了下跪,再也想不到其他可以感激的方式。

叶昶连忙把他扶起来。经此一劫,两人互相之间慨叹万千。苏颖走上前打趣道:"我说秦大人,您还是大人,这位叶大哥可不再是大人咯。"

秦跃龙愕然一惊。不是大人,那他?当发现叶昶身穿朴素的银灰杭线长袍,外罩宝蓝宁绸马褂,而足下穿着最简单的薄底镶鞋,登时明白过来,原来刚刚苏颖提醒过他了,说叶昶用致事换了他的小命和仕途。只怪自己的注意力全在被赦免一事上,反倒忽略了个中关键。这里的致事应该是辞了官,从此再也不沉浮宦海了。

秦跃龙不无可惜地道:"自打我认识叶大人起,你的夙愿便只有四个字:公正法典。而今夙愿未达,从此浪迹天涯,可甘心吗?"

心有不甘,又能如何呢?叶昶先是看他一眼,当即低下头苦苦笑了笑,道:"经历了这么多,作为在下的知己,秦大人应该懂吧?"

这里是法场,周边耳目众多。叶昶不便说一些心里话,但秦跃龙哪里猜不出?公正法典在这个世道里,犹如让天下人吃饱穿暖一样奢侈。年轻的时候有一腔热血,尚可理解,可经历了这么多事,如果还只是靠一腔热血行事,那就太少年心性了。也许对于叶大人而言,从此过起普通老百姓的生活,未尝不是幸福呢。

"那叶大人今后有何打算?"秦跃龙了然地笑了笑,关心起他将来的生活。叶昶回身看了一眼苏颖,脸色露出了甜蜜的笑意:"我奏请了万岁爷，让他还苏姑娘自由。从此以后，我们俩打算隐居在城外，再也不过问庙堂与江湖啦！"

"好！好啊！"秦跃龙连连称好，真心为这位好兄弟感到开心。这边正聊得起兴，忽听身后飘来一个年轻人清朗的声音："两位大人，你们可别把我给忘啦！"

只见顾宗万的脖子上挂着一个牛皮酒囊，鹅行鸭步地跑到了行刑台前。他大喘了几口气，这才看向两人说道："叶大人让我去打酒，还说一定要打李记烧酒。为了打到这酒，我几乎快跑断了腿。好在叶大人赶来得快，不然这酒可能就是用来给你送行的了。"

听他说话口无遮拦，完全不顾及秦跃龙的感受，叶昶立地笑着拍了一下他锃亮的脑袋壳，以示惩戒。不过秦跃龙习惯了顾宗万的洒脱个性，倒也不介怀，三人登时大笑相望，从来都没有像现在这样畅快过。

"咱们仨过去被坊间称为刑部三大妙手，更有甚者，误以为咱们是义结金兰的兄弟。今日我和顾兄弟辞了职务，也不知下次再见又会是怎生时候。既如此，咱们何不遂了坊间的心愿，结拜为异姓兄弟，如何？"叶昶双手分别搭在了秦跃龙和顾宗万的肩上。两人都很钦佩叶昶的为人，自然愿与之结拜，纷纷兴奋地说好，立即跪倒。叶昶也跟着跪倒，三人相对拜了八拜，竟然在世人觉得晦气的法场，义结金兰。

叶昶让顾宗万摘下牛皮酒囊，他拿过来先干了一口，说道："两位兄弟，我年长你们几岁，忝为大哥。秦兄弟比我小数月，是为二弟。那顾兄弟，就是三弟了。"他说着把酒囊递给秦跃龙，秦跃龙喝完，又转递给顾宗万。

看到酒的那一刻，顾宗万稍稍失了会神。因为他平时极少饮酒，每次喝酒就像饮鸩一样痛苦。可今日能与当世两位英雄结拜，胸口如烈火燃烧，哪里还管是酒还是鸩，提起酒囊大口大口喝了起来，直喝得胃部一阵烧痛才罢手。

　　此时已经申时，太阳已躲去西边的云彩里。行刑台四面的百姓全都散去了，就连兵勇和监斩官也离开了，只剩下叶昶带过来的护军还守在旁侧。

　　三兄弟又续了一会儿话，直挨到申时两刻才有了离别之意。这时叶昶向秦跃龙说道："二弟，我和三弟打算在香山择一处住宅，远离内城与外城的喧嚣，或许可以过得自在些。你公务闲暇之余，可来找我们叙旧。"

　　听了这话，秦跃龙会心一笑，连忙向叶昶、顾宗万和苏颖一抱拳，道："待我忙完现下公务，必来寻两位兄弟和苏姑娘。"

　　四人告完别，叶昶和苏颖分别上了两匹马，由于顾宗万不会骑马，叶昶只好跟他同乘一匹，三人向南疾驰而去。

第二十六章
铜作密档：天下神嘴

铜作密档：乾隆三十六年十二月二十九日亥正

叶昶、苏颖和顾宗万隐居香山，秦跃龙前来拜访，说起四觉谷与天阳组织的生死决战，并意外获知林子群未死；为了给昔日的三位兄弟复仇，叶昶动摇了隐居之念，决心出山复仇。

乾隆三十六年十二月二十九日，严冬。高屋林立的京城全都披上了一片白绒，远远看去天与地合二为一。如果不细区分，世间万物都像隐匿在了白雪里面。不过内城和外城并没有因为寒冷而驱散了烟火气息，百姓们穿上厚实的棉服，纷纷出来欣赏雪景。

然而，远离闹市的郊外却平添了几分安逸。香山的东北隅是一处草木繁盛的深林，因为冬季的到来，虽说草木凋敝，但高耸参天的白杨树上还是全挂起了密集的雪骨朵，真如岑参形容的那般"千树万树梨花开"。

这片丛林里只建造了一所三进院落的四合院，不过房子里只住着三个人和一头狮子,略显得有点儿冷清。

四个多月里,他们习惯了恬淡的日子。叶昶兴趣来时就带着顾宗万上山打猎,久而久之,不太会用弩的顾宗万也学会了射杀猎物,好几次打到了野鸡、野鸭和野猪等。不过如果遇到了其他猛兽,顾宗万就完全没了抵抗能力,要不是狻猊及时出手,只怕早已命丧猎物之口了。

苏颖素来喜欢给两人变着花样儿做饭,今日他们俩打了一头野鹿,索性吃一顿烤鹿肉。叶昶在正房屋檐下支起铜炉,顾宗万取来铁叉和铁丝蒙,苏颖则在旁边的案板上把鹿肉一块块切好,撒上胡椒、盐、孜然和小茴香等调料。

大家同时动手,不多时就把肉铺展开了。苏颖嫌弃两人粗手粗脚,所以调整火候的工作全凭她掌握。听着铁丝蒙上的鹿肉被烤得嗞啦嗞啦地响,闻着让人垂涎三尺的香味,偶尔转头看向屋檐外的鹅毛飞雪,真是人世间最享受的事。

叶昶干了一碗酒,轻轻放下酒碗,指着面前的铜火炉,说道:"你们也许不识得,这架炉子,本是由三十作里的铜作打造。上次我跟随乾隆一块儿参加秋闱狩猎,打了一只奔行迅速的麋鹿。乾隆大为愉悦,于是赏赐了这架铜火炉给我。"自打致事以后,远离了庙堂,万岁爷一词也没了束缚,索性直呼乾隆。顾宗万和苏颖更不是循规蹈矩之人,也都如此称呼。

上次去三十作查案,顾宗万去过铜作,他还见识过铜作制造的铜炊锅、铜脸盆、铜茶壶和铜烧烤炉等器物,每件都是精益求精的佳品,普通人哪里舍得用,只怕当作摆设都算得上高档了。

三人边说话边吃肉,朗朗笑声霎时溢满了院落。过不多时,垂花门外走进来一位身穿黑色缎地绣花斗篷的年轻公子，旁边的小厮给他撑开伞，生怕雪花溅落。

那公子缓缓行进，直到踏上了正殿的石阶，这才面向三人笑道："今日我可赶巧了，不仅有酒喝，还有佳肴享用。"

眼看是秦跃龙，顾宗万立即给他搬来凳子，又亲自为其脱掉斗篷，嘿嘿笑道："二哥的耳朵可比那黑鬼老三强多了。远远相隔数十里，也知道我们要吃烤鹿肉。"

"你说话可要小心点儿。"秦跃龙接过苏颖递过来的热酒，一口饮下，又用筷子夹了块鹿肉，这才道，"黑鬼老三就在皇史宬，他养的鸥鹗，千里万里也能偷听人说话。"

顾宗万夹了一块肉放进嘴里，一边美美地咀嚼，一边诧异地问道："二哥，这黑鬼老三怎会去了皇史宬？"叶昶饮了一口酒，没有说话。秦跃龙也饮了一口酒，轻声叹道："鬼父至今没有寻到，四觉谷的几位师叔打算与我联手找寻。"

这话听来可就稀奇了。鬼父已失踪四个月，四觉谷为何到现在才跟二哥联手？顾宗万的好奇心又打开了，一边吃肉一边追问，就像在听故事。

这期间，叶昶始终没有说话，甚至连个寻问也不曾有。秦跃龙似乎也不介意，只是默契地跟他对了一下眼神，随后转向顾宗万，道："四位师叔之所以过来寻我，那是因为，四觉谷已被天阳攻灭了。除了他们四人，整个谷中无一幸免，尽数被冷光弹杀死。"

"啊！"顾宗万刚刚夹起一块鹿肉，因为受了惊吓，鹿肉突然掉在了桌子上。此刻，他已无心思享受美食，连忙放下筷子问道："这究竟是怎么回事？二哥，你就别再卖关子了！"

秦跃龙叹了一口气，也放下了手里的筷子。他的眼睛一直盯着铜炉里的火焰，清冷的面容上阴郁着肃杀："三日前，四位师叔出了谷，打算分头去寻鬼父的下落。可没有想到，他们折返回来后，谷里竟然塞满了白烟。一百七十三名谷中弟子，数不尽的案牍谍报，全部化作一团大火，被烧得干干净净。虽说经历过上次密档处的覆灭，但四位师叔仍旧坚定地认为，四觉谷比密档处防备森严，哪怕天阳闯进来，那也是有来无回。呵，他们终究是小觑了天阳，这才酿成如此灭谷大祸。"

数个月前，顾宗万跟秦跃龙去过四觉谷。他知道谷中的人个个傲慢，尤其黑鬼老三，总是摆着臭脸，要是自己打得过他，真想臭骂他一顿。如果他敢动手，自己非打得他满地找牙不可。然而瞧不惯归瞧不惯，但突然听到四觉谷被灭门了，顾宗万的心里还是有些不适。他说不上来为何，就是隐隐郁着口气。

"上次咱们去四觉谷，黑鬼老三说，八月十五日那天的供月大典是一大劫。如果密档处留得下，四觉谷便留得下。密档处留不住，四觉谷也得遭殃。如此来看，他早就算准了结局啊。"顾宗万努力回想着那日的情形，忍不住感叹了一句。

这时苏颖上前给秦跃龙的碗里斟酒，不巧腰间的一块翡翠凤牌缠住了烧烤架，腾起的火焰险些把挂绳烧断，苏颖手里的酒坛顺势脱了手。

秦跃龙眼疾手快，瞬间起身接住酒坛。苏颖则急速后退，万幸的是保住了凤牌上的挂绳。见她如此在意挂绳，料想凤牌定然不是凡品，这让秦跃龙忍不住多看了一眼。

只是一眼，他就瞬间呆住了。顾宗万以为秦跃龙受了惊吓，笑着安慰道:"行啦二哥,苏姑娘不是故意的,你也没啥事,甭矫情了,快快坐下继续说吧。"

秦跃龙冲苏颖微微一笑,坐下来自斟了一碗酒。他端起来一饮而尽,略微想了想,只待平复了心情,这才苦笑道:"那日三师叔说,另外三位师叔去办一件紧急的事,关乎游侦门千百年大计。你们猜,他们干什么去了?"

这时沉闷不言的叶昶突然抬起了头,眼睛里陡然射出了凶光:"他们去杀旱魃了?"一听是这个答案,刚刚还在切肉的苏颖,蓦地哎呦叫了一声。

她光顾着听大家说话了,刀子不小心切到了食指,只好放在嘴里吮吸。叶昶连忙起身询问她是否有事,苏颖微微笑着摇了摇头,说无碍,并让他坐下继续跟兄弟们说话。

顾宗万吁了口气,道:"怪不得呢!四位老头儿本想着去找旱魃算账,岂料人家技高一筹,反倒把他们灭了。"

秦跃龙叹道:"大哥说得不错,不过那是后来的事了。我与三弟去四觉谷那次,并非如此。整件事的来龙去脉较为复杂,容我细细说来。"

原来,三位谷主那次出谷不是去寻旱魃算账,因为他们当时还不知道自己的好徒儿竟如此歹毒。他们只是发现了一个游离于密档处和四觉谷之外的组织,那便是天阳。这个组织的游侦术出神入化,好几名四觉谷的弟子折于他们之手。

后来,三位谷主不得已出山,希望寻到天阳的踪迹,最好把他们连根拔起。可谁也没想到,天阳实在太可怕了,他们出谷个把月,一点儿消息也没寻到。好不容易有一次狭路相逢,三人大意对敌,竟险些遭受重创。

听到这里，顾宗万瞬间化为一尊石像。打死他也不会想到，三位轰动武林的四觉谷谷主，竟连天阳组织都对付不了。可想而知，要是旱魃出手，又该会是怎样的结果。

这时秦跃龙饮了一碗酒，润了润嗓子，又继续说道："自那而后，三位师叔开始怀疑，莫非天阳组织来自洪门？因为当今世上，唯有洪门组织的构成最为神秘精细。所以他们那时认为，洪门不仅会在供月大典上动手弑圣，还会派天阳攻灭密档处。如果密档处被覆灭，四觉谷也不远了。四觉谷和密档处是游侦门的左膀右臂，两派消亡，游侦门岂不是被灭派了？"

结合以上种种的原因，黑鬼老三才会在那次说，三位谷主要去做一件关乎游侦门千百年大计的事，那便是除掉天阳组织。可随着后来秦跃龙告诉黑鬼老三，四位师叔尽管瞒着对方，但还是分别私下里教授了一位高徒。他们以为自己的衣钵有人继承，可哪里会想到，这位高徒就是旱魃。

听了这个消息时，四位谷主简直不敢相信。旱魃骗走了大家的绝学，是除了师父夜星子之外，第二个把五觉术集于一身的人。不仅如此，他还创建了天阳组织，而这个组织只有一个目的，那便是攻灭密档处和四觉谷，从而让游侦门在世间消失。

以彼之道还施彼身，这招极为狠辣！面对如此事实，积怨已深的密档处与四觉谷不得不罢手言和，联手为游侦门大业对付外敌。因此，鬼父被旱魃掳走后，四位谷主便做出了一个决定：哪怕追到千里万里，也要杀了逆徒旱魃。

说到这里，秦跃龙又干了一碗酒，看向叶昶道："大哥说师叔们去杀旱魃,其实他们确实尝试过。虽说没有成功,但却带来了一个好消息:他们查到了旱魃的老巢。"

一听找到了旱魃的老巢,顾宗万立刻变得有了精神,刚刚夹起来的肉也不吃了,顺手放在碗碟里,向前倾了倾身子问道:"他们老巢在哪里?二哥,你和四位谷主是不是去过了?"

秦跃龙摇了摇头,眉毛紧紧皱着,道:"四位师叔曾经跟天阳组织交过手,只是其中的一位成员就险些要了他们的命。这一次,为了彻底除掉旱魃,一切须得小心应付。为此,我动用了密档处仅存的一半黯影,又从军中调来一些游侦高手。可只有这些人,还远远不够啊。所以,我想请大哥出山,助我们一臂之力。"

"不可以!"这边叶昶还没有来得及回答,站在案板旁边的苏颖,早已急切地走了过来,俯视着秦跃龙,说道,"秦大哥,你很清楚。叶大哥已远离尘俗,再也不过问庙堂和江湖。为了表明决心,他把判官笔和录罪簿等还给了乾隆。虽说留下了那把掐丝珐琅雁翎刀,但此刀长埋于地下,犹如人死入棺,不会再用了。你如果把叶大哥当兄弟,就该予他想过的生活,万不该再来叨扰。"

听到这一番话的时候,三兄弟全都沉默了。大家各自喝各自的酒,每个人的心里似乎都装着沉甸甸的事。苏颖见无人答话,只好对叶昶道:"叶大哥,你答应过我的。从此以后,我们便过普通老百姓的生活,打猎养禽,登山看云,再也不跻身俗务。你还说,我们要做最幸福的情侣,一生一世,不许拌嘴,不会打闹,不得异心,不可讥笑,有的只是相互包容、庇护和关心。你是金面判官,任何话只要说过,便是一言九鼎,你说如此,我信如此。可现今,你难道要为了不相干的人事而违背诺言吗?"话刚说完,苏颖竟呜呜咽咽哭了出来。

这一生，她原以为能归于平淡。哪怕是粗茶淡饭，也好过每天吃着山珍海味，却过着提心吊胆的日子。可谁又能想到，平淡只维持了四个月，马上就要面对血雨腥风了。

辛辣的酒水顺着喉咙下肚，叶昶放下手里的青釉大碗，轻轻吐了一口气。他站了起来，绕过木桌走到苏颖跟前，双手搭在她的香肩，安慰道："我既然说过，自然会做到。阿颖，请你相信我。"这个世上如果还有一个人值得相信，那必定是叶大哥无疑了。他如此跟自己担保，自然是言必信行必果了。苏颖想到这里，心里被感动、幸福、酸楚和委屈等许多复杂的情绪塞满，不自觉扑向了这个男人的怀里，哭了起来。

这一晚似乎格外漫长，三兄弟尽了兴以后，秦跃龙便踏着风雪离开了。此时北风大起，高耸参天的白杨树上堆砌的雪花，因为经受不住强风的劲吹，汹涌澎湃地刮向了西面八方。

顾宗万本来酒量就不行，早就摇摇晃晃地回屋睡觉了。叶昶强作欢喜，回房以后先哄着苏颖睡着了。可到了亥正时分，他实在无法熟睡，只得穿上一件加厚的枣红色大毛袍子，头戴新褐色毡帽，径直出了屋子，轻轻把门掩上，生怕吵醒苏颖。

白雪铺满了天地，哪怕是深夜也把万物映得如同白昼。叶昶来到院外，走到一棵生在悬崖边的白杨树之下，抬头遥望着雪飞风啸的世界。他独自咽下一切的重担，可又不知该与谁说，空自嗟叹。

过了不知多久，叶昶身后忽然响起了一个少女温柔的声音："叶大哥，天凉了，回屋歇着吧？"叶昶本以为是幻听，但还是回过了头。这时苏颖缓缓向他走来，先是为他拍干净身上的积雪，然后为他披上了一件白色的斗篷，仔细系上了领结。

"这棵白杨树下埋着你的雁翎刀，你不知找谁说说心里话，所以来寻它了？"苏颖好似叶昶肚子里的蛔虫，几乎每件事都瞒不过她的眉目。

面对佳人温柔的质问，叶昶也不否定，兀自叹道："二弟告诉我，林子群并没有被烧死，他还活着。这个人虽是我昔日的好兄弟，却一点儿也不念及兄弟之情，为了荣华富贵，辜恩负义。原本我想杀了他为几位兄弟复仇，可那时得知他已被烧死，此事也就不了了之。然而如今，二弟突然告诉我，他还活着，你说……你说我……"说着说着，叶昶实在难过，一时语塞了。

这个男人的愁虑，如何能逃得过自己的耳目呢？苏颖略摇了一下头，替他说道："我明白。你心里定是在想，既然答应我要永远归隐山林，就不该再去过问江湖中事。你一言既出，便是不能改了。可如今情况有变，你心结又未除，往昔仇恨就像恶魔纠缠着你，夙夜无法安寝。这是你的心病，还是要除掉的。"她难得一见地跟叶昶说起了交心的话，每一个字都说进了男人的心里。

因为有了苏颖，叶昶疑虑千重的世界里总能看到光。可他还没开口，苏颖又道："你想去复仇，便去吧，我随你一道。我只愿，这次事了，你能欢欢喜喜与我相安余生。"

今生得苏颖一知己，果真是无憾了。叶昶把她搂在怀里，用斗篷轻轻把她裹在里面，就像保护着奇珍异宝。他心里想着，待到为兄弟们报了仇，从此便与苏颖在香山狩猎养禽，登山看云，再也不过问世间俗务了。

次日一早，大雪已停，天刚蒙蒙亮，还在熟睡中的叶昶，忽然被门外秦跃龙和顾宗万的拍门声与喊声叫醒。他以为是在做梦,但身上顽强的毅力还是挣脱掉了梦境的束缚,醉醺醺地从床上爬了起来,用了好些力气才打开门。

门外的两人正神秘地望着他,似乎发生了重大的事。秦跃龙走上前,用力推了一下他的肩膀,不无关心地问道:"大哥,你还好吗?"

虽说感觉脑袋如千斤巨石般沉重,意识也有些许的不清醒,有些分不清现实与梦境,但他还是眼神迷离地摇了摇头,道:"无碍。两位兄弟,你们怎么这么早就来了?"

见他并没有完全好转,顾宗万直接上去号了号脉,发现脉象细弱,心跳缓慢,当即说道:"大哥应该是服用了过量的蒙汗药,所以才会如此酣睡。好在药性慢慢释缓,再过半个时辰便没事了。"

"蒙汗药?我……我怎么被人下药?"叶昶用力砸了砸头,勉强清醒了一些。秦跃龙见他仍旧蒙在鼓里,只好叹道:"不瞒大哥,我和四位师叔在追查天阳的时候,终于查到了四位天阳高手,他们分别以天地玄黄来命名。这四人是谁,眼下还不得而知。不过,黯影传来消息,有一名玄字号天阳,精通心灵致动,也就是度心术。她是一名女子,年龄二十五六岁,在三十怍里的皮作待过。以上种种线索,实难不让我怀疑是苏姑娘。可我知道,这样的消息告诉大哥,你定不能接受。于是,我谎称四位师叔找到了旱魃的老巢,以此诈一诈苏姑娘。她若没有反应,便不是那玄字号天阳。可她若通风报信,必定难逃嫌疑了。昨晚她用蒙汗药把你迷昏,今早便离开了宅院,料想是去报信了。"

事情发生得过于突然,叶昶还不能完全接受。不过他知道,二弟这么做也是想查明真相，免得自己上当受骗。可作为当事人，叶昶心里真是五味杂陈。如果苏颖真的是玄字号天阳，又该如何处置呢？难道要与她针锋相对，互相残杀吗？一想到这里，叶昶的脑袋更加混沌起来，犹如千军万马在里面奔腾。

可转念一想，该来的早晚还是要来，即便不想面对，也要决然突破桎梏。叶昶纵有千万种考量，最终理性还是战胜了感性。他走进屋子里，取下墙上挂着的雁翎刀，跟着秦跃龙和顾宗万离开了宅院，并留下狻猊在家看护。三人依据黯影留下来的线索，一路从香山骑马过永定门和正阳门，拐入西长安街，直到在双塔庆寿寺门口停了下来。由于顾宗万不会骑马，叶昶只好载他一程。

三人下了马，大踏步登上山门，跟着拥挤的香客人流穿过垂花门，即见单檐庑殿顶与重檐抱厦相结合的三世佛殿。殿门前是巨鼎香炉，里面插着粗细不等的高香，袅袅烟雾在香头节节攀升。今日祈福的香客很多，人山人海，摩肩接踵。

秦跃龙示意大家分头行动，各自负责一边，搜寻可疑人员。过了一会儿，大家在巨鼎香炉前相聚，彼此毫无收获地摇了摇头。

就在一筹莫展之际，旁边走过来一个渔夫打扮的老头。他顶着遮蔽风雪的斗笠，左手握着一根竹竿，右手提着用黑布蒙着的鱼篓，也不知里面有没有鱼。

"秦师侄儿，你可算过来了。若是再晚半刻，那姑娘可就不好找咯。"老头儿裂着嘴笑道，声音和蔼之余还透着些许劲厉。

秦跃龙登时瞧出了对方的身份，这不是四师叔黄鬼吗？黄鬼的驼背向上拱起，就像一座微型的山丘。他的脸极为瘦削，面色黝黑如铁，而灰白交杂的眉毛下，生着一双让人无法琢磨的诡异眼睛。

黄鬼号称天下神嘴。因为嘴在五觉里五行属土，土颜色属黄，所以他叫黄鬼。如果说黑鬼老三可以利用鸥鹗的听觉为自己办事，那黄鬼老四便能驱使千虫千蚁搜寻线索。

尤其他精心调养了一批串皮虫，可以感知四十二里外的森林大火。串皮虫的幼虫奇丑无比，但成年的虫子却浑身散发着金属光泽，绚烂异常，宛如虫子界的娇媚女郎。

"四师叔，您可知苏姑娘去了何处吗？"秦跃龙急切地问道。黄鬼只是咯咯笑了两声，伸手把竹竿交给秦跃龙，轻轻掀开了他的鱼篓。

可谁能想得到，鱼篓里面不是鱼，而是一窝五颜六色的虫子，绿色、紫色、红色和古铜色等均有，背部还散发着迷人的金属光泽。如果这些虫子没有活动，只怕外人会误以为是五颜六色的钻石。

黄鬼伸手要过竹竿，轻轻在鱼篓上敲了敲，那些虫子竟然全都飞了起来，经过阳光的照耀散发着五彩斑斓的光泽。

"按理说，这些串皮虫儿要蛰伏越冬的。无奈为了执行任务，我只好把它们唤醒了。这次任务完成，它们也要结束自己的生命咯。"黄鬼不无叹息地说着。

因为，训练一鱼篓听话的串皮虫实在太难了。要从幼虫时就跟它们打交道，而且每训练一段时间，就要筛掉一些不达标的虫子，直到虫子完全规训。黄鬼计算过，一千只虫子里，只有四五只可以用来训练，难度可想而知。

不过为了追查到天阳的踪迹，牺牲一鱼篓虫子，又算得了什么呢？黄鬼仰起头，嘴里变换着细尖亮的哨声，虫子们听到主人的命令，冒着严寒奋力地冲向了目标地。

这些串皮虫的胸部有两个微小的颊窝，每个颊窝大约有七十个感应系统。它们对于火焰产生的红外光很敏感，只要捕捉到了，不远几公里，甚至几十公里，也要赶过去，以便于在烧焦的树上产卵和孵化幼虫。

按照秦跃龙提供的情报，埋伏在双塔庆寿寺附近许久的黄鬼，终于认出了前来烧香的苏颖。大家正要实施抓捕的时候，哪知她却逃走了。

黄鬼知道，如果苏颖真的是玄字号天阳，自己就算找到她，只怕也不能生擒。这个世上，唯一治得了苏颖的人，必定是叶昶。为此，秦跃龙只好到香山请叶昶出来，三兄弟这才会聚。

好在在苏颖逃走之前，黄鬼在她的香篮子里投进去一个镂空炭球。炭火经特殊燃料调配，可维持半个时辰不灭。串皮虫感受到这种特殊光源，便能及时赶过去追踪目标。

众人跟上密匝匝的虫群，自双塔庆寿寺的后门出来，一路向北去了什刹海。今天的河岸上来往行人实在太多，富贵的人穿着雍容华贵的棉衣，贫穷的百姓只能把一件件单衣套起来御寒。结了冰的河面上有不少孩童在嬉戏，甚至还能看到一些溜冰的少男少女。

摩肩接踵的人群里，三人推挤着前行，好几次差点儿被乱流冲散，索性有叶昶在前方领路，不至于掉了队。踏上结冰的河面以后，人明显少了很多。叶昶远远看到前方有个熟悉的背影，她穿着清绸棉袄，下身是月白绸裙，足下是一双小弓鞋。

无数串皮虫在飞到那人附近时，油尽灯枯般一只只坠落，从此结束了一生的奔波。女子看到满地掉落的虫子，顿时察觉到异常。可她没有回头去瞧，而是想着尽快向前方逃走。

这个时候，身后一个洪亮的声音，无情叫住了她："苏颖！时至今日，你该给我一个交代了吧？"一听是叶大哥的声音，况且他已认出了自己，再逃走也无意义了。

苏颖强作欢笑地转过身，捋了一下鬓角并不凌乱的发髻，笑道："叶大哥，你们怎么也来什刹海了，莫非也是来烧香吗？"

"昨晚，我的酒里面，你是不是下了蒙汗药？"叶昶没有理会她的询问，反而抛出了另外一个话题。听到这里，苏颖不自然地笑了笑，解释道："叶大哥，你是不是喝多了，现在还没有醒酒？我跟你在一块儿四个多月，朝夕相伴，为何要给你下蒙汗药呢？"

眼看她始终不承认，秦跃龙只好走上前说道："苏姑娘，我们已查到了你的底细。你若仍欺三瞒四，如何对得起大哥呢？"

这话一说出来，苏颖的脸色瞬间变了。她心里清楚，秦跃龙手里如果没有确凿的证据，绝对不会恣意诬陷。再则，他知道自己与叶大哥之间琴瑟调和，更不会无故拆散。

第二十七章
牙作密档：十世好人

牙作密档：乾隆三十七年正月初一日辰时

叶昶查到苏颖就是永敏，既是在徐宅救过自己的那名神秘女子，也是二十年前早就相识的小女孩，无端遭遇昔日仇恨与今时爱恋的双重折磨；黄鬼设计偷袭苏颖，神秘人出手相救；叶昶与青鬼师徒相认，众人同闯祈福法会。

"你本名叫永敏，你还有一位兄长叫永泽，你们是罪臣弘晳的私生子女，是也不是？你之所以潜入宫中，充当一个皮作的匠人，只怕是为了给天阳办事吧？"秦跃龙犹豫了很久，终究还是说出了真相。叶昶和顾宗万同时一惊，弘晳这个人物，他们当然听说过，可没想到苏颖竟跟此人有关。

秦跃龙接着道："当年康熙爷十分宠爱嫡孙弘晳，于是让顶级牙作匠人打造了两块玉佩赏赐给他。后来，弘晳爱上一个民人，因为满汉不能通婚，只好偷偷纳她为妾。这位妾室为他诞下一对儿女，男的叫永泽，女的叫永敏。为了表示对两个孩子的爱护，弘晳就把两块象牙龙凤佩留给他们做信物。你腰间挂着的那块凤牌，便是永敏的佩饰。"说到这里，秦跃龙伸手指向了苏颖腰间的凤牌。

数个月来，每次来香山拜访，秦跃龙总能看到苏颖戴着这块象牙佩饰。尤其他开始怀疑苏颖是天阳成员后，偷偷画下了佩饰的图样，交给黯影去查，真没想到背后竟有这些渊源。

叶昶也算是对三十作熟悉，经过秦跃龙的提醒，他猛然想起来，牙作是专司牙角雕刻的机构，云集诸派名家供奉内廷。牙雕分为南派和北派，以香犀、象、鼍、玳瑁、竹、木、藤、锡等为材料，无论是构图和造型，还是雕工和艺术，几乎都是民间匠人无法企及的。

虽说叶昶跟苏颖相处了四个月，可这四个月里，苏颖待他可谓无微不至，再加上苏颖数次舍命相救，自己哪里会对她有所怀疑？更不会深究象牙佩饰的来历。

谁能想到，一块小小的象牙佩饰，背后竟牵扯出如此大的惊天秘密？果然人有了隐退之心，就连曾经犀利的断案能力也退化了。

叶昶还在想着种种线索，秦跃龙又继续分析说，他先根据这块象牙佩饰的设计笺草，查找了康熙爷的私密起居注，意外获知了象牙佩饰的打造由来，再通过查寻弘晳谋逆以后，那些没有被治罪的奶妈婆子的谱牒档案，结果真就寻到一个曾为弘晳民人小妾接生过的婆子。就是通过这位婆子之口，秦跃龙才了解到了两块象牙龙凤牌的去向。

"如果我没有猜错，你加入了天阳组织，便是为了给你父亲弘晳复仇？"秦跃龙说出了一个推测。当年乾隆以心怀异志、擅自仿国制设立会计掌仪等罪名，囚禁弘晳于景山东菓园，这是朝野上下人尽皆知的事。乾隆七年，弘晳突然在东菓园莫名死亡，终年四十九岁。

关于弘晳的死因，坊间有许多猜测，但多数都不认为是病死，更有甚者怀疑是乾隆赐死。如果苏颖以此为由，行弑圣之事，完全说得通。再则说，秦跃龙和黄鬼一致认为，苏颖就是天阳中的一员。一个谋逆之臣的子女，忽然成为邪恶组织的要角，岂非跟复仇串起来了？这虽只是揣测，但也可以诈一诈对方。

"秦大人，你想过没有？如果我是天阳组织的一员，那在乾清宫密道里，我们为何还要去救乾隆？直接杀了他，岂非快哉？"苏颖藐视着秦跃龙，无须多言，只此一句话，足以推翻所有的揣疑。

这时秦跃龙和黄鬼皆是大骇，他们竟忘了这一条线索，看来注意力凝聚到一个方向，是会出现判断失误。

此刻，叶昶与秦跃龙不同。他在意的不是真相，而是情侣之间最核心的一个原则：坦诚。经历过这么多的生生死死，大家又都有了退隐过一生的打算，为何不能坦诚相待呢？莫非这一切，只是假象？

撕破真相后再看苏颖，叶昶心里竟也有了些许动摇。可他的动摇，苏颖如何瞧不见呢？然而此刻，她不想理会秦跃龙的盘问，只想跟最爱的叶大哥说一些许久以来不知如何启口的话："叶大哥！二十年前，叶谷坨发生一起大火。你是不是救过一个女孩？宁肯忍受大火灼烧，哪怕毁了半张脸，也要护那个女孩的周全？"

这话让叶昶蓦然一震。虽说已过去了二十年，但他无论如何也忘不掉昔日的画面。他缓缓抬起手摸了一下金面，因为害怕被人瞧到这个动作，随后又快速放下。

可这个动作如何瞒得过苏颖？她研习过度心术，又精通心灵致动，知道叶大哥回忆起了往事。也许对于别人而言，这是再小不过的事。可对于苏颖而言，她是鼓起了很大的勇气才说出来。因为一旦叶大哥知道她是那个小女孩,就会想起她的兄长和父亲屠杀了叶谷坨满村百姓,尤其这里面还包括叶大哥的亲生父母。如果坦白自己的身份,他们如何还能浓情蜜意地在一起呢?苏颖之所以隐瞒,之所以希望跟叶大哥遁世隐居,便是希望能忘掉这一切的仇怨,从此开开心心安度余生啊。

"叶大哥,我就是……我就是那个女孩啊,我就是啊……"苏颖终于把压抑在心里的秘密,仿佛火山爆发般宣泄了出来。自打上次他们在徐宅相逢,苏颖就知道了叶昶的身份。这么多的日子里,她始终没有想到如何开口,甚至想着隐瞒一辈子。今日虽是被逼迫之下说出,但总算让她化解了一个心结。

叶昶在此刻僵住了。最爱的女人跟自己的杀父杀母之仇关系匪浅,真是世上既荒唐又疯狂的事。更为可笑的是,自己当年还救过她。命运的转折总是那么可笑,兜兜转转之下,那个女孩又来救自己赎罪了。

虽说当年的仇杀与幼年的苏颖没有关联,可这横亘在心间的仇恨啊,如何能说放下便放下,又如何能坦诚地接纳并与之相伴余生呢?不知为何,这一刻,叶昶竟然理解了苏颖的隐秘,他甚至也希望如苏颖设想的那般,一辈子隐秘下去,最好永远也不要揭穿。

"大哥,我知道你们情根深种。但你务必记得,她是玄字号天阳,此人精通度心术和心灵致动,甚至能蛊惑人心。"秦跃龙瞧出了叶昶的心态变化,生怕叶昶手软放了贼人。

"天阳左道,灭我四觉谷,大仇滔天。你若说出同党,供出其他凶顽,我赐你全尸。否则万箭之下,攒成筛子!"黄鬼用力朝冰面一拄竹竿,发出了厉声怒喝。他们追查了天阳那么久,绝不允许任何一名凶顽遁走。

此刻的苏颖已然没有任何世俗里的争斗之念，自然对于黄鬼的话一点儿也不放在眼里。她只是深情地望着叶昶，虽然不知道坦白一切后会是怎样的结果，但她还是在期待着叶大哥的奋不顾身。世间事无论多么复杂，谁都希望有万一发生。如果有万一，也就有了起死回生。

黄鬼见苏颖毫无反应，立即举起竹竿指向她。几乎是在同时，隐伏在周围的暗兵纷纷聚拢过来，大家平端着弩机把苏颖围住。此刻，即便她有通天彻地之能，也难逃箭雨的攒射。

"叶……"苏颖无可奈何地轻轻摇头，嘴里喃喃出了一个再熟悉不过的称谓。可这个称谓还没有说完，黄鬼已大声下令道："放箭！"这时叶昶才知道，如果此刻再不阻止，自己就永远也见不到苏颖了。他瞪大眼，箭步冲上前，厉喝道："不可！不……"

"不"字终究是说晚了，弩手们扣动扳机，千万支箭雨比他的步子迅疾太多。这一刻生死时速里，叶昶虽是在奔跑，但眼睛片刻不离苏颖。

放慢的时间里，他看到苏颖那痛苦的面容登时转为欣喜，就像坠在心头的大石落了地。原来她已做好了赴死的准备，只是临终之前很想确认，叶大哥是否在乎自己。只要他还在乎自己，那死又何尝不是解脱呢？

因为奔跑太急又没能阻止浩劫，叶昶匆忙之下前扑倒地。可他抬起头的那一刻，苏颖所站的冰面突然被巨大的力量凿开了洞，她竟笔直地掉了进去。所有人都被这一幕惊了一跳，纷纷冲上前查看究竟。

水面上浮起了血水，看样子箭矢射中了目标。可坚固的冰面为何会出现裂洞,实在说不过去。黄鬼俯视着冰洞,认真环视了一圈,道:"一定是天阳同伙救了他。"话刚落下,立即转过身吩咐附近的属下道:"你们速速准备水衣,下去探一探。"

这些人是四觉谷散布在大清各地的耳目,四觉谷在灭谷之前,他们没有折返回去,因此躲过一劫。由于往返四觉谷需要下水道,所以他们身上无时无刻不背负水衣。数名耳目打开包裹,迅速换上水衣,连续跳进了冰洞,一如游鱼扎入了深海消失不见。

"我这箭矢上淬有剧毒,世间无药可解。妖女纵有千万种本领,只怕也活不过三日了。"黄鬼轻轻拧转了一下竹竿,脸色荡开一抹笑意。虽说只是杀了其中一位天阳,但能杀一个便是一个。现在对于黄鬼而言,天阳是罪大恶极的毒瘤,务必连根拔起。

叶昶刚被顾宗万从冰面上扶起来,猛然听到了这个消息,失色的面容突然一振。他大步冲到黄鬼面前,厉声喝问道:"你说什么?箭上淬毒?"黄鬼也不理他的失态,冷笑道:"我知道叶大人被妖女蛊惑,一时还不太能接受。但我相信,金面判官分得清是非善恶。"

如果说从前担任金面判官,他的评判标度里确然只有是非善恶。可自打结识了苏颖,是非善恶的裁定,早已不再是简简单单的对与错了。因为对于现在的他而言,跟最爱的人过一生与世无争的日子,便是最后的愿景。

眼前这个渔翁摧毁了自己的幸福,如何能饶他?叶昶气恼攻心,立即拔出雁翎刀就要与之动手。这时秦跃龙上前拦住他道:"大哥,切勿冲动。四师叔虽然下手狠了些,却也有他的道理。你今日也看到了,苏姑娘是来双塔庆寿寺传信的。两个时辰前,黯影和另外三位师叔查到,双塔庆寿寺极可能是旱魃的老巢。所以,我和四师叔带领众多四觉谷耳目过来跟踪苏姑娘，果然发现了端倪。"他说着从怀里拿出一根签条，上面内容并无奇怪。

叶昶看完不知他什么意思，秦跃龙解释道："签条内容虽无奇怪，但黯影却在签筒里发现了两条一样的。这说明，我手里拿着的这一根，其实是苏姑娘偷偷放进去的。简单来说，三世佛殿的求签台，实际上是天阳组织的情报联络站，而签筒里面的每一根签内容都没有问题，但多出的一根却是重复的，这恰恰是他们传递情报的关键。"

情报解密，一向是秦跃龙最擅长的技能。叶昶没有打断他，又听他分析道："大师叔查到，签筒里的签条，全都用反切密码加了密。反切码是戚继光发明的一种编制密码，即用两个字的读音可以切出另外一个字。"他说着举起手里的签条，郑重地说道："这枚签条上的内容是：'四觉知窠巢，速速保平安'。"

内容提示到这里，由不得叶昶不信。可现在的他致事隐居，远离俗务斗争，哪怕苏颖是天阳成员，又能怎样呢？叶昶那凄然的目光里，依旧充斥着对苏颖深深的思念。

这时顾宗万急不可耐地劝道："大哥，苏姑娘待你不薄，我们都看在眼里。可是呢，一来，她跟你杀父杀母与灭村之仇关系匪浅。这滔天鸿沟，哪怕你们真的重逢，今生也难以化解了。"

听到这里的时候，叶昶忽然也在扪心自问，即便苏颖无恙，现在已知真相的自己，是否还能像当初那般待她？

作为旁观者的顾宗万，面对如此揪心的情感问题，竟也毫无办法地叹了口气。他舒缓了片刻，又道："二来，你或许不知道，天阳正在策划一场惊天大阴谋。如果说上次洪门的弑圣案旨在毁灭紫禁城，那天阳这次，恐怕是想摧毁整座京师！"

"你说什么？"叶昶突然被顾宗万的话给惊住了。整座京师占地三十万亩，生活着近七十余万人。天阳就算是魔头转世，只怕也难以尽数摧毁吧？

看到大哥仍有困惑，秦跃龙只好把事情来龙去脉和盘托出。原来在没有查到苏颖之前，他只把真实情况告诉了顾宗万，而之所以没有告诉叶昶，也是担心他情迷心窍，有碍大局。

七日前，秦跃龙与四觉在追查天阳的时候，意外发现二龙坑岸边新盖了三间屋子，对外宣称是公共茅厕。听附近的百姓说，无数诗画张贴在屋内的墙壁上，看上去不像是茅厕，竟像是富商宅邸。另外，这三间公共茅厕还有一个好听的名字叫"齿爵堂"。不过这三间茅厕有个规定：只许小解，不许出恭。

为了吸引大批量的百姓小解，他们还写了百十张贴画，上书"二龙坑喷香溷藩，逢迎远近君子下愿"等内容，四处张贴。起初秦跃龙不觉得奇怪，心想肯定是某个富商想收集粪便卖钱，所以搞了这么个公共茅厕出来。大清时期，贫民拾粪卖钱，不在少数，而有钱人家以公厕的名义收集粪便，那赚钱自然容易很多。

可秦跃龙转念一想，不对啊，他们收集的是溲水，并不是粪便。这就奇怪了，为何他们专收溲水呢？再联想到，冷光冶炼的核心材料就是溲水，秦跃龙不禁抖了个激灵。

六日前，秦跃龙和四觉连夜来到了二龙坑，发现茅厕旁边有一处破败的院落，里面似乎堆满了从二龙坑里挖出来的沙土。

五人跟着一名搬运沙土的工人下了一口竖井密道，竟在里面看到了一架连通地面的超大蒸馏罐，就像一口冲天窑炉。而那罐子下面是熔炉、水浴口、炉篦、除灰装置、接收器、冷凝器、沙浴器、三脚架等蒸馏设备。

早在希腊时期,炼金术士们就设计出了一系列复杂而缜密的炼金仪器设备,蒸馏器和蒸馏皿便是一位叫马雷的女犹太炼金术士所发明。到了中世纪以后,蒸馏设备大为进步,布朗特才能搭上东风,利用这些设备从溲水里提取出冷光。

毫无疑问,这里是冶炼冷光的地方。只可惜,他们来晚了一步,因为大批量的冷光不知运去了哪里。秦跃龙不得办法,只好抓住那些运沙土的工人审问。

这些人却说,他们家主人是从一个叫百通先生的人那里购得的运营权益。如今此地被用来烧制石灰,至于那些稀奇古怪的瓶瓶罐罐,他们家主人打算全部打碎丢掉。

秦跃龙又问他们家主人是谁,工人们说叫赵无。于是,大家在工人的带领下找到了赵无,询问到一些线索。依据这些线索,四觉各展绝技,采用了种种办法,终于查到了那个卖给赵无的百通先生。

谁也不会想到,此人断了一只手臂,竟是失踪已久的独臂书圣岳海楼。听到这些线索的时候,叶昶吃了一惊:"难道岳海楼也是天阳成员?"

"不错。四位师叔已能确认,岳海楼是地字号天阳,最为擅长思维传导之术。"秦跃龙点了点头,表情分外难看。

如果岳海楼组织人手炼制了大量的冷光,那他会做什么用呢?叶昶向秦跃龙抛出了这么个问题,谁知回答这个问题的并不是他,而是旁边的顾宗万。

四个月前,也就是密档处覆灭那日,李玉告诉顾宗万,乾隆要在明年大年初一召开祈福法会,地点在什刹海,届时允许百姓入内城参会祈福，而本次法会的主持者是双塔庆寿寺的释牟禅师。

此外，李玉还告诉顾宗万，祈福法会有两种办法，一种是选十恶不赦的凶顽殉教，交由佛祖度化赐福。当时顾宗万误以为乾隆会拿洪门贼子殉教赐福，可事实上却是错的。因为不久之后，乾隆已宣判，所有洪门贼子明年秋后问斩，君无戏言，不会更变。

至于第二种办法是什么，李玉没有听清，顾宗万也猜不到。由于拿洪门殉教一事没有发生，顾宗万便也没有把此事放在心上，从来没有提过。

大概是半个月前，双塔庆寿寺突然贴出一个告示，释牟禅师打算给百姓们免费卜卦。这事可就奇了，但凡通点儿佛学的人都知道，佛在《遗教经》里反对僧人卜卦。

虽然此举有违常理，但冲着释牟禅师的声名，还是有不少人前来占卜，甚至有些人因为没有排上号而嗟叹抱怨了好些日子。

黯影经过调查得知，释牟禅师一共给五百七十二人占过卜，从中选出了三百二十名十世好人。他表示，明年大年初一将会在什刹海举行祈福法会，诚邀这些十世好人参会，不过只有三百零四个名额。谁也没料到，那三百二十人都想参加。然而到最后，释牟禅师还是按照规定，只选了三百零四人。

顾宗万根据自己了解到的祈福法会内容，再融合秦跃龙的调查结果，徐徐说起了来龙去脉。叶昶听完，脑海里大致有了推断："所以，你们的意思，岳海楼将会在祈福法会上动手？"

秦跃龙叹道："自打供月大典发生弑圣案后，宫里戒备森严，这些凶顽恐怕再也没有机会得偿所愿了。既然入不了宫，那他们必定会挑选另外一种弑圣手法，即在祈福法会上动手。"

虽说这种推理有一定的道理,但不待秦跃龙再往下说,叶昶已摇头否定道:"你们难道忘记了,苏颖说过一句话,如果天阳想弑圣,早在乾清宫密道里便得手了,何须救了乾隆?"

关于这个问题,秦跃龙仔细想过了。他的推测是,像旱魃这样自负的人,一定不想太容易把皇帝杀死,而是想着让其跟百姓一起殉葬,这样才能达到疯狂的目的。

听到是这个解释,叶昶眯了眯眼,神色肃穆地问,可旱魃为何要让阖城百姓与皇帝一起殉葬呢?经此追问,所有的合理点,突然一下子变得不够合理了。

黄鬼、秦跃龙和顾宗万等人,纷纷把目光投向了叶昶,他们知道,这位断案如神的金面判官,一定发现了大家都没有注意到的痕迹。

"如果你们查到的线索没有纰漏,天阳的老巢,就在双塔庆寿寺。那只怕本次祈福法会,绝不简单。"叶昶转过身面向南方,那里便是双塔庆寿寺所在的位置,"你们可还记得,本次祈福法会的倡议者不是乾隆,也不是释牟,而是旱魃。如果天阳的老巢就在双塔庆寿寺,而释牟又是本次法会的主持者,甚至不惜违背佛祖的教诲,竟选择为百姓占卜,这该如何解释?更加蹊跷的是,他为何要选出三百零四名十世好人?这些线索里面,是不是暗藏玄机?"

听着叶昶的分析,大家的脸上全都露出了讶然之色。他们当然解释不了这些困惑,只得一言不发地听他又道:"还有一件事,我现在记忆犹新。我第一次与释牟禅师会面,那是由苏颖介绍。当时,我的几位兄弟被林子群所杀,心痛难挨,经过释牟禅师的佛法化解,确然医好了心伤。其实,我当时有过怀疑,苏颖是如何跟释牟禅师认识的？而今她的身份已然知晓，便是玄字号天阳。她是玄字号天阳……"他自言自语地说着，兀自在冰面上踱步。

因为考虑到叶昶在梳理重要案情，大家都没有打断他的思绪，甚至觉得连自己的呼吸都是多余的。过不多时，叶昶猛然抬起了头，喃喃自语道："旱魃与天阳的老巢，双塔庆寿寺，释牟禅师，玄字号天阳苏颖……"

经过提炼出关键词，叶昶一下子有了头绪：释牟禅师也许就是天阳中的一员。如果这条线索成立，那祈福法会主持者的身份、违背佛祖旨意卜卦、遴选十世好人等奇怪的行为，似乎就得到了一个合理的解释——这是旱魃提前布好的一场局。

这个假设固然很好，可话又说回来，旱魃究竟想干什么呢？突然之间，问题一下子回到了原点。因为久久想不明白，叶昶低头陷入了沉思。

同样困惑的还有秦跃龙。那些穿着水衣下去的四觉谷耳目，竟一个也没有浮上来。这也太奇怪了，因为人如果长时间待在水下，即便解决了呼吸问题，可也无法纾解冰寒所带来的痛苦。两刻之内，如果不上岸，必然会被冰寒夺去生命。

秦跃龙走到裂洞的旁边，缓缓蹲下身子，眼睛始终在浮动的水面上搜寻。突然，一具尸体从水里冒了上来，胸口插着一枚箭矢，鲜血在周围越晕越浓。过不多时，又有两具尸体浮了上来，死因相同，都是身上中了箭。

刚才下去七名身穿水衣的耳目，这才只找到三具，那另外四具呢？秦跃龙带着困惑，沿着冰面四下里搜寻，结果在向北延伸的路途中，竟发现冰面之下浮起了四具尸体。他们都是中了毒箭，此刻就在秦跃龙的足下，仿佛隔着玻璃地砖看下面的场景。

事情发生得过于诡异，秦跃龙赶紧汇报给了黄鬼。两人又去复盘了一下现场，并没有发现有价值的线索，只是能判定敌人潜伏在了冰下，凫水本领极为高明。

就在这时，天空中忽然乌央乌央飞来数不尽的鸟兽，个头大的是鸱鸮，个头小的是蜻蜓，还有介于两者之间的啄木鸟。黄鬼像是受到某种感召而直起身，仰望着天空中无比熟悉的异象，道："大师兄、三师兄和五师弟来了。"话音刚落，西北方走来三位老者，虽然他们身高差不了多少，但是明显感觉得到个性十足。随便一个人丢在人海里，一眼也能认得出来。

别人倒无异色，叶昶在瞧到中间一位老者的时候，心头猛然一跳。二十年前，他在青峰山上遇到一位神秘人，他不仅救过自己，甚至还传授给了自己武艺。因为有了这位神秘人的指导，再加上多年来在战场和查案过程之中反复磨炼，所以才有了现在高超的身手。

可叶昶哪里会想到，这位神秘人竟来自五觉之一。秦跃龙先把三位师叔恭迎过来，然后简单地互相引见了彼此。

二十年了，青鬼除了苍老些许之外，并没有太大的变化，而叶昶早已从少年步入中年。当青鬼得知，早年自己无意间救下的小少年，而今便是大清内外无人不晓的金面判官时，既感到不可思议，同时又翻涌上来欣慰。

"师父在上，请受徒儿一拜！"叶昶跟青鬼寒暄完过往，当即跪下来行礼。青鬼连忙把他搀扶起来，笑着说道："我从前便说过，咱们并非是师徒，不过是同走过一段路的朋友。而今你是大清人人敬仰的金面判官，听说你为万千百姓沉冤昭雪，确然实现了'公正法典'

四个字,也不枉咱们相识一场。"

听到"公正法典"四个字,叶昶无奈地笑了笑,道:"让您见笑了。我虽有过位高权重的时候,可即便是那个时候,我也没能实现'公正法典'。而今我已归隐,哪还有资格再提这四个字呢。"说起那些不堪回首的往事,叶昶仿佛经历过万事沧桑。

他把自己如何被乾隆宠信,如何心甘情愿地为民请命,再到后来,如何看透了宫廷里的权谋争斗,如何寻不到真正意义上的公正法典等纠结,全都告诉了青鬼。

这位看透一切的老者,听完之后,仰起头思索了良久。最后,也只是化作一声带着苦笑的叹息:"你能全身而退,已是大造化了。人生总是这样,本以为笃定无疑的信仰,哪里会想到,只尝试了一半就放弃了。这倒不是你不够坚韧,实在是现实所迫,半点儿不由人。"

古往今来不少能人志士,虽然胸怀天下抱负,但面对强权和世道的昏黑,只能以退为进了此残生。孔丘有用儒学济世救民之理想,可因为各国诸侯只想着征伐兼并,哪里会想到治理天下?因此这种崇高的信仰便被世道淹没,只得老年著书和传道了。后来的竹林七贤、王阳明等,也都是信仰不得展的落寞之人。

大人物尚且如此,更何况是势单力薄的普通人呢?当想到这些的时候,叶昶心里的症结反而消减了一大半。

听完两人的谈话,秦跃龙感觉到很意外。他实在没有想到,叶昶竟是青鬼的弟子,再联想到自己是鬼父的弟子。这么看来,他们之间也算是同宗不同门的师兄弟了。

可现在旱魃危机迫在眉睫,大家寒暄和叙旧的时间并不多,秦跃龙只好横心打断道:"大哥,四位师叔,祈福法会今日召开,咱们时间不多了。如果无法寻到冷光和旱魃,整个京城只怕会遭遇大麻烦!"

冷光是一种集爆破和下毒为一体的可怕武器,如果旱魃用大量的冷光杀人,可怕程度难以想象。赤鬼伸手抚摸着一只站在自己手背上的啄木鸟,冷冷地道:"我和四师兄去找冷光。现在是辰时,再过几个时辰,祈福法会就要召开了。说实话,留给我们的时间并不多。不过请放心,只要那东西敢冒头,我俩就有法子把它们彻底撕灭。"

赤鬼和黄鬼极为擅长通过温度的差异来区分事物,由他们追踪冷光的贮藏之地,再合适不过了。一念及此,秦跃龙向两人分别拱了拱手,道:"那就拜托两位师叔了。"话音刚落,两人立即朝秦跃龙一点头,向西北方向急行走远。

这时青鬼环顾了大家一圈,自荐说道:"那我去跟踪释牟,这个人的身份来历极为可疑。如果他就是天阳组织中的一员,甚至要行不轨之事,我必先一步除掉他。"

叶昶连忙道:"师父,我跟你一起去吧?"

青鬼抬起手,制止道:"第一,我们不是师徒,你以后若不知如何称呼我,可叫我前辈。"说到这里,他放下了手,几乎是用商议的口吻道:"第二,你身手了得,同时又精于查案。我希望,请你代为指挥四觉谷和密档处的所有手下,不至于我们各行其事,乱了分寸。"

"没错!"大家都还没有发言,顾宗万先表了态,道,"我说大哥,队伍里没有主心骨可不容易成事。四觉谷和密档处的人并不是一路,彼此就算合作,也难免会起龃龉。至于谁当主事,密档处的人瞧不上四觉谷,四觉谷的人又看不上密档处。可如果你这位金面判官代为统领两派,那我相信很容易让双方团结起来,更有利于破除危机呐。"

这话倒也在理。如果和天阳动起手，除了朝廷的各路护军之外，最为重要的杀手锏，其实是密档处和四觉谷的手下。大家行动过程中，万一需要协助，抑或者发起集中进攻，还得需要有人统领才行。一想到这些细节，叶昶不再犹豫，当即应下了青鬼交代的任务。

"我在宝塔上面候着。无论是天阳启用冷光，还是旱魃别有行动。只要我站在最高峰，便能一览无余。当然，如我发现异动，立即让鸥鹗跟诸位联络。"黑鬼把两指弯曲放在嘴里，用力吹了一阵哨声。

两只鸥鹗呼扇着翅膀飞了过来，翩翩落在他的肩上。黑鬼微微一笑，伸手朝西北方一指。鸥鹗似乎听懂了主人的指示，朝着目标方向风驰电掣般飞去。须臾过后，黑鬼也动身了。一个佝偻的身影在洒满阳光的冰面上步伐矫捷地走远。

"二弟，那座三层八角攒尖顶宝塔便是祈福法会所在地吗？"刚刚黑鬼说要去宝塔上面候着，料想此地跟祈福法会关系匪浅。

这些日子，叶昶隐居在香山，几乎与外界隔绝了消息。哪怕是每日听到的朝政变化，以及民风民貌等趣事，也多是从秦跃龙那里获得。至于祈福法会的种种细节，更是知之甚少了。

大战在即，不容耽搁，秦跃龙只能简单扼要地向叶昶讲起了八角攒尖顶宝塔的来历。十一年前，也就是乾隆二十六年，为了讨喜好佛法的母亲欢心，乾隆命三十作里的顶级匠人打造了一座两丈高的佛塔，便是金丝楠木宝塔。

金丝楠木是皇家御用木材，也是最顶级的材料。由于金丝楠木极为稀缺，每一棵树要生长二百年才能为人所用，因此成为历朝历代的奢侈物。乾隆就曾因为寻找不到修建自己陵墓的金丝楠木，不惜以修茸明十三陵为掩饰，伺机盗取朱棣陵墓中的金丝楠木为己所用。

由此可见，这座金丝楠木宝塔比黄金还宝贵。可谁也没有想到，四个月前，乾隆竟安排三十作的匠人在西北面的什刹海上面，赫然建造起了同样款式的巨型金丝楠木宝塔。

这座宝塔比十年前那一座大了近十倍，名曰八角攒尖顶宝塔。佛塔周围供奉了三百零四个佛龛，不过奇怪的是，佛龛里没有供奉鎏金无量寿佛，只放着一个个用于打坐的金莲花。此外，整座佛塔不使用任何一颗钉子，全凭匠人们丝丝入扣的榫卯结构建造而成。

听着秦跃龙的介绍，叶昶迎着漫天的寒风，遥望向西北方的什刹海。那边的确耸立起一座巨型佛塔，经过阳光的照射散发着粼粼的金色光泽，犹如是一座富丽堂皇的金塔。不过除此之外，佛塔四面还建造了四座巍峨如山的风车。

"那四座长着翅膀的房子作何用？"叶昶伸手遥遥指向远处。这时，秦跃龙踮起脚来望了一眼，解释道："哦，那四座不是长了翅膀的房子，而是风车，是一种不需要燃料，以风作为能源的动力机械。"虽说尽可能解释过了，但叶昶似乎仍旧不理解，整张脸上全是困惑。

这四座风车跟佛塔是一体的设计，内部构造机巧相连，如果不说明白原理，恐怕会影响后续的调查。秦跃龙想到这里，只好跟叶昶说起风车的来历。

古时候的风车是从船帆发展而来，拥有六到八顶像帆船那样的蓬，分布在一根垂直轴的四周。大风吹动的时候，仿佛走马灯似的绕轴转动，因此也被称为走马灯式风车。

早在明末的时候，邓玉函就把风车的制作原理写在了《奇器图说》一书之中，所以现在出现动力风车并不奇怪。

可遗憾的是，黯影调查了四个月，收集到大量的设计笺草，仍旧没有研究明白风车与佛塔是怎样的联动方式，以及风车的能量会驱使佛塔实现哪种转动效果。不过，大家都有一个相同的揣测，那便是一旦祈福法会开启，三层八角攒尖顶宝塔必然会运动起来。

"我大概明白了。"叶昶遥视着佛塔和风车，喃喃说道，"早年我去圆明园当值，认识一个修葺海晏堂的工匠。那人告诉我，海晏堂有个十一开间的工字楼，里面有一套喷泉机关。它的动力来源，据说是在楼顶用锡板焊接成大型蓄水池，由此造成高低水压差，从而实现了喷泉效果。至于向蓄水池里面提水，则用到了轮转类的机械提水装置、轱辘加大罐的提水装置，甚至还有些是人力蹬踏的水车。你所说的这些叫风车的动力机械，也许就是为三层八角攒尖顶宝塔提供动力的装置吧？"

虽然叶昶不懂机巧之术，但解释的内容反倒基本正确。秦跃龙因此不再赘言，当即询问他们三兄弟接下来应该干什么。

叶昶想了想，说道："正如刚才所言，四座风车是动力装置。所以简单来说，到时候宝塔必然会受到动力的牵引，从而实现某种转动的效果。如果我所猜不错，那三百零四个空置佛龛，应该是请经过卜卦而选出的三百零四名十世好人进驻。上次三弟说过，本次祈福法会目的有三：一是乾隆答应了旱魃的要求；二是乾隆想借祈福法会，消除火风筝弑圣案和密道焚尸案的戾气；三是祈求上苍不要再降灾祸，让百姓免遭苦难。鉴于这些目的，祈福法会便有了万民祈福的意图。由此我揣测，四座风车的动力是驱使三百零四个佛龛转动，从而让这些十世好人可以无差别地接受四方百姓们的参拜。"

"大哥，你这个解释说得通啊！"顾宗万一拍大腿，格外激动地说道。叶昶皱了皱眉头，瞥了顾宗万一眼，又朝佛塔的方位看去："我去四座风车那里瞧一瞧。二弟，你这就入宫告诉乾隆，此地十分凶险，万万不可前来参会。我虽已不是朝廷之人，但心里仍有个念想，愿天下太平无事，百姓安居乐业。乾隆此番举行祈福法会，也是为了求个海晏河清，出发点是好的，本该躲过一劫。"他低下头叹了口气，面向秦跃龙道："另外，你再设法征调些人手过来帮衬，我怕到时出现大的动乱，只靠我们这些人，压根控不住场。"

"大哥请放心。"秦跃龙应了下来，刚要转身离开，叶昶又叫住了他，叮嘱他把顾宗万也带上，两人最好做个伴儿。秦跃龙当即想到，顾宗万不会武艺，四处走动容易出事，大哥让自己带上他，也是为了护其周全，于是果断答允了。

第二十八章
漆作密档：海底神兽

漆作密档：乾隆三十七年正月初一巳正

赤鬼和黄鬼指挥嘎牙子鱼群攻击岳海楼，阻止海底神兽苏醒，谁知岳海楼竟召唤出水赤链游蛇连杀两鬼；叶昶与林子群再度相逢，本欲手刃仇人，怎料贺千川出现，竟是天字号天阳，更是林子群恩师；天字号讲述起旱魃谋划了二十多年的大局，叶昶这才知道冤枉了苏颖。

后海上结了厚数尺的冰层，而那冰层下面是暗水。一群身穿水衣的天阳成员，在岳海楼的带领之下，就像鱼群游到了四座风车的基座外围。

这些天阳成员以岳海楼为圆心碰了个头，看着他的手势，确定了自己的任务，分开去了二十八个方位。每个方位的深水里面，都暗藏着一座透明的巨大塑像，就像镇守海底的神兽。这些塑像浑身散发着白色或淡黄色的光芒，附近的鱼虾围着它们疯狂地转圈，似乎受到了神力的召唤。

这二十八个塑像基座上都有一个圆阀,只要拧动圆阀,神兽们就会从水底苏醒过来,在风车与转臂式起重机联合作用之下,宛如蛟龙出海冲破冰层,最终耸立于四座风车的外围。

风车的原理自不必多说,而转臂式起重机是三百年前意大利人发明的机械装置,一举解决了原始起重机比较费力的问题。这种起重机有根倾斜的悬臂,臂顶装有可以升降并旋转的滑轮组,大大节省了人力。

天阳成员把风车与转臂式起重机原理相结合,从而实现了把巨物从水底托起的奇观,不得不说是一大壮举。

此刻,岳海楼游到了一座塑像的旁边,刚想去检查里面的东西,这时忽然听到一阵"嘎嘎"的叫声。

这太奇怪了,莫非水底藏着来历不明的妖物?他呆立了片刻,登时四下环视,那声音越来越近了,而位置就在东南方。为了一探究竟,他又向前游了一段距离,努力找寻声音。

突然,两个怪物在幽暗的深水里冒了出来,就像从漆黑的环境里缓缓走进有光地带。那怪物用红铜罩自头顶套到颈部约二尺,面前镶嵌玻璃片,又用山羊皮做衣服,紧紧贴着身体。

仔细去瞧,怪物身后所背的抽气筒还能通进铜罩里面,另有管子往铜罩里注入空气,尤其双脚上穿着两只薄皮鞋子,好似鸭掌,利用在水里面上下拨动,就能实现自由行走。

康熙八年,一个名叫布来里的人发明的水衣[1]。自从有了这件水

---

1 水衣内容:出自《水衣全论·卷一:入水源流》

481

衣，人们得以实现了海底冒险的梦想。

旁人见了这一幕，必定会吓一跳，认为这是水怪出没。要知道，水衣这种先进的装备，哪怕是叶昶都鲜有所闻，更别提普通百姓了。

可岳海楼瞧出原貌后，不仅没有丝毫讶然，甚至还微微露出了一抹不屑的笑意。其实，除了地字号天阳这层身份之外，岳海楼也是整个组织里的发明家。上到四大风车和宝塔，下到自己身上穿着的水衣，几乎都是经他之手研制。

如果说怪物的水衣是由一个名叫布来里的人发明的，那他身上穿着的这一件，则是来源于一名叫非普斯的探险家。

康熙二十六年，巴司敦有位铁匠之子，名字叫非普斯。他听说以斯班尼亚拉地方附近有满载银两的大吕宋国[1]船队沉没，于是想办法下水捞金银，结果捞到三十万圆[2]。

岳海楼在寻找特殊水衣的时候，忽然看到这一则消息，立马在心里想，此人竟然能潜入很深的水下捞到三十万圆，想必水衣的抗压性非常强。

经过种种手段物色，岳海楼找到了非普斯穿过的那件水衣设计笺草，原来是一件泳气锤。早期的泳气锤是五百多年前，一位名叫培根的英吉利格致家所发明。可非普斯穿过的那一件，明显经过了大幅度的改良，水底抗压与潜入深度都实现了极大的突破。

所以说，面前这个穿水衣的怪人，他根本不放在眼里。岳海楼取下腰间皮带上挂着的匕首，心想赶紧解决了这家伙，以免耽误圆阀的

1　大吕宋国：即今天的西班牙。

2　水衣内容：出自《水衣全论·卷一：入水源流》

拧转。圣主还等着二十八神兽升天呢,这事可不能耽搁。这样想罢,岳海楼立即向怪人游过去两三丈。

可准备动手之际,他忽然呆住了。因为就在两个怪人的身后,突然游过来一群头略大而纵扁的奇怪鱼类。这种鱼较为粗壮,眼中等大,尾鳍两叶中部各有一条暗色纵条纹。

由于鱼脊背上的骨骼产生剧烈的摩擦碰撞,因此发出来嘎嘎的声音。一条鱼的声音还好,这么多条鱼同时发出,不禁有种毛骨悚然的感觉。

作为地字号天阳,岳海楼尤擅思维传导。别人以为的思维传递,是通过眼睛把自己的思想传递给与自己对视的人。而手段高明的人,还能在对视中把对方催眠。

其实除此之外,岳海楼还能利用声音操控动物的思维,从而让动物为己所用。他对天地万物都有所了解,自然只瞧了一眼奇怪的鱼类,大概就知道了品种。

这种鱼在关东地区被称为嘎牙子,因为身上时常发出嘎嘎的声音而得名。鱼的背鳍棘和胸鳍棘的外表皮膜上藏有毒囊,如果不小心刺中了人体,轻则诱发剧痛、出血和局部红肿,重则会出现低热发烧,乃至于伤口感染。

而眼前这么多鱼向自己进攻,就算一条鱼的毒素不会致死,可数千数万条鱼的毒素加重汇集之下,必然生命堪忧。一想到这里,岳海楼连忙转身向反方向游去。虽说他的水衣很先进,可比起水性极好的嘎牙子,明显落入下风。

赤鬼向黄鬼打了一个手势,好像是在说,这次二十八名天阳成员死定了,而四觉谷和密档处被灭的大仇,今日终于能报了。黄鬼也回给了赤鬼一个手势：事未成前，切勿骄纵。

两人同时指引嘎牙子鱼群发起最后的进攻，庞大的鱼群列开阵营，好似千军万马般游向了二十八个方位。这些正在拧转圆阀的天阳成员，刚完成一半的任务，便被鱼群给包围了。他们想竭力甩开这些讨厌的家伙，可惜鱼群像是受到了某种蛊惑，用它们的背鳍棘和胸鳍棘全力撞向人群。

过不多时，这些被攻击的天阳成员身上开始冒起赤红色的血雾，就像扎破了一个血包，红色的血液源源不断地从伤口处喷涌。每个人体内的毒素，随着被攻击的次数而越积越多。直到微毒变为剧毒，完全麻痹了大脑。天阳成员纷纷窒息而亡，身体先是下沉，过一段时间缓缓向上浮升。此刻，二十八个方位的人已经全军覆没了。

赤鬼和黄鬼以为胜券在握，马上就能破了天阳的局。可谁也没想到，就在鱼群即将接近岳海楼的时候，突然传来一阵奇怪的鼓声。鱼群听到鼓声，纷纷放慢了速度。

两人对望一眼，不可思议地看向声源。原来，岳海楼胸口上是一面牛皮鼓。他左手握成拳头砸向鼓面，一串串气泡在他的拳头缝隙里咕嘟咕嘟冒出，形成了好看的珍珠奇观。他的右手向身后作招揽动作，不知道在呼唤何物。

相比空气中，牛皮鼓在水里的声音，更加沉闷浑厚，犹如怪兽发怒前的低吼。也许受到了鼓声的恫吓，所以鱼群不敢贸然行动？黄鬼和赤鬼同时产生了这个想法，但片刻以后，又一起否定了推测。因为他们看到，岳海楼身后，突然钻出一群游行速度极快的动物。

浑浊的水底无法瞧出动物的原貌，但却看得出来，那是一群线条状的奇怪生物，依靠波浪形的运动轨迹飞速蹿行。赤鬼和黄鬼都是训练过奇珍异兽的高手,只琢磨了短短数息,马上露出了骇怪的目光,甚至较之前的惊愕更盛!

那是……那是水赤链游蛇!

这种水蛇主要生活在山涧溪流和河叉池沼之中,虽说毒性不大,但如果数十条蛇同时攻击一个人,还是能把人给咬死的。此外,这种水蛇以泥鳅和鱼类等为食,只怕嘎牙子鱼群情况不妙了。

果不其然,水蛇群快速冲向鱼群,一条蛇咬住一条鱼,昂起头来向水面游去——因为它们喜欢捕到猎物后在水面吞食。片刻的工夫,二十八个方位的鱼群,尽数被水赤链游蛇吞并。

赤鬼向黄鬼打了一个撤离的手势,两人登时向水面上游去。岳海楼立刻发现了他们的意图,右手迅速指向两人,无数条水蛇嗖嗖冲向敌人。远远看去,就像秦军横扫六国的箭阵,势如破竹,无可挡也。

赤鬼和黄鬼哪里逃得过蛇群的围攻?凶悍的蛇群用头部撞坏了他们面前的玻璃片,有些蛇见两人张大了嘴巴,以为那嘴里是其他动物的地洞。由于蛇群天生不会打地洞,只会侵占别人的洞府,因此一条接着一条钻进了赤鬼和黄鬼的肚子里。

面对蛇群的强大攻势,以及大量水呛入五官,两人登时毙命。岳海楼抬头仰望着缓缓下沉的两具尸体,就像看到战死的仙人从天而降。他还特意游上前检查了两人的呼吸,发现已经死去,这才放心地游向了二十八个方位。

刚才那一战,耽搁了不少时间。现在手下已经全部死去,如果想唤醒二十八座神兽,还得多费些时间。所幸敌人被歼灭了,情况还不至于更糟。岳海楼欣慰地想着,缓缓游向了就近的一座神兽。

如果不是深入风车的内部,叶昶不会想到,这里面竟是机巧密布的复杂场所。屋子里的边缘位置是木架台基，人能在周围行走，而中部的冰层已经被凿开，巨大的木制齿轮机械贯穿入水里，不知道作何用途。

三四年前，叶昶曾受邀去过钦天监，参观过官员一比一复原的北宋时期的水运仪象台。那是天祐七年建造成的庞然大物，高四五丈，宽两三丈，全台共分为三隔，每一隔都被填充满了动力机械，简直令人叹为观止。

而今这座青龙位的大风车里面，丝毫不逊于水运仪象台里面的神秘空间。叶昶站在门口极力仰望，风车上的篷经过北风的吹拂快速旋转，一刀一刀把巳初时刻并不耀眼的阳光横刀切断，屋子里因为光线明暗闪烁而呈现出片段式的光影。

整个构造最壮美的当属中央的一架行轮，远远看去好似一座巍峨高耸的水排[1]。行轮中间的转轴两端，分别安装了很像顶梁柱的机械曲拐，一边的曲拐在上，另一边的曲拐在下，主要用于力的传输。曲拐的方孔之中的杆上安置滑车，而与滑车相连的地方安装一个立圈，下端定在恒升车提水的杆头。

只要行轮转动，两边自然会一高一低，什刹海里的水就能依次被提上来，浇入一口五丈见方的鎏金大铜缸里面。这种大铜缸是先把黄金溶于水银里面，制作成浆糊状的金和水银的混合物，再把混合物涂抹到铜缸周围，待到加热把水银蒸发掉，就会形成光亮的黄金外壳。如此精细完美的鎏金技术，明显只有三十作里的漆作才能实现。漆作有三四十名匠人，叶昶还曾经让他们漆过几把鎏金鸟枪，所以对漆工

---

1 行轮提水机械装置：详见邓玉函著《远西奇器图说》。

手艺极为熟稔。这口鎏金大铜缸的下端开了一个出水口，而水注入到另外一架水动力机械装置里面，就能带动其他的机巧运转。

如果说行轮装置奇器突兀，已算得上啧啧称奇。那行轮里面有十几名僧人疾步行走，就像人在水排内圈里踏行，更是令人击节叹赏。虽然叶昶并非格致高手，但他大致能判断出来，僧人在行轮里踏步是为了让轮子旋转，由此产生的力量带动曲拐，从而实现机械的运转。

经过半刻的观察，叶昶厘清了运转规律，于是向着中央的巨大行轮怪兽走去。此刻，僧人们都在紧张忙碌，四周又有参差交错的木制机械骨架阻挡视线，无人注意到他的存在。凭借矫捷的身手，叶昶不仅躲过了僧人的侦查，还偷偷上了一座拱形木桥。

从木桥下来，迎面是一架好似盘山道的螺旋木梯，直达行轮顶部的木制平台。登上平台，整座屋子内部的边边角角一览无余。而天阳究竟有怎样的企图，基本上也能有个大致的判定。

叶昶心里如此想着，轻手轻脚地走到了木制平台上面。这一切似乎太顺利了，他有点儿不敢相信。虽然他刻意避开了僧人们的目光，但毕竟天阳都是拥有超感觉知觉的能人异士，不应该发现不了他的存在，这究竟是怎么回事？

"大哥，我们又见面了。"安静的氛围，突然被一个熟悉的声音打断。叶昶四下里找寻，忽地看到平台的另外一边走上来一个人，正是林子群。

叶昶握紧了手里的雁翎刀，满是杀气地凝视着这位昔日的好兄弟："你果然还活着！"上次秦跃龙说，黯影追踪到，林子群跟着钟梓文一起退到了乾清宫大殿地下的密道。而钟梓文等人已被烧死了，唯独没有寻到林子群的尸骨。

由于叶昶隐居香山，秦跃龙不想破坏他美好的生活，所以迟迟没有告知真相。直到后来获知，天阳要在祈福法会上屠戮百姓，自己又急需叶昶援手，因此才说出了四个月前的这则消息。一来希望叶昶出山为死去的兄弟复仇，二来也是希望他能加入守卫京师的战役。

秦跃龙的苦心，叶昶深感理解，这两件事也是他非出山不可的原由。只不过他仍想不明白，林子群为何能独活呢？还有，这里是天阳组织的地盘，林子群为何会在此地出现？

众多的疑问串联起来，突然让叶昶步入了迷雾重重的森林。过了良久，他的脑海闪过一个可怕的猜想，厉声喝问道："你不是永瑆的人，你属于天阳？"

听到这话，林子群向前靠近一点儿，哈哈大笑道："大哥颖慧过人，猜得不错！以我的聪明才智，又怎会肯为他卖命？我不是隋先生，也不需要追求虚空的荣华富贵。我的命，只属于圣主旱魃！只要我为圣主超度了这三百零四名十世好人升天，他就会助我荣升天道！"说着他激动地张开双臂，仿佛即将实现升仙的美梦。

至此叶昶才明白，原来旱魃挑出三百零四名十世好人，竟是为了借助邪术得道成仙？如果真是这样，那乾清宫大殿地下的密道焚尸案，也就有了一个合理的解释。

其实乾隆遇到的那名叫旱魃的僵尸，压根不是神鬼，而是由林子群假扮。他故意怂恿钟梓文带领乾隆入密道，而后利用冷光把钟梓文等人杀死，好让乾隆相信鬼神作祟，再逼着乾隆答应举办祈福法会。这样就能让万民参会，从而实现旱魃利用邪术升天的野心。

旱魃的目的倒是梳理清楚了，可林子群为何要帮永瑆争夺储君，又为何联络洪门弑圣呢？听完叶昶问出的这个问题，林子群苦笑着摇了摇头,道:"大哥啊大哥,你那么聪明,怎会想不到呢?其实,隋先生跟永瑆合作,你已经查到了。你都能查到,圣主怎会查不到呢?本来呢,洪门和永瑆的小动作,圣主懒得去管。"

说到这里,林子群向左迈开半步,又道:"可考虑到,如果利用洪门制造一场轰动京师的大案,那乾隆必定心里恐慌,到时候肯定会相信天降灾祸,那祈福法会也就有了一个由头。后来在乾清宫密道里面,我再假扮圣主吓他一番,又有冷光焚尸,岂不坐实了天降灾祸?"他很满意自己的杰作,每当说起兴奋的点,总要忍不住啧啧两声。

叶昶没有打断讲述,听他继续说道:"到那时,无论是乾隆想借祈福消除灾祸余波,还是他答应了圣主必须去做,几乎都促成了祈福法会的召开。更为重要的是,经历了火风筝弑圣案,乾隆会极为重视祈福法会,所以安排了宫中的能工巧匠,来助我们建造起一座座庞然大物,这才是圣主的宏篇布局!"他感奋地张开双臂,犹如在接受阳光温暖的照射。

听完林子群的话,叶昶心里总算有了清晰的轮廓。原来旱魃就像掌控所有人命运的天神,信手把三位皇子的储君之争,以及洪门与永瑆勾结弑圣等事件,轻易地玩弄于股掌之间。如果说洪门的目的是弑圣,那旱魃的目的就是用冷光作为地狱之火,燃遍京师的大街小巷,虐杀阖城百姓,以完成他的升仙之愿?一念及此,叶昶怒不可遏地质问道:"为了虚无缥缈的升天愿景,你们藐视生灵,荼毒百姓,丧尽天良,怎配为仙?仙人之所以为仙,乃是校戒罪福,为人消灾,岂如尔等醒醒醍醍?"

"说得好!说得好啊!"林子群的真手拍到假手上面,发出了类似于手拍木桩的声响。他缓缓靠近叶昶,一边走一边拔掉那只假手,就像拔掉刀鞘,露出了锋利的阔刀。

上次冰窖一战,如果不是几名手下殿后,自己早已丧命于叶昶之手。这半年来,他无时无刻不在想着如何练就战胜叶昶的刀法。只可惜练了小半年,刀法虽有精进,但仍没有把握。好在,今时不同往日,因为他不是一个人战斗,还有另外一名高手与众僧人助他。

叶昶拔出雁翎刀,缓缓横在身前,目眦尽裂地道:"二弟陈典、三弟吴宇、四弟杜京,他们都是你之前最好的兄长。为了所谓的飞升成仙,你竟残害手足,背信负义,罪不容诛!上次在冰窖,我没能杀了你。而今,我再不会给你任何机会。"

听到这话,林子群禁不住打了个寒战。虽说自己有帮手,但想到叶昶刀法精湛,一旦出现闪失,哪里还有命活。不久前蒙生的必胜之念,突然间全卸了。

这时僧人们爬上了平台,蜂拥至林子群的身后。因为有了力量援助,林子群稍稍有了底。他回看了一眼近五十人的僧侣队伍,嘴角挂起一抹狞笑,心想先让僧众冲锋,杀死这个疯子最好。即便杀不死,也能消磨他的战力,到时自己再出手,岂不是事半功倍?一想到这里,林子群立马打了个进攻的手势。

两名僧人高举大刀冲杀过来,可还没有劈到叶昶的面门,两只持刀的手就被利刃切断,断处鲜血井喷,手掌与大刀一起哐当落地。后面的僧人被这一幕吓到了,顿时停住了疾冲的脚步。他们并非是出家僧人,而是天阳的下属。今日是祈福法会,只有僧人和官派匠人才能任意进出会场,无关人员都要受到会场外围官兵的排查,所以林子群才让他们假扮僧人。

虽然四大天阳的武功深不可测，但他们招募的徒弟就不好说了。林子群抽动了一下脸上的肌肉，再次下达了冲杀的命令。僧人们一拥而上，打算乱刀把叶昶砍死。不料叶昶的身法形如鬼魅，旁边的刀刚劈下来，他的身体便躲去了另外一边，而他手里的雁翎刀，早已杀向僧人们疏于防守的致命部位，僧人们顿时前扑倒地。

那些僧人的身手与叶昶根本不在一个层面。现在的叶昶，就像一头猛虎冲进了羊群，屠杀殆尽，不过只是时间问题。世上最可怕的高手，不是看不见出招，对手便已倒下；而是明明看他斩了很多人，体能却一点儿也没有衰退。

林子群哪里会想到，叶昶就是燎原的大火，半刻之内便把僧人全盘横扫而光。看到平台上血流成河，满地躺着横七竖八的尸身，林子群竟有了退缩之意。他连连退了两步，回头看了眼身后的梯口，正想着逃走。

这时一只大手落在了他的肩头，背后闪出来一位拿鸡刀镰的年轻人，正是贺千川。林子群连忙侧转过身，向他施礼道："师父，您来了！"贺千川嗯了一声，但却看也不看他，只是冷冷地道："我们师徒二人联手，破了他的刀法。"

听到林子群叫贺千川师父，叶昶先是吃了一惊，随后马上猜到，此人莫非来自四大天阳之一？因为叶昶了解林子群，他虽天生聪颖，但自身体质根本无法练就超感觉知觉。此人既是他的师父，那多半是四大天阳之一了。

如果揣测合理，再想到，苏颖是玄字号天阳，而数个月前，他和苏颖一起入宫救自己，甚至同去密档处查案。这些线索一条条串联起来分析，不禁让人会想，莫非一切全是旱魃布下的局？除此之外，如果贺千川是四大天阳之一,那徐卫东外甥的身份,以及在徐宅救自己等事,又该如何解释呢?

"叶大人,我知道你有很多困惑,你死之前,我不妨全告诉你吧。"贺千川迈了两步,走到了林子群的前面,一手拿刀,一手轻轻抚摸着锃亮的刀身,"我根本不是徐卫东的外甥,早在二十年前,我就杀了这个叫贺千川的人及其全家,一直取代他至今。当然,我想你也应该猜到了我的身份,我便是四大天阳之一的天字号!"

大概是二十年前,徐卫东的亲妹妹全家被天字号杀害,而贺千川反被掳走。不过后来贺千川也被杀害了,天字号便以这个名字示人。

四年前,天字号以贺千川的名义给徐卫东写信,声称自己被牙婆掳走。经过跋山涉水,终于从千里之外的甘肃来到京城,只为见舅舅一面。十六年未见的舅甥俩,一见面便抱头痛哭。可徐卫东哪里会知道,这个外甥竟是假冒的。

其实怪不得徐卫东。因为他们舅甥本就没见过几次面,再加上这些变故,贺千川家里人已全部遇难,只剩这个孩子孤苦在世。

徐卫东一来觉得他可怜;二来因为两人十几年没见,难以辨别外甥的样貌;三来天字号颇为懂得保养秘术,只需经过简单的化装处理,便把老眼昏花的徐卫东给骗了。

种种原因之下,徐卫东才误以为天字号是自己失踪多年的外甥贺千川。

叶昶问道:"你不惜花十六年的时间隐藏身份,究竟有何目的?"天字号仰头哈哈大笑,似乎分外得意。见到这一幕,叶昶忽然想到了什么,连忙又道:"莫非这是旱魃布下的局?早在二十年前,他就开始谋划一切了?"

天字号有些欣慰地点了点头，道："早在二十几年前，我便跟旱魃认识了。那时，他还不叫旱魃，只是一个无名的野小子。后来，我发现他才智卓绝，天生就有常人无法企及的本领，这才打算唯他马首是瞻，奉为圣主。"

听了天字号的描述，叶昶心里忽然在琢磨，旱魃似乎跟天字号年纪相仿，两人最开始只是志同道合的朋友，并非是谁领导谁的关系。只不过后来旱魃用才华征服了天字号，并把他纳入了自己麾下，因此成为四大天阳之一。

这边正想得出神，天字号继续说道："起初，圣主决定用尽浑身解数去骗取五觉的信任，再逐一学去他们的绝学，待到融会贯通以后，创造属于自己的感觉门派，也就是天阳派。而我呢，先杀了贺千川一家，并以这个名号存活于世。我曾问过他，花二十年，耗费在一个没用的人身上，究竟值不值得？圣主却笑着说我二十年后便知道答案了。圣主果然是圣主，真没想到，他的布局如此之精彩，他可真是天选之子！"

当线索串联到这里的时候，叶昶突然感到头皮发麻。他想到了一个极为可怕的猜想，连忙问道："难道……难道早在二十年前，旱魃就已经想到了利用皇储之争、洪门弑圣这两股势力，借以完成他祈福法会的邪念？"

"不错！"天字号的声音洪亮而又有底气，"当然，二十年前，圣主还不知道立储候选人是谁，也不清楚洪门会不会弑圣。可这一切，只要我们把局布得天衣无缝，我先安排我的好徒儿打入永瑆的内部，经过他的牵线搭桥，让隋先生跟永瑆合作。如此一来，这两方势力可都被我们掌握了。为了争得立储之权，我让好徒儿给永瑆出主意,可以栽赃徐卫东跟洪门勾结,如此不就间接坐实永琰跟洪门勾结了吗?"

这话确然有理。毕竟徐卫东是永琰的恩师,虽然已经致事,但却时常出入永琰府邸,十分可疑。如此一来,不就可以轻松除掉一个跟自己争夺立储之权的敌人了吗?

经过梳理以上线索,叶昶暗暗思索着细枝末节。此刻,天字号又道:"当然,永瑆也不傻,他也知道自己不能揭穿这件事,刚好你在追查写字人钟案,由你来揭穿永琰勾结洪门的罪证简直再合适不过了。所以啊,为了让你相信这件事,我和地字号天阳岳海楼一起参与了案情,可真是煞费苦心了。哦,对了,他那个独臂书圣的名号也是假身份,不过是为了吸引秦跃龙来调查而已。简而言之,你最开始是帮永瑆除掉立储大敌的推手。你既然有这么大的作用,当然还不能死,我怎么着也得救你一把。现在能明白,为何徐宅那次,你没有死了吧?只可惜啊,你太聪明了,慢慢查到了幕后真凶是永瑆,所以他才会狗急跳墙,非要联合隋先生杀了你。其实花炮局冰窖那次大爆炸,实际上是永瑆和隋先生精心布下的局。他们都以为你死了,可只有我知道,你还活着。因为冰窖里的那口逃生井,是我特意为你留下的。"

最后这句话太意外了,林子群突然难以置信地看向天字号。他哪里会想到,师父居然会放走这尊罗刹?当时执行任务的时候,师父明明说要帮自己除掉宿敌,哪知竟会弄成这样?林子群倒吸一口凉气,头皮微微发麻:"您……您为何这么做?"

"你以为我不想杀了他吗?那是圣主的意思!"天字号冲着林子群吼了一声,仿佛心里积郁着太多不便宣之于口的秘密,"这个人抢走了敏敏的心,我可比你更恨他。"

一个熟悉又陌生的名字,遽然让叶昶浑身震颤。他至今都没想明白,苏颖接近自己有何目的。他的心底还留存着一些美好的念想,可又非常害怕那份美好里面藏着阴谋算计。

太阳已缓缓高升,冰冷的阳光透过四面的窗户照了进来。外面快速旋转的风车叶面,把光明一片一片阻断,生出无数诡秘莫测的阴影,远远看去好似幽森的亡灵复活过来。

天字号把大刀指向叶昶,冷冷地道:"二十几年前,我第一次见到敏敏,便已对她痴狂着迷。别说是你们,即便是我也难以说清,一个比她大了近十岁的人,为何会对一个垂髫少女那么喜欢。后来我去执行取代贺千川的任务,就没怎么再见过她。"

他把刀放下来,拄在地面上,当个支撑:"直到那次在徐宅,那个傻姑娘奉了圣主之命来杀徐卫东,她还不知道圣主布下的局,更不知道自己就是这场局中的一环。哦,对了,徐卫东其实是被我所杀,至于凶手是个戴着傩面具的男人云云,都是我编的。只有编得足够神秘,我才有机会跟你一起查案,并且迅速建立关系。"

这话让叶昶微微皱了皱眉,真没想到,背后竟有如此复杂的原由。天字号摇了摇头,轻声叹道:"圣主之所以一而再再而三地留下你的性命,一是仰慕你的为人,不愿你过早死去;二是我们这场局,还得靠你运转,否则就断线了。比如那次在花炮局冰窖,本可以把你炸死,但圣主考虑到,密档处虽能被岳海楼带人攻灭,但是万一里面还藏着其他秘密,那就不太好寻觅了。于是,圣主让我放你一命。其一,你查案才能出众,洪门弑圣与立储之争的大案,还得靠你侦破,这样才能为祈福法会的召开铺垫前因；其二，我和敏敏救下你一命，定然会讨到你的信任。与此同时，密档处面临被攻灭的危机，你和秦跃龙人手不够，必定需要我们襄助。这样，我们便能以朋友的身份，再次窥探密档处的机密。哎呀，事实证明，圣主还是多虑了，因为那里面实在没有更有价值的东西了。"

一连串的秘密，经过天字号细致梳理，竟让叶昶听来毛骨悚然。这个叫旱魃的人，实在太可怕了。他的每一步算计都精准到位，堪比三国之时的诸葛孔明。这番头脑用在为民谋福上面，必然是一代良相。只可惜，他的心目中唯有羽化登仙的邪念，终究是入了歧途。

叶昶推敲着来龙去脉，忽听天字号又道："哎，敏敏向来单纯，一直被蒙在鼓里。如果知道了这些错综复杂的事，还不定怎样伤心难过呢。"他抬起头，双目中溢出杀意，瞪着叶昶，道："只要杀了你，她的心魔也该除掉了。届时，我慢慢为她疗伤，倒也是个法子。"

一听到苏颖是被旱魃给利用了，而自己误会了她的真心，叶昶忽然感到胸口阵阵刺痛。也许还有许多的秘密，自己至今仍不知道，他想继续听天字号讲下去。

"因为在没有遇到你之前，圣主让她干什么，她便去干什么。亲情于她而言，几乎是一切。可偏偏那天，她遇到了你，又回想起了二十年前那场大火之中，你救过她的事。料想从那以后，她的心才一点点靠近你，而逐渐背离了圣主吧？"

天字号苦苦一笑。因为他知道，悲剧在这一刻，便已注定："其实这个傻姑娘怎么会知道，她根本不是圣主的亲生妹妹，也无须背负愧意跟你在一起。这些秘密，在此之前，除了我和圣主，谁也不会知道。"

"什么？如果苏颖的身份是永敏，那旱魃就是永泽。可我们明明查到,永敏和永泽是弘晳的私生子女?"叶昶始料不及地问道。

天字号虽见他一脸疑窦,但也不吝于相告:"弘晳是乾隆七年暴毙,而你们叶谷坨村是二十年前被屠,也就是乾隆十六年。那时,弘晳已死了近九年,又怎会出现在你们村呢?"

一句话经过点拨,猛地让叶昶恍然大悟。当时大家都被象牙龙凤牌给蒙蔽了,竟误以为那是弘晳留给私生子女的信物,哪里还会细究这里面有很深的时间误差呢?

原来如此,原来如此,叶昶幡然醒悟般地喃喃自语。他们之间没有世仇,一切都是旱魃的阴谋作祟,这可真是天大的喜事!只要寻到苏颖,那以后便与她长相厮守,隐居香山,再也不过问世间仇怨。

天字号没有注意到叶昶的情绪变化,仍旧讲述着过去的往事:"弘晳的确有一对坊间流传的私生子女,他们手里也的确有一对象牙龙凤牌,可那两人,早已被圣主所杀。对了,借助别人的身体复活,一向是我们天阳派的绝学。相比于游侦门,我们最大的特点是,没有人知道我们的前史和来历,就连我们自己也要刻意忘记过去。"

这时叶昶心里忽然在想,难道苏颖也没有过去吗?天字号叹了口气,道:"圣主说过,我们就像水一样,随时随地适应任何容器。为了找到可以替代永敏的小女孩,我们寻了很久才发现一个合适的孤儿。圣主从小给她灌输父亲是弘晳的思想,还说自己是那孤儿的兄长,久而久之那孤儿便信了。而这个孤儿,就是现在的敏敏。后来,为了让更多的属下为自己卖命,圣主又想到号令那些愿为弘晳复仇的势力为己所用。此后,天阳派的力量与日俱增!"

一直以来,叶昶都没有想明白,旱魃就算天赋异禀,只他一人也难以成事。他既然没有加入洪门,又没有其他背景,又是从哪里寻来

497

的帮手？谁也没料到，他是借弘晢的权势培育力量。梳理至此，案情大概都已捋清了。可在叶昶的心里，仍旧对苏颖充满了深深的牵挂，于是问道："你的意思，苏颖是个不知来历的孤儿？"

天字号轻轻叹道："是啊，她是孤儿，至于更细致的来历，只有圣主知道，我也不清楚。"说到这里，他面向叶昶，微微勾了一下唇，"此外，二十年前，圣主为何让我们去叶谷坨放那把大火，又为何杀光所有村民，这我也不清楚。"

雁翎刀猛然一颤，刃上的鲜血落到了地上。原来当年屠戮叶谷坨，害死自己父母，同时致使自己与妹妹走散的人，除了旱魃之外，还有面前这个天字号天阳！

杀了此人，可为父母及村民复仇；而杀了林子群，又可为三位兄弟复仇。不过在动手之前，他心里还有最后一个问题："苏颖是不是被你所救？她人在何处？"

这时天字号举起了刀，虚空划了两划，冷哼道："我今日把一切告诉你，不过是想让你死个明白，也不枉咱们相识一场。说实话，你的确是个难得的人才。只可惜，你与圣主为敌，又抢走了敏敏的心，咱们成不了朋友。如今圣主大业即将成真，再也不需要你来助力。这一次，我可不会再放过你了。"话音落下，长刀已迎面劈过来。

这是一把鸡刀镰，也被称为花腰子，山西武人最爱，相传是心意拳创始人姬际可所创。这种武器最大的特点便是小巧轻便，顺应形势，借力打力，可攻可守。既能对抗短兵器，也能与长兵器厮杀。

早年习武之时，叶昶便听说过姬际可的故事，也对他的六合枪法与六合拳法很感兴趣，一直无缘领教。今日天字号既使出了鸡刀镰，想必也会些姬际可延传的功夫，索性打个痛快。

两把兵刃甫一相交，顷刻间响起叮叮当当的碰撞声。那些刚刚爬上平台的僧众，手里虽拿着斩马刀，看上去来势汹汹，杀伐凛冽，但他们感觉一点儿忙也帮不上。因为这两人交手的速度实在太快了，以至于连观看都瞧不清招式，更别提上前助力了。

　　林子群虽心下没底，但还是跟旁边的手下要了一把刀。他一手握刀，义肢本是一把刀，因此能使出连环双刀。可他哪里会想到，刚刚近到二人跟前，刀锋才劈向叶昶，不知道从何处杀来刀气，竟将他的身子震出半丈开外。

　　半年不见，叶昶的功力又大增了！林子群骇然失色。近段时间，他夜以继日地练功，为的便是希望今日能胜过这位昔日的大哥。也许他在武学上实在没有天赋，而进步速度，永远赶不上一个比自己还努力的天才。一想到这层，就连上去帮天字号的念头也没有了。

　　两个兵刃相交的高手，无形间组合成了球状的旋转刀盘。任何人近到刀盘的附近，都会被锋利的刀气割伤。三个围观的僧人，就因为避闪不及，胸口和后背均出现了不同程度的伤口。两人从平台移向螺旋木梯，小立柱一根一根被快刀切断，扶手木也没能幸免，连三并四断为数截。

　　林子群知道跟天字号联手无望，立马吩咐手下取来连发弩。他半蹲在平台上面，手肘压在膝盖上做支撑，望山瞄准了一边打斗一边下楼梯的两人。

　　嗖嗖——

　　两支箭先后射出，直取叶昶的后背。可等箭矢真的逼近目标时，一支箭却被突如其来的鸡刀镰斩为两截，另一支则从叶昶的左肩擦过。倘若再晚一步，必定是后背中箭了。天字号最厌恶偷袭之人，他更希望跟叶昶来一次公平较量,所以给对方挡下一支箭。

因为受到了偷袭,叶昶不得已向下退了几步,右手幸好抓住了拐角处的大立柱,不然自己必定会掉下去,摔个粉身碎骨。

"林子群,纳命来!"叶昶冲着他大喊一声,大踏步向上奔去。此刻,天字号被这阵吼声吓了一跳,呆了须臾。待他反应过来时,叶昶已从自己旁边飞驰而过。

阳光仍旧被风车快速旋转的叶面不停切割,时而明亮时而阴暗的房间里,闪现着一个提刀登楼的黑影。刀刃上在滴血,而黑影奔行的速度难以捕捉。

林子群以为连发弩能压制住叶昶,谁知二十支箭全部射光了,也只是让他慢了几个呼吸而已。眼看凶神马上杀来,自己哪里能敌?只好连忙丢掉弩机,想从另外一边的楼梯逃走。

他刚转过身,几乎还没有来得及迈开步子,后背犹如被虎口啃了一下,剧痛霎时传遍全身。下一刻,乱刀在他的后背飞舞,一阵因为憎恨而爆发出的怒吼也随之响起。直到林子群软软倒地,叶昶才舒了一口气。

"你这兄弟,还真以为跟着圣主便能飞升成仙呢!"天字号缓缓走了过来,厌恶地扫了一眼地上的林子群,随后他抬头看向叶昶,一震手里的鸡刀镰,发出嗡的声响,"现在他死了,再也没有人阻挡咱们好好打一架了吧?"

林子群已死,大仇也报一半了,心里的宿仇约束的确化解了不少。叶昶深吸了几口气,只待平复了些许气力,右手才把雁翎刀再度缓缓横在胸前,道:"咱们,再来!"说完雁翎刀刺了出去。虽说速度比之前慢了一点儿,但杀伤力依旧不容小觑。

第二十九章
绣作密档：廿八星宿

绣作密档：乾隆三十七年正月初一戌正

黑鬼与不空比试耳聪，技不如人，横尸当场；岳海楼启动廿八星宿神兽，惊天危机就此爆发；叶昶与天字号决战于亢金龙兽之巅，利用平衡术成功将其击杀；苏颖获知释牟并非自己的兄长，甚至是杀父杀母仇人，跌宕命运，雪上加霜。

八角攒尖顶宝塔的宝珠上面，站着一位身穿黑色裘皮大氅的老者。他的肩上落着两只鸱鹗，目光俯视着塔下壮丽的景色。

因为今晚是祈福法会的开始之日，家家户户都自觉点起了灯，希望能借灯光来接受佛祖的赐福。可即便什刹海周围全是光，也依然照不亮这漆黑的天空。

黑鬼紧了紧大氅，还是感觉到了一股前所未有的冷意。七日前，秦跃龙见他没有一件能御寒的衣服，于是把乾隆赐给自己的裘皮大氅给了他。

这件大氅用的是西域进贡的貂皮，表面毛针油光可鉴。经过绣作精细的缝制，可见背部点缀着祥云、白鹤等图案，尤其中央的一只鸱鸮最为醒目。

仔细去瞧，这只鸱鸮被绣得惟妙惟肖，明显是苏绣的针法。天底下有多少人想讨绣作缝制的衣物穿一穿，又有多少人有此福分呢？黑鬼很满意这件衣服，的确也为他挡住了酷寒。

事实上，今天的北风格外冷冽，一阵接一阵疯狂刮来，宛如冰刀在身上刺。鸱鸮都受不了寒冷了，张开翅膀把头埋在里面取暖。

"这位施主，你在这儿等了数个时辰，不知寻到要找的人没有？"黑鬼低下头缓缓扫去，一位穿着月白僧袍的年轻和尚，此刻正站在塔顶坡面上仰望着自己。

等了这么久，总算有人上来了。黑鬼暗自想完，自宝珠上一跃而下，刚好落在仰月石上面。仰月石的夹缝里插着一根铁棍，他拔出来，放在一条倾斜向下延伸的铁链上拧了两圈。这条铁链从仰月石一直延伸到塔檐，只要抓住铁棍的两边，就能顺势滑行而下。

黑鬼耸了一下肩，两只鸱鸮立即展翅高飞。他抓着缠紧的铁棍飞速滑了下来，稳稳地落在年轻和尚的身前。过不多时，两只鸱鸮在空中盘旋了一会儿，又一次落在了他的肩上。

看到这一幕，年轻和尚只是微微笑了笑，道："黑鬼施主好身手。我听闻，施主耳聪绝世，今日一见，果然名不虚传。"

黑鬼抖了一下大氅上的积雪，漫不经心地道："不空禅师更是好眼力，我站在这么高的地方，你也能瞧得见。莫非，你是天字号天阳，尤擅遥视？"

不空笑着摇了摇头："小僧不是天字号，小僧乃黄字号。"

一听是黄字号,黑鬼脸色倏然大变,心想黄字号擅长预先知觉,那是一种超越五觉之外的特殊本领。因为其他三大天阳的超感觉知觉,就算技能超乎想象,多少还跟五觉有关。可唯独这预先知觉,简直像是通神之术,已然无法用凡人思维想象了。

黑鬼打量着这个不起眼的年轻和尚,用略带请教的口吻问道:"老夫修习耳觉多年,也见识过师父夜星子施展的五觉合一的本领。说实话,五觉合一,已算得上是老夫今生认定的最高明的功夫了。而不空禅师修习的预先知觉,究竟是怎样的本领?"

不空双手合十,宣了一声佛号,然后才道:"其实那算不得什么本领,不过是小僧修习佛法之时,悟到了识海的第三层境界罢了。"

早年间,黑鬼跟着师父夜星子修炼耳觉,听他说起过一件事:一个人把五觉发挥到极致,固然是好本领。可若只懂表层技术,无论本领多强,都只能算作是下乘。至于上乘,乃是超越五官感知能力之外的本领,也可以称之为直觉。

当时五觉都不相信世间有这种本领,自然也没把师父的话放在心上。直到碰上天阳,黑鬼才意识到,原来超感觉知觉便是师父提及的那种神乎其神的本领。道家称之为天眼,佛家称之为识海。听说识海的第三层十分玄妙,预先知觉只是识海里最微末的一项本领而已。

黑鬼围着不空走了一圈,不由得嗤笑道:"我是个粗人,从小到大没有读过几本书。至于什么识海,我可就更不懂了。不空禅师一看就是个老实厚道的人,你可不能蒙我。"

这话言外之意,分明是在说,他不相信有预先知觉这项本领。不空也不介怀,笑道:"黑鬼施主不必担心,因为小僧也没有读过书。小僧自幼失明,任何知识全靠听,而不是靠读。"

听了这话,黑鬼大吃了一惊,不禁走上前在他的眼前挥了挥手。谁知不空一直在笑,眼珠却一动不动。

"你……你既已失明,如何……如何上得来这塔顶?"黑鬼本是奇人异士,可就算他耳觉绝顶,如果没了眼睛,也绝无把握爬上塔顶,更别提毫发无损、处之泰然了。

不空解释道:"小僧幼年之时,摸索出一项本领,用嘴巴发出尖锐的咔嗒声,经过把周围物体反射的回声转化为空间信息,就能如眼睛一样看清周边的物体。经过二十年的训练,小僧不仅能利用回声分辨出佛塔、庙宇等大物体,还能分辨土渣、蚂蚁等小物体。至于爬上塔顶,实在是再简单不过了。"

虽说黑鬼耳聪绝顶,但也只是听直线传输的声音,从未想过利用回声判断物体,至于代替眼睛勾画物象,实在不敢想象。不空知道他在这方面的缺憾,笑着直言道:"预先知觉,黑鬼施主不曾研习,如果拿此术与你比斗,显然不公。你看这样如何,你我既然都耳聪过人,那咱们就比一比听觉,来一次生死决战如何?"

比斗耳聪决生死,这倒很稀罕。黑鬼想了想,问道:"怎么个比法?"不空转过身,伸手指向了高塔的下面:"你从塔上搬一块石头,用力扔下去,到时会在河面上砸开一个大洞。下面光线黑暗,单单只靠眼睛看,绝发现不了冰洞的位置。那么接下来,我们用黑布蒙上眼,再利用回声定位,分别确定冰洞的位置,各自从认定的地方起跳。回声定位准确的人,安然无恙掉入冰洞,不会死。可如果回声定位出错的人,便只有死路一条。"说到这里,他忽然停顿了片刻,又充满挑衅地道:"你不是一直想为四觉谷被灭之事复仇吗?小僧今日便给你这样的机会,怎么样?"

听到这里，黑鬼兀自想到，天阳个个武艺高强，自己单打独斗，不定有胜算。这次不空提出比耳聪，倒很贴合自己的心意。哪怕不幸战死，那也是死得其所了。

黑鬼"嘿"了一声，冷冷地道："我接受挑战。生死由命，富贵在天。老夫比你年长数十岁，即便有什么意外，那也划算。"说完这话，他忽然伸手指向不空道："不空禅师，咱们比斗得讲究个公平。我用黑布蒙眼，你也得蒙上，如此才算合理，是也不是？"

不空双手合十，笑道："一切全听黑鬼施主的安排。"

在争得不空的同意后，黑鬼从身上扯下两块布，一条先蒙住自己的眼睛，实验了一下，感觉任何东西都瞧不见了，于是才给不空蒙住双眼，并在脑后扎紧。

现在比较困难的是，寻找一块足以砸开冰洞的石头。这时寂静的环境里突然爆发出尖锐的咔嗒声，一阵一阵犹如甩鞭子的声响那般刺耳。

三四阵过后，不空停止了发声，身子虽未转动，但手已指向了身后的塔顶："黑鬼施主，你方才站着的那块仰月石的另外一半松动了。我听回声判断，只需十钧的力量便能拆下来。烦劳你再上去一趟，拆下来，随意丢下去即可。"

这话太过于匪夷所思。纵然是黑鬼自己，也绝难通过回声判定石块的松动问题。他将信将疑地爬上了塔顶，稍用力推了推仰月石，果然有摇晃的迹象。

真是怪哉，莫非这家伙回声定位的本领早已出神入化？可黑鬼练了这么多年的耳聪，绝不相信世间存在如此邪术！过了片刻，他猛然转念一想，宝塔由不空及其僧众修建，仰月石一定是他们故意留下的破绽，以便虚张声势。

真也好，假也罢，跳下去一试，生死便见分晓了。黑鬼这样想完，用力拆下那块仰月石，高高向天空抛了出去。起初还能看到石头运行轨迹，可随着往下跌落，就像坠入了万丈深渊，任何痕迹都没有了。

过不多时，塔下传来轰隆一声破冰声，黑鬼听得出来，大约是在西北方。所以，只要在西北方站定，再通过回声定位的方法，就能寻到冰洞所在。

当梳理完这些细节，黑鬼才从塔上跳了下来。此刻，不空已在西北方站定。他双眼上蒙着的黑布分毫未动，脑袋后面系着的两根长布条，因为北风的吹动而呈现波浪状起舞。

"黑鬼施主，我们可以开始了吗？"不空仿佛是在向黑鬼请示。这一刻，黑鬼心思沉重地望了他一眼，也说不出哪里有问题，但无端感觉到一丝胆怯。

这么多年了，他跟很多人比过耳聪。无一例外，自己都是必胜的那一方。可今日，他在跟一个并没有系统研习过耳聪的人比斗，竟生出了恐慌，究竟是哪里出了问题？

虽说察觉到了不对劲，但留给黑鬼寻找原因的时间并不多。因为下一刻，不空又向他询问了一遍，是否可以开始。

这时黑鬼一咬牙道："那便开始！"不空冲他微微一笑，只说了一个"好"字，随即转过身面向西北方，嘴里再次发出尖锐的咔嗒声。这次声音重复了七八次，不空才面向黑鬼笑道："黑鬼施主，我寻到了地儿，该你了。"

黑鬼用黑布蒙上眼睛，学着不空发出了咔哒声。虽是第一次使用回声定位，但凭借他绝顶的耳聪，还是听到了来自塔下的冰洞回声。

原来一点儿也不难。黑鬼露出了得意的笑容，道："不空禅师，那我们起跳吧？"话音刚落，不空先起跳，黑鬼随后跟紧。

两支黑箭从天而降，一头扎进了幽暗无垠的深渊。塔下的冰面上是行色匆匆的僧侣，他们都在为即将开启的祈福法会而忙碌，本来无人闲驻。可刚才的冰面碎裂声太响亮了，附近的僧侣为了查出原因，纷纷聚拢过来找寻线索。

过不多时，一口三尺见方的冰洞周围，黑压压一片站满了人。这几日京城一直在下暴雪，几乎没有过阳光普照的时候，因此冰面深厚，即便什刹海上站满了人也不会塌陷。那这口冰洞究竟是何人所为呢？

大家纷纷议论起来，谁也没有说服谁。就在这时，天上突然落下一道黑影，嗖地一下坠入冰洞之中，溅起数片刺骨的湖水。

靠冰洞近的僧人，迎头被泼了一盆冷水，一个个哎呦哎呦叫着"好冷"。胆小的僧人早已躲得远远的，而胆大一点儿的僧人，凑近了去看，非要搞明白刚刚掉下去的是什么东西。

这时天上又落下一道黑影，可黑影落入冰洞以后，并没有传来清亮的落水声，反而是嘭的一阵沉闷的响动。与此同时，从冰洞里溅出的水量也很少，附近的几个僧人还是被泼了一身，但这次他们不叫着"好冷"，反而异口同声地说着"好烫"。

三四个鼻子尖的僧人，瞬间嗅到一股怪味，惊惶万状地道："是腥味，是血！"这话刚说完，余下五六个浑身溅了"热水"的人，伸手摸了一下头上的水渍，拿到眼前捻搓了数下，果然是黏稠的鲜血，登时吓得脸色大骇，两三个胆子小的，两眼一黑，更是吓昏了过去。

事情发生得太过诡异，僧人们正准备一哄而散。

这时冰洞里先冒出一顶光亮的脑袋壳，然后是一双手扒住冰洞边缘，缓缓爬了上来。他拧了拧僧袍上的积水，丝毫看不出慌张和不安，就像刚刚凫水完上岸。

"是……是恩师……"眼尖的僧人瞧出来，神秘僧人是不空，连忙招呼其他人别跑。这数十名僧侣都是不空的弟子，负责监管四周的安全境况，尤其不能让可疑人员擅入。大家看到恩师从冰洞出来，心想一定是在修炼某种高深的功夫，一起凑过头来询问缘由。

谁知不空拧完身上的水，忽然伸手一指冰洞，道："你们去瞧一瞧那冰洞中央是何物。"两名弟子走了过去，从怀里摸出一根火折子吹亮，缓缓伸向洞口。

一个穿着黑色大氅的老头儿挂在了冰锥上面，他的身体已被扎穿了，鲜血顺着伤口不断汇入冰下暗水。原来，黑鬼虽然发现了冰洞的位置，但唯独没有听声辨别出，冰洞中央竟立着一根尖锐的冰锥！

什刹海上寒风呼啸刮过，在阴森诡谲的黑夜里搅动，烘托出即将到来的末世劫难。北风吹得四座风车上的叶面呼啦啦转动，如果风速再大一些，只怕连叶面都被吹掉了。叶昶和天字号已大战一个时辰，从风车里打到外面，迎着狂风越战越勇。就在这时，冰面上蓦地发生了剧烈的晃动，好似地震发生的前兆。

可两位高手对决，哪里会受到任何外界的干扰？他们仍是刀锋对刀锋，全凭经验捕捉杀意，然后挥刀格挡或攻击。眼睛看到危险，再反馈给大脑做出反应，那样实在太慢了。高手的决战已经不需要用眼，而是意随心动。

此刻，地动山摇的冰层上面，二十八个海怪，刚好把四座风车和中央的八角攒尖顶宝塔包围了起来。

海怪们身高四五丈，全是钢筋铁骨，周身用透明玻璃装饰，里面盛满了各种发光的碎石块。遥遥望去，好像点亮了二十八盏海怪造型的巨灯。

更为离奇的是，每个海怪身上发出的亮光都不一样，形成了二十八种绚烂多彩的颜色。细究起来，碎石应该只会发出一种光源，而用来装饰海怪的玻璃则用到了不同颜色，所以才会呈现出斑驳陆离的景象。

这二十八个海怪，其实来源于二十八星宿里的神兽：青龙位是角木蛟、亢金龙、氐土貉、房日兔、心月狐、尾火虎、箕水豹；玄武位是斗木獬、牛金牛、女土蝠、虚日鼠、危月燕、室火猪、壁水貐；白虎位是奎木狼、娄金狗、胃土雉、昴日鸡、毕月乌、觜火猴、参水猿；朱雀位是井木犴、鬼金羊、柳土獐、星日马、张月鹿、翼火蛇、轸水蚓。通天神兽们缓缓亮起，交织成了光彩奇异的神话仙境。

秦跃龙和顾宗万站在什刹海岸边，举头仰望着这千古奇观，霎时间呆住了。不光是他们，就连身后的三千余名护军，以及沿岸的万余名百姓，全都被如此盛景给惊到了。

几个时辰前，秦跃龙和顾宗万入宫回禀了乾隆，就说祈福法会很可能是天阳组织谋划的弑圣阴谋。鉴于上次乾清宫爆发了火风筝弑圣案，乾隆格外担心意外再次发生。经过秦跃龙的劝谏，放弃了参会，并让永琰代自己出席。

为了保证法会的顺利召开，乾隆还让八名营总、八名护军参领、十六名副护军参领、三十二名署护军参领、一百二十八名护军校和副护军校等长官，前后组织了三千余名护军支援，正是两人身后那一群手持火把的浩荡队伍。

整场法会不出意外还好，一旦出现意外，三千余人将全力围捕不法分子，及时完成救援工作。只可惜，现在秦跃龙手里还没有确凿证据，因此无法定双塔庆寿寺一干僧人的罪。面对如此复杂的情况，秦跃龙只好让众护军守在岸边，伺机而动。

此刻，顾宗万把一只千里镜拉长，沿着二十八神兽扫了一个遍，最后锁定在亢金龙的头顶："大哥在那儿！"他放下千里镜，伸手指向亢金龙。秦跃龙微怔须臾，连忙夺过千里镜，遥遥望去。

圆镜筒里是两个比武的人影，一人持雁翎刀，一人持鸡刀镰。两兵刃铛铛相交，闪现出耀眼火花。虽然听不到打斗声，但只是看金属因为碰撞而迸射的火花，便足以让人体会到惊险。

这时天字号向后退了数步，把鸡刀镰横在胸前，微微笑道："叶大人，咱们已拆了三百三十七招，仍旧未分出胜负。如果再这么打下去，只怕到了天亮也见不到分晓。"

"不错！"叶昶把雁翎刀指地，面向他冷冷地道，"再这么打下去，确然分不出高下。我看不如这样，咱们一招定胜负，如何？"

天字号换了一个拿刀的手势，道："好！"他看了一眼脚底，晶莹透亮的玻璃板下是闪烁着亮光的石头，却不知那石头是何物。天字号轻轻跺了一下玻璃地板，道："这亢金龙除了骨架是钢铁打造之外，四周透明的都是玻璃，而这玻璃头顶之下的空腔里面，盛满了冷光石。至于什么是冷光石，你应该很清楚。咱们不妨把头顶上的玻璃全部打碎，两人站在半个脚掌宽的钢架上悬空比斗。谁如果落入冷光石里面，必定毒发身亡，一命呜呼。"

如果天字号不说明，叶昶还真没注意到，二十八座星宿神兽里面，居然放满了冷光石。任何一座星宿神兽被引爆，都将会触发其他神兽连环爆破。到时候火焰坠入冰面，突遇冷水，释放吞噬一切的毒烟。那全城百姓，岂不全部逢难？

一想到这里，叶昶不再废话，当即答应了这种比斗方式。两人用刀把亢金龙头顶上的玻璃悉数砸碎，小心翼翼地站在了同一根钢架上面。两只脚缓缓接近对方，雁翎刀递向鸡刀镰，先是轻轻交叉触碰，仿佛像是决战前的礼让，随后便是丁零当啷的激烈交锋。

在细长的钢板上面决战，分外考验平衡术。当年叶昶跟随青鬼修习武艺，最先修练的便是此术。如果想练好平衡，就需得让身体对力量有良好的感知力。

一开始是站梅花桩，然后是在悬崖上走钢丝。再后来加大了难度，马背上横一根木杆，左边坠与人等重的石块，右边站人。马在坑坑洼洼的山路上疾驰，而人要保持单脚站立不倒。

经过十数年的训练，叶昶的平衡力已炼得炉火纯青。

半刻激战，钢架已受到多处刀伤，正处于折断的边缘。两人的武器都是由百炼钢打制而成，而百炼钢是做斩钢剑的材料，纯度较高的钢筋都能被斩断而不伤刃，更别提这种杂质含量较大的钢架了。

"着！"雁翎刀砍向摇摇欲断的钢架，因为站立不稳，天字号抑制不住地下滑。就在这时，叶昶趁势把刀尖向上撩去，唰一下割破了对方的右腕。意识到右手可能劲力全失，天字号马上把刀抛向左手，可还不等抓住刀柄，雁翎刀已把鸡刀镰打落。

此刻，断裂的钢架被两人缓缓压弯，由于没有站稳，天字号突然滑倒，双手只得抱住断裂处的末端，身子却在半空中摇摇欲坠。反观叶昶却能稳稳地站在被压弯的另一边钢架上面，这点儿失衡还不会让他跌落。

"胜负，也该分晓了。"叶昶的右手高高举起刀，用力朝天字号掷去。锋利的刀刃迅疾割断他的喉管，笔直地插入下方的玻璃板，猛烈地抖动。与此同时，一具尸体垂直落入被水没过的冷光石中，缓缓沉到了最底层。

叶昶顺着亢金龙上的绳索刚滑到地面，秦跃龙和顾宗万便追了过来。三兄弟碰了头，又把三千名护军来应援的事也说了。此外，黯影传来消息，赤鬼和黄鬼已在水底遇难，黑鬼也被冰锥刺死，现在只剩下宝塔顶层的青鬼情况不明。

五觉折损三觉，而对方只损失一名天阳，这代价还是挺大的。三兄弟低头沉默了半晌，各自都陷入了巨大的悲痛中难以自拔。过了良久，叶昶先打破了默哀，他知道没空哀伤，下面还有更重要的事去做，于是一指塔顶，道："我上去瞧瞧！"说完，大踏步刚要走开。

这时秦跃龙忽然叫住他，也不着急解释，而是先环顾了四周的二十八星宿神兽，然后才说道："这些东西里面藏着冷光，危害巨大，我得带人想法子毁了它们。"

听了这话，叶昶也看了一圈二十八星宿，忽然想起来，天字号死之前说过，这些里面装的全是冷光。一想到冷光爆炸，不仅会炸死炸伤沿岸的许多百姓，就连火焰掉入冷水后产生的烟气也有剧毒。如此危害无穷的东西，是该早点儿祛除。叶昶向秦跃龙点了点头，叮嘱他一定要小心，然后打算一个人奔赴塔顶。

这时顾宗万却说，他也要跟着去。叶昶知道这位兄弟也想出力，可考虑到他身手差了些，即便跟着自己去了塔顶，也无益于破案，说不定还有生命危险。刚好岸边的护军无人号令，叶昶便趁机道："你二哥去祛除冷光，我要去塔顶一探究竟。目下沿岸的护军还无人指挥，你不如拿了你二哥的令牌，且去岸边守望。无论是沿岸百姓的安危，还是我和你二哥的性命，可都攥在你手里了。"叶昶故意把他的责任说得足够大，就是希望他不要冲动行事。这样的安排，深得顾宗万的心意，果然应了下来。三兄弟各自行动去了。

宝塔顶层的禅房里，亮着温暖而柔和的光。四架半人高的铜火炉正在熊熊燃烧，即便只穿一件很薄的中衣，也依然不觉得冷。由于这间禅房占据了整个塔顶，因此空间相对较大，禅榻、禅椅、矮几、香几、案和花几等应有尽有。香几上放着明式鬲式炉和香盒，案上供奉着黄花梨佛龛，花几上摆着禅意插花。任谁见了，都会被雅致高远的佛家环境所吸引。

禅榻左首，盘坐着一位比女子还俊秀的僧人，正是释牟。禅榻右首，盘坐着一位身穿果绿蜀锦貂袄，外罩一件玫瑰紫哈喇斗篷的俏丽女子，便是苏颖。自打上次中了黄鬼命人发射的一箭，苏颖身体每况愈下，脸色焦黄，一点儿血色也没有，而苍白的唇角更是没有人色。

今日大业马上就要实现，可自己的尘俗琐事未了。为了化解人间孽债，释牟不得已与苏颖讲起了二十年前的旧事。

那日，他从一对逃荒夫妻怀里抢走了一个三岁的女孩，而这个女孩便是苏颖。因为苏颖的年纪跟永敏相仿，于是便认了她当妹妹，还诓骗她是弘晳的私生子，甚至一点一点强化自己是她兄长这件虚妄的事。

听到真相的那一刻，苏颖面容上露出了久违的笑意。

二十几年了，她一直觉得释牟不像一位合格的兄长，反而像极了冷血无情的刽子手。真没想到，这个丝毫没有情感的男人，真的不是自己的家人。

苏颖低头苦苦一笑，又问道："那对逃荒夫妻姓甚名谁，现在何处？"听到这声问话，释牟突然怔了一下。

过了良久，他才不屑地一启唇角，说道："我把他们杀了。不过要说唯一留下的东西，恐怕是你脖子上的挂坠了，那是我从他们身上抢过来，留给你的念想。"

"杀了？"苏颖愕然瞪大了眼，右手紧紧握住脖子上的挂坠。

虽说得知释牟不是自己的兄长，心里已有预备，但到底还是感受到一丝空落。毕竟他们相处了二十多年，即便不是兄妹，也带着特殊的情义。

可这一刻，眼前这位与自己朝夕相伴二十多年的人，突然一下子变成了杀父杀母的仇人，这怎么能让她接受呢？

苏颖睁大的眼睛微微闪动，一颗颗泪珠从她的眼角滚落，就像珍珠落在了斗篷上面，碎成了晶莹的泪花。从现在起，她再也没有亲人了。

原来，她跟叶大哥一样，都是彻彻底底的孤儿。原来，他们都有同一个仇人。唯独跟叶大哥不同的是，自己竟跟仇人称兄道妹，甚至还为他做了很多很多的错事。

曾几何时，她因背负着兄长杀害叶大哥家人及村民的心结，总是无法跟最喜欢的人坦坦荡荡相爱。如今倒好，一夜峰回路转，他们竟有了共同的仇人。

命运呵，真是讽刺！

"我……我想见叶大哥。"苏颖从禅榻上下来，踉跄走了几步，险些没有站稳。可心里的翻江倒海的情绪，还是催促她向着门口走去。

刚行到门口，禅房门便被一个人猛力踹开，叶昶以及数十名四觉谷弟子，纷纷涌进了进来。

一见到来人是叶昶，苏颖没能抑制住崩溃的情绪，登时扑进了他的怀里，嘴里喃喃地喊道："叶大哥啊……叶大哥，我们……我们再也不分开了。"嘴上说着再也不分开了，心里却在滴血般地自问：我还有三天的命活，即便在一起，又能如何呢？老天啊，你为何这样待我和叶大哥呢？

经历兜兜转转，再度见到苏颖，叶昶也是满心欢喜。他从贺千川那里获知，苏颖不是释牟的亲妹妹，他们之间也便没有深仇大怨。

如此天大好消息，叶昶当然第一时间跟苏颖分享。两人解开了误会，苏颖自然也很欢喜，她又把兄长便是释牟，而自己父母也是被他所杀的事说了。

良久的拥抱过后，叶昶轻轻把苏颖扶起，逼视着禅榻上盘坐的那个和尚，说道："我已把天字号杀了。他向我坦白了你们的所有计划，无论是利用洪门和三位皇子，还是利用我当推手，一切都已明朗。可我心里，至今仍有三个困惑。"

听完这话，释牟手里捻着佛珠，缓缓从禅榻上站了起来。他面向叶昶及众人，恭敬地行了一个佛礼，笑道："叶施主请讲，小僧知无不答。"

叶昶眉头轻皱，问道："如果你是苏颖的兄长，那便是天阳组织的圣主，也就是旱魃？"释牟点头笑道："不错，小僧是永泽，是天阳圣主，也是旱魃。"

这个答案在叶昶的预料之中。他缓解了一下情绪，又问道："当年，你为何要带人屠我村寨，杀我父母？"释牟回道："很简单，为了笼络弘晳的旧部。"

　　这话实在突兀，叶昶不能理解，为何聚拢弘晳旧部，非得屠村杀人呢？释牟笑了笑，道："这也没什么难理解的。"他侧转过身走了一步，又道："早在二十年前，我就已想到了一个问题，一个人想成就大业，手里没有能掌管的绝对力量，那是不容易成事的。我想了很久，迟迟没有想到，怎样才能解决势力问题。"

　　说到这里，他抬起头，眼中闪过锐利的锋芒："直到有一天，我听天字号提及，虽然弘晳早在乾隆七年便死了，但他的势力依然很大。为了拉拢这些民间的力量，我精心布下一场局。我对外秘密宣称，弘晳并未暴毙于景山东菓园之中，而是被一位义士相救。至于弘晳人在何处，届时要请各路英豪来叶谷坨相认。"

　　听到叶谷坨的名字，叶昶脸颊轻微不见地抽了一下。此刻，释牟握紧了手里的念珠，竟未转动，脸上遍布着阴谋算计："为了这一天，我寻遍了天下，终于找到一位无论身形还是样貌几乎都与弘晳一样的人。那些时日，我带着敏敏跟他一块儿生活，日日夜夜都以父子相称，时间久了，敏敏便以为，这人就是亲生父亲，我便是她的亲生兄长。"

　　如果不是听释牟亲口说起，苏颖哪里会想到，从小生活到大的至亲关系，竟是一场预谋已久的骗局。可二十年前，这位狠辣的假兄长，不过才十四五岁。如此小小年纪，怎会这般狠辣毒绝，实在不敢想象。

　　释牟的目光在苏颖脸上一瞥而过，那么不经意而又没有丝毫情感。他笑了笑，道："紧跟着，我打听到弘晳家昔日仆人的住处，以重金诱惑，请他教会此人弘晳说话的姿态神色，并辅以口技模仿。久而久之，这人竟与真弘晳相差无几，就连那位仆人也分不出个差别。"

大家都吃了一惊，心想旱魃处事缜密，怪不得让人瞧不出端倪。

"哼。"释牟轻慢地摇了摇头，缓缓捻动起佛珠，"后来，我把那仆人杀了，再也没有人知道这件事的秘密。直到二十年前的一天夜里，我让假弘晳与他的旧部们在叶谷坨相认了。之所以选在叶谷坨，那是因为弘晳曾跟大家在此地狩猎过，而这里还残留着彼此的情谊。趁着此地此情，说起一些怀旧的话，最容易骗过意气用事的人。"

听到这里，叶昶忽然生出了一个疑问，不得不插言问道："既然事情都很顺利，又为何杀人灭村？"他问完以后，脑海里猛然炸出一个推断，"莫非，那个假弘晳出了问题？"

虽说这话没有直接点明，但释牟听他推理到此处，已然觉得很难得了，遂笑道："不错，一切全与此人有关。他见自己用处很大，于是跟我提出了苛刻的要求，甚至还妄想率领这些旧部势力杀了乾隆，自己去做皇帝。呵，真是一个蠢人。为了把所有势力收为我用，就在那天夜里，我猛然生出了一个念头。"

这话才说完，大家看到释牟抬起了头，他清俊的面容上不知何时密布起阴郁，仿佛回想到了一件可怕的事。通过观察释牟的面相，叶昶大致猜到了一种可能："你让天字号去报官，就说叶谷坨有弘晳残余势力聚会，意图谋反弑圣。等到官兵杀来以后，你又给大家出主意，不如放火屠村，并在熊熊火势掩盖之下逃走。实际上，你下令放火屠村的目的不是为了逃走，而是要让假弘晳葬身火海。到时，你再假装哀痛欲绝，哭述说父亲是被官兵杀害的，你发誓要为父报仇。如此一招苦肉计，确然打动了那些弘晳旧部为你卖命！后来，你为了隐藏身份，于是以僧人之名，蛰伏在了双塔庆寿寺。因为你知道，相比其他寺院，这里距离皇城最近，也最容易实现你的计划。"

这个世上如果有一个知己，那必然是眼前的这位金面判官。释牟面向他，哈哈大笑道："上次咱们在双塔庆寿寺对酒望月，倒也痛快。小僧有时想啊，如果没有这满腹的崇奉作怪，你一定是小僧的知音。"

此人与自己有不共戴天之仇，永生永世都不会成为知音。叶昶盯着他，咬了咬牙问道："乾隆没有来本次祈福法会，想必你早已知道了。可既如此，你仍成竹在胸，半分遗憾也没有，只怕你的真实目的不是弑圣吧？"

释牟朗朗笑道："哎呀，你说得不错。小僧是出家人，读过许多佛经典籍，又怎会如那红尘俗人一样，动不动就弑圣呢？小僧的真正目的，其实是为了救人。"

不知为何，从释牟口中听到救人两个字，大家都觉得很戏谑。可释牟丝毫不介意旁人的轻蔑，徐徐说起了自己的身世。

他说自己生来住在育婴堂，从来不知道父母是谁。从五岁到七岁，他看到了太多的民生疾苦。比如有一天，城里降暴雨发大水，民不聊生，平民百姓因为无法养育幼儿，纷纷把孩子遗弃在大街小巷。育婴堂的主事赶紧召集人去救济，可把孩子收进来以后，新的问题又出现了。由于育婴堂的管事与看守都是男性，男人心粗，不会护理孩子，饿死不少婴儿。

后来哺育孩子的乳母来了，男人不再去管，放心交与她们照料。谁又能想到，乳母们久而久之倦怠了工作，竟开始应付起差事，孩子明明没有喂饱，偏说喂饱了，结果虐待和饿死孩子的事频繁发生。旱魃看不过去，说了几句嘴，岂料被乳母合力暴打，最终赶出了育婴堂。

自此而后，旱魃过起了流浪的生活。一年，他来到了阜康县。这里遭遇了高温天灾和饥荒，许多人都被热死或饿死了。为了生存，百姓们不得不把野菜和糠皮掺进观音土里糊弄充饥。后来野菜和糠皮也没有了，大家只能吃土饱腹。

旱魃清清楚楚记得，不少人临终之前，仰天祈祷，口呼救苦救难的观音菩萨，请给大家一条活路。可世上哪里有活路呢？到最后，大家还是被饿死或晒死了。

"这些事，你们都没经历过吧？"释牟扫了众人一圈，眼中竟透着慈悲。这样一个杀人无数的魔头，竟也会怜悯众生？大家都无法想象这人心里究竟蕴藏着怎样的秘密。

第三十章
舆图处密档：河清海晏

舆图处密档：乾隆三十七年正月初二子时

旱魃吐露主持祈福法会的原因，既为普救世人，也为飞升成仙；鬼父现身禅房，虽被旱魃所害，仍旧心存溺爱，最后反被恶徒辣手屠杀；苏颖得知命不久矣，为救叶昶及众人，舍命与旱魃同归于尽；大战平息，秦跃龙与叶昶互说理想，各有所求，无畏而往。

良久过后，释牟见无人回应，于是走到了一扇屏风前，从上面拉下一张舆图。康熙年间，由于哈密以西地区没有完成测量，乾隆便于二十一年和二十四年，两次派人前去测量。

到了二十五年，天山以北和以南也完成了测量。随后在康熙舆图的基础上订正补充，另外参考中西文献扩大舆图范围，最后由传教士蒋友人带领舆图作二百名匠人，自二十五年开始绘制，一直到三十五年才绘制完成。

看到这张舆图的时候，叶昶微微怔了一下。一来他不知道，释牟请出这张图是何意；二来他也没想到，此人竟把最机密的舆图也盗走了。

"乾隆元年夏，海阳饥；三年秋，平阳饥；四年春，莨州饥……"释牟指着舆图上的地点，一个字一个字地说道。他似乎记住了每一个年份的饥荒和天灾，一口气竟说到了去年，"三十六年夏，会宁、肥城大饥。秋，新城、宁陕饥。"

直到把天灾说完，释牟才直起了身板，脸色积郁着谁也体会不到的悲凉与痛苦："你们看到了吗？乾隆在位三十六年，几乎每年都有饥荒，而每个饥字背后，又几乎全是饿殍遍野，白骨无数。除了饥荒，还有霜杀、大雨雹、大雷电、蝗虫、瘟疫、大水、大火、淫雨、大风雨、旱灾和昼晦等等的天灾。"他似乎无力再往下说了，眼睛里溢满了对生民之苦而哀恸的眼泪。只待过了很久，他才歇斯底里地道："你们忍心让百姓受此苦难，而无半点儿救治吗？"

大家完全没有预料到，释牟竟会发生如此大的情绪变动。更让叶昶始料未及的是，这个邪徒杀了许多人，到最后竟是为了救人？

"如此说来，你煞费心机地营造祈福法会，就是为了祭天除灾？"叶昶脸色大变，发出了难以置信的审问。这个世上，恶人的犯罪动机有很多。可杀人是为了救人，实在难以理解。

释牟似乎懒得再多做解释，言简意赅地道："什刹海中的刹海，全称刹土大海，乃指十方世界，即宇宙。在此祭天，再合适不过。为了让上苍感受到我的诚意，小僧特意遴选了三百零四位十世好人作为祭品，还有阖城百姓陪葬，也算是诚意满满了。"他说完这些话，仰起头看向房梁，笑道："青鬼施主，你伏在那儿少说也有两三个时辰了，不妨下来聊一聊？"

原来释牟一早便发现了青鬼的踪迹,也算到了叶昶及众人会来寻自己复仇。今日大业将成,自己在升仙渡劫之前,不妨把他们全解决了。

这时青鬼从房梁上落了下来,走上前怒斥道:"天上有没有神仙暂且不表,以人命换人命的行为,足可见是假仁假义的行径。你骗得了别人,休想蒙我!"他向四周指了指,怒威仍不减地道:"你在外面摆下二十八星宿大阵,中央立起三层八角攒尖顶宝塔,这岂不是升仙的法场?如果我所猜不错,你是想效仿唐代的谢自然飞升成仙!"

释牟双手合十,发出爽朗不羁的笑声,道:"青鬼施主不愧做过小僧的恩师,一眼便知徒儿的希图。如果没有恩师教诲,徒儿岂有机会成就大业?这一拜,感谢恩师。"他面向青鬼躬身行礼,态度极为恭顺。可青鬼并不想接受他的参拜,立即侧过身去怒哼一声。

就在这时,屏风里面忽然传来一个老者沧桑的声音:"大师兄,多年不见,别来无恙。"一听说话者是鬼父,青鬼那两双核桃一样的大眼,罕见地颤抖了一下。他犹疑了很久,才冲着屏风里面喊道:"二师弟……二师弟,果真是你吗?"

释牟向屏风望了一眼,道:"不错,屏风里面那位,确然是我的第一任恩师。"说着走了进去。过不多时,他缓缓推出来一架四轮板车,而那板车上放着一口青褐釉莲花六耳陶瓮,鬼父就在瓮里,只露出一个烫了六个戒疤的光头。多年不见,青鬼虽然快认不出鬼父了,但当年的二师弟风采俊逸,一身健全,绝非是现在人彘的模样。

"二师弟,这……这究竟是怎么回事?"青鬼骇然呆住。也许历经了多年的苦难,鬼父反而并无强烈的情绪波动,只淡淡地道:"旱魃是千古奇才,既通五觉,又掌四阳。若天下神技有十,唯他独掌九。你也知道，为了延续游侦门的五觉合一之术，我花了毕生心血。后来啊，好不容易寻到了旱魃，岂能放弃五觉合一的良机？我之所以投奔朝廷，开创密档处，正是为了寻找一个五觉合一的人才！我……我怎会不记得恩师让我们不得入庙堂做察子的遗言呢？可大师兄啊，你可知道，我只是想传承师父衣钵啊。自打师父离世后，五觉之术分别流散到我们五人身上。这一代如此，那下一代呢？传承一绝都已不易，要寻个练成五觉合一的人，简直不可能了。"

这位二师弟一向独来独往，谁也不知道他心中所求。今日听来，他背离恩师不与朝廷合作的遗愿，竟是为了传承门派衣钵，实在荒唐啊。青鬼一时不知该说什么好。

鬼父望了大师兄一眼，又道："我把毕生绝学全传授了旱魃，可独我的鼻觉之术，怎么够呢？鉴于其他四觉在四觉谷，于是我稍作提醒，旱魃便成功学到了其他四觉。后来，经我的指导，旱魃修成了五觉合一之术。又过三年，他悟到了超感觉知觉，开创了天阳派。说实话，我很欣慰，本以为日后游侦门有了传承。可没想到……"

"可没想到，就在我练成五觉合一和天阳四绝后，突然走火入魔，性情大变。直到有一天，我亲手把恩师做成了人毼。"释牟紧紧握住板车上的把手，心痛欲裂的纠结了片刻。

过了良久，他才又道，"其实，我骗了恩师，我本没有走火入魔。一开始接近他，我的计划就很明确，学会五觉合一，将来开宗立派。待到机会成熟，我将效仿谢自然，以祈福法会之名，祭天除灾，升天得道。我飞升之后，既能为后世百姓谋太平，又能实现成仙之愿，岂不是喜上加喜？"

鬼父始料不及地喃喃道："我遁入空门，本是想化你一身魔性，可我没想到……没想到你的本性良善竟是伪装？"虽然自己被旱魃处以酷刑，但想到他是练功走火入魔，也许跟自己的逼迫有关，后来也谅解了他。可哪里会知道，这个徒弟一开始便心存不轨。

当年旱魃离开密档处，鬼父表面上震怒无比，骨子里还是把他当成了最好的徒弟。即便身体残破，也从未有过抱怨。这几年，秦跃龙追查到旱魃的线索，鬼父还一次又一次帮旱魃化解危机，只为期盼这个徒儿能改过自新。

其实，密档处下有一处密道，旱魃经常过来找他谈心。鬼父不止一次想以佛法为他除魔，怎奈此子的魔性一点儿也没消除。四个月前，密档处被岳海楼攻灭，旱魃就把他接到了双塔庆寿寺，直至抬到了塔顶的这间禅房。

"万缘俱舍，万欲俱灭，老实念佛，我佛保佑。旱魃啊，你这缘深欲重，虽然颖慧绝伦，悟性远在我之上，可你的根基不正。未及升仙，已然是魔啊！"鬼父最后一次苦口婆心地劝他。释牟却是凄然一笑，似乎听不进去了。他看了一下怀表，发现到了子时，当即自怀里摸出一把匕首，狠心地割断了恩师的脖颈。

叶昶和青鬼全都为之一震，他们本想去阻止，但为时已晚。释牟丢掉手里的匕首，双臂大张地说道："子时已到，法会开启。祭天除灾，升仙得道！"待他放下双手，环顾起大家时，众人竟发现他变了一个人，双眼血红，面容发紫，真如走火入魔了一般。

"我已练成五觉合一，又精通四阳之术。尔等宵小，不怕死的，尽管放马过来！"释牟冲着众人大声断喝，气势极为浑厚磅礴。叶昶向旁边的四觉谷弟子借了一把刀，迎面劈了过去，苏颖和青鬼也加入了大战。

此刻，每层八角塔檐之下垂挂的金色灯笼全点亮了，犹如佛光笼罩起整座宝塔。远远望去，好似李靖祭起了手里的七宝玲珑塔。整个塔壁的外围，一共分布着十三圈佛龛，每一圈佛龛的数量并不固定，但总数为三百零四座。每个佛龛的外壁都用透明玻璃封闭，尤其在金色灯笼的照耀之下，外面的人可以清楚看到每座佛龛里面的情况。

经过四座风车及二十八星宿神兽底下的机巧驱使，三层塔壁开始相互交错地旋转起来。第一层左转，第二层就右转，第三层再左转。最让人惊叹的是，三层塔壁与壁上每圈佛龛的旋转规律并不一致，从而形成了独自错落旋转的壮阔景观。

不空和岳海楼站在宝塔之下，举目遥望着壮美的景色，禁不住啧啧称奇。岳海楼先开口道："子时已到，这三百零四名十世好人，也该送他们升天了。"说完，冲着天空吹了一阵响亮的口哨。

过不多时，第一圈佛龛里喷射出耀眼的绿色火焰，那些十世好人全身被涂抹了冷光，经过高温点燃，顷刻间爆燃成火人。由于四周封闭严密，佛龛里的人又无处可逃，只得横冲直撞，哀号呻吟，一阵阵凄厉的叫喊声无边无际地在整座什刹海上空激荡。直到最后连呻吟声也没有了，一个个活生生的人，就这样化成包裹着烧焦黑肉的森森白骨。

可绿色火焰并无熄灭的势头，仍旧在封闭的佛龛内灼灼燃烧。因为燃烧而产生的大量白色烟雾也充满在了每个佛龛的内部。少许的白烟从玻璃缝隙里钻出来，随着塔壁的旋转而袅袅攀升，从而使得整座塔置身于云雾缭绕的世界里，仿佛是一座矗立于仙界的玲珑宝塔。

不空和岳海楼很满意这个杰作，互相对视而笑，正准备登上塔顶，向旱魃汇报情况。就在这时，冰层之下发生了一阵地动山摇。

岳海楼脸色一变，立即看向不空，问道："莫非二十八星宿神兽出了问题？"这一刻，不空那泰然自若的面容上也多了一丝焦虑，虽说他们都对天阳弟子很放心，但听到水下发生异动，还是激起了两人的揣疑。为了查明原因，两人只好走到宝塔东南角的一个冰洞前，决心下去一探究竟。不过在下水之前，岳海楼先走上了塔基，顺手摘下两件挂在护栏上的水衣，一件丢给不空，一件自己穿上。

两人依次跳入了水里，并肩向着二十八星宿神兽游去。距离他们最近的神兽是玄武位的斗木獬，两人游了一会儿后，还没有到达神兽的基座，忽然发现前方漂来两具天阳弟子的尸体。

岳海楼脸色铁青，看了不空一眼，立即打一个游过去检查死因的手势。两人分别抓了一具尸体的腰带，轻轻拉到自己面前。岳海楼从尸体的右腹发现一支黑箭，伤口处有拧转的迹象，说明凶手是用黑箭当匕首，刺入了这位天阳弟子的腹中。

正欲再搜查线索，这时岳海楼忽然在天阳弟子的怀里摸到三个牛脬，登时吓得他瞪大了眼睛。这玩意貌似是名为漂雷的"水底龙王炮"，岳海楼精于格致之术，对于各种火炮极为熟稔，尤其对能在水下使用的火炮，更是如数家珍。由于水下难以点火，所以火炮的设计极为复杂。这三枚火炮用牛脬做雷壳，里面装上黑火药，用引线香做点火装置。

一般而言，牛脬连接在漂浮于水面的木板和雁翅下面，雁翅用来做伪装。此外，牛脬下面还坠有石块，主要是为了让漂雷有一个向下的重量，从而方便在水中漂浮。其实，整个漂雷最复杂的技术，便是合理控制引线香燃烧到火药处的时间。过早或过晚爆炸，都是一大损失，这需要水手准确预估目标距离，再根据水的流速计算出引线香的长短。

　　岳海楼哪里会想到，就在他打算把牛脬拉到眼前瞧时，里面的火药竟被引爆了。两具天阳弟子的尸体突发爆炸，激起巨大的水球向四面八方喷射。强大的冲击力把岳海楼和不空震出数丈开外，整个身子被弯成半圆，好像有股神秘力量推着他们不停倒退。此时，水衣全被爆炸给撕破了，殷红的鲜血从他们身体周围迅速散开，犹如毛笔往清水里点了一下墨。

　　过不多时，一名黯影游过来，认真检查完了两人的尸首，发现已然死去，这才游上了岸，禀报给了等待消息的秦跃龙。

　　这两名作恶多端的天阳成员，总算是除掉了。秦跃龙望着前方的一处冰洞口，咬了咬牙，背在身后的两只手用力握成了拳头。他沉忖了片刻，仰起头看向了塔顶，心里想到，也不知道大哥那边情况如何了，我得上去助他一臂之力。这样想罢，他立即带着余下的十几名黯影冲上了宝塔。

　　宝塔顶层的禅房里响起激烈的打斗声，叶昶、苏颖和青鬼合力围攻释牟，而主战区之外，还有一群天阳弟子与四觉谷弟子在混战。

　　叶昶和苏颖用的都是大刀，而青鬼用到的却是一对月牙刺。三人虽然武艺都不俗，但遇到了释牟这种顶级高手，即便是合力对战，也依然讨不到便宜。

　　经过五觉合一和天阳四绝的训练，释牟的眼力和反应力早已超乎常人。别说是青鬼了，哪怕是五觉的师父夜星子在世，也不一定能比得过他。

　　无论是双刀还是月牙刺，无论三人使出招式的速度多么快，在释牟看来都像是经过了慢动作的处理,类似于老拳师为了让徒弟看清招式而刻意放慢出拳速度。面对围困,释牟竟可以迅速地闪避每个人的进攻,同时嘴里不断地发出"太慢、太慢"的挑衅之言。

由于苏颖受过箭伤,体力本就不足,招式也慢了很多,所以第一个被释牟的重拳击了出去,远远弹出两丈,侧躺在地上,呕了一口鲜血。此刻,正在激战中的叶昶,忽然发现苏颖被打伤了,连忙回头看了她一眼,大声喊道:"苏颖!"

释牟这时躲过双刺,一记重拳砸向了叶昶的右手,叶昶的大刀顺势脱落,还不及他瞧明白对方下一刻的攻势,忽觉左胸一阵剧痛,两三根肋骨断为数截,整个人也飞了出去,落到了苏颖的旁边。两人侧躺过来面向彼此,两双手紧紧相握。

虽说身上的病痛与刚才的重伤让她难以承受,但此刻能握住叶大哥的双手,可以敞开心扉说一些话,别提多么开心了。她眼睛里充盈着泪光,也不知是感动还是开心,嘴角却笑着说道:"叶大哥,我好想……我好想跟你一块儿在香山隐居,过起简简单单的普通老百姓的生活啊。"

叶昶紧紧拉住她的手,心中的怜惜更盛,柔声道:"我会一直陪在你身边,永远也不会离开你。"苏颖笑了,唇角勾起一抹幸福的笑。她知道,叶大哥是真心想跟自己过一生。可生命总是这样,太想抓住的东西,常常是最不容易握住的那一个。

苏颖挣开叶昶的手,从脖子上摘下一枚翡翠挂坠,轻轻给他挂上,苦笑着说道:"我是个孤儿,同你一样。可与你相比,我却连亲生父母姓甚名谁都不知道呢。"

听了这话,叶昶缓缓伸手帮她擦掉眼角的泪,说道:"自今以后，咱们俩好好过活。江湖恩怨也好，庙堂之争也罢，全与我们无关。从此隐居香山，做一辈子的逍遥神仙。"苏颖闭上眼享受着叶昶的抚摸，戚戚然道："叶大哥，你听我说。早魅告诉我，这枚挂坠是亲生父母留给我的最后念想，我暂时把它交给你，待咱们杀了恶贼，你再还我。"

这话听来甚是突兀，叶昶不太明白何意。苏颖也不理他的困惑，仍旧继续说道："还有啊，你是否记得，那次在徐宅，你答应要为我做三件事呢。这些日子里，我迟迟没有想到那三件事究竟是什么。就在刚刚，我想到啦。"

叶昶微微怔了一下，始终不知是何事。这时苏颖伸出食指，轻轻戳了一下他的鼻头，娇嗔着强调道："第一件事，无论遇到怎样的困境，你万不可自寻短见；第二件事，无论我在或不在，你都记得想我；第三件事，你可否抱抱我啊，我害怕睡着了，就再也感受不到你的温度了。"

这个傻姑娘，大敌当前，却还索求一抱？叶昶没有责怪她不识大局，轻轻抱她在怀，两人头挨着头，看向混乱的战场。

此时，释牟下了辣手，一拳击中了青鬼。青鬼远远飞出两丈，口吐鲜血，倒地不起。从楼梯上冲上来源源不断的四觉谷弟子，这些人把天阳弟子悉数杀尽，只剩下了释牟一人。可释牟哪里还是人，分明是恶魔转世！

四觉谷弟子都是带艺投师，个个武功不俗，有的擅用刀，有的擅用剑，还有的擅使长枪、长戟等。除了近战的数十名弟子，外围还有平端弩机的弟子。他们都是四觉谷散布在各个州县的耳目，因为得了四觉的召唤，全都过来支援，有些人还把徒子徒孙也叫了过来，形成了颇大的阵仗。早在开战之前,秦跃龙知道对付释牟及天阳等人,普通士兵难以胜任,于是增派了黯影和四觉谷弟子襄助。

无数刀光剑影在释牟身边一闪过,不时还有密布的暗箭偷袭。此时此刻别说是人了,哪怕是苍蝇,估计都会被射成筛子。可谁也无法想象,凭借诡异的步伐,灵活的眼睛,敏感的耳鼻,还有那别人无法体悟的超感觉知觉,释牟竟能精准预判每个攻击的位置,甚至提前把对手击倒。

青鬼眼力极好,他发现了释牟久战不败的秘密。原来释牟之所以被困在包围圈里,始终无法被杀死,那是因为他总是能把关键部位的障碍清除,随后身体侵占那个位置,再继续冲杀。这就像一位高明的棋手,哪怕只剩下一枚棋子,四周全是敌人环伺。可只要杀死敌方一枚关键棋子,就能占据那个位置,打通一个自保的空间。如果棋艺足够好,反复侵占关键棋子,既能完成自保,同时还能把敌人杀死一大片。如果战局被拉得足够长,那不管来多少人,攻击的密度有多大,几乎都会被他屠戮殆尽。

这人太可怕了!青鬼从来没见过这样的对手。如果说释牟能瞧出围攻者的屠杀路径,甚至能依靠五觉和天阳术来规避风险。那他为何越战越勇,竟不会感觉到疲惫呢?古人云,双拳难敌四手。只要是人,哪怕武艺再高强,也有体能被消耗殆尽的时候啊。

可释牟……似乎感觉不到丝毫的疲惫。这……这究竟是怎么回事?一想到这里,青鬼突然陷入了不可思议的境地,甚至猛然在想,莫非释牟真的是神而不是人?他把目光转向旁边的苏颖,大声询问这是怎么回事。苏颖回应道:"他服用了鸦片酊神水!"说完目光转向了禅榻上放着的透明缠丝玻璃瓶,里面装满了紫色的药水。

百年前，一位叫托马斯·西德纳姆的英吉利医生，从鸦片里提取出了一种紫色的药水，名字叫鸦片酊。服用了这种神水，可以让人全天候保持清醒，同时精力极其旺盛。

中国的魏晋南北朝时期，喜欢清谈和玄学的文人们热衷于服用毒药五石散，西洋的文艺圈也把鸦片酊当成了与灵魂对话的神水。

正如乾隆不喜欢戴眼镜，于是说过一句话，人最可怕的状态便是物被人役。也许毒药能带来短暂的刺激，但长久以后却会腐蚀一个人的身体，堕落一个人的灵魂，最终把人导向无法挽救的境地。

旱魃痴迷邪术，心存妄念，贪慕飞升，同时野心膨胀，如果再有鸦片酊这种毒药加持，必然误入了走火入魔、毫无人性的歧途。

想到这里，苏颖握紧了叶昶的手，轻轻咳了一声，这才说道："叶大哥，我知道他的死穴。"叶昶立即看向苏颖，而苏颖的目光却转向了释牟力战无穷的身形，徐徐说道："五年前，旱魃从蒙古北部的大草原带过来两车神奇的蝙蝠。这些蝙蝠长着猪脸模样，两只耳朵呈现菱形，直愣愣地耸立，好似两座山峰。"

蝙蝠的种类有很多，叶昶从前也判定过蝙蝠杀人案。一群长着猪脸模样的蝙蝠，倒也无甚稀奇。他没有打断苏颖，继续听她说道："虽说旱魃不让我下地窖，但有一次我忍不住好奇，还是偷偷进去瞧了。每只蝙蝠都生得圆头圆脑圆鼻子，不仅模样怪异，而且看上去肥头大耳，极为可怖。它们不光容貌丑陋，四肢也很发达。你可能不知道，每只蝙蝠的上臂、前臂、掌骨和指骨等都出奇地长，翅膀舒展开近乎半丈。一旦发现猎物，立马张开尖牙利嘴，发出刺耳诡异的叫声，简直是恶鬼索命。"

大概是冷风呛到了嗓子，苏颖咳嗽了两声，稍微缓了一口气。

这时叶昶趁机问她，现在提到此类蝙蝠，究竟跟旱魃的死穴有什么关系？苏颖苦苦一笑，说道："这种蝙蝠极为喜欢幽居在漆黑的洞穴里，昼伏夜出。它们个性残暴，嗜血如命。只要发现一丁点儿的血，立马就会想方设法吸光。"

蝙蝠虽然恐怖吓人，普通百姓也唯恐避之不及，但如此阴毒狠辣的蝙蝠，还真不常见。叶昶见识过许多蝙蝠咬人的事件，那也只是像被犬类咬了一下而已，顶多蝙蝠口内含毒，致使人毒发身亡。可要说把人血吸光的蝙蝠，实在不敢想象。

苏颖看了一眼叶昶骇然变色的面容，然后无奈地嗤笑了一声，又道："如果让它们发现肉，同样也会吸溜吸溜地吃光。上次，我看到旱魃给猪脸大蝙蝠投喂活人。一个活生生的人，进去的时候还好好的，可在听到惨绝人寰的叫声过后，不过才半刻钟，就变成了被鲜血和烂肉包裹的白骨。若非亲眼所见，我断难想象，世间还有如此骇人之物。旱魃非常喜欢这种残暴的动物，他养过毒虫、毒蛇、毒蝎和毒蜘蛛等物，大部分都能被他驯服，可唯独这猪脸大蝙蝠，实难驯服。对于旱魃而言，一生无法驯服此物，终究是很大的遗憾。"

话题延续到这里，叶昶似乎明白了苏颖的意思，尝试着问道："你是想召唤出猪脸大蝙蝠，以毒攻毒，杀了此贼？"

苏颖点头道："不错。我上次听过他召唤蝙蝠的哨声，如今还记得。这样，你先带青鬼师父和一众四觉谷弟子离开禅房，待我唤来猪脸大蝙蝠，立即出去与你会合，怎样？"

虽然这个办法很好，但叶昶还是有困惑，就问猪脸大蝙蝠在哪里。苏颖仰头看了一眼塔顶，道："如果我所猜不错，那些蝙蝠全部倒挂在塔顶的暗阁里面。现在禅房里光线明亮，它们不会出没。所以，我们接下来有三件事要做：第一，砸破暗阁，释放蝙蝠出来；第二，熄灭禅房里所有的灯火，留给蝙蝠舒适的空间；第三，你保证大家全都顺利撤出，我引出蝙蝠以后，紧跟着与你们会合。"

这个办法确实很好，叶昶也相信苏颖能办到。事不宜迟，两人不再废话。叶昶从地上爬起来，叫上青鬼及一众弟子，开始分工协作。一部分人负责熄灭禅房里的灯火，不过短短数息，禅房顷刻陷入暗夜之中；一部分人把手里的兵器接二连三地扔向塔顶，随着噼里啪啦的声响过后，暗阁被各种兵器敲破。

一切进行得很顺利，叶昶临走之前，一把抱住苏颖，说道："你一定要小心，万万不可有任何闪失！"这时苏颖把头靠在叶昶的肩上，缓缓地道："叶大哥，你也一定要记得我之前说过的那三件事。如果哪天，我知道你违背了诺言，苏颖永远也不会原谅你！"两人依依不舍地分了手，叶昶只好先带着青鬼等人撤出了禅房。

眼看大家都到了门外，苏颖立即走进旁边的一间机关室。室内放着一架超大的悬空斜轮，轮子中央有辐条，只有把车轴斜着放才能保证轮子斜转。

此外，斜轮两旁的立架顶上安置了一个横梁。苏颖走上斜轮，双手抓住横梁，而双脚则踩在辐条上面，用尽全力踩着斜轮飞转。经过用力，斜轮周边的小齿轮带动整个机关室里的所有齿轮运转，从而把悬在禅房周围的青石一块块放下，于是形成了一个密闭的空间。五年前，释牟曾安排苏颖去密档处盗取一本名叫《远西奇器图说》的书，因为书里面涉及许多诸如转磨、转碓、重力、杠杆和滑车等西洋格致之术，可以助他营造三层八角攒尖顶宝塔和二十八星宿神兽等机巧。后来苏颖果真盗来了此书，还请捉刀复刻了一本，又偷偷还了回去，因此秦跃龙没有察觉到异样。

当时苏颖很好奇旱魃为何要这本书，于是翻看了几页，大概了解到每种机巧的原理。今日看到禅房门口有个机关室，又在里面发现了转磨机巧，而且房顶周围还悬挂着一块块紧紧挨靠的青石，因此猜到了放下青石机关的方法。

"小妹，你可真懂我。"苏颖刚从机关室里出来，便听到黑暗里传来了一个熟悉的声音，"这间禅房是我飞升的缇室，不过在飞升之前，我本想把最重要的人带着一起升天。鬼父如是，你也如是，满屋子里的猪脸大蝙蝠也如是。可惜啊，鬼父如果不知道这一切，兴许能跟我一块儿升天呢。可你们非要来问个究竟，那么他就必须得死。"他的声音阴森诡谲，尤其在黑暗的环境里听来，最是可怖瘆人。

苏颖没有接任何话，只是在听他说："可是，叶昶、青鬼等一些肮脏的人，非要来多管闲事，竟也想沾一沾飞升的好运，我怎会允许呢？我只能把他们全杀了，一个也不留。如今你把他们封在了门外，倒也遂了我的心。"

听到这里，苏颖才明白，原来旱魃设计这套机关，竟是想着临近飞升之际，放下周围的石头，不让任何人，哪怕是一只虫子，享受到飞升的福分。这个人疯魔至此，真是无药可医了。试想谁会活得好好的，非要自寻死路呢？

苏颖凄然一笑，问道："鬼父是这个世上待你最好的人，你临近飞升之前，本想带他离开，倒也可以理解。可是我，你怎也发了善心？"

释牟走近了几步，伸手摸了一下苏颖的脸蛋，道："神仙有凡心，佛祖也有七情。至于我，又怎会是绝情寡欲呢？你我虽是名义上的兄妹，可我对你，却藏着刻骨铭心的情愫。大业未成之前，我不敢有丝毫怠慢，自然无法与你述说相思。可现在，你与我同道升仙。离开凡尘之前，总要让你知道我的心意。"

"你杀我父母，不共戴天！"苏颖咬牙说道，突然自怀里摸出匕首，刺向了旱魃的胸口，恶狠狠地道，"即便是我死之前，也要先手刃了你！"她捅了数刀，这才喘着气拔出了匕首。

那些闻到血腥味的猪脸大蝙蝠，立即像蚂蚁窝般黏附过来。虽然受到了蝙蝠啃咬，但旱魃丝毫没有呻吟叫喊，仿佛极为享受地念起了"阿弥陀佛"。不消片刻，他就被猪脸大蝙蝠啃食成了骨架。

这一刻，苏颖猛然意识到一个问题。莫非旱魃之所以把猪脸大蝙蝠藏在宝塔的暗阁里面，并非是喜欢此物，而是打算让它们吃了自己，完成肉身的消融，然后再借助宝塔上的阵法，最终实现灵魂的飞升？换言之，就连猪脸大蝙蝠都是他飞升的一个环节？

真相的可怕程度，远远超出了苏颖的预期。随着手里的匕首哐当落了地，旁边的猪脸大蝙蝠闻到了溅在她身上的血腥味，一股脑儿扑向了她……

看到石门落下的那一刻，叶昶终于明白过来，苏颖早已有了答案，她选择与旱魃同归于尽。不过，任何事都有预兆，今日历经了数场恶战，又庆幸两人误会消解，叶昶实在欢心，反而忘记了那些不快的事。

其实今日清晨在什刹海冰面上，黄鬼施计暗算了苏颖，她中了毒矢，只有三天命可活，宿命般的悲剧便发生了。而今再度回想苏颖先前说过的话，尤其那三件要自己答应的事，叶昶更加能明白，这姑娘是怕他得知自己死后,自寻短见,所以用诺言来约束他而已。

"苏颖,你……你这么做,叶大哥余生,一个人活下去,又有什么奔头?"叶昶一拳狠狠砸向石墙,拳头上立即渗出了鲜血。

这时四觉谷的弟子过来禀告,整座宝塔正在快速燃烧,如果再不下去,只怕就会葬于火海。眼前情况凶险,青鬼当机立断,让两名弟子架起失魂落魄的叶昶,众人飞步奔下宝塔。

可大火烧得厉害,尤其周围冒起的白烟,说不准是冷光释放。青鬼要求大家用袖子遮住口鼻,尽量不要呼吸,全部奔向楼下。

行至半途,刚好遇到了前来援手的秦跃龙。众人佩戴上秦跃龙提供的防毒面罩,免于冷光毒烟的危害,一路冲出大火环绕的门洞。

就在这时,一股汹涌的火舌便冲进了里面。如果再晚一步,这片大火只怕会把大家吞没,到时谁也出不来了。宝塔门外,顾宗万恭候良久,他见大哥、二哥平安无事,心里舒了一口气,连忙招呼大家奔上岸。

什刹海岸边,围着一群死里逃生的人在观望。大部分百姓都被遣散走远了,只有一些前来救援的护军还在案发现场守卫。每个人都戴着防毒面罩,而每个人的眼睛也都盯着同一个方向。

高耸入云的三层八角攒尖顶宝塔被大火完全吞噬,由于金丝楠木极易燃烧,尤其在冷光和北风的加持下,很快化作一堆包裹着火焰的碎木,一根一根如天女散花般落到冰面上,而冰面经过大火的炙烤,过不多时化成了一片波浪翻滚的水面。燃烧着的碎木浸入冷水,冒起一股股刺鼻的浓烟。无数浓烟缠绕在一起,伴着北风的吹动,飘散去往遥远的天空。

叶昶心痛地垂下头,伸手拉出挂在脖子上的翡翠挂坠。只见正面刻着苏颖和叶昶的名字，而背面则是一句小诗："天不老，情难绝。心似双丝网，中有千千结。"那个失去挚爱的男人，再也忍受不住，流下两行眼泪。一行打在了翡翠上面，一行落向了黑暗的地面。

秦跃龙遥望着前方，兀自说道："二十八星宿神兽里的冷光，我让黯影全部沉入了什刹海。待到这边火势灭了，我再让人把冷光打捞上来，想办法销毁吧。"说完这事，他转身看向叶昶，发现这位冷面判官，脸上挂着少见的哀恸和魂不守舍。

"大哥，你接下来有何打算？"秦跃龙意味深长地问道。叶昶摇了摇头，良久过后才无比坚定地道："重返香山小院，此生再不复出。"

也许秦跃龙很满意这个答案，脸上露出了欣慰的笑容。只要大哥不犯傻，跟着徇情，那便是好。

"二弟，你呢，仍旧回那庙堂吗？"这次换叶昶问秦跃龙。这时，秦跃龙转过身，忽然向远处的广袤天地望了一眼，道："之前，我从未跟大哥说过自己的身世。今日你问起归宿，我也应该向你说些了。"他低下头，郁郁难平地道："我父亲原是一名秀才，但因为文字狱，终落得个满门抄斩。后来是鬼父救了我，才有了今日的成就。"

"既有此仇，为何还回庙堂？"叶昶不太能理解秦跃龙的选择。可秦跃龙却在一丝苦笑之后，轻描淡写地道："竹林七贤里有慷慨赴死的嵇康，也需要一个忍辱负重的山涛。慷慨赴死的是英雄，忍辱负重的却会被人骂成畜生。可他们哪里知道，相比于潇洒赴死，隐忍苟活才是尝遍了各种痛苦啊。"说到这里，他面向叶昶道："大哥，无论日后发生怎样不可逆转的事，我只有两个诉求：一是做人要俯仰无愧，二是希望能尽自己所能为民谋福。"

这个选择，果然是崇高而伟大。遥想多年前，叶昶也是带着秦跃龙的崇奉加入了刑部。他每一件案子都认真审理，每一个冤屈都设法洗刷，哪怕跟顽固势力斗争到底，也要争一个公正法典。可最后呢，理想和信念都被一点点磨平。

褪去这一身的朝服，他更想回到香山做个普通的老百姓。康熙年间有个才子叫纳兰性德，世人都说他只会写悼亡词，哪有半点儿仁人志士为民请命的胸怀？可他们哪里会知道，也许是纳兰性德处于身不由己的环境里，无法舒展自己的抱负，于是在逼不得已之下，只好把活着的精神寄托交付给了爱情。

爱情的确是世间最美好的啊，因为只要相爱，就会得到回馈。可是理想和崇奉呢，未必努力追求便能得到。

想完这些，叶昶把目光落在了秦跃龙身上，他仿佛从二弟身上看到了昔日的自己。这样的人还有热忱和希冀，又怎忍心浇灭他的渴望呢？未来如何，一切尚不可知。自己走不通的路，也许二弟能撕开黑暗呢？

叶昶轻轻拍了拍秦跃龙的肩膀，露出了一丝苦涩的笑容。他没有再说什么，只是一个人背离众人落寞地走开。

行了数十步，前方跑来一头雄狮，正是狻猊。叶昶缓缓蹲下身子，抚摸了一下狻猊的头，随后骑上了它，一人一狮就这样奔向谁也寻不到的漫漫黑夜。

番外一：
刑部·三大妙手

未来许多年里，叶昶一直隐居在香山。不见任何人，几乎很少下山，即便是昔日的好兄弟秦跃龙和顾宗万，他也没有见过。虽说香山不太大，但要想在广袤无边的丛林里寻一个人，难度不小。此时的叶昶，就像丢在大海里的那根针，谁都知道针在海里，可谁也寻不出他。于是有人说，叶昶应该离开了香山，至于去了哪里，只有天知道。

祈福法会结束的第三年，京师突发火怪食人案，每月望日，五行属火的人就会自燃。两三年里，一共有三百余人遇害。乾隆迫不得已，只好命秦跃龙请叶昶出山破案。可秦跃龙寻了整整半年，仍是没有结果。后来无可奈何之下，他唯有通过黯影找到了顾宗万，两兄弟联手才破了火怪食人大案。自那而后，江湖上便盛传："金面判官乘风去，人间再无叶青天。"

刑部三大妙手折柳相别，一段传奇也埋入了历史烟云。不过大清各地的茶馆里，经常流传着三兄弟的故事。有人说，顾宗万走南闯北去了，哪里有验不出痕迹的尸首，哪里必有他的踪迹。久而久之，一个专门验尸断案的神探横空出世，而昔日"夺命仵作"的名号也再一次响彻天下。

大家口口相传,顾宗万最热衷于浪迹天涯,验尸救人,还额外喜好品尝各地美食。他不肯囿于一地,一个地方就算再喜欢,只要住够七七四十九天,也会另择别处去体验新鲜感。

不过人们想要找到他也不是难事,因为但凡是官府侦破不了的奇案怪案,他一定会来断死索因。他这个人很随性,从不要报酬,官府只需管一顿当地美食即可。

所以,每次破完案子,案发所在地的美食酒楼,时常会围堵起一圈又一圈的人海。大家从天南海北赶过来,只为求顾宗万查明自己亲人、朋友、兄弟等,甚至有些是民间社团、江湖大佬的生死情况。

每当说书人讲到这里,总是笑着加句评点话头:"俗语说得好,请人办事,该出钱就出钱,那叫人情世故。可咱们这位'夺命仵作'呐,人家压根儿不要一分一厘的金银俗物。在他眼里,一口源于大宋的正宗地道的盐水鸭,一碗热气腾腾的苁蓉羊肉粥,一只汉代原滋原味儿做法的灌鸡,可要比金山银山还值钱哩。所以呀,谁如果想请动这位大爷,那得拿出一张天下无二的美食清单才行。各路英豪为了打动咱们的'夺命仵作',可没少折腾。那些摸金校尉,也不只是挖坟盗宝,还得找一找陵墓里有没有先人遗留的美食做法儿;那些厨子们更不用说了,天天琢磨新的吃法。总之,因为有了'夺命仵作',大清的美食也跟着丰盛起来咯。"

听完顾宗万的故事,大家接下来一定会问秦跃龙。这个时候,说书人往往会用力一拍醒木,右手食指和中指伸向前方,滔滔不绝地道:"说起这'不死牒宗',那就更厉害咯。上次祈福法会一役,旱魃归天,天阳覆灭,万世太平。可留在秦跃龙的心里呀,仍旧有一个心结，那便是如何寻到奇人异士重建密档处，并承袭天阳组织的超感觉知觉。"

大家都很好奇，秦跃龙究竟有没有找到学会超感觉知觉的人。说书人也不急着回答，而是先卖了一个关子，岔开话题说道："你们也知道，当年旱魃一人，几乎是妖魔下凡，密如飞蝗的箭雨伤不着人家，乱刀乱剑也砍不着人家，即便是如叶昶叶大人这般高手，也伤不到他一根毫毛。如果不是苏颖苏姑娘舍身除魔，恐怕大家都会死在那宝塔之上了。有鉴于此，秦跃龙秦大人暗暗发誓，一定要像鬼父那般，毕其一生也要寻到能把五觉术与超感觉知觉合为一体的人才。"

"那他寻到了没有？"这个时候，众人会不约而同地抛出同一个问题。说书人扫过众人一眼，无奈地摇了摇头叹道："没有！那旱魃真是奇才，几百年几千年只出来一个，世上再也不会有如此神人咯。此子如能为天下百姓出力，就像那秦跃龙秦大人一般，倒也是万民之福。可他偏偏入了邪道，死不足惜。"

话题引到这里，众人纷纷左顾右盼，异口同声讨论。有人说，既然秦跃龙没有寻到可比肩旱魃的人才，怎么能说厉害呢？还有人说，莫说旱魃的绝技了，只怕整个密档处里面，也寻不出一位五觉合一的高手。更有悲观者表示，何止五觉合一，连个精于一觉的人都不定有。

每每听到大家把秦跃龙形容得不值一文，说书人总要用醒木拍一下书案，大声说请安静。待到杂音渐稀，说书人才又道："虽然密档处没了鬼父，四觉谷也隐匿于江湖，但正义的崇奉并未消失。祈福法会一役后，秦大人便在密档处开了一间民事总档房，而十七清吏司也另设分档处，专门搜罗官府判错或徇私舞弊的卷宗，以便为百姓谋事。江湖上说，秦大人久居庙堂，面对各种规矩与权力斡旋，致使太多事身不由己。不过，他迄今为止所做过的每一件事，无不是在延续叶大人未了的心愿。而那心愿呐，只有堂堂正正的四个字：公正法典！"言及此，说书人用力拍了一下醒木，那响亮而振奋人心的声音，久久在茶馆里激荡。

故事进行到这里，大家才对秦跃龙有了很大的改观。以往的时候，人们总是用绝技的高低来判断对一个人的兴趣程度。

一个人绝技高超，那便值得崇拜。如果资质平庸，自然无法讨得大多数人的满意。尤其旱魃、天阳组织和五觉鬼探等奇人异士技惊四座，秦跃龙在他们面前，几乎没有一丁点儿的弧光。至于密档处里的暗影，更是比不过这些人中的任何一位。面对如此尴尬的局面，大家又怎会对秦跃龙另眼相看呢？

直到蒙冤的人洗了冤，不公的人见识到公平，大家才猛然意识到，高超的绝技如果不能为民谋福，就算天赋异禀又有什么用呢？那不过是自娱自乐的消遣，真不值得去热情地推崇。只有像秦大人这样负重前行的好官，才值得百姓一代又一代地敬仰。

于是乎，坊间流传起一股为秦跃龙建"生祠"的风潮。一般而言，祠堂都是为死人建造，用来纪念逝者。而生祠则是为活人所建，纪念为民请命的官员。

明代时，滕县百姓为了纪念清官赵邦清，就曾为他修建过生祠。到了天启年间，许多谄媚者为了巴结权倾天下的魏宗贤，各地都兴建起了魏宗贤生祠，导致民不聊生，怨声载道。

秦跃龙获知这件事后，当即让十七清吏司代为传话：大家不可大兴土木为自己建祠堂，否则他岂不是第二个魏宗贤了？听了这话，百姓们才打消了为他建生祠的念头。不过每年到了民事总档房设立的那一天,总有百姓自发为秦跃龙组织祈福活动,足可见民心所向。

当然,听完秦跃龙的故事,大家有些意犹未尽。因为他们很想知道,那位号称刑部三大妙手之冠的叶昶,究竟去了哪里。

说书人摇头叹了口气,举目远眺着门外的风景,道:"金面判官叶大人,也许仍在香山,过着遁世隐居的生活。他见惯了狠辣的恶吏与不良的贵胄,大概是心如死灰,不愿与世俗同流合污,只为保一身正气。因此,他才不学二弟秦跃龙卧薪尝胆,也不学三弟顾宗万游世济民。他就像魏晋时期的嵇康,一生奉行质本洁来还洁去吧?"说书人说到这里,伸手指去了香山的方向。

番外二：
重逢·故人相见

香山的枫叶好似被野火点着了，一眼望去满是层层叠叠的红。秋天像一把剪刀，裁剪去了富有生命气息的绿，反而给大地披上了一件鲜亮的外衣。

一条蜿蜒向下盘旋的山路上，忽然听到数个孩童嬉笑打闹的声音。身形略胖的一个孩童，手里拿着木耙，两只煮熟的猪耳朵、一只煮熟的猪鼻子，分别绑在了自己的小耳朵和小鼻子上面，俨然是猪八戒的扮相。这孩童把木耙往地上一拄，伸手指向前方的另外一个孩童，大声喝问道："你是个什么妖精，敢在此间拦路？"

这个被问话的孩童，头上戴着用绣线穿起的红枫叶作假发，脸上涂抹着不黑不青的颜料，项下用九个核桃穿成链子当骷髅头，右手还拄着一杆用桃木削成的宝杖。红发孩童双手举起宝杖，刺向猪脸孩童道："你不认识我？我不是那妖魔鬼怪，也不是少姓无名，我乃卷帘大将沙悟净是也！"

"你这泼物，生得如此丑陋，实在玷污了名姓。我老猪今日替天行道，先在你身上耙九个窟窿眼儿！"猪脸孩童往手心里啐了一口唾沫，举起手里的木耙就朝红发孩童砸去。

两个小孩儿笨拙地打了起来，乒乒乓乓好不热闹。只待打了两三个回合，忽听身后又有人喊道："你这呆子，怎地一人过来比试，真是小瞧了俺老孙！"这话刚说完，一个脸上粘满棕色绣线，看上去好似猴子的孩童，正骑着狻猊冲了过来。他的手里平举一根金箍棒，明显是孙悟空的造型。

猪脸孩童刚闪开，倒退数步，猴脸孩童便已奔至红发孩童跟前，先是从狻猊身上一跃而下，随后抡起金箍棒，重重砸向了对手。

三个孩童就这样打了起来，你一棍，我一耙，他一杖。虽是彼此都受了轻微的伤，但谁也没有喊疼，甚至打得不亦乐乎，仿佛真被《西游记》里的人物上了身。

过了也不知多久，山顶上传来一位中年裙钗响亮的声音。那声音粗听有些活泼空灵，但细细再听却又带着几分岁月的沧桑："孙悟空！孙悟能！孙悟净！你们仨兔崽子去哪儿疯了？若是再乱跑，本菩萨可就给你们每人下一记紧箍咒了！"

那裙钗喊完话，径直奔下山来。她的步伐矫捷轻盈，武艺不俗，远远便看到一个蓝色的身形越来越近。孙悟空率先收起金箍棒，面向两位兄弟，说道："今日观音菩萨来了，不宜再战，咱们三兄弟改日再约，可好？"

孙悟能赶紧把猪耳、猪鼻摘下来，三下五除二吃个精光，最后一抹嘴，咕哝着说道："大哥，你说咋办就咋办，老猪听你的。"孙悟净没有说话，而是赶紧把枫叶假发、核桃项链摘了，连同手里的宝杖一并丢进草丛里。孙悟空和孙悟能也不含糊，学他把装备藏好。

三人互相检查了各自脸上、身上等关键部位，直到确信再也看不

545

出任何嬉闹痕迹,这才转过身,笑着静候观音菩萨到来。

原来这观音菩萨不是别人,竟是叶昶失散多年的妹妹叶千茉。乾隆十六年,叶谷坨发生屠村大案,叶昶的父母不幸被杀,年仅七岁的叶千茉被母亲卢氏放进了木盆里,顺着村边的小河漂向了远方。

说巧不巧,一个牙婆在河边看到了小叶千茉,于是把她卖去了李员外家当童养媳。三年为奴为婢的生活让小叶千茉苦不堪言,一直想逃离魔爪。经过无数次酝酿,她终于逃离了李员外家,从此在市井里漂泊流浪。

虽然是女儿身,但小叶千茉一点儿也不柔弱。起初在市井街上被混混们欺负,她就算被打得遍体鳞伤,也绝不会求饶,反而非要跟别人拼个输赢。日子久了,她在摔打中练就了一身硬功夫,后来遇到一位游侠,又学了些本领,逐渐混成了"市井女王"。

不过流浪在外的岁月绝非只有凶险,她见过很多好心的人,也受到过大家的关照。小叶千茉那时候发誓,将来混好了,一定要向大家报恩。

可她一个女孩子,也没有家族庇佑,怎么可能混出来呢?明面上的事业虽不见起色,但暗地里,她却混成了一个女飞贼。为了隐藏身份,她还把自己的姓氏"叶"改成了"夜",声称自己叫"夜千茉"。

十岁那年,叶千茉在高岭认了一位叫梁靖的兄长,那时梁靖还是唐氏瓷号的行东唐阁的学徒。从十岁到十七岁,叶千茉都是跟梁靖一起生活。

虽然有了家,但叶千茉心底仍记恨亲生父母抛弃自己。因为那时,她还不知道叶谷坨发生了屠村命案,还道是父母重男轻女,不要自己了。

可即便是恨，叶千茉仍坚持去寻亲生父母和兄长叶昶。她在外漂泊太久了，哪怕家里再冷漠无情，也好过外面的人心诡诈。

叶千茉甚至在想，人生转瞬，生死无常，一定不能留有遗憾，更不能落叶无根。如果时隔这么多年，父亲叶金和母亲卢氏见到自己，依然做出当年的决定，那她也死心了。

十七岁那年，叶千茉结识了来自广州十三行的行商孙兴衍，并跟随他浪迹天涯。一来，她深深爱着这个男子；二来，她也希望借此机会找寻亲人。

兜兜转转十几年过去了，叶千茉和孙兴衍已结婚生子，是个三胞胎，都是大胖小子。叶千茉让丈夫给孩子起名字，孙兴衍张口便说："那就叫，悟空、悟能、悟净吧。"

听了这三个破名字，叶千茉双手捶床，破口大骂道："姑奶奶虽未上过私塾，但也常听说书人讲，这三个名字来自《西游记》！家里的活儿你啥也不干，懒成猪就算啦。怎么给孩子起个名字，你也这么随意！姑奶奶我不认，姑奶奶我不认！"

叶千茉嚎着嗓子大骂了三天三夜，直到最后，她不得已认了命。因为孙兴衍每天都把她哄得心花怒放，让她压根发不了火。

一天夜里，叶千茉不甘不愿地晃着三个摇篮，小声嘀咕道："孩子啊孩子，这名字是你们的爹起的，可怪不得娘亲。将来你们若是不喜欢，一定要找你们那天杀的亲爹算账！"

可叶千茉万万没有预料到，这三个孩子长大后，竟无比喜欢自己的名字。天天凑一块演《西游记》不说，就连吃饭的时候，也常常听到"呆子""夯货""猴哥"等称呼，直气得叶千茉浑身抖颤，可又发不出火。

几年前,孙兴衍和叶千苿寻到了叶昶。其实,很多年前,叶千苿就听到过"金面判官叶昶"。不过那时,她误以为是个重名人物,并未留心。谁也不曾想到,这位盖世英豪,原来是自己的亲哥哥。

后来叶千苿和孙兴衍带着三个儿子,跟叶昶一起隐居在了香山,一家六口过起了与世无争的日子。如果说那是生活在了桃花源,倒也不为过。

大家的生活节奏很缓慢,很充实。叶千苿负责带孩子及做饭,孙兴衍和叶昶除了下棋,每天都在交流修心之道。

番外三：
离别·西天取经

一日，孙兴衍跟叶昶下完了棋，忽然猛地一下站起来，面朝外看了很久，一动不动。这个已近中年的男人，脸上一点儿也捕捉不到岁月的痕迹，反而像个二十七八的小伙子。

"老弟，你这是怎么了？"叶昶走到他的身后，忍不住问道。这时孙兴衍先是伸了一个懒腰，随后朝西一指道："大哥，你可知道，老弟我十几岁干过什么事儿吗？就在那儿，老弟我曾经闯出一片辉煌的天地！"

叶昶一笑，仿佛是在用无奈回应。孙兴衍也见怪不怪，双手叉腰，豪情满怀地讲起了自己的风云往事。

他说自己出生于十三行，从小就跟洋人打交道。十二岁那年，他有幸结识了传教士蒋友仁，并跟着他老人家学习西方科学技术与拉丁文。

十三岁，他跟随一位叫伊格纳提乌斯的西洋人前往法兰西，并在拉弗莱什公学攻读法文，又进修拉丁文一年、理学一年、神学一年。十六岁，转入耶稣会初学院，两年后转入味增爵会继续攻读。

他认为，自己最亮眼的一抹经历，应该是那段法兰西岁月。当年法兰西正值大乱，国务院秘书长布里森先生及卡德特先生两人看到他卓越的见地，甚为钦佩，就特聘名师教授给他物理学和化学知识，还带领他参加各个学科的实验研究。

后来，他着重学习过雕刻、西方绘画等技艺。一次应法王邀请去参观里昂布厂、金银制作公司，以及圣埃滕军火厂，并得到法王甚多的赉赐。

十二年的留学时光，让他看遍了天下奇珍异宝，也学会了世界上最顶级的技艺。归国后，他带来了金表、显微镜、电气机械、手提印刷机和西方书籍等贵重之物，也渐渐在十三行站稳了脚跟，并开了一间叫顺兴行的牙行。

"这些事，小妹跟我说过。她说，你当年行商之时，每见到一位有钱有地位的行东，总要讲这段说辞。一开始，小妹还觉得有点儿长。可架不住你十年如一日地重复，她现在已能只字不差地背诵了。"说到这里，叶昶难得一见地哈哈大笑起来。

孙兴衍有点儿尴尬地摇了摇头，嗔怪道："这个死婆娘，真是一点儿面子也不给我啊。算啦算啦，自家人面前，我也不要什么面子啦。大哥想笑，那便笑吧。"

听他话里有话，叶昶停下了笑声，面带严肃地问道："老弟，你这几日心神不宁，是不是遇到了什么事？"孙兴衍叹了口气，道："大哥，不瞒你说，自打寻见你那日起，我就暗暗发誓，待陪你和孩子们过完五年，我便要出趟海咯。"

"出海？"叶昶有点儿不解。孙兴衍解释道："是的。你也许不知道，老弟我心里老是憋着一股气。这么说吧，那群挨千刀的洋人，奶奶个腿儿的,到了广州十三行开个铺子也就算了。可他们不知足啊,既捞咱们的银子,也暴利囤积咱们的瓷器、茶叶等销往国外,甚至还把茶毒子孙的鸦片给引了进来!朝廷虽然明令禁烟,可耐不住这群洋鬼子暗中销售。老弟我时常想啊,啥时候要出一趟海,查明毒烟源头,彻底把它给切断!"说到这里,孙兴衍撸起袖子,做了一个大刀切菜的动作。

叶昶皱起了眉,这些事他从未考虑过。虽说听到过别人因为吸食大烟而倾家荡产,但那玩意毕竟离自己很遥远,他还意识不到危害。孙兴衍扫了一眼困惑的大舅子,缓缓仰起头来又道:"除此之外呢,小弟我还有一个想法,那就是'西天取经'。大哥有所不知,我给三个儿子取名'悟空''悟能'和'悟净',并非是一时儿戏,也并非脑袋瓜子里没有词儿了。那是因为,我当时在想,我们一家四口,倒像极了《西游记》里的师徒四人。我姑且算是唐僧吧,千茉就是白龙马。他们四个人呢,还有尘俗凡念。可我的心,一直保存着一腔热血。我十二岁就去过海外,深刻知道,现在外面的世界跟以前不一样啦。"

孙兴衍滔滔不绝地说,自从佛郎机人发现了新航路,大清与欧罗巴洲便有了许多的交往。最早前往欧罗巴洲的国人是郑玛诺,自幼跟随意大利人卫匡国学习,后来跟随他去了欧罗巴洲,顺治十一年到罗马,康熙十年东归,住在了北京。

康熙二十年,法兰西人士柏应理邀请两位国人西行,后来一位归国,一位流落法兰西。二十六年后,也就是康熙四十六年,严冬,樊守义奉命去欧罗巴洲学习,还写了一部闻名遐迩的《身见录》,号称是西方的《马可·波罗行记》。此书记载了欧罗巴洲各个地方的风土民貌，可算是国人第一次西行海外的见证[1]。"可是大哥，你知道吗？以前咱们国人西行，那叫中学西传，咱们把造船术、冶金术、磁学、造纸术、兵法、医学等通通传给了人家，也算是老大哥帮一帮小弟了。对了，我刚刚提到了那个叫卫匡国的意大利人，他于顺治十二年在贵州看到了咱们的悬索桥，觉得技术精湛，于是介绍到了西方，直到乾隆六年，欧罗巴洲才有了第一座悬索桥。你想想，咱们过去也是辉煌过的。"

一席话说完，孙兴衍那欢脱的话语，渐渐被忧思千重所取代。叶昶从未见过这个妹夫犯愁，今日算是第一次见。

孙兴衍苦苦笑道："我听传教士朋友说，雍正十一年，机械师凯伊发明了飞梭，乾隆三十年，织工哈格里夫斯发明了珍妮纺织机。自此而后，西方出现了一系列先进的机器，原有的畜力、水力和风力等已无法满足需要。大哥，我也不哄你，如果西方一直这样发展下去，不出二十年就会有更先进的设备造出来。到时候，战船不用人力来划，只需机器推动，便能开到咱们家门口了！那些洋人狼子野心，我在十三行的时候，跟他们没少打交道。一旦他们把战船开过来，后果不堪设想。所以啊，我这次西行，除了要查明鸦片源头，还想弄清楚，这些洋人的技术发展到哪一步了。"

听完这些宏大而深远的话，叶昶陷入了沉思。他这一生都在追求"公正法典"四个字，从未设想过大清之外的世界是怎样。今日与孙兴衍一番交流，他才知道，原来外面竟如此复杂。

1　阎宗临著；阎守诚编：《传教士与法国早期汉学》，郑州：大象出版社，2003年版，第119页。

"老弟,那你打算去哪里?"叶昶想了想问道。

孙兴衍转过身,走到山洞西面的一个木柜子边,自里面翻出来一张《坤舆万国全图》,伸手指向西面的一片国土,说道:"小弟要去此国,我的传教士朋友来信说,那里的手工工厂正在生产大量的先进机器,我去瞧一瞧,也许会有收获。"

此刻,叶昶注意到,那片国土上写着"英吉利",而在这片国土的一个狭窄角落里,还用毛笔新添了四个字:"兰开夏郡"。

后记

一提到关于紫禁城的影视剧，大家首先想到的是各类层出不穷的宫斗题材作品。而能想象到的人物，大多是皇帝、妃嫔、宫女、太监、御前侍卫、前来上朝的官员、内务府的官员和奴仆等等。除此之外，似乎宫中再也没有别的人员了。实际上，紫禁城中还有一片区域，那里生活着大量的普通平民，而这片区域便是造办处。

那么造办处的概况是怎样的呢？我们不妨来看由中国第一历史档案馆和香港中文大学文物馆联合推出的《清宫内务府造办处档案总汇》前言里面的介绍：

造办处是清宫内务府所属负责制造皇家御用品的专门机构。康熙年间建于养心殿，又名养心殿造办处。康熙三十年（1691年）移至养心殿外慈宁宫以南，直至1924年末代皇帝溥仪出宫之前，造办处为宫禁服务达二百多年。造办处设管理大臣，由皇帝特派的内务府大臣担任。其内部管理机构，在雍正至乾隆初期得到完善，主要有如下六个部门：接办各项活计的活计房；勘估核算活计尺寸及工料钱粮的查核房；督查催办各项活计的督催房；收储银两和材料的钱粮库；核销活计的汇总房；处理档案文移的档房。

内务府造办处除六个办事管理机构外，还有具体承担制造、修理和收贮的厂作、库房。康熙三十二年（1693年），造办处开始设立作坊。根据档案记载，造办处的各类专业作坊有六十余个，有玻璃厂、如意馆、裱作、弓作、砚作、金玉作、玉作、牙作、鞍甲作、珐琅作、铜作、錽作、匣作、表作、油作、木作、广木作、镟床作、灯裁作、盔头作、累丝作、雕銮作、镀金作、大器作、锭子药作、刀儿作、成衣作、堆纱作、绦儿作、花儿作、花炮作、皮作、漆作、眼镜作、撒花作、香袋作、镶嵌作、杂活作、杂锡作、摆锡作、錾花作、铸炉作、刻字作、画样作、画院处、做钟处、自鸣钟处、枪炮处、辇辂处、五辂处、北鞍处、绣活处、仪器处、舆图处、造经处、铜版处、装修处、造屏风宝座处、织造处、鳌山灯处等。

造办处与皇室起居息息相关，它的职能范围涉及很广，除御用品制造、修缮、收藏外，还参与装修陈设、舆图绘制、兵工制造、贡品收发、赏罚官员以及洋人管理等事宜。包罗之广，大大超出工艺制造范畴，在宫中是具有实力的特殊机构。造办处的制作网是全国性的，除宫中厂房外，在景山、圆明园等地尚有许多作坊。一些特种工艺，由造办处设计画样，交杭州、苏州、江宁三织造以及九江关、粤海关等处御用作坊制造。造办处中西艺人、民间匠师高手云集，极品制作不计工本、耗银无数，是宫廷生活奢侈铺张的缩影。

造办处机构形成的档案，现集中保存在中国第一历史档案馆。造办处的各类档案，从文书形式上，可分为簿册与折件两种，约计档簿五千余册、折件七万余件，其时间始自康熙年间，止于1924年。

造办处簿册类档案，主要是造办处活计库保存的《各作成做活计清档》，以及造办处各机构关于人事方面的《职名册》《花名册》《京察册》《西洋人登记簿》等；关于财务方面的《黄册》《蓝册》《四柱清册》《买办库票》《借领材料档》《俸禄档》等；关于文移方面的《各处题头档》《庆典活计档》《来文档》《行文档》《堂谕》《司谕》等；关于库储方面的《造办处收贮物料清册》《造办处行取物料清册》《做钟处钟表档》《文物器皿册》《古玩清册》《接收抄产什物清册》等；关于贡品方面的《贡档》《杂录档》等[1]。

上文基本上把造办处六大部门、机构组成、职能范围，以及关于造办处的档案现存情况等进行了较为清晰的梳理。虽说造办处发展鼎盛时有六十多个作坊，但到了乾隆二十年（1755年）三月，造办处对三十余个作坊进行整改（即把相似的作坊共合并为五作），但做钟处等十作仍各为一作，每作派"库掌、催长、委署催总"负责监督活计制作与领办钱粮等事宜[2]。《钦定总管内务府现行则例》中详细记载了整改过程，比如把匣作、裱作、画作、广木作此四作合并为一作；灯作、裁作、花儿作、绦儿作、穿珠作、皮作、绣作此七作归并一作等等。总之，整改后的作坊门类相比之前已减少，这在《大清会典》（光绪）中有详细记载：

造办处预备工作，以成造内廷交办什件。其各作有铸炉处，如意馆，玻璃厂，做钟处，舆图房，珐琅作，盔头作，金玉作所属之累丝作、镀金作、錾花作、砚作、镶嵌作、摆锡作、牙作，油木作所属之

---

1 中国第一历史档案馆、香港中文大学文物馆合编：《清宫内务府造办处档案总汇》（第1册），北京：人民出版社，2005年，第1—3页。

2 章乃炜、王蔼人：《清宫述闻·初、续编合编本》，北京：紫禁城出版社，1990年，第373页。

雕作、漆作、刻字作、镟作，匣裱作所属之画作、镟作，匣裱作所属之画作、镟作、广木作，灯裁作所属之绣作、绦儿作、花作、皮作、穿珠作，铜鋄作所属之凿活作、刀儿作、风枪作、眼镜作，炮枪作所属之工作[1]。

张学谕在其博士论文《技艺与皇权：清宫造办处的历史研究》一文中由此推断出来，那五个合并后的作坊分别是匣裱作、油木作、灯裁作、金玉作、铜鋄作。这样的推断是有道理的，也为乾隆二十年（1755年）三月那次的造办处作坊归置问题画上了一个句号。如果把上述出现的重复的作坊名称剔除掉，并整理成一个门类简约的名单，则条目如下：

铸炉处、如意馆、玻璃厂、做钟处、舆图房、珐琅作、盔头作；
金玉作、累丝作、镀金作、錾花作、砚作、镶嵌作、摆锡作、牙作；
油木作、雕作、漆作、刻字作、匣裱作、画作、镟作、广木作；
灯裁作、绣作、绦儿作、花作、皮作、穿珠作；
铜鋄作、凿活作、刀儿作、风枪作、眼镜作、炮枪作、工作。

以上共有36个作坊。原本有些小作坊被归类到了大作坊之中，但在此处暂时单拎出来视为作坊种类的统计，比如雕作、漆作、刻字作、镟作属于油木作，此刻算作五个作坊并存。匣裱作中有镟作，这与油木作里的镟作重复，因此只算一作。总之，大作坊与小作坊合起来进行无重复统计，可知光绪年间共有36作。然而乾隆中期的作坊总数要比光绪年间多出5作，共计41作，这在中国第一历史档案馆藏的《奏销档》中有明确记载：

1　《钦定大清会典事例（光绪朝）》卷1214。

乾隆二十五年十一月十四日……奴才等查得懋勤殿、如意馆并造办处所属四十一作各项匠役共有五百九十五名[1]。

不过在小说的素材选取上面,我并没有完全按照以上罗列的作坊名单写作,因为有些作坊的工艺呈现效果在视觉观感上会出现重复,比如灯裁作里的绣作(刺绣)、绦儿作(制作有光彩的丝带子)、花作(用真丝织物做成的假花)、皮作(动物皮的加工制作)、穿珠作(串编珠子)等作坊,明显都是相类的手工艺品,用于故事表现不是不可以,但会出现大同小异或者场景顺撒的情况,也不利于展现造办处所有作坊的全貌。为此,我进行了适当的调整和置换,最后只选取了三十个有代表性的作坊用来集中表现故事,以及展现造办处的空间与机构布局,还望读者能宽谅这不得已的变动。

关于每个作坊的官员及工匠组成情况,这是一个既宏大而又精细的问题。上述提到,乾隆二十五年(1760年)时,懋勤殿、如意馆并造办处所属41作各项匠役共有595名,平均每个作坊大约14人。这样来算,似乎每个作坊的人数并不多。然而据张学谕博士考证,到了嘉庆四年(1799年)时,造办处各作工匠人数在426人上下(不包括懋勤殿),其中灯裁作的人数突破103人,最少的弓作只有6人。简单来说,每个作坊的人数分配并不均衡,大作坊相对人员充足,而小作坊人数就比较稀缺。

在这本小说里,我把每个作坊的人数尽量控制在6~103人,主要是对乾隆年间各个作坊的人数进行估测,并非是历史考据出来的数

---

1 此处转引自张学谕博士《技艺与皇权:清宫造办处的历史研究》,北京科技大学博士论文。

据，还望读者切勿对号入座。当然，也会有读者提出质疑，为何不采用嘉庆四年各个作坊的人数来组织小说呢？

实际上，乾隆时期，造办处各个作坊的人数达到了鼎盛，远远比嘉庆四年多了很多人。比如说乾隆元年（1736年），做钟处的人数达到了100多人，而嘉庆四年（1799年）只有65人。这里足可以看出来，直接采用嘉庆四年的数据来写小说也会存在有悖现实的情况，所以我才决定，如果涉及需要描写各个作坊人员数量的地方，那就对实际数量做个估测。

此外，乾隆二十六年（1761年）至乾隆三十七年（1762年）之间，每个作坊的官职及匠人类别的划分情况也都不一样。比如说做钟处，官吏大概有五类：八品首领、催总（司匠）、副司匠、领催、柏唐阿和太监。匠人来源分为南匠和北匠：北匠是指虽然在北京担任匠役，但是籍贯地并不限于北京，包括华北各省的工匠，分成旗匠和汉匠；南匠不单单指江南工匠，还包括湖广、闽粤及苏杭匠人。除此之外，西洋工匠也是做钟处的重要组织人员，因为许多自鸣钟的核心部件都需要西洋人代为设计制作。其实通过做钟处的人员组成，我们大概也能发现，其他作坊的官职及匠人组成基本上大同小异，所以书中的官职及匠人分布，主要是在参考了做钟处的机构布局上而进行了一定的猜想。

关于书中写到的三十作被大整改的事件，即洪门安插暗桩潜伏于三十作并引发造办处对官员及匠人们实行大清理，是基于乾隆二十年发生的三十余作大合并这一史实演变而来。由于考虑到整体协调性，另外也是为了呼应下一个系列小说《乾隆百工局》，只好把时间安排在了乾隆二十六年，比史实事件延后了六年，希望读者谅解。关于三十余作大合并的原因，张学谕博士认为，也许是造办处的作坊过于冗余，甚至出现同一个活计在不同作坊兼做的场面。为了消解作坊管理混乱的处境，因此需要把三十余作进行合并。

可作为一位小说家，显然不能只拘泥于这一种猜想。如果把洪门的阴谋与三十作整改联系起来，我相信会制造出不一样的戏剧效果。

只是这里有一个问题，要是如此写，那现实中是否有这种可能性存在呢？

实际上是有的。开篇中的楔子便有原型，不过真实事件并非发生于乾隆年间，而是在咸丰十一年。原因很简单，乾隆年间的造办处相对稳定，作坊与匠人数量大增，处于鼎盛时期，内外部环境也较为温和，如此大案发生的概率很低。

但是随着清政府的日薄西山，尤其在咸丰十年（1860年）发生了火烧圆明园事件，致使圆明园所属造办处消失了，而昔日辉煌的皇家御用机构，也面临着层层肢解的风险。到了咸丰十一年（1861年），肃顺因为"祺祥政变"被杀，由此查到造办处官员与肃顺有来往，而这些官员也受到了相应严惩，于是爆发了类似于本书中写到的那一场惊天动地的三十作整改大案。关于肃顺与造办处官员来往的案件，史料主要来源于军机处原折和军机处上谕档，现将原文抄录如下：

内务府奏审拟太监杜双奎等人罪名折

咸丰十一年十月十八日

总管内务府谨奏，为审明定拟具奏，仰祈圣鉴事。

本年十月初三日奉旨：将座钟处太监杜双奎交慎刑司审讯。臣等当即拣派司员详加研讯，据太监杜双奎供称：我在热河与肃顺来往，原为迎合见。自上年八月起，肃顺宅内安设钟表，系肃顺谕令本处官匠役按照宫内每日前去上弦，遇有收拾钟表，系我带领匠役赴宅修理。因此肃顺每月另给我钱粮银三两，作为帮贴。

本年八月三十日，肃顺有钟表令我寄带进京，将座钟八件、挂钟二件、大小表十四件送至他坦。经我修理完竣，于九月初五日，由热河带同匠役韩套儿等六人解送宫内官钟进京时，随将肃顺钟表一并带来。于九月初十日到京，将钟表存在座钟处。我于九月十三日仍回热河，至二十九日回京。十月初三门奉有堂谕，传知如有肃顺寄带物件，即行交出，免其治罪。经本处首领张永福将我带来肃顺钟表一并呈缴。至我在热河时，曾给肃顺买过表条表锅，赚过钱十吊，并经肃顺每节赏我银二两，赏给匠役钱十吊，此外并无收受别物，亦无另有托带物件。惟肃顺曾有纸卷令我转交懋勤殿首领樊福，不知何物等语。

臣等以该太监既在肃顺私宅服役，寄带钟表进京，其中难保无别项情弊，且恐另有寄囤隐匿之事，督饬司员严行熬审。谐杜双奎供出伊在民人张姓家内尚有寄存小洋钟等件，当饬番役前往查搜，起获小洋钟、单板表、挂钟、铜表各一件。讯据杜双奎供称，小洋钟一件、单板表一件，亦系肃顺寄存，铜表一件系伊自己之物，挂钟一件系署理造办处郎中承启托伊寄带来京。并究出总管袁添喜曾向肃顺托情，令杜双奎探听城内风气，并有附耳低言情事，总管王喜庆、太监张保桂、首领太监刘二寿均与肃顺来往。

经臣等奏明请旨，将奏事处总管太监袁添喜，内殿总管太监王喜庆、钟粹宫太监张保桂、钟郡王位下首领太监刘二寿、懋勤殿首领太监樊福一并交出，逐款质讯。据袁添喜供称，伊在热河与肃顺来往，因咸丰九年买得西山地五十六亩，恐卖主不交地亩，曾面托肃顺人情，并令杜双奎往西山送信，如不交地，即行送究，此事原系实情；其杜双奎进京时，伊托为探听城内肃六舅有无风气，恭亲王回京有无摇动，参办议论此话，实系盼望肃顺败露起见：至肃顺在澹泊敬诚殿后曾向伊附耳低言，所说系大行皇帝起居，令伊避讳，不必向惠亲王等告说，委无商议别事。并据总管王喜庆供称，上年十二月内，伊给肃顺送过吃食，收受肃顺银十两，并有座钟一件卖给肃顺，得价钱二百吊。太监张保桂、首领刘二寿均供曾给肃顺送过吃食，收受赏银属实。刘二寿因充当谙达，有应回肃顺公事，是以常有家往。至懋勤殿首领樊福供称，并无与肃顺来往之事，本年八月间肃顺令杜双奎交给伊纸卷一包，内系朱红绢御书福字、寿字各一张，朱红笺纸龙字一张，应交懋勤殿敬谨收存，俟百日孝满恭送燎池，现在业经该处恭缴，并无不合。复将造办处匠役韩套儿等传案质讯，金供因杜双奎令其前往肃顺私寓修理钟表，得受节礼钱十吊，并每日赴宅上弦属实。臣等复饬承审司员将该太监等隔别刑讯，均坚供并无另有别情，亦无寄囤财物。再三严诘，矢口不移，案无遁饰，应即拟结。

　　查律载：官吏人等嘱托公事者，笞五十；又接受馈礼物，受者笞四十，与者减一等。又例载：民人附合结党妄预官府之事者，杖一百。又律载：官吏与内官近侍互相交结，漏泄机密事情，夤缘作弊，内外交通者，皆斩监候；若止以亲故来往，无夤缘等弊，不用此律；又不应为而为，事理重者，杖八十。各等语。

　　此案太监杜双奎，供役内廷，辄敢带领官匠役等在肃顺私寓佣工，修理钟表，寄带进京，并收受节礼银两，虽讯无夤缘作弊重情，惟该太监甘心为肃顺服役，每月得受肃顺私给钱粮，意在迎合，钻营卑鄙。共所带物伴系自行呈出，本可稍从末减。惟私受肃顺钱粮，甘心服役，实属大干例禁。应请将太监杜双奎于贪绿作弊斩监候律上减一等，拟杖一百，流三千里，从重发往黑龙江，给官兵为奴，遇赦不赦。

总管太监袁添喜，与肃顺来往，辄因地亩之事，向肃顺托情，欲将卖地之人送究，殊属不合。并于杜双奎进京时，嘱令探听风气，虽系为盼望肃顺败露起见，究属干预外事。且肃顺向伊附耳低言，嘱伊莫向诸王讲谈内事，虽无贪绿作弊重情，亦属迹近迎合，有干例禁。若仅照嘱托公事及妄预官府之事各律例科断，罪止拟杖。应请将袁添喜革去总管，于杜双奎遭罪上减一等，拟杖一百，徒三年。惟袁添喜身任总管，不知自爱，未便稍予宽纵，仍请从重发往黑龙江，给官兵为奴。

总管太监王喜庆，与肃顺交往馈送吃食，收受肃顺银两，并卖给自己座钟，尚无干预嘱托等事，所犯情节稍轻。惟伊身任总管，且在内殿当差，与外臣交结，殊干例禁，亦未便轻纵。应请将王喜庆革去总管，于袁添喜发遣黑龙江罪上量从末减，改发打牲乌拉，给官兵为奴。

太监张保桂、首领刘二寿，均给肃顺过吃食，收受赏银，殊属不合。刘二寿虽因肃顺管理家务，有应回公事，惟馈送受赏，迹近交结，仍应一律定拟。应请将张保挂、刘二寿均于王喜庆改发打牲乌拉罪上酌量减等，拟发吴甸铡草一年，期满释回，毋庸交进当差，札送顺天府安插为民。

造办处匠役韩套儿等，每日前往私寓上弦，系奉肃顺之谕，事非得已。惟杜双奎带领前往私寓佣工，得受节礼钱十吊，亦有不合。韩套儿、松林、稻费、文浩、常福、玉保，均照不应重律，各杖八十，鞭责发落。

懋勤殿首领太监樊福，因肃顺令杜双奎呈缴御书福字等件，虽已恭缴，究有不合，应将该首领太监樊福罚月银三个月，仍交原处当差。

至起获杜双奎在外隐匿之钟表内，有小洋钟一件、单板表一件，讯系肃顺之物，应交造办处查收。其挂钟一件，系郎中承启托带，铜表一件，系属杜双奎自己之物，均应变价入官。署理造办处总郎中承启，托太监杜双奎寄带挂钟，虽无交往实迹，殊属不合，应请交部照例议处。

所有臣等审明定拟缘由，理合恭折奏闻。是否有当，伏乞训示遵行。为此谨奏。

总管内务府大臣、和硕恭亲王臣奕䜣，总管内务府大臣臣全庆，总管内务府大臣臣

宗室绵森，总管内务府大臣臣宝鋆，总管内务府大臣、和硕额驸臣恩醇，总管内务

府大臣臣明善。

(军机处原折)

就在当天，咸丰皇帝立即给出批示，下达旨令：

谕内阁将与肃顺交结之太监杜双奎等从重惩办

咸丰十一年十月十八日

咸丰十一年十月十八日，内阁奉上谕：

前因太监杜双奎有与肃顺结交情事，交慎刑司审讯。兹据总管内务府大臣督伤该司员等审明定拟，并究出太监袁添喜等均有与肃顺往来之事，一并定拟罪名具奏。此案座钟处太监杜双奎，擅往肃顺私寓修理钟表，甘心服役，得受钱粮，实属大干例禁。虽经将肃顺交存钟表自行呈出，未便稍从末减。杜双奎著从重发往黑龙江，给官兵为奴，遇赦不赦。总管太监袁添喜，因地亩之事，向肃顺托情，并于杜双奎进京时，嘱令探听风气，意图干预外事，亦属有干例禁。著革去总管，从重发往黑龙江，给官兵为奴。总管太监王喜庆，与肃顺交往，馈送食物，收受银两，迹涉交结。著革去总管，发往打牲乌拉，给官兵为奴。太监张保桂、刘二寿，送给肃顺食物，并得受赏银，实属不合。均著发往吴甸，一年期满，札发顺天府安插为民。余著照所拟办理。

至肃顺交结近侍，心存叵测，该太监等迫于威焰，意存迎合，均属罪由自取。现已将杜双奎等从重惩办，足以示儆，此外自无庸再事株求，以昭宽大。该太监等惟当益加驯谨，勤慎当差。朕鉴其服役劳苦，自必时加体恤。倘敢不知远嫌，再有干预外事及与廷臣交结情弊，亦必重治其罪，不能宽贷。其各懔遵。著内务府大臣即将此旨传谕总管太监等知之。钦此。

(军机处上谕档[1])

---

1 故宫博物院明清档案部编：《清代档案史料丛编（第一辑）》，北京：中华书局，1978年，第127-131页。

读完这些史料不难看出，造办处里的官员与外部权臣有来往十分危险，尤其当某位权臣犯了事，那造办处里的官员及匠人将会面临严刑惩处。看到这里，大家会发现，洪门设计的血洗三十作的阴谋，似乎跟上述的历史事件很相似，其实正是基于这场大案演变而来。当然，这些都是小说家之言，不可当真，读者们权当故事消遣消遣即可。

书里还涉及了宫中刺杀皇帝的情节，那这种情节是不是太扯了？如果从刺杀的视觉效果上来看，书中描绘的火风筝弑圣的确过于夸张，因为那都是故事情节需要而编撰的情节。但如果说历史上有没有人曾经入宫行刺，还真能查到蛛丝马迹。

我们先看第一个案例，这件事发生于清仁宗嘉庆八年（1803年）闰二月二十日，《清史纪事本末·第6卷·嘉庆朝》如此记载：

陈德于北京皇宫顺贞门行刺嘉庆帝未果，被捕。时嘉庆帝东巡谒陵返京，准备进宫斋戒，在进入顺贞门时，有一名叫陈德的成年男子突然跃出，手持小刀冲向嘉庆帝。但陈德的动作慢了一步，待他冲向前时，嘉庆帝早已进入顺贞门了。因而嘉庆帝本人并没有亲睹陈德行刺时的具体情况，也没有受到任何惊吓。他只是在听到顺贞门外人声嘈杂时，派内差去询问御前大臣，方知有人行凶拒捕。在陈德冲出行刺时，守卫在神武门、顺贞门附近的清军官兵有百余名，但他们大多被陈这突然举动惊得手足无措，一时竟然无人上前拦阻。只有御前大臣、定亲王绵恩、固伦额驸、喀尔喀亲王拉旺多尔济、乾清门侍卫、喀喇沁公丹巴多尔济、御前侍卫扎克塔尔、珠尔杭阿、桑吉斯塔尔六人还未惊慌，迅速趋前截击。双方一番格斗后，陈德终因寡不敌众，力尽被擒。在搏斗中绵恩的袍袖被刺破，丹巴多尔济被刺伤三处。原先一直跟在陈德身边的其长子陈禄儿，由于并不知晓发生的事情，吓得跑回家了。后亦被抓捕[1]。

如果说以上只是个人弑圣的案例,无法跟小说中虚构的"供月大典"的规模相比。那么,清朝历史上究竟有没有与小说里洪门组织潜伏进紫禁城弑圣的事件高度相似的记载呢?

这也是有的。清嘉庆十八年九月十五日(1813年10月8日),白莲教七十余人潜进宫中行刺,这便是书中写到的"供月大典弑圣案"的创作灵感来源。《清实录》中如此记载:

朕以凉德,仰承皇考付托,兢兢业业,十有八年,不敢暇豫。即位之初,白莲教煽乱四省,黎民遭劫,惨不忍言,命将出师,八年始定。方期与我赤子,永乐升平。忽于九月初六日,河南滑县,又起天理教匪,由直隶长垣,至山东曹县,亟命总督温承惠率兵剿办,然此事究在千里之外;猝于九月十五日,变生肘腋,祸起萧墙,天理教匪七十余众,犯禁门,入大内,有执旗上墙三贼,欲入养心门,朕之皇次子亲执鸟枪,连毙二贼,贝勒绵志,续击一贼,始行退下,大内平定,实皇次子之力也。隆宗门外诸王大臣,督率鸟枪兵,竭二日一夜之力,剿捕搜拿净尽矣。我大清国一百七十年以来,定鼎燕京,列祖列宗,深仁厚泽,爱民如子,圣德仁心,奚能缕述?朕虽未能仰绍爱民之实政,亦无害民之虐事,突遭此变,实不可解[2]。

从中不难看出,嘉庆十八年的时候,七十余名白莲教众曾潜入宫中,差一点儿行刺了皇帝。危急关头,未来的道光皇帝亲自用鸟枪打

---

[1] 南炳文、白新良主编:《清史纪事本末 第6卷 嘉庆朝》,上海:上海大学出版社,2006年,第1975页。

[2] 沣县档案馆:《直隶沣州志·下》,《御书遇变罪己诏》(嘉庆十九年奉颁墨刻),第3-4页。

死两名白莲教徒，贝勒绵志也打死一人。后来，鸟枪队成员花了两日一夜才把白莲教徒消灭。已经读完小说的朋友们应该感觉到了，这跟"供月大典弑圣案"的规模性和组织性高度类似。

除此之外，书中写到了一个"走火入魔"的和尚释牟，那这个人物有没有原型呢？也是有的。这个人物的原型也来自嘉庆朝，名字叫了友。冯伯群和屈春海两位来自第一历史档案馆的研究员，曾结合各种档案史料撰写了一本书叫《清宫档案秘闻》，书中记载了这段故事：

嘉庆九年（1804），一个名叫了友的和尚，春天来到京城。进了彰仪门，先在悯忠寺住了一夜，然后在京城内外各寺庙居住，有时三五天，有时十来天，并常进内城化斋。这样过了八个月，了友熟悉了北京内城外城的大街小巷。十一月二十四日，了友又进了内城，由西华门沿着河墙走到东华门向紫禁城内瞻望，遭到守门兵丁驱赶。了友顺着大路走到西四牌楼北边的小旃檀寺化斋。天将黑时，了友又回到西华门，在大街上站着，路人问他干什么，了友说想找寺庙，那人就把他带到不远处的昭显庙（今北长街路西，北长街小学），因庙内的和尚不肯留住，了友又回到街上，那时已经二更鼓了。了友跟着行路的车马走到大约是景山附近的一座大房门口坐了半夜。至五更时见有二人提着灯笼行走，了友跟着进了一个栅栏门，这个栅栏门的位置大约在今天神武门广场的北边，靠近马路的地方，是神武门前的一道岗。了友走到神武门前向守门兵丁稽首，兵丁不准他进。

了友只好回到先前坐了半夜的地方打坐。不一会儿，见一人打着灯笼肩挑食盒，向皇宫方向走去，了友跟上那人又从栅栏门走进，这回到神武门下，了友没言语，低着头跟着混进了大门，由东夹道向南走,到了箭亭广场上被人拦住盘问拿获,经仔细搜检,除随身衣物及经卷、缘簿、戒牒外,并无违禁物件。兵丁还带着了友仔细辨认,确认进的并非东华门而是神武门。军机处将此案奏报了嘉庆皇帝,嘉庆皇帝很生气,命令刑部审办,于是了友被解送刑部审讯。

十一月二十五日夜,刑部及步军统领衙门对了友进行熬审。据了友供称:我俗姓王,名叫必湛,今年五十四岁,安徽宁国府泾县人,乾隆五十八年(1793)因妻子和两个儿子都病故了,心生悲痛,遂赴江宁府(今南京市)观音庵拜普明和尚为师,剃发为僧。嘉庆元年(1796)在扬州梵觉寺受戒,得到一纸度牒,而后在各处游募化斋。今年正月到浙江参拜普陀山后,见江南百姓不忘先皇南巡的故事,感激圣上天恩浩荡,于是萌生求见皇上赏给寺庙当住持并请驾南巡的臆想,遂由江南、山东一带沿途化斋,三月二十五日到达京城,于是就出现了上面的一幕。

和尚混入紫禁城事发后,守栅栏门的步甲被传唤审讯当晚的情形,由于疏忽,谁都没注意了友是如何从栅栏门进入紫禁城的。禁城重地不小心稽查,以致和尚亵夜出入两次,罪过非比寻常。守神武门的副护军参领、护军校三员应从重杖一百,因为是官员,照例改为革职;护军十八名被革退,重杖一百,先行枷号一个月,满日鞭责,交所属旗管束。守神武门外栅栏门的步甲四名亦被杖八十,鞭责发落。和尚了友被勒令还俗,杖六十徒一年,枷号两个月示众,满月解交安徽巡抚衙门折责充徒,饬令配所严加管束,不许潜逃滋事,并行文两江总督查明了友在原籍及扬州等处有无不法别情。此外,负责京城、皇城安全的步军统领等高官也因为平时管束官兵不严,致使城门失守，难辞其咎，自动请求交吏部议处[1]。

虽然小说里的释牟比这位了友和尚充满了戏剧化的设定，但是论及事件的荒诞感，现实里的了友和尚夜闯紫禁城这则记载，似乎不比小说里的种种虚构化的故事描写逊色。

嘉庆十年（1805年）二月二十日，还发生过一件个人擅闯紫禁城的荒唐事。一名叫刘士兴的中年男子扛着铁枪冲到神武门前，声称"要找皇帝理论理论"。他虽刺伤了几名神武门的护军，但还没有冲进宫里，就被众护军一拥而上给制服了。这家伙最后伤重身亡，可大家至始至终也不清楚他要理论何事[2]。以上这些案例都能说明，清嘉庆时期，紫禁城里的门禁和防守出现了不同程度的问题。当然，看完这些史料，大家会觉得，这本小说把故事背景挪到嘉庆朝去更合理，因为那样便跟历史脉络高度契合了。但由于考虑到本书与《乾隆百工局》系列小说的承袭问题，遂只好把故事背景放在乾隆朝，这样一个改动，望读者们见谅。

此外，还有一件事值得说明。乾隆是八月十三日的生日，与八月十五日仅隔了一天，而皇帝的寿辰又被称为"万寿节"。所以每当到了中秋节至万寿节这三天，乾隆都会在承德避暑山庄举行祭月活动，几乎没有在乾清宫举办过供月大典。换言之，小说里写到乾清宫举办供月大典的情节，仅仅是为了故事需要而虚构的内容，请读者勿要代入真实的历史情形。

当然了，本书不属于严格意义上的历史小说，因为里面基本不

---

1 冯伯群、屈春海著：《清宫档案秘闻》，武汉：华中科技大学出版社，2018年，第256–257页。

2 章开沅主编：《清通鉴》，长沙：岳麓书社，2000年，第177页。

涉及大的历史事件，几乎所有事件都是虚构想象，属于全架空创作，我把这类小说定为文化悬疑小说。这就像《神探狄仁杰》《少年包青天》《包青天》等影视剧，以及《三侠五义》《彭公案》《施公案》《龙图公案》等明清白话公案小说一样，都是借助历史人物与背景进行原创故事的写作思路。我们不能把这些作品里面出现的人物、事件、案情、情感等放在真实的历史背景里去考察，本书亦是如此。我希望大家在快乐阅读的同时，如果还能从书中学到一星半点的历史文化知识，而不是刻板僵硬的历史事件的记忆，那也算是一种收获了。

最后，我在这里打个小广告：相信朋友们看到番外的时候，发现里面引出了两个人物，一位是孙兴衍，另外一位是叶千茉（夜千茉），这两人是《乾隆百工局》系列小说的男女主角，欢迎大家告别本书，继续拥抱下一个系列作品。相比这一部，《乾隆百工局》则更为轻松快乐一些，走的是喜剧冒险＋民俗悬疑的路线。我相信，大家在看到孙兴衍出场的时候，应该也感受到了这是一位幽默风趣的主角，女主也相当活泛。总之，希望能带给大家不一样的阅读体验吧。

唐炜杰

2023年9月9日于苏州